KB131485

수용소군도

수용소군도 ❸

Архипелаг ГУЛАГ

알렉산드르 솔제니찐 기록문학　김학수 옮김

1918~1956
문학적 탐구의 한 실험

ARHIPELAG GULAG II
by ALEXANDRE SOLJENITSYNE

이 책은 실로 꿰매어 제본하는 정통적인 사철 방식으로 만들어졌습니다.
사철 방식으로 제본된 책은 오랫동안 보관해도 손상되지 않습니다.

수용소군도 총목차

제3부
박멸 – 노동 수용소

우리를 이해할 수 있는 사람은 그릇 하나 앞에 모여서
우리랑 같이 퍼먹었던 사람뿐이야.

— 수용소에서 풀려난 카르파티아 산맥 출신
여성이 쓴 편지에서

이 제3부에서 취급해야 할 일은 그 한계를 모를 정도로 광대하다. 이 야만적인 뜻을 이해하고 파악하기 위해서는 어떤 특별 대우가 없다면 한 형기도 제대로 마칠 수 없는 그 수용소에 있었던 수많은 사람들의 삶을 끌어내야 한다. 그도 그럴 것이 이 수용소는 〈박멸〉을 목적으로 창조된 것이기 때문이다.

　그러므로 한층 깊이 쓰라린 경험을 맛보고, 한층 많은 것을 이해한 사람들은 이미 무덤 속에 잠들어 있어서 아무 말도 하지 못한다. 이들 수용소에 관해 〈중요한 사실〉을 이야기해 줄 사람은 이미 아무도 없고 또 앞으로도 없을 것이다. 따라서 이 역사와 진실의 전모를 한 사람의 글로 밝히기란 도저히 불가능한 일이다. 그러므로 나는 탑 위에서 군도의 전경을 내려다본 것이 아니라 군도의 일부를 틈바귀 구멍으로 들여다본 데 지나지 않는다. 그러나 다행히도 약간의 책이 햇빛을 보고 또 앞으로도 햇빛을 보게 될 것이다. 어쩌며 독자 여러분은 샬라모프의 『꼴리마 이야기』를 통해 〈군도〉 정신의 무자비함과 인간의 절망적인 한계를 한층 정확히 이해하게 될지도 모른다.

　어쨌든 바닷물은 한 모금만 마셔도 그 맛을 알게 마련인 것이다.

제1장
오로라의 손가락

호메로스가 자주 노래 부르고, 로마인들이 오로라라고 부르던 장밋빛 손가락의 여신 에오스가 〈군도〉의 첫날 밤의 장막을 자기 손가락으로 걷어 올렸다.

BBC 방송을 통해, 미하일로프가 우리 나라에는 벌써 1921년부터 강제 노동 수용소가 존재했다는 사실을 폭로하는 소식을 들었을 때, 대부분의 우리 동포들은(이것은 서구에서도 마찬가지였지만) 깜짝 놀라지 않을 수 없었다 ─ 아니, 그렇게 일찍부터? 1921년이라니, 과연 그게 정말일까?

물론, 그것은 않다! 미하일로프는 잘못 알고 있었던 것이다. 1921년에 강제 노동 수용소는 이미 전성기에 있었기 때문이다(아니, 벌써 쇠퇴기에 접어들고 있기까지 했다). 〈군도〉는 순양함 오로라호의 발포와 더불어 탄생했다고 하는 편이 훨씬 더 정확할 것이다.

자, 어떻게 다른 의견이 나올 수 있겠는가? 그 이유를 한번 고찰해 보기로 하자.

마르크스와 레닌은 낡은 부르주아적 억압 기구를 파괴하고, 그 대신 곧 새로운 기구를 창조해야 한다고 가르치지 않았던가? 그리고 억압 기구란 다름 아닌 군대(1918년 초에

15

〈붉은 군대〉가 창설된 사실에 대해서는 우리도 놀라지 않는다), 경찰(군대보다 먼저 신설되었다), 재판소(1917년 11월 22일부터), 그리고 형무소다. 프롤레타리아 독재를 수립하면서 새로운 형태의 형무소를 늦게 도입할 이유가 무엇이 있었겠는가?

즉, 다시 말해서 낡은 것이든 새로운 것이든 간에 형무소의 설치를 절대로 지연시킬 수는 없었던 것이다. 이미 10월 혁명 후 채 몇 달이 지나기도 전에 레닌은 〈규율을 진작시키기 위해 가장 가혹하고도 준엄한 조치를 강구하도록〉[1] 요구했다. 그렇다면 가혹한 조치라는 것이 과연 형무소 없이 가능할 수 있겠는가?

그럼 여기서 프롤레타리아 국가가 어떤 새로운 조치를 도입할 수 있었을까? 레닌은 새로운 방법을 모색했다. 1917년 12월, 그는 우선 다음과 같은 일련의 법칙을 주장했다 ── 〈전 재산의 몰수…… 본 법을 위반하는 자는 모두 투옥하고, 최전선으로 보내고, 강제 노동에 복역시킬 것.〉[2] 이러한 사실에서 우리는 군도의 지도 이념, 즉 강제 노동이 10월 혁명 첫 달에 벌써 제창되었다는 사실을 확인할 수 있는 것이다.

벌이 윙윙거리는 건초향이 물씬한 라즐리프 초원에 한가로이 앉아서, 레닌은 일찍부터 미래의 징벌 제도를 숙고하지 않을 수 없었던 것이다. 그는 그때 이미 계산을 하고 다음과 같이 우리를 달랬던 것이다. 〈다수자인 어제까지의 임금 노예가 소수자인 착취자를 억압하는 것은 비교적 용이하고 간단하고 자연스러운 것이어서〉 그 전의 소수자가 행한 다수자에 대한 억압과 비교하면, 〈유혈도 훨씬 적을 것이고…… 인류의 희생

1 『레닌 전집』 5판, 제36권, p. 217.
2 『레닌 전집』 5판, 제35권, p. 176.

도 훨씬 적을 것이다.)[3]

　망명한 통계학자 꾸르가노프 교수의 계산에 의하면, 이 〈비교적 간단한〉 국내에서의 억압은 10월 혁명 초부터 1959년에 이르기까지 무려 6천6백만 명의 희생자를 냈다는 것이다. 물론, 우리는 이 숫자의 정확성을 보증할 수는 없다. 그렇다고 어떤 다른 숫자를 가지고 있는 것도 아니다. 공식 숫자가 출현하면, 전문가들은 양쪽의 숫자를 비판적으로 비교할 수 있을 것이다.

　여기서 비교를 위해 다음과 같은 숫자를 들어 두는 것도 흥미 있는 일이라고 생각한다. 모든 위대한 러시아 문학을 꿰뚫어 온 저 가공할 만한 짜르 정부의 제3과의 〈중앙〉 기관원들은 과연 몇이나 되었던가? 창설 당시는 16명이었고 활동의 전성기에는 45명이었다. 이것은 가장 변두리 주에 있는 체까도 웃어넘길 만한 숫자에 지나지 않는다. 혹은 또 다음과 같은 숫자는 어떤가? 2월 혁명 당시 제정 러시아 시대의 〈인민 형무소〉에 수감되어 있던 정치범의 수는 얼마나 되었던가? 이 숫자는 어딘가에 보존되어 있을 것이다. 끄레스띠 형무소에만도 이러한 죄수는 아마 1백 명 이상 있었을 것이다. 그리고 시베리아 유형과 징역을 경험하고 돌아온 사람도 수백 명 있었을 것이다. 그리고 또 모든 주의 형무소에서 수많은 사람들이 고통을 당하고 있었으리라! 그러나 흥미로운 것은 과연 그 숫자가 얼마나 되느냐 하는 것이다. 다음의 숫자는 그 당시 땀보프시의 신문에서 얻은 것이다. 2월 혁명 당시 땀보프 형무소의 문을 열어 보니…… 겨우 7명의 정치범이 있었다. 그러나 그 당시 러시아 주의 수는 40개 이상이었다(새삼스레 언급할 필요도 없이 1917년 2월부터 7월까지는 정치범의 투옥이

3 『레닌 전집』 5판, 제33권, p. 90.

없었고, 또 7월 이후에도 역시 손가락으로 셀 수 있을 정도로 소수의 정치범들만 형무소로 보냈다).

그러나 여기서 문제가 되는 것은 최초의 소비에뜨 정부가 연립 정부였다는 사실이다. 결국 인민 위원회의 일부는 좌파 사회 혁명당에 넘어가지 않을 수 없었는데, 불행히도 그때 법무 인민 위원회도 그들의 손에 넘어가고 말았다. 이 법무 인민 위원회는 부패한 소부르주아적 자유 이념에 따라 형벌 제도를 붕괴 직전으로까지 몰고 갔다. 선고는 너무나도 가벼웠고, 강제 노동이라는 진보적인 원칙은 거의 적용하지 않았다. 1918년 2월, 인민 위원회의 의장 레닌은 감금지의 증설과 형사적 탄압의 강화를 요구했다.[4] 5월에는 이미 구체적인 지도로 전환하면서 뇌물에 대해서는 금고형 10년 〈이상〉, 〈거기에 다시〉 강제 노동 10년 형, 즉 모두 합해 20년의 형을 선고하라고 지시했다.[5] 처음 얼마 동안은 이러한 형량이 비판적으로 생각되었는지도 모른다 — 과연 20년이라는 기나긴 형벌에 강제 노동까지 필요한 것일까? 그러나 우리가 알고 있듯이 강제 노동은 매우 필수 불가결한 조치가 되어 50년이 지난 지금까지도 아주 폭 넓게 적용되고 있다.

10월 혁명 이후에도 여러 형무소에서는 꽤 오랫동안 제정 러시아 시대의 직원들을 그대로 쓰고 있었다. 그저 형무소 정치부원이 새로 임명되었을 뿐이다. 철면피한 형무소 직원들은 그들 자신의 〈직업 동맹〉을 결성하고 형무소 행정에 〈선거 제도〉를 확립한 것이다! (러시아의 전 역사를 통해 유일무이한 예가 아닐 수 없다!) 죄수들도 뒤지고 있을 수는 없었다 — 그들 사이에도 내부적인 자치 제도가 있었다(1918년 4월

4 『레닌 전집』5판, 제54권, p. 391.
5 『레닌 전집』5판, 제50권, p. 70.

24일 자 법무 인민 위원회의 회람 지시에 의하면, 가능한 모든 곳에서 자기 통제와 자기 감독으로 이끌라고 명령하고 있다). 이러한 죄수의 자유(〈무정부주의적 퇴폐〉)는 자연히 진보적 계급의 독재적인 목적에 부합될 수 없었고, 러시아의 대지로부터 해충을 구제하는 데도 제구실을 할 수 없었다(아무튼 형무소 안에 있는 교회도 폐쇄되고 있지 않은 형편이었으니 말도 되지 않는다. 그래서 우리 나라의 죄수, 소비에뜨의 죄수들은 몸을 풀기 위해서라도 일요일마다 기꺼이 교회를 다녔던 것이다).

물론 제정 시대의 교도관들도 프롤레타리아에게 완전히 쓸모없는 아니었다. 왜냐하면 그것은 혁명의 가장 시급한 목적을 달성함에 있어 아주 중요한 〈전문직〉이었기 때문이다. 따라서 〈제정 시대의 형무소 제도 속에서 아직 완전히 머리가 굳어 버리지 않고 우둔해지지도 않은 사람들을(《아직 완전히》라는 뜻은 도대체 무엇일까? 어떤 방법으로 그것을 식별해 낸다는 것일까?《주여, 황제를 보살펴 주소서!》라는 제정 러시아의 국가까지도 잊은 사람을 말하는 것일까?) 형무소 관리직으로 선출하여 새 과업을 위한 사업에 이용할〉[6] 필요가 있었다(이를테면 〈네, 그렇습니다〉, 〈절대로 그렇지 않습니다〉라고 똑똑히 대답을 하든가, 아니면 자물쇠의 열쇠를 잽싸게 돌리든가 하는 것이 그 기준인지도 모른다). 물론, 형무소의 건물, 감방, 쇠창살, 자물쇠 따위는 외견상으로 볼 때 아무 변화도 없었지만, 그것은 표면상으로만 그렇게 보였을 뿐이고, 실제로는 〈새로운 계급적 내용〉과 고도의 혁명적 의의가 부여되고 있었던 것이다. 그럼에도 불구하고 1918년 중엽까지 타성에 따라 〈금고형〉의 선고를 마구 내린 재판의 관습은

6 논문집『소비에뜨 사법 제도』(모스끄바, 1919), p. 20.

형무소 분야에서의 낡은 국가 기구의 파괴를 지연시키고 있었다.

1918년 중엽, 정확히 말하자면 7월 6일에 한 사건이 발생하였는데, 많은 사람들이 이 사건의 중대성을 이해하지 못하고 있다. 이 사건은 표면상으로는 〈좌파 사회 혁명당 폭동의 진압〉으로 알려져 있다. 그러나 이것은 거의 10월 25일의 혁명에 필적할 만한 사건이었다. 10월 25일에는 〈대의원 소비에뜨〉의 정권이 선언되고, 바로 여기서 〈소비에뜨 정권〉이라는 이름이 붙었다. 그러나 처음 몇 달 동안 이 새 정권은 볼셰비키 이외의 다른 정당 대표들로 인해서 아직 그 본색을 드러내지 않고 있었다. 연립 정부는 볼셰비키와 좌파 사회 혁명당만으로 구성되어 있었음에도 불구하고, 전 러시아 소비에뜨 대회(제2, 3, 4차)와 거기에서 선출된 전 러시아 중앙 집행 위원회의 구성 속에는 다른 사회주의 정당의 대표자들, 즉 사회 혁명당원, 사회 민주당원, 무정부주의자, 인민 사회당원 등등도 참여하고 있었다. 따라서 이 전 러시아 중앙 집행 위원회는 〈사회주의 의회〉의 불건전한 성격의 일면도 지니고 있었다. 그러나 1918년의 처음 몇 달 동안에 일련의 단호한 조치에 의해서(좌파 사회 혁명당의 지지하에) 다른 사회주의 정당의 대표자들은 전 러시아 중앙 집행 위원회에서 추방되거나(독창적인 의회 절차라고 할 수 있는 자체 결의에 의해서), 아니면 선출이 금지되었다. 그때까지도 의회(제5차 소비에뜨 대회)의 3분의 1을 차지하고 있던 최후의 이질적인 정당은 좌파 사회 혁명당이었다. 마침내 그들도 추방될 시기가 도래했다. 1918년 7월 6일, 그들은 한 사람도 남김없이 전부 전 러시아 중앙 집행 위원회와 인민 위원회로부터 추방되었다. 바로 이렇게 함으로써 대의원 소비에뜨 정권(전통적으로 소비에뜨 정권이라고 불리고 있지만)은 볼셰비키 당의 의지에 대항하기를 그치고 〈새로운 형식의 민주주의〉 형태를 취하게 되었다.

그리고 바로 이 역사적인 날로부터 본격적으로 낡은 형무소기구의 재편성과 〈수용소군도〉의 창설이 가능해진 것이었다.[7]

한편, 이 기대되는 재편성의 방향은 훨씬 이전부터 자명한 것이었다. 이미 마르크스는 『고타 강령 비판』 속에서 죄수들을 교정하는 유일한 수단은 생산적인 노동이라고 지적한 바 있었다. 물론, 그것은 훨씬 후에 비신스끼가 설명한 것처럼 〈인간의 이성도 마음도 고갈시키는 그러한 노동이 아니라 《무(無)와 하찮은 것으로부터 사람들을 영웅으로 개조시키는 마법사!》인 것이다〉.[8] 왜 우리 나라의 죄수는 감방에서 이야기를 하거나 책을 읽어서는 안 되고, 노동만 해야 하는가? 그것은 왜냐하면 소비에뜨 공화국에서는 강요된 나태가 있을 수 없기 때문이다. 다시 말해서 기생충적인 체제하에서는, 이를테면 실리셀부르끄 요새 형무소 같은 데서는 얼마든지 있을 수 있는 〈강제적인 무위도식 생활〉이 소비에뜨 공화국에서는 불가능하기 때문이다.[9] 그리고 이러한 죄수들의 무위는 소비에뜨 공화국의 근로 제도 원칙에도 모순되기 때문일 것이다. 이들 원칙은 1918년 7월 10일에 제정된 헌법 속에 명시되어 있다. 즉, 〈일하지 않는 자는 먹지 말라〉 — 이것은 죄수들이 노동에 종사하지 않으면, 새로운 헌법의 규정에 의해서

---

7 〈근로자들을 탄압하기 위해서 착취자들을 위해 착취자들이 세운 《죽음의 집》, 즉 부르주아 형무소 제도의 폐허 위에 참된 세계사적 의의와 새로운 사회적 내용을 지니고 있는 새로운 시설의 창조 과정.〉 논문집 『형무소에서 교육 시설로』, 비신스끼 감수(모스끄바: 소비에뜨 법률 출판소, 1934), 서문.

8 같은 책, p. 10.

9 같은 책, p. 103.

식량 배급을 받을 수 없다는 뜻이었다.

1918년 5월에 창설된 법무 인민 위원회의 중앙 징벌부[10]는 다짜고짜 그 당시의 죄수들을 일터로 내몰았다(생산 노동을 조직화하기 시작한 것이다). 그러나 그것이 입법적인 절차를 밟아 발표된 것은 7월 정변 이후, 즉 1918년 7월 23일에 〈자유 박탈에 관한《임시 지령서》〉[11] 속에서였다 — 〈자유를 박탈당한 자가 노동 능력이 있을 때는 반드시 육체적인 노동에 종사해야만 한다.〉

바로 이 1918년 7월 23일(10월 혁명 9개월 후)에 〈임시 지령서〉가 나온 후부터 수용소가 생기고 〈군도〉가 탄생했다고 말할 수 있는 것이다. (그러니 그것이 조산이었다고 핀잔 줄 사람이 어디 있겠는가?)

죄수들의 강제 노동의 필요성은(그런 것이 없이도 이미 명백한 것이었지만), 제7차 전 러시아 소비에뜨 대회에서도 설명되었다. 즉, 〈노동은 경험이 풍부한 죄수들이 신참 죄수들을 계몽하기 위해 죄수들끼리 끝없이 주고받는 장황한 이야기의…… 퇴폐적인 영향을 제거하는 최선의 방법이다.〉[12] (아, 바로 그것 때문이었구나!)

이윽고 곧 공산주의식 무보수 토요 노동을 행하게 되자, 법무 인민 위원회는 또한 다음과 같이 호소했다. 《죄수들을》공산주의식 노동, 집단적 노동에 길이 들도록 만들어야 한다.〉[13] 즉, 그것은 공산주의식 무보수 토요 노동의 정신까지도 강제

---

10 브레스트-리토프스크 조약 체결 후 좌파 사회 혁명당원들은 정부에서 밀려나고, 볼셰비키들이 법무 인민 위원회를 장악했다.

11 1920년 11월까지 내전 기간 중에 효력을 지니고 있었다.

12 제7차 전 러시아 소비에뜨 대회에서의 법무 인민 위원회의 보고, p. 9.

13 『법무 인민 위원회 자료』, 제7집, p. 137.

노동 수용소에 도입하자는 것이었다.

　이리하여 이 성급한 시대는 단번에 수많은 과제들을 산더미처럼 쌓아 올렸고, 그 과제들을 해결하기 위해서는 수십 년이 걸려야 했던 것이다.

　교정 노동 정책의 기본 원칙은 러시아 공산당 제8차 대회(1919년 3월)에서 새로운 당 강령으로 삽입되었다. 소비에뜨 러시아의 전국에 걸친 수용소 망의 완전한 조직 형성은 최초의 공산주의식 무보수 토요 노동 시기와 정확히 일치한다(1919년 4월 12일부터 5월 17일). 강제 노동 수용소에 관한 전 러시아 중앙 집행 위원회의 결정은 1919년 4월 15일과 1919년 5월 17일에 이루어졌던 것이다.[14] 이들 결정에 의하면 강제 노동 수용소는 반드시(각 지방 체까의 노력으로) 〈각 주의 주청 소재지에〉(편의에 따라 시내나 수도원, 아니면 교외의 지주 저택에), 그리고 약간의 군에 — 그때만 해도 모든 군은 아니었지만 — 만들지 않으면 안 되게 되어 있었다. 이들 각 수용소는 〈3백 명 이상의 인원을〉 수용하고(죄수들의 노동으로 경비병들과 관리 직원들까지 유지하기 위해서), 각각 주 징벌부의 관할하에 들어가야만 했다.

　지금 우리가 돌이켜 보면 최초의 강제 노동 수용소의 정체를 파악하기는 힘들 것 같은 생각이 든다. 그 속에 갇혀 있던 죄수들은 아무도 다른 사람에게 말한 적이 없는 것 같고, 또 증거도 없다. 문학 작품과 회고록들도 전시 공산주의를 이야기하는 단계에서 총살이나 형무소에 대해서는 언급하고 있으나 수용소에 대해서는 일언반구도 없다. 심지어 글줄 사이나 문장의 배후에서도 그들의 존재를 암시하는 것조차 찾아볼 수 없다. 그러니 미하일로프가 잘못 알았다고 해서 조금도 이

14 『러시아 공화국 법률집』, 1919년, 제12호, p. 124, 제20호, p. 235.

상할 것은 없다. 그럼 그 수용소들은 어디에 있었을까? 무엇이라고 불렸을까? 어떤 형태를 하고 있었을까?

1918년 7월 23일 자의 지령서는 결정적인(모든 법학자에 의해서 지적되고 있는) 결점을 지니고 있어서, 죄수들의 계급적 분화, 즉 어떤 종류의 죄수들은 우대해야 하고, 어떤 종류의 죄수들은 나쁘게 대우해야 한다는 데 대해서 전혀 언급하지 않았다. 그 대신에 거기에는 노동 규칙이 항목별로 적혀 있었다. 그 덕분에 우리는 그럭저럭 상상이라도 해볼 수 있다. 노동 시간은 8시간으로 규정하고 있었다. 새로 시작하는 일이라 성급한 어조로 다음과 같이 결정하고 있었다 ─ 수용소 내의 유지 작업을 제외한 어떠한 노동에 대해서도 임금을 지불한다. (너무나 기괴해서 펜을 놀릴 수조차 없다!) 그것도 해당되는 직업 동맹의 임금 기준에 따라 백 퍼센트를 지불한다는 것이다. (헌법에 의해서 노동을 강요하며, 역시 헌법에 따라 임금을 지불한다니 트집을 잡으려 해도 잡을 수가 없다.) 물론, 그 급료에서 수용소의 유지비와 경비병의 인건비는 공제되었다. 그리고 〈성실한〉 죄수에게는 개인의 주택에서 기거하고, 일할 때에만 수용소에 오는 특전이 부여되었다. 〈특히 열성적인 자〉에 대해서는 기한 전의 석방이 약속되어 있었다. 그러나 전체적으로 대우에 대한 상세한 지시는 없고 수용소마다 제멋대로 운영되고 있었다. 〈신 정권 수립 시기에《감금지》의《초과밀》상태를 고려하면서 모든 관심이 형무소의 부담 경감에 돌려지고 있는 때였으니만큼 죄수의 대우를 생각하고 있을 여유라고는 전혀 없었다.〉[15] 이 문장을 읽으면 흡사 바빌론의 문자로 된 고문서라도 보는 듯한 생각이 든다. 대번에 수많은 질문이 터져 나온다 ─ 그 가련한 형무소에서는 무

---

15 『법무 인민 위원회 자료』, 1920년, 제7집. (강조는 솔제니친)

슨 일이 일어나고 있었을까? 어떤 사회적인 요인이 그런 초과
밀 상태를 만들었을까? 〈부담 경감〉은 총살이라 보아야 할 것
인가, 아니면 다른 수용소로의 분산이라 볼 것인가? 〈대우를
생각할 여유라고는 전혀 없었다〉는 것은 무슨 뜻일까? 그것
은 법무 인민 위원회가 현지 수용소장의 횡포로부터 죄수를
보호할 여유가 없었다는 것일까? 또 다른 해석은 없는 것일
까? 대우에 관한 지령은 없었으니 혁명적 정의감의 시대에 폭
군은 누구나 다 자기 마음대로 죄수를 처분할 수 있었다는 말
인가?

겸허한 통계로부터(전술한 논문집 『소비에뜨 사법 제도』
를 통해서) 다음과 같은 사실을 알 수 있다. 즉, 수용소의 작업
은 주로 육체노동이었다. 1919년에는 죄수들의 2.5퍼센트만
이 실내 공장에서 일하고 있었다. 1920년에는 10퍼센트였다.
1918년 말에 중앙 징벌부(명칭만 들어도 오싹 소름이 끼친
다!)는 농업 유형지 설립을 위해 동분서주했다는 사실도 알려
져 있다. 모스끄바의 국유화된 건물의 상수도, 난방 및 하수도
의 수리를 위해 몇 개의 죄수 작업반이 결성되었다는 것도 역
시 다 알려진 사실이다(아마도 경비병이 붙지 않은 이 죄수들
은 스패너, 땜질 기구, 파이프 등을 손에 들고 모스끄바 중앙
관서의 복도를 어슬렁거리기도 하고 그 당시의 거물급 부인
의 전화 호출을 받고 수리를 하기 위해 그들의 주택을 방문하
고 있었으리라. 그럼에도 불구하고 어느 회고록에도, 어느 희
곡에도, 어느 영화에도 이들 죄수에 대해서는 언급이 없다).

그러나 강제 노동 수용소는 역시 러시아 소비에뜨 연방 사
회주의 공화국 〈최초〉의 수용소는 아니었다.
독자는 판결문 속에서(제1부 제8장 참조) 〈집단 수용소〉라

25

는 말을 여러 번 읽고 어쩌면 그것은 잘못된 것이 아닐까, 훨씬 후세의 용어를 경솔하게 사용한 것은 아닐까 하고 생각했을지도 모른다. 그러나 그것은 그렇지 않다.

1918년 8월, F. 까쁠란에 의한 레닌 암살 미수 사건이 있기 며칠 전에 블라지미르 일리치 레닌은 예브게니야 보시[16]와 뻰자주(州) 집행 위원회(농민 폭동을 제대로 진압하지 못하고 있던) 앞으로 보낸 전보에서, 다음과 같이 쓰고 있다 ― 〈의심이 가는 자들(《죄가 있는 자들》이 아니라 《의심이 가는 자들》이다)은 시외의 《집단 수용소》에 감금할 것.〉[17] (그러고 나서 〈무자비한 대량 테러를 실시할 것〉. 이것은 아직도 관계 법령이 발표되기 전의 일이었다.)

그런데 1918년 9월 5일에 이 전보가 있은 지 약 열흘 후에 적색 테러에 관한 인민 위원회의 법령이 발표되었다. 뻬뜨로프스끼, 꾸르스끼, 그리고 본치 브루예비치가 그 법령에 서명했다. 거기에는 대량 학살의 지령 말고도 다음과 같은 것이 적혀 있다 ― 《집단 수용소》에 격리함으로써 계급의 적으로부터 소비에뜨 공화국을 보호하라.〉[18]

다름 아닌 바로 〈여기〉에서 〈집단 수용소〉라는 용어가 생겨난 것이다. 그것은 순식간에 채용되고 정착되어, 20세기의 가장 중요한 용어 중의 하나로서, 폭넓은 국제적 미래를 약속받았던 것이다. 바로 그 시기는 1918년 8월과 9월이었다. 이 단어 자체는 이미 1차 대전 때부터 사용되고 있었다. 그러나 그것은 전쟁 포로들과 불온한 외국인들에 한해서였다. 그러

16 이 잊힌 여인은 그때(체까와 체까의 끄나풀로) 뻰자주 전체의 운명에 관여하였다.

17 『레닌 전집』 5판, 제50권, pp. 143~144. (강조는 솔제니찐)

18 『러시아 공화국 법률집』, 1918년, 제65호, p. 710.

던 것을 소련에서는 처음으로 자기 나라 시민에게도 적용한 것이다. 단어의 뜻이 변화된 것은 이해가 간다. 전쟁 포로들을 위한 집단 수용소는 형무소가 아니라, 필연적인 예방적 집결이었다.

이와 마찬가지로, 의심이 가는 동포들에게도 재판이 없는 예방적 집결이 필요했던 것이다. 정력적인 두뇌는 재판도 없이 감금한 사람들 주위에 가시철조망을 생각해 낸 끝에, 필요한 단어 〈집단〉이라는 용어도 고안해 냈던 것이다.

법무 인민 위원회의 강제 노동 수용소가 일반 감금지의 부류에 속해 있었다면, 집단 수용소는 결코 〈일반 감금지〉는 아니었다. 그것은 체까가 직접 관장하는 〈특수 적대 분자와 인질〉을 위한 수용소였다. 그 후 재판을 거쳐 집단 수용소로 감금된 사람들도 있었지만, 그것은 어디까지나 〈재판에서 유죄〉로 인정된 사람들이 아니라, 그저 〈적대 분자의 징후〉만으로 흘러들어 온 사람들이었다.[19]

집단 수용소로부터의 탈주자에 대해서는, (역시 재판 없이) 형기가 〈10배〉로 연장되었다(그 당시의 분위기는 이러했다 — 〈한 번 탈주하면 10배! 아니면 100배!〉 그러니까, 형기 5년의 죄수가 탈주하다 체포되면, 그의 형기는 자동적으로 1968년까지 연장되게 마련이다. 두 번째의 탈주에 대해서는 총살형이 규정되어 있었다(물론, 그것은 어김없이 실시되었다).

우끄라이나에서는 집단 수용소의 설치가 늦어져서 1920년에야 겨우 창설되었다.

그러나 우리 나라의 젊은 법률가의 창조적 두뇌는 이러한 상황에 아직 안심할 수 없었다. 완전히 계급적이라고 생각했던 집단 수용소도 얼마 안 가서 그 방향과 엄격성이 아직도

19 논문집 『형무소에서 교육 시설로』.

불충분한 것으로 받아들여졌다. 여기서 1921년에 〈북방 특별 수용소〉(〈특별〉이란 낱말이 이유 없이 붙은 것은 아니다), 즉 SLON이 창설되었다. 이런 종류의 수용소는 뻬르또민스끄, 홀모고리, 그리고 아르한겔스끄 근처에 먼저 만들어졌다.[20] 그러나 이들 장소는 경비하기가 곤란할 뿐만 아니라, 대량의 죄수를 밀집시키는 문제에서도 어려움이 많다고 생각된 모양이다.

그리하여 당국의 시선은 자연히 그 이웃에 있는 솔로프끼 제도로 옮겨졌다. 거기에는 이미 시설이 갖추어져 있었고, 석조 건물도 있었고, 대륙에서도 20킬로미터에서 40킬로미터나 떨어져 있었다. 형무소 관리 직원에게는 비교적 가까운 거리라 할 수 있었으나, 탈주 죄수들에게는 어지간히 먼 거리였다. 게다가 대륙과의 연락이 반년씩이나 두절되곤 해서 사할린섬보다도 더 무서운 곳이었다.

솔로프끼섬이 선정된 후로는 인민의 기억으로부터 강제 노동 수용소도, 집단 수용소도, 특별 수용소도 깨끗이 사라져 버리고 말았다! 왜냐하면, 1920년대에는 솔로프끼섬에 대하여 전혀 감추지 않았을 뿐만 아니라, 오히려 귀에 못이 박힐 정도로 떠들어 댔기 때문이다. 솔로프끼섬으로 공공연히 위협하기도 하고, 그것을 공공연히 자랑하기도(어떻게 감히 그런 것을 자랑할 수 있었을까!) 했다. 솔로프끼섬은 심지어 상징이 되어 있었다. 경연극의 풍자가를 통해 그 섬들은 마음껏 조소되었다. 계급은 사라져 가고 있었고(어디로?) 솔로프끼

20 『솔로프끼 제도』, 1930년, 제2~3호, p. 55. 껨에서의 북방 특별 수용소 국장 녹쩨프 동지의 보고에서. 지금은 관광객들에게 드비나 하구에 있는 이른바 〈차이꼬프스끼 정부 수용소〉를 보여 주는데, 바로 이것이 최초의 북방 특별 수용소 중의 하나라는 것을 알아야 한다.

의 섬들도 곧 사라질 운명에 있었다. 수용소 내부의 잡지『솔로프끼 제도』의 구독 예약이 소련 전국에 대담하게 확대되어 나가고 있었다.

그러나 수용소는 더욱더 깊이 자기의 뿌리를 내리박고 있었다. 그저 우리는 그 장소와 흔적을 잃어버린 데 지나지 않는다. 초기 집단 수용소의 대부분에 대해서는 말해 줄 사람이 이미 아무도 없다. 초기 집단 수용소를 경험하고 지금도 생존해 있는 죄수들의 마지막 증언을 통해, 약간의 사실을 포착하여 공개할 수 있을 뿐이다.

당국은 그 당시 집단 수용소를 옛날 수도원에다 개설하기를 좋아했다. 굳게 올린 튼튼한 담장에다 견고한 건물이 텅 비어 있었기 때문이다(수도사들은 인간이 아니니까 어차피 내쫓길 운명이었다). 그리하여 모스끄바의 집단 수용소는 안드로니꼬프 수도원, 노보스빠스끼 수도원, 이바노프스끼 수도원에 있었다. 뻬뜨로그라뜨의『끄라스나야 가제따』1918년 9월 6일 자에 의하면, 〈제1 집단 수용소는 니즈니 노브고로뜨의 텅 빈 수녀원에 개설할 것이고…… 우선《맨 처음으로》이 니즈니 노브고로뜨 집단 수용소에 5천 명을 보낼 예정이다〉라고 쓰여 있었다(강조는 솔제니찐).

랴잔에서도 집단 수용소는 옛날 수녀원(까잔 수도원)에 개설되었다. 이 수용소에 관해서는 다음과 같은 이야기가 있다. 이 수용소에는 상인들, 신부들, 〈포로들〉(붉은 군대에 종사하지 않다가 체포된 장교들을 그렇게 부르고 있었다)이 수감되어 있었다(똘스또이주의자인 I. Y.도 그 속에 끼여 있었다. 그의 재판에 대해서는 우리도 이미 알고 있는 바다). 수용소에는 직물, 재봉, 제화 등의 작업장이 있고, 〈일반 작업〉(1921년에 이미 이런 명칭이 있었다)과 수리 및 시내에서의 건설 작업이 있었다. 작업장으로 나갈 때는 호송병의 호위를 받았으나, 그 직종으로 보아 혼자서 일하는 일꾼에게는 호송병이 따르지 않았다. 주민들은 이런 사람에게 식사를 제공해 주기도 했다. 랴잔의 시민은 〈시민권 상실자〉들에게(그들은 공식적인 죄수가 아니라, 〈자유를 박탈당한 자〉라고 불리고 있었다) 지극히 동정적인 태도를 보여 주어서 지나가는 그들의 대열을 볼 때마다 적선을 베풀었다(건빵, 사탕무, 감자 등). 호송병도 적선을 받는 것을 금지하지 않았기 때문에, 시민권 상실자들은 적선받은 음식물을 똑같이 나눠 가졌다(이것은 어디로 보나 〈우리의〉 관습이 아니다. 〈우리의〉 이데올로기가 아니다). 그중에서도 특히, 운이 좋은 시민권 상실자들은 관청의 전문직에 종사할 수 있었다(예를 들어 Y.는 철도에 근무했다). 그런 사람들에게는 시내 출입을 위한 통행증이 교부되었다(잠은 여전히 수용소에서 자지만).

1921년 수용소의 식사는 다음과 같았다. 빵은 250그램(작업량을 완수한 자에게는 다시 250그램이 추가되었다), 아침과 저녁에는 차를 타기 위한 끓인 물, 낮에는 야채수프 한 국자(그 속에는 보리알 여남은 개와 감자 껍질이 들어 있었다).

수용소 생활을 장식하는 것이 있었다면, 그 하나는 선동가들의 밀고(밀고에 의한 체포)와, 또 하나는 연극과 합창 모임이었다. 랴잔 시민들을 위해 옛날 귀족 회관 홀에서 음악회를 개최하기도 했다. 시민권 상실자들의 취주악단은 시내의 공원에서 연주했다. 시민권 상실자들은 점점 시민들과 친해져 갔다. 그것은 당국으로서는 용서할 수 없는 일이었다. 그리하여 결국 〈포로들〉이 북방의 특별 수용소로 옮겨지게 된 것이다.

집단 수용소가 오래 견디지 못하고 또 그 규율이 엄격하지 못했던 이유는 수용소가 일반 시민 생활에 둘러싸여 있었다는 데 있었다. 바로 그런 이유로 해서 북방 특별 수용소가 필요했던 것이다(집단 수용소는 1922년부터 폐지되었다).

수용소의 그 미묘한 변화를 좀 더 잘 규명하기 위해서도 이 모든 수용소의 여명기는 가치가 있다. 그 임무를 수행할 수 있는 자는 위대하다 하겠으나 불행히도 우리는 약간의 정보만을 손에 쥐고 있을 뿐이다.

내전이 끝난 후 뜨로쯔끼에 의해서 창설된 2개의 노동군은 억류된 병사들의 불평이 원인이 되어 해산될 수밖에 없었다. 여기서 러시아 공화국이라는 기구 속에서의 수용소의 역할은 약화되기는커녕, 오히려 더 강화되는 결과를 가져왔다. 1920년 말 러시아 공화국의 43개 주에는 84개의 수용소가 있었다.[21] 공식 통계를 믿는다면(비록 기밀로 되어 있기는 하지만), 당시 수용되고 있었던 인원은 2만 5,336명이고, 그 밖에 2만 4,400명의 〈내전 포로들〉이 있었다.[22] 어느 숫자건, 특히 나중의 숫자는 지나치게 줄인 것 같은 생각이 든다. 그러나 형무소의 부담을 경감한다는 목적으로 전마선의 침몰이나 다른 대량 학살의 방법에 의해서 그 계산은 몇 번이나 〈제로〉에서 되풀이되었을 테니까, 이 숫자도 어쩌면 정확한 것일지도 모른다.

같은 통계에 의하면, 1923년 10월경, 이미 희망에 찬 〈NEP(신경제 정책)〉 시대가 시작되고 있을 때(〈개인숭배〉까지는 아직도 꽤 거리가 멀었다), 수용소 상황은 다음과 같았다. 즉, 355개의 수용소에 6만 8,297명의 자유를 박탈당한 자, 207개의 교도소에 4만 8,163명, 105개의 구치소와 형무소에 1만

21 국립 10월 혁명 중앙 고문서관, 컬렉션 393, 목록 13, 문서 번호 1B, p. 111.
22 같은 문서, p. 112.

6,775명, 35개의 농업 유형지에 2,328명, 그리고 그 밖에 1,041명의 미성년자와 병자.[23]

또 하나의 의미심장한 통계가 있다 — 즉, 수용소의 과밀 상태를 말해 주는 통계 말이다(죄수들의 증가가 수용소의 설치 속도를 앞지르고 있었던 것이다). 1백 명의 정원에 대해서 1924년에는 112명, 1925년에는 120명, 1926년에는 132명, 1927년에는 177명의 죄수가 할당되었다.[24] 자기가 직접 수용소에 갇힌 경험이 있는 자라면, 한 구역에 177명의 죄수가 있을 경우 수용소 안의 생활 상태가 어떠했겠는가는 짐작이 가고도 남음이 있을 것이다(판자 침상의 상태며, 식당의 식기며, 솜옷 등등).

죄수 수용을 위한 가장 좋은 형태를 찾아내기 위해 해마다 여러 가지 형태가 시도되었다. 비위험 분자나 정치적으로 이질 분자가 아닌 자를 위해서는 노동 유형지, 노동 교화소(1922년부터), 교화소(1923년부터), 구치소와 노동 시설(1924년부터), 미성년자용 노동 시설이 만들어졌다. 정치적 이질 분자에 대해서는 격리 형무소(1922년부터)와 1923년부터는 특별 격리 형무소(이전의 중앙 형무소, 이후의 특별 형무소)가 만들어졌다.

이 형태의 창조자들은 자기의 창조물을 통해, 형무소 이외에는 아무것도 생각하지 않았던 전 세계의 나라들, 즉 구 러시아까지도 포함한 전 세계 나라들의 〈형무소 신봉자〉들을 상대로 용감한 싸움을 벌이고 있는 것이라고 생각했다(〈짜르 정부는 전국을 하나의 거대한 형무소로 만들고, 그 형무소 제도를

23 같은 문서, 목록 39, 문서 번호 48, pp.13~14.
24 A. A. 게르젠존, 『러시아 공화국의 범죄 방지 대책』(모스끄바: 소비에뜨 법률 출판소, 1928), p. 103.

일종의 용의주도한 사디즘을 가지고 발전시켜 나갔다〉).[25]

〈재건 시대〉의 문턱에서(즉, 1927년부터) 〈수용소들이 할 역할〉은…… (모든 것이 승리로 끝난 지금에 와서 대체 이것은 무슨 말일까?) 가장 위험한 적대 분자, 해독 분자, 부농, 반혁명적 선동에 대해서…… 〈증대되어야 한다〉.[26]

결국 군도는 바다 밑으로 가라앉지 않았다! 군도는 살아남을 운명을 지니고 있었던 것이다!

1924년까지 군도에는 보통 노동 유형지는 적었다. 이 시기에는 〈비밀 감금지〉 쪽이 훨씬 많았고, 그 이후로도 그들의 수는 결코 줄어들지 않았다. (1924년의 보고서 속에서 끄릴렌꼬는 특별 격리 형무소의 수를 〈늘리라고〉 요구하고 있다. 즉, 비근로자와 〈근로자 중의 특별 위험 분자〉를 위해 격리 형무소를 증설하라는 것이다 — 나중에는 결국 끄릴렌꼬 자신도 특별 위험 분자의 일원으로 간주되고 말았지만. 끄릴렌꼬의 이 말은 1924년의 교정 노동 법전에 그대로 적용되었다.)

세계 지도가 우리 앞에 펼쳐지기 전에 그 어딘가에서 눈에 보이지 않는 기저층의 이동이 이루어지듯이, 군도가 창설될 때 여기에서도 도저히 우리 머리로서는 이해하기 힘든 매우 중요한 이동과 명칭 변경이 행해졌다.

맨 처음은 창조적인 혼돈 시기여서, 3개의 부서가 감금지를 관리했다 — 즉, 체까(제르진스끼 동지), NKVD(뻬뜨로프스끼 동지), 그리고 법무 인민 위원회(꾸르스끼 동지). NKVD가 관할하는 것은 GUMZAK(감금지 관리 본부, 1917년 10월 직후)였다가, GUPR(강제 노동 관리 본부)이기도 했고, 또다시

25 논문집 『형무소에서 교육 시설로』, p. 431.
26 I. L. 아베르바흐, 『범죄에서 노동으로』(소비에뜨 입법 출판소, 1936), 비신스끼 감수.

GUMZ로 이름을 바꾸었다.[27] 그 후 중앙 징벌부가 설치되고 (1918년 5월), 거기에 부속되어 있던 주(州) 징벌부 망이 깔리고, 대회(1920년 9월)까지 개최되었다. 나중에 좀 더 듣기 좋은 명칭, 중앙 교정 노동부로 개칭되어, 역시 법무 인민 위원회의 관할하에 놓였다(1921년). 말할 필요도 없이 이러한 분산 상태는 징벌 교정 사업에 도움을 줄 리가 없었기 때문에 제르진스끼는 관할권의 통일을 요구했다. 결국 여기에서 NKVD와 체까의 합병이 이루어졌다. 이 합병은 많은 사람들이 모르는 사이에 이루어졌는데, 이 결과로 1919년 3월 16일에 제르진스끼는 NKVD 부장직까지도 겸임하게 되었다. 그리고 1922년 6월 25일에는 다시 자기의 NKVD 관할하에 법무 인민 위원회 관할의 모든 감금지를 통합하는 데 성공했다.[28] 이와 같은 방식으로 NKVD의 감금지 관리 본부는 점점 확대되어 갔던 것이다.

이와 병행해서 수용소 경비 체제의 재편성도 행해졌다. 맨 처음 수용소의 경비는 〈공화국 내부 경비대〉가 맡고 있었으나, 나중에는 〈내부 근무 부대〉로 바뀌고, 1919년에는 〈체까 군단〉에 병합되어[29] 제르진스끼가 다시 그 군단 의회 의장이 되었다. (그럼에도 불구하고, 1924년까지 탈주자의 증가와 직원들의 나쁜 규율에 대한 불평 보고가 그치지 않았다.[30] 아마 술을 마시고 감시를 게을리하면서 급료만 받으면 된다는 식이었을 게다……) 1924년 6월에야 비로소 전 러시아 중앙 집행 위원회, 인민 위원회의 법령에 의해서 호송 경비 군단에

27 이것은 1960년대인 지금도 마찬가지다.
28 『소비에뜨 정권』, 1923년, 제1~2호, p. 57.
29 같은 잡지, 1919년, 제11호, pp. 6~7.
30 국립 10월 혁명 중앙 고문서관, 컬렉션 393, 목록 47, 문서 번호 89, p. 11.

군사 규율이 도입되고, 육군과 해군 인민 위원회를 거쳐 부대 편성이 실시되었다.[31]

또 이와 병행해서, 1922년에 중앙 지문 등록국이 창설되고, 경비견과 탐지견을 위한 중앙 양성소가 설립되었다.

한편, 그러는 사이에 소비에뜨 연방 GUMZAK는 소비에뜨 연방 GUITU(교정 노동 시설 관리 본부)로 이름을 바꾸고, 다시 GUITL(교정 노동 수용소 관리 본부)로 명칭이 바뀐다. 그리고 그 본부장은 소비에뜨 연방 경비 부대의 대장이 함께 겸직을 하게 되는 것이다.

그야말로 이만저만한 소동이 아니다! 그러니 얼마나 많은 계단, 집무실, 보초, 통행증, 인쇄물, 간판이 필요했겠는가!

그리하여 GUMZAK의 아들인 GUITL로부터 바로 우리의 GULAG(수용소 관리 본부)가 생겨난 것이다.

31 같은 문서, 목록 53, 문서 번호 141, pp. 1, 3, 4.

제2장

군도가 바다에서 떠오르다

반년 동안 백야가 계속되는 백해에서 볼쇼이 솔로프끼섬이 물속에서 흰 교회를 떠받치고 있다. 교회 주위는 바위 성벽으로 둘러싸여 있고 그 성벽에는 지의(地衣)가 자라나 붉은 녹빛을 띠고 있다. 그리고 솔로프끼의 잿빛 갈매기들이 언제나 성채의 상공을 날며 울고 있다.

〈이와 같은 밝은 분위기 속에서는 죄악 따위는 존재하지 않을 것처럼 생각되었다…… 이와 같은 자연 속에서는 죄악도 살아남지 못할 것 같았다〉라고 쁘리시빈은 솔로프끼섬에서 받은 인상을 술회하였다.[1]

이 섬들은 우리와 무관하게 바다에서 떠오르고, 우리와 무관하게 고기가 득실거리는 2백 개의 호수가 있으며, 우리와

---

[1] 그에게는 솔로프끼섬에서 수도사들만이 죄 많은 사람처럼 보였다. 그것은 1908년으로, 당시의 자유주의적인 생각으로는 성직자에 대해 긍정적으로 말할 수 없었다. 그러나 군도를 거쳐 온 우리들에게는 이 수도사들이 아마 천사처럼 보이리라. 〈배불리〉 먹을 수 있는 데도 그들은 골고다–십자가 암자에서 정진식으로 생선을 특별한 날에만 먹을 뿐이었다. 잠도 마음대로 잘 수 있는 데도 그들은 밤에도 잠을 자지 않았고(같은 암자에서), 또 1년 내내 밤낮으로 시편을 읽으며 산 사람 죽은 사람 구별 없이 모든 정교회 신자를 위해 비는 것이었다.

무관하게 큰 뇌조며 토끼, 사슴이 살고 있고, 여우와 늑대 그 밖의 맹수들은 처음부터 있어 본 적이 없었다.

빙하가 근처를 오가고 호수 주변에는 화강암이 많이 널려 있었다. 솔로프끼의 겨울밤에는 호수가 얼어붙고 바람에 바다가 거칠어지고 유빙으로 여기저기가 얼어붙어 버리기도 했다. 하늘 반쪽에는 오로라가 타오르고 있었다. 그리고 다시 날이 밝고 다시 따뜻해지고 전나무는 자라나 굵어지고, 새들이 지저귀고, 어린 사슴이 우는 것이었다. 지구는 세계사를 편찬하면서 회전을 계속해 왔고 나라는 붕괴하고 발흥하여 왔다. 그러나 여기는 여전히 맹수도 없었고 사람도 없었다.

간혹 노브고로뜨 주민이 상륙하기도 했는데 그들은 이 섬을 오보네시스까야 행정 구역에 편입시켰다. 까렐리야인도 여기서 거주한 적이 있었다. 꿀리꼬보 전투 이후 50년이 지난, GPU가 출현하기 5백 년 전에 2명의 수도사 사바찌와 게르만이 보트를 타고 진주조갯빛 바다를 건너왔다. 그들은 맹수가 전혀 없는 이 섬을 신성한 곳으로 생각했다. 그들은 거기에 솔로프끼 수도원을 건립하였다(도판 1). 그 이후 우스뻬스끼와 쁘레오브라젠스끼 대사원이 생겨나고 세끼르나야 언덕에는 우세끄노베니예 교회가 들어서고, 그 밖에 또 2백 개의 교회가 세워지고, 또 20개의 작은 예배당이 생기고, 골고다 암자, 성삼위일체 암자, 사바찌예프스끼 암자, 묵살름스끼 암자가 세워지고 또 저 멀리 세상을 등진 사람들과 금욕주의 수도사의 초암들이 뚝뚝 떨어져 있었다. 이곳에는 많은 인간의 노동이 흘러들었다. 처음에는 수도사들 자신의 노동, 다음에는 수도원 전속 농민의 노동이 흘러들었다. 호수는 수십 개의 운하로 연결되어 있었다. 목제 파이프로 호수의 물이 수도원까지 들어왔다. 그리고 가장 놀라운 것은 도저히 들어 올리지 못할 것 같은 큰 돌을 무슨 방법으로 여울의 양 둑에 쌓아 묵살마까지 댐을 건설했을까 하는 것이다(19세기에). 대(大) 묵살마와 소(小) 묵살마에는 통통하게 살찐 가축 떼들이 방목되고 있었고 수도사들은 가축이든 야생 동물이든 가리지 않고 돌보기를 좋아했다. 솔로프끼섬의 토지는 신성할 뿐 아니라 넉넉하여 몇천 명의 사람과 동물을 먹이기에 충분했다.[2] 밭에서는 단단하고 달콤한 흰 양배추가 재배되었다(그 단단한 속은 〈솔로프끼섬의 사과〉였다). 모든 야채는 현지에서 직접 키운 것이었고, 그것도 양질의 것뿐이었다. 꽃을 재배하는 온실이 있어 장미도 재배하고 있었다. 어업도 발달하였다 — 바다 낚시와 바다의 일부를 막아 만든 〈대주교의 활어장〉에서는 물고기도 길렀다. 수백 년 수십 년 생활해 오는 동안 스스로 곡식을 빻기 위한 제분소가 생겨났고, 제재소도, 자기들의 도자기를 만들기 위한 도자기 공장도, 주물 공장도, 대장간도, 제본소도, 피혁 공장도, 마차 제작소도, 발전소도 생겨났다. 복잡한 특수형 벽돌도, 자신들의 해상용 보트도 모두 손수 만들고 있었다.

그러나 군사적 고려와 형무소적 고려를 수반하지 않은 발전은 아직 어느 시대에도 없었고 지금도 없고 앞으로도 없지 않을까?

군사적 고려에 따르면 무슨 말 뼈다귀인지도 모르는 무분별한 수도사들에게 단순히 섬에 살도록 허락할 수는 없는 것이다. 어쨌든 이 섬은 대제국의 국경 지대에 있었다. 따라서 스웨덴인과, 덴마크인과, 영국인과 싸우지 않으면 안 되었다.

---

2 기술사(技術史)의 전문가들의 말에 따르면 필리쁘-꼴리초프(이반 뇌제에게 목소리를 높였던)가 16세기에 솔로프끼섬의 농업에 도입한 기술과 기계는 그 3세기 뒤에 어디에 내놔도 부끄럽지 않을 만큼 우수한 것이었다.

그 때문에 서쪽에 두께가 8미터나 되는 요새를 구축하고 8개의 망루를 세우고 작은 총구멍을 만들지 않으면 안 되었다. 그리고 대사원의 종루에는 바깥을 내다볼 수 있는 감시소를 설치해야 했다.[3]

형무소적 고려. 외계로부터 완전히 고립되어 있는 섬, 그런데 튼튼한 돌벽이 있다 — 어쩐지 훌륭하지 않은가! 중요한 죄수를 가둬 둘 곳도 있고 경비를 부탁할 사람도 있지 않은가? 마음의 구제는 방해하지 않지만 죄수만은 경비해 달라는 것이다.[4]

그런데 수도사 사바찌가 이 신성한 섬에 상륙할 때 과연 그런 것을 생각했었을까?

여기에는 종교적 이단자가 수감되었다. 정치적 이단자도 똑같이 수감되었다. 여기에는 아브라미 빨리찐이 수감되었다(죽은 곳도 여기였다). 뿌시낀의 백부 P. 간니발도 12월 당원을 동정했다는 죄로 이곳에 수감되었다. 이미 노년에 달한 자뽀로제 까자끄군 단장 꼴니셰프스끼(뻬뜰류라의 먼 선구자?)도 이곳에 수감되어 오랜 형기를 마친 뒤 석방될 때는 백 살을 넘었었다.[5]

그렇지만 이미 소비에뜨 시대가 되면서, 다시 말해서 솔로

3 수도원은 1808년과 1854년에 영국인과 맞붙어 싸워 견뎌 내야 했다. 1667년에 니꼰파(派)의 무리들과 싸울 때는 수도사 페옥찌스뜨가 변절하여 비밀 통로를 열어 주는 바람에 성채를 짜르 측근의 대귀족에게 넘겨주었다.
4 기독교의 수도원이 형무소를 겸함으로써 얼마나 많은 인류의 신앙을 분쇄했던가!
5 솔로프끼 제도에는 국립 형무소가 1718년부터 존재해 왔다. 1880년대에 뻬쩨르부르끄 군관구 사령관 블라지미르 알렉산드로비치 대공은 솔로프끼 제도를 방문했을 때 그곳에 있는 군부대가 전혀 불필요하다고 생각하고 〈솔로프끼 제도에서 병사들을 철수시켰다.〉 1903년에 솔로프끼 형무소는 폐지되었다(A. S. 쁘루가빈, 『수도원 형무소』, 뽀스레드니끄 출판사, pp. 78, 81).

프끼 제도가 수용소로 이용되는 시대가 되면서 솔로프끼 수도원 형무소에 과거에 유행하던 신화의 그림자가 던져졌던 것이다. 그 그림자에 따라 안내서나 역사적 기록을 작성한 자들은 기만당하고 말았다. 그 결과 우리는 몇몇 책 속에서 다음과 같은 기록을 볼 수 있다. 이를테면 솔로프끼 형무소는 고문을 위한 곳이었다는 것이다. 조형대(吊刑台)의 갈고리가 있고 채찍도, 화형도 있었다고. 그러나 이 모든 것은 엘리자베따 여제 이전의 신문 형무소나 서구의 종교 재판의 도구였다. 그런 것은 러시아의 수도원 형무소에서는 매우 이질적인 것이며 불성실하고 사정을 잘 모르는 어느 연구가의 망상의 산물에 지나지 않는다.

솔로프끼의 고참 죄수들은 그를 잘 기억하고 있다. 그는 〈반종교 세균〉이라는 별명으로 수용소에서 통하는 수다쟁이 이바노프였다. 일찍이 그는 노브고로뜨의 대주교 전속 수사였는데 스웨덴인에게 교회 재산을 팔아먹은 죄로 체포되었었다. 솔로프끼 제도에는 1925년경에 호송되어 와서 일반 작업과 죽음에서 해방되려면 어떻게 하면 좋을까 열심히 고민하였다. 고민 끝에 그는 죄수들 사이에서 반종교 선동을 전문으로 하기로 결심하고 당연히 ISCh(정보 심리부, 조금도 덧붙이지 않고 그대로의 명칭이다)의 끄나풀이 되었다. 게다가 수도사들이 많은 보물을 땅속에 묻어 두지 않았을까 추측해서 수용소 관리자들을 흥분시켰다. 그래서 그를 우두머리로 한 발굴 위원회가 설치되었다. 이 위원회는 수개월 동안 발굴을 계속했으나 유감스럽게도 수도사들은 반종교 세균의 기대를 저버렸다. 말하자면 그들은 솔로프끼 제도에 보물을 묻어 두지 않았던 것이다. 그러자 체면을 살리기 위해서 이바노프는 가정용, 창고용 또는 방위용으로 사용하는 지하실을 형무소용이나 고문용이라고 설명하기 시작했다. 물론, 고문을 했던 자세한 증거는 몇 세기가 지난 오늘날 남아 있을 리가 없었다. 그러나 갈고리(고기를 걸기 위한 것)는 의심할 바 없이 그곳에 조형대가 있었음을 증명해 주고 있었다. 그런데 왜 어떻게 19세기에도 자행되었던 학대의 흔적이 지금은 전혀 남아 있지 않은지 설명하기란 그리 쉬운 일이 아니었다. 그래서 다음과 같은 결론이 나왔다. 즉, 〈전 세기부터 솔로프끼 형무소의 규율은 상당히 완화되었다〉는 것이다. 반종교 세균의 〈발견〉은 당시의 시류와 걸맞은 것이었다. 실망한 수용소 당국을 어느 정도 달랠 겸 그것을 잡지 『솔로프끼 제도』에 실었다. 그 후 솔로프끼 인쇄소에서 단행본으로 출판하여 마침내 역사적 진실을 그 연기 속에 감춰 버리는 데 성공하였다(번성해 가던 솔로프끼 수도원은 혁명 전까지 전 러시아 국민에게 존경받고 대단한 명예를 얻어 왔으므로 그 기획은 오명을 덮어씌우기에 시기적절한 것이었다).

그런데 정권이 노동자의 손에 넘어가자 이 악의에 찬 기생충 같은 수도사들을 어떻게 처치해 버렸던가? 그곳에는 정치 부원들, 즉 사회적 시련을 겪은 지도자들이 유배되어 와 수도원은 국영 농장으로 선언되었다. 수도사는 기도는 조금만 하고 노동자나 농민을 위해 일을 많이 하도록 명령받았다. 수도사는 일했다. 많이 잡히는 때와 장소를 잘 선택하여 어망을 던져서 잡은 기막히게 맛있는 청어는 모스끄바 끄레믈의 식탁으로 보내졌다.

그러나 수도원, 특히 성기소에 모아 둔 많은 귀중품은 그곳에 온 지도자나 교사들 중 어느 누구의 주의도 끌지 못했다. 그 귀중품은 노동자의, 즉 〈그들의〉 손에 넘어가는 대신에 죽은 종교적 폐물이 되어 버렸기 때문이었다. 게다가 형법과는

좀 모순된, 그러나 비근로자의 재산 몰수라는 일반적 정신에
는 확실히 부합되게 수도원은 방화되었다(1923년 5월 25일).
건물은 손상되었고 성기소의 많은 귀중품이 사라져 버렸다.
그리고 가장 중요한 것은 모든 귀중품 기록부가 불타 버려 무
엇이 어느 정도 없어졌는지조차 조사할 수가 없었다.[6]

심리를 전혀 하지 않아도 혁명적 정의감(직감)은 우리에게
무엇인가를 가르쳐 준다. 이를테면 수도원의 재산에 불을 지
른 것이 뱃속 검은 수도사 집단의 잘못이 아니라면 누구의 잘
못이라 하겠는가? 그러니까 그들을 내륙으로 쫓아내고 그 대
신 솔로프끼 제도에 북방 특별 수용소를 집중시키려는 것이
다! 여든 살, 아니 백 살이 된 수도사들마저 이 〈신성한 땅〉에
서 죽게 해달라고 간원했었다. 그러나 프롤레타리아의 비정
함으로 수도사들은 거기서 전부 축출되었다. 가장 필요한 사
람만 빼놓고. 어부 조합,[7] 묵살마의 가축 전문가들, 양배추 절
임을 담당하는 메포지 신부, 주물공 삼손 신부, 그 밖에 그와
같은 유익한 신부들만 빼놓고. (그들에게는 수용소와는 다른
별개의 한 성채 방이 할당되어 거기는 그들만의 출입문 — 청
어 문이 있었다.)(도판 2) 그들은 〈노동 코뮌〉으로 불렸다. 그
러나 그들의 완전히 마비된 의식을 감안하여 기도용으로 묘
지에 있는 오누프리예프 교회는 남겨 두었다.

그래서 죄수들이 늘 되풀이하며 좋아하는 속담 하나가 실
현되었던 것이다. 〈신성한 곳은 비지 않는다.〉 종소리가 잠잠

---

6 옛날 천장의 나지막한 독방이나 고문 도구가 좀처럼 발견되지 않은 이
유를 설명할 때 〈반종교 세균〉은 이 또한 화재 사건의 탓으로 돌리기도 했다.
7 그들은 1930년경에야 겨우 솔로프끼 제도에서 축출되었다. 그 후로 청
어는 갑자기 잡히지 않았다. 청어는 완전히 증발되어 버린 듯 더 이상 아무도
본 사람이 없었다.

해지고, 등불과 양초 기둥이 꺼지고, 이미 예배와 저녁 기도 소리도 들리지 않고, 시편도 하루 종일 중얼거리지 않게 되고, 성단 앞의 장막도 파손되었다(쁘레오브라젠스끼 대사원에는 남아 있었다). 그 대신 용감한 체끼스뜨들이 발뒤꿈치까지 내려오는 긴 외투를 입고 솔로프끼 특유의 접어 올린 검은 소매 끝동과 옷깃에, 별 없는 검은 테두리 제모를 쓰고 1923년 6월에 도착하여 엄격하고 모범적인 수용소, 즉 노동 공화국임을 자랑할 수 있는 수용소를 만들기 시작했다.

지령서에는 아직 특별 수용소의 〈특별 임무〉가 무엇인지 규정되어 있지 않았고 충분히 밝혀져 있지 않았다. 그러나 솔로프끼 수용소장 에이호만스는 물론 루비얀까에서 그 설명을 구두로 들었다. 섬에 도착한 그는 바로 그것을 자기 측근에게 설명해 주었다.

◆

지금은 옛날 죄수들, 아니 1960년대의 사람들조차 솔로프끼 제도의 이야기를 들려줘도 놀라워하지 않을지 모른다. 그러나 독자는 자신을 체호프 시대나 체호프 이후 시대의 인간으로, 혹은 우리 문화의 은(銀) 시대로 불리는 1910년대의 인간으로 상상하는 게 좋을 것이다. 〈그 시대〉에 교육받은 당신은 비록 내전으로 심한 충격을 받았다 해도 역시 인간이 먹을 수 있는 식사며 보통 의류며 상호 언어에 의한 교류에 익숙해 있는 사람이다. 그러나 당신이 솔로프끼 제도의 대문에 들어서면, 다시 말해 껨뻬르뿐끄뜨[8]에 들어서면 어떻게 될까. 그것은 껨으로 가는 중계 형무소가 있는 음울한 뽀뽀프섬에 있으며 거기서는 나무 한 그루 자라지 않는다. 대륙과는 댐 하

8 핀란드어로는 베게락샤, 즉 〈마녀들의 집〉으로 불리고 있다.

나로 연결되어 있는 섬이다. 이 살풍경한 더러운 가축우리 같
은 곳에서 처음으로 당신의 눈에 비치는 것은…… 〈자루를〉
뒤집어쓴 — 보통 자루를 뒤집어쓴 검역 중대다! [당시는 죄
수들을 〈중대〉에 통합하고 있어 〈반(班)〉은 아직 발견되지 않
고 있었다.] 발은 스커트 자락 밑으로 드러나듯 빠져나와 있
고 머리와 팔을 위한 구멍이 뚫려 있다. (상상도 할 수 없는 일
이다. 그러나 러시아인의 기지를 무엇으로 당할 수 있을까?)
신참은 자기 자신의 옷을 갖고 있는 동안 이 자루를 입지 않
을 것이다. 그러나 이 자루를 자세히 살펴보기 전에 그의 눈
에 들어오는 것은 전설적 인물인 기병 대위 꾸릴꼬다.

　꾸릴꼬(혹은 벨로보로도프여도 무관하지만)가 일단의 호
송 죄수 앞으로 역시 긴 체끼스뜨용 외투를 입고 나온다. 그
위협적인 접어 올린 검은 소매 끝동은 옛 러시아 병사의 외투
천 위로 무섭게 튀어나와 마치 죽음의 징조처럼 보인다. 그는
통이나 그 옆에 있는 적당한 발판 위로 뛰어올라 뜻밖에 나타
난 신참 죄수들을 날카롭고 거친 말로 맞이한다. 「어이! 잘 들
어! 여기는 소비에뜨 공화국이 아니라 솔로프끼 공화국이야!
알겠어? 아직 이 솔로프끼 땅에 검사가 발을 디뎌 본 적은 없
어! 그리고 앞으로도 밟는 일이 없을 거야! 알겠어? 너희들은
교정을 위해서 이곳에 호송되어 온 것이 〈아니야〉! 바보는 죽
기 전에 고칠 길이 없어! 여기 법은 이렇다. 내가 〈일어나〉 하
면 일어나고, 〈누워〉 하면 눕는 거다! 집으로 보내는 편지에는
이렇게 써야 한다. 〈건강하게 잘 있다. 모든 게 만족스럽다!
이만 줄인다!〉」

　놀라서 아연해하는 숭고한 귀족들, 도회의 지식인들, 신부
들, 이슬람 성직자들, 어두운 색 피부의 중앙 러시아인들은 생
전 이런 것을 듣도 보도, 또 읽어 보지도 못했던 것이다. 그런

데 내전 때는 명성을 떨치지 못하던 꾸릴꼬가 이처럼 역사적인 방법으로 자기 이름을 전 러시아의 연대기에 기록하면서 그 멋진 절규와 문구를 내뱉으면 그는 더욱더 기세가 오르는 것이었다. 기세가 오르면 오를수록 그와 같은 멋진 절규와 문구는 저절로 입 밖으로 튀어나왔다.

자기 자신에 홀딱 반해 버린 꾸릴꼬는 더욱더 기세가 올라 (마음속으로는 타인의 불행을 기뻐하면서 ─ 우리가 볼셰비끼와 싸우는 동안 너희들은 어딘가에 숨어 있었다. 안전한 곳에 몸을 숨기고 있었던 것이다. 그러다가 이번에 이리로 끌려 나왔지! 그 시시한 중립의 대가를 이제 받아야 마땅해! 우리는 볼셰비끼와 친하게 되었고 우리는 행동하는 사람이 된 것이다!) 훈련을 시작하는 것이었다.

「제1 검역 중대, 정렬!…… 틀렸어, 다시! 제1 검역 중대, 정렬!…… 틀렸어! 목소리가 너무 작아! 너희들이 〈정렬!〉 하고 소리치면 솔로프끼에서 해협 저쪽까지 들릴 정도가 돼야지! 2백 명이 소리치면 벽이 무너져 내려야지! 다시 한번 해봐! 제1 검역 중대, 정렬!」

모두 너무 소리를 질러 녹초가 되어 쓰러지려는 것을 보고 꾸릴꼬는 다음 훈련으로 들어간다. 이번에는 기둥 주위를 돌게 한다.

「발을 더 높이 쳐들어! 발을 더 높이!」

이것은 자신에게도 결코 쉬운 일이 아니다. 그 자신도 이미 제5막의 마지막 살인 장면에 처한 비극 배우처럼 몹시 지쳐 있었다. 그는 쓰러져 가는 자들이나 이미 쓰러져 있는 자들, 아니 땅바닥에 죽은 사람처럼 꼼짝 않고 누워 있는 자들을 향해 몇 시간 정도 훈련을 시킨 다음 마지막 힘을 다해 솔로프끼의 본질을 고백하듯 쉰 목소리로 약속하는 것이다. 「죽은 자의 콧물을 핥게 해주겠다!」

이것은 신참 죄수들을 굴복시키려는 첫 훈련에 불과한 것이다. 시커먼 목조 막사, 다시 말하면 부패한 악취를 풍기는 막사에서는 〈늑골 위에서 자도록〉 명령할 것이다. 그러나 그것은 아직 약과다. 그것은 뇌물을 받은 〈분대장들〉이 판자 침상에 처넣은 자들이기 때문이다. 나머지 전원은 밤새도록 판자 침상 사이에 〈서 있는〉 것이다(범죄자는 변기통과 벽 사이에 세워진다).

이것은 아직 축복받은, 전환기 이전의, 개인숭배 이전의, 왜곡되기 이전의, 짓밟히기 이전의 저 〈1923년〉, 〈1925년〉의 일이다. (1927년부터는 더 추가되었다. 이를테면 판자 침상은 강도들이 차지하고 그들은 자기 몸에서 잡은 이를 옆에 서 있는 지식인들을 향해 던지게 된다.)

기선 〈글레쁘 보끼〉[9]호를 기다리는 동안 그들은 껨 중계 수용소에서 또 일을 한다. 또 그들 중 어떤 사람은 〈나는 게으름뱅이다! 나는 일하기 싫다! 다른 사람의 일을 방해한다!〉라고 계속 고함치며 기둥 주위를 달리도록 명령받는다. 변기통을 멘 채 넘어져 자기 몸에 분뇨를 뒤집어쓴 기사는 막사로 들어가는 것이 금지되어 바깥에서 오물을 뒤집어쓴 채 얼어붙게 된다. 어떤 때는 호송병들이 경고한다. 「호송단에 낙오자는 없다! 호송병은 경고 없이 사살한다! 빠른 걸음으로 가!」 그리고 노리쇠를 째깍거리면서 「신경 건드릴 거야?」 한다. 겨울

---

9 모스끄바 OGPU(합동 국가 정치 총국)의 뜨로이까 의장. 미처 졸업하지 못한 젊은이의 명예를 기리기 위해 붙인 명칭이다. 〈그는 대학생이었네, 광부 겸 대학생이었네, 그러나 합격 점수(감형이라는 뜻도 있음 — 옮긴이주)는 좀처럼 찾아오지 않았지.〉(『솔로프끼 제도』, 1929년, 제1호의 「우정 풍자시」에서. 멍청한 검열관은 자기가 방금 무엇을 통과시킨 것인지 이해하지 못했던 것이다.)

에는 얼지 않은 곳을 건너기 위해 얼음 위로 보트를 끌고 걸어가게 한다. 바다가 얼지 않을 때는 선창에 처넣는다. 죄수들은 콩나물시루처럼 쑤셔 박혀 솔로프끼섬에 도착하기 전에 반드시 몇 사람은 다갈색 성벽 안에 있는 눈처럼 흰 수도원을 미처 보지도 못하고 질식해 버리고 만다.

솔로프끼 제도의 땅에 내린 신참은 처음 몇 시간 동안 받게 되는 솔로프끼 특유의 목욕 장난질을 체험하게 될지도 모른다. 신참이 옷을 벗으면 목욕 담당계가 초록색 비누가 든 통에 걸레를 적셔 신참의 몸을 문지른다. 두 번째 목욕 담당계는 상대를 발로 걷어차 쓰러뜨린다. 쓰러진 신참은 경사진 널빤지나 계단을 따라 어딘가 아래쪽으로 굴러떨어진다. 아래쪽에서는 어리둥절해 있는 그에게 세 번째 목욕 담당계가 양동이로 목욕물을 뒤집어씌운다. 그때 네 번째 목욕 담당계가 그를 탈의장으로 밀어낸다. 그곳에는 이미 그의 〈누더기 같은 옷〉이 위에서 닥치는 대로 떨어져 내리고 있었다(이런 장난질 속에서 〈수용소〉 전체가 예감된다! 그 템포와 인간의 가치도).

이렇게 신참은 솔로프끼 정신을 맛보게 되는 것이다! 그 정신은 아직 우리 나라에는 안 알려져 있지만, 솔로프끼 제도에 형성되어 있는 〈군도〉의 장래의 정신이다.

여기서도 신참은 자루를 입고 있는 사람을 보게 된다. 보통 〈바깥세상〉의 옷을 입고 있는 자도 있다. 어떤 자는 새 옷을, 어떤 자는 다 떨어진 누더기를 걸치고 있다. 외투천으로 만든 솔로프끼 특유의 수병용 반코트를 입고(이것은 특권이다. 이것은 높은 지위에 있다는 증거다. 수용소 당국자가 그런 옷차림을 하고 있는 것이다), 같은 천으로 만든 모자 〈솔로프찬까〉를 뒤집어쓴 자도 있다. 뜻밖에 죄수들 가운데…… 연미복을 입고 있는 자가 있다! 그러나 누구 하나 놀라거나 뒤돌아

보거나 웃는 사람이 없다(각자 자기 것을 입고 있기 때문에 이 가엾은 사람은 모스끄바의 유명 레스토랑 〈메뜨로뽈〉에서 체포되어 연미복 차림으로 형을 살고 있는 것이다).

잡지 『솔로프끼 제도』(1930년, 제1호)에 의하면 〈많은 죄수들의 꿈〉은 표준형의 옷을 지급받는 것이었다고 한다.[10]

아동 수용소만이 완전한 의류를 지급받는다. 그러나 여자들에게는 속옷도 양말도 머릿수건도 전혀 지급되지 않는다. 나이 많은 부인이 여름 원피스를 입은 채로 체포되었다면 그 원피스로 북극권의 겨울을 지내라는 이야기다. 그 때문에 많은 죄수들이 속옷 한 장만 입고 중대 막사에 갇혀 작업을 하러 나가지도 못한다.

관에서 지급되는 옷이 너무나도 비싸기 때문에 솔로프끼 제도에서는 다음과 같은 광경이 진기하거나 야만적으로 생각되지 않는다 — 한겨울에 죄수가 성채 가까이서 옷과 신발을 벗어 정확히 돌려주고 알몸으로 100미터 떨어져 있는 다른 사람의 무리 쪽으로 달려가 다른 옷을 입는다. 이것은 다음과 같은 것을 의미한다. 이를테면 그는 성채 관리국에서 필리모노보 철도선 관리국으로 인계되는 것이다.[11] 그러나 옷을 입힌 채로 그를 인계하면 인수한 측은 그 옷을 돌려주지 않거나 바꿔치기하거나 하는 속임수를 쓸 우려가 있기 때문이다.

다음은 또 다른 겨울 광경이다 — 같은 방식이지만 이유는

10 세월에 따라 가치관은 변하는 것이다. 1920년대의 〈특별 수용소〉에서는 관에서 지급하는 옷을 입는 것이 특권으로 생각되었는가 하면, 1940년대의 〈특수 수용소〉에서는 회피하는 것이 되었다. 우리 시대에는 관에서 지급하는 옷을 입지 않고 자기 옷을 입고 모자도 무언가 자기 것을 쓰는 것이 특권이었다. 그것은 경제적 이유일 뿐 아니라 시대의 추세에 의한 것이다. 전자가 〈일반〉에 가까이하는 것을 이상으로 한다면 후자는 그것을 멀리 하려는 것이다.

11 여기로 스따라야 루사에서 노브고로쯔로 가는 철도선이 이관되었다.

다르다. 위생부의 의무실이 비위생적이라고 판단되면 급히 증기를 뿜어 열탕으로 소독하도록 명령이 내려진다. 그런데 환자는 어떻게 하면 옳은가? 성채의 방이라는 방은 전부 과밀 상태며 솔로프끼 군도의 인구 밀도는 벨기에를 상회한다. (솔로프끼 성채의 인구 밀도는 대체 어느 정도일까?) 거기서는 환자 전원을 모포에 싸서 밖으로 들어내어 눈 위에 3시간이나 눕혀 둔다. 그리고 씻고 난 다음에 다시 의무실로 가는 것이었다.

우리의 신참이 은 시대에 교육받은 인간이라는 것을 잊고 있지는 않겠지? 그는 아직 2차 대전도, 부헨발트도 전혀 모르고 있는 것이다! 그가 본 〈분대장들〉은 외투천으로 만든 상의를 입고 군인다운 동작으로 서로 인사하기도 하고 어떤 친구들은 중대장들과 군대식으로 인사를 교환하기도 한다. 또한 그들은 자기 노동자들을 〈드린(긴 막대기)〉으로 몰고 있기도 했다(이 단어에서 만들어진 동사, 긴 막대기로 몬다는 뜻의 〈드리노바찌〉는 이미 누구나 다 아는 말이다). 그가 본 썰매와 마차는 말이 아니라 사람이 끌고 있다(하나의 썰매와 마차를 몇 사람이 끄는 것이다). 여기에 상당하는 단어도 또 있다. 그것은 VRIDLO(《말이 하는 일을 사람이 임시로 대행하는 것》이라는 표현의 약어)이다.

신참은 다른 솔로프끼 주민으로부터 자기 눈에 비친 광경보다 더 무서운 이야기를 듣게 된다. 그의 귀에 〈세끼르까〉라는 죽음의 낱말이 들려온다. 그것은 세끼르나야 언덕을 의미하는 것이다. 그 2층 대사원에는 징벌 감방이 있다(도판 3, 4). 징벌 감방은 이런 식이다. 말하자면 벽에서 반대편 벽까지 팔뚝만 한 굵은 막대기 몇 개가 고정되어 있고 벌을 받게 된 죄수들은 이 막대기에 하루 종일 앉아 있도록 명령받는다(야간에는 바닥 위에서 자지만 초과밀 상태여서 서로 겹쳐 자지 않을 수 없다). 막대기 높이는 거기 앉으면 발이 바닥에 닿지 않을 정도다. 막대기 위에서 균형을 유지하기란 그리 쉬운 일이 아니며, 죄수는 하루 종일 막대기에서 떨어지지 않으려고 애쓰느라 여념이 없다. 막대기에서 떨어지면 교도관들이 달려와 때린다. 그렇지 않으면 가파른 365계단 층층대로 끌고 나간다(이것은 대사원에서 호수까지 통해 있는 층층대인데 수도사들이 만든 것이다). 죄수에게 중량을 가중시키기 위해 〈발란(통나무)〉에 묶어 그대로 굴려 떨어뜨린다(이 계단은 층계참이 없고 가팔라서 사람을 묶은 통나무는 멈추지 않고 아래까지 그대로 굴러떨어진다).

그런데 막대기라면 일부러 세끼르까지 가지 않아도 언제나 초과밀 상태인 성채의 징벌 감방에도 있다. 때로는 모서리가 날카로운 바위 위에 세워 두는 일도 있다. 이 바위에서는 서 있는 것도 꽤 힘든 일이다. 여름에는 〈그루터기 위에〉 앉는다. 그것은 죄수를 알몸으로 모기에게 물어뜯게 하기 위함인 것이다. 그러나 이렇게 되면 죄수를 감시하지 않으면 안 된다. 그런데 죄수를 발가벗겨 나무에 묶어 두면 그다음은 모기가 알아서 처리한다. 그 밖에 불복종을 이유로 중대 전체를 눈 위에 눕히기도 한다. 또는 사람을 호수 근처의 늪지대로 몰아넣어 목까지 잠기게 하고 그 상태로 내버려 둔다. 또 이런 방법도 있다. 말을 빈 수레 채에 매고 그 수레 채에 벌 받는 죄수의 발을 묶는다. 말에 경비병이 올라타고 뒤에서 비명과 신음 소리가 그칠 때까지 벌채지에서 말을 몬다.

신참은 솔로프끼의 생활을, 그 무한한 3년의 형기를 아직 시작하기도 전에 정신적으로 압도되고 만다. 그러나 이것이 바로 개발된 박멸 시스템이고, 이것이 바로 죽음의 수용소라고 성급히 결론을 내리려는 현대의 독자가 있다면 그것은 틀린 것이다. 이런 것은 그리 간단한 것이 아니다! 이 최초의 실험장에서는, 그 후의 다른 실험장이나 다른 최대의 실험장에서도 마찬가지인데 그렇게 대놓고 진행되는 일은 없다. 그들은 단계적으로 여러 가지 것을 혼합해 진행하고 있었다. 때문에 그처럼 성공을 거두고 그처럼 오래 계속될 수 있었던 것이다.

갑자기 성채의 문으로 어떤 위세 당당한 남자가 산양을 타고 들어온다. 그는 위엄을 부리지만 누구 하나 그를 비웃는 자가 없다. 그는 대체 누구일까? 왜 산양을 타고 들어올까? 그는 젝짜료프였다. 옛날 소몰이꾼 출신으로,[12] 자기에게 말을 달라고 요구했으나 솔로프끼 제도에는 말이 적어 산양을 주었던 것이다. 하지만 무엇 때문에 그런 명예가 주어진 것일까? 소몰이꾼이었기 때문일까? 아니다, 그렇지 않다. 그는 수목원의 지배인이다. 그들은 거기서 이국적인 나무를 재배하고 있다. 이곳 솔로프끼 제도에서.

이렇게 이 산양을 타는 사람으로부터 솔로프끼 제도의 환상이 시작된다. 수도사들의 간단하고 합리적이었던 야채 재배장이 엉망진창이 되어 야채마저 바닥이 나 버린 판에 이 솔로프끼 제도에 이국적인 나무가 무엇 때문에 필요한 것인가? 북극권에 이국적인 나무가 필요한 것은 솔로프끼 제도도 소비에뜨 공화국 전체와 마찬가지로 이 세계를 바꾸고 새로운 생활을 건설하려고 하기 때문이다. 그러나 대체 어디서 종자와 자금을 구할 것인가? 그것이 문제다. 수목원의 종자 구입 자금은 있지만 산림 벌채 노동자들을 먹여 살릴 돈만은 없는 것이다(식사는 아직 노르마 수행을 기준으로 주어지지 않고 주어진 자금에 맞춰 조달되고 있다).

그리고 고고학적 발굴은 어떻게 될까? 그렇다, 여기는 발굴

12 자유의 몸인 젝짜료프(솔로프끼 군도의 경비대장)와 혼동하지 말 것.

위원회도 있다. 우리는 과거를 아는 것이 중요한 것이다.

수용소의 관리 사무소 앞에는 화단이 있다. 그 화단에는 귀여운 코끼리가 그려져 있고 그 덮개에는 〈U〉자가 있다. 이 U는 USLON(솔로프끼 특별 수용소 관리국)이라는 의미다(SLON은 러시아어로 코끼리를 의미한다). 이와 같은 도안은 이 북쪽 나라에서 돈 대신에 통용되는 수표에도 있다. 이것은 무슨 유쾌한 가장무도회겠지! 여기서는 무엇이나 즐거운 것이다. 농담 좋아하는 꾸릴꼬가 단지 우리를 위협한 것은 아닐까? 또 여기는 자기들의 잡지도 있다. 제명은 같은 『SLON』이다(1924년에 창간하여 처음에는 타자로 쳐서 발간하였으나 제9호부터는 수도원 인쇄소에서 인쇄하여 나왔다). 1925년부터는 잡지 『솔로프끼 제도』가 간행되기 시작했다. 발행 부수는 2백 부. 부록도 있었다 — 신문 『새 솔로프끼』였다(지긋지긋한 수도사들의 과거를 내동댕이쳐 버리자는 것이다). 1926년부터는 전국에서 구독 신청이 들어와 총판 부수도 늘어나고 대성공을 거두었다![13] 잡지 검열은 대충대충 넘어갔다. 죄수들은 (글루보꼬프스끼에 따르면) GPU의 뜨로이까(3인 위원회)에 대해서 풍자시를 썼는데도 그냥 통과되었다! 그리고 시찰 나온 글레쁘 보끼 본인을 앞에 놔두고 솔로프끼 극장 무대에서 그 풍자시를 읊는다.

우리에게 많은 선물을 약속하신
보끼, 펠드만, 바실리예프, 불 동지께서는…….

---

13 그리고 창간과 동시에 곧 폐간되었다. 정권은 이런 식으로 농담할 기분이 아니라는 것을 보여 주었던 것이다. 1929년에 솔로프끼 제도에서 대사건이 있은 후에, 그리고 전 수용소에서 재교육을 실시토록 일반 방침이 전환된 후에 잡지는 다시 복간되어 1932년까지 간행되었다.

이것이 높은 어른의 마음에 들었다(어쨌든 영광이므로! 대학을 나오지 못했는데 역사에 이름이 났으니)! 다시 가사는 계속된다.

> 우리에게 솔로프끼를 안겨 준 모든 사람들을
> 우리는 초대한다, 이리 오라고!
> 여기서 3년이나 5년쯤 있으면
> 기쁜 마음으로 이곳을 회상하리!

그들은 큰 소리로 웃는다! 마음에 든 것이다! (이 가사에 예언이 숨겨져 있는 줄 누가 짐작이나 했겠나?)

그때 총살된 장군의 아들 쎕친스끼는 도도하게 대문 입구 위에 다음과 같은 구호를 붙여 놓았다.

〈솔로프끼는 노동자와 농민을 위해서!〉

(아니, 이것도 예언이 아닐까? 그러나 이것은 마음에 들지 않았다. 그들은 의미를 곧 깨닫고 떼 버렸다.)

극단의 배우들은 교회의 제복으로 옷을 지어 입고 있다. 「철로는 소리를 낸다」의 상연이다. 무대 위에서는 남녀 한 쌍이 몸을 구부리고 폭스트롯을 추고 있다(이것은 파멸해 가는 서구를 가리키는 것이다). 그리고 배경에는 승리를 거둔 붉은 대장간이 그려져 있다(이것은 우리 러시아를 가리키는 것이다).

여기는 환상적인 세계다! 아니, 못된 꾸릴꼬가 농담을 하고 있는 것이었다!

이 밖에 솔로프끼 지지학회(地誌學會)도 있어 연구 보고를 출판한다. 16세기의 독특한 건축 양식이나 솔로프끼 제도의 동물에 대해서 지극히 과학적으로, 상세히, 자상한 애정을 가지고 기술하고 있는 것을 보면 그 필자들이 루비얀까를 거쳐 세끼르나야 언덕까지 와서 모기에게 물리거나 말의 수레 채에 묶여 항상 떠는 죄수들이 아니라 과학적 열정으로 이 섬에 온 한가한 별종의 과학자들 같은 착각이 든다. 이 선량한 지지학자들에게 장단을 맞추듯 솔로프끼 제도의 동물이나 물새도 멸종하지 않고 사살되거나 추방되지도 않고 심지어 겁낼 줄도 몰랐다. 1928년에도 토끼들은 사람을 피하지 않고 새끼를 낳아 길옆까지 끌고 나와 안제로로 죄수들을 끌고 가는 모습을 호기심 어린 눈으로 바라볼 정도였다.

대체 어떻게 토끼들이 사살되지 않았을까? 신참 죄수들은 다음과 같은 설명을 듣는다. 동물이나 들새가 사람을 두려워하지 않는 것은 GPU의 다음과 같은 명령이 있기 때문이다 ─ 《실탄은 아껴 사용》할 것! 《죄수 이외의 것》을 향해서는 한 발도 쏘지 말 것!〉

결국 모든 것은 기우에 지나지 않았다! 그러나 네프스끼 거리처럼 북적대는 성채 안뜰에서는 대낮인데도 〈해산! 해산!〉 하는 고함 소리가 들린다. 약간 거드름을 피우는 3명의 젊은 이가 마약 중독자 같은 얼굴을 하고(맨 앞의 남자는 긴 막대기가 아니라 채찍으로 무리 지어 있는 죄수들을 쫓아 버리고 있다), 속옷만 걸친 사지가 축 늘어진 홀쭉한 사나이를 양옆에서 끼고 빨리 끌고 가고 있다 ─ 이 남자의 액체처럼 〈출렁 출렁 흐르는〉 얼굴을 보기만 해도 기분이 나쁘다! ─〈종루 밑으로〉 끌고 가는 것이다. (저기 아치 밑으로, 저 나지막한 문 있는 데로. 문은 종루의 토대에 있다.)(도판 5, 6) 그리고 그를 이 작은 문 안으로 밀어 넣고 뒤통수에 한 방 쏜다 ─ 문 저 쪽에는 가파른 계단이 아래로 뻗어 있어 사나이는 밑으로 굴러

떨어진다. 이처럼 그 속에 7~8명을 밀어 넣을 수가 있다. 그 다음 시체를 끌어내기 위해서 사람들을 내보내고 계단을 씻기 위해서 여자들(콘스탄티노플로 도망친 사람들의 어머니와 아내 들, 신앙을 버리기를 거부하고 자기 아이들이 신앙에 맞서도록 선동되기를 원치 않은 사람들)을 파견한다.[14]

그렇더라도 밤중에 아무도 모르게 할 수 없었을까? 하지만 무엇 때문에 아무도 모르게 한다는 말인가? 그렇다면 총알도 공연히 허비하고 마는 것이리라. 복잡한 대낮이라야 이 총알은 교육적 의의를 갖게 된다. 한 번에 마치 10명을 살해하는 듯한 효과를 올리는 것이다.

총살은 다른 방법으로도 집행된다. 여성용 막사(이전에는 여자 성지 순례자를 수용하는 양로원이었다)의 뒤에 있는 오누프리예프 묘지에서 직접 총살한다. 그리고 여성용 막사 옆으로 통하는 길은 〈총살 도로〉라고 불리고 있었다. 다음과 같은 광경을 목격할 수도 있었다 — 겨울에 눈 위를 내복 하나만 입혀 맨발로(그것은 고문이 아니다! 그것은 지급된 신발과 피복을 못 쓰게 만들지 않기 위함이다!) 손을 등 뒤로 해서 철삿줄로 묶어 끌고 가는 것이다.[15] 그런데 죽음을 목전에 둔 죄수는 머리를 고고하게 쳐들고 자세를 흐트러뜨리지 않고 가슴을 쫙 편 채 손을 쓰지 않고 입술로만 생의 마지막 담배를 피운다(이런 태도로 장교를 식별할 수 있다. 이곳에는 전선에

---

14 지금은 남자들을 끌고 가던 돌 위에서, 솔로프끼 제도에 휘몰아치는 바람을 막아 주는 그 안뜰 그 장소에서 악명 높은 섬을 견학하기 위해 온 희색이 만면한 여행자들이 몇 시간이나 〈배구를 즐기고 있다〉. 그들은 그것을 모르는 것이다. 만약 알았다면 어쨌을까? 역시 〈배구를 즐겼을까?〉

15 솔로프끼 제도의 방법이 불가사의하게 카틴 숲에서 총살된 사체에서도 되풀이되고 있다. 누군가가 기억해 냈기 때문일 텐데, 아마 전통이 되었던 것일까? 아니면 개인적인 체험이 생각났던 것일까?

서 7년을 보낸 사람도 수용되어 있다. 역사학자 V. A. 뽀또의 아들 열여덟 살의 소년은 직업을 묻는 작업 할당계에게 어깨를 으쓱하며 대답했다. 〈기관총 사수〉라고. 나이가 어렸기 때문에, 내전이 격렬했기 때문에 그는 다른 직업을 얻을 시간이 없었다).

정말로 환상적인 세계다! 때로는 이처럼 맞아떨어지는 일도 있는 것이다. 역사 속에는 많은 것이 되풀이되지만 전혀 되풀이되지 않는 맞아떨어짐도 있다. 시간적으로 짧은 기간 동안, 그리고 장소도 한정된 공간에서 일어나는 것이다. 우리나라의 신경제 정책이 그렇고, 초기 솔로프끼 제도가 그렇다.

수천, 수만의 죄수를 강제로 떠맡기기 위해서 이곳에 온 극소수의 체끼스뜨들(어쩌면 절반은 처벌을 받아 좌천된 자였는지도 모른다), 이들은 20명 아니면 40명이 고작이었다. (처음에는 이렇게 많아질 줄 몰랐으나 모스끄바는 자꾸만 죄수를 보냈다. 첫 반년인 1923년 12월에 이미 2천 명 이상의 죄수가 집결되었다. 1928년에는 제13 중대(일반 작업 중대)만도 번호를 셀 때 대열의 마지막 사람이 〈376번! 대열은 10명씩!〉이라고 대답할 정도였다. 그것은 도합 3,760명이라는 말이다. 제12 중대 역시 그만큼 많은 숫자였다. 그보다 더욱더 많은 것은 제17 중대, 일반 무덤을 파는 중대였다. 성채 외에도 사바찌예보, 필리모노보, 묵살마, 〈성삼위일체〉, 〈토끼들(토끼제도)〉 등의 출장소가 이미 있었다. 1928년경에는 약 6만 명의 죄수가 수용되었다.) 그들 중 몇 명의 〈기관총 사수〉가 있을까? 몇 명의 타고 난 역전의 용사가 있을까? 1926년부터는 그 분야에 도사라는 여러 종류의 형사범도 몰려들게 되었다. 이런 죄수들이 반란을 일으키지 않게 하려면 어떻게 다스리면 좋을까?

방법은 한 가지 — 〈공포로〉 다스릴 뿐이다! 세끼르나야 언덕뿐이다! 징벌 감방의 막대기뿐이다! 모기의 공격뿐이다! 그루터기가 많은 곳에서 시간을 끄는 것뿐이다! 대낮의 총살뿐이다! 모스끄바는 현지의 역량을 고려하지 않고 계속 죄수 호송단을 보낸다. 그러나 모스끄바는 자기의 체끼스뜨들이 무슨 짓을 저지르건 아무 제한도 가하지 않는다. 질서 유지를 위해서라면 어떤 짓도 좋은 것이다. 그 결과 실제로 한 사람의 검사도 솔로프끼 땅에 발을 디디지 않았다.

두 번째로는 구슬 달린 베일이다 — 만인 평등 시대에 어울리는 〈새로운 솔로프끼 제도〉이다! 죄수들에 의한 자기 경비! 자기 감시! 자기 통제! 중대장도 소대장도 각 대장이 모두 죄수들 속에서 뽑힌다. 독자적으로 연예회도 열고 오락회도 가진다!

공포에 부들부들 떨면서 구슬 달린 베일 밑에 있는 사람은 대체 어떤 사람들일까? 누구일까? 그들은 태곳적부터 귀족들이다. 직업 군인들이다. 철학자들이다. 학자들이다. 예술가들이다. 배우들이다. 학습원 졸업생들이다.[16] 교육에 의해, 전통

16 이것은 살아남은 사람들의 기억에 남아 있던 소수의 솔로프끼 제도의 죄수들이다 — 시린스까야샤흐마또바, 세레메쩨바, 샤호프스까야, 피쯔뚬, I. S. 젤비끄, 바그라뚜니, 아소찌아니예리소프, 고세론 데 라 포스, 시베르스, G. M. 오소르긴, 끌로뜨, N. N. 바흐루신, 악사꼬프, 꼬마로프스끼, P. M. 보예이꼬프, 바드볼스끼, 본랴를랴르스끼, O. V. 레바쇼프, V. 로지놀로진스끼, D. 구도비치, 따우베, V. S. 무롬쩨프, 과거 입헌 민주당의 간부인 네끄라소프(과연 그 사람일까?), 금융학자 오제로프 교수, 법학자 A. B. 보로진 교수, 심리학자 A. P. 수하노프 교수, 철학자들 — A. A. 메이예르 교수, S. A. 아스꼴도프 교수, E. N. 단자스, 신지학자 묘부스, 역사학자 N. P. 안찌페로프, M. D. 쁘리셀꼬프, G. O. 고르돈, A. I. 자오제르스끼, P. G. 바시옌꼬, 문학가 D. S. 리하초프, 쩨이뜰린, 언어학자 I. Y. 아니치꼬프, 동양학자 N. V. 삐굴레프스까야, 조류학자 G. 뽈랴꼬프, 예술가 브라스, P. F. 스모뜨리쯔끼, 배우 I. D. 깔루긴

57

에 의해 그들은 너무 오만하여 의기소침한 모습이나 공포감을 타인에게 드러내지 않고 큰 소리로 외치지도 않는다. 아니, 자기 친구에게조차 동정을 구하려 하지 않는다. 품행이 방정하려면 무슨 일을 하건 항상 미소를 잃어서는 안 되는 것이다. 심지어 총살 집행장에 끌려가는 한이 있더라도. 거친 바다, 그 북극권의 형무소를 마치 피크닉의 작은 오해처럼 여기지 않으면 안 되는 것이다. 농담도 하고 교도관을 조롱하기도 한다.

그러니까 〈코끼리〉가 지폐에도 화단에도 있는 것이다. 그러니까 말 대신에 산양이 있는 것이다.

그러니까 제7 중대가 배우로 구성되어 있으면 그 중대장은 쿤스트(독일어로 〈예술〉)라고 불려야 하는 것이고, 만약 베리야고다(러시아어로 〈초목의 열매〉)라는 이름의 남자가 있다면 초목의 열매를 건조하는 건조장의 소장으로 불려야 하는 것이다. 잡지의 바보 같은 검열을 거치면서 식의 이런 농담들이 생겨났던 것과 같은 것이다. 풍자적인 노래도 마찬가지다. 게오르기 미하일로비치 오소르긴은 다니면서 농담조로 이렇게 말하곤 했다. 「이 섬에서 *Comment vous portez-vous*(어떻게 지내십니까)?」—「*A lager comme a lager*(수용소에 있는데 불평할 게 뭐 있겠습니까).」[17]

[이 농담, 이 강조된 귀족적 독립 정신이야말로 무엇보다도 반짐승과도 같은 솔로프끼 제도의 교도관들을 못 견디게 만드는 것이다. 그리고 어느 날, 오소르긴은 총살형이 결정되었

(알렉산드린까 극장), B. 글루보꼬프스끼, V. Y. 꼬롤렌꼬(작가의 조카). 그리고 1930년대, 이미 솔로프끼 제도의 말기에 빠벨 A. 플로렌스끼 신부도 있은 적이 있다.

17 〈전쟁 때는 어쩔 수 없이 전쟁 때처럼 살아야 한다〉라는 뜻의 프랑스어 관용구에서 프랑스어 〈전쟁*la guerre*〉과 독일어 〈수용소*Lager*〉가 발음이 비슷한 것을 이용한 말장난 — 옮긴이주.

다. 그리고 바로 그날 솔로프끼섬 부두에 상당히 젊은 아내가 (그 자신도 마흔 미만이었다) 내렸다! 오소르긴은 아내의 면회일을 슬프게 하지 말아 달라고 교도관에게 부탁한다. 사흘 이상은 아내를 그 섬에 머물게 하지 않겠다고 약속하고 아내가 돌아가는 즉시 총살에 처해도 좋다고 하였다. 귀족을 다 쫓아낸 우리는 이제 하찮은 슬픔이나 하찮은 고통에도 비명을 울린다. 그런 우리가 이미 잊어버린 자존심의 모범이 여기에 있다 — 그는 사흘간 아내와 줄곧 같이 지내면서도 그녀에게는 눈치채지 못하게 하려 했던 것이다! 어떤 말 한마디에도 암시를 주려 하지 않았던 것이다! 목소리의 떨림을 억누르려 했던 것이다! 슬픈 눈을 보이지 않으려 했던 것이다! 단 한 번 (아내는 살아서 지금 회상하고 있다) 성(聖) 호수를 따라 산책할 때 아내가 뒤돌아서서 남편이 고통스럽게 머리를 감싸쥐고 있는 것을 보았을 뿐이다. 「무슨 일이에요?」 「아무것도 아니에요.」 그는 곧바로 환한 얼굴이 되었다. 그녀는 아직 더 머물 수 있었으나 그는 돌아가라고 했다. 배가 부두를 떠날 때 그는 이미 총살형에 대비하여 옷을 벗고 있었다.]

그러나 그들에게 이 사흘간을 선물한 사람이 있지 않은가? 이 오소르긴의 사흘은 다른 사건처럼 솔로프끼 제도의 대우가 아직 완전히 〈체제〉의 갑주로 채워져 있지 않음을 보여 주고 있다. 아니 솔로프끼 제도의 〈분위기〉는 이상할 정도로 이미 극단적인 잔인성과 아직 선량한 무지를 혼합하고 있는 듯한 인상을 준다 — 이런 경향은 어떤 방향으로 발전하고 있는가? 솔로프끼 제도의 특징 가운데 어떤 것이 위대한 〈군도〉의 배아가 되고, 어떤 것이 첫 싹을 내밀기 무섭게 말라죽을 운명에 처하게 될까? 역시 솔로프끼 제도의 죄수들에게도 이 북극권의 아우슈비츠의 난로는 이미 활활 타오르고 있었지만,

여기로 일단 끌려온 사람은 모두가 그 희생양이 될 것이라고 아직은 믿지 않았다. (하지만 결국 모두가 그 희생양이 되었다!) 형기가 너무 짧아서 오해의 발단이 되었다. 10년은 드물고 5년도 적고, 거의가 3년, 겨우 3년이었던 것이다. 더구나 고양이가 쥐를 가지고 노는 듯 잡았다 놔주고 잡았다 놔주는 식의 법률은 아직 이해되지 않고 있었다. 결국 이 원시적 몰이해 — 이것이 어떤 방향으로 발전되어 가고 있나 하는 원시적 몰이해는 죄수들로 구성된 경비대원들에게 영향을 미치지 않을 수 없었다. 어쩌면 교도관들에게도 다소 영향을 미치고 있는지도 모른다.

적이 받아 마땅한 운명은 파멸 외에는 없다고 사방에 버젓이 공개적으로 게시되어 있는 계급적 교의의 문자가 아무리 선명하게 드러나 있어도 두 발을 가진, 머리카락을, 눈을, 입을, 목을, 어깨를 가진 구체적인 하나하나의 인간이 파멸되어 가는 것은 역시 상상할 수 없었던 것이다. 〈모든 계급〉이 사라지는 것은 믿을 수 있어도 그 계급에 속하는 〈사람〉은 남아 있어야 마땅하지 않을까? 그런 생각이 들었던 것이다. 다른 관용적인 애매한 여러 개념에서 자라난 러시아인들은 눈앞에 도수 맞지 않는 안경을 낀 것처럼 이 잔혹한 교의의 문자가 아무래도 정확히 읽히지 않았다. 테러가 공개적으로 발표된 지 상당한 세월이 흘렀다고 생각하지만 역시 사람들은 믿을 수 없어 하는 것이다!

여기로도, 〈군도〉의 첫 섬에도 그 파란만장한 세월의, 이를테면 1920년대 중반의 불안정한 분위기가 전해졌던 것이다. 그 시기는 전체적으로 분명하지 않았다 — 이미 모든 것이 금지되어 있는지, 아니면 그와는 반대로 이제부터 모든 것이 허용되기 시작할 것인지? 옛 기질의 러시아는 그때까지 환희에 찬 말을 믿어 왔다! 다만 소수의 비관적인 사람들만이 그 모든 것이 언제 어떤 식으로 엉망진창이 되어 버릴 것인지 이해하고 있었을 뿐이었다.

화재로 지붕이 손상되어 버렸지만 그 토대는 영구적이다…… 세계의 제일 끝에 경작된 토지도 있지만 지금은 황폐해졌다. 쉴 줄 모르는 바다의 변화무쌍한 색깔. 고요한 호수. 사람을 잘 따르는 동물. 잔인한 인간. 그리고 겨울을 나기 위해 스페인 비스케이만으로 〈군도〉의 첫 섬의 모든 비밀을 가지고 신천옹이 날아간다. 그러나 새는 평화로운 해수욕장에서 말 한마디 못한다. 유럽에서도 아무에게도 말하지 못한다.

확실히 환상적인 세계다…… 그리고 또 하나의 단명한 환상은 백위군들이 수용소 생활을 관리한다고 하는 것이다! 그러므로…… 꾸릴꼬의 출현은 결코 우연이 아니었다.

그것은 이런 것이다. 온 성채에서 오직 한 사람의 자유로운 체끼스뜨가 있다. 그는 수용소의 당직이다. 문의 경비(망루는 없다), 섬들에 설치되어 있는 감시용 매복소와 탈주자의 체포는 경비대의 임무다. 경비대에는 자유로운 사람 이외에 보통 살인범들, 위조지폐범들, 그 밖의 형사범들(그러나 도둑은 제외)이 편입되어 있다. 그러나 누가 내부 조직을 담당할 것인가? 누가 행정부를 관리할 것인가? 누가 중대장이나 분대장이 될 것인가? 물론, 신부들은 안 된다. 여러 종파의 신도도, 신경제 정책하에서 치부를 한 자도, 학자도, 대학생도 안 된다(대학생의 수는 적지 않지만 솔로프끼 제도의 죄수들이 학모를 쓴다는 것은 당국에 대한 도전이며 불손이며 스스로 총살시켜 달라고 선언하는 것과 같은 것이다). 그런 것은 과거의 군인 이외에 할 수 있는 자는 없을 것이다. 그러나 이곳에 백위군 장교 출신이 아닌 군인이 있을까?

그래서 협정도 없이, 그리고 아마 어떤 정연한 구상도 없이 ― 체끼스뜨와 백위군들 사이에 솔로프끼 제도식 협력 관계가 성립된 것이다!

전자와 후자의 원칙적인 입장은 대체 어떤 것인가? 그것은 정말로 놀랄 만한 것이 아닐까? 경탄할 만한 것이 아닐까? 아니, 이것은 계급에 기반을 둔 사회적 분석에 익숙하여 다른 방법으로는 분석할 수 없는 자에게만 경이로운 것이다. 그런 분석가에게는 이 세상 모든 것이 경이로울 것이다. 그가 미리 만들어 놓은 홈으로 세계와 인간이 하나로 흘러드는 것은 불가능하기 때문이다.

적위군을 파견해 주지 않으면 솔로프끼 제도의 교도관들은 귀신이라도 기꺼이 고용할 판이었다. 죄수들은 자기 통제를 하도록(자기 박해를 하도록) 지령이 내려져 있다. 그렇다면 누구에게 그것을 맡기는 게 좋겠는가?

영원한 장교들, 이를테면 〈순수한 군인들〉이라면 비록 수용소 생활(수용소의 박해)이나마 자신의 손으로 장악하려 하지 않겠는가? 그리고 어떻게 생겨 먹은 놈인지도 모르는 놈이 어설프게 촐랑대기 시작한다면 어떻게 그들이 가만히 보고만 있겠는가? 어떻게 그에게 복종하겠는가? 견장이 인간의 마음을 어떻게 바꾸는지 ― 그것은 이미 이 책 속에서 검토한 바 있다(두고 보라, 붉은 군대의 장교들을 형무소에 처넣을 때가 온다면 그들은 그 형무소의 경비대에 들어가려고 우르르 몰려들 것이다. 그 교도관의 소총을 손에 넣으려고 필사적일 것이다. 그것을 맡겨 줬으면…… 하고! 나는 이미 쓴 바 있다 ― 말류따 스꾸라또프가 우리에게 소리를 지른다면[18] 하고 말이

18 말류따 스꾸라또프는 이반 뇌제 시절에 탄압 정책을 펼쳤던 인물이다. 제1부 제4장 참조 ― 옮긴이주.

다). 그러니 백위군들도 이렇게 생각하는 것이 마땅하리라 —
어쨌든 우리는 이미 끝났다, 〈모든 것이 끝나 버렸다〉, 그러니
이제 두려울 게 없다! 아니면 이렇게 생각했으리라 — 〈나쁘
면 나쁠수록 좋다〉, 이 〈우리〉 러시아에 건국 이래 없었던 야
수적인 솔로프끼를 만드는 것을 도와주자, 그래서 그들의 나
쁜 평판이 세상에 나돌게 하자. 어떤 이는 이렇게도 생각했으
리라 — 사람들이 모두 찬성하는데 나도 하자, 수도사처럼 창
고의 회계 담당이나 할 것인가?

그러나 솔로프끼 제도의 가장 놀랍고 환상적인 이야기는
여기에 있지 않고 솔로프끼 제도의 행정부를 장악한 백위군
들이 체끼스뜨와 〈싸움〉을 시작한 데 있었다! 너희들의 영역
은 수용소 밖이고, 우리의 영역은 수용소 안이라는 것이 백위
군들의 주장이었다. 누가 어디서 일하고 누구를 어디로 보내
느냐는 문제는 행정부가 결정할 일이다. 우리가 바깥 일에 대
해서 참견하지 않는 대신 너희도 우리 일에 대해서 참견하지
말라는 것이었다!

아니, 당치도 않은 말이다! — 정보 심리부는 수용소 내부를
밀고자로 다 채우지 않으면 안 되는 것이다! 정보 심리부 —
이것은 수용소의 가장 중요한 힘이자 가장 두려운 힘이다.
(죄수 출신의 보안 장교도 있었다. 이것이 바로 〈자기 감시〉
의 절정인 것이다!) 바로 이 부와 백위군의 행정부가 싸움을
시작한 것이다! 모든 다른 부, 다음 시대의 수용소에서 중요
한 역할을 하게 될 문화 교육부나 위생부 등은 미약하고 보잘
것없는 존재였다. N. 프렌껠을 장으로 하는 경제부도 햇빛을
못 보고 있었다 — 이 부는 외부 세계와의 〈무역〉과 존재하지
않는 〈공업〉을 담당하고 있었으니 햇빛을 보게 될 여지는 아
직 없었다. 아직은 2개의 세력이 싸우고 있었다. 정보 심리부

와 행정부가. 그것은 껨 중계 형무소에서 시작되었다 — 부대장 쪽으로 신참 죄수인 시인 A. 야로슬라프스끼가 다가와 무언가 귀에 대고 소곤거리기 시작했다. 그러자 부대장은 군인답게 말을 한 마디씩 또박또박 끊어 발음하며 호통쳤다. 「너는 지금까지는 〈밀고자〉였지만 이제부터는 〈드러난〉 자야!」

정보 심리부는 세끼르까, 징벌 감방, 밀고와 죄수들의 신상 조사를 관할했다. 이 부는 기한 전의 석방과 총살을 결정한다. 편지와 소포 검열도 한다. 행정부의 일은 작업 배치, 섬에서의 이동과 호송이다.

행정부는 호송을 보내기 위해 밀고자를 색출해 냈다. 밀고자들은 행정부원에게 체포되었다. 그들은 도망쳐 정보 심리부 방에 숨었으나 그래도 행정부의 손길이 뻗쳤다. 그들은 정보 심리부의 방문을 부수고 들어가 밀고자를 끌어내어 호송했다.[19]

(그들은 꼰도스뜨로프의 벌목 작업장으로 보내졌다. 환상적인 이야기는 거기서도 계속되었다. 정체가 드러나, 버려진 그들은 꼰도스뜨로프에서 자기들의 신문 『밀고자』를 발간하여 서글픈 유머로 서로 〈폭로하고〉 〈자포자기가 되어〉 다른 밀고자까지 들춰내는 것이었다.)

그러나 정보 심리부는 행정부의 가장 열성적 색출자에 대해 〈죄〉를 뒤집어씌워 그들의 형기를 연장하고, 세끼르까로 보냈다. 하지만 정보 심리부의 방어는 용이하지 않았는데, 당시의 법률 해석으로는 드러난 밀고자는 범죄자로 취급되었기 때문이다(형법 제121조 — 〈폭로······ 공표할 수 없는 정보를 공무원이 폭로한 경우〉 — 그 폭로가 고의에 의한 것인가 아닌가, 또 어느 정도로 〈공무〉였는가는 전혀 관계가 없다). 그 때

---

19 훗날 특수 수용소에서 우리가 하던 것과 똑같은 일을 〈군도〉의 여명기에 했다는 것은 흥미로운 일이다. 그들은 밀고자에게 타격을 주었던 것이다.

문에 정보 심리부는 실패한 밀고자를 보호하고 도와줄 수 없었다. 들통이 났다 하면 그것은 자기 죄다. 그래서 정체가 드러난 밀고자들의 꼰도스뜨로프행은 거의 법제화되었던 것이다.

정보 심리부와 행정부 간의 〈적대 행위〉의 절정은 1927년 사건이다. 그때 백위군들은 정보 심리부의 방에 난입하여 내화 금고를 부수고 밀고자의 전체 명단을 탈취하여 공개하였다. 그래서 불쌍하게 버려진 다수의 범죄자가 새로 생겨났던 것이다! 그러나 그 후 해가 갈수록 행정부의 세력은 쇠약해져 갔다 ─ 옛날 장교들은 차차 줄어들고 그 대신 점점 많은 형사범이 들어왔다(이를테면 〈추바로프 일당〉 등 ─ 이것은 화제가 되었던 레닌그라뜨의 강간범 사건에 대해 붙인 명칭이다). 그 결과 행정부는 점차 복종하게 되었다.

그러고 나서 1930년대부터는 수용소의 새 시대가 시작되었다. 솔로프끼 제도도 이미 솔로프끼가 아니라 평범한 〈교정 노동 수용소〉가 되고 말았다. 이 신시대 이데올로기의 대표자 나프딸리 프렌켈의 검은 별이 떠오르고 있었다. 그리고 그의 다음과 같은 발언은 수용소군도의 최고 법률이 되었다.

「죄수로부터는 처음 3개월 안에 모든 것을 쥐어짜 내지 않으면 안 된다. 그다음에 죄수는 우리에게 필요 없다!」

◆

그 사바찌, 게르만, 조시마는 어디로 갔는가? 가축도 못 살고 고기도 안 잡히고 곡식도 야채도 자라지 않는 북극권에 살리라고 생각했던 사람들 말이다.

아, 번영의 토지를 황폐하게 만드는 자들이여! 그렇게 빨리 ─ 불과 1~2년 사이에 ─ 모범적인 수도원의 생산 시설을 돌이킬 수 없을 정도로 완전히 황폐하게 만들다니! 어떻게 그럴 수 있는가? 약탈해 가져가 버렸는가? 아니면, 바로 그 자리에서 모든 것을 파괴해 버렸는가? 수천의 빈 일손을 가지고 그 토지에서 무엇 하나 얻을 수 없다니!

우유와 시큼한 크림, 신선한 고기, 그리고 메포지 신부의 멋진 양배추는 자유인에게만 주어진다. 그런데 죄수에게는 상한 대구 ─ 소금에 절인 것이나 말린 것 ─ 가 주어졌다. 그리고 감자도 넣지 않은, 통보리나 맷돌로 갈은 기장을 넣은 멀건 야채수프가 주어졌다. 평범한 야채수프나 보르시(사탕무, 고기, 양배추를 넣은 수프)는 한 번도 안 나왔다. 그 결과 괴혈병이 발생하였다. 〈사무 중대〉의 죄수들마저 부스럼이 생겼다. 〈일반 중대〉에 있어서는…… 먼 출장소에서 호송해 오는 죄수들은 〈네 발로 기어〉 돌아온다(문자 그대로 선창에서 네 발로 기어오는 것이다).

집에서 보내오는 것 중에서 한 달에 9루블의 돈을 사용할 수 있다. 게르만 예배당에 매점이 있다(도판 7). 소포는 한 달에 1개, 정보 심리부가 그것을 열어 본다. 그들에게 뇌물을 주지 않으면 그들은 당신에게 소포 중에 〈금지된 것〉, 이를테면 알곡이 들어 있다고 말할 것이다. 니꼴스까야 교회와 우스뻰스끼 대사원에는 판자 침상이 위로 뻗어 있다. 말하자면 4층으로 세워져 있다. 쁘레오브라젠스끼 대사원(도판 8) 부속 건물에 있는 제13 중대 쪽도 이만큼 비좁다. 이 입구에 빼곡히 들어찬 사람들의 무리를 생각해 보라(도판 9) ─ 3천5백 명 가까운 사람이 작업을 마치고 자기 숙소로 돌아가려고 필사적이다. 더운물을 얻으려고 보일러실로 가는 행렬은 1시간씩 기다리지 않으면 안 된다. 토요일마다 야간 점호는 심야까지 계속된다(마치 옛날의 수도사들이 했던 것과 비슷하다). 위생 검사는 물론 철저히 한다 ─ 강제로 머리를 깎고 턱수염을 밀어 버린다(이것 역시 수도사들도 전부 마찬가지다). 그 밖에 긴 옷은 옷자락을 자른다(특히 수도복의). 틀림없이 그 속에 세균이 숨어 있기 때문이다(그러나 체끼스뜨는 땅바닥까지 끌리는 외투를 입고 있다). 속옷 한 장과 자루밖에 걸치고 있지 않은 환자와 노인 들은 겨울에 좀처럼 자기 판자 침상에서 내려와 목욕탕으로 가지 않는다. 그들은 이한테 지고 만다(그들은 여분의 배급 식량을 얻으려고 죽은 사람을 판자 침상 밑에 숨긴다. 그러나 그것은 살아 있는 사람의 이익이 되지 못한다. 싸늘하게 식어 가는 시체에서 살아남은 따뜻한 사람의 몸으로 이가 옮겨가기 때문이다). 성채에는 엉터리 같은 병원을 가진 위생부가 있지만 솔로프끼 제도의 오지에는 약 하나조차 찾아볼 수 없다.

(예외는 안제르 징벌 출장소가 된 골고다-십자가 암자뿐이다. 거기서는 사람을 살해함으로써…… 치료하는 것이다. 그곳 골고다 교회에서는 식사 부족과 심한 학대로 사람들이 누운 채로 죽어 간다. 쇠약한 수도사도, 매독 환자도, 늙은 불구자도, 젊은 도적도. 죽어 가는 사람의 요청에 따라, 또 자기의 임무를 덜기 위해서 그곳의 의사는 절망적으로 생각되는 사람에게 스트리크닌을 준다. 겨울 동안 턱수염을 기른 사체는 속옷 한 장 걸친 채 당분간 교회에 방치된다. 그다음 통로로 옮겨 벽에 기대어 세워 둔다 ─ 그렇게 하면 장소를 많이 차지하지 않기 때문이다. 결국 바깥으로 내간 그 사체는 골고다 언덕에서 아래로 던져 버린다.)[20]

20 이 언덕과 암자의 명칭은 평범한 것이 아니다. 그것은 그 이외의 어느 곳에서도 찾아볼 수 없다. 전설에 따르면(18세기 문헌, 『솔로프끼 제도의 성도전』, 국립 공공 도서관), 1712년 6월 18일에 수도 사제 이오쁘가 이 언덕 아래서 밤 기도를 드리고 있을 때 성모가 〈하늘의 장엄한 빛 속에서〉 나타나 그

그런데 1928년경 껨에서 티푸스가 발생했다. 죄수의 60퍼
센트가 죽었으며 티푸스는 볼쇼이 솔로프끼섬에도 전염되었
다. 여기서는 난방을 하지 않은 〈극장〉 홀에 한꺼번에 수백 명
의 티푸스 환자가 와글거렸다. 그리고 수백 명이 묘지행이 되
었다(죄수의 등록 수를 틀리지 않기 위해 작업 할당계들은 환
자의 손에 일일이 그 이름을 썼다. 살아난 환자들은 형기가
짧은 사망자와 형기를 바꿨다. 다시 말하면 그 사망자의 이름
을 자기 손에 썼다). 1929년에 수천 명의 〈바스마치(중앙아시
아의 반혁명 분자)〉가 들어왔을 때도 그들은 유행병을 가지
고 왔다. 그 병에 걸리면 몸에 검은 반점이 돋고 사람이 반드
시 죽어 간다. 그것은 솔로프끼 제도의 죄수들이 생각한 것처
럼 페스트나 천연두일 수는 없었다. 이 두 가지 병은 소비에
뜨 공화국에서는 완전히 없어진 것으로 되어 있기 때문이다.
그래서 그 병에 〈아시아 티푸스〉라는 병명을 붙였다. 치료는
할 수 없었으므로 다음과 같은 방법으로 그것을 박멸한다 ─
감방에서 누가 그 병에 걸리면 그 감방의 전원을 가둬 외출을
시키지 않고 식사만 지급한다. 이것은 그 감방의 전원이 죽을
때까지 계속된다.

만약 솔로프끼 제도 시대에 〈군도〉가 아직 자기 자신을 이
해하지 못하고 그 자식들도 아직 자기 기질을 모르고 있었다
는 것을 확인할 수 있다면 얼마나 흥미로운 과학적 발견이겠
는가! 그 성질이 그 후에 점차로 나타나게 된 것을 관찰할 수

에게 말했다 ─ 「이 언덕의 이름은 지금부터 골고다다. 그 위에는 교회와 십
자가 암자가 세워지리라. 그리고 그 언덕은 많은 사람의 고뇌로 하얗게 되리
라.」 그 말에 따라 명칭을 붙였고 그 말에 따라 교회와 암자를 세웠다. 그러나
2백 년 이상 그 예언은 맞지 않고 실현되지 않는 것처럼 보였다. 솔로프끼 수
용소가 생긴 후로는 이제 그런 말을 못 하리라.

있다면 오죽이나 흥미진진하랴! 그러나 유감스럽게도 현실에서는 그렇지 않다! 배울 만한 선생이 없어도, 견습받을 스승이 없어도, 아니 유전마저 없는 것 같은 데도 군도는 재빨리 자기 장래의 성격을 알고 드러내게 되었던 것이다.

솔로프끼 제도에는 장래의 뼈와 살이 될 만한 것이 이미 많이 발견되고 있다! 이미 〈일반 작업에서 끌려 나온다〉라는 용어도 있다. 모두가 판자 침상에서 잤지만 어떤 자는 그때도 보통 침대에서 잤다. 사원에 전 중대가 수용되어 있는 것이 보통이지만 어떤 곳은 한 방에 20명씩, 어떤 곳은 한 방에 4명에서 5명씩 있었다. 어떤 자는 그때 이미 자기의 권리를 알고 있었다 ─ 새로 온 여자 죄수 호송단을 살펴보고 마음에 드는 여자를 고르는 것이다(남자 몇천 명 대 여자 1백50명 내지 2백 명이었다. 나중에는 여자의 수가 좀 많아졌다). 벌써 복종과 변절에 의해 유리한 지위나 직무를 얻으려는 싸움이 전개되고 있었다. 〈반혁명 분자들〉은 사무직에서 모조리 쫓겨났지만, 형사범들이 일을 엉망으로 했기 때문에 결국 사무직으로 되돌아가게 되었다. 이미 늘 떠도는 기분 나쁜 소문 때문에 수용소의 분위기는 위축되어 있었다. 이미 최고의 교훈도 확립되어 있었다 ─ 아무도 신뢰하지 말라는 것이다(그것은 은 시대의 감상적 이상주의를 내쫓고 있었다)!

자유로운 고용인들도 수용소의 달콤한 맛을 보고 마냥 그 권리를 이용하기 시작했다. 자유로운 고용인들의 가정은 수용소의 요리사를 무료로 부를 권리를 가지며 언제나 자기 집에 장작 패는 인부, 세탁부, 재봉사, 이발사 등을 불러 써먹을 수 있었다. 에이흐만스는 북극권 지방에 자기 별장을 짓게 했다. 뽀쫌낀은 지나치게 수용소의 권리를 이용했다 ─ 기병 특무 상사 출신인 그는 뒷날 공산당원이 되었고 체끼스뜨가 되

었고 지금은 껨 중계 형무소의 소장이다. 껨에서 그는 레스토
랑을 열었다. 거기 악단은 고등 음악원 출신으로 편성되어 있
으며 여급은 실크 드레스를 입고 있다. 1930년대 초에 식권
제도가 실시된 모스끄바에서 온 수용소 관리 본부 동지들은
여기서 호화롭게 연회를 즐길 수 있었다. 그들의 급사는 샤호
프스까야 공작부인이 맡았다. 계산서는 일정한 액수로 30꼬
뻬이까 정도였다. 나머지 액수를 수용소 금고에서 조달했다.

그러나 솔로프끼섬의 성채가 솔로프끼의 전부는 아니다.
그곳은 가장 특혜가 많은 곳이었다. 진짜 솔로프끼는 암자(사
회주의자들이 들어온 후 그곳에는 노동 출장소가 개설되었
다)도 아니었다. 바로 벌채 작업 현장, 먼 작업장인 것이다. 그
러나 지금은 바로 이 먼 오지의 작업장에 관한 정보 수집이
제일 곤란하다. 그것은 바로 〈거기서〉 일하던 사람들이 하나
도 남지 않고 다 죽어 버렸기 때문이다. 지금 알려진 바로는
그때 이미 가을에도 죄수들의 몸에서 땀이 마를 겨를이 없었
다. 눈이 수북이 쌓인 겨울에도 옷도 신발도 제대로 없었다.
노동일의 기간은 〈그 일에 의해서〉 결정된다 — 요컨대 그 일
이 완료된 때가 노동일이 끝나는 것이다. 만약 일이 완료되지
않을 경우에는 숙소로 돌아가지 못한다. 그리고 새로운 출장
소를 〈개설할〉 때는 사람이 살지 않는 곳에 전혀 준비도 하지
않고 수백 명씩 갑자기 보내고 있었다.

그러나 솔로프끼 시대의 초기에는 몰아치는 노동이나 무리
한 〈사역〉은 발작적으로 일어난 느낌도 든다. 과도기적인 난
폭함 속에서 그런 것은 아직 세게 조여 대는 〈체계〉로까지 확
립되지는 못했다. 우리 나라 경제는 아직 그런 것에 의존하고
있지는 않다. 5개년 계획도 아직 그런 것 위에 기초하고 있
지 않았다. 초기에는 솔로프끼 제도 특별 수용소 관리국에서

아마 확고한 경제 계획이 없었을 것이다. 또 수용소의 작업에 많은 노동과 사람이 필요하다고도 생각하지 못했을 것이다. 그러므로 수용소 유지를 위한 의미 있는 작업을 그렇게 간단히 징벌로 바꿀 수 있었을 것이다 ─ 얼음 위의 한 구멍에서 다른 구멍으로 물을 퍼 옮기거나 통나무를 한 곳에서 다른 곳으로 옮겼다가 다시 본래의 장소로 옮기는 것 등. 이런 것은 잔혹한 일이었다. 동시에 원시적이었다. 그런데 몰아치는 노동이 심사숙고 끝에 확립된 〈체계〉가 되자 혹한에 물을 뒤집어쓰거나 모기에게 물리도록 그루터기로 몰아내는 것은 이미 불필요한 것이며 사형 집행인의 힘을 낭비하는 것이 되었다.

이런 공식적인 숫자가 있다 ─ 〈러시아 공화국에서 1929년까지 전 죄수의 34퍼센트에서 41퍼센트만이 노동에《종사》했다.〉[21] (우리 나라의 실업 상태를 감안하면 그 밖의 상태는 있을 수 없었다.) 이 속에 수용소 유지 노동도 포함되어 있는지, 아니면 순수한 〈외부적〉인 노동인지는 분명하지 않다. 그러나 나머지 60퍼센트에서 65퍼센트의 죄수가 전부 수용소 유지 작업을 하지는 않았을 것이다. 그 비율은 그대로 솔로프끼 제도에도 나타나지 않을 수 없었다. 1920년대를 통해서 어떤 고정적인 일을 가지지 않은(일부는 옷이 없어서 나갈 수 없기 때문에) 죄수, 혹은 극히 조건부적인 일에 종사하는 죄수가 적지 않았던 것은 확실하다.

전국을 진동시켰던 제1차 5개년 계획의 첫 번째 해는 솔로프끼 제도도 진동시켰다. 1930년 임명된 솔로프끼 제도 특별 수용소 관리국의 새 국장 녹쩨프(사회주의자들을 총살했던 예의 사바찌예프스끼 암자 총책임자)는 〈강당에 모인 청중의 놀라는 술렁임〉을 들으며 껨시(市)의 〈자유로운 시민〉에게

21 논문집 『형무소에서 교육 시설로』, p. 115.

다음과 같은 숫자를 보고하였다. 「완전히 경이적인 성장률을 자랑하는 솔로프끼 제도의 특별 수용소 관리국 관할의 채벌 사업은, 자체적으로 사용하는 양을 제외하고, 철도 산림 공단과 까렐리야 산림 공단의 〈외부〉 수주에 의한 벌채로 1926년 6만 3천 루블에 달했고, 1929년에는 2백35만 루블(37배다!)에, 1930년에는 그것의 두세 배에 달했습니다. 까렐리야무르만스끄 지방의 도로 건설은 1926년에 10만 5천 루블에 달했고, 1930년에는 6백만 루블에 달했습니다 — 무려 57배나 됩니다!」[22]

죄수들을 어떻게 파멸로 몰아넣는지 모르던 이전의 황량한 솔로프끼 제도는 이렇게 종말을 고하게 되었다. 〈노동의 마법사〉가 구원의 손길을 뻗치고 있었다.

껨뻬르뿐끄뜨를 경유하여 솔로프끼가 만들어졌고, 역시 껨뻬르뿐끄뜨를 통하여 성숙한 솔로프끼는 1920년대 후반부터 옛날의 내륙으로 팽창해 가기 시작했다. 그리고 죄수에게 이제 가장 괴로운 것은 이 내륙의 출장소로 보내지는 것이었다. 이전에 내륙에서 솔로프끼의 땅은 소로까 마을과 숨스끼 마을이 있는 연안 수도원의 영지뿐이었다. 그러나 이제 팽창한 SLON은 수도원 영지의 경계선을 망각해 버렸다.

껨에서 서쪽으로 늪지를 통해 죄수들은 〈전에는 거의 실현 불가능한 것으로 생각되는〉, 껨-우흐따 도로를 건설하기 시작했다.[23] 여름에는 물에 빠지고 겨울에는 얼어붙어 가면서 일했다. 이 도로는 솔로프끼 제도의 죄수들에게 더 할 수 없는 공포였다. 그리고 오랫동안 성채 안뜰에 이와 같은 협박이 울려퍼졌다. 「뭐야? 〈우흐따〉로 가고 싶어서 지금 이러는 거야?」

22 『솔로프끼 제도』, 1930년, 제2~3호, pp. 55~57.
23 같은 잡지, p. 57.

이와 비슷한 두 번째 도로는 빠란도프스끼 도로(메드베제고르스끄에서 시작되는)였다. 이 도로 건설 때 가시제라는 체끼스뜨는 암벽에 폭약을 장치하도록 명령하고 그 암벽에 〈반혁명 분자〉들을 보내어 그들이 폭발로 산화되어 가는 것을 쌍안경으로 지켜보았다.

이야기에 따르면, 1928년 12월에 까렐리야의 끄라스나야 고르까에서 형벌(일을 수행하지 못했다는 이유)로 죄수들을 숲속에 밤새도록 방치하여 그중 150명이 동사하였다. 이것은 지극히 일반적인 솔로프끼의 방법이며 조금도 의심의 여지가 없다.

그러나 다음 이야기는 믿기 어렵다. 쩸-우흐따 도로의 꾸뜨라는 곳에서 1929년 2월에 약 1백 명 정도의 죄수 중대를 〈노동량을 채우지 못했다고 모닥불 속에 몰아넣어 전원이 불에 타서 죽었다!〉라는 것이다.

이 이야기를 나에게 들려주었던 유일한 사람은 가까운 D. P. 깔리스또프 교수로서 그는 솔로프끼 제도의 고참 죄수였는데 최근에 세상을 떠났다. 이 이야기를 뒤집을 만한 증언은 입수할 수 없었다(어쩌면 이제 아무도 입수하지 못할지도 모른다. 아니, 많은 사건에 관해서 하나의 증언도 입수하지 못할지도 모른다). 그러나 산 사람을 동사시키고 폭사시키는 자가 인간을 불태워 죽이지 못한다는 보장이 있을까? 불태워 죽이는 데 기술이 좀 더 어렵기라도 한가?

살아 있는 사람의 증언보다 활자로 인쇄된 것이 더 신빙성 있다고 생각하는 사람이 있다면 같은 솔로프끼 제도의 특별수용소 관리국에 의해서 같은 죄수들의 손으로 같은 해에, 단 장소는 꼴라반도에서 건설된 도로에 관한 다음의 문장을 읽어 보면 좋을 것이다.

〈매우 힘들었던 것은 벨라야강 계곡, 부드야르프 호숫가를 따라 꾸끼스붐초르산(현재의 아빠찌띠 근교)까지 연장 27킬로미터의 도로를 부설할 때 늪지대를 매몰하던 일로서……(무엇으로 《매몰했다》고 생각하느냐는 말에 대한 대답이 이미 혀끝에 나올 지경이다. 그러나 종이 위에 쓰기는 어울리지 않는다) 무너져 내리는 바위투성이 산의 울퉁불퉁한 기복을 깎으면서 통나무나 모래를 사용하였다.〉 그 후 솔로프끼 제도의 특별 수용소 관리국은 그곳에 철도를 부설하였다. 〈겨울 한 달 동안 11킬로미터…… (어째서 한 달 안에 하지 않으면 안 되는가? 어째서 작업을 여름으로 연기할 수 없었는가?)…… 이 임무는 불가능하게 생각되었다. 30만 세제곱미터의 흙을…… (이것은 북극권에서의 일이다! 그것도 겨울에! 그것을 흙이라고 할 수 있을까? 화강암보다 단단하다!) 손으로, 곡괭이, 쇠 지렛대, 삽 등으로 파내지 않으면 안 되었다. (장갑은 과연 있었을까?) 많은 교량 건설은 작업을 지연시켰다. 하루를 3교대로 북극의 밤을 석유 버너 불로 버티면서, 전나무 사이로 길을 뚫으면서, 그루터기를 파내면서, 사람의 키보다 높게 눈이 쌓이는 눈보라 속에서…….〉[24]

이것을 다시 한번 읽어 보라. 이제 눈을 감아 보라. 그리고 상상해 보라 ─ 당신은 요령부득의 도시인으로 체호프의 작품에서처럼 탄식하고 있다. 그런데 갑자기 이 얼음같이 싸늘한 지옥으로 들어가는 것이다! 혹은 당신은 둥근 모자를 쓴 터키인인데, 돌연 이 한밤의 눈보라 속으로 들어간다! 그루터기를 파내면서!

이것이 가장 좋았던, 저 밝은 1920년대의 일이며, 아직 〈개인숭배〉 이전에 일어났던 것이다. 그때 지구상의 여러 인종들

24 G. 프리드만, 「동화 같은 현실」, 『솔로프끼 제도』, 1930년, 제4호, pp. 43~44.

은, 백인도, 황인도, 흑인도, 갈색인도 우리 나라를 자유의 등대처럼 보고 있었다.[25] 동시에 경연극의 무대에서 솔로프끼 제도를 소재로 농담하는 노래를 공공연히 부르던 시대였다.

이렇게 아무도 눈치채지 못하는 가운데 ― 노동 과제에 의해서 ― 여러 섬에 분산되고 각각 폐쇄되어 있던 특별 수용소의 옛날 구상은 붕괴되고 말았다. 솔로프끼 제도에서 태어나 성숙한 〈군도〉는 전 국토로 확산되어 가며 그 악성 종양을 퍼뜨리기 시작했다.

그런데 다음과 같은 문제가 발생했다. 러시아의 영토가 군도의 코앞에 닿게 된 것이다. 하지만 절대로 군도가 타지방을 점령하지 못하게 할 것이다, 마음을 끌지 못하게 할 것이다, 제 것이 되지 못하게 할 것이다, 동화시키지 못하게 할 것이다. 군도의 작은 섬 하나하나와 언덕 하나하나의 주위에 적대적인 소비에뜨의 방파제를 구축하지 않으며 안 된다. 이 두 개의 세계는 다른 층위에서는 서로 왕래할 수 있지만 융합할 수는 없었던 것이다!

예의 〈놀라는 술렁임〉 속에서 행해진 녹쩨프의 보고 ― 그것은 결의안을 위해, 껨시 노동자의 결의안을 위해 행해진 것이다(그것은 신문에 게재되었다! 그 신문은 마을에서 마을로 게시되었다).

「……소련에서 격렬하게 진행되어 가고 있는 계급 투쟁…… 그리고 미증유의 증대된 위험성은……[26] OGPU의 기관과 솔

---

25 아, 버트런드 러셀이여! 아아, 휴렛 존슨이여! 아, 〈그때〉 당신들의 타오르는 듯한 양심은 어떻게 된 것입니까?
26 우리 나라에서는 언제나 〈미증유〉다. 그보다 약한 표현은 전혀 사용되지 않는다.

로프끼 제도의 USLON이 노동자와의 단결을 보다 강화하고 경계를 강화할 것을 요구하고 있습니다.…… 여론을 조직화함으로써…… 자유인과 죄수와의 교제, 탈주자의 은닉, 죄수로부터 장물이나 관물을 사는 것과…… 계급의 적이 솔로프끼 제도의 특별 수용소 관리국에 대하여 퍼뜨리는 적의에 찬 풍문과의…… 싸움을 할 것입니다.」

〈적의에 찬 풍문〉이란 대체 무엇인가? 〈수용소에 아무 죄도 없는 사람들이 들어온다는 말〉인가?

주목할 문장이 또 하나 있다 — 〈적시에 《신고》하는 것이 각자의 의무……〉[27]

이 더러운 자유인들! 놈들은 죄수와 교제하고 탈주자를 은닉해 준다. 이것은 극히 위험한 일이다. 이런 일을 중단시키지 못하면 군도도 없어질 것이다. 나라도 없어진다. 혁명도 엉망이 되고 만다.

그런데 〈적의에 찬〉 풍문에 대해 역으로 정직한 진보적 풍문을 퍼뜨린다 — 수용소에 수용되어 있는 놈은 살인자와 강간범들이다! 탈주자는 누구나 비적이다! 문을 굳게 잠그고 경계하라, 아이를 잘 지켜라! 붙잡아라, 통보하라, OGPU에 협력하라! 협력하지 않는 자가 있으면 〈신고〉하라!

이제 군도가 확산되면서 탈주는 점점 늘어났다. 산림 벌채와 도로 건설 출장소는 절망뿐이었다. 그래도 탈주자의 발밑에는 단단한 내륙이 있다. 그것은 역시 희망이다. 그런데 탈주할 생각은 솔로프끼 특별 수용소가 아직 폐쇄된 섬이었을 때도 솔로프끼 죄수들의 피를 끓게 하였다. 경솔한 자는 자신의 3년 형기가 끝나기를 기다린다. 그러나 선견지명이 있는 자는 3년이 지나도, 23년이 지나도 자유의 몸이 될 수 없다는 것을

27 『솔로프끼 제도』, 1930년, 제2~3호, p. 60.

이미 알고 있다. 자유로워질 수 있는 길은 탈주밖에 없는 것이다.

그러나 어떻게 하면 솔로프끼 제도에서 도망칠 수 있을까? 바다는 반년 동안 얼음으로 덮여 있다. 그런데 그 얼음은 완전하지 않고 군데군데 물에 씻겨 생겨난 구멍이 있다. 그리고 눈보라가 휘몰아치고 혹한이 몰아치고 안개와 어둠에 덮여 있다. 봄과 여름의 대부분은 백야며 순시선은 멀리까지 볼 수 있다. 밤이 길어질 때, 요컨대 늦여름과 가을만이 탈주에 가장 알맞은 시기다. 물론 성채에서가 아니라 출장소에서 이동의 자유와 시간을 갖고 있는 사람이 어딘가 해변 가까운 숲에서 배나 뗏목을 만들어 야간에 바다로 나간다(혹은 단지 통나무를 타고). 운명에 몸을 맡기고, 무엇보다도 외국 선박을 만나기를 기도하면서 바다로 나가는 것이다. 경비병들의 부산한 움직임과 순시선의 출항으로 섬의 죄수들은 탈주한 사실을 알고 마치 자신이 탈주라도 하듯 기쁜 불안에 잠긴다. 그들은 귓속말로 서로 물어본다 ― 아직 붙잡지 못했는가? 아직 발견되지 않았는가? 아마 상당수는 도중에 익사했을 것이다. 혹시 누가 까렐리야 해안까지 무사히 도착했다 하더라도, 죽은 사람보다 입을 굳게 다물었을 것이다.

영국으로 도망친 유명한 사건이 쩸에서 있었다. 이 용감한 자는(우리는 그의 이름을 모른다. 이것이 우리가 처해 있는 상황이다!) 영어를 알고 있었으나 그것을 숨겼다. 그는 운 좋게 쩸에서 목재 수송선의 선적 작업을 하며 영국인에게 잘 이야기하였다. 호송병은 그가 없어진 것을 알고 선박의 출항을 일주일 가까이 지연시켜 가며 몇 번이나 수색해 봤으나 탈주자를 찾지 못했다(뒤에 판명된 일이지만 그는 육지에서 경비병들이 수색을 하려고 배에 오를 때마다 반대편에서 입에 호흡용 파이프를 물고 닻줄을 붙잡고 물속으로 들어갔다). 선박의 출항을 지연시키기 위해 고액의 위약금이 지불되었다. 당국은 마침내 지쳐서 죄수가 익사한 것으로 결론을 내리고 선박의 출항을 허가했다.

그 후 영국에서 그의 책이 출판되어 여러 판을 거듭했던 것 같다(아마 S. A. 말사고프의 『지옥의 섬에서』일 것이다).[28]

이 책은 유럽을 경악하게 하였다. (그리고 아마 이 탈주자인 저자는 과장되게 썼다고 비난을 받았으리라. 아니, 〈새 사회〉의 친구들은 이 중상에 가득 찬 책을 틀림없이 믿지 않았을 것이다!) 이 책은 이미 알려져 있던 사실과 모순되기 때문이다. 『로테 파네』(독일 공산당 기관지)에 게재된, 솔로프끼 제도를 천국으로 묘사한 기사(그 특파원도 나중에 군도에 가 봤으리라고 생각한다)와도 모순되고 유럽 주재 소비에뜨 연방 전권 대표부가 배부한 사진집, 좋은 종이에 인쇄한 편안한 암자의 그럴듯한 사진과도 모순되기 때문이다. (나제즈다 수로프쩨바라는 우리 나라 여자 공산당원은 오스트리아의 빈 주재 소비에뜨 정권 대표부에서 이 사진집을 받아 보고 나서 유럽에 유포된 중상에 분개하며 그것을 부정하였다. 바로 그 무렵 그녀의 미래 시누이는 솔로프끼 특별 수용소에 수감되어 있었고 그녀 자신도 2년 뒤에 야로슬라블 격리 형무소에서 〈무릎을 굽히고 일렬로 서서〉 산보하는 운명이 되었다.)

중상이든 아니든 그것은 정말로 분통 터질 일이었다! 그래서 〈당의 양심〉이라는 동지 솔쯔(도판 10)를 의장으로 하는 전 러시아 중앙 집행 위원회의 조사 위원회가 예의 솔로프끼 제도에서 언제 무슨 일이 일어났는가(그들은 아무것도 몰랐던 것이다!) 조사하기 위해 출발하였다. 그러나 그 위원회는

28 당신은 그것도 못 읽어 봤겠지요, 버트런드 러셀 경?

무르만스끄 철도밖에 둘러보지 않았고 게다가 거기서도 아무런 특별한 일을 하지 않았다. 그들은 이렇게 생각했다. 섬에는 바로 최근에 프롤레타리아 조국으로 돌아온 위대한 프롤레타리아 작가 막심 고리끼를 보내는 것이 좋겠다. 아니, 가도록 부탁하자고 결정하였던 것이다! 고리끼의 증언이라면 외국에 유포되어 있는 예의 뿌리도 잎도 없는 중상의 가장 유효한 논박이 될 테니까!

이 소문이 고리끼 본인보다 한발 앞서 솔로프끼 제도에 들어갔다. 그러자 죄수들의 가슴은 기대에 부풀고 경비병들은 우왕좌왕하기 시작했다. 죄수들의 기대를 상상하려면 그들을 알아야 한다! 무법과 폭력과 침묵의 소굴로 매와 바다제비의 시인, 러시아 최고의 작가가 오는 것이다! 그러면 모든 것을 폭로해 주리라! 그러면 증언해 주리라! 그 아버지라면 우리를 지켜 주리라! 고리끼의 도착을 죄수들은 전면적인 사면처럼 기다리고 있었다!

당국도 흥분한 것은 마찬가지였다 ─ 될 수 있는 대로 추악한 것을 숨기고 외관만을 번지르르하게 하였다. 성채의 죄수의 수를 줄이기 위해 먼 출장소로 죄수를 자꾸만 호송하였다. 위생부에서는 많은 환자를 퇴원시키고 깨끗이 청소했다. 뿌리도 없는 전나무를 꽂아 아동 수용소가 있는 데까지 〈가로수길〉을 급히 만들었다(그런 나무도 며칠은 죽지 않고 버틸 수 있다). 그 아동 수용소는 3개월 전에 개설된 것으로 솔로프끼 제도 특별 수용소 관리국의 자랑이었다. 그곳 아이들은 모두 옷도 잘 입고 사회적 이질 분자도 없었다. 어떤 식으로 아이들을 미래의 사회주의 생활을 위해 교육하고 구제하는가에 대해서는 당연히 고리끼도 흥미를 보이리라고 생각되었다.

단, 껨을 간과하고 말았다. 즉, 뽀뽀프섬에서 〈글레쁘 보끼〉

호의 선적 작업을 하는 것은 속옷과 자루만 걸친 죄수들이었다. 그리고 돌연히 고리끼 일행이 승선하기 위해 나타난 것이다! 발명가와 사상가들이여! 이것은 당신들에게 어울리는 문제다. 극히 간단명료한 문제를 — 숨을 나무 그늘 하나 없는 벌거벗은 섬, 그곳으로, 3백 보도 떨어지지 않은 곳에 고리끼 일행이 나타난 것이다 — 당신들은 어떻게 하겠는가? 이 추태, 이 자루를 뒤집어쓴 사나이들을 어떻게 하면 좋을까? 〈인도주의자〉가 그들을 보면 그 시찰 여행은 완전히 의미를 잃어버리리라. 물론 그 자신도 못 본 체하려고 하겠지만 — 그래도 이것은 큰일이다! 바다에 빠트리면 어떨까? 발버둥 칠 것이다……. 땅속에 묻어 버리면 어떨까? 이미 때가 늦었다……. 아니다, 수용소군도의 훌륭한 자식만이 이런 경우에 해결책을 찾아낼 수 있다! 작업 할당계가 명령한다. 「작업 중지! 한데 뭉쳐! 더 꼭 달라붙어!」이렇게 말하고 위에 방수 천을 뒤집어씌웠다. 「움직이는 자는 죽는다!」한때 하역부였던 고리끼는 트랩에 올라 다시 한번 갑판 위에서 주위 풍경을 바라보았다. 출항까지 1시간이 남아 있었지만 그는 그것을 〈눈치채지 못했던 것이다〉!

그것은 1929년 6월 20일이었다. 그 유명한 작가는 〈변영〉만(灣)의 부두에 내렸다. 그 옆에는 그의 며느리가 온몸을 가죽으로 감싼 채 서 있었다(검은 가죽 모자, 가죽 재킷, 가죽 승마 바지, 통이 좁고 높은 장화) — OGPU의 살아 있는 상징이 러시아 문학과 어깨를 나란히 하고 서 있었던 것이다.

고리끼는 GPU의 간부에게 둘러싸여 성큼성큼 빠른 걸음으로 숙소 복도를 몇 개 지나갔다. 방문은 모두 열려 있었으나 그는 방 안으로 거의 들어가지 않았다. 위생부에는 새 가운을 입은 의사와 간호사 들이 두 줄로 늘어서 있었으나 그는 거들떠보지도 않고 지나가 버렸다. 그 후 솔로프끼 제도 특별 수용소 관리국의 체끼스뜨들은 용감하게도 고리끼를 세끼르 까로 안내했다. 이게 어찌 된 일인가? 징벌 감방은 이미 초과 밀 상태가 아니고, 그보다 중요한 것은 — 〈막대기〉가 하나도 없었다! 벤치 위에는 도둑들이 앉아(솔로프끼 특별 수용소에 는 그때 이미 도둑들이 많았다) 전부…… 신문을 읽고 있었다! 그 누구 하나 일어나서 고리끼에게 호소할 용기를 내지 못했 으나 그들은 생각해 냈다 — 신문을 거꾸로 들고 있자고! 그 래서 고리끼는 한 도둑에게 다가가 신문을 바로잡아 주었다. 눈치챘던 것이다! 감지했던 것이다! 그렇다면 그대로 내버려 두지 않을 것이다! 반드시 지켜 주리라![29]

아동 수용소에도 들렀다. 참으로 훌륭하다! 아이들은 다리 달린 침대 하나에 한 명씩 매트리스를 깔고 자고 있다. 모두 들 옹기종기 모여 있었고 누구나 만족한 듯하다. 갑자기 열네 살 소년이 말했다. 「보세요, 고리끼 아저씨! 아저씨가 보고 있 는 것은 전부 거짓이에요. 진실을 알고 싶다면 이야기해 드릴 까요?」 고리끼는 고개를 끄덕였다. 그렇다, 그는 진실을 알고 싶었다(아, 소년이여, 왜 너는 이제야 겨우 잘되어 가는 문학 계의 장로 생활을 망치려 드는가? 모스끄바의 대저택, 모스끄

---

29 고리끼와 동행했던 GPU의 여자 계원도 습작으로 다음과 같이 쓰고 있 다. 〈우리는 솔로프끼 수용소 생활을 견학하고 있다…… 나는 박물관을 방문 했다…… 모두 《세끼르나야 언덕》으로 갔다. 거기에서는 호수의 놀라운 경관 이 펼쳐진다. 호수의 물은 차고 검푸른 빛을 띠고 있다. 호수 주변에는 숲이 있 다. 그것이 마법에 걸린 듯 색깔을 바꾸고 소나무 꼭대기가 빛난다. 마치 손거 울처럼 수면이 타오른다. 고요하면서도 아주 아름다운 경치다. 돌아오는 길에 이탄 채굴장을 지났다. 저녁에 음악회를 즐겼다. 음식으로는 현지 솔로프끼산 청어가 나왔다. 그것은 작았으나 아주 부드럽고 맛이 있으며 입속에서 사르르 녹는 느낌이다.〉 — 『M. 고리끼와 아들』(모스끄바: 과학 출판사, 1971), p. 276.

바 교외의 영지……). 전원에게 막사에서 나가도록 명령이 떨어졌다. 아이들도, 수행하던 직원들도. 그 소년은 1시간 반 동안이나 키 큰 노인에게 모든 것을 다 털어놓았다. 고리끼는 눈물을 흘리면서 막사를 나왔다. 그쪽으로 마차가 접근했다. 수용소장의 별장으로 점심 식사를 하러 가기 위함이었다. 아이들이 막사로 쇄도했다.「모기 이야기는 했니?」「했어!」「막대기 이야기는 했니?」「했어!」「〈VRIDLO〉이야기도 했니?」「했어!」「계단에서 아래로 굴려 떨어뜨리는 것도? 자루 이야기도? 눈 속에서 자는 것도?」정의감에 불타는 소년은 무엇 하나 숨김없이 전부…… 전부 다 이야기했던 것이다!

그러나 우리는 그 소년의 이름마저 모른다.

6월 22일에 소년과 이야기했던 고리끼는 그의 내방에 대비하여 특별히 만든 〈감상장〉에 다음과 같은 글을 썼다.

〈내가 받은 인상은 몇 마디 말로 다 표현할 수 없다. 형안을 가진 부단한 혁명의 옹호자로서 극히 대담한 문화 창조자들의 놀라운 에너지에 대해서 나는 틀에 박힌 칭찬을 하고 싶지 않다. 아니, 그런 것은 수치스러운(!) 일일 것이다.〉[30]

23일에 고리끼는 섬을 떠났다. 그의 배가 출항하기 무섭게 소년은 총살되었다. (아, 인간 마음의 탐구자여! 인간을 잘 알고 있는 자여! 어찌하여 당신은 이 소년을 데려가지 않았는가?)

정의에 대한 신뢰는 새로운 세대 속에 이런 식으로 각인되었다.

문학계의 수령은 돌아간 후 상부에 가서 솔로프끼 제도 특별 수용소 관리국에 대한 칭찬을 거부하고 그 발표를 꺼려했다고 한다. 하지만 알렉세이 막시모비치, 꼭 그렇게 하셔야 하

---

30 『솔로프끼 제도』, 1929년, 제1호, p. 3. (고리끼 전집에 이 기록은 포함되지 않았다.)

나요…… 부르주아 유럽이 우리를 지켜보고 있는데요! 하필 이렇게 위험하고 복잡한 상황 속에 있는 〈지금, 바로 이 시점〉에서! 수용소 처우라고요? 바꾸지요, 꼭 바꿀 겁니다.

그리고 그는 성명을 발표했다. 솔로프끼섬은 부당하게 공포의 재료로 사용되고 있지만 그곳 죄수들은 풍요로운 생활을 누리며 잘 교정되어 가고 있다는 문장이 내와 바다제비의 시인의 이름으로 소비에뜨와 서구의 자유로운 주요 신문에 여러 번 게재되었다.

〈그래서 저세상에 가면서《군도》를 축복하였다…….〉[31]

그런데 처우에 관해서 말하자면 ─ 그 약속은 지켜졌다. 처우는 〈바뀌었다〉 ─ 제11 징벌 중대에서 이번에는 〈일주일 동안 과밀 상태로 서 있어야 했다.〉 솔로프끼에 위원회가 파견되었다. 그러나 이번에는 솔쯔가 아니라 취조 징벌 위원회가 조사한 결과 솔로프끼 제도의 잔혹한 대우의 원인은 백위군들(행정부), 일반적으로 귀족, 부분적으로는 대학생들(다시 말하면 전 세기부터 이미 성 뻬쩨르부르끄에 방화한 대학생들)에 있다는 것이 현지 정보 심리부의 도움을 얻어 판명되었

---

31 이탈리아에서 귀국하여 죽을 때까지의 고리끼의 비굴한 태도를 나는 망상과 우둔함의 탓으로 돌렸다. 그러나 최근 공개된 1920년대의 그의 서한은 그의 태도를 한층 더 차원이 낮은 것, 요컨대 사리사욕으로 설명하는 자료를 제공하고 있다. 소렌토로 간 고리끼는 자기에게 세계적인 명성도, 돈도 없다는 것을 알고 놀랐다. (그는 하인들로 가득한 호화 저택을 가지고 있었다.) 돈을 위해, 그리고 명성을 회복하기 위해 소비에뜨 연방으로 돌아와 모든 조건을 받아들이지 않으면 안 된다는 것을 그는 자각했다. 그래서 그는 자발적으로 야고다의 포로가 된 것이다. 그리고 스딸린은 별 이유도 없이, 그저 과민증 때문에 그를 죽였던 것이다 ─ 고리끼는 1937년의 대숙청도 칭찬했을 사람인데 말이다.

다. 게다가 또 정신 이상이 된 전 극동 공화국 장관 꼬제브니
꼬프, 셉친스끼, 소몰이꾼 젝짜료프의 실패로 끝난 무모한 탈
주 사건이 발생하였다. 이 탈주 사건은 배를 빼앗아 타고 탈
출을 계획하려 했다는 백위군들의 기괴한 대음모로 날조되
어, 누구도 그 음모를 인정하지 않았으나 체포자의 수는 점점
불어났다.

〈3백 명〉이라는 목표를 세웠다. 그 목표는 달성되었다. 그
리고 1929년 10월 15일 밤에 모든 죄수를 사방으로 몰아 막
사에 가두고 묘지까지 가는 가까운 길을 확보하기 위해, 평
상시에는 닫혀 있는 신성한 문을 열었다. 죄수를 몇 조로 나
누어 밤새도록 연행하였다. (줄에 매인 개 〈검둥이〉는 자기
주인 바그라뚜니가 연행되어 가는 게 아닌가 하고 미친 듯이
짖어 대며 각 조를 전송하고 있었다. 중대 막사에 갇혀 있는
죄수들은 이 개 짖는 소리로 연행된 조의 수를 셌다. 총성은
강풍으로 잘 들리지 않았다. 이 개 짖는 소리가 사형 집행인
들을 너무 자극하여 그 이튿날 〈검둥이〉와 모든 개는 사살되
었다.)

총살에 참여한 것은 예의 거드름을 피우는 세 모르핀 중독
환자와, 경비대장 젝짜료프와…… 문화 교육부장 우스뻰스끼
다. (이 조합을 이상하게 생각하는 것은 표면적으로밖에 보지
못하는 사람뿐이다. 이 우스뻰스끼는 이른바 〈전형적〉인 과
거를 가진 사나이다. 그 시대에 가장 흔한 유형이었다는 것이
아니라, 그 시대의 본질을 압축적으로 보여 주고 있다는 것이
다. 그는 사제의 아들로 태어나 그대로 혁명을 맞았다. 그를
기다리는 것이 무엇이었을까? 조사, 각종 제약, 유형, 박해되
다. 자기 아버지 그늘에서 도망칠 수도, 아버지를 바꿀 수도
없었다. 아니, 바꿀 수 있다. 우스뻰스끼는 생각했다. 〈그는 자

기 아버지를 살해하고 계급적 증오에서〉 그런 행동을 했다고 당국에 신고하였던 것이다! 이와 같은 건전한 감정은 거의 살인으로 취급되지 않았다! 그는 가벼운 형을 받고 수용소에서는 바로 문화 교육 활동에 가담하여 곧 자유의 몸이 되어 지금 솔로프끼 특별 수용소 문화 교육부의 자유인 부장으로 있다. 이 총살에는 스스로 지원하여 참가했는지, 아니면 자신의 계급적 입장을 명확히 하도록 강요받았는지는 분명하지 않다. 그 밤이 밝아 올 무렵, 그가 세면소에서 피 묻은 장화 발을 번갈아 쳐들어가며 씻고 있는 것을 목격한 사람이 있다.) 도판 19에서 가장 오른쪽에 있는 사람이 우스뻰스끼인데, 어쩌면 이름만 같고 다른 사람일지도 모른다.

그들은 술에 취해 총을 쏘는 바람에 정확하게 맞추지 못했다 — 때문에 흙을 끼얹어 놓은 큰 구덩이에서 아침까지 아직 죽지 않은 사람들이 꿈틀대고 있었다.

10월과 11월에 총살을 하기 위해 내륙에서 많은 죄수들을 보냈다.[32]

(이 묘지 전체가 뒤에 가서 죄수들의 손으로, 악단이 연주하는 가운데 흔적도 없이 사라져 버렸다.)

그 총살 사건이 있은 후에 솔로프끼 제도 특별 수용소장이 경질되었다 — 에이흐만스 대신에 자린이 소장으로 임명되면서 솔로프끼 제도의 신법률 체제 시대가 도래한 것으로 생각된다.

하지만 그 체제란 다음과 같은 것이었다. 1930년 여름에 적그리스도에서 비롯된 모든 것을 거부하는 종파 신도 수십 명이 솔로프끼 특별 수용소로 보내졌다. 그들은 신분증을 포함한 어떤 서류를 받는 것도, 어떤 것에 서명을 하는 것도, 돈을

32 그 어떤 조의 신참들과 함께 꾸릴꼬도 총살되었다.

받는 것도 거부하였다. 그들의 지도자는 흰 수염을 기른 여든 살의 장님으로, 손에 긴 지팡이를 들고 있는 노인이었다. 교육 받은 사람이라면 누가 보아도 이런 신도들이 수많은 온갖 서류를 필요로 하는 사회주의에 부적합한 존재라는 것을 분명히 알 수 있었다. 때문에 차라리 죽는 편이 제일 상책이리라. 그들은 작은 토끼 섬으로, 솔로프끼 군도의 제일 작은 섬으로 유배되었다. 그곳은 숲도, 아무것도 없는 모래땅으로, 예전부터 어업에 종사해 온 수도사들의 작은 여름 집밖에 없었다. 수도사들은 그들을 동정해서 2개월분의 식량을 주었다 — 단, 신도들 〈각자〉가 수령증에 반드시 서명을 한다는 조건으로. 당연히 모두 서명을 거부했다. 그러자 활동적인 안나 스끄리쁘니꼬바가 중개인이 되었다. 그때 그녀는 이미 자기의 젊음과 소비에뜨 정권의 젊음에도 불구하고 네 번째로 체포되어 수용소에 수감되어 있었던 것이다. 그녀는 회계부, 작업 할당계, 인도적 대우를 도입한 수용소장 사이를 분주히 뛰어다녔다. 처음은 동정심에서 그랬지만 나중에는 신도들에게 매일 식사를 주는 대신 그 경리를 인수받아 서류를 정리하면서 그들과 함께 토끼 섬으로 보내 달라고 부탁하였다. 그것은 수용소의 제도와 조금도 모순되지 않은 것처럼 보였다! 그러나 거부되었다. 「그런데 실제로 정신 이상자들에게는 수령증을 요구하지 않고 식사를 주고 있잖아요!」 안나가 소리쳤다. 자린은 웃을 뿐이었다. 한 여자 작업 할당계가 대답했다. 「모스끄바에서 지령이 내려왔는지도 모르죠 — 우리는 모르지만……」 (물론 그것은 모스끄바의 지시였던 것이다! — 안 그러면 누가 그 책임을 지려고?) 그래서 그들을 〈식량 없이〉 섬으로 보냈다. 두 달 후(다음 2개월분의 서명을 받지 않으면 안 되기 때문에 정확히 두 달 후에)에 작은 토끼 섬으로 가보니 새에게 뜯어먹힌 시체만이 발견되었다. 전원이 그곳에서, 누구 하나 도망치지 않았다.

이제 와서 과연 누가 그 범인을 찾아내겠는가? 이 위대한 금세기의 60년대에?

그런데 자린도 곧 경질되었다 ─ 자유주의적 성향 때문에 (그 자신도 10년 형을 받았을지도).

◆

1920년대 말부터 솔로프끼 수용소의 성격은 변모되어 갔다. 멸망의 운명에 처한 〈반혁명 분자〉를 위해 무언의 올가미에서, 그 당시로서는 새롭지만 지금의 우리에게는 낡은 일반 교정 노동 수용소의 형태를 점점 띠게 되었다. 우리 나라에 〈노동자들 가운데 특별 위험 분자〉가 급속히 증가했고, 정치와는 무관한 범죄자와 불량배도 솔로프끼 특별 수용소로 쫓겨 왔다. 솔로프끼 땅에는 산전수전 다 겪은 도둑도, 신출내기 도둑도 왔다. 여자 도둑과 매춘부도 큰 물결처럼 그리로 흘러들었다(양자는 껨 중계 형무소에서 만나, 전자가 후자에게 「도둑질은 해도 몸은 안 판다!」라고 하자 후자도 지지 않고 얼른 대꾸했다. 「우리는 자기 것을 팔지만 남의 것을 훔치지는 않아!」). 전국적으로 매춘부 소탕 작전이 선언되면서(물론 신문에는 나오지 않았지만), 그들은 전부 대도시에서 체포되어 일률적으로 3년 형기를 선고받고 다수가 솔로프끼 특별 수용소로 보내졌다. 이론적으로는 정직한 노동을 통해 분명히 그들을 빨리 교정시킬 수 있었다. 그러나 그들은 왠지 그 사회적으로 저속한 직업을 고집하며 호송 도중에 호송대 막사 바닥을 씻겠다고 붉은 군대 병사들을 유혹하며 호송 근무의 규정을 깨뜨렸다. 그들은 또 교도관들과도 같은 식으로 곧 친해졌다 — 물론 그것은 무료가 아니었다. 여자가 절대적으로 부족했던 솔로프끼 제도에서 그들은 한층 더 좋은 혜택을 받았다. 그들에게는 막사의 제일 좋은 방이 주어졌고 매일매일 새 옷과 선물을 받아 이른바 〈수녀들〉과 다른 여성 반혁명 분자들은 그들의 속옷에 수를 놓아 주고 부수입을 올렸다. 전에 없이 풍요로워진 그들은 짧은 형기를 마치고 실크 제품이 그득한 트렁크를 들고 깨끗한 인생을 시작하기 위해 집으로 돌아갔다.

절도범들은 트럼프 놀이를 시작하였다. 여자 절도범들은 솔로프끼 제도에서 아이를 낳는 편이 유리하다고 생각하였다 — 그곳에는 별도의 탁아소가 없었으므로 육아를 위해 그 짧은 형기 중에도 계속 작업에서 해방될 수 있었기 때문이었다(그 전까지 여성 반혁명 분자들은 이 방법을 피해 왔었다).

1929년 3월 12일 솔로프끼 제도에 처음으로 미성년자 일행이 왔다. 그 후로는 계속 보내왔다(모두 16세 이하). 첫 번째 미성년자들은 성채 가까운, 예의 전시용 다리 달린 침대와 매트리스가 있는 아동 수용소에 수용되었다. 그들은 지급된 피복을 숨기고 작업장에 입고 갈 옷이 전혀 없다고 소리쳤다. 그 후로 그들도 벌목장으로 보내졌다. 그곳에서 그들은 이름과 형기를 모르게 도망쳤으나 결국 붙들려 다시 확인되었다.

사회적으로 건전한 사람들이 도착하면 문화 교육부는 갑자기 활기를 띤다. 문맹 퇴치 운동을 시작하며(그런데 절도범도 트럼프의 하트와 클로버는 너무 잘 식별하고 있었다), 〈죄수는 사회주의 건설의 적극적인 참가자!〉라는 구호를 내걸고 심지어 〈재교육〉이라는 용어마저 만들어 냈다. (이 용어는 바로 여기서 만들어졌던 것이다!)

1930년 9월, 중앙 위원회가 모든 근로자에게 사회주의 경쟁과 돌격 작업 운동을 펼치도록 호소하였다 — 그때 어떻게 죄수들이 예외로 남아 있을 수 있었을까? (도처에서 자유인 들이 힘든 일을 도맡아서 했다면 그 발판 구실은 죄수들이 한 게 아닐까?)

이하의 정보는 살아 있는 사람에게서 얻은 것이 아니라 법 률가이며 학자였던 아베르바흐의 책[33]에서 인용한 것이므로 나는 독자들이 그 정보를 16으로 나누고, 256으로 나누고, 때 로는 반대의 기호, 즉 마이너스 기호를 붙여 해석해 주기를 바란다.

1930년 가을, 사회주의 경쟁과 돌격 작업 운동에 관한 솔로 프끼 제도 본부가 설립되었다. 흉악한 재범자나 살인범, 강도 들이 갑자기 〈검약적인 경영자, 우수한 기술 지도원, 유능한 문화 활동가〉가 되었다(G. 안드레예프의 회고에 따르면 그들 은 구타를 하고 다음과 같이 위협하였다 ——「이 반혁명 분자 들, 작업량을 채워라!」). 도둑과 강도들은 중앙 위원회의 호소 를 읽자마자 칼과 트럼프를 내던지고 〈코뮌〉 결성에 정열을 쏟기 시작했다. 그 규약에는 다음과 같이 쓰여 있었다. 즉, 코 뮌의 구성원은 빈농, 중농 및 노동자 출신으로 한다(하지만 이것은 말해야겠다. 등록 배치부에는 모두 무뢰한들과 함께 〈과거 노동자〉로 등록되어 있다. 쎕친스끼의 구호 〈솔로프끼 제도는 노동자와 농민을 위해서!〉가 거의 실현된 셈이었다). 제58조는 어떤 경우에도 가입할 수 없다(이 밖에 코뮌 참가자 들은 다음과 같은 제안을 하였다. 전원의 형기를 더하여 그 합계를 참가자 수로 나누어 평균적인 형기를 산출하고 그 형 기가 끝나면 전원을 일제히 해방할 것! 그러나 그 제안의 공

---

33 I. L. 아베르바흐, 『범죄에서 노동으로』(소비에뜨 입법 출판소, 1936), 비신스끼 감수.

산주의적 성격에도 불구하고 체끼스뜨는 이것을 정치적 미숙으로 판단하였다). 솔로프끼 특별 수용소 코뮌의 구호는 다음과 같았다. 〈우리가 노동자 계급에 진 빚을 상환하라!〉 그보다 한층 더 멋진 구호도 있었다. 〈우리로부터 모든 것을, 우리에게 무(無)를!〉[34] 또 과실을 범한 참가자에 대해서는 이런 끔찍한 형벌을 생각해 냈다. 작업에 나가는 것을 〈금지한다〉는 것이다! (이보다 가혹하게 도둑을 처벌할 수 없을 것이다!)

그렇지만 솔로프끼 특별 수용소 당국은 문화 교육부 사람들만큼 열을 올리지 않고 도둑들의 열의를 대수롭지 않게 보았다. 그 때문에 당국은 〈레닌적 원칙, 즉 《돌격 작업에는 특별 배급》을 적용하였던 것이다!〉 그것은 말하자면 — 코뮌 참가자는 다른 막사로 옮겨지고 부드러운 침대가 주어지고 따뜻한 옷을 입고 보다 나은 식사를 하게 된다는 것을 의미하는 것이다(이것은 두말할 것도 없이 나머지 죄수들의 희생을 필요로 하는 일이었다). 이것은 코뮌 참가자들의 마음에 들었다. 그들은 누구나 함부로 빼지 못하고 코뮌에서 제명시키지 못한다는 규정을 제정하고 있었다.

이와 같은 코뮌은 참가자 〈이외의 사람〉에게도 인기가 있어 모두 입회를 신청하였다. 그러나 그들을 코뮌에 받아들이지 않는 대신 제2, 제3, 제4의 〈노동 집단〉, 단 상술한 특권을 누리지 못하는 〈노동 집단〉을 결성하도록 결정했다. 그런데 이 집단에도 제58조는 가입이 허용되지 않았다. 가장 방자한 불량배들이 신문을 통해서 제58조에 대해 〈수용소는 이제 노동 학교라는 것을 알아야 한다!〉라고 설교를 늘어놓았는데도 불구하고…….

그래서 수용소 관리 본부에 비행기로 보고서가 날아들었

34 이 구호는 이미 십분 성숙하여 소련 전체에 보급된 것 같았다.

다 — 〈솔로프끼 제도의 기적〉! 무뢰한들의 태도 급격 전환! 범죄 세계의 격렬한 에너지가 돌격 작업 운동으로, 사회주의 경쟁으로, 산업 재정 계획의 수행으로 흘러들었던 것이다! 본부는 놀라워했고 그 경험을 차차 보급시켜 나갔다.

솔로프끼 특별 수용소의 생활은 이렇게 변했다 — 수용소의 일부는 노동 집단에 편입시키고 그 작업 수행률은 단순한 신장이 아니라 배로 증가시켰다! (문화 교육부는 이것을 집단의 영향으로 돌렸지만 우리는 알고 있다 — 그것은 수용소의 일반적 〈뚜흐따(속임수)〉[35]라는 것을.)

수용소의 다른 부문, 다시 말해서 〈조직되지 않은〉 곳에서는(거기는 음식도 옷도 형편없는 것이 주어졌고 가혹한 작업에 종사하게 된다) 당연히 노동량을 수행하지 못했다.

1931년 2월에 솔로프끼 특별 수용소 돌격 작업반 대회에서 〈사회주의 경쟁의 큰 파도로 소비에뜨 연방의 강제 노동에 관한 자본가들의 새로운 중상에 대응하자〉라는 결의가 채택되었다. 3월에는 이미 136개의 돌격 작업반이 있었다. 그런데 〈계급적으로 이질 분자가 집단을 붕괴할 목적으로 잠입하였기〉 때문에 4월에 갑자기 대숙청을 실시하라는 요구가 있었다(기묘한 수수께끼다 — 제58조는 거기로 접근하는 것이 허용되지 않았는데 대체 누가 붕괴하러 들어갔다는 말인가? 그렇다면 뚜흐따로 부풀린 것이 탄로 났다고 해석하지 않을 수 없다. 먹고 마시고 즐겁게 놀다가 계산해 보니 큰일이 났던

---

35 도둑의 은어로는 〈뚜프따〉가 맞고 〈뚜흐따〉는 예컨대 〈흐보도르〉처럼 농민의 사투리라는 지적이 종종 나를 괴롭히지만, 나는 이 사투리를 좋아한다 — 〈뚜흐따〉는 어쩐지 러시아어 같은 느낌이 들고 〈뚜프따〉는 아주 이질적이다. 도둑들이 가지고 들어온 말이지만 전 러시아 국민의 것이 된 이상 그냥 〈뚜흐따〉라고 해도 좋지 않을까.

것이다. 다른 사람을 움직이려면 누군가를 추방해야 할 판이었다).

　이런 즐거운 소란 뒤에서 호송단 작업이 소리 없이 진행되어 가고 있었다 — 솔로프끼 특별 수용소라는 어머니 종양에서, 제58조가 새로운 수용소를 개설하기 위해 먼 사지로 보내지고 있었던 것이다.

제3장

군도가 종양을 전이시키다

수용소군도는 자기 혼자서 발전한 것이 아니라, 전국적인 흐름에 맞추어 발전했다. 국내에 실업자가 많았을 때는, 구태여 죄수들의 노동력을 이용할 필요가 없었다. 그래서 체포 목적은 노동력 동원이 아니라, 방해자를 제거하는 데 있었다. 하지만 1억 8천만 명의 사람들을 거대한 믹서 속에 넣어 혼합하려고 계획했을 때, 초산업화의 계획을 바꾸어 그 이상의 초초산업화를 실시하기 시작했을 때, 이미 꿀라끄의 숙청도, 제1차 5개년 계획의 대규모 공공사업마저도 계획되었을 때 ── 〈위대한 격동의 해〉 전야에는 군도에 대한 견해도, 군도 안의 모든 것도 변해 버렸던 것이다.

1928년 3월 26일의 인민 위원회(즉, 아직 리꼬프 의장 시절)에서 국가의 징벌 정책 상황과 감금지의 상태를 검토하고 있었다. 징벌 정책에 대해서는 아직 불충분하다는 것이 인정되었다. 여기서 결정된 것은[1] ── 계급의 적과 계급적 이질 분자에 대해서는 엄격한 탄압 조치를 강구하며, 수용소의 대우를 엄하게 할 것(〈사회적 불온 분자〉에 대해서는 형기 따위는

---

1 국립 10월 혁명 중앙 고문서관, 컬렉션 393, 목록 78, 문서 번호 65, pp. 369~372.

일체 선고하지 않는다). 추가로 결정된 것은 — 죄수에게는 노동에 대한 보수를 지급하지 않고, 국가에 경제적으로 유익하도록 강제 노동을 조직할 것. 〈또한 노동 유형지의《수용 능력의 확대》의 필요성을 고려할 것.〉 그것은 단적으로 말해서, 계획된 대량 투옥이 있기 전에 되도록 많은 수용소를 준비하라는 제안이었다. (이런 경제적인 필요성은 뜨로쯔끼도 예견했었다. 단지 그는 또다시 자신이 주장하던 강제 노동의 형태인 노동군의 창설을 제안했던 것이다. 아니, 이런 생각은 대동소이한 것이었다. 한편, 스딸린은 자기의 영원한 반대자에게 대항할 생각 때문인지, 아니면 사람들이 본래의 세상으로 되돌아가려는 기대와 애원을 가차 없이 끊어 버리기 위해서인지, 노동군 병사들을 형무소의 형틀에 걸려고 했다.) 국내의 실업자가 없어졌을 때, 수용소 확장의 〈경제적 의미〉가 나타난 것이었다.

1923년에 솔로프끼 특별 수용소에는 3천 명도 안 되는 죄수가 수용되어 있었는데, 1930년 무렵에는 이미 5만 명에 달했다. 게다가 껨에도 3만 명이 있었다. 1928년부터 솔로프끼 군도의 종양은 전이하기 시작했다. 처음에는 까렐리야 지방에서 도로 건설이나 목재 벌채지를 범하기 시작했다. 역시 솔로프끼 특별 수용소는 기꺼이 기사들을 〈판매〉하기 시작했다. 그들은 호송대 없이 북부 지방 어디라도 일하러 갔으며, 그들의 급료는 수용소에 지불되었다. 무르만스끄 철도의 로제이노예뽈레와 따이볼라 사이의 모든 지점에서, 이미 1929년경에 솔로프끼 특별 수용소의 수용 지점이 설정되었다. 그 후 종양의 움직임은 볼로그다 철도로 향했다. 그 움직임이 너무나 빨라서 즈반까 역에는 솔로프끼 특별 수용소의 운송 통제소를 개설해야 했다. 1930년 무렵에는 로제이노예뽈레에서 수용 지점이 성장하여 독립된 스비르 수용소가 되었고, 꼬뜰라스에서는 꼬뜨 수용소가 생겨났다. 1931년에는 메드베제고르스끄에 중심을 둔 벨발뜨 수용소가 생기고,[2] 그것이 다음 2년 동안 군도에 길이 남을 영광을 가져다주고, 또한 오대륙에 명성을 떨치게 되었던 것이다.

이 악성 종양의 세포는 점차 증식되어 갔다. 그 한쪽 방향을 바다가 가로막았고, 다른 쪽은 핀란드 국경이 가로막았다. 하지만 1929년 꼬라스나야 비셰라 교외에 수용소를 개설하는 데는 아무런 장애가 없었다. 그리고 가장 중요한 것은 러시아 북방에서 동쪽으로 향하는 길은 자유로웠던 것이다. 아주 일찍부터 소로까와 꼬뜰라스 사이의 도로가 건설되었다. (〈소로까를 스로까(기한이라는 뜻) 전에 건설하자!〉 솔로프끼 특별 수용소의 죄수들은 S. 알리모프를 놀려 댔지만 그는 자기 목표를 체념하지 않고 드디어 시인과 작사가로 출세했다.) 북드비나강까지 이른 수용소 세포는 거기에 북드비나 수용소를 만들었다. 세포는 그 강을 건너 두려움 없이 우랄 지방으로의 행진을 계속했다. 1931년에는 거기서 솔로프끼 특별 수용소의 북우랄 지부가 설치되어, 거기에 곧 독립된 2개의 수용소가 생겨났다. 솔리깜 수용소와 북우랄 수용소다. 베레즈니끼 수용소에서는 한때 대단히 칭송되었던 대규모 화학 꼼비나뜨의 건설을 시작했다. 1929년 여름에 솔로프끼 수용소에서 지질학자 M. V. 루신스끼를 필두로 호송대도 없는 죄수들의 탐험대가 치비우강으로, 이미 19세기 1880년대에 발견된 유전의 탐사를 위하여 파견되었다. 탐험대는 큰 성과를

---

2 이것은 공식적인 날짜인데, 실제로는 1930년부터지만, 기간을 축소하고 체제와 역사를 정리하기 위하여 설립 기간을 은폐하고 있다. 여기에도 〈뚜흐따〉가 있다.

올렸고, 그 결과로 우흐따에 수용소가 생겨났다. 그것이 우흐
뜨 수용소인 것이다. 그것도 역시 제자리걸음을 하는 일 없이,
재빨리 동북부 방면으로 그 종양을 전이시켜 뻬초라강을 휩
쓸었고, 우흐뜨뻬치 수용소로 변해 버렸다. 곧 이 수용소의 우
흐따, 인따, 뻬초라, 보르꾸따의 여러 분소가 생기고, 이것들
이 장차 독립된 거대 수용소의 기초가 되었다.[3]

이렇게 광망한 길 없는 북방 지역의 개발을 위해서는 철도
건설이 필요했다 — 꼬뜰라스에서 끄냐시-뽀고스뜨와 롭차
를 지나서 보르꾸따로 가는 철도 말이다. 그리고 다시 2개의
독립된 수용소, 즉 철도 시설 수용소가 필요하게 되었다 —
꼬뜰라스에서 뻬초라강까지의 구간은 북철도 수용소, 그리고
뻬초라강에서 보르꾸따까지의 구간에서는 뻬초르 수용소(공
업용의 우흐뜨뻬치 수용소와 혼돈하지 말 것!). (물론 이 철도
건설은 꽤 오래 끌었다. 끄냐시-뽀고스뜨에서 롭차까지의 빔
지방 구간은 1938년에 완성했지만, 전 선로는 1942년 말경에
개통되었다.)

이리하여 툰드라나 밀림의 심해에서 수백의 크고 작은 섬
들이 떠올랐다. 마치 진군하는 길에서처럼 서둘러 수용소군
도의 새로운 조직 편성이 행해졌다. 수용소 관리국, 수용소 분
소, 수용 지점(OLP — 독립 수용 지점, KOLP — 관리 수용 지
점, GOLP — 선두 수용 지점), 수용구[〈출장소〉 혹은 〈소(小)
출장소〉로 불리기도 했다]. 수용소 관리국에는 지국이 있고,
수용소 분소에는 부서가 설치되었다 — 제1부서는 생산부,
제2부서는 등록 배치부, 제3부서는 보안부(여전히 제3이다!

[3] 우리는 우선 날짜와 장소를 기술하지만 이것들은 타인으로부터 듣거나
대조하거나 해서 얻은 것이니까, 조금은 정확하지 못하거나 누락을 피할 수
없다는 것을 독자는 고려하기 바란다.

제정 시대의 제3과도 유명했다).

이때의 논문 중에는 다음과 같은 것이 쓰여 있었다. 〈무계급 사회의《일부》규율을 지키지 않는 사람을 위한 교육 시설의 윤곽이 앞에 떠오르고 있었다.〉[4] 사실상 계급이 소멸한다면, 범법자도 없어질 것이다. 다음 날 일어나 보니 무계급 사회가 되어, 아무도 끌려가는 사람이 없다고 상상만 해도 숨이 멎을 것만 같다. 하지만 〈일부〉의 규율을 지키지 않는 사람은 있다…… 라고 하는 것은 무계급 사회도 역시 형무소가 없이는 안 된다는 것이다.

이렇게 군도의 북부 전체가 솔로프끼 제도에서 탄생하였다. 그러나 솔로프끼 제도만이 군도의 어머니가 아니다! 위대한 호소에 따라 끝없는 우리 나라 영토의 곳곳에 교정 노동 수용소나 교정 노동 유형지가 생겨났다. 각 주(州)에서 저마다 교정 노동 수용소나 교정 노동 유형지를 개설했다. 수백만 킬로미터에 이르는 가시철조망이 뻗고 또 뻗어서 서로 교차하고, 엉키고 그리고 가시를 기쁜 듯이 자랑하면서 철도, 자동차 도로, 도시 교외를 따라서 늘어져 있었다. 수용소의 보기 흉한 망루의 지붕이 우리 나라의 빼놓을 수 없는 요소가 되었고, 그럼에도 불구하고 화가의 캔버스나 영화 화면에 잡히지 않았다는 것은 놀라운 일일 수밖에 없다.

내전 시대에서와 같이 수도원 건물이 차츰 수용소로 〈징발〉되었다. 그런 건물들은 격리되어 가장 이상적인 장소에 위치했기 때문이다. 그리하여 또르조77의 보리소글레프스끼 수도원은 중계 형무소가 되고(지금도 중계 형무소), 발다이 수도원(호수 건너에 있는, 장차 즈다노프 별장의 건너에 있는)은 미성년자 교도소로, 셀리게르 호숫가의 스똘브니섬에 있

4 논문집『형무소에서 교육 시설로』, p. 429.

는 닐로바 은둔 수도원은 수용소로, 사로프스까야 은둔 수도원은 뽀뜨마 수용소군도의 소굴로 바뀌는 등, 이루 다 헤아릴 수가 없다. 수용소는 돈바스에도, 볼가강 상류, 중류, 하류에도, 우랄 남부와 중부 지방에도, 남까프까스 지방에도, 까자흐스딴 중부에도, 중앙아시아에도, 시베리아에도, 극동에도 생겨났다. 공식 발표에 의하면 1932년에 러시아 공화국의 농업 교정 노동자 교도소의 총 면적은 25만 3천 헥타르였고 우끄라이나 공화국에서는 5만 6천 헥타르였다.[5]

한 교도소의 면적을 평균 1천 헥타르로 본다면, 〈농업 유형지〉만으로도, 즉 가장 약한 단계이며 특권을 가진 수용소만으로도 이미 (소비에뜨의 다른 공화국을 제외하고도) 3백 개 이상이라는 것을 알 수 있다!

각지의 수용소에 죄수를 배당하는 것은 전 러시아 중앙 집행 위원회와 인민 위원회의 1929년 11월 6일 자 결정에 의하여 간단히 결정되었다. (일부러 혁명 기념일에 맞춘 것인가!) 이전의 〈엄중한 격리〉는 폐지되고(창조적 노동에 방해가 되기 때문에) 〈일반〉 감금지(가까운 감금지)에는 3년 이하의 형기가 선고된 사람을, 먼 지방으로는 3년에서 10년 형기의 죄수를 보내도록 정했다.[6] 〈제58조〉 위반자는 절대로 3년 이하의 형기를 받을 수 없으니까, 결국 그들은 남김없이 북쪽 지방과 시베리아 지방으로 흘러갔던 것이다 ─ 그곳을 개척하고 죽어야 하니까.

그리고 그 당시 우리 모두는 북소리에 맞추어 행진했던 것이다.

5 같은 책, pp. 136~137.
6 『소비에뜨 연방 법률』, 1929년, 제72호.

　　　　　　　　◆

　수용소군도에는 〈프렌켈이 수용소를 고안했다〉라는 풍문
이 끈질기게 나돌았다.

　정부 당국에게는 비애국적이며 치욕적이기까지 한 이 말에
대해서는 이때까지 여러 장에서 충분히 논증했다고 생각한
다. 부족한 자료이기는 하지만, 탄압이나 노동을 위한 수용소
는 이미 1928년에 생겨났다는 것을 충분히 증명할 수 있으리
라 생각된다. 프렌켈 이전부터 죄수들은 도덕적 사고를 위해
시간을 보낼 것이 아니라(〈소비에뜨 교정 노동 정책의 목적
은 그 전통적 해석에 있어서 결코 개인적 교정이 아니다〉),[7]
노동하지 않으면 안 되고, 그럴 때 노르마(작업 기준량)는 되
도록 어렵게 하여 거의 달성하기 힘들게 하지 않으면 안 된다
고 착상했던 것이다. 프렌켈 출현 이전에도, 모든 사람이 〈노
동에 의한 교정〉이라는 말을 해왔다(그런데 에이흐만스 시대
부터는 이제 〈노동에 의한 박멸〉이라고 이해되고 있었다).

　인구가 적은 지역에서의 중노동에 죄수들을 사용한다는 착
상은, 가령 현대의 변증법적 사고가 아니더라도 생길 수 있다.
이미 1890년에 교통부에서 철도 시설을 위하여 아무르강 연
안 지방에 유형 죄수들을 동원하는 계획이 있었다. 죄수들은
강제로 끌려간 것이었으나, 유형수나 유형 이민자들은 철도
시설 현장에서 일하는 것이 〈허락〉되었고, 그 노동으로 형기
의 3분의 1이나 2분의 1이 감형되었다(그러나 그들이 무엇보
다도 좋아하는 것은 탈주함으로써 모든 형기를 한꺼번에 무
로 돌리는 것이었다). 1896년부터 1900년에 걸쳐서 바이깔
호 우회 구간에서는 1천5백 명 이상의 죄수와 2천5백 명 이상

　7　논문집 『형무소에서 교육 시설로』, p. 384.

의 유형 이민자들이 일하고 있었다.[8] 따라서 이러한 착상은 조금도 새로운 것이 못 되며, 진보적 교육 이론에 기초한 것도 더욱 아니었다.

그래도 역시 프렌겔은 군도의 중추 신경이 되었다. 그야말로 〈역사〉가 굶주리고 고대하며 찾고 있던 일련의 운 좋은 인물 중 한 사람이었다. 수용소라는 것은 프렌겔 출현 이전에도 있기는 했으나, 아직 완벽을 자랑할 만한 최종적이며 통일적인 모습은 되지 못했었다. 모든 진실한 예언자는 그가 가장 필요하다고 생각되는 순간에 출현하는 것이다. 프렌겔도 종양이 전이하기 시작할 무렵에 군도에 나타났다.

나프딸리 아로노비치 프렌겔은 터키계 유대인으로 콘스탄티노플 태생이었다. 상업 대학을 졸업하자마자, 목재 장사를 시작했다. 그는 마리우뽈에서 회사를 설립하고, 이윽고 백만장자, 〈흑해의 목재왕〉으로 떠올랐다. 그는 많은 선박을 소유하고, 경쟁 상대를 중상 비방할 목적으로 『꼬뻬이까』라는 신문마저 마리우뽈에서 발행하고 있었다. 1차 대전을 맞이하여 프렌겔은 갈리폴리를 통하여 무기 투기사업을 했다. 1916년 그는 러시아의 폭풍을 감지하고, 2월 혁명 발발 이전에 자기 자본을 터키로 옮기고, 그 뒤를 이어 자신도 1917년에 콘스탄티노플로 떠났다.

그 후 그는 전과 같이 상인으로서의 불안하지만 달콤한 생

8 그러나 19세기의 러시아 유형지에서는 그것이 거꾸로 발전하고 있었다 — 노동은 차츰 강제성이 사라지고 있었다. 까리 유형지마저 1890년대에는 금고지가 되고, 작업이 전혀 없었다. 그 무렵 아까뚜이에서도 노동 조건이 완화되었다(P. 야꾸보비치). 그리하여 바이깔호 우회 철도 건설을 위한 유형수들의 동원은 오히려 임시적인 것이었다. 형무소의 경우와 마찬가지로 여기서도 역시 우리는 〈두 개의 뿔〉을 보고 있는 것은 아닌가 — 점점 무뎌지는 뿔과, 점점 흉폭해지는 뿔(제1부 제9장 참조).

활을 계속하려 했으면 그렇게 했을 것이다. 아니, 그랬더라면 괴로운 경험도 하지 않고, 전설적인 인물도 되지 않고 끝났을 것이다. 다만 어떤 숙명적인 힘에 의하여 그는 붉은 대국으로 끌려들었다.[9] 당시 콘스탄티노플에서 그가 소비에뜨 첩보 기관의 현지 지도자였다는 소문을 뒷받침할 증거는 없다(만일 그것이 사실이라면 그것은 사상적 동기에서였겠지, 다른 동기는 전혀 상상할 수 없다). 그러나 확실히 알려져 있는 것은, NEP(신경제 정책, 1921년 이후의 경제 정책)의 시대가 되어 그가 소련에 찾아와, 거기서 GPU의 비밀 의뢰에 의해 마치 개인 기업처럼 암거래소를 개업하여, 소비에뜨 지폐로 귀중품이나 금을 매점했다는 것이다. GPU의 〈금 열병〉과, 또르신(외국인을 위한 통화 거래소)이 생기기 이전이었다. 실업가들과 중매인들은 전부터 그에 대해 잘 알고 있었기 때문에 그를 신뢰했다. 그리하여 황금은 점차 GPU로 흘러들어 갔다. 매점이 끝나자 GPU는 감사하다는 표시로 그를 집어넣었다. 명석한 사람도 당하려고 들면 별 수 없는 것이다.

그러나 굉장히 의욕적이었고 치욕을 감내하던 프렌껠은 아직 루비얀까에 있을 때나, 아니면 솔로프끼 군도로 송치되는 길에서 상부에 무엇인가 제안했다. 아마 자기가 덫에 걸린 것을 안 그는 사업가다운 관점에서 지금의 생활을 이용하려 했을 것이다. 그는 1927년에 솔로프끼 군도로 이송되었으나, 즉시 죄수 호송단에서 벗어나 수도원 밖에 있는 석조 초소가 할당되고 생활의 불편을 도와주는 당번병을 붙여 주었을 뿐 아니라 섬 안에서의 자유로운 이동을 허락받았다. 이미 언급한 바와 같이 그는 경제부의 부장이 되었고(자유로운 사람의 특권이다), 죄수를 처음 3개월간 쥐어짜야 한다는 그 유명한 테

9 나는 개인적인 추측이 있으나, 다른 곳에서 논하기로 한다.

제를 제창했던 것이다. 1928년, 그는 껨에 있었다. 거기서 그는 이윤을 올릴 수 있는 부차적인 사업을 시작했다. 수십 년 동안 수도사에 의해 모아져서 수도원 창고 속에서 잠자고 있던 피혁을 껨으로 옮겨서, 거기서 죄수 중 피혁공과 구두 제화공들을 모아 꾸즈네쯔끼 다리에 있는 유명 상점에 고급 구두와 피혁 제품을 내놓았다(그 상점을 경영하는 것도, 이익을 가지는 것도 GPU였으나, 구두를 사는 귀부인들은 그것을 몰랐다 — 그녀들 자신이 이제 곧 군도로 끌려갈 때도, 그런 것을 생각하지는 못할 것이다).

1929년 어느 날, 모스끄바에서 비행기가 날아와 스딸린과의 접견을 위해 프렌껠을 데려갔다. 죄수들의 〈최상의 친구〉(또는 체끼스뜨의 〈최상의 친구〉)는 프렌껠과 3시간 동안이나 흥미로운 대화를 나눴다. 이 대화의 속기록은 영영 공표되지 않을 것이다. 아예 속기록 자체도 존재하지 않았다. 다만 분명한 것은, 프렌껠이 〈인민의 어버이〉 앞에서, 죄수들의 노동을 이용하는 방안으로써 사회주의 건설의 빛나는 전망을 개진했던 것이다. 내가 지금 그 흔적을 좇아서 충실한 펜으로 기술하고 있는 군도의 지리학의 대부분은, 그가 상대방이 빨고 있는 담배 파이프의 소리를 들으면서 소련의 지도 위에 그렸던 대담한 선들에서 비롯되었다. 아마도 이때 바로 프렌껠에 의해, 죄수들한테 빠져 나갈 구멍을 주지 않게 A, B, C, D 등의 그룹으로 죄수들을 나누는 수용소의 포괄적인 등록제가 제안되었을 것이다. 수용소의 필수 작업에 봉사하지 않는 B 그룹, 환자로 인정되는 C 그룹, 형벌로 징벌 감방에 넣은 D 그룹이 아니라면 그 밖의 죄수들 즉 A 그룹은 모두 자기 형기의 하루하루를 노동으로 보내야 한다. 세계 유형 제도의 역사에도 아직 이와 같은 만능의 제도는 보지 못했다! 다름 아닌 이

프렌껠이, 바로 그 면담에서 죄수들의 식량의 평등 분배라는 보수적 제도의 폐지를 제안하고, 부족한 식량을 재분배하는 통일적 제도를 군도 전체에 실시하도록 진언했던 것이다 ─ 〈빵의 무게와 뜨거운 요리의 비율〉이 그것이다. 이것은 에스키모인으로부터 빌린 것이다 ─ 달리고 있는 개의 코앞에다 작대기 끝에 매단 생선을 드리우는 일이다. 그 밖에 그는 뛰어난 작업에 대한 보수로서 〈휴식〉이나 형기 단축 석방을 제안하고 있다(이것도 또한 그의 독자적인 생각이 아니다 ─ 1890년에 체호프가 사할린섬의 유형지에서 그 둘을 다 해명했다). 아마 거기에 최초의 실험장도 결정되었을 것이다 ─ 위대한 백해 운하 건설이 그것이다. 곧 이런 진취적 기상이 넘치는 금융업자는 이 건설 현장에서, 건설 책임자도 아니고 또한 수용소 소장도 아닌, 그를 위해 특별히 고안해 낸 직무인 〈작업장〉으로 임명된다. 그것은 노동 전투에서의 최고 감독관이다.

그래, 바로 이것이 그 사람이다(도판 11). 그의 얼굴에는 비인간적인 악의가 넘친다. 머지않아 소비에뜨 작가의 한 사람이 백해 운하에 관한 글 속에서 프렌껠을 찬양하며 이렇게 기술할 것이다. 〈신문관과 검사의 눈, 회의론자와 풍자가의 입술…… 그는 권력욕이 강하고, 자존심이 높은 인간이며, 그에게 있어서 가장 중요한 것은 무한한 권력이다. 누가 그를 두려워할 필요가 있다면 두려워하게 만든다. 그는 기사들에게 거친 말로 이야기하는데, 그들에게 창피를 주기 위해서이다.〉[10]

프렌껠의 성격과 전기에 관해서는 마지막 문장이 우리에게 가장 중요하다고 생각된다.

그는 백해 운하 건설이 시작될 무렵에 석방되어, 백해 운하

10 『백해-발트해 운하』, 제8장.

에 대해 레닌 훈장을 받고, 이윽고 BAM 수용소(〈바이깔-아무르 철도 간선〉 ─ 이 명칭은 후에 생겼지만, BAM 수용소는 1930년대에 시베리아 철도가 아직 복선화되지 않았던 구간에서 제2의 철도를 부설하는 작업을 했다)의 작업장으로 임명되었다. 이것으로도 나프딸리 프렌껠의 출세 가도는 아직 끝나지 않았다. 하지만 그것은 다음 장으로 넘기기로 하자.

•

내가 손수 쓰고 증보할 운명인 이 책에서 드러난 수용소군도의 장기간에 걸친 전면적인 역사는 반세기가 지난 지금도 역시 소비에뜨 연방의 공문서에는 거의 반영되지 않고 있는 실정이다. 그것은 수용소의 망루가 우리 영화의 화면에도, 우리 화가들의 풍경화에도 한 번도 비쳤던 일이 없는 것과 같은 기분 나쁜 우연이다.

그러나 백해 운하나 볼가 운하의 경우는 사정이 다르다. 그에 대해서는 우리가 참고할 수 있는 책들이 나와 있다. 따라서 적어도 이 장에서는 서류에 의한 책임 있는 증거에 의해 쓸 수 있겠다.

정밀하고 성실한 연구에서는, 어떤 원전을 이용하기 전에, 그 특성을 기술해 두어야 한다. 여기서도 그렇게 하기로 한다.

지금 우리 앞에는 교회의 복음서만큼이나 커다란 서류가 있다. 그 두껍고 단단한 표지에는 반신(半神)이 새겨져 있다. 이『스딸린 기념 백해-발트해 운하』라는 책은 1934년에 〈국립 도서 출판소〉에서 출판되어, 저자들은 이것을 공산당 제17차 대회에 바치고 있으며, 아마 당 대회 기간에 맞추려고 출판되었을 것이다. 고리끼가 지휘한『공장의 역사』의 연장선상에 있는 책이다. 그 감수자는 막심 고리끼, A. L. 아베르바흐, S. G. 피린이다. 마지막 이름은 문학계에 별로 알려지지 않은 이름이나, 설명을 한다면, 세묜 피린은 젊었음에도 수용소 관리 본부의 차장이었다.[11]

이 책의 출판 경위는 이러했다. 1933년 8월 17일에 낙성되자 운하에서 120명의 작가들이 배를 타고 유람을 했다. 죄수인 운하의 현장 감독 D. P. 빗꼬프스끼가 목격했듯이, 배가 갑문을 통과할 때 흰 신사복을 입은 그들은 갑판에서 흩어져, 갑문에 있던 죄수들을 불러서(우선 말해 두지만, 이때는 이미 실제 건설에 종사했던 죄수보다는 오히려 운하의 운용을 맡은 죄수들이 대부분이었다) 운하 당국의 입회하에 죄수들에게 질문을 퍼부었다 ── 자기의 운하, 자기의 일을 사랑하고 있는가, 여기서 교정되었다고 생각하는가, 당국은 자네들 죄수의 생활을 충분히 배려하고 있는가? 질문은 많았으나 비슷한 내용이다. 모든 것이 뱃전 너머로 당국자들의 입회하에 배가 갑문을 통과할 때로 한한다. 이 유람선 여행 후에 84명의 작가들은 용케도 고리끼의 집단 작업에 참가하지 않았고(그러나 아마 나름대로의 감동적인 시나 인상기를 썼는지도 모른다) 나머지 36명은 저자 집단을 구성했다. 1933년 가을부터 겨울에 걸쳐서 그들은 이 유일무이한 노작을 완성했다.

책은 후대의 사람들이 읽을 수 있도록, 또 읽고 놀랄 수 있도록 영구 보존용으로 출판했다. 그러나 숙명적인 결과로 이 책 속에 등장한, 얼굴 사진까지 실린 지도자의 대부분이 2~3년 후에는 남김없이 인민의 적으로 폭로되어 버렸다. 당연한 일이지만, 이 책은 모든 도서관에서 압수되어 폐기 처분되었다. 이 책을 보존함으로써 〈형기〉가 연장되는 일이 없게 하기 위

11 저자로서의 허영심을 충족하기 위해서인지 그는 백해 운하에 관한 자신만의 별개 소책자를 집필했다.

해 1937년에는 개인 소유자들도 스스로 책을 처분했다. 지금에 와서는 극히 적은 부수만 남아 있고, 재판이 나올 가능성도 없다. 그렇기 때문에 이 책 속에 기술된 지도적 이념이나 사실을 사라지게 해서는 안 된다는 의무감이 내 어깨에 무겁게 걸려 있는 것이다. 문학사를 위하여 저자들의 이름을 밝히는 것이 공정할 것이다. 예컨대 다음과 같은 이름이었다. M. 고리끼, 빅또르 시끌로프스끼, 프세볼로뜨 이바노프, 베라 인베르, 발렌찐 까따예프, 미하일 조셴꼬, 라삔, 하쯔레빈, L. 니꿀린, 꼬르넬리 젤린스끼, 브루노 야센스끼(〈계급의 적을 죽도록 두들겨 패자〉라는 제목의 장), E. 가브릴로비치, A. 찌호노프, 알렉세이 똘스또이, K. 핀.

운하를 건설한 죄수를 위하여 이 책이 왜 필요한가 하는 것을 고리끼는 이렇게 설명했다. 두들겨 고치는 복잡한 감정을 표현하기 위해서는 〈운하군 병사[12]에게는 비축된 언어가 적다〉—하지만 작가들에게는 충분한 언어의 비축이 있으니까, 그들은 병사들을 도울 수 있다. 또한 이 책이 작가들을 위하여 왜 필요한가 하는 것은 이렇게 설명했다. 〈많은 문학가들은 《운하를 시찰하고 나서…… 자극을 받았다.》이 일은 장차 그들의 일에 바람직한 영향을 주게 될 것이다……. 〈문학을《전진시키는 풍조가 생겨서》문학을 우리 나라의 위대한 사업의 수준까지 높일 것이다.〉(이 수준은 오늘날 소비에뜨 문학에서도 느껴진다.) 또한 수백만 명이라는 독자(그들 중의 많은 사람이 곧 군도로 흘러들어 올 운명을 짊어지고 있다)를 위하여 이 책이 왜 필요한가는 굳이 설명하지 않아도 명백하다.

그렇다면 이 저자 집단은 어떤 관점에서 사물을 보고 있는

12 사기를 높이기 위해서 그렇게 부르기로 했다(혹은 실현되지 않았던 노동군을 기리기 위해).

가? 우선, 모든 판결의 정당성과 운하에 이송된 모든 사람의 유죄를 확신하고 있다. 아니 〈확신〉이라는 용어는 그 의미가 미약할 정도다. 저자들에게 있어 이 문제는 이의를 제기하거나 논의할 필요조차 없는 일이었다. 그들에게는 밤이 낮보다 어둡듯이 당연한 이치였다. 그들은 자신이 가지고 있는 낱말이나 형상을 구사하면서 1930년대의 인간 증오의 전설을 우리들 머리에 심고 있다. 〈해충〉이라는 낱말을 그들은 기사들의 본질로 해석하고 있다. 조기 파종(혹시 눈이나 진창 속에서 파종하라는 것인지?)에 반대하는 농업 기사들도, 중앙아시아에 물을 끌어 넣은 관개 기사들도 ─ 그들에게 있어서는 모두가 무조건 해충이었다. 이 책의 매 장마다 이들 작가들은 기사 계층을 죄 많은 저급한 인종인 양 천시하고 있다. 125페이지에서는 〈혁명 전 러시아 기사들의 대부분이 사기꾼〉이라고 힐난했다. 이것은 이미 개인적인 비난을 초월하고 있다. (기사가 이미 제정 시대에도 해충 행위를 했다고 보는가?) 그러나 이 책을 쓴 저자들은 가장 간단한 제곱근의 계산도 할 수 없는 자들이다(서커스의 말도 할 수 있는 것인데).

이 저자들은 당시의 무시무시한 소문을 의심할 여지가 없는 역사적 사실로서 우리한테 되풀이하고 있다. 공장 식당에서 직원들의 음식에 비소를 넣는다거나, 국영 농장에서 짜낸 우유가 상하면, 그것은 관리를 잘못한 탓이 아니라 적의 짓이라고 ─ 우리 인민을 〈기아로 몰고 간다〉고(그들이 썼던 표현 그대로 쓴 것이다). 성미가 고약한 부농에 대해 〈공장에 취업하여 공작 기계 속에 볼트를 던져 넣는 부농〉이라는 것을 보통으로, 아무런 특징도 없이 그리고 있다. 아니, 그들은 인간 심리의 마법사니까 이 정도의 상상은 쉬운 일이겠지 ─ 한 사람이 기적적으로 툰드라의 유형지를 빠져나와 도시로 도망친다. 더욱 기적적인 것은 기아로 죽을 뻔했던 사나이가 공장에 취직을 한다. 거기서 그는 가족을 부양하는 대가로 볼트를 공장 기계 속에 던져 넣는다!

이와는 반대로, 저자들은 운하 건설 작업의 지도자들과 작업 지시자들에 대한 칭찬을 억제하지도 않았고, 또 억제할 수도 없었다. 이미 1930년대에 이르러서도, 그들은 여전히 체끼스뜨라고 불렸으며, 우리들에게도 그 용어를 쓰라고 했다. 저자들은 그들의 지성, 의지, 조직력뿐만 아니라 최고의 인간이라는 의미에서 경탄할 만한 존재라고 칭찬했다. 하나의 예로서 야꼬프 라쁘뽀르뜨(도판 12)의 일화는 의미심장하다 하겠다. 도르빠뜨 대학생이던 그는 졸업에 실패하고 보로네시로 소개(疏開)되었다가 새로운 고향에서 그 지역 체까의 부의장이 되고, 그 후 백해 운하의 건설 현장 차장이 되었는데, 저자들의 말에 의하면 그는 건설 현장을 순시하다가 노동자들이 외바퀴 손수레를 밀고 있는 모습이 불만스러워서 기사에게 폭탄과 같은 질문을 퍼부었다 ── 그래, 당신은 45도의 코사인의 수치를 기억하는가? 그러자 그 기사는 라쁘뽀르뜨의 박식함에 압도되어[13] 수치를 느끼며 당장 자신의 해충적 지시를 수정했다고 한다. 이윽고 외바퀴 손수레의 속도가 빨라지는 고도의 기술 수준이 도달되었다는 것이다. 이런 일화를 통해 저자들은 자기의 저술을 예술적으로 풍부하게 할 뿐만 아니라, 우리를 과학적으로 고양시키는 것이다!

작업 지시자의 지위가 높으면 높을수록 저자들은 찬탄을 아끼지 않았다. 끝없는 찬사가 수용소 관리 본부장 마뜨베이 베르만(도판 13)[14]에게 보내졌다. 많은 감동적이고 칭찬하는

---

13 그런데 라쁘뽀르뜨가 말한 코사인은 엉터리였다. 『백해-발트해 운하』, p. 10.

말들이 라자리 꼬간(도판 14)에게 보내졌다. 그는 예전에는 무정부주의자였으나, 1918년에는 승리한 볼셰비끼 쪽으로 전향하여, 제9군 특별부 부장으로서, 후에는 OGPU 차장으로 자기의 충성을 증명하고, 수용소 관리 본부의 창설자 중 한 사람이 되었고, 그리고 지금은 백해 운하 건설 현장에 있는 것이다. 또 저자들은 한술 더 떠서 〈무쇠 같은 인민 위원〉 야고다에 대해서는 그에 대한 동지 꼬간의 다음과 같은 말에 찬동할 뿐이다. 〈야고다 동지는 우리의 으뜸가는 우리의 일상적인 지도자다.〉 (이것이 이 책을 망친 가장 큰 원인이었다! 겐리흐 야고다를 과찬하는 말과 그의 초상은 우리가 입수한 책에서도 잘려 있을 정도였다. 그의 초상을 입수하기 위해서는 오래 찾아야 했다.)(도판 15)

이미 이러한 사태는 수용소의 소책자에도 나타났다. 〈제3 갑문에 손님들이 나타났다. 동지 까가노비치, 야고다, 베르만이었다(그들의 초상화는 막사마다 걸려 있었다). 사람들은 작업을 재촉했다. 윗분들이 미소를 지었다 — 그러면 그 미소는 아래에서 일하는 수백 명에게 전해졌다.〉[15]

그리고 공식 가요도 있었다.

야고다가 직접 우리를 이끌며 가르친다.
그의 눈이 지켜본다, 그의 팔뚝이 힘차다.

---

14 베르만M. Berman과 보어만M. Bormann(히틀러의 보좌관)은 한두 글자의 차이뿐이다. 에이흐만스Eichmans와 아이히만Eichmann도 마찬가지.

15 Y. 꾸겔꼬, 『제3 갑문』(드미뜨 수용소 문화 교육부 출판소, 1935). 〈수용소 외부로의 배포를 금지함.〉 이것은 입수하기 곤란한 자료이므로 다른 관련 자료를 권유한다. 「까가노비치, 야고다, 흐루쇼프가 백해 운하 수용소를 시찰하다」 D. D. 루네스, 『폭정』(뉴욕, 1963), p. 262.

수용소 생활에 매우 감동한 저자들은 이런 찬사를 쓰고 있다. 〈운명이 그대를 소련의 어디로 쫓더라도, 만일 인적이 없는 오지나 동굴과 같은 어두운 장소라 할지라도 ── OGPU의 모든 조직은 그 질서…… 정확성, 자각…… 을 지키고 있다.〉 러시아의 인적이 없는 오지에 OGPU의 어떤 조직이 있다는 말인가? 수용소 외에는 아무것도 없다. 〈진보의 횃불로서의 수용소〉 ── 바로 이것이 우리 역사적 자료의 수준인 것이다.

감수자 스스로도 이렇게 말하고 있다. 1933년 8월 25일에 드미뜨로프시에서 열린 백해 운하 건설자들의 마지막 대회에서(그들은 이미 볼가 운하로 이동했다) 고리끼는 말했다. 「나는 1928년부터 OGPU가 어떻게 사람들을 재교육하고 있는지 주목해 왔습니다.」(이것은 솔로프끼 특별 수용소를 방문하기 전부터, 소년의 총살이 있기 전부터라는 말이다. 소련으로 돌아와서부터 주목했다는 것이다.) 그는 겨우 눈물을 참으면서, 출석해 있는 체끼스뜨들을 향해 말했다. 「두꺼운 모직 외투를 입고 있는 당신들은 자기 자신이 무슨 일을 했는지, 자신도 알지 못하고 있겠지요…….」저자들은 말하고 있다. 여기서 체끼스뜨들은 미소를 지을 뿐이었다(〈어떤 일〉을 했는지 그들은 알고 있었다……). 체끼스뜨들의 〈지나친 겸손〉에 대해 고리끼는 책 속에서도 말했다. (밖으로 드러내기를 좋아하지 않는 그들의 습성은 진정 감동적인 것이다.)

집단을 형성하고 있는 저자들은 백해 운하에서 죽은 죄수들의 일에 대해 침묵하지 않았다. 그리고 〈반쪽 진실〉이라는 애매한 처방을 답습하지도 않았다. 그들은 190페이지에서, 건설 현장에서 아무도 죽은 사람이 없었다고 분명히 쓰고 있는 것이다! (그들은 아마 이렇게 계산하고 있을 것이다 ── 10만 명이 운하의 건설을 시작하여, 10만 명이 그것을 끝마쳤다. 즉, 전원이 생존했다. 하지만 그들은 혹독한 두 번의 겨울 동안 건설 현장으로 빨려 들어간 죄수 호송단을 보지 못했다. 그러나 이것은 이미 사기꾼 기사들의 코사인 계산 수준인 것이다.)

저자들은 이 수용소보다 영감이 넘치는 곳은 없다고 했다. 이 강요된 노동 속에 그들은 열렬한 의식적 창조의 최고 형태 중 하나를 찾아냈다. 교정의 이론적 기반은 이러했다. 〈죄수들은 이전의 추악한 조건의 소산이었다. 우리 나라는 아름답고 힘차고 또《관대》하기 때문에 아름답게《장식》되어야 한다.〉 그들의 의견에 따르면, 운하 건설에 끌려온 모든 사람들은, 만일 작업 지시자들이 백해와 발트해를 연결하도록 명령하지 않았다면, 살아갈 길을 찾지 못했을 것이다. 왜냐하면 《《인간이라는 원재료》》는 목재에 비해 가공이 훨씬 어려웠기〉 때문이다. 무슨 말인가! 얼마나 의미심장한가! 누구의 말일까? 이것은 고리끼가 책 속에서 〈인도주의적 용어와 허식〉을 반박하기 위해 말한 것이다. 또한 조센꼬는 깊은 통찰을 담아 이렇게 쓰고 있다 — 〈단련한다는 것은 형기를 다 살고 석방되기를 바라는 것(그런 걱정을 다 했단 말인가? — 솔제니찐)이 아니라, 실제로는 건설자로서의 의식과 긍지를 재구성하는 것을 뜻한다.〉 아, 얼마나 인간에 대한 전문가인가! 도대체 운하 건설 현장의 손수레를 밀어 본 적은 있는가? 그것도 부족한 징벌 식량을 받으면서?

소비에뜨 문학의 명예를 보여 주는 이 훌륭한 책에 의하여, 운하에 관한 우리의 견해를 말해 보기로 하자.

어찌하여 군도 최초의 대사업으로 다름 아닌 이 백해 운하가 선정되었을까? 시원치 않은 경제적 혹은 군사적 필요성이 스딸린으로 하여금 불가피한 선택을 내리게 했을까? 건설의 결과물을 보건대 우리는 확신을 가지고, 아니라고 말할 수 있다. 러시아 역사상 처음 운하가 생긴 곳에 자기의 전 함대를 이끌고 넘은 뾰뜨르 대제, 혹은 그 운하의 계획이 처음 생겨난 시대에 통치하고 있던 빠벨 황제와 경쟁하겠다는 고귀한 동기가 스딸린을 그렇게 만들었을까? 우리의 〈현자〉는 그 사실을 알지 못했을 것이다. 스딸린에게는 〈어딘가〉 죄수들에 의한 대규모의 건설이 필요하고, 확실하게 다량의 노동력과 인명(꿀라끄 박멸 결과 발생한 잉여 인간)을 삼켜야 하고, 살인용 독가스와 효과는 같으면서도 비용은 더 싸야 했다. 그와 동시에 그의 통치의 기념으로서 어떤 피라미드와 같은 것을 후세에 남기지 않으면 안 되었다. 스딸린이 무엇보다도 즐기며 본받고 있는 노예 제도가 존재하는 동양에서는 흔히 대규모의 〈운하〉를 건설했던 것이다. 그리하여 나는 그때의 정경을 눈앞에서 보는 것 같다 ― 당시 수용소의 대부분이 집중되어 있는 러시아 유럽의 지도를 즐겨 들여다보면서 〈지배자〉가 그 중앙부에, 바다에서 바다를 잇는 하나의 선을 파이프의 손잡이로 긋고 있는 모습을.

건설 계획은 〈긴급〉으로 선언해야 했다. 왜냐하면, 그 당시 우리 나라에서는 긴급 〈아닌〉 것은 무엇 하나 되지 않았기 때문이다. 만일 그것이 긴급하지 〈않다면〉, 누구도 그 중요성을 믿을 사람이 없었을 것이다. 설사 뒤집힌 손수레에 짓눌려 죽어 가는 죄수들일지라도 그 중요성만은 확신하지 않으면 안 되었다. 그리하여 만일 그것이 긴급한 것이 아니라면, 죄수들은 죽어서 새로운 사회를 위한 터전을 굳히지 않았을 것이다.

〈운하는 단기간에 완성해야 하며 그 경비가 《저렴》해야 한다! 이것은 스딸린 동지의 지시다!〉 (그 당시 살아 있던 사람들은 〈스딸린 동지의 지시〉가 무슨 의미인지 알았을 것이다!)
20개월! 〈위대한 지도자〉는 죄수들에 대하여 운하의 건설에도,
죄수 자신들의 교정에도 이만큼의 시간밖에 주지 않았다 —
1931년 9월에서 1933년 4월까지다. 만 2년도 주지 않을 정도
로 그는 서둘렀다. 226킬로미터. 암석질의 토양. 도처에 널린
바위. 습지대. 〈뽀베네쯔 계단〉의 제7 갑문, 또 백해로 내려가
는 제12 갑문. 그리고 〈이것은 장기간의 건설과 《자금》을 투
입한 드네쁘르 수력 발전소 건설과는 다르다. 백해 운하의 건
설은 OGPU에 위임되었고, 《게다가 자금은 한 푼도 주지 않
았다!》〉

　그래서 이제 보니까, 모든 의도가 분명해졌다. 스딸린과 나
라에서는 이 운하에 한 푼도 내지 않을 만한 필요성이 있었다.
동시에 〈10만〉의 죄수를 일하게 했던 것이다 — 이 이상 가치
있는 자본이 있겠는가? 그리하여 20개월 내에 운하를 건설하
는 것이다! 하루의 여유도 인정하지 않고.

　이제 이렇게 되면 기사들 — 해충들 — 에게 화를 내지 않
을 수 없다. 기사들이 말한다. 〈콘크리트 건조물을 만들겠다.〉
체끼스뜨들이 대답한다. 〈그럴 시간적 여유가 없다.〉 기사들
이 말한다. 〈많은 철재가 필요하다.〉 체끼스뜨들이 대답한다.
〈목재로 대체하라.〉 기사들이 말한다. 〈트랙터, 크레인, 그 밖
에 건설용 기계가 필요하다.〉 체끼스뜨들이 대답한다. 〈그런
것은 하나도 줄 수 없다. 단 한 푼의 자금도 없다. 모든 것을
손으로 하라!〉

　이것을 책에서는 〈기술적 과제의 대담한 체끼스뜨적 정식화〉
라고 칭했다.[16] 즉, 라뽀뽀르뜨의 코사인의 연장이었다……

　너무나 서둘러서, 이 북방 프로젝트에 따시껜뜨 주민, 중앙

16 『백해-발트해 운하』, p. 82.

아시아 수력 공학자와 관개 기사들(마침 그들을 끌어넣을 수 있었다)을 데려왔다. 그들을 위해 푸르까소프스끼 골목(볼샤야 루비얀까 뒤)에 〈특별〉(역시 〈특별〉하다. 즐겨 쓰는 용어다!) 설계부가 설치되었다.[17] (그러나 체끼스뜨 이반첸꼬가 기사 주린에게 말했다. 〈볼가-돈 운하 설계도가 있으니 새 설계도는 필요하지 않아. 이것으로 건설한다.〉)

너무나 서둘러서, 현지 조사를 실시하기 전에 설계도 작성을 시작했다. 당연한 일이지만, 까렐리야로 서둘러 조사단을 파견했다. 그러나 설계자의 한 사람도 설계부 밖으로, 바로 그 까렐리야에 가도록 허락되지 않았다(경계심에서). 그 때문에 분주하게 전보가 오갔다 — 현지의 표고는 얼마인가? 토양은 어떤가?

너무나 서둘러서, 운하의 건설 예정지로 연이어 죄수들을 실은 호송 열차가 도착한다. 그런데 거기에는 아직 막사도 없고, 보급품도, 장비도, 정확한 계획도 없는 상태이다. 어찌하면 좋을까? (막사가 없는 데다 북방의 초가을이었다. 도구 하나 없이 20개월의 첫 달은 시작되고 있었다.)[18]

너무나 서둘러서, 건설 예정지에 겨우 당도한 기사들은 켄트지도, 자도, 압핀(!)조차 가지고 있지 않았을 뿐만 아니라, 작업용 막사에는 전기 조명마저 없는 상태였다. 그들은 석유 등잔 불빛에서 작업을 진행하여, 그 광경은 내전 때를 상기시켰다! — 여기에 또 우리의 저자들은 감동했다.

---

17 이리하여 최초로 〈샤라시까〉, 즉 극락의 섬 하나가 생겼다. 또 하나 비슷한 것이 있었다 — 그 유명한 최초의 분괴 압연기를 설계한 이조라 공장의 특별 설계부가 그것이다.

18 게다가 어느 기록에도 남지 않은 — 〈뚜흐따〉로 숨겨진 — 수개월도 넣지 않으면 안 된다.

이들은 장난꾸러기처럼 즐거운 듯 우리들에게 이렇게 말해 준다. 여성들은 비단 옷을 입고 왔는데, 여기서 손수레를 받았다! 또한 〈뚠구다에서는 예전에 알던 사람들을 다 만났다 — 대학생들, 연구원생들, 백위군 때의 전우들!〉 백위군 시대의 전우들은 벌써 이전에 솔로프끼 특별 수용소에서 서로 만났던 것이다. 하지만 연구원생들도, 대학생들도 백해 운하 건설장에서 손수레를 받았다는 것은 처음 들었다. 이 귀중한 정보를 전해 준 저자들에게 감사한다! 그들은 웃음을 참아 가면서 우리에게 말하고 있다. 끄라스노보쯔끄 수용소들에서, 스딸리나바뜨와 사마르깐뜨에서, 부하라 로브(중앙아시아식 긴 겉옷)와 두건을 두른 투르크멘 사람이나 타지크 사람을 데려왔다. 그런데 까렐리야 현지에서는 혹한이 그들을 맞았다! 바스마치(중앙아시아의 반혁명 분자)는 느닷없이 당한다! 이곳의 작업 기준량은 〈화강암 암석을 2세제곱미터만큼 분쇄하여 손수레에 실어서 2백 미터 떨어진 곳까지 운반하는 일이다!〉 그러나 눈이 계속 내려서 모든 것을 뒤덮는다. 그 때문에 외바퀴 손수레는 트랩에서 눈 속으로 떨어진다. 대략 이런 모습이었을 것이다(도판 16).

그럼 저자들은 또 이렇게 말한다 — 〈젖은 널빤지 위에서 손수레가 미끄러져 뒤집혔다〉,[19] 〈이런 상황에서 손수레를 미는 사람은 수레 채를 멘 말처럼 보인다〉[20] 암석 지대가 아니더라도, 얼어붙은 땅에서 〈손수레에 짐을 싣는 데 1시간은 걸린다〉. 또한 더 보통의 정경은 이러했다. 〈눈에 덮인 흉한 계곡 바닥에 사람들과 암석이 가득하다. 사람들이 걸어다니면서 돌에 부딪친다. 두세 명이 바위를 감싸 들어 올리려고 한

19 『백해-발트해 운하』, p. 112.
20 같은 책, p. 113.

115

다. 큰 돌은 끄떡도 않는다. 그러자 도움을 청하려고 네 번째, 다섯 번째 동료를 부른다.〉 여기서 우리의 명예로운 세기의 기계 기술이 도와주러 온다.〈바위는 계곡에서《그물》로 끌어 낸다.〉 그리고 그 그물을 밧줄로 끈다. 그리고 그 밧줄은〈말 이 돌리는 원통으로 감는다〉! 혹은 다른 것도 있다. 돌을 들어 올리는〈목제 크레인〉(도판 17)이 그것이다. 혹은 이런 것도 있다(도판 18) ─ 이것도 또한 백해 운하 건설의 최초의 기계 중의 하나다.

그래도 당신은 기사를 해충이라 하겠는가? 그들이야말로 천재적인 기사가 아닌가! 그들은 20세기에서 느닷없이 동굴 시대로 밀려났다. 그런데 보라, 그들은 훌륭히 극복하지 않았 는가!

백해 운하 건설의 주요 수송 수단은 무엇이었나? 그것은〈흙 운반 손수레〉였다고 책은 지적하고 있다. 그리고〈백해 운하용 포드 자동차〉도 있다! 그것은 이런 것이다 ─ 4개의 짧게 자른 통나무(롤러) 위에 무거운 나무 받침이 있다. 두 필 의 말이 이런 포드 자동차를 끌어서 돌을 운반한다. 외바퀴 손수레는 두 사람이 움직인다. 언덕에서는〈갈고리 가진 사 람〉이 끌어올린다. 그리고 톱도 도끼도 없는데, 어떻게 나무 를 쓰러뜨리는가? 이것도 우리 인민의 기지가 해결하고 있다. 나무에 많은 밧줄을 동여매고, 여러 작업반이 교대로 여러 방 향으로 그 나무를 끌어당긴다 ─〈나무를 흔들어 뽑는다!〉 우 리 인민의 기지로는 불가능한 일이 없다! 그 이유는 바로 이 것이다.〈이 운하는 스딸린 동지의 영도와 명령으로 건설되고 있다!〉 이 말은 매일 신문에 나오고, 매일 라디오에서 반복되 었다.

다음과 같은 전쟁터의 정경을 상상해 보자.〈기다란 회색 외투나 가죽 재킷을 입은〉 체끼스뜨들이 서 있다. 10만 명의 죄수에 대해 그들은 겨우 37명이다. 하지만 그들을 모든 사람이 사랑하고, 그 사랑은 까렐리야 지방의 큰 바위를 움직이고 있다. 여기, 그들이 잠시 멈춰 섰다(도판 19). 프렌껠 동지가 손가락으로 무엇인가를 가리키고, 피린 동지는 입술을 깨물고 있으며, 우스뺀스끼 동지는 아무 말이 없다. (이게 정말 그 살인마, 솔로프끼의 도살자란 말인가?) 그리고 그 추운 밤에 수천 명의 운명이 그곳에서 결정되었던 것이다.

이 건설의 위대한 점은 그것이 현대적 기술이 없이도 행해지고, 더욱이 나라에서 아무것도 공급받지 않았다는 데 있다! 〈이것은 손실이 따르는 서구의 자본주의적 템포가 아니다. 이것이 사회주의 템포인 것이다!〉라고 저자들은 자랑한다.[21] (1960년대에 있어서는 그것이 〈대약진〉이라고 불린 것을 우리는 알고 있다.) 책의 페이지마다 기술의 낙후와 원시적 방법에 의한 작업이 찬양되고 있었다. 크레인이 없다고? 만들면 되지! 그래서 목제 크레인을 만들었다. 다만 마찰이 심한 부분만은, 직접 금속으로 주조하는 것이다. 〈이 운하는 우리 힘으로만 건설한다!〉라고 우리의 저자들은 탄성을 올렸다. 외바퀴 손수레도 또한 〈우리 스스로의 용광로에서 주조한 것〉이다.

국가로서는 너무나 긴급한 운하였지만 건설용 외바퀴 손수레의 바퀴가 없었다! 레닌그라뜨의 공장으로서도 도저히 무리한 주문이었다!

아니, 불공평하다 ― 20세기의 이 야만적인 건설을, 〈손수레와 곡괭이〉만으로 건설된 이 대륙의 운하를, 이집트의 피라미드와 비교한다는 것은 불공평한 것이다 ― 왜냐하면 피라

21 같은 책, p. 356.

117

미드는 당시의 최신 기술을 도입하여 건설되었기 때문이다! 그러나 우리의 경우는 40세기쯤 뒤떨어진 기술이었으니까!

이게 바로 우리 나라의 살인용 독가스였다. 우리 나라에는 독가스실에 넣을 독가스가 없었다.

이런 여건에서의 기사의 입장은 어땠을까! 모든 댐은 흙으로 만들어지고, 수문은 나무로 만들어졌다. 댐은 흙으로 되어 있어 자주 물이 샌다. 어떻게 흙을 굳히는가? 댐 위로 말이 롤러를 끌고 달리게 한다! (스딸린과 국가는 죄수와 말만은 아낌없이 공급하고 있다. 왜냐하면 말은 꿀라끄들의 동물이기 때문에 그 동물도 주인과 마찬가지로 전멸하지 않으면 안 되니까.) 흙과 나무를 연결하여 누수를 막기는 어려운 일이었다. 나무 대신에 철을 사용해야 했다! 기사 마슬로프는 마름모꼴 갑문을 발명했다. 그런데, 갑문의 벽에 쓸 콘크리트가 없다! 갑문의 벽을 무엇으로 굳힐 것인가? 여기서 고대 러시아의 〈랴지〉, 석조 지주를 생각하게 된다. 그것은 높이 50미터 되는 통나무 울타리로서, 속에다 돌이나 흙을 채운다. 동굴 시대의 기술을 이용하지만, 20세기식 책임을 져야 한다. 어딘가 허물어지면, 〈목을 친다!〉고.

무쇠 같은 인민 위원 야고다는 기술 책임자 흐루스딸료프 앞으로 서신을 보냈다. 〈입수한 보고서(그것은 밀고자들이나 꼬간, 프렌껠, 피린에게 받은 것이다)에 의하면 귀하는 그 사업에 대하여 필요한 열의나 관심을 보이지 않고, 또 그 필요성을 느끼지 못하는 것 같다. 즉각(무슨 말투람!)…… 본격적으로 사업에 참여하여…… 사업에 태만하거나 방해하고 있는 일부 기술자들(어떠한? 누구를 말하는 것일까?)을 양심적으로 일하게 할 의지가 있는가, 곧 답변하도록 명령한다……〉 기사 책임자로서 어떻게 답변할 것인가? 죽고 싶지는 않으니까 이렇게 답변하게 된다. 〈저는 저의 범죄적 과오를 인정하는 바입니다…… 저는 제 잘못을 후회하고 있습니다…….〉

그러는 동안에도 줄곧 〈이 운하는 스딸린 동지의 영도와 명령으로 건설되고 있다!〉라는 말이 멈추지 않고 들려온다. 라디오는 막사에서, 건설 현장에서, 강가에서, 까렐리야 농가에서도, 트럭에서도 외쳐 댄다. 라디오는 밤에도 낮에도(상상해 보라!) 멈추지 않았고 이 수많은 검은 입들, 눈이 없는 검은 가면들(이것 역시 상상해 보라!)은 끊임없이 외쳐 댄다 — 이 운하의 건설에 대해 체끼스뜨는 무엇을 생각하며, 당은 무엇이라 말했던가? 당신도 생각해 보라! 당신도 생각해 보라. 〈자연을 길들이면, 자유를 얻는다!〉 사회주의 건설과 돌격 작업 운동 만세! 작업반 간의 경쟁이다! 작업군(250명에서 3백 명) 간의 경쟁이다! 노동 집단 간의 경쟁이다! 갑문 간의 경쟁이다! 마침내 무장 경비병들과 죄수들 간의 경쟁이 시작된다![22] (무장 경비병들의 목표는? 당신들을 더 확실히 경비하는 것이다.)

그렇지만 주요한 지주는, 물론 〈사회적 친근 분자〉, 즉 도둑들이었다! 이러한 개념들은 이미 운하에 녹아들어 있었다. 몹시 감동한 고리끼가 단상에서 그들에게 이렇게 외쳤다. 「어떤 자본가라도 여러분보다는 더 많은 강도짓을 했습니다!」라고 치켜세우자 도둑들이 함성을 질렀다. 〈예전의 소매치기 눈에서 닭똥 같은 눈물이 흘렀다.〉[23] 건설을 위해서 〈법률 위반자들의 낭만적인 기분〉을 이용한다는 계산이었다. 그들의 기분이 좋아지지 않을 이유가 뭐가 있단 말인가? 도둑 한 명이 대

22 같은 책, p. 153.
23 Y. 꾸젬꼬, 『제3 갑문』.

회의 간부석에 서서 다음과 같이 연설했다. 〈이틀 동안 계속 빵을 받지 못할 때도 있었지만, 그러나 우리들에게 그것은 놀라운 일이 아니었다(그들은 언제든지 누구한테라도 간단히 물건을 뺏을 수 있으니까). 우리에게 가장 중대한 것은, 우리를 인간으로 인정하고, 인간으로서 대등하게 이야기해 주는 것이었다(기사들에 대해서는 그렇다고 할 수 없지만). 여기의 암석은 착암기도 부러질 지경이다. 그럼에도 불구하고 전진하고 있다.〉 (무엇을 발판으로 〈전진〉하는가? 그리고 〈누가〉 전진하는가?)

수용소에서 적과 대치할 때 친근 분자에게 의지한다는 것이 계급 이론이다. 백해 운하에 관한 책에서 반장들의 식사에 대해서는 아무런 기술도 없지만, 베레즈니끼 수용소에서 목격자(I. D. T.)가 말해 주었다 — 일반 죄수들과는 달리 〈반장(전부 도둑들) 전용 취사장〉이 있고, 그 급식도 군인들보다 좋았다. 그것은 놈들의 주먹이 세고 그 주먹이 〈누구에게 향하는가〉를 알고 있기 때문이다.

제2 수용 지점에서는 훔치는 일, 즉 남의 손에서 식기나 식권을 뜯어내는 일이 자주 있었다. 하지만 그런 짓으로 도둑들은 돌격 작업반에서 제명되지는 않는다. 그것은 놈들의 사회적인 얼굴이나, 놈들의 생산적 충동에 오점을 남기지 않기 때문이다. 식사는 작업 현장으로 차갑게 식은 채로 도착한다. 건조실에서는 물건이 도난당한다 — 하지만 〈전진한다!〉 뽀뻬네쯔는 〈징벌의 도시〉로서, 혼잡한 곳이다. 뽀뻬네쯔에서는 빵을 굽지 않고, 쪕에서 날라 온다! (그 거리가 얼마나 되는지 지도를 보라!) 시즈냐 지구에서는 식사의 표준량을 주지 않았다. 막사 안은 춥고, 이들이 들끓어서 환자가 많다 — 하지만, 전진하고 있다! 〈이 운하는 스딸린 동지의 영도와 명령으로 건설되고 있다!) 어디를 보아도 KVB, 즉 문화 교육 전투 지점이 있다! (깡패 녀석들이 수용소로 오자마자 교육계가 되는 것이다.) 항상 전투태세의 분위기를 만들 것! 여기서 느닷없이 〈폭풍 작업의 밤〉을 선언한다 ─ 〈관료제에 대한 공격〉인 것이다! 마침 밤 작업이 끝나려는데, 문화 교육계들이 관리국의 방에서 서성대며 외친다. 〈폭풍 작업한다!〉 갑자기 뚠구다의 지부에서 〈비상사태〉(물이 새는 게 아니라, 작업량을 채우지 못해서)가 발생된다! 〈폭풍 작업한다!〉 생산 노르마를 2배로 높인다! 결정됐다! 어떤 경고도 없이 갑자기 이렇게 되는 것이다.[24] 갑자기 어떤 작업반이 불쑥 일과 수행률을 852퍼센트 달성한다! 누가 실제로 그렇게 할 수 있겠는가! 혹은 또 전면적인 〈신기록의 날〉이 선언된다! 〈작업을 지연시키고 있는 놈들〉에 대한 타격이다! 또 어떤 작업반에는 〈포상 삐로끄(러시아식 만두)〉를 나눠 준다(도판 20). 다들 왜 그렇게 초췌한가? 기대해 온 순간이 아닌가. 하지만 기쁨은 보이지 않는다…….

모든 일이 순조롭게 진행되는 것 같았다. 1932년 여름에 야고다는 건설 현장 전역을 순찰하고 만족했다. 그러나 12월이 되자 그는 전보를 보낸다 ─ 작업량이 준수되지 않고 있다. 〈수천 명의 사람들이 무위도식〉을 못 하게 하라. (그것은 사실이야! 너도 알고 있어!) 노동 집단은 〈색색〉의 깃발을 들고 작업장에 〈늘어선다〉. 판명된 바에 의하면, 보고에는 이미 여러 번의 흙이 백 퍼센트 옮겨졌다! 그런데 운하는 아직 완성되지 않았다! 태만한 노동자들이 통나무 울타리 속에 흙과 돌 대신에 얼음을 채웠다! 봄이 되면 얼음이 녹아서 누수가 생긴다! 그래서 교육계의 새로운 구호가 나왔다 ─ 〈속임수 작업[25]

---

24 『백해-발트해 운하』, p. 302.
25 인용이므로 속임수 작업을 〈뚜프따〉로 표기한다.

은 반혁명 세력의 가장 위험한 무기다!〉(그러나 가장 많은 속임수 작업을 한 것은 도둑들이다. 통나무 울타리 속에 얼음을 채운 것은 아무래도 그놈들의 짓이다!) 그리고 구호가 하나 더 있었다. 〈속임수 작업을 하는 자는 계급의 적이다!〉(그것은 반혁명 분자가 한 작업량을 자기 앞으로 기입하기 위한 가장 좋은 방법이다.) 속임수 작업은 OGPU의 교정 노동 정책 전체를 실패로 몰고 갈 시도인 것이다. 이것이 그 가공할 속임수 작업의 정체다! 속임수 작업은 사회주의 재산의 약탈이다. 이것이 그 가공할 속임수 작업의 정체다! 1933년 2월에 형기가 만료되기 전에 석방된 기사들은 다시 자유를 빼앗겼다. 속임수 작업이 드러났기 때문이다.

이토록 열의와, 이토록 열성인데, 어찌하여 속임수 작업일까? 왜 죄수들이 그런 것을 생각했을까? 아마도 자본주의의 부활을 기대한 것이 틀림없다. 여기에 망명 백계 러시아인의 검은 손의 음모가 있을 것이다.

1933년 초에 야고다의 새로운 명령이 나왔다. 모든 관리국을 〈전투 지구 사령부〉로 개칭할 것! 기관원의 50퍼센트를 건설 현장에 내보낼 것!(그래, 삽자루는 있는가?) 3교대로 작업을 진행시킬 것(밤은 거의 극지방 수준인데)! 식사는 직접 건설 현장에서 제공할 것(식어 버린 것을)! 속임수 작업은 재판에 회부할 것.

1월에는 〈분수령의 폭풍 작업 공사〉다! 취사장과 그 설비 일체가 한 장소로 집결되었다! 천막이 부족하여 눈 위에서 잤다 — 그래도 〈전진한다!〉 이 운하는 스딸린 동지의 영도와 명령으로 건설되고 있으니까.

모스끄바에서 제1호 지시가 하달되었다 —〈건설 종료까지 《전면적인 폭풍 작업》을 선언한다!〉노동의 일과가 종료된 후에는 타자수, 사무원, 세탁부들이 건설 현장에 내몰린다.

2월에는 백해-발트해 운하 수용소 전반에 걸쳐 면회가 금지되었다 — 발진 티푸스 감염의 우려 때문일 수도 있고, 아니면 아마도 죄수들을 압박하기 위해서일 것이다.

4월에는 휴식 없는 48시간 폭풍 작업이 있다 — 만세! 〈3만 명이 잠을 자지 않는다!〉

그리하여 1933년 5월 1일, 인민 위원 야고다는 친애하는 〈스승〉에게 정해진 날짜에 운하가 완성되었음을 보고한다.

1933년 7월, 스딸린, 보로실로프, 끼로프가 운하를 시찰하기 위해 쾌적한 유람을 한다. 그때 그들의 사진도 있다 — 세 사람은 갑판의 등의자에 기대어 〈농담하고, 웃으며, 담배를 태웠다〉. (이때 끼로프의 운명은 정해졌지만, 그는 몰랐다.)

8월에는 120명의 작가들이 운하를 통과했다.

현지에서 운하를 돌보는 사람이 없어서, 꿀라끄라고 탄압받는 사람들(특별 이주자들)이 보내졌고, 베르만 자신이 그들 마을에 자리를 선정해 주었다.

〈운하군 병사들〉의 대부분이 이번에는 다음 운하인 볼가-모스끄바 운하 건설로 옮겨갔다.[26]

그럼 〈집단 저자들이 쓴 냉소적인 책〉은 이제 덮어 두기로 하자. 솔로프끼섬이 아무리 음산하게 보여도, 형기(때로는 죽을 때까지)를 끝마치기 위해 백해 운하 건설로 호송되어 온 솔

---

26 운하군 병사들의 8월 대회에서 라자리 꼬간이 선언했다. 〈수용소 체제의 최후가 될 대회가 있을 날이 멀지 않았다…… 교정 노동 수용소가 전혀 필요 없게 될 그날이 멀지 않았다.〉 총살된 그는 자신이 어떤 잘못을 저질렀는지 몰랐을 것이다. 아니면, 그런 말을 하면서도, 실은 자신도 그것을 믿지 않았을지도 모른다.

로프끼섬의 죄수들은 여기서 비로소 농담이 끝나고, 진짜 수용소가 어떤 것인지 처음으로 분명해지고 서서히 모든 것을 알게 되었다. 솔로프끼섬의 고요 대신에 거기에 있는 것은 — 교육적 선동이 뒤섞인 끊임없는 야비한 욕설과 거친 싸움이었다. 백해-발트해 운하 수용소 관리국 부설 메드베제고르스끄 수용 지점의 막사에서도 조립식 판자 침상(이미 발명된 것) 하나에 4명씩이 아니라, 8명씩 자고 있었다 — 즉, 한 장의 깔판에 두 사람이 머리를 반대쪽으로 향하여 자는 것이다. 석조 수도원 건물 대신에 틈새로 바람이 스며드는 임시 막사가 아니면, 천막, 때로는 바로 눈 위에서 잠을 잤다. 마찬가지로 하루에 12시간 노동을 하는 베레즈니끼 수용소에서 이송되어 온 사람들도 역시 여기가 이전보다 힘들다고 했다. 기록을 올리는 나날들. 폭풍 작업의 밤들. 〈우리에게서 모든 것을, 우리에게는 무(無)를〉 같은 구호. 사람들이 밀집한 혼잡 속에서 암석의 발파 작업을 한다. 그래서 부상자가 많고 죽기까지 한다. 바위 그늘에 숨어서 먹는 차가운 음식. 어떤 작업인지 우리는 이미 읽었다. 식사는 어땠는가 — 1931년에서 1933년에 걸쳐 어떤 식사였던가? (안나 스끄리쁘니꼬바에 따르면 메드베제고르스끄 수용 지점의 식당에서는 자유 고용인마저도, 생선 대가리와 껍질을 벗긴 수수가 드문드문 든 걸쭉한 음식을 먹었다고 한다.)[27] 의복은 자기 것인데, 너덜너덜했다. 사람을 부르거나 재촉하거나 무엇을 하든지 한 가지 말뿐이었다 — 〈다바이(이봐요)! 다바이! 다바이!〉

27 그녀의 기억에 따르면, 우끄라이나 피난민들이 메드베제고르스끄로 와서, 수용소 근처에서 취업하여 기아를 면하려 했다. 죄수들이 이들에게 〈가족들 먹이라고 자기 음식을 덜어 주곤 했다〉. 이것은 진실성 있는 이야기다. 다만 우끄라이나 지방에서 누구나 나올 수 있었다는 것은 아니었다.

소문에 의하면 첫겨울에, 즉 1931년에서 1932년에 걸쳐서, 10만 명의 사람이 죽었다고 했다. 그것은 평상시 운하 건설에 종사하는 인원수와 같은 숫자다. 충분히 믿을 수 있는 숫자다. 오히려 이 숫자는 적게 보고 있다 하겠다. 동일한 조건으로 전시 중의 수용소에서 〈하루 사망률은 1퍼센트〉가 보통이며, 그것은 잘 알려진 사실이다. 따라서 백해-발트해 운하 건설에서 10만의 사람들이 3개월여의 기간 내에 전원 사망했다는 것은 충분히 생각할 수 있다. 그리고 또 한 번의 여름이 있었고, 또 한 번의 겨울이 더 있었다.

솔로프끼섬 죄수 출신으로 백해 운하 건설 현장에서 현장 감독으로 일했던 D. P. 빗꼬프스끼는, 속임수 즉 〈뚜흐따〉로, 즉 전혀 한 적이 없는 작업량을 한 것처럼 불려서 기입함으로써, 많은 인명을 구했다. 그는 이런 저녁 광경을 묘사했다.

노동의 일과가 끝난 후, 건설 현장에는 시체가 남는다. 그 얼굴에 눈이 쌓인다. 어떤 자는 뒤집혀진 손수레 밑에서 몸을 구부리고 팔을 옷소매에 찔러 넣은 채 얼어 죽어 있었다. 어떤 자는 머리를 무릎 사이에 처박은 상태로 굳어 있었다. 저기에는 서로 등을 맞대고 있는 두 사람이 얼어 죽어 있었다. 이들은 농부로서 상상할 수 없으리만큼 일을 잘했다. 그들은 운하 건설을 위하여 만 명 단위로 많은 사람을 몰래 보내왔다. 같은 수용 지점에서 자기 아버지와 마주치지 못하도록, 당국은 따로 수용하는 데 애썼다. 그들에게는 여름에도 달성하기 어려운 자갈과 암석 채취의 노르마를 느닷없이 부과했다. 아무도 그들을 교육하지도 주의를 주지도 못하니까, 그들은 들일과 마찬가지로 전력을 다해 일하고, 금세 쇠약해져서, 이렇게 둘씩 껴안고 얼어 죽은 것이다. 밤에 썰매로 그 시체를 모은다. 마부들이 시체를 썰매에 던져 넣을 때, 마치 나무와 나무가 부딪치는 것 같은 소리가 난다.

여름에 시체를 제때 치우지 않으면 백골이 되어, 그 뼈는 자갈과 함께 콘크리트 믹서 속에 던져진다. 그리하여 그 뼈는 벨로모르스끄 근처의 최후의 갑문 콘크리트 속에 던져져, 거기에 영원히 보존된다.[28]

『백해 운하』 신문이 감동적으로 보도하는 바에 의하면, 위대한 과업에 〈미적으로 고양된〉 많은 운하군 병사들이 자유로운 시간을 이용하여(당연한 일이지만, 빵의 보수를 받지 않고) 운하의 벽을 돌로 장식했다 — 오직 아름다움을 위해서.

이윽고 운하의 벽에 돌로 6명의 이름을 새겨야 했다. 즉, 스딸린이나 야고다의 주요 부하인, 백해 운하의 주요 감독이었고 3만 명의 목숨을 빼앗아 간 6명의 살인자의 이름들을 — 피린, 베르만, 프렌껠, 꼬간, 라뽀뿌르뜨, 주끄.

여기에 백해-발트해 운하 수용소의 무장 경비대장의 이름 브로쯔끼를 추가하고, 또 전 러시아 중앙 집행 위원회 대표로서 운하의 산파역 솔쯔를 추가하면 좋을 것이다.

그 밖에 운하에 있었던 37명의 체끼스뜨들 전부의 이름도. 또 백해 운하를 찬양한 36인의 작가들의 이름도.[29] 또 뽀고진

---

28 D. 빗꼬프스끼, 『반평생』.

29 알렉세이 N. 똘스또이도 또 그중 한 사람이었다. 운하를 통과한 그는 (자기 지위 때문에 그 정도는 해야 했겠지만) 〈자기가 본 것을 열성적으로 말하고, 그 지방의 개발이 매력적인, 거의 환상에 가까우면서, 동시에 현실적인 전망을 가지고 있다고, 그리고 자기 지론에 알맞은 창조적 열의를 쏟고, 작가로서의 상상력을 충분히 구사했다. 그는 운하 건설자의 노동을, 그 《진보적인 기술》을 문자 그대로 감동적으로 찬양했다.〉 (강조는 솔제니찐)

역시 잊지 말아야 할 것이다.

배를 타고 지나는 여행객들이 그 이름을 읽고는 무엇인가 생각하게 해야 한다.

다만 문제는 — 여행객이 없다는 것이다.

없다는 것은 무엇을 말하는가?

그 까닭은 이렇다. 배가 다니지 않았다. 시간표대로 통과하는 것은 아무것도 없었다.

1966년에 이 글을 다 썼을 때, 나 자신도 이 위대한 백해 운하를 지나서, 내 눈으로 확인하려는 생각을 가졌었다. 그 120명의 작가들에게 지지 않으려고 생각하면서. 하지만 그것은 이뤄지지 않았다. 여행객이 탈 수 있는 배가 없었다. 화물선에 태워 달라고 부탁해야 했다. 그런데 거기서 서류를 조사했다. 나의 이름은 이미 문제가 되어 잘 알려져 있었으니까. 단번에 의심을 받았다 — 무엇 하러 가는가? 그래서 이 책을 위험하게 하지 않으려고, 가지 않기로 했다.

그럼에도 불구하고 나는 그 근처를 돌아다녔다. 처음에는 메드베제고르스끄였다. 현재도 그 당시의 많은 막사 건물이 그대로 남아 있다. 유리를 낀 5층탑이 있는 당당한 호텔도 있다. 그것은 운하의 문이다! 여기에 내외국의 여행자가 많이 찾아올 것이다……. 무슨 계산이었는지 잠시 동안 텅 비어 있었으나, 어느새 학교 기숙사가 되어 버렸다.

뽀베네쯔로 가는 길이 있다. 듬성듬성한 숲, 여기저기에 돌멩이나 바위가 굴러다니고 있었다. 뽀베네쯔에서 곧 운하로 접근하여, 운하를 따라 걸으면서, 갑문에 더 접근하여 좀 더 자세히 보려고 했다. 도처에 출입 금지 구역이 설정되어 있었고, 졸린 얼굴의 경비병들이 경비하고 있었다. 군데군데에서 갑문이 잘 보였다. 갑문의 벽은 예전과 다름이 없다. 통나무 울타리로 되어 있었다. 나는 그것을 담뱃갑 그림에서 보았다. 그러나 기사 마슬로프가 고안한 마름모꼴 문은 철제로 바뀌고, 개폐도 전과는 달리 수동으로 하지 않았다.

그런데 왜 이렇게 조용할까? 인기척이 없고, 운하에서도 갑문에서도 어떤 움직임도 보이지 않는다. 어디에도 분주하게 돌아다니는 작업자의 모습이 눈에 띄지 않는다. 배의 기적 소리도 들리지 않는다. 수문도 열리지 않았다. 6월의 화창한 날씨인데 ─ 어찌 된 영문일까?

이리하여 나는 뽀베네쯔 〈계단〉의 5개 갑문을 통과하여, 다섯 번째를 통과하여서는 강변에 앉았다. 어느 담배 포장지에나 그 그림이 실려 있었고, 얼마나 우리 나라가 필요로 했는데 ─ 아, 〈위대한 운하〉여, 왜 그대는 조용하기만 한가?

사복을 입은 어떤 사나이가 가까이 와서 유심히 나를 바라본다. 나는 순박하게 물었다. 「물고기를 살 수 있는 곳이 없습니까? 그리고 운하를 통해 갈 수 없나요?」 사나이는 갑문의 경비대장이었다. 「왜 여기에 여객선이 다니지 않죠?」 그는 놀라면서 대답했다. 「큰일 나지요! 그랬다가는 미국인들이 단번에 몰려와요.」 전쟁 전에는 여객선도 다녔지만, 전후에는 전혀 다니지 않았다고 했다. 「그래, 몰려오면 뭐가 문제입니까.」 「그렇게 되면 그들에게 보여 줘야 하잖아요.」 「왜 배가 전혀 다니지 않죠?」 「다니고 있어요. 적기는 하지만. 문제는 수심이 얕아서, 불과 5미터밖에 안 돼요. 개조하려 했지만, 그보다는 아마도 이것과 평행으로 새 운하를, 제대로 된 것을 건설하게 될 겁니다.」

그래, 대장, 우리는 그것을 벌써 오래전부터 알고 있었다고 ─ 1934년에 아직 훈장을 다 나눠 주기도 전에 ─ 이미 개조의 계획이 있었어. 그리하여 그 첫째 조항은 — 운하를 깊이 하는 것. 둘째 조항은 — 현재의 갑문과 평행으로 좀 더 깊이, 대형 선박이 지날 수 있는 갑문을 건설하는 일이었어. 엉터리 계획은 제대로 된 결과를 가져오지 못한다. 그 〈시간 제한〉 때문에, 그 〈노르마〉 때문에 깊이에 대해서는 거짓말을 했던 것이다. 그래서 통과 능력을 저하시켰다 — 속임수의 미터 수치로 일하는 사람이 식사를 확보하지 않으면 안 되었으니까 (곧 이 속임수 작업의 책임을 지게 된 기사들은 새로이 〈10년의 형기〉를 먹었다). 건설 예정지를 비우기 위해서 무르만스끄 철도 80킬로미터를 이동시킬 정도였다. 손수레의 차바퀴를 하나도 쓰지 않고 잘도 끝마쳤다. 그래, 무엇을 어디로 운반했나? 처음에는 가까운 숲에서 벌채해서 운반했는데, 이번에는 어디서 운반하지? 아르한겔스끄에서 레닌그라뜨까지? 그렇지 않아도 목재는 아르한겔스끄에서 팔리고 있었다. 외국인은 예전부터 거기서 샀으니까. 게다가 운하는 반년 동안이나 얼음에 덮여 있다. 아니, 그 이상일지도 모른다. 도대체 무슨 필요성이 있었을까? 아, 그래, 군사적인 필요일까. 함대를 이동시키기 위한.

「왜 이렇게 얕지.」경비대장이 불평했다. 「잠수함마저 자력으로 통과하지 못할 지경이니까, 나룻배에 신고 예인한다고요.」

그럼 순양함은 어떻겠는가? 오, 은둔자 폭군이여! 한밤중의 광인이여! 무슨 열에 들떠, 이런 생각을 했는가!

그래, 괘씸한 놈, 무엇 때문에 그렇게도 서둘러야 했나? 무엇 때문에 20개월이라고 들떴는가? 서두르지만 않았다면 그 25만이라는 사람은 살아 있었을 것이다. 그래, 학자들은 너의 목구멍의 가시라고 해도, 농촌 출신의 젊은이들은 너를 위해 아직도 많은 일을 할 수가 있었을 텐데! 대체 몇 번이나 그들을 공격으로 일어서게 했는가 ─ 조국을 위하여, 스딸린을 위하여!

「많은 비용이 들었죠.」나는 경비대장에게 말했다.

「그 대신 빨리 건설했죠!」그는 자신 있게 대답했다.

네 뼈가 그 안에 들어갔어야 하는데!

그날 나는 운하 근처에서 8시간을 보냈다. 그사이 한 척의 자주 거룻배가 소로까에서 뽀베네쯔로 가고 있을 뿐이었다. 번호가 달라서, 그것을 보고 겨우 처음의 거룻배가 돌아가는 것이 아닌 것을 알았다. 그것은 두 거룻배가 똑같은 화물을 싣고 있었기 때문이었다 ─ 같은 소나무의 통나무, 오래 방치되어 땔감으로만 사용할 수 있는 물건이었다.

결국 모든 것을 따지면 제로가 된다.

그리하여 25만의 생명을 잃었던 것이다.

◆

백해-발트해 운하에서 바로 볼가-모스끄바 운하 건설이 있어 즉시 전원이 그곳으로 이동했다. 일꾼들도, 피린은 수용소장으로, 또한 꼬간은 건설 현장장으로 그곳으로 옮겨 갔다 (백해 운하 건설에 대해 수여된 레닌 훈장을 두 사람 다 거기서 받았다).

그러나 이 운하는 실제로 필요했다. 그리하여 백해 운하의 전통을 남김없이 훌륭하게 이어받아, 더욱더 그것을 발전시켰다. 여기서 우리는 활발한 종양 전이 시대의 〈군도〉가, 정체된 솔로프끼섬과는 어디가 다른가를 잘 이해하고 있다. 여기서는 조용해진 잔혹한 솔로프끼섬도 그리워지는 때가 있었다. 이번에는 요구되는 것도 노동만이 아니었다. 아니, 힘이 빠진 몸으로 꺼덕도 하지 않는 돌을 곡괭이로 깨뜨리는 것만이 아니었다. 그 목숨을 빼앗기 전에 가슴속까지 침입하여 마음속을 죄다 수색했던 것이다.

운하 건설에서 가장 어려웠던 것은 ─ 모든 사람이 〈활동 분자〉가 되기를 요구하는 데 있었다. 이미 〈도화선처럼 타 버린 몸〉인데 사회적인 활동을 연출해야 했다. 공복에 지친 혓바닥을 놀리며, 예정된 계획 이상을 수행하기를 호소하는 연설을 해야 한다! 해충을 폭로해야 한다! 적의에 찬 선전, 〈꿀라끄〉들의 유언비어(수용소의 모든 소문은 모조리 꿀라끄가 유포한 것이다)에 대해 형벌을 요구하지 않으면 안 되었다. 또한 불신이 뱀처럼 달려들어, 새 형기를 받지 않도록 스스로 주위를 살펴야 한다.

파멸의 운명에 있는 사람들의 생활을 이처럼 그럴싸하게, 또 이토록 감동적으로 그리고 있는 부끄러운 책을 들었을 때, 이렇게 제대로 쓰고, 또 진지하게 읽혔다는 것은 믿기 어려운 일이었다(그리하여 조심성 있는 〈문학 출판 감리 총국〉은 이 책을 처분해 버렸다. 따라서 우리가 입수한 이 책은 지상에 남은 몇 권의 책 중 한 권이다).[30]

이번에 우리의 베르길리우스(『신곡』의 안내역)는 비신스끼의 충실한 제자인 I. L. 아베르바흐이다.

보통 나사를 박을 때에도, 처음에는 꽤 노력이 든다 ─ 나사를 똑바로 세우고, 그것이 옆으로 기울지 말아야 한다. 하지만 어느 정도 감기면 이제 한 손을 놓고 한 손으로 휘파람이라도 불면서 간단히 나사를 박을 수 있다.

비신스끼가 쓴 것을 읽으면, 이런 것이 쓰여 있다. 〈특히《교육적》과제의 덕택으로 우리 나라 교정 노동 수용소는 공공연

30 I. L. 아베르바흐, 『범죄에서 노동으로』.

한 폭력이 지배하고 있는 부르주아적 형무소와는 근본적으로 다르다.)[31] 〈부르주아적 국가와는 달라서, 우리 나라에서는 범죄 방지 대책에 있어서 폭력은 2차적 역할을 하며, 그 중점은 조직 — 물리적, 문화 계몽적 및 정치 교육적 대책에 있다.)[32] (그 요점을 파악하기 위해서는 뇌를 긴장시켜야 한다 — 그것은, 즉 곤봉 대신에 〈배급 식량〉의 양을 조절하고, 프로파간다로 세뇌하는 것이다) 그리고 또한 〈……사회주의적 성공은…… 범죄 방지에도 마법적(정말 이렇게 쓰여 있다 — 마법적!) 영향을 끼치고 있다.)[33]

자기 스승에 이어서 아베르바흐도 다음과 같이 설명한다. 소비에뜨 교정 노동 정책의 과제는 〈가장 추악한 인간의 재료(《원재료》라는 말을 기억하는가?《해충》이라는 말을 기억하는가? — 솔제니찐)를 진짜 적극적이며 자각적인 사회주의의 건설자로 바꾸는 것이다.〉

다만 그 문제는 그 비율이다. 25만이나 되는 추악한 재료가 죽고, 1만 2천5백의 적극적이며 자각적인 사람들이 기한 전에 석방되었던 것이다(백해 운하……).

실은 그것은 1919년의 제8차 당 대회의 일이다. 그때는 아직 내전이 불붙고 있고, 오룔시로 제니낀 장군 휘하의 백위군의 공격이 예상되던 때며, 끄론시따뜨와 땀보프의 반란이 발생하기 이전의 일이었다. 제8차 당 대회는 다음과 같이 결정했다. 즉, 형벌 제도를 — 〈교육〉 제도로 바꿀 것! (전적으로 형벌을 가하지 말 것인가?)

〈강제〉라는 말을 아베르바흐가 첨가했다. 그리하여 웅변을

---

31 논문집 『형무소에서 교육 시설로』, 서문.
32 I. L. 아베르바흐, 『범죄에서 노동으로』, 비신스끼 서문.
33 같은 책.

토하며(이미 상대를 논박하는 답변을 준비하면서) 질문을 던지는 것이다. 그럼 그것은 〈어떻게〉 가능하겠는가? 혹시 세상에서 사회주의에 적대하는 의식이 이제 형성되고, 수용소의 강제가 폭력으로 느껴지며, 그것에 대한 적의가 더욱 증강될 염려가 있다면, 그 의식을 사회주의 방향으로 어떻게 변혁할 것인가?

이렇게 되면 우리는 독자와 함께 막다른 골목에 부딪힌다. 그렇지 않은가?

하지만 잠시 기다려 보라, 그는 지금 우리를 현혹하려고 한다 — 〈높은 목표〉를 가진 의식 있는 생산 노동이 아닌가! 바로 이것을 가지고 어떤 적대 의식도 불안전한 의식도 변혁시킬 수 있는 것이다. 그래서 그것 때문에 필요한 것은 〈상상을 초월하는 대규모 건설 현장에 있어서의 폭풍 작업이다!〉(아, 정말 그랬군. 그것 때문에 백해 운하가 필요했던가. 우리 바보들은 그것을 이해하지 못했다!) 이것에 의하여 〈건설의 명확한 의식, 효과, 그리고 감격〉이 달성되는 것이다. 그때의 필요한 조건은 〈제로에서 완성까지의 작업〉과 〈수용소의 사람들이(아직 죽지 않고 살아 있는) 자기 개인으로서의 노동의 정치적인 영향을 자각하고 자기 노동에 전 인민의 관심이 모여 있다는 것을 자각하는〉 것이다.

나사가 부드럽게 들어맞은 것을 알겠는가? 그것이 좀 비스듬히 들어갔어도, 우리로서는 이미 저항할 수는 없을 것이다. 〈어버이〉는 지도 위에 파이프로 선을 그었지만, 그 정당성을 과연 걱정해 보았을까? 항상 아베르바흐가 곁에 있었다. 「안드레이 야누아리예비치(비신스끼), 저는 이런 생각을 가지고 있는데, 선생님 생각은 어떻습니까, 책으로 발전시킬 수 있겠습니까?」

하지만 이것은 아직 아무것도 아니다. 죄수가 수용소 밖으로 나오기 전에 〈노동에서의 최고의 사회주의 형태의 수준까지 교육되지 않으면 안 된다〉는 것이다.

그럼 그것을 위해서는 무엇이 필요한가? 나사는 멈춰 버렸다.

아, 이 무식한 놈들아! 그것이야말로 〈사회주의 경쟁과 돌격 작업 운동〉이다(도판 21)! 바보 녀석들, 지금이 대체 몇 세기인가! 〈보통의 노동이 아니라, 영웅적인 노동인 것이다!〉 (OGPU 명령 제190호)

중앙 본부의 적기(赤旗) 획득 경쟁이다! 지역 본부의 적기 획득 경쟁이다! 분소 본부의 적기 획득 경쟁이다! 수용 지점끼리의, 건축 현장끼리의, 또 작업반끼리의 경쟁이다! 〈적기와 함께 취주악이 제공된다! 작업할 때와 맛있는 식사를 할 때도 취주악은 아침부터 밤까지 적기를 받은 사람들을 위하여 연주하는 것이다(도판 22)!〉 (맛있는 식사는 보이지 않지만, 그 대신 조명등이 보인다. 그것은 야간작업을 위해서다. 볼가 운하는 밤낮으로 작업을 계속했다.)[34] 죄수들의 각 작업반에는 — 경쟁 뜨로이까(3인 위원회)가 있었다. 조사 — 그리고 결의! 결의 — 그리고 조사! 제방 건설 폭풍 작업 제1차 5일간의 성과! 제2차 5일간의 성과! 전(全) 수용소 신문 『뻬레꼬프까(재단련)』가 있었다. 그 구호가 〈자기 과거를 운하 바닥에 묻어 버리자!〉였다. 그 신문은 이렇게 호소했다. 〈휴일

---

34 취주악단은 다른 작업장에도 이용되고 있었다. 그들은 강변에 머물며, 죄수들이 교대하지 않고, 또 휴식도 없이 거룻배에서 목재를 하역하는 동안에도 계속 밤낮으로 연주한다. I. D. T.는 백해 운하에서 악단의 일원이었으며, 그때를 회상하며 말했다. 「악단은 노동하고 있는 죄수들의 분노를 자주 샀습니다.」 (악단원은 일단 작업에서 해방되고, 각자 자기 전용 침상과 군복을 가지고 있었기 때문이다.) 노동하고 있는 죄수들이 그들에게 외쳤다. 「게으름뱅이들! 밥벌레들! 이리 와서 일이나 해!」

없이 일하자!〉 전원이 감격하고, 전원이 찬성했다! 앞장을 선 돌격 작업반원이 외쳤다. 「그렇다! 휴일 따위가 다 어디 있는가? 볼가는 휴일이 없다. 금방 범람할지도 모른다.」 그럼 미시시피강의 휴일은 어떤가? ── 그놈을 붙잡아라, 그놈은 꿀라끄의 앞잡이다! 의무 조항 중에 〈집단의 구성원 하나하나의 건강이 중요하다〉는 것이 있다. 아, 얼마나 인간적인가. 하지만 이 조항은 〈작업 일수를 줄이지 않으려는〉 것이다. 〈앓지 않는다는 것은 작업을 쉬지 않는다는 것이다!〉 표창판. 흑판. 성적 표시판. 즉, 준공까지의 일수의 표시, 어제 성적, 오늘의 성적, 명예 증서. 각 막사마다 걸려 있는 것은 ── 상장, 『뻬레꼬프까』, 그래프, 도표. (이것을 써서 작성하는 데는 얼마나 게으른 사람이 필요할까!)(도판 23) 죄수는 생산 계획에 정통하지 않으면 안 된다! 또한 죄수 각자는 우리 나라의 정치 정세에 정통해야 한다! 따라서 작업에 배치할 때(아침 시간을 이용하여) 단시간의 생산 회의가, 수용소에 돌아온 후에는 (휘청거려서 서 있기도 기진맥진한 상태인데) 단시간의 정치적 회의가 실시되고 있다. 점심시간에는 구석에 숨어 자지 못하게 ── 정치적 강독회가 있다! 바깥 세계에서 스딸린 동지의 〈6개 조항〉이 발표되었는데, 수용소 사람들도 그것을 기억해야 한다.[35] 일반 사람들이라면 결근 때문에 해고에 관한 인민 위원회의 결정이 있다. 이곳에서는 이 같은 설명이 행해진다. 즉, 오늘 작업을 거부하는 자나 꾀병 환자는 석방 후 소비에뜨 연방의 〈대중의 경멸을 받게 된다〉. 다음과 같은 시스템이

---

35 운하의 지도적 직무에 〈숨어든〉 지식인들은 이 〈6개 조항〉을 잘 이용했다 할 수 있다. 〈되도록 전문가를 이용할 것〉 ── 이것은 기사들을 일반 작업에서 끌어내라는 것이다. 〈노동력의 유동성을 방지할 것〉 ── 이것은 죄수들의 호송을 금지하라는 것이다.

다 ─ 돌격 작업반의 칭호를 받기 위해서는 생산 성과만으로는 부족하다! 그 밖에도 (a) 신문을 읽을 것, (b) 자기가 건설한 운하를 사랑할 것, (c) 그 의의를 설명할 수 있을 것.

그 결과 ─ 기적이야! 기적! 변모와 변신! 돌격 작업반원은 더 이상 규율과 노동을 어떤 외부로부터 강요된 것으로 느끼지 않게 되고 ─ 말[馬]도 알고 있다(도판 24) ─ 그것을 〈내적 필연성〉으로 느끼는 것이다! (그래, 물론이지. 그래, 물론이야. 자유는 자유가 아니고, 철창을 받아들이는 것이라고!) 장려할 만한 사회주의적 형태다! 돌격 작업반원의 배지를 준다. 그래서 어떻게 되었나? 〈노동자들은 돌격 작업반원의 배지를 《배급 식량보다 높이》 평가한다!〉 그래, 배급 식량보다 높고말고! 그리하여 작업반마다 〈자발적으로〉 출근 시간보다 〈2시간도 더 빨리 작업하러 나온다.〉 (앗, 이건 제멋대로군! 호송병들은 어떻게 하면 좋을까?) 〈그리고 또 작업 현장에서 노동 시간 뒤에도 남는다.〉

얼마나 열정적인가! 성냥불과 같다! 그들은 당신이 몇십 년이라도 타오르리라 생각할 것이다.

바로 이것이 돌격 작업이다! 비바람이 치고 있는데, 계속 일한다(도판 25)! 하루의 계획을 초과 달성한다! 그 기술에 주목하라. 그 기술에 대해서는 이미 백해 운하에서 말했지만, 외바퀴 손수레를 위에서 갈고리를 가진 사람이 끄는 것이다. 그렇지 않고서는 언덕길을 도저히 오를 수 없기 때문이다. 이반 넴쩨프는 갑자기 〈5인분〉의 작업을 하기로 〈결심〉했다. 말대로 해냈다. 교대하기 전에…… 55세제곱미터의 흙을 파내고 손수레에 실었다![36] (계산해 보자 ─ 1시간에 5세제곱미터, 1세제곱미터당 12분 걸렸다 ─ 가장 작업하기 쉬운 흙으로도 시험

36 Y. 꾸젬꼬, 『제3 갑문』.

할 수 있는지 해보고 싶다!) 현장의 상황은 다음과 같다 — 펌프는 없고, 배수갱은 아직 완성되지 않았다 — 자기 손으로 물을 막지 않으면 안 된다![37] 그럼 여성들은 어땠나? 한 사람이 60킬로그램이 넘는 돌을 들어 올렸다![38] 손수레는 뒤집히고, 돌이 머리나 발에 맞았다. 그럼에도 불구하고 〈전진하고 있는 것이다!〉 〈허리춤까지 물에 적시며 노동하거나〉, 〈62시간 동안을 휴식도 없이 일하거나〉, 〈5백 명이나 되는 사람들이 사흘 동안이나 얼어붙은 땅을 파도〉 소용이 없었다. 하지만 〈전진하고 있다!〉

우리는 이 전투 삽으로
모스끄바 근처에 행복을 파낸다.

이것은 백해-발트해 운하에서 가져온 그 〈아주 신나는 긴장감〉이다. 〈폭풍 작업을 하러 갈 때는 아주 신나는 노래를 불렀다〉……

어떤 날씨에도
작업장으로 줄 맞춰 나가세!

여기 돌격 작업반원들이 있다(도판 26). 그들은 대회에 참가하기 위해 왔다. 기차 쪽에 있는 사람은 호송대장이며, 그 옆에 또 한 명의 호송병이 있다. 그들의 행복하고 고무된 표정을 보라. 이 여자들은 아이들이나 가정을 생각하는 것이 아니

37 Y. 꾸젬꼬, 같은 책.
38 소책자 『운하구 여병사』(드미뜨 수용소, 1935). (수용소 밖으로 반출을 금함!)

라 오직 사랑하는 운하만을 생각하고 있다. 날씨가 꽤 추웠고 몇 명은 펠트 부츠를, 몇 명은 그냥 부츠 — 당연히 집에서 만 든 — 를 신고 있다. 첫 번째 줄, 왼쪽에서 두 번째 여자 도둑 은 훔친 구두를 신고 있는데, 대회에 나가는 것보다 그 구두 를 뽐내기 좋은 기회가 어디 있겠는가? 그리고 여기 또 하나 의 집회가 있다(도판 27). 포스터에는 〈우리는 기한 전에, 싼 비용으로, 튼튼하게 만들 것이다〉라는 문구가 적혀 있다. 어떻 게 그 모든 것을 조화롭게 달성할 것인가? 글쎄, 기사들이 머 리를 부딪치며 어떻게든 할 것이다. 사진에는 카메라를 향한 미소가 드리워져 있지만 전반적으로 사람들은 굉장히 지쳐 있다. 그들은 발언을 하기 위해 가는 것이 아니다. 사람들이 집회에서 기대하는 것은 한 끼 식사일 뿐이다. 다들 농부의 얼 굴을 하고 있다.[39] 그리고 믿음직스러운 경비병이 복도에 서 있다. 유다 같은 그놈은 꼭 사진에 끼고 싶었을 것이다. 돌격 작업반이 장비를 가지고 일하는 모습도 있다(도판 28). 우리 가 우리들의 힘만으로 모든 것을 끙끙대며 옮겼다는 것은 사 실이 아니다! 만약 문화 교육부에 전시된 수용소 화가들의 작 품을 믿는다면(도판 29, 30) 이런 기계들이 운하 건설 현장에 서 사용되고 있었다. 굴착기, 크레인, 트랙터. 그것들은 제대 로 작동하고 있었을까? 어쩌면 고장 나 있었을지도 모른다. 그게 더 가능성이 크다. 일반적으로 생각할 때 겨울에는 야외 건설 현장의 날씨가 그렇게 포근하지만은 않지 않은가?

그런데 하나의 작은 문제가 있었다 — 〈백해 운하 완공 뒤

39 이 사진들은 아베르바흐의 책에서 가져온 것이다. 그는 꿀라끄나 해독 분자의 사진은 없다고(즉 우수한 농민이나 지식인은 없다고) 강조하고 있다. 명백한 것이지만, 〈그들의 시대는 아직 오지 않았다〉. 아, 영원히 오지 않을 것 이다. 죽은 사람을 되살릴 수는 없으니까.

에, 여러 신문에 지나치게 많은 찬탄의 기사가 실리는 바람에, 공포에 떨게 하는 수용소의 작용을 마비시켜 버렸다……. 백해 운하의 일을 너무나 잘 썼기 때문에, 볼가-모스끄바 운하로 오는 사람들은 양쪽 기슭 사이로 우유가 흐르는 강을 기대하여, 당국에 《실현 불가능한》 요구를 내걸었다.〉 (아마 그들이 깨끗한 속옷을 요구한 것이 아닌가?) 그러니까 거짓말을 해도 지나치게 해서는 안 된다. 〈우리들 머리 위에는 지금도 백해 운하의 깃발이 휘날리고 있다〉라고 『뻬레꼬쁘까』는 쓰고 있다. 됐다. 그것으로 충분하다.

더욱이 백해 운하와 볼가 운하에서 다음과 같은 것을 알 수 있었다. 그것은 〈수용소 내의 경쟁과 돌격 작업 운동은 《보상의 모든 체계》와 결부되어, 그 보상이 돌격 작업 운동을 《촉진》하지 않으면 안 된다.〉 〈경쟁의 중요 기반은 이윤 원리에 있다.〉 (?! ─ 이게 지금 무슨 말일까? 동쪽에서 서쪽으로 방향을 전환한 것일까? 180도 전환인가? 이것은 도발이다! 손잡이를 꽉 잡아라! 열차는 더 전진한다!) 그래서 다음과 같은 제도가 생겼다. 즉, 모든 것은 생산 지수에 의존하게 된다. 식사도! 주거도! 의복도! 속옷과 목욕하는 날도! (그래, 그렇다. 일을 잘 못하는 자는 누더기를 걸치고 이에 물려야 해!) 기한 전의 석방도! 휴식도! 면회도! 예를 들면 돌격 작업반원의 배지를 주는 것은 ─ 순수한 사회주의적 형태의 권장이라 하겠다. 그런데 그 배지가 예정 외의 긴 면회를 할 권리를 준다! 이것만으로도 이 배지는 배급 식량보다 더 소중한 것이 된다.

〈소비에뜨 헌법에 사회에서 《일하지 않은 자는 먹지 말라》는 원칙이 적용되어 있다면, 어찌하여 수용소에 있는 사람을 《우대》할 필요가 있겠는가?〉 (수용소 조직의 가장 어려운 점은 ─ 수용소는 특권이 있는 장소가 되어서는 안 된다는 것이다!) 드미뜨 수용소의 척도는 이것이었다 — 징벌의 식량은 지저분한 물과 빵 3백 그램. 백 퍼센트의 작업 수행은 빵 8백 그램과 매점에서 1백 그램을 〈더 살 수 있는〉 권리를 가진다! 이렇게 되면 규율의 준수는 이기적 동기(배급 식량을 더 많이 받고 싶은 마음)에서 시작하여 적기 배지를 획득했다는 사회주의적 관심으로 〈높아져 간다!〉)[40]

그러나 가장 중요한 것은 형기 감축! 형기 감축이다! 경쟁 본부는 죄수에게 고과표를 교부한다. 형기 감축을 위해서는 초과 수행뿐만 아니라, 〈사회적 활동〉도 필요하다! 과거 비근로 분자였던 자에게는 형기 감축을 최소화시킨다. 아주 적은 감축만 인정한다. 〈그런 자는 실제로 교정되는 것이 아니라, 그저 그런 척을 하는 것뿐이다! 그는 《오래》수용소에 있으면서 자신의 교정 상태를 증명해야 한다.〉(예를 들어, 그 사람이 손수레를 언덕길로 밀어 올린다고 해도 아마 실제 일하는 것이 아니라, 다만 하는 체하는 것이 아닐까?)

그리고 기한 전에 석방된 자는 무엇을 하고 있는가? 그들은 〈자기 의사에 의해 남았다!〉 그들은 너무나 운하가 좋았다. 그래서 떠나지 못한다(도판 31)! 〈그들은 지나치게 열중한 나머지, 석방되고도 건설이 끝날 때까지 토목 공사에 종사하여 운하에 《자발적》으로 남았던 것이다!〉(이 저자를 믿을 수 있겠는가? 물론이다. 그들의 신분증에는 〈OGPU의 수용소에 들어간 사실이 있음〉이라는 스탬프가 찍히니까. 이러한 스탬프가 있으면, 이제 어디를 가나 직업은 못 가진다.)[41]

그런데 이것이 어찌 된 일일까? 종달새가 지저귀듯 소리 내

---

40 아베르바흐는 자기 사생활에서는 아마 제2단계에서부터 시작했을 것이다.

41 I. L. 아베르바흐, 『범죄에서 노동으로』, p. 164.

던 기계가 고장 났다. 기계가 멈추고 있는 사이에, 우리는 정말 지친 호흡 소리를 듣는다. 〈도적의 세계마저도 경쟁에는 60퍼센트만이 참가했다(도적들도 경쟁하지 않은 것이 아쉽다). 수용소 사람들은 때로는 특권이나 포상이 부당하게 수여된다고 해석하고 있다.〉〈고과표는 판에 박힌 것이다.〉〈고과표에 의하여 도처에(!) 당직이 흙 파기 돌격 작업반원으로 통하며, 돌격 작업반원으로서 형기를 감축받는다. 그런데 실제의 돌격 작업반원은 형기를 감축받지 못한다.〉[42] — (결국 교육계들이여, 제2단계로 오르지 못한 것은 당신들이 아닌가!) 〈많은 사람들이(!) 절망감을 느낀다.〉[43]

소음이 다시 들렸다. 금속음을 동반하여! 가장 중요한 권고를 잊었는가? — 〈가혹한 가차 없는 징계의 실시!〉 1933년 11월 28일 자의 OGPU의 명령서(이것도 겨울이 가까워졌을 때, 서서 가만히 있지 못하게 하려고!) 〈고쳐질 가망이 없는 게으름뱅이와 꾀병 환자 전원을, 전면적으로 특권을 박탈하여, 멀리 북방 수용소로 보낼 것. 악질적인 작업 출동 거부자와 선동가

---

42 모두가 뒤죽박죽이 되어, 때로는 포상마저 엉터리로 되는 수가 있다. 아르한겔스끄의 한 수용소에서 빠라모노프라는 대장장이가 뛰어난 작업 덕분에 10년의 형기 중 2년 정도 감형되었다. 그런데 그의 8년 형기의 종료가 마침 전쟁 중이었다. 그래서 〈제58조 대상〉으로서 그는 석방되지 못하고, 〈특별(또 특별이다!) 명령이 있을 때까지〉 수용소에 남기로 했다. 전쟁이 끝나자마자, 빠라모노프와 같은 사건으로 갇혔던 사람들 전원이 10년 형기를 살고 석방되었다. 그러나 빠라모노프는 다시 1년 형을 복역했다. 검사가 그의 탄원서를 조사했지만 결국 아무것도 되지 않았다 — 〈특별 명령은《군도》전역에서 여전히 효력을 발휘하고 있었기 때문이다.〉

43 1931년 제5차 사법 기관 회의에서 이 모순을 비난한 것도 무리가 아니다 — 〈광범위하고 정당한 이유 없는 형기 전 가석방과 형기 감축의 적용은…… 재판소의《판결의 비정당성》으로, 형사적 탄압의《효과 감소》로, 더욱이《계급적 노선》의 왜곡화로 이끌게 된다.〉

는 수용소 협의회의 재판에 회부할 것 ― 이미 획득한 특권이나 특전의 모든 것을 박탈할 것.〉(예를 들어 모닥불 곁에서 불을 쬐려는 것까지도…….)

그리고 또한 우리는 가장 중요한 요소를 놓쳤다. 이런, 죄다 말하면서 가장 중요한 것은 빠뜨리다니! 들어 보라!《집단성》은 소비에뜨 교정 노동 정책의 원칙이며 방법이다.〉〈당국이 대중에게 통하는《전동 벨트》가 필요하다!〉〈집단에 입각하여 비로소 많은 인원이 있는 수용소 당국이 죄수들의 의식 개조를 행하는 일이 가능하게 된다.〉〈집단 책임의 차원이 낮은 형태에서 차원이 높은 형태까지, 즉 명예 문제, 영예 문제, 헌신적 행위와 영웅적 행위의 문제까지!〉(우리는 곧잘 우리의 언어를 시간의 경과와 더불어 퇴색하고 있다고 비난하기 쉽다. 하지만 잘 생각해 보면 ― 그렇지 않다! 언어는 고상해지고 있다. 옛날 마부의 말로〈말고삐〉가 지금은 전동 벨트다! 옛날의 연대 보증이란 말은, 마구간 냄새가 풍긴다. 하지만, 지금은 ― 집단 책임이다!)

〈작업반은 재교육의 기본적 형태다〉(드미뜨 수용소에 보낸 명령서, 1933년).〈그것은 자본주의 체제하에서는 불가능한《집단으로의 신뢰》를 의미한다!〉(그러나 봉건 시대에는 충분히 가능했다. 왜냐하면 마을 사람 하나가 과실을 저지르면, 전 마을 사람을 벌거벗겨서 채찍질했다! 어쨌든 고상한 용어다 ― 집단으로의 신뢰라니).〈그것은 재교육 문제에 있어서의 수용소 사람들의《독자적 활동》을 의미한다!〉〈그것은 개인이 집단에서 얻을 수 있는 심리적 충실〉이다! (대단한 말이다! 이〈심리적 충실〉이라는 용어가 우리의 감격의 눈물을 재촉한 것이다! 그야 물론 학식 있는 사람만이!)〈집단은 각 죄수들에게 인간의 존엄성을 높이고(그렇지, 그래!), 그것으로

도덕적 억압의 제도적 도입을 저지한다.〉

그래, 말하자면, 아베르바흐보다 30년이 늦게 이 작업반에 대하여 한마디 보태게 된 것이 나의 운명이다. 내가 한 일은 그 시스템이 어떻게 돌아가느냐 하는 것인데, 사람들은 내 말을 완전히 반대로 이해하거나 왜곡시켜 받아들이곤 했다. 〈작업반은 공산주의가 형벌학에 기여한 중요한 공헌이다(그것은 사실이다. 아베르바흐도 그렇게 말했다).…… 그것은 집단적 유기체이며, 가차 없이 강제된 공생 상태에서의 생활, 작업, 식사, 수면, 고통인 것이다.〉[44]

아, 작업반만 없다면 수용소 생활도 견딜 수 있을 텐데! 작업반만 없다면 사람이 그래도 인격을 지닐 수 있는데. 하지만 작업반에 들어가면 끝내 비겁한 죽음이나, 굴욕으로 죽을 뿐이다. 소장, 감독, 교도관, 호송병 — 이들로부터 숨어서, 그 눈을 피해 순간의 휴식을 가진다. 무엇을 잡아당길 때는 힘을 쓰지 않거나 물건을 집어 올릴 때 조금 쉴 수가 있다. 그러나 〈전동 벨트〉, 즉 같은 작업반의 동료로부터 숨을 수도 없고, 도움도 없고, 용서도 없다. 일을 〈하고 싶지 않다〉는 기분조차 일으키지 못한다. 자기는 정치범이기 때문에 일을 하느니 차라리 죽겠다고 해도 그럴 수 없다. 일단 수용소에서 나가면, 즉 작업에 나갔다고 등록되면, 그날 작업반이 수행한 작업 총량은 이미 25로 나누는 것이 아니라, 26으로 나눈다. 그리하여 자기가 태만했기 때문에 작업반 전체의 노르마 달성이 123퍼센트에서 119퍼센트로 떨어진다. 그것은 기록 달성 식사에서 보통 식사로 전락되는 것을 의미하여, 작업반 전원이 껍질을 벗긴 수수 두 줌과 빵 1백 그램씩을 잃게 되는 것이다. 그러니까 동료는 어느 교도관보다도 확실히 당신을 감시하는 것이

44 에른스트 파베우, 「생존의 승리」, 『더 네이션』, 1963년 2월호.

다! 아니, 반장의 주먹은 NKVD의 형벌보다 몇 배나 무섭다.

이것이 바로 〈재교육에서의 독자적 활동〉이다! 이것이 〈개인이 집단에서 얻을 수 있는 심리적 충실〉인 것이다!

이제 유리 속을 들여다보듯이 분명하지만, 그러나 볼가 운하의 조직자들은 자기들이 얼마나 확실한 개목걸이를 발견했는지 아직 믿으려 하지 않는다. 그들은 〈작업반〉을 남의 눈에 띄지 않는 구석으로 쫓아 버리고, 〈노동 집단〉만을 최고의 명예와 권력으로 보았다. 1934년 5월이 되어도 아직 드미뜨 수용소의 죄수 절반이 〈미조직〉인 채로 있고, 그들은…… 노동 집단으로의 〈입단을 허락하지 않았다〉! 그들이 〈노동조합〉에 가입하는 것은 허락되었다. 그것도 전원이 아니었다. 신부들, 여러 종파의 신도들, 그리고 일반의 믿음이 깊은 사람을 제외한 사람만이 허락되었다. (종교를 포기한다면 ─ 그만큼의 가치가 있는 게임이다! ─ 한 달의 시험 기간을 두고 받아들였다!) 〈제58조〉 해당자를 노동 집단에 겨우 가입시키게 된 것은, 그래도 5년 이하의 짧은 형기의 사람에 한정시켜였다. 노동 집단에는 의장과 평의회가 있고, 민주주의는 아주 제멋대로였다. 노동 집단의 집회는 문화 교육부의 허가를 얻고, 또 중대(또 중대도 있었다!)의 교육계가 출석한 장소에서만이 개최되었다. 당연한 일이면서, 노동 집단은 다른 쓰레기 녀석들에 비하면 양질의 식사를 받았다. 가장 좋은 집단에는 수용소 구내의 밭을 할당하기도 했다(개개인이 아니라, 집단 농장식으로 모두에게, 즉 전체 식사량의 보충으로). 노동 집단은 다시 몇 개의 부로 나눠서, 자유로운 시간이 있을 때마다 생활 양식의 조사라든가, 국유 재산의 절취 혹은 탕진 등의 검토나, 벽신문의 편집, 규율 위반의 검토 등을 했다. 노동 집단의 집회에서는 거창하게 몇 시간에 걸쳐서 이런 문제를 검토한다 ─

게으름뱅이 보프까를 어떻게 〈재단련〉할 것인가? 꾀병 환자 그리시까를 어떻게 할까? 노동 집단은 스스로 그 구성원을 제명할 권리를 가지고, 구성원의 〈형기 단축의 취소를 제안〉할 권리를 가지고 있다. 그것보다도 엄하고 극적인 형벌은, 당국이 〈범죄적 전통을 버리지 못한〉 (즉, 집단생활에 익숙지 않은) 노동 집단을 전적으로 해산시키는 것이었다. 그러나 가장 재미있는 것은 노동 집단의 정기적인 〈숙청〉이었다 — 게으른 놈들, 구성원의 자격을 갖추지 못한 사람들, 수다쟁이(노동 집단을 서로 스파이 짓 하는 조직이라고 지껄이는 놈들), 잠적한 계급의 적의 앞잡이들을 배제시켰다. 예컨대, 누군가 이미 수용소에 있으면서, 자기가 꿀라끄 출신이라는 사실(바로 그것 때문에 그가 수용소에 잡혀 왔는데)을 감춘 것이 탄로 나자 — 그는 낙인이 찍혀 배제되는 것이다. 수용소에서가 아니라, 노동 집단에서 배제되는 것이다(리얼리즘 화가들이여! 아, 이런 광경을 그려 주시오 — 〈노동 집단의 숙청〉! 그 벗겨진 머리, 그 조심성 있는 얼굴 표정, 그 지친 얼굴, 그 몸에 걸친 누더기 — 또한 그 원한에 찬 연설자들! 여기 노동 집단의 전형적인 예가 있다(도판 32). 자유인들의 사회에서도 같은 일이 있고, 중국에서도 그랬다). 이 말을 한번 들어 보라. 〈미리 각 죄수에게 《숙청의 과제와 목적이 설명되었다. 그리고 전부를 앞에 놓고 집단의 각 구성원이 보고를 했다!》〉[45]

그리고 또 〈가짜 돌격 작업반의 폭로〉도! 문화 평의회원의 선거도! 자기의 문맹 퇴치에 열성이 없는 자에 대한 질책!

---

[45] 이 장에서 별도의 표시가 없는 인용은 모두 아베르바흐의 책에서 나온 것이다. 그러나 나는 때로는 서로 다른 위치의 문구를 결합하거나, 참을 수 없는 긴 소리를 생략했다. 그로서는 학위 논문이기 때문에 분량을 불려야 했겠지만, 우리에게는 그럴 여유가 없다. 하지만 의미를 왜곡한 곳은 없다.

문맹 퇴치 수업도 있다. 〈우리는 노예가 아니다! 노예는 우리가 아니다!〉 또 이 노래는 어떤가?

> 이 습지와 저지대의 나라는
> 우리의 행복한 조국이 된다.

혹은 또 시인 니꼴라이 아세예프 자신이 좋아하는 글귀도 있다.

> 우리 운하군 병사는 무서운 사람들,
> 하지만 본성은 그렇지 않아요.
> 바른 길로 인도하려고
> 위대한 시대는 우리를 가르쳤네.

혹은 자생 아마추어 극단의 가슴속에서 우러나오는 노래도 있다.

> 아무리 멋있는 노래를 부른다 해도
> 말로 다할 수 없고, 노래로 다할 수 없는
> 세상에서 제일 아름다운 나라.
> 너와 내가 살고 있는 나라.[46]

이와 같은 것을 수용소의 말로는 〈활동 분자인 양〉이라 말한다.
아! 이런 곳에서 고통을 당하면, 기병 대위 꾸릴꼬도, 그 단

---

46 드미뜨 수용소의 가요집, 1935년. 이런 음악은 〈운하군 음악〉이라고 불렸으며 작곡가도, 심사위원도 있었다. 쇼스따꼬비치, 까발레프스끼, 셰흐쩨르……

순하고 짧은 총살의 길도, 솔로프끼섬의 공공연한 불법 상태도 그립게 느껴지며, 눈물이 흐르게 된다.

주여! 이 지난 과거를 우리는 어느 운하의 밑바닥에 파묻어야 합니까?

제4장

군도가 잔혹해지다

　역사의 시계는 계속 시간을 알리고 있었다.

　1934년, 당 중앙 위원회와 중앙 통제 위원회의 1월 총회에서(그때 이미 몇 명의 인원을 곧 처치하지 않으면 안 되겠다고 생각하면서) 〈위대한 지도자〉는 다음과 같이 선언했다. 〈국가의 소멸은(이미 1920년부터 기대해 온 것이지만)⋯⋯ 국가 권력을 최대한으로 《강화》시킴으로써 실현될 수 있다!〉

　이것은 너무나도 갑작스러운 천재적인 발언이었기 때문에 모든 평범한 정신의 소유자들이 제대로 이해할 수는 없었다. 그러나 비신스끼는 부하로서의 자기 입장을 이해하고 잽싸게 그 말을 받아들였다. 〈즉, 그것은 교정 노동 시설을 최대한으로 견고하게 만드는 것이다.〉[1]

　형무소를 최대한으로 견고하게 함으로써 사회주의로 들어갈 수 있다! 이것은 어느 풍자 잡지가 꼬집은 말이 아니라, 소련의 검찰 총장의 발언인 것이다. 결국 〈가혹한 조치〉는 예조프(1937년 숙청의 장본인) 없이도 준비되었던 것이다.

　어쨌든 제2차 5개년 계획이 도래했다. 대체 그것을 기억하고 있는 사람이 있을까? (우리 나라 사람들은 제대로 기억하

---

　1 논문집 『형무소에서 교육 시설로』, 서문.

지 못하는 습성이 있다! 기억, 특히 안 좋은 일을 기억 못 하는 것은 러시아인의 최대 약점이다.) 제2차 5개년 계획의 빛나는 여러 가지 과제(오늘날까지도 실현을 보지 못하고 있는) 속에는 다음과 같은 것도 들어 있었다. 〈사람들의 의식 속에서 자본주의의 잔재를 근절할 것〉, 즉 이러한 근절을 1938년까지 종결시키지 않으면 안 되었던 것이다. 한번 생각해 보기 바란다. 도대체 무슨 방법으로 이들 잔재를 그토록 빨리 근절할 수 있다는 말인가.

〈제2차 5개년 계획을 실천에 옮길 무렵, 소련에서 자유를 박탈당한 자들의 감금지는 결코 그 의의를 잃어버리기는커녕, 오히려 강화되고 있다〉(얼마 안 가서 수용소는 완전히 사라지고 말 것이라는 꼬간의 예언이 있은 지 1년도 되지 않았을 때인데도. 그러나 꼬간은 1월 총회를 몰랐던 것이다!) 〈사회주의로 들어가는 시대에 교정 노동 시설은 프롤레타리아 독재의 무기로서, 탄압의 기관으로서, 또 강제와 교육(강제라는 어휘가 벌써 선행하고 있다!)의 수단으로서 그 역할을 더욱더 《증대하고 강화》시키지 않으면 안 된다.〉[2] (그렇게라도 하지 않으면 NKVD의 지도부는 사회주의가 되는 날, 사라져 버리기라도 한다는 말인지?)

우리 나라의 〈진보적인 이론〉이 실천적인 면에서 뒤지고 있었다고 핀잔할 사람은 없을 것이다. 이 모든 사실이 대낮처럼 선명히 쓰여 있는데도, 우리는 그것을 읽을 수 없었던 것뿐이다. 1937년 대숙청의 해는 공공연히 예언되고 이론으로 뒷받침되고 있었던 것이다.

이리하여 그 털북숭이 손에 의해서 자질구레한 장식물들이

---

2 같은 책, p. 449. 저자 중의 한 사람은 수용소 관리 본부의 새로운 본부장이었다.

일망타진되었다. 노동 집단이라고? 금지해 버려! 작업반보다 좋은 것은 생각해 낼 수도 없어. 뭐, 정치 좌담회라고? 집어치워! 죄수들은 노동을 위해 보내는 거야. 정치의 이해 같은 것은 필요 없어. 우흐따에서 〈조립식 판자 침상의 철거〉를 선언했다고? 그건 정치적인 오산이야! 아니, 용수철 달린 침대에라도 눕게 해달라는 말인가? 판자 침상을 두 배로 늘려 쑤셔 넣도록 해! 뭐, 형기 감축이라고? 형기 감축이라는 것부터 무엇보다 먼저 폐지해야 해! 재판에서 정해 준 형기를 제대로 지켜야지. 그럼 형기 감축을 이미 받은 자들은 어떻게 하지? 무효로 만들면 돼(1937년)! 어떤 수용소에서는 아직도 면회를 허용하고 있다던데? 전적으로 금지시켜. 어느 형무소에선 형무소 밖에서 장례를 치르라고 신부의 시체를 내주었다더군? 아니, 정신들이 나갔나. 그건 반소비에뜨 데모의 구실을 주는 거지 뭔가. 그 책임을 물어 본보기로 처벌을 하는 거야! 그리고 이렇게 설명을 하도록 해. 죽은 자의 시체는 수용소 관리 본부의 것이고, 그 무덤은 극비라고 말이야. 죄수들을 위한 직업 기술 훈련소도 폐지해 버려! 그런 것은 바깥세상에서나 배우는 거야. 전 러시아 집행 위원회라는 것은 또 뭐야? 그따위는 집어치워! 깔리닌의 서명이 들어 있다고? 이제는 GPU가 아니라, NKVD란 말이야. 바깥세상에나 나가서 마음대로 공부하라고 해. 그래프와 도표는? 그런 것은 벽에서 뜯어 버려. 벽을 하얗게 칠하는 거야. 아니, 칠할 것까지는 없어. 이것은 또 무슨 계산서지? 뭐 죄수들의 급료라고? 감금지 관리 본부의 1926년 11월 25일 자의 회담에 따라, 국가 공업 부문의 동일 자격을 가진 노동자 보수의 25퍼센트라니? 닥쳐! 그런 것은 찢어 버려! 그렇게 안 하면 너희들의 급료까지 몰수해 버릴 테다! 죄수들에게 급료를 주다니, 무슨 말을 하는 거야! 총살당하지 않은 것만 해도 감사해야 할 판인데. 1933년에 제정한 교정 노동 법전이라고? 그런 것은 영원히 잊어버려. 모든 수용소의 금고에서 꺼내 없애 버리는 거야! 〈전 소비에뜨 연방 노동 법전의 어떠한 위반도…… 전 소비에뜨 연방 노동조합 중앙회의 합의를 얻었을 때에 한한다니?〉 우리가 전 소비에뜨 연방 노동조합 중앙회에 출두해야 한다는 말인가? 노동조합 중앙회 따위가 뭔데? 돼먹지도 않은 소린 작작하라고 해! 제75조 —〈중노동의 경우는 배급 식량을 늘릴 것?〉 아니, 그 반대로 해! 경노동의 경우는 식량을 줄일 것. 그래, 그렇게 하는 거야. 그렇게 하면 자금도 축나지 않을 테니까.

수백 가지의 조항으로 장식되었던 교정 노동 법전은 마치 상어가 삼켜 버리기라도 한 듯이 흔적도 없이 사라지고 말았다. 그리고 그 후 25년간 누구 하나 그것을 본 자도 없었고 또 그런 명칭이 있다는 것조차 아는 사람도 없었던 것이다.

군도를 뒤흔들어 보니, 이미 솔로프끼섬 시대부터도 그랬지만, 특히 운하 시대에 이르러 수용소 기구 전체가 말할 수 없이 혼란 상태에 빠지고 있다는 것이 확인되었다. 그래서 이제 그 약점을 없애기로 한 것이다.

우선 경비가 제 역할을 다하지 못하고 있었다. 그것은 전혀 수용소 경비답지가 않았다. 보초들은 밤에만 망루 위에서 망을 보았다. 단 한 명의 비무장 위병이 당직 근무를 하고 있으므로, 그를 설득하여 잠시 안으로 들어갈 수도 있었다. 구내의 등불은 석유 등잔만 허용하고 있었다. 수십 명의 죄수들을 작업장으로 데리고 갈 때도 단 한 사람의 병사가 호송해 갔던 것이다. 따라서 이제부터는 구내 주위에 전기 조명을 시설하기로 했다(정책적으로 믿을 수 있는 전기 공학자들과 기술자들을 확보해서). 경비병들은 보병 법규와 군사 교육을 받았다. 필수 근무 요원에 경비견이 배당되고, 사육사와 훈련사들이 할당되어 별개의 법규가 주어졌다. 그리하여 마침내 수용소는 완전히 현대적인 모습, 우리가 잘 알고 있는 지금의 모습으로 변모해 버리고 만 것이다.

지금은 수용소가 어떻게 더 엄격해지고 빡빡해졌는지 그와 관련된 일상생활의 세목을 열거할 계제가 아니다. 바깥세상에서 아직도 군도를 관찰할 수 있었던 구멍들이 꽤 많이 발견되었었지만, 지금은 이 모든 연결이 단절되고 그 구멍들도 폐쇄되고 말았다. 그리고 마지막까지 살아남았다고 하는 〈감시 위원회〉도 추방되고 말았다.[3] 때를 같이하여, 수용소의 〈팔랑

3 이것이 어떤 것이냐 하는 설명을 이 책의 다른 곳에 실을 만한 적당한 장소를 찾을 수 없기 때문에 부득이 여기 싣기로 한다. 이 긴 주석은 호기심이 왕성한 독자들에게 도움이 될 것이다.

위선적인 부르주아 사회는 감금지의 상태와 죄수들의 교정 과정을 감시할 필요가 있다고 생각했다. 제정 러시아 시대의 〈죄수들의 물리적, 정신적 환경의 개선을 목적으로 한 형무소 자선 단체〉는 형무소 자선 위원회와 죄수 보호 협회였다. 사회의 각계각층의 대표자로 구성되어 있던 감시 위원회는 미국의 형무소에서 1920년대와 1930년대에 이미 커다란 권한을 갖고 있었다 — 거기에는 기한 전의 석방까지도 포함되고 있었다(이것은 청원에 의해서가 아니라, 재판을 거치지 않은 석방 그 자체를 뜻한다). 그러나 우리 나라의 변증법을 신봉하는 법학자들은 명확히 이렇게 반론하고 있다. 〈그들의 위원회가《어떤 계급》의 대표자로 구성되어 있는가를 잊어서는 안 된다. 그들은 자기의 계급적 이해에 입각해서 결정을 내리고 있다〉라고.

우리 나라의 경우에는 사정이 아주 다르다. 최초의 수용소를 만든 1918년 7월 23일부터 제1호 〈임시 지령〉은 각 주 징벌부 소속의 〈할당 위원회〉의 설치를 규정하고 있었다. 이들 위원회가 할당받고 있었던 것은 유죄로 인정받은 모든 사람들이었다. 이미 초기 러시아 공화국에서 정해져 있던 7종의 자유 박탈형에 의해서 유죄로 인정받은 사람들을 할당받고 있었던 것이다. 〈재판소의 대행과도 같은 이 사업은 매우 중대한 일이었기 때문에 1920년의 보고서 속에서 법무 인민 위원회는 할당 위원회의 활동을 〈징벌 정책의 중추 신경〉이라고 불렀을 정도였다. 이 구성은 매우 민주적이었다. 예를 들어 1922년에는 〈뜨로이까〉였다 —NKVD의 주 본부장, 주 재판소의 간부 위원과 그 주의 자유 박

기(집단)는 ── 이름에 사회주의적 색채가 없지 않았지만 ──
1937년에 프랑코의 팔랑헤당과 구별하기 위해 〈꼴론니(종
대)〉로 개칭되었다. 지금까지는 일반 사업이나 계획의 달성
을 위해 일정한 양보를 해오던 수용소 보안부는 이제 어떤 생
산 사업이나 임의의 전문 요원들을 희생해 가면서까지 독자
적인 지도 체제를 장악한 것이다. 그러나 수용소의 문화 교육
부는 해체되지 않았다. 밀고를 수집하고 밀고자를 호출함에

탈자 수용지 관리 국장이었다. 그 후에는 주 노동 감독국과 주 노동조합 평의
회로부터 한 사람씩 추가되었다. 그러나 이 위원회는 이미 1929년경에는 매우
큰 불만의 대상이 되고 말았다. 계급적 이질 분자에 대하여 기한 전 석방과 특
권을 적용했기 때문이다. 〈그것은 NKVD 지도부의 우익 기회주의 노선이었
다.〉 그것으로 말미암아 바로 그 〈위대한 정변〉의 그 해에 할당 위원회는 폐지
가 되고, 그 대신 〈감시〉 위원회가 설치되었다. 그 위원장에는 〈재판관〉들이 임
명되고, 위원에는 수용소장, 검사와 사회의 대표, 즉 〈감독관〉, 〈경찰관〉, 지구
집행 위원회와 공산 청년 동맹의 대표가 임명되었다. 우리 법학자들이 명확히
말하듯이, 〈어느 계급으로부터······ 라는 것을 잊어서는 안 된다〉······. 아, 실례,
벌써 이 말을 인용했구나······. 감시 위원회에 맡겨진 업무는 다음과 같은 것이
었다 ── NKVD로부터는 형기 감축과 기한 전 석방에 대하여, 전 러시아 중앙
집행 위원회(즉, 의회)로부터는 산업 재정 계획 수행을 감시하는 것이었다.

바로 이 감시 위원회는 제2차 5개년 계획이 시작될 때 해산되고 말았다. 솔
직히 말해서, 이 기간에 없어졌다고 하여 죄수들 중 아무도 손해를 본 사람은
없었다.

계급에 대한 이야기가 나온 김에 조금만 더 이야기를 하도록 하자. 바로 그
〈논문집〉 저자들 중의 한 사람인 셰스따꼬바라는 여인은 1920년대와 1930년
대 초기의 자료에 입각해서 〈부르주아 형무소와 우리 나라 형무소의 사회적
구성의 유사성에 대하여 이상한 결론에 도달했다〉. 무엇보다도 그녀 자신이
놀란 것은 그쪽에서도 이쪽에서도······ 근로자들이 투옥되고 있다. 물론, 여기
에는 그 어떤 변증법적인 설명이 있을 테지만 그녀는 그것을 찾아내지 못했다.
나 자신이 여기에 보충을 한다면, 〈이 이상한 유사성〉은 1937년에서 1938년
에 걸쳐 어느 정도 문란해졌다. 높은 고관 자리에 있던 사람들이 수용소로 밀
려들고 있을 때였기 때문이다. 그러나 얼마 안 가서 그 비율은 전과 같아졌다.
전시와 전후의 수백만을 헤아리는 죄수의 흐름은 순전히 〈노동 계급〉으로 형
성되었던 것이다.

153

있어서, 교육부를 이용하는 것이 편리했기 때문이다.

이렇게 군도의 주위에는 철의 장막이 내려졌다. NKVD의 장교나 하사관들 이외에는 누구 하나 수용소의 정문을 더 이상 드나들 수 없게 되었다. 균형 잡힌 질서가 확립되고, 이윽고 죄수들 자신도 그것을 유일하게 적합한 것으로 생각할 정도로 익숙해졌다. 그리고 우리도 이 책에서 그런 식으로 기술할 생각이다 — 〈재교육〉보다는 오히려 〈노동〉에 중점을 둔 질서를.

그리고 바로 그때, 늑대가 이빨을 드러낸 것이다! 바로 그때 군도의 심연이 아가리를 벌린 것이다!

〈통조림 깡통으로 만든 신발을 신겨서라도 일터로 내보내겠다!〉

〈철도 침목이 모자라면, 그 대신 네놈을 깔아 주마!〉

그리고 바로 그때였다 — 세 번째 차량마다 지붕 위에 기관총을 배치한 화물 열차로 시베리아를 횡단하여 운반되어 온 〈제58조〉 해당자들이 수용소의 구덩이 속에 (좀 더 확실히 감시하기 위해) 쑤셔 넣어진 것은. 2차 대전의 최초의 총성이 아직 울리기도 전에, 유럽 각지에서는 아직도 신나게 폭스트롯을 추고 있을 때, 마린스끼 예비 형무소(마린스끼의 여러 수용소 내의 중계 형무소)에서는 이를 잡아 죽일 여유도 없어서 빗자루로 이를 옷에서 털어 버리고 있었다. 그때 티푸스가 만연하여 1만 5천 명의 시체를 도랑 속에 던져 버렸다 — 꼿꼿이 굳어 구부러진 벌거숭이 시체, 그나마 절약하기 위해 바지까지 벌거벗긴 채. (블라지보스또끄 중계 형무소에서 발생한 티푸스에 대해서는 이미 언급한 바 있다.)

수용소군도는 과거에 얻은 습성 중에서 단 한 가지만은 버리지 않고 있는 것이 있었다. 그것은 무뢰한과 파렴치범들을 고무시키는 일이었다. 파렴치범에게는 수용소에서 전보다 더 높은 〈지도적인 지위〉가 부여되었다. 수용소 당국은 그 전보다 더 파렴치들로 하여금 〈제58조〉 죄수들에게 달려들게 하고, 그들을 때리게 하고, 그들의 목을 조르게 했다. 도둑들은 수용소에서의 경찰, 나치의 돌격대와 같은 존재가 되었다. (전쟁 중에는 많은 수용소에서 감시부를 폐지하고, 그 기능을 구내 사령부에 위임했다. 즉, 〈개로 화한 도둑들〉, 개들에게 기능을 맡긴 것이다. 그리하여 개들은 감시부보다도 훌륭히 일을 수행했다 — 그들에게는 얼마든지 때릴 수 있는 특권이 부여되어 있었기 때문이다.)

1938년 2월에서 3월에 걸쳐 NKVD의 상부로부터 〈죄수들의 수를 경감시켜라〉라는(물론, 그것은 석방을 뜻하는 것은 아니다) 비밀 지령이 내려졌다는 말이 있다. 이 말이 신빙성이 있다고 나는 생각한다 — 수용 시설도 없었고, 의복도 식량도 없었으므로 이것은 지극히 당연한 지령이었다. 수용소 군도는 지쳐 빠져 있었던 것이다.

피부병을 앓고 있던 죄수들이 너저분하게 땅에 쓰러져 썩어 가기 시작했던 것도 바로 그때였다. 휘청거리며 가까스로 발을 옮겨 놓는 죄수들을 향해 호송대장들이 기관총의 조준의 정확성을 시험하게 된 것도 그때였다. 아침마다 위병들이 죽은 사람들을 끌고 가서 위병소 옆에 장작더미처럼 높이 쌓아 올린 것도 그때였다.

〈군도〉 중에서도 추위와 잔인성의 극지랄 수 있는 꼴리마에서는 역시 극지답게 그 변화도 난폭했다.

이반 세묘노비치 까르뿌니치브라벤(전에 40사단장과 12군단장을 역임했고, 그 여러 가지 수기를 완성하지 못한 채 최근에 작고한 사람)이 회상한 바에 의하면 꼴리마 지방에서는 가장 잔혹한 식사와 작업 및 형벌 제도가 확립되어 있었다. 죄수들은 굶주리다 못해 자로시 온천에서 말의 시체를 먹었다. 그것은 6월의 무더위 속에 일주일이나 방치되고 있어서, 악취는 물론이고 파리와 구더기가 새까맣게 들끓고 있는 것이었다. 우찌니 채금장에서는 손수레용으로 운반되어 온 끈적끈적한 윤활제를 반통이나 먹어 버렸다. 밀가에서는 사슴들처럼 이끼를 먹었다. 눈이 많이 내려 언덕길이 막힐 때 멀리 떨어진 채금장에서는 하루 1백 그램의 빵밖에 지급되지 않았고, 그때까지의 부족한 양을 보충해 주는 일은 한 번도 없었다. 걸음을 옮길 수 없는 수많은 폐인들을 아직은 그래도 걸음을 옮길 수 있는 폐인들이 썰매에 태워 작업장으로 끌고 갔다. 미처 따라가지 못하는 죄수들은 곤봉 세례를 받고, 경비견에 물어뜯겼다. 영하 45도의 작업장에서도 불을 지피거나 몸을 녹이는 것이 금지되고 있었다(그러나 파렴치범들에게는 허가되고 있었다). 까르뿌니치 자신은 2미터나 되는 철제 착암기로 손수 바위에 구멍을 뚫기도 하고, 영하 50도라는 혹한 속에서 토탄(土炭)을 썰매로 운반하는 일도 체험했다. 이 썰매에는 네 사람의 죄수들이 매달리고, 다섯 번째에는 〈계획 수행의 책임자〉인 도둑 — 십장이 눈을 번뜩이며 죄수들을 몽둥이로 내리치는 것이었다. 노르마를 달성하지 못하는 죄수들에게는(노르마를 달성하지 못한다는 것은 도대체 무슨 말일까. 〈제58조〉 죄수들의 생산량을 언제나 파렴치범들의 이름으로 슬쩍 바꿔치곤 했으면서 말이다) 수용소장 젤진은 다음과 같은 형벌을 가했다 — 겨울에는 죄수를 벌거벗긴 다음 머리 위에 물을 끼얹고 수용소까지 달려가게 했다. 여름에는 역시 벌거벗긴 후 긴 장대 하나에 죄수들을 뒷짐 지어 묶은 다음 꼼짝달싹 못하는 죄수들을 모기떼에 내맡기는 것이었다

(경비병은 모기장으로 만든 모자를 쓰고 있었다). 그러고 나서 나중에는 총 개머리판으로 때려 격리 감방에 처넣었다.

그러나 여기에는 무슨 새로운 것도 없고, 그 어떤 발전도 없지 않은가? 이것은 과도하게 교육적인 〈운하〉에서 노골적인 솔로프끼섬으로의 단순한 회귀에 지나지 않는데? — 이런 반론이 나올 수도 있다. 그러나 그것은 솔로프끼섬 — 백해운하 — 꼴리마로 이어지는 헤겔식 정 — 반 — 합이 아닐까? 부정의 부정이지만 보다 고양된 것이 아닐까?

예를 들어, 죽음의 마차는 솔로프끼섬에는 없지 않았느냐 말이다. 까르뿌니치의 회상에 의하면, 이것은 마리스니 온천 (스레드네간 도로의 66킬로미터 지점)에 있었다. 책임자는 만 열흘 동안 노르마가 수행되지 못하는 것을 참고 있었다. 마침내 열흘째가 되자 징벌 식량과 함께 격리 감방에 처넣은 다음, 다시 죄수들을 일터로 끌어냈다. 그러나 그럼에도 불구하고 노르마를 수행하지 못하는 사람들을 위해 마차가 있었다. 그것은 트랙터용 썰매 위에 서 있는 5×3×1.8미터의 구조물로 젖은 각재를 연결시켜 만든 것이었다. 작은 문이 하나 있고 창문도 없고 판자 침상도 없다. 그 안에는 아무것도 없다. 저녁 때, 가장 성적이 나쁜 죄수들을, 이미 사물을 분간할 수 없을 정도로 멍청해진 죄수들을 징벌 격리 감방에서 끌어내 마차에 태운 다음, 커다란 자물쇠를 채우고, 수용소에서 3~4킬로미터 떨어진 좁은 계곡까지 트랙터로 끌고 간다. 어떤 죄수들은 안에서 외쳐 대지만, 트랙터는 그들을 버리고 떠나서 돌아오지 않는다. 하루가 지나면 자물쇠를 열고 마차 안의 시체를 던져 버린다. 그다음에는 눈보라가 그 시체를 뒤덮을 뿐이다.

밀가[엘겐의 소(小) 독립 수용 지점]에서 가브리77가 파견 대장을 하고 있을 때는 노르마를 수행하지 못하는 여자 죄수들에 대해서 좀 더 가벼운 형벌이 적용되고 있었다 — 겨울에 난방이 없는 천막에 집어넣을 뿐이었다(그러나 밖으로 달려 나가 천막 주위를 뛰는 것은 허용하고 있었다). 모기가 많은 건초갈이 시기에는 나뭇가지로 엮어서 만든 무방비 상태의 움막에 집어넣었다(슬리오즈베르끄의 회상).

꼴리마 지방의 대우가 엄격해진 것은 동북부 지방 수용소 관리국의 관리국장으로 가라닌이 임명되고부터다. 그리고 또 극동 건설 장관으로 라트비아인 저격병 사단장 E. 베르진 대신에 빠블로프가 임명되고부터다. (겸해서 말해 두지만, 이것은 남을 못 믿는 스딸린의 성격 때문에 있었던 전혀 불필요한 인원 교체였다. 고참 체끼스뜨인 베르진이 새로운 요구를 감당해 내지 못할 이유가 뭐겠는가? 그가 어찌 나약해질 수 있겠는가?)

이쯤 해서, 마지막 남은 휴일(〈제58조〉 죄수를 위한)을 폐지해 버리고, 여름철 노동일을 14시간까지 연장했다. 그리고 영하 45도와 50도의 혹한 속에서도 노동이 가능하다고, 영하 55도 이하일 때에만 그날을 뺀다는 것이 허용되었던 것이다(하기는 일부 장관들의 횡포에 의해서 영하 60도에도 작업에 출동한 일도 있었지만). 채금소 고르니에서는(이것 역시 솔로프끼섬에서 표절해 온 것이지만) 작업 출동 거부자들을 썰매에 새끼줄로 묶어서 그대로 채굴장까지 끌고 갔다. 꼴리마 지방에서는 또 다음과 같은 사실이 결정되었다 — 호송대는 죄수들의 감시에만 그치지 말고, 죄수들의 계획 수행률에도 책임을 져야 한다. 즉, 호송병은 졸지 말아야 하고, 항상 죄수들을 내몰지 않으면 안 된다는 것이다.

또 괴혈병이 만연하여, 당국의 손을 거칠 사이 없이 수많은 생명이 쓰러져 갔다.

이 모든 것에도 불구하고 아직 부족했다고 생각했는지, 아직도 그 제도가 철저하지 못하고 아직도 죄수들의 감소 현상이 불충분하다고 생각했는지 여기서 〈가라닌식의 총살〉, 노골적인 살인이 시작되었다. 때로는 트랙터의 굉음으로 총소리를 지우면서, 또 때로는 그런 것도 없이 수많은 수용 지점들이 — 오로뚜깐도, 뽈랴르니 온천지도, 스비스또쁠랴스도, 안누시까도, 농업 유형지 둑차까지도 — 그 총살과 대량 묘지로 유명해졌다. 그러나 그들 중에서도 가장 유명한 것은 졸로찌스띠 채금소(수용 지점장 뻬뜨로프, 보안 장교 젤렌꼬프와 아니시모프, 채금소장 바르깔로프, NKVD 지구 지부장 부로프)와 세르빤찐까였다. 졸로찌스띠 채금소에서는 대낮에 작업반을 채굴장에서 끌어내어, 그 자리에서 모조리 총살해 버렸다(이것은 야간 총살 대신에 한 것이 아니다. 야간 총살은 여전히 따로 계속되고 있었다). 남부 수용소장 니꼴라이 안드레예비치 아글라노프는 곧잘 그곳으로 와서는 어떤 과실을 범한 작업반을 골라낸 후 다른 죄수들로부터 격리시키라고 명령했다. 그러고는 공포에 떨며 굳어 버린 사람들을 향해 즐거운 탄성을 지르면서 권총을 발사했다. 그 시체는 매장되지도 않았다. 5월에 시체가 부패하면 아직도 목숨을 부지하고 있는 폐인들을 불러 시체를 매장시키고, 그 대가로 평상시보다 좀 나은 배급 식량과 때로는 술까지 지급했다. 세르빤찐까에서는 매일 30명에서 50명의 죄수를 격리 감방 근처의 헛간에서 총살했다. 그 후 시체는 트랙터 썰매에 실어, 산 너머로 운반해 갔다. 트랙터 운전수, 시체 운반자, 매장 인부 들은 전용 막사에서 살고 있었다. 가라닌 본인이 총살되자 그들도 모두 총살을 면치 못했다. 거기에는 또 다른 총살 방법도 있었다. 깊은 갱도 입구에 눈가림을 한 죄수를 세우고, 그 귀나 후

두부를 꿰뚫는 것이었다(저항이 있었다는 증인은 전혀 없다). 이 세르빤찐까는 폐쇄되고 그 격리 감방도 철거되었다. 그리고 총살과 연관이 있다고 생각되는 모든 시설이 제거되고 그 갱도도 매립되었다.[4] 총살이 없었던 채금소에서는 원으로 둘러친 이름과 그 상세한 이유를 적은 조그만 포스터가 읽히기도 하고, 그런 포스터가 나붙기도 했다. 〈반혁명 선동 때문에〉, 〈호송병을 모욕했기 때문에〉 혹은 〈노르마를 수행하지 못했기 때문에〉 등등.

총살은 일시적으로 중지될 때도 있었다. 그것은 금광 채굴 계획이 제대로 수행되지 못한 데다가, 오호쯔끄해가 얼어붙어서 새로운 죄수들의 보급이 불가능했기 때문이다(M. I. 꼬노넨꼬는 이런 사정 때문에 세르빤찐까에서 반년 이상이나 자기의 총살 차례를 기다리다가 결국에는 살아남았다).

그 밖에, 형기를 새로 추가하는 일에도 잔인성이 더해졌다. 밀가에서 가브리끄는 그림을 보듯이 생생하게 이 일을 해치웠다. 앞에서 손에 횃불을 든 사람이 말을 타고 가고(극지의 밤에 말이다), 그 뒤에서는 새로운 형기를 추가하기 위해 새끼줄로 묶은 죄수들을 NKVD 지구 지부(30킬로미터나 떨어져 있는)로 끌고 갔다. 다른 수용 지점에서는 완전히 일과처럼 행해졌다 — 등록 배치부에서는 짧은 형기가 끝나 가고 있는 죄수들의 서류를 골라내서 80명에서 1백 명씩 묶어 호출한 후 각자에게 새로운 〈10년 형〉을 추가하는 것이었다(R. V. 레쯔).

나는 이 책에서 꼴리마 지방에 대해서는 그다지 언급하지

---

4 1954년 세르빤찐까에서 채굴과 채산이 맞는 금이 발견되었다(이전에는 거기에 금이 매장되어 있다는 것을 아무도 몰랐다). 그들은 죽은 사람의 뼈 사이에서 금을 채굴하지 않으면 안 되었다 — 금이 해골보다 더 가치가 있기 때문이었다.

않으련다. 군도 속의 꼴리마는 별개의 대륙이고 별도의 기술이 필요할 만큼 가치가 있기 때문이다. 게다가 꼴리마는 〈운이 좋았다.〉 왜냐하면 바를람 샬라모프가 거기서 살아남아서이미 많은 것을 기술했기 때문이다. 그리고 예브게니야 긴즈부르끄, O. 슬리오즈베르끄, N. 수로프쩨바, N. 그란끼나, 그밖의 많은 사람들이 살아남아서 각자 회고록을 출판했다.[5] 여기서 나는 가라닌식의 총살을 묘사한 V. 샬라모프의 책에서몇 줄을 인용하는 것으로 그치기로 하겠다.

수개월에 걸쳐 밤낮없이 점호 때마다 총살에 관한 명령이 수없이 읽혔다. 영하 50도의 혹한 속에서 형사범 죄수로구성된 악단은 하나하나의 명령이 읽히기 전에, 그리고 다읽은 후에 각각 한 번씩 음악을 연주했다. 연기를 내뿜는석유 횃불이 어둠을 찢고 있었다……. 담배 종이로 만든 명령서에는 서리가 끼어 명령서를 읽던 어느 장관은 다음 총살 예정 죄수의 이름을 식별해서 큰 소리로 읽기 위해 장갑으로 그 서리를 털어 내지 않으면 안 되었다.

이렇게 해서 군도는 제2차 5개년 계획을 졸업하고, 이른바사회주의로 들어갔던 것이다.

◆

전쟁의 발발은 군도 당국을 뒤흔들어 놓았다 — 처음 얼마

5 왜 여기에만 그렇게 사람들이 많았을까? 꼴리마 지방 이외의 수용소에관한 회고록은 거의 찾아볼 수 없으니 말이다. 이 꼴리마에는 죄수 세계의 정화만을 골라서 보냈기 때문일까? 아니면 이상한 이야기이기는 하지만, 〈가까운〉 수용소에서는 사람들이 더 빨리 죽었기 때문일까?

동안 전쟁의 추이는 수용소군도 전체의 붕괴, 어쩌면 노동자들 앞에서 고용주들이 책임을 져야 할지도 모를 형편에 놓여 있었다. 여러 수용소에 있던 죄수들의 인상에서 판단한다면, 이런 사태의 추이는 주인들 간에 두 가지의 상이한 태도를 취하게 했다. 보다 분별 있는, 다시 말해서 보다 겁이 많은 자들은 죄수들에 대한 태도를 완화해서, 거의 정답게 말을 걸어오기까지 했다. 특히 전쟁터에서 아군이 패배를 거듭하던 몇 주는 더했다. 그렇다고 해서 물론, 식량 사정을 개선한다거나 그 조건을 향상시킨다거나 하는 것은 그들로서도 불가능했다. 한편, 보다 완고하고, 보다 간악한 자들은 오히려 그 반대로 〈제58조〉 죄수들에게 더 사납고 더 엄하게 대해서 마치 그들의 석방보다는 죽음을 재촉하는 듯이 행동했다. 대부분의 수용소에서는 죄수들에게 전쟁이 일어났다는 것조차 알리지 않았다. 이것은 비공개성과 허위에 대한 우리 나라 국민의 강렬한 애착심 때문이다! 월요일이 되어서야 가까스로 죄수들은 호송병이 붙어 있지 않은 죄수들과 자유노동자들한테서 그 소식을 들어 알았던 것이다. 라디오가 있는 곳에서도(우스찌-빔, 꼴리마 지방의 여러 지구에서도) 아군의 패배가 계속되고 있을 동안은 줄곧 라디오를 끄고 있었다. 바로 그 우스찌-빔 수용소에서는 갑자기 친척 앞으로 쓰는 편지가 금지되었다(그러나 편지를 받는 것은 허용되었다). 그래서 친척들은 그들이 모두 총살되었다고 단정했다. 어떤 수용소에서는 (장래의 정책 방향을 예감해서!) 〈제58조〉 죄수들을 형사범 죄수들과 분리하여 특히 엄중한 경비 구역에 집결시키고, 망루에 기관총을 배치한 다음 죄수들이 있는 앞에서 이런 말까지 했다 ─ 〈너희들은 인질이다!(아, 내전 시대의 기억이 생생히 되살아난다! 너무나도 잊을 수 없는 말이기에, 너무나도 생생히 떠오른다!) 만일 스딸린그라뜨가 함락되면, 너희들 전부는 총살이다!〉이런 상황이었기 때문에, 군도의 주민은 기를 쓰고 전황에 대한 정보를 캐내려고 애썼다. 스딸린그라뜨는 아직도 버티고 있는가, 아니면 이미 함락되었는가? 꼴리마 지방에서는 이러한 특별 구역에 독일인, 폴란드인, 〈제58조〉중에서도 가장 두드러진 사람들을 수용했다. 그러나 폴란드인은 1941년 8월부터 완전히 석방되기 시작했다.[6]

    군도 도처에서 전쟁이 시작된 후 며칠도 되기 전에 〈제58조〉죄수들의 석방은 금지되고 말았다. 석방된 사람을 도중에 불러들인 경우도 있었다. 우흐따에서 6월 23일에 석방된 사람들의 집단은 이미 수용소를 빠져나가 기차를 기다리고 있었다 — 그때 갑자기 호송병들이 나타나서 다시 모두를 수용소로 몰아넣고는 〈너희들 때문에 전쟁이 터졌다!〉라고 투덜대기까지 했다. 까르뿌니치는 6월 23일 아침, 석방을 알리는 서류를 받고 위병소를 통과하려고 할 때, 위병한테 속아 넘어갔다. 〈좀 보여 주시오!〉그는 서류를 보였다. 그 결과, 그는 다시 5년간을 수용소에서 지내게 되었다. 〈특별 명령이 있을 때까지〉라는 것이었다. (이미 전쟁이 끝났을 때도, 많은 수용소에서는 등록 배치부에 가서, 언제 석방되느냐고 묻는 것조차 허용하지 않았다. 그 이유는 종전 후 얼마 동안 군도에서는 인력이 부족했기 때문이다. 그래서 현지의 관리국은 모스끄바가 석방을 허가한 경우라도, 노동력을 확보하기 위해서 마음대로 〈특별 명령〉을 집행했다. 바로 이렇게 되어 E. M. 오를

---

    6 졸로찌스띠에서는 186명의 폴란드인이 석방되었다(그 1년 전에 실려 온 2천 1백 명 중에서). 그들은 시코르스키 군이 있는 서쪽으로 보내졌다. 그리고 아마 거기서 졸로찌스띠의 이야기를 한 것 같다. 1942년 6월에 졸로찌스띠는 완전히 폐쇄되고 말았다.

로바는 까르 수용소에 붙잡히게 되었고, 어머니의 임종도 볼 수가 없었던 것이다.)

전쟁이 시작되자(분명히 그 동원 명령에 따라), 수용소의 식사량이 줄어들었다. 해마다 식료품 자체의 질도 점점 나빠졌다. 야채 대신에 사료용 무가 나오고, 탈곡한 곡물 대신에 완두와 쌀겨가 나왔다(꼴리마 지방의 식량은 미국에서 공급되었다. 그래서 거기서는 다른 곳과 달리 이따금 흰 빵도 나왔다). 그러나 죄수들이 쇠약했기 때문에 중요한 생산 부문에서 생산량이 너무나도 현저히 떨어져(5분의 1, 10분의 1까지도), 식사량을 전쟁 전의 수준으로 끌어올리는 것이 유리하다고 판단했다. 많은 수용소의 생산 부문에서는 군수품의 주문을 받고 있었다. 그리고 그런 소공장의 약삭빠른 지배인들은 부업을 경영하고 죄수들을 위해 식량을 추가해 주었다. 한 달에 30루블 정도의 급료를 지불하는 곳도 있었지만, 전쟁 중의 시장 물가로는 한 달 급료로 고구마 1킬로그램도 살 수 없었다.

만일 전쟁 중 수용소에 있던 사람들에게 〈가령 불가능한 일이기는 하지만, 지금 당신이 가장 바라는 유일한 희망은 뭐냐?〉라고 묻는다면, 그 대답은 다음과 같았으리라. 〈단 한 번이라도 좋으니, 검은 빵을 배불리 실컷 먹고 싶다. 그다음에는 죽어도 좋다.〉 전쟁 중 여기에 매장된 사람들의 수는 결코 전선에 뒤지지 않았다. 그저 시인들에 의해서 찬미되지 않았을 뿐이다. 〈허약자 그룹〉에 끼어 있던 L. A. 꼬모고르는 1941년에서 1942년에 걸친 겨울 동안 가벼운 노동에 종사하고 있었다. 넉 장의 판자로 만든 구멍투성이 속에 두 사람씩 벌거벗은 시체를 처넣었다. 그런데 그것이 매일 서른 상자씩이었다(아마 수용소가 도시에서 가까웠기 때문에 상자에 넣었으리라).

전쟁이 시작된 후 몇 개월이 지나자 나라 전체가 전시 생활에 익숙해졌다 ── 어떤 자는 전선에 나가고, 어떤 자는 후방에 눌어붙고, 또 어떤 자는 지도적인 위치에서 호강을 하고 있었다. 수용소에서도 마찬가지였다. 최초의 공포는 기우에 지나지 않았다는 것이 판명되고 모든 것이 제자리를 잡아서, 1937년에 감겼던 용수철이 여전히 변함없이 확실하게 작용하고 있다는 것이 판명되었다. 처음 얼마 동안 죄수들 앞에서 겁을 집어먹고 있던 자들도 이제는 다시 잔인해져서, 손을 쓸 수 없을 정도로 난폭해졌다. 일단 결정된 수용소 생활은 올바른 것이고, 앞으로도 영원히 그렇게 계속되리라는 것이 판명된 것이다.

7개의 수용소 시대 중에서 그중 어느 것이 인간에게 가장 괴로운 시대였느냐는 논쟁이 벌어진다면, 전쟁 시대에 귀를 기울여 주기 바란다. 항간에 이런 말이 있다 ── 전쟁 중에 들어가 있지 않았던 자는 진짜 수용소가 뭔지를 모른다고.

1941년에서 1942년에 걸친 겨울에 뱌뜨 수용소에서는 단지 기사, 기술자의 막사와 기계 공장 속에서만 생명이 온기를 유지하고 있을 뿐이고, 다른 장소는 모두 얼어붙은 묘지로 변해 있었다(이 뱌뜨 수용소의 과제는 뻬름 철도를 위해 장작을 마련하는 일이었다).

전시 중의 수용소는 다음과 같았다 ── 작업은 많고, 식량은 적고, 연료도 적고, 의복은 형편없고, 법률은 엄하고, 징벌은 잔인했다. 이것이 전부가 아니다. 죄수들은 어느 시대를 막론하고 외면적 저항을 빼앗긴다. 그러나 전쟁은 내면적 저항까지 앗아 가고 말았다. 최전선을 기피하여 돌아다니던 사기꾼도 견장을 달면, 죄수들에게 손가락을 흔들며 다음과 같이 호통을 치는 것이었다. 〈최전선에서 어떻게 죽어 가고 있는지 알아? 그리고 바깥세상에서는 어떻게 일하고 있는지 알아? 그리고 레닌그라뜨의 배급 상태가 어땠는지 알아?〉이러한 말에 대해 마음속으로조차 반론을 제기할 수가 없기 때문이다.

확실히 최전선에서는 병사들이 눈 속에서 죽어 갔다. 확실히 바깥세상에서는 사람들이 있는 힘을 다해 일하며 허기를 참아 내고 있었다. (시골에서 미혼 처녀들을 동원하여 산림 지대에서 일을 시키고 7백 그램의 빵과, 수프 대신 접시를 닦고 난 국물을 주고 있던 바깥세상의 노동 전선은 그야말로 수용소와 다를 것이 없었다.) 확실히 레닌그라뜨 봉쇄 시기에는 수용소의 징벌 감방의 배급 식량보다도 적은 식량을 지급받았다. 전시 중에는 수용소군도라는 종양 전체가 마치 러시아라는 육체의 중요하고도 필요한 한 기관이 된 것처럼 보였다 (아니면 일부러 그렇게 보이려고 했다) — 종양 그 자체가 전쟁에 도움이 되는 것처럼 보였던 것이다! 전쟁의 승리가 바로 거기에 달린 것처럼! 이렇게 모든 것을 정당화하는 허위의 빛은 가시철조망을, 죄수들을 위협하는 민간인 소장을 감싸 줄 것이다. 그리하여 이 종양의 부패된 한 세포로 죽어 가는 죄수는 죽음 앞에서 환자가 그 종양을 저주하며 느끼는 기쁨마저 박탈당해야 했던 것이다.

〈제58조〉 죄수들은 전시 중에 제2의 형기가 추가됨으로써 더욱 큰 고통을 받았다. 그것은 머리 위로 치켜든 도끼보다도 나을 것이 없었다. 보안 장교들은 자기들이 전쟁터로 내쫓기지 않기 위해서, 인적 없는 변두리나 산림 출장소 등지에서 세계 부르주아지가 가담한 음모며, 무장봉기며, 대량 탈주 계획을 발견하는 것이었다. 우흐뜨뻬치 수용소장 모르스 같은 상관들은 특히 자기 수용소 내에서의 취조와 재판 활동을 장려했다. 그래서 우흐뜨뻬치 수용소에서는 총살형과 20년 형

166

기의 판결이 마구 쏟아졌다 ─ 〈탈주를 교사〉했다느니, 〈사보 타주〉를 했다는 등의 죄목을 뒤집어씌워서. 그러나 재판조차 필요하지 않았던 사람들이 얼마나 많았던가. 자기의 운명을 하늘에 맡기고 죽어 간 사람들이 얼마나 많았던가. 시코르스키가 스딸린의 기분을 상하게 하자 그들은 엘겐에서 하룻밤 사이에 폴란드 여성 30명을 붙잡아 끌고 가서 모조리 총살해 버리고 말았던 것이다.

많은 죄수들이 ─ 이것은 꾸며 낸 말이 아니라 사실이다 ─ 전쟁이 터지자마자 최전선에 자원해 나섰다. 그들은 수용소에서 가장 쓰라리고 가장 구역질 나는 생활을 맛본 사람들이다. 그런데도 이 수용소의 체제를 지키기 위해 최전선에 자원해서 징벌 중대 속에서 죽으려고 했던 것이다! (〈살아남으면, 다시 수용소로 돌아와서 형기를 마치겠습니다!〉) 정통파 공산당원들은 자기들도 지원했다고 주장하고 있다. 물론, 그들도 있었다(총살을 면한 뜨로쯔끼주의자들도). 그러나 그 수는 극히 적었다. 그들의 대부분은 수용소에서 조용한 직책을 맡고 있었다(공산당원인 소장들의 협력하에). 거기서는 곰곰이 생각할 수도, 판단할 수도, 회상에 잠길 수도, 그리고 기다릴 수도 있었다. 그러나 징벌 중대에 입대하면, 사흘 이상 목숨을 부지할 수 없다. 바로 이것이 러시아인의 기질이라는 것이다. 썩어 문드러진 가축 막사 속에서보다 넓고 깨끗한 들판에서 죽는 편이 낫다! 비록 짧은 시간이라도 좋으니 활개를 펴고 싶다. 〈모두와 마찬가지로〉 억압에서 벗어난 시민이 되고 싶다. 이 절망적인 상태로부터, 제2의 형기로부터, 말 없는 파멸로부터 피하고 싶다는 처절한 심정의 발로였다. 어떤 자는 좀 더 단순한 이유에서 지원했다. 그러나 결코 수치스러운 행동이었다고는 말할 수 없다. 당장 죽는 것은 아니다. 우선 군복도 주고, 먹을 것도 마실 것도 주고, 최전선으로 후송해 주겠지. 그리고 그 동안은 차창으로 밖을 내다볼 수도 있고, 역에서는 젊은 아가씨들하고 이야기를 나눌 수도 있다고 그들은 생각하고 있었는지도 모른다. 여기에는 또 관대한 용서의 기분도 있었다. 너희들은 우리를 못살게 굴었지만, 자, 보아라. 우리는 지원해 간다!

그러나 어떤 자를 수용소에서 최전선으로, 또 다른 자를 그 대신 수용소로 보내는 식의 쓸모없는 이동은 국가적으로 볼 때 경제적으로나 조직적으로나 아무런 의의가 없었다. 여기서 각자의 생활과 죽음의 장소가 결정된 것이다. 맨 처음 분류를 할 때 양의 부류에 넣어지면, 양으로서 최후를 마쳐야만 하는 것이다. 이따금 형기가 얼마 남지 않은 형사범들이 최전선으로 징집되어 갔다. 물론, 그것은 징벌대가 아니라, 일반 정규군이었다. 드물기는 했지만, 〈제58조〉 죄수들도 최전선으로 보낼 때가 있었다. 그러나 블라지미르 세르게예비치 고르슈노프는 1943년에 수용소에서 전선으로 보내졌지만, 전쟁이 끝날 무렵 형기를 추가받고 수용소로 되돌려졌다. 이런 사람들은 이미 찍혀 있었기 때문에, 군대의 보안 장교로서도 전혀 새로운 사람에게 형기를 주기보다는 이런 사람들에게 두 번째의 형기를 주는 편이 훨씬 편했기 때문이다.

그러나 수용소 당국은 이 애국심의 물결을 전혀 무시했던 것은 아니다. 삼림 벌채 작업에서는 그다지 이용할 수 없었으나, 이를테면 〈석탄 생산량을 초과 완수하자 — 레닌그라뜨의 조명을 위해서!〉, 〈지뢰 생산으로 친위대를 원조하자!〉 등의 구호는 제법 효과가 있었다고 체험자는 말하고 있다. 아르세니 파르마꼬프는 평정을 잃지 않는 존경할 만한 인물이지만, 그의 말에 의하면 그의 수용소는 전선을 위한 작업에 열중했었다고 한다. 그는 그 광경을 묘사하려고 했다. 전차대 (지지네쯔 대대)를 위한 모금이 거절되었을 때, 죄수들이 몹시 화를 냈다는 것이다.[7]

그러나 그들의 대가는 주지하는 바와 같이 전쟁이 끝나자마자 곧 발표되었다. 즉, 탈영병들, 사기꾼들, 도둑들에게는 은사가 내려지고, 〈제58조〉 정치범들에게는 〈특수 수용소〉로의 길이 열렸다.

전쟁이 종말로 다가가면 갈수록 〈제58조〉 죄수들의 대우는 점점 더 가혹해졌다. 그 예를 들기 위해서 지다 지방이나 꼴리마 지방의 먼 수용소까지 찾아갈 필요도 없다. 모스끄바 교외, 바로 시 경계선 근처 호브리노라는 곳에 NKVD 경제국의 황폐한 소공장이 있었다. 그리고 그 공장에는 대우가 엄한 수용소가 딸려 있었는데, 마물로프라는 사나이가 그 소장직을 맡고 있었다. 그의 형이 베리야 밑에서 서기 국장을 하고 있었기 때문에 그의 권력은 굉장했다. 이 마물로프는 끄라스나야 프레스냐 중계 형무소로부터 상대가 누구든 간에 마음대로 자기 수용소로 데려와서는 자기 마음 내키는 대로 죄수들을 다루고 있었다. 이를테면, 친척과의 면회(모스끄바 교외의 수용소에서는 어디서나 허용하고 있었다)도 형무소에서와 마찬가지로 이중 망을 사이에 두고 실시하고 있었다. 그 수용소의 숙사도 형무소와 다를 것이 없었다. 밤에도 소등을 하지

---

7 이 현상은 독소 전쟁 전체와 마찬가지로 다방면으로부터의 설명을 필요로 하고 있다. 10년, 20년 세월은 흘러간다. 어느 시간 층에서 우리가 우리 자신을 이해하지 못한다면 다음의 새로운 층이 석회가 되어 우리 위에 쌓이고 만다. 어느 10년 층을 잡아 봐도 자유와 공정한 정보는 없었다. 그러니까 한 번 얻어맞은 다음 그다음 일격이 떨어질 때까지, 사람들은 자기 자신이건, 다른 사람이건 또 어떠한 사건이건 간에 아무것도 이해할 여유라곤 가지고 있지 못했던 것이다.

않는 수많은 전깃불을 켜 놓고, 죄수들이 어떻게 자고 있는가, 추운 밤에 방한복을 뒤집어쓰는 자는 없는가를(그런 사람이 있으면 두들겨 깨웠다) 노상 감시하고 있었다. 징벌 감방에는 깨끗한 콘크리트 바닥만 있고 그 이외에는 아무것도 없었다. 이것 역시 일류 감방과 다를 것이 없었다. 그러나 그는 아무리 형벌을 가했다 할지라도, 그것과는 별도로 벌 받은 자를 다시 때려서 그 코에서 피가 흐르는 것을 보지 않고서는 만족하지 않는 위인이었다. 그 밖에도 그의 수용소에는 450명이나 되는 여자 죄수를 수용하고 있었다. 교도관들(사내들)의 야간 습격은 상례가 되어 있었다. 갑자기 요란스레 외치며 달려 들어가서는 〈모두 침대 옆에 서라!〉고 호령을 하는 것이었다. 반벌거숭이의 여자들이 허겁지겁 일어나면 교도관들은 바늘이며 연애편지를 찾아내기 위해 여자 자신은 물론이고 그 침대 속까지 샅샅이 다 뒤졌다. 그리고 무엇인가를 발견할 때마다 상대방을 징벌 감방에 처넣곤 했다. 주임 기사인 시끌리니끄는 야간 근무 중에 고릴라처럼 등을 구부리고 직장을 순회하다가 잠을 자거나, 머리를 흔들거나, 눈을 감고 있는 자를 발견하면 쇠몽둥이나 장도리 또는 쇳조각들을 닥치는 대로 마구 집어 던졌다.

호브리노 수용소의 죄수들은 전선을 위해 일하면서 이러한 대우를 강요당하고 있었던 것이다. 그들은 전쟁 기간 중 지뢰를 생산하고 있었다. 이 일을 위해서 이 소공장을 개조하여 생산이 가능하게 한 것은 다름 아닌 죄수 기사였다. (유감스럽게도 그 이름을 기억하는 사람이 아무도 없다. 물론 그 이름이 영원히 사라져 버린 것은 아닐 테지만.) 그는 또 설계부를 창설했다. 그는 〈제58조〉로 들어온 죄수였고 자기 의견이나 신념을 절대로 굽히지 않는 성격이어서, 마물로프가 가장 싫어하는 부류의 인간이었다. 이런 병신 같은 녀석을 참지 않으면 안 되다니! 그러나 우리 나라에서는 대체되지 못할 만한 인간이 존재할 수는 없는 것이다! 그래서 생산이 어느 정도 궤도에 오른 어느 날, 사무원들이 보는 앞에서(일부러 그들에게 과시하기 위해! 모두 잘 봐라. 모두 실컷 이야기들을 해라. 하기는 그래서 우리도 지금 여기서 이야기를 하고 있는 것이지만) 마뮬로프는 두 사람의 부하와 함께 이 기사에게 달려들어, 그 턱수염을 붙잡고 마룻바닥에 내동댕이쳐, 상대방을 장화로 짓이겨 피투성이로 만든 다음, 그 정치적 발언으로 두 번째의 형기를 추가하기 위해 부띠르끼 형무소로 보냈던 것이다.

이 조그만 수용소는 모스끄바에 있는 레닌그라뜨 역에서 전차로 15분 거리밖에 안 되는 곳에 있었다. 장소는 멀지 않았으나 처량한 곳이다.

(새로 들어온 죄수들은 일단 모스끄바 교외의 수용소에 들어오기만 하면, 모스끄바에 친척이 있건 없건 간에 모두 그곳에 눌어붙으려고 했다. 두 번 다시 돌아올 수 없는 머나먼 심연으로 떨어지지 않아도 된다고 생각했기 때문이다. 그리고 또 여기에 있으면 문명의 가장자리에라도 있는 듯한 기분이 들었기 때문이다. 그러나 그것은 자기기만에 지나지 않았다. 여기는 일반적으로 식사도 나빴다 ― 그것은 대부분의 죄수가 차입을 받고 있다는 계산에서 온 것이었다. 여기서는 내의도 지급하지 않았다. 그리고 가장 괴로운 것은 이들 수용소에서는 끊임없이 멀리 호송된다는 소문이 돌고 있어서, 마치 예리한 송곳 위에라도 앉아 있는 듯이 생활이 불안정하여 하룻밤을 이곳에서 보낼 수 있다는 보장마저 없었던 것이다.)

◆

　이런 식으로 〈군도〉의 섬들은 잔혹해져 갔다. 그러나 이렇게 잔혹해져 간다고 해서 종양의 전이가 중단되었다고 생각해서는 안 된다.

　핀란드와의 전쟁이 시작되기 전인 1939년에, 수용소군도의 어머니 격인 솔로프끼 제도의 수용소가 유럽에 너무 가까웠기 때문에 북극해를 거쳐 예니세이강 하구로 이전되어, 거기서 창설 중이던 노릴스끄 수용소와 합류해서 곧 7만 5천 명의 인원을 수용하기에 이르렀다. 이 솔로프끼 수용소는 빈사에 허덕이면서도 또 하나의 마지막 종양 세포를 이식시켰을 정도로 그 성질이 간악했다. 그리고 또 그 세포는 얼마나 악성이었던가!

　전쟁 전에 군도는 까자흐스딴의 무인 사막 지대를 점령했다. 까라간다 수용소의 소굴이 문어 다리처럼 뻗어 나가 물까지 구리로 오염되어 있던 제스까즈간에도 활성적인 종양 세포를 이식하고, 계속해서 모인띠와 발하시로 확대되어 나갔다. 까자흐스딴 공화국의 북부 지방에도 수많은 수용소가 생겨났다.

　새로운 종양이 노보시비르스끄주 마린스끼 수용소에, 끄라스노야르스끄 지방에(깐스끄 수용소, 끄라스노야르스끄 수용소), 하까시야 자치주에, 부랴뜨-몽골리야 자치 공화국에, 우즈베끼스딴 공화국에, 그리고 고르나야 쇼리야에도 부풀어 올랐다.

　군도의 사랑을 받던 러시아 북부 지방(우스찌-빔 수용소, 니로쁘 수용소, 우솔 수용소)에서도 성장은 그치지 않았다.

　이 열거 속에 많은 것이 빠져 있다. 우리는 그저 우솔 수용

172

소라고 써 두지만, 이르꾸쯔끄주의 우솔리예라는 곳에도 수용소가 있었다는 것을 상기하지 않으면 안 된다. 아무튼 수용소가 없는 주는 없었던 것이다. 첼랴빈스끄주도, 꾸이비셰프주도, 그리고 그 밖의 다른 주도.

볼가 지방의 독일인들을 강제 이주시킨 후로는 수용소 설치의 새로운 방법이 적용되었다. 어느 마을이건 그 마을 자체가 수용소가 되었다. 바로 이것이 농업 수용 지점이었던 것이다(까미신과 엥겔스 사이에 있는 까멘스끼 농업 수용소).

이 장의 부족한 부분에 대해서는 독자도 양해해 주리라 믿는다. 우리는 군도의 전 시대를 가로지르는 빈약한 다리밖에 놓을 수가 없다. 더 이상의 자료를 모을 수가 없었기 때문이다. 우리는 라디오를 통해서 자료를 보내달라는 간청을 할 수도 없었다.

여기서는 또다시 군도의 하늘에 나프딸리 프렌껠의 붉은 별이 복잡한 고리를 그리기 시작했다.

1937년의 대숙청은 그 동료를 쓰러뜨리고, 마침내는 그 자신에게까지도 파급되었다. BAM 수용소의 소장이고 NKVD의 장군이었던 그는 지금까지의 일에 대한 보복으로서 이미 옛날부터 낯익은 루비얀까 형무소에 또다시 투옥되었던 것이다. 그러나 프렌껠은 끝까지 충성의 봉사를 원하고 있었고, 〈현명한 스승〉역시 끝까지 그의 봉사를 희구하고 있었다. 바로 이때 핀란드와의 굴욕적인 전쟁, 그것도 승리를 장담할 수 없는 전쟁이 일어났다. 스딸린은 아직까지 전쟁 준비를 갖추고 있지 못하다는 것을, 그리고 까렐리야 지방의 깊은 눈 속에 보급로가 파묻혀 있다는 것을 알고 있었다. 여기서 그는 발명의 재능이 뛰어난 프렌껠을 상기하고 그를 자기 앞으로 불러냈

173

다. 지금 이 엄동설한에 아무 준비도 없이, 계획도 창고도 자동차 도로도 전혀 없이 까렐리야 지방에 3개의 철도를 건설하지 않으면 안 된다. 그 하나는 전선에 평행하고, 다른 2개는 거기에 접속하는 노선이다. 게다가 그것을 〈석 달〉 동안에 건설하지 않으면 안 된다. 왜냐하면 이 위대한 강국이 보잘것없는 핀란드를 상대로 너무 시간을 끈다면 웃음거리가 될 것이기 때문이다. 이것은 그야말로 옛날이야기에나 나오는 일화와도 다를 것이 없다. 심술궂은 왕이 심술궂은 마법사에게 무언가 실현 불가능한 것, 상상조차 할 수 없는 것을 주문하고 있으니 말이다. 그리하여 사회주의의 지도자는 물었다. 「할 수 있는가?」여기에 대하여 기쁨에 넘친 사업가이자 금융업자는 대답했다. 「네, 할 수 있습니다!」

그러나 프렌껠은 이번에는 자기의 조건을 내세우기를 잊지 않았다.

1. 수용소 관리 본부 산하로부터 그를 완전히 빼내서 새로운 죄수 군도를 세울 것, 즉 GULZHDS(굴제데스) — 철도 건설 수용소 관리 본부를 만들고 그 새로운 군도의 장관에 프렌껠을 앉힐 것.

2. 그가 필요하다고 판단하여 선택한 모든 자원을 마음대로 사용하게 할 것(이것은 이미 백해 운하와는 비교도 되지 않는다!).

3. GULZHDS가 전력을 다해 작업을 하고 있을 동안, 그 귀찮은 보고 의무를 수반하는 사회주의 체제로부터 벗어나게 해줄 것. 프렌껠은 무슨 일을 하건 보고할 의무가 없다. 그는 천막을 치거나 수용 지점을 설정하지도 않는다. 그가 있는 곳에는 어떠한 배급 식량도, 〈정식〉도 〈차별식〉도 없다. (정식이며 급식 운용 제도를 처음으로 제안한 것은 그가 아니었던가!

천재만이 천재의 법률을 폐지할 수 있는 것이다!) 그는 눈 위에 맛있는 식량이며, 모피 반코트며, 펠트 장화를 산더미처럼 쌓아 둔다. 그리고 죄수들은 입고 싶은 것을 입고 먹고 싶은 것을 먹는다. 쌈지 담배와 알코올만이 그의 부하들의 관리하에 놓여서, 죄수들이 노동해서 획득하지 않으면 안 되는 것은 단지 이 술과 담배뿐이다.

〈위대한 전략가〉는 이 제안에 동의한다. 그래서 GULZHDS가 창설되었다! 그 결과 군도는 분열되었던가? 아니다. 군도는 오히려 더 강해졌다. 군도는 더욱 커져서 전보다도 빨리 우리 나라를 점령하게 될 것이다.

그러나 프렌껠의 까렐리야 철도는 역시 예정대로 진행되지 못했다 — 스딸린이 황급히 전쟁을 끝냈기 때문이다. 그러나 GULZHDS는 더욱 강해지면서 성장해 간다. 새로운 주문이 계속해서 밀려든다(그러나 이번에는 보고 의무도 수반해서 일반적인 관례에 따라) — 페르시아와의 국경선에 평행한 노선, 그다음은 볼가강을 따라 시즈란으로부터 스딸린그라뜨까지의 노선, 그다음에는 살레하르뜨로부터 이가르까까지의 〈죽음의 도로〉, 그리고 BAM — 따이셰뜨로부터 브라쯔크, 그리고 그 너머까지 연장되는 노선.

그 밖에도, 프렌껠의 구상은 수용소 관리 본부 자체의 발전까지도 촉구했다. 수용소 관리 본부를 산업 부문별로 나누기 위한 필요성이 인정되었다. 이것은 인민 위원회가 여러 부문으로 구성되고 있듯이, 수용소 관리 본부도 또한 자기의 제국을 위해서 삼림 수용소 중앙 관리국, 공업 건설 중앙 관리국, GULGMP(광산 철공업 수용소 관리 본부) 등의 관할국들을 만들지 않으면 안 된다.

그리고 전쟁이 일어났다. 그래서 수용소 관리 본부의 모든 부문이 여러 도시로 소개하게 되었다. 수용소 관리 본부 자체는 우파로 이전하고 GULZHDS는 뱟까로 이전했다. 지방 도시 간의 연락은 모스끄바를 중심으로 했을 때보다 확실성이 감소되어 전쟁의 전반기에는 마치 수용소 관리 본부가 분열된 듯한 인상을 준다. 수용소 관리 본부는 이미 군도 전체를 통치하지 못하게 되고, 각 군도의 분할 영토는 그곳으로 소개한 관리국의 관할하에 들어갔다. 이렇게 되어 프렌껠은 끼로프시부터 러시아 동북부 지방 전체를 지배하게 되었다(여기에는 군도 이외에 아무것도 없었기 때문이다). 그러나 이것을 로마 제국의 붕괴로 보는 사람이 있다면, 그것은 잘못이다. 그것은 전쟁이 끝난 후 합쳐져서 더욱 강력한 존재가 되기 때문이다.

프렌껠은 옛날 우정을 잊지 않았다. 그는 혁명 전의 마리우뽈의 선정적인 신문 『꼬뻬이까』의 편집장 부할쩨프를 불러다가 GULZHDS의 높은 자리에 앉혔다. 이 부할쩨프의 동료들은 어느 먼 곳에 흩어져 있거나 아니면 총살되거나 했다.

프렌껠의 탁월한 재능은 기업이나 조직에만 한정되지 않았다. 그는 숫자의 기다란 줄을 한 번 보고는 순식간에 암산하는 재능을 가지고 있었다. 그는 4만 명의 죄수들을 그 얼굴까지 하나하나 다 기억하고 있어서, 각자의 성, 이름, 부칭, 죄명, 형기를 암송하고 있는 것을 곧잘 자랑하고는 했다(그의 수용소는 지위가 높은 장관이 찾아오면, 죄수들이 이런 내용들을 보고하지 않으면 안 되게 되어 있었다). 그는 언제나 기사장을 필요로 하지 않았다. 제출된 철도역의 설계도를 볼 때마다 그는 그 속에서 재빨리 오류를 찾아냈다. 그러고는 그 설계도를 마구 꾸겨서 부하의 얼굴에 내동댕이치며 말하는 것이다. 「이봐, 자네는 설계사가 아니라 바보 천치야!」 그의 목소리는 코맹맹이 소리지만 평상시는 조용한 편이었다. 키는 작았다. 프렌껠은 철도 장군용의 높은 털모자를 애용하고 있었다. 그 모자는 위는 파란색이고 안은 빨간색이었다. 또 그는 어느 때건 군복 모양의 깃 달린 상의를 입고 다녔다. 이것은 언제나 위정자이고 싶다, 결코 지식인이 되고 싶지 않다는 철두철미한 의사 표시였다. 뜨로쯔끼와 마찬가지로 그는 언제나 열차 속에서 살았고 여기저기 흩어져 있던 건설 현장을 순회하곤 했다. 수용소의 조잡한 환경으로부터 그의 차량으로 회의 때문에 호출된 사람들은 그 호화로운 의자며 부드러운 가구에 놀라고, 상관의 비난과 명령을 듣고는 더욱더 어리둥절하지 않을 수 없었다. 프렌껠 자신은 한 번도 죄수들의 막사에 들어가거나 그곳의 악취를 맡은 적이 없었다. 그는 일에 대해서만 묻고 일만 요구했다. 그는 특히 야간 건설 현장에 전화를 걸기를 좋아해서, 그가 밤에 한잠도 자지 않는다는 전설을 유지할 수 있었다(하기는, 스딸린 시대에는 많은 거물들이 그런 생활에 익숙해 있었다). 그는 한 번도 결혼한 적이 없었다.

그는 두 번 다시 투옥되지 않았다. 그는 까가노비치의 보좌관이 되어 간선 철도 건설을 담당하였고, 모스끄바에서 1950년대에 중장 계급으로 명예와 평온 속에 노년을 맞이했고 그 후에 세상을 떠났다.

나는 그가 이 나라를 증오했으리라고 생각한다.

제5장

군도의 기반

극동 지방에 〈쩨사레비치(황태자)〉라는 충성스러운 이름을 가진 도시가 있었다. 혁명에 의하여 그 도시는 〈스보보드니(자유)〉로 개칭되었다. 그 도시에서 살던 아무르 까자끄인들을 쫓아내자 그곳은 텅 비게 되었다. 그래서 누군가를 거기에 살게 해야 했다. 그리하여 죄수들과, 그리고 그들을 경비하던 체끼스뜨들을 이주시키게 되었다. 이리하여 스보보드니시 전체가 수용소가 되어 버렸다(BAM 수용소).

그리하여 여러 상징들이 생활 속에서 저절로 나타나게 되었다.

수용소는 비단 혁명 후 우리 나라 생활의 〈어두운 면〉만이 아니다. 그 규모에서 수용소는 그 일면이나 측면에서가 아니라, 모든 사건의 핵심이라 할 수 있겠다. 이 50년을 되돌아보면, 우리 나라에서 이처럼 일관되고 철저한 일은 별로 없었다고 말할 수 있다.

적어도 2개의 직선이 교차해야 점 하나가 생기듯이, 어떤 사건이라도 그것이 발생하기 위해서는 적어도 2개의 필연성이 있어야 한다. 한편에서는 경제적 필연성이 우리 나라를 수용소 제도로 이끌어 갔다. 하지만 단지 그것만이었다면 노동군으로 이끌었을지도 모른다. 그러나 그 경제적 필연성은 때마침 형성된 수용소의 이론적 정당성과 교차되어 버렸다.

그리하여 이 2개는 딱 붙어서 — 뾰족한 것과 오목한 것, 불룩한 부분과 들어간 부분에서처럼 — 〈군도〉가 생겨났던 것이다.

평상시와 같이 경제적 필연성은 공공연하게 탐욕을 발생시켰다. 즉, 단기간에(여기서도 백해 운하와 똑같이 문제의 4분의 3은 〈한정된 기간〉 탓이었다!) 외부에서 무엇 하나 들여오지 않으면서 국력 증강을 꾀한 국가는 노동력이 필요했던 것이다.

a. 매우 싸야 하고, 무상이라면 더욱 좋다.
b. 간소해서 언제든지 어떤 장소에서 다른 장소로 즉시 이동할 수 있어야 하고, 가정에서 해방되어야 한다. 정비된 주거, 학교, 병원, 게다가 일정 기간은 식사도 목욕도 필요로 하지 않아야 한다.

이런 노동력을 확보하려면 자기 자식들을 집어 삼키는 수밖에 없었다.

이론적 정당성은 만일 전 세기에 시작되지 않았다면, 이 바쁜 몇 년 동안에 이만큼 확고한 것이 되지는 못했을 것이다. 엥겔스의 연구에 따르면, 인간의 발생은 도덕적 사상의 시작에 있는 것이 아니고, 사유에 의해서도 아니고, 우연하고 무의미한 노동, 즉 원숭이가 손에 돌멩이를 가졌다는 것에서 모든 것이 시작되었다고 했다. 마르크스는 현대에 보다 가까운 시기를 논하면서(『고타 강령 비판』), 역시 동시에 자신을 가지고 범죄인(그가 생각한 것은 일반 형사범이었다. 그는 자신의 제자들이 정치적 범죄인 취급을 받는 것을 상상할 수조차 없었다)을 교정하는 〈유일한〉 방법은, 고독한 사고도, 도덕적 몰두도, 후회도, 우수도 아니고(이것은 모두 상부구조인 것이다!), 오직 생산적 노동이라고 했다. 그 자신은 생전에 곡괭이를 손에 쥐어 본 적도, 죽을 때까지 한 번도 손수레를 밀어 본 적도, 석탄을 채굴한 적도, 나무를 벌채하거나, 어떻게 장작을 패는지도 몰랐지만, 어찌 됐건 이런 것을 종잇조각에 적어 넣었다.

이윽고 그의 후계자들은 그것을 쉽게 다음과 같이 발전시켰다. 즉, 죄수를 매일같이 노동시키는 것은(꼴리마 지방의 채굴장에서처럼 때로는 14시간이나) 인도적이며, 그의 교정에 도움이 된다. 반대로 죄수를 감금한 감방, 뜰, 밭에 제한하거나, 감금하여 책만 읽게 하거나, 글을 쓰게 하거나, 생각하도록 두거나, 토론을 하게 하는 것은 〈가축과 같은〉 취급을 의미한다(이것 역시 『고타 강령 비판』에서).

물론 10월 혁명 직후의 격동기에는 그와 같은 자질구레한 점까지 손을 쓸 여유가 없어서 간단히 총살하는 것이 한층 인도적으로 보였다. 총살되지 않고 가장 초기에 수용소에 갇힌 사람들은 교정하기 위해서가 아니라 해를 끼치지 않도록, 순수하게 격리시키기 위해 수용했던 것이다.

하기야 그 당시에도 이미 징벌 이론을 정교하게 만들던 사람들이, 뽀뜨르스뚜치까와 같은 인물이 있었다. 그리고 1919년의 『러시아 공화국 형사범 지도 요강』 중에서 〈형벌〉의 개념 자체에 대해 새로운 정의가 내려졌었다. 그 속에 아주 명확하게 규정하고 있듯이 형벌은 〈보복〉이나(노동자 국가는 범죄인에 대하여 보복하지 않는다), 〈죄의 보상〉(개인적인 죄란 절대 있을 수 없으며, 오직 계급적 인과 관계일 뿐이다)이 아니라 사회 체제 방위상의 대응책인, 즉 〈사회 방위 조치〉인 것이다.

아니, 〈사회 방위 조치〉라면 전쟁답게 총살하든가(〈사회 방위의 최고 조치〉), 아니면 감방에 처넣는 것이다. 그러나 이렇게 되면, 같은 1919년의 제8차 대회에서 공산당이 호소한 〈교정〉의 구상이 어쩐지 퇴색되고 만다. 그리고 가장 중요한 것이지만, 〈죄가 없다면 도대체 무엇을 교정하겠는가〉? 전혀 알 수 없게 되었다. 계급적 인과 관계에 의한 것을 교정할 수 있는 것인가?

그 동안에 내전이 끝나 1922년에 소비에뜨 최초의 여러 법전이 제정되고, 1923년에 〈교화(敎化) 사업 일꾼 대회〉가 있었고, 1924년에 1926년의 새로운 형법(우리를 35년간이나 괴롭혔던)을 위한 새로운 〈형사법의 기본 요강〉이 정해졌다. 그러나 〈죄〉도 〈형벌〉도 없이, 있는 것은 〈사회적 위험〉과 〈사회적 방위〉라는 새로운 개념이었다.

물론, 이편이 훨씬 편리하다. 이러한 이론에 기초하여 누구라도 인질로서, 〈혐의를 둔 사람〉으로서(예브게니야 보시에게 보내는 레닌의 전보) 자유롭게 체포할 수가 있어서, 위험하다고 판단하면 하나의 민족을 통째로 유형 보낼 수 있었다(그런 예도 있었다). 그러나 그와 동시에 〈교정〉의 이론을 내세워 녹슬지 않게 항상 정비하기 위해서는 일류 요술쟁이가 되어야 한다.

그러나 실제로 요술쟁이가 있었고, 이론도 있었다. 그리고 수용소들은 교정 수용소라 불렸다. 우리는 다수의 인용문을 인용할 수 있다.

비신스끼에 의하면, 〈소비에뜨의 형사 정책 전체는 탄압과 강제의 원리와 설득의 원리와 재교육과의 변증법적(!) 결합에 기반을 두고 있다.〉[1] 〈모든 부르주아적 정치 시설은 육체적 정신적 고통을 줌으로써 범법자를《문책하려고》노력했다.〉 (그러나 여기서는 범죄인을〈교정하려고〉하는 것이 아니다.) 〈부르주아적 형벌과는 달리, 우리 나라의 죄수들의 고통은 목적이 아니고, 수단이다(여러 부르주아 나라에서도 마찬가지로 목적이 아니라, 수단인 것 같지만 — 솔제니찐). 우리 나라의 목적은 실제의 교정이며, 수용소에서 자각 있는 근로자로 배출되는 것이다.〉

이제 알겠는가? 강제적이면서도 여전히 〈교정〉하고 있는 것이다. (그리고 역시 고통을 줘서 말이다!) 다만 〈무엇〉을 교정하는지 분명하지 않다.

그러나 바로 옆 페이지에 이런 것이 실려 있다.

〈혁명적 폭력에 의해 교정 노동 수용소는 낡은 사회의 범죄적 분자를 한곳에 모아 해롭지 않게 만든다.〉[2] (언제든지《낡은 사회》다! 1952년이 되어도, 또《낡은 사회》다. 언제나 모든 문제는 낡은 사회 때문이다!)

교정에 대한 설명은 하나도 없지 않은가? 다만 한자리에 모으면 해롭지 않게 된다는 것인가?

또, 마찬가지로 1934년에는 이랬다.

〈재교육 가능자를 재교육하는 동시에 탄압한다는, 2개 요소가 하나로 묶인 과제.〉

〈재교육 가능자〉라는 말이 나왔다. 여기서 교정의 대상이 모든 사람이 아닌 것이 분명하다.

더욱 보잘것없는 저자의 책에는 어디서 인용한, 이미 완성된 개념을 나타내는 인용구가 많이 사용되고 있다. 〈교정 가능

1 I. L. 아베르바흐, 『범죄에서 노동으로』, 비신스끼 서문, p. 6.
2 같은 책, p. 7.

자의 교정〉, 〈교정 가능자의 교정〉 하면서.

그럼 교정 불가능자는 어떻게 하나? 공동묘지로? 달나라 (꼴리마 지방을 말함)에? 시미뜨 언덕(노릴스끄 형장)으로?

비신스끼 산하의 법학자들은 1934년을 정점으로 1924년의 교정 노동 법전마저 〈보편적 교정에 관한 잘못된 관념〉이라고 비난하고 있다. 왜냐하면, 이 법전은 〈근절〉에 대해서는 전혀 규정하고 있지 않았기 때문이다.

제58조 위반자를 〈교정〉한다는 것은 아무도 약속하지 않았다.

그래서 나는 이 제3부의 제목을 〈박멸-노동 수용소〉로 했던 것이다. 마치 우리가 피부로 느끼듯이.

만일 법학자들의 인용문의 일부가 적합하지 않다면, 스뚜치까를 무덤에서 일으키고 비신스끼를 불러내야 한다. 이 문제는 그들이 해결하면 되니까. 내 탓은 아니다.

이제 겨우 나는 이 책을 쓰면서 선인들이 쓴 것을 볼 수 있는 기회를 가졌다. 그리고 또 친절한 사람들의 도움을 받아야 했다. 그런 책은 이미 어느 곳에도 찾을 수 없었기 때문이다. 수용소에서 오래 입어서 낡은 솜 작업복을 입고 있을 때, 그런 책이 있다고는 꿈에도 몰랐다. 우리 생활의 전부가 소장의 의사에 의한 것이 아니라, 어떤 전설적인 죄수 노동 법전에 의해 결정되고 있다는 것은 죄수에게만 알 수 없는 소문이었던 것이 아니라 독립 수용 지점장인 소령도 절대 그것을 믿지 않았을 것이다. 관계자용으로만 부수를 제한하여 출판되어 아무도 얻지 못하던 이 법전이 수용소 관리 본부의 금고에 보존되거나, 아니면 유해한 것이라고 소각되었는지 아무도 모르고 있었다. 문화 교육부 구석에도 그 인용문이 한 번도 걸린 적이 없고, 목조 게시판에 그 숫자 하나 공표된 적이 없었다 — 예를 들어, 노동 시간은 몇 시간인가? 한 달에 휴일은 며칠인가? 노동의 대가는 지불하는가? 재해 보장은 있는가? 등등. 만일 이런 질문을 한다면, 동료들의 웃음거리가 될 것이다.

이러한 인도적인 문서의 존재를 알고, 읽은 사람이 있다면, 그것은 우리 나라 외교관들이었을 것이다. 그들은 아마 회의에서 이 책을 펼쳐 보았을 것이다. 당연한 일이다! 나는 인용문을 입수했으나, 보기만 해도 눈물을 금할 수 없었다.

— 1919년판 〈지도 요강〉 중에서 — 형벌은 보복이 아니므로 고문의 요소는 하나도 있어서는 안 된다.

— 1920년판에서 — 죄수들을 〈너〉라고 부르는 것을 금한다. (그럼 그것보다 더러운 표현은 허용된다는 것인가?)

— 1924년판 교정 노동 법전 제49조 — 형무소의 처우는 고문의 성격을 띨 수가 없다. 수갑, 징벌 감방(!), 엄중한 독방 감금, 식사의 박탈, 격자 너머로의 면회는 어떤 상황에서든 결코 허용되지 아니한다.

그래, 이것으로 됐다. 이후의 지시는 없었으며, 외교관들에게는 이것으로 충분했고, 수용소 관리부로서는 아무 소용이 없는 것이었다.

또 1926년판 형법전에는 제9조가 있고, 우연히 나는 그것을 알게 되어 기억했다.

〈사회 방위상의 여러 조치는 육체적 고통을 주거나, 인간의 존엄성을 해치거나 해서는 안 된다. 또 그 목적은 보복과 형벌이 아니다.〉

이 얼마나 명백한가! 〈정당〉한 논거로 당국을 〈혼란에 빠뜨리는 것〉을 좋아하던 나는, 이따금 놈들에게 이 조항을 되풀이해 말하곤 했다. 그러자 법률의 수호자들은 하나같이 경악과 분개에 눈을 크게 떴다. 20년이나 근무하고 이제 정년퇴직 준비를 서두르고 있는 놈도 있었으나, 한 번도 제9조를 들어본 자가 없었다. 하기야 그들은 법전을 손에 들어 본 적도 없었으니까.

아, 〈현명하고 통찰력 있는, 위에서 아래까지 인간적인 관리 기구〉가 아닌가! ― 수용소군도를 방문한 뉴욕주의 최고 재판소장 레이보비츠가 『라이프』지에 쓴 대로야. 〈형기를 복역하고 있는 죄수들은 인간으로서의 자기 존엄을 지니고 있었다.〉― 그는 이렇게 이해하고 또 보았다.

아, 이렇게 통찰력이 예리한 바보를 재판관으로 모시고 있는 뉴욕주의 사람들은 얼마나 행복할까!

그렇게 배불리 먹고 걱정이 없는, 메모지와 볼펜을 쥔 근시에다 무책임한 외국인들이여! 껨에서 수용소 당국의 입회하에 죄수들에게 질문을 하고 있던 외국인 특파원들이여! 무엇 하나 이해하지 못하면서도 마치 이해하고 있다는 듯이 허세를 부리는 당신들이 얼마나 큰 손해를 우리한테 끼치고 있는지 모를 것이다!

인간으로서의 존엄이라고! 재판 없이 유죄가 된 사람도? 역의 스똘리삔 차량 곁의 진창에 꿇어앉힌 사람에게도? 교도관들의 채찍이 공중에서 울리고 있는데, 징벌 감방에 들어가지 않으려고 오줌에 젖은 흙을 손가락으로 모아서 옮기는 사람에게도? 수용 지점장의 속옷 세탁과 그의 소유인 돼지를 돌보는 일을 최고의 명예로 생각하고 그 일을 하는 교양 있는 여성들에게도? 내일 〈일반 작업〉으로 쫓겨나 개죽음하는 것을 면하기 위해 술 취한 그의 몸짓에 몸을 맡긴 그녀에게도?

불이야, 불! 마른 나뭇가지가 소리를 내면서 타오르고, 늦가을의 밤바람이 모닥불 불길을 크게 뒤흔들었다. 수용소 안은 컴컴하고, 모닥불 곁에는 나 혼자 있었다. 나는 또 목수가 버린 판자 조각을 주위서 모닥불에 던질 수도 있었다. 이 수용소 안은 특권적이다. 너무 특권적이기 때문에 나는 사회에 있는 것 같은 기분까지 든다. 이곳은 극락의 섬, 가장 쾌적한 시기의 마르피노라는 〈샤라시까〉 — 죄수들로 구성된 과학 연구소 — 다. 아무도 나를 감시하는 사람이 없고, 감방으로 불러들이지도 않는다. 나는 솜옷 상의에 몸을 감싸고 있었지만 역시 심한 바람에 추위를 느꼈다.

그런데 〈그녀〉는 이제 몇 시간을 이 세찬 바람을 맞으면서 움직이지 않고 선 자세로 머리를 숙이고 울거나, 말없이 추위를 견디고 있었다. 이따금 애원하기도 했다. 「소장님! 용서하세요! 다시는 그런 짓을 하지 않을게요…….」

그녀의 신음 소리가 바람을 타고 내가 있는 곳으로 날아오면, 마치 그녀가 내 귓전에서 울부짖는 듯한 착각에 빠진다. 소장은 위병소에서 난로를 때면서 들리지 않는 체했다.

그것은 우리 수용소와 인접해 있는 수용소의 위병소였다. 이웃 수용소의 노동자들은 우리 구내에 들어와 수도 공사를 하거나, 낡은 신학교 교사를 수리하고 있었다. 내가 있는 데서 보면, 여러 가닥의 복잡하게 얽힌 가시철조망 건너편 위병소에서 두어 걸음 되는 곳에, 밝은 불빛을 쪼이며 벌을 받는 젊은 처녀가 머리를 숙이고 서 있었다. 바람은 그녀의 회색 작업복 스커트를 펄럭였고 다리와 얇은 스카프를 쓴 머리에 차갑게 불어왔다. 낮에 노동자들이 우리 수용소에서 참호를 파고 있었을 때는 따뜻했었다. 그리고 또 다른 한 처녀가 골짜기로 내려가, 블라디끼노 한길까지 기어가서 도망쳤다. 경비병들은 멍청했다. 한길에는 모스끄바 시영 버스가 다니고 있었던 것이다. 알았을 때, 그녀는 이미 도망쳐 버렸다. 소동이 일고, 화가 나 침통해진 소령이 왔다. 만일 도망친 처녀를 찾아내지 못하면 수용소 전원에게 한 달간 면회와 차입을 금지한다고 외쳤다. 그러자 그 작업반의 여성 동료들이 격노하고, 모두 고함쳤다. 특히 그중의 한 여자는 사납게 눈을 굴리며 외쳤다. 「그런 여자는 잡혀야 해, 제기랄! 모두가 보고 있는 앞에서, 싹둑! 싹둑! 가위로 머리카락을 잘라 버려야 해.」(그 것은 그녀 혼자서 그렇게 생각해 낸 것이 아니라, 수용소군도에서는 이렇게 여성을 벌하는 것이다.) 그런데, 한 처녀가 한숨을 지으며 이렇게 말했던 것이다. 「내 몫까지 나가서 실컷 놀아라!」이 말을 교도관이 듣고, 그녀는 지금 이렇게 벌 받고 있는 것이다. 모두 수용소로 돌아가게 했으나, 그녀만은 위병소 앞에서 〈차려〉 자세로 서 있게 했다. 그것은 저녁 6시의 일이었으나, 지금은 벌써 밤 10시가 지났다. 몸을 녹이기 위해 그녀는 선 채로 다리를 움직이려 했으나 위병이 얼굴을 내밀고 외쳤다. 「가만히 서 있어. 더 혼내 줄 테야!」그래서 그녀는 더 움직일 수도 없고, 그저 울 뿐이다. 「용서해 주세요, 소장님! 수용소에 돌아가게 해주세요. 다시는 안 그럴게요!」

그러나 수용소에서는 아무도 그녀에게 이렇게 말하는 사람이 없었다. 「바보 같은 아가씨야! 들어와!」[3]

그녀를 이렇게 오래 여기에 세워 놓고 수용소에 돌려보내지 않는 것은 내일이 일요일이니까, 작업하는 데 그녀가 필요하지 않기 때문이다.

희끗한 금발의 순박한, 교육을 못 받은 소녀였다. 아마 실타래 하나쯤 훔쳤다가 잡혀 왔을 것이다. 아가씨, 그 얼마나 위험한 사상을 입 밖에 냈나! 그래서 평생 잊을 수 없는 징벌

---

3 뚜르게네프의 산문시 「문지방」의 한 구절 ─ 옮긴이주.

을 가하는 것이다.

불, 불이다! 우리는 전쟁터에서 싸우고 있다. 우리는 자주 모닥불의 불빛을 보고, 〈승리〉를 느낀다…… 바람이 모닥불 속에서 아직 완전히 타 버리지 않은 불씨를 가져가 버렸다.

이 불길에, 그리고 당신에게, 아가씨여, 나는 약속한다 — 이 일을 전 세계 사람들이 읽을 수 있게 하겠노라고.

이것은 1947년 말, 10월 혁명 30주년 기념일 며칠 전에, 도읍을 정한 지 8백 년의 잔혹한 시정을 축하한 우리 수도 모스끄바에서 일어난 일이다. 전 소비에뜨 연방 농업 박람회장에서 2킬로미터밖에 떨어지지 않는 곳이다. 여기에서 오스딴끼노의 농노 예술 박물관까지 1킬로미터도 안 되었다.

•

농노! 생각해 보면 이 비유가 맞아떨어진다는 것을 알게 될 텐데, 그것은 절대 우연이 아니었다. 농노제와 군도는 그 각각의 특징은 아니고 그 존재의 모든 주요 의의가 완전히 동일했다 — 그것은 몇백만이라는 노예의 무료 노동을 강제적으로 또한 무정하게 이용하기 위한 사회적 기구였다. 일주일에 6일, 가끔은 7일간이나, 군도의 주민은 자기들에게는 아무런 득도 없고 체력만을 소모시키는 부역 노동을 나가게 되어 있었다. 그들에게는 자기를 위하여 일할 날이 5일에 한 번도, 7일에 한 번도 주어지지 않았다. 왜냐하면 생명을 유지하기 위하여 〈한 달분의 식량〉, 즉 수용소의 배급 식량이 주어지기 때문이다. 농노제에서와 같이, 그들은 부역에 종사하는 농노 (A 그룹)와, 직접 지주(수용소장)의 일을 보고 집안일(수용소 구내의 일)을 하는 농노(B 그룹)로 나뉜다. 침상에서 내려오지 못하는 자만 환자(C 그룹)로 인정된다. 나쁜 짓을 한 자

(D 그룹)를 위해서는 형벌이 존재하는 것도 비슷했다. 다만 형벌을 주는 데 차이가 있었다. 자기 이익을 고려하여 지주는 되도록 노동일을 줄이지 않도록 배려하여 처벌했다. 예를 들면, 마구간에서 채찍질하는 정도며, 징벌 감방은 없었다. 그것에 비하여 수용소장은 국가의 지령에 의하여 과실을 일으킨 자를 ShIzo(징벌 격리 감방) 혹은 BUR(규율 강화 막사)에 넣는 것이다. 지주와 함께 수용소장은 어떠한 노예라도 종으로 만들어 요리사로, 이발사로, 혹은 익살꾼(마음만 먹으면, 노예 배우로 극단을 만들 수도 있다)으로 사용할 수 있으며, 어떤 여자 노예라도 가정부로, 첩으로, 혹은 여급으로 자기 집에 둘 수가 있다. 지주와 마찬가지로 그는 마음 내키는 대로 하며, 자기 본성이 시키는 대로 행동할 수 있었다. (힘끼 수용소장인 볼꼬프 소령은 어느 죄수의 딸이 목욕한 뒤에 기다란 아마빛 머리카락을 햇빛에 말리는 것을 보고, 아무런 이유도 없이 화내며 짧게 명령했다. 「잘라 버려!」 당장에 그녀의 머리카락이 잘려 떨어졌다. 1945년.) 지주 혹은 수용소장이 갈릴 때, 노예 전체가 순종하여 신임자를 기다리고, 그의 습관을 짐작하여, 미리 그에게 복종하는 것이었다. 주인의 기분을 예측할 수 없다면, 농노는 자기 장래의 운명도 생각할 수 없었다. 죄수도 마찬가지였다. 농노는 주인의 허락 없이 결혼할 수 없었다. 하물며 죄수는 소장의 동의를 얻고야 수용소 아내를 가질 수 있었다. 농노는 자기의 노예적 운명을 선택하지 않았으며, 농노로 태어난 것도 그의 탓은 아니었다. 그와 마찬가지로, 죄수도 또한 그 운명을 선택한 것이 아니며, 숙명에 의해 군도에 보내진 것이다.

이런 유사점은 러시아어로 알 수가 있다. 〈사람에게 식사를 준다〉, 〈사람을 일하러 보낸다〉, 〈당신에게는 사람이 얼마나 있는가?〉, 〈나에게 사람을 보내 주게!〉 여기서 〈사람〉이라는 것은 누구를 말하는 것일까? 옛날에는 농노를 이렇게 말했지만 지금은 이렇게 죄수들에 대해 이렇게 말한다.[4] 그러나 장교나 지도자를 두고는 이렇게 말하지 않는다. 「당신한테는 사람이 몇인가?」 이렇게 말하면, 아무도 이해하지 못할 것이다.

그러나 역시 농노와는 그렇게 많은 유사점은 없다는 반론이 있을지도 모른다. 아니, 다른 점이 훨씬 많다는 사람이 있을지도 모른다.

우리도 찬성이다 — 다른 점이 훨씬 많다. 그런데 이상한 것은 — 다른 점이 있다면 농노제가 더 낫다는 것이다! 모든 다른 점은 〈수용소군도〉에 불리한 것이다!

농노들도 아침부터 밤까지 일하지만 더는 일하지 않는다. 죄수는 어둠 속에서 일하기 시작하여, 어둠 속에서 끝난다. (그것도 언제 끝난다는 것이 없다!) 농노들의 일요일은 신성한 날이었다. 게다가 그리스 정교회의 모든 12제일, 사원의 제일, 일수가 많은 크리스마스 주간도 신성한 날이었다. (가장을 하고 집집마다 돌아다녔다!) 그런데 죄수는 일요일이 올 때마다 걱정이었다 — 휴일을 줄지, 안 줄지? 명절은 전혀 없다(볼가강에 휴일이 없듯이⋯⋯) — 5월 1일이나 10월 혁명 기념일인 11월 7일은 경축일이라 하기보다는, 수사를 받거나 지내기에 고통이 많았다(어떤 자는 이런 날만 되면, 매년 징벌 감방에 수감된다). 농노들의 크리스마스와 부활절은 진짜 명절이었다 — 작업이 끝난 후나, 이른 아침이나, 밤중에 〈한 사람씩 수색〉(「모두 침대 옆에 서라!」)하는 일은 전혀 알지 못했다! 농노들은 항상 같은 농가에 살며, 그것을 자기의 것으

---

4 집단 농장원들과 막일꾼들도 이렇게 말하지만, 이에 대해서는 더 논의하지 않기로 한다.

로 생각하고, 침상이나 긴 의자 위에서 잘 때, 이것이 나의 자리며, 여기서 잤고, 또 잘 것이라고 생각했다. 그런데 죄수는 내일은 어느 막사에서 자게 될지 전혀 모른다(작업에서 돌아올 때에도, 어젯밤 잠자던 곳으로 오늘 밤도 돌아갈 자신이 없는 상태다). 그에게는 〈자기의〉 판자 침상도 없고, 〈자기의〉 조립식 침상도 없다. 옮겨 가는 곳뿐이다.

부역하는 농민은 자기 말을 가지거나, 자기 가래, 도끼, 큰 낫, 물레, 바구니, 식기, 의류 등은 가지고 있었다. 노예마저도, 문학가 게르쩬도 썼지만,[5] 무슨 넝마 같은 것을 언제나 가지고 있다가, 죽으면 그것을 친척에게 남기는 것이었다. 그것을 지주가 빼앗는 법은 없었다. 그런데 죄수는 봄이 되면 겨울 물건을 반납해야 했다. 가을이 되면 여름 물건을 반납해야 한다. 물품 목록을 작성할 때는 그의 주머니를 모조리 뒤져서 여분의 것이 있으면, 국가에 몰수되었다. 자그마한 칼도, 접시도 허락하지 않았다. 생물 중에서 허락하는 것이라면, 그것은 이뿐이었다. 농노는 가끔 어량(漁梁)을 놓아 물고기를 잡기도 한다. 죄수는 고기를 잡는다고 해야 야채수프에서 숟가락으로 떠올리는 정도였다. 농노는 소를 기르거나, 염소나 닭을 사육하기도 했다. 그렇지만 죄수는 우유에 입도 대지 못했다. 몇 십 년이나 달걀을 본 적이 없다. 설사 보아도 잘 모를 것이다.

이미 7백 년 동안 아시아적 노예 제도를 경험하고 있는 러시아는 거의 〈기근〉이라는 것을 몰랐다. 〈러시아에는 굶어 죽는 사람은 없다〉는 속담이 있다. 속담이란 것은 거짓으로 만들어지지는 않는다. 농노는 노예이기는 했지만 배는 불렀다.[6]

5 『옛 친구에게 보내는 편지』아카데미판, 제20권, p. 585.
6 어느 세기에도 이러한 증언은 있다. 17세기에는 유리 끄리자니치가 쓴 것과 같이, 모스끄바 지역의 농민과 일꾼들은 서부 지방의 사람들보다 풍족하

그런데 군도에서는 몇십 년에 걸쳐 격심한 기아가 생활을 지배하고 죄수들이 쓰레기통에서 청어 꼬리를 얻기 위해 목숨을 걸고 물고 뜯으며 싸웠다. 크리스마스나 부활절에는 아무리 가난한 농노라도 베이컨을 먹었다. 그러나 수용소의 가장 성적이 좋은 노동자는 소포가 오지 않으면 베이컨을 얻을 수 없었다.

농노는 가족과 함께 살았다. 가족과 떨어지는 농노의 교환이나 매매는 공공연히 야만적인 행위라고, 러시아의 신문이나 문학이 분개하여 이를 비난했다. 수백 명, 많으면 수천 명(그것은 있을 수 없지만)이나 되는 농노가 가족으로부터 떨어졌다. 그러나 이 수는 결코 백만 단위까지는 되지 않았다. 그런데 죄수는 체포된 그날부터 가족과 떨어지고, 반 정도는 영원히 떨어지고 말았다. 만일 자식이 아버지와 함께(우리가 빗꼬프스끼에게서 들은 것처럼) 혹은 아내가 남편과 함께 체포되었을 때, 가장 경계한 것이라면, 그것은 그들이 같은 수용 지점에서 만나지 않게 하는 것이었다. 만일 우연히 만나게 되었을 경우에는 신속히 그들을 떼어 놓아야 한다. 또한 남자 죄수와 여자 죄수가 수용소에서 만나, 두 사람 사이에 짧거나 진실한 사랑이 생기면 재빨리 징벌 감방에 처넣어 두 사람 사이를 떼어 버리고 다른 장소로 보내야 한다. 마리에따 샤기냔

게 살고 있었다. 러시아의 제일 가난한 사람도 좋은 빵, 생선, 고기를 먹고 있었다. 〈동란기에도 예부터의 곡창 지대는 생산을 중지하지 않고, 밭에는 볏가리가 즐비하고, 탈곡장은 짚가리가 가득해서 산더미 같은 짚단과 건초 더미가 몇십 년 분이나 비축되어 있었다〉(아브라미 빨리쩬). 18세기에는 폰비진이 러시아 농민과 랑그도크 프로방스 지방의 농민의 생활을 비교하여 이렇게 썼다 ― 〈공정하게 판단하여, 우리 농민의 상태는 비교할 수 없으리만큼 행복하다고 생각한다.〉 19세기의 농노제의 농민에 대해 뿌시낀은 이렇게 썼다. 〈어디에나 《풍족함》과 노동의 흔적이 엿보인다.〉

이나 따찌야나 떼스와 같은 가장 감상적인 여류 작가마저도, 이 일에 말없이 눈물 한 방울 손수건에 떨어뜨리지 않았다. (어쩌면 그녀들은 〈알지 못했〉거나, 혹은 〈그러지 않으면 안 된다〉고 생각했을 것이다).

농노들이 한 장소에서 다른 장소로 이동할 때도 서둘러 하지는 않았다 — 그들에게 가재도구를 정리하고 동산을 모을 시간을 줘서, 느긋하게 15베르스따 내지 40베르스따[7] 떨어진 곳으로 옮겨 갔다. 그러나 죄수에게 질풍과 같이 죄수 호송이 닥치면, 수용소의 재산을 반납하는 데 20분, 아니 10분밖에 주지 않는다. 그때부터 그의 인생은 뒤집히고, 그가 어딘가 이 땅의 끝으로 보내진다. 그것은 영원히 보내지는 것인지도 모른다. 농노는 생애를 통하여 한 번 이상을 이사하는 일이 드물다. 그들은 거의 한자리에 머문다. 그런데 한 번도 호송을 체험하지 못한 군도의 주민이 있을까. 많은 사람은 5번, 7번, 11번까지도 있었다.

농노들이 연공(年貢)을 내는 경우도 있다. 이런 경우는 그들이 저주하던 주인으로부터 떨어져서 장사를 하여 부자가 되어 자유로운 사람과 같은 생활을 했을 때이다. 그런데 호송병 없는 죄수들도 다른 죄수와 같은 수용소에 살며, 아침부터 다른 죄수들의 대열에 쫓겨서 같은 작업 현장으로 떠났다.

대부분의 노복들은 타락한 기생충(〈노복이란 인간쓰레기〉)이며 부역하는 농노의 부담으로 되었으나, 스스로 그들이 지배자의 위치를 차지하는 일은 없었다. 그러나 죄수의 경우는 타락한 특권수들이 그들을 지배하여 멋대로 부리고 있기 때문에 고통은 배가 되고 있다.

보통 농노들의 상태는 지주가 그들에게 관대하지 않을 수

7 1베르스따는 1.067킬로미터 ─ 옮긴이주.

없어서 편했다 ─ 농노는 돈의 가치가 있고, 자기 노동으로 지주에게 부를 가져다준다. 그런데 수용소의 소장은 죄수들을 용서하지 않는다 ─ 그는 죄수를 팔 수가 없고, 자기 자식에게 유산으로 남기지 못한다. 어느 놈이 죽으면, 대신에 다른 놈을 보내온다.

아니, 우리 죄수들을 지주의 노예들과 비교하지 않는 것이 옳다. 후자의 상태가 훨씬 차분하고 인간적인 것으로 보아야 하겠다. 군도의 주민 상태와 비교할 정도라고 할 수 있는 곳은 우랄 지방, 알따이 지방, 네르친스끄 지방의 〈공장에 딸린〉 농노들이었다. 혹은 아락체예프 시대의 이주자들뿐이었다 (하지만, 나에게 반론할 것이다 ─ 그것도 부당하다. 아락체예프 시대의 이주지에도 자연이 있고, 가족이 있고, 명절이 있었다. 공정한 비교를 할 수 있는 것은 고대 동양의 노예 제도 밖에는 없다).

그런데 농노에 비하여 죄수에게만 있는 하나의 특권이라는 것이 나의 머리에 떠오른다 ─ 죄수가 군도로 보내지는 것은, 나이가 아무리 어려도 열두 살에서 열다섯 살부터다. 어쨌든 출생한 그날부터는 아니다! 여하튼 잡혀 오기 전까지 그는 사회의 공기를 맛보았다! 재판에 의해 결정된 일정한 〈형기〉의 어떤 점이 종신 농노 신분보다 유리한지는, 말하자면 많은 단서가 필요하게 된다 ─ 그 형기가 사반세기가 아니라면, 또 적용 조항이 제58조가 아니라면, 〈특별 명령까지〉 아니라면, 두 번째의 수용소 형기를 받는 것이 아니라면, 형기 종료 후 자동적으로 유형에 처하게 되는 것이 아니라면, 〈재복역〉으로 사회에서 군도로 되돌아가지 않는다면과 같은 것들이다. 이 단서는 뾰족한 말뚝으로 엮은 울타리처럼 얼마든지 있으나, 주인도 제멋대로 가끔 농노를 자유롭게 한 적이 있다는 것을 상기해야 한다⋯⋯.

그러기 때문에 미하일 황제[8]가 루비얀까에서 모스끄바 노동자들에게 전 소비에뜨 연방 공산당(볼셰비끼)을 VKP-B ── 제2차 농노제(볼셰비끼)[9] ──라고 한 것은 우리들에게 웃음을 주는 것이 아니라 예언으로 생각된다.

◆

그들은 사회적 노동의 새로운 자극을 찾고 있었다. 그것은 완전한 청렴결백한 기초에 자각과 열의가 있어야 한다고 생각했다. 여기서 토요일 봉사 노동의 〈위대한 발단〉을 얻었다. 그러나 실제로 그것은 새 시대의 시작이 아니라, 혁명 세대 최후의 헌신적 행위의 발버둥질이었다. 땀보프 주청의 1921년 자료에 의하면, 예를 들어 그 당시 많은 당원들이 토요일 봉사 노동을 피하려고 한 것을 알게 된다. 그래서 당원 조사 카드에 토요일 봉사 노동에 참가했다는 것을 증명하는 표시를 하는 제도가 확립되었다. 그 정열의 충동은 10년간 계속되었고, 공산 청년 동맹이나 그 당시 소년단이었던 우리에게도 미쳤다. 그러나 후에 우리한테서도 사라져 버렸다.

어찌하면 좋을까? 자극을 어디에서 찾을까? 돈, 성과에 따라 지불하는 제도, 상금? 그러나 이것은 최근까지 계속된 자본주의 냄새를 풍기며, 그 냄새가 사람들에게 불쾌한 느낌을 주지 않으려면 오랜 기간이 지나서 다른 세계로 바뀌지 않으면 안 된다. 그렇게 되면, 그것은 아무런 저항도 없이 〈사회주의적 이윤 원리〉로서 받아들일 수 있다.

8 〈미하일 황제〉는 솔제니찐과 같은 감방에 있었던 사람의 별명이다. 제1부 제5장 참조 ── 옮긴이주.

9 VKP-B로 약자가 동일함 ── 옮긴이주.

역사의 장롱 속을 좀 더 깊이 파 내려가, 마르크스가 〈경제 외적 강제〉라고 명명한 것을 찾아냈다. 수용소와 집단 농장에서 파낸 이 물건이 숨길 수 없는 어금니가 되었다.

그 후에 프렌켈이 출현하여, 악마가 끓는 가마 속에 독을 넣듯이 〈차별식 운용 제도〉를 첨가했다.

그 주문도 있었고, 그것을 잘 되풀이했다. 〈새로운 사회 체제하에서는 농노제를 지탱하는 곤봉에 의한 기강도, 자본주의가 기반으로 하고 있는 기아에 의한 기강의 여지도 있을 수가 없다.〉

그리고 군도는 기적적으로 그 여지가 없는 것들을 결합시키는 데 성공했던 것이다.

그것을 위하여 필요한 방법은 다만 이것뿐이었다 — (1) 차별식 운용 제도, (2) 작업반, (3) 〈두 명의 두목〉(그러나 세 번째는 필수는 아니다 — 보르꾸따 같은 데서는 두목 하나로도 잘 굴러갔다).

이 세 마리의 고래 위에 군도가 기반을 두고 있는 것이다. 그것을 〈전동 조절〉하면 그들이 모든 것을 움직이고 있다.

차별식 운용 제도에 대해서는 이미 말했다. 그것은 빵과 곡식의 재배분 제도며, 기생충적 사회에서는 아무것도 하지 않은 죄수가 받는 평균 배급 식량을 받기 위해서 우리 나라 죄수는 〈몸을 아끼지 않고〉 일해야 하는 제도다. 법률로 정해진 자기의 배급 식량을 1백 그램씩 애써 도로 받고, 또 돌격 작업 반원으로 인정받지 않으면 안 되는 제도다. 백 퍼센트 이상의 노르마를 수행하면, 추가하여 죽 몇 순가락을(전에 이 죄수에게서 빼앗았을 것이다) 받을 권리가 인정된다. 인간의 본성을 가차 없이 간파했다! 이 빵의 약간의 추가와 곡식 몇 줌의 증가는 그것을 획득하기 위해 소모한 에너지에 비해서는 어림도 없었다. 그러나 그 본래의 탐욕스러운 특성 때문에, 인간은 물건과 그 물건의 가치를 바르게 알지 못한다. 병사가 남의 전쟁에 싸구려 술 한 잔으로 돌격하여 생명을 잃는 것과 같이 죄수도 이 거지 동냥을 받기 위해 통나무에서 미끄러져서 북쪽 강의 해빙하는 물속으로 빠지거나, 혹은 맨발로 얼음처럼 차가운 물로 벽돌용 점토를 이기고 있었다. 그 발에는 〈사회〉의 흙이 이미 필요하지 않았다.

그러나 악마의 차별식 운용 제도도 만능이라고 할 수 없다. 모든 사람이 거기에 걸려드는 것은 아니다. 마치 농노들이 어느새 알아차렸듯이 ─ 〈나뭇잎을 먹더라도, 등걸을 파내는 중노동은 하지 않는 편이 낫다〉고 죄수들도 이해하게 됐다. 수용소에서 죽음을 부르는 것은 작은 배급 식량이 아니라 큰 쪽이다, 라고. 게으른 놈들! 바보들! 감각이 마비된 반짐승들! 그들은 이 추가를 바라지 않는다! 감자와 완두콩과 물을 섞은 영양이 있는 빵 한 조각을 바라지 않는다! 그들은 기한 전의 석방을 원치 않는다! 그들은 성적 우수자의 이름을 내붙인 칠판에 오르고 싶지도 않다! 그들은 건설 현장과 나라의 관심사는 들먹이고 싶지 않다. 5개년 계획이 근로자들과 직접 이해 관계가 있다고 하지만, 그 5개년 계획을 수행하고 싶지 않다! 그들은 일하고 싶지 않아서 채굴장이나 건설 현장의 구석으로 좋아라고 흩어져 비를 피해 어딘가 어두운 굴속에 숨는 것이었다.

야로슬라블 교외의 자갈 채굴장과 같이 많은 사람들을 쓰는 작업 현장은 그다지 흔치 않았다. 이 채굴장에서는 좁은 장소에 몇백 명이나 되는 죄수들이 무리가 되어 일하고, 그 움직임은 교도관들의 육안으로도 잘 보였다. 그중의 누군가 한 사람이 움직임을 멈추면, 이내 눈에 띄었다. 이것은 이상적인 조건이다. 언덕 위의 깃발이 자빠질 때까지, 즉, 휴식 사이렌 소리가 나기까지 누구도 작업의 속도를 떨어뜨리거나, 일을 그만두고 몸을 세우거나, 땀을 훔치거나 하는 용기 있는 자는 없었다. 그럼 그 밖의 경우는 어떻게 하면 될까?

여러 가지를 생각했던 것이다. 그 결과 생각해 낸 것이 〈작업반〉이었다. 그래, 어떻게 생각해 내지 못했겠는가? 우리 나라에서는 나로드니끼(인민주의자)도 〈농촌 공동체〉를 통해서 사회주의로 들어가려고 했고, 마르크스주의자도 〈집단〉을 통해서 하려고 했다. 현재도 우리 나라 신문은 이런 것을 쓰고 있지 않는가? — 〈인간에게 있어서 가장 중요한 것은 노동이다. 그 노동은 필히 집단 속의 것이라야 한다!〉

이리하여 수용소에서는 노동 이외에는 아무것도 없다. 그 노동도 집단 속의 것이다! 즉, 교정 노동 수용소가 인류의 최고 목표라는 것인가? 중요하다는 것이 달성되었다는 것인가?

작업반이 어떻게 그 구성원의 〈심리적인 풍족〉, 강제, 감시, 〈자존심의 향상〉에 도움이 되는지는 이미 본 바와 같다(제3부 제3장). 작업반의 목표에 어울리는 과제와 〈반장〉(수용소의 속어로는 〈언덕〉)이 선출된다. 반장은 죄수들을 곤봉과 배급 식량으로 밀어붙이면서, 당국, 교도관, 호송병이 없어도 작업반원들을 꽉 잡아야 한다. 샬라모프가 실례로 보여 주듯이, 꼴리마 지방의 금 채굴 현장에서는 한 기간 내에 작업반의 구성원들이 죽어서 몇 번이나 새 사람들로 바뀌었으나, 반장만은 죽지 않고 최후까지 바뀌지 않았다. 께메르 수용소에는 뻬렐로모프라는 반장이 있어서, 그는 말은 일체 사용하지 않고 다만 곤봉만을 휘둘렀다. 이런 놈들의 이름을 열거하기 시작하면 많은 지면이 필요하지만, 나는 그런 지면을 준비하지 않았다. 재미있는 것은 이런 반장들은 때로는 도둑들, 즉 룸펜 프롤레타리아 출신이라는 것이다.

하지만 인간이 적응할 수 없는 것이 이 세상에 있을까? 때로는 그 작업반이 군도의 주민 사회의 자연스러운 세포, 즉 사회에서 가족과 같은 존재였다는 것을 무시한다면, 우리의 관찰이 너무나 소홀했다 할 것이다. 나 자신도 이런 작업반을 알고 있다. 그것도 한둘이 아니었다. 다만 그것은 일반 작업, 즉 한 사람이 죽지 않으면 다른 사람이 살아갈 수 없는 일반 작업반은 아니었다. 보통 그것은 특수 작업반이었다. 전기 기술자들이나, 선반공들, 목수들, 페인트공들의 작업반이었다. 이런 작업반은 인원이 적으면(10명에서 20명) 적을수록 서로 돕고 의지하는 기미가 현저했다.[10]

이러한 작업반이나 그와 같은 역할을 하기 위해서는 그에 어울리는 반장이 필요했다. 그것은 적당히 엄격하고, 수용소 군도의 모든 도덕(부도덕) 규칙을 잘 알고, 통찰력이 있고, 작업자에게 공정하며, 당국에 대해 의연하고 확고한 태도를 가지고 발언하는 인물 — 어떤 자는 목쉰 소리로 지껄이며, 어떤 자는 냉정하게 조리를 세우는 인물이다. 기회가 있을 때마다 자기 작업반을 위하여 여분의 1백 그램의 빵, 솜바지, 구두 한 켤레를 놓치지 않는 인물이다. 게다가 유력한 사람들과 친분을 가지고, 그에게서 수용소 내의 소식이나 예정된 변동 상황을 미리 알고, 그것에 대응하여 바르게 지도할 수 있는 인물이다. 더욱 작업 내용에 정통하고, 각 작업 현장의 유리하고 불리한 점을 알고 있는 인물이다(만일 이웃에 작업반이 있다면, 그쪽에 불리한 현장이 돌아가게 하는 인물). 속임수에 대

10 이러한 분위기는 여러 노동자로 구성된 큰 작업반에서도 볼 수 있었다. 그러나 그것은 도형(徒刑) 수용소에서의 일이며, 특수한 조건하에서의 일이다. 여기에 관하여는 제5부에서 언급하겠다.

하여 예리한 눈을 가지고, 그 5일 노동 속에서 노르마의 속임수가 가장 쉬운 곳이 어딘가를 간파하는 능력이 있는 인물이다. 현장 감독이 작업 수행 보고서를 〈삭제〉하려고 잉크가 묻은 펜을 들었을 때, 굽히지 않고 그 속임수를 지켜 나가는 인물이다. 또 노르마 산정자에게 〈뇌물〉을 줄 수 있는 인물이다. 자기 작업반 안에서 누가 밀고자(만일 그가 그다지 머리가 좋지 않아서 해를 끼치지 않을 자라면, 그대로 둔다. 그러지 않으면 더욱 까다로운 녀석이 오게 된다)인지 알고 있는 인물이다. 자기 작업반의 일이라면 한눈에 누구를 격려하고 누구를 나무라야 하는지, 오늘은 누구에게 가벼운 작업을 시켜야 하는지, 언제나 알고 있는 인물이다. 이러한 반장을 가진 작업반은 단단히 결속되어 꿋꿋하게 살아남는다. 쉽지는 않지만, 죽는 사람도 없다. 나도 이런 반장 밑에서 일한 적이 있다 — 시네브류호프 밑에서, 빠벨 보로뉴끄 밑에서. 만일 이런 목록을 작성하려면, 많은 지면이 필요하게 될 것이다. 많은 사람들의 이야기를 종합하면, 이렇게 효율적이고, 또 머리가 좋은 반장들은 대부분이 〈꿀라끄〉의 자식들이었다.

그럼 어쩌란 말인가? 작업반이 생존 방식이 되게끔 몰아대는데, 어떻게 해야 할까? 어떻게든 적응해야 하지 않을까? 작업 때문에 죽어 가지만, 생존하는 것도 역시 작업을 통해서만 가능하다. (물론, 그것은 이론의 여지가 있는 철학이다. 보다 좋은 대답은 이런 것이다 — 당신이 바라는 죽음의 방식을 내게 가르치지 말고, 내가 원하는 대로 죽게 하라고. 하지만 그들은 어쨌든 당신이 원하는 대로 놔두지 않으며, 그게 문제이다……)

때로는 반장에게도 좋지 않은 선택을 강요하는 경우가 있다 — 산림 벌채 작업반이 55세제곱미터의 일과를 수행하지 않는다면 반장이 징벌 감방으로 가게 된다. 징벌 감방으로 가고 싶지 않다면, 작업반원들을 죽음으로 모는 한이 있어도 일을 시켜야 한다. 약육강식인 것이다.

집게에 왼쪽과 오른쪽, 즉 좌우 손잡이가 필요하듯이 수용소에도 〈두 명의 두목〉이 편리하다. 두 명의 두목, 그것은 망치와 모루며, 그것은 국가가 필요로 하는 것을 죄수로부터 두들겨 대는 것이다. 죄수가 망가지면 쓰레기통에 버리면 된다. 혹시 각각의 〈구내〉 두목의 유지가 국가의 지출을 대폭 증대한다 해도, 또 우둔하고 제멋대로이며 지나치게 조심성이 있어서 생산 활동을 어렵고 복잡하게 한다 해도, 그래도 두목은 둔다. 결코 손해가 되지 않으니까. 두 명의 두목 — 그것은 말할 것도 없이 한 사람 대신에 두 사람의 학대자가 있다는 것을 의미한다. 그들은 교대로 일하며, 서로 경쟁하는 상태에 놓인다 — 어느 쪽이 죄수에게서 더 많은 것을 짜내고, 더 적게 줄 것인가를.

한 두목의 수중에 있는 것은 공장, 재료, 공구, 수송 수단이고, 없는 것은 다만 노동력뿐이다. 이 노동력을 매일 아침 호송대가 수용소에서 데리고 나가고, 밤마다 수용소로 데리고 들어온다(야간 교대제일 때는 반대로). 죄수들이 생산 두목의 손으로 넘어가 있는 10시간 혹은 12시간 동안은 그들을 교육하거나 교정할 필요가 없다. 그리고 혹시 노동 시간에 그들이 죽는다 하더라도, 어느 두목도 슬퍼할 이유는 없다. 죽은 사람은 불타 버린 판자나 도둑맞은 니스보다 간단히 폐기 처분할 수 있기 때문이다. 생산 두목에게 중요한 것은 죄수들에게 되도록 많은 작업을 시키고, 작업 수행서에는 되도록 적게 기입하는 것이다. 그것은 해로운 지출이나 생산의 부족분을 메워야 하기 때문이다. 그것은 훔치는 것이 있기 때문인데, 트러스트들도, 건설 당국도, 현장 감독들도, 인부 감독들도, 경리부장들도, 운전수들도, 죄수들도 훔치고 있는 것이다. 제일 적게 훔치는 것은 죄수들이며, 그것도 자기를 위해서가 아니라(그들에게는 숨길 곳이 없다) 자기들의 수용소 당국과 호송병을 위해서이다. 그것보다 훨씬 많은 것이 낭비되는 것은 허술하고 경솔한 관리 탓이고, 또 죄수들이 물건을 소중히 하지 않기 때문이다. 이런 부족분을 메우는 방법은 하나밖에 없다 — 그것은 노동력의 사용에 대해 규정대로 지불하지 않는 것이다.

수용소 당국이 가지고 있는 것은 〈랍실라〉(어떻게 약어가 되었는지 알고 있다!)[11] 뿐이다. 그러나 그것은 결정적인 요소다. 수용소의 당국자들은 다음과 같이 말했다 — 우리는 그들(생산 당국자)에게 압박을 가할 수 있다. 하지만 다른 노동자를 찾을 수가 없다(밀림이나 사막에서 어디 사람이 있겠는가). 그래서 그들은 자기 노동력에 대해 되도록 많은 돈을 받아 내려고 한다. 그 돈은 국고에 납부되지만, 그 일부는 수용소 당국 자체의 유지를 위해 추렴된다. 그렇기 때문에 당국은 죄수들을 지키고(자유로부터), 마시게 하고, 먹이고, 입히고, 도덕적으로 돌봐 주는 것이다.

우리의 뛰어난 사회 기구에서 언제나 보는 바와 같이, 여기서도 2개의 〈계획〉이 정면으로 충돌한다. 그 임금의 지출을 최소한으로 억제하려는 생산 계획과, 또 수용소 생산에 의해 최대한의 이윤을 획득하려는 내무부의 계획이 그것이다. 밖에서 보면, 이것이 이상하게 보일지 모르지만 — 왜 국가는 자기 자신의 2개의 계획을 정면으로 충돌시키고 있을까? 아니, 그것은 중대한 의미를 지니는 것이다! 이 계획의 충돌이

11 러시아어로 〈노동력〉의 약어인데, 〈노예 노동력〉의 약어도 된다 — 옮긴이주.

야말로, 사람을 짓누르게 된다. 이것이 바로 군도의 가시철조망을 초월하는 원리라 하겠다.

그리고 또 중요한 것은 ── 두 명의 두목, 바로 이 두 당국이 끊임없는 충돌이나, 서로의 속임수에서 받는 인상과는 달리 전혀 적대적이 아니라는 것이다. 더 강하게 누를 필요가 있을 때는 이 두 당국이 서로 밀착한다. 수용소장은 죄수들에게 경애하는 아버지와 같은 존재임에도 불구하고, 몸의 부상은 죄수 자신의 탓이지 결코 공장 때문은 아니라고 인정하면서, 그런 서류에는 언제나 흔쾌히 서명하곤 했다. 죄수들에게 특수 작업복이 필요하다거나, 어느 작업장에 통풍 설비가 없어서 설치해 달라고 하는 등의 지나친 요구는 하지 않았다. (없으면 그만이지. 이것은 일시적인 것이니까 할 수 없다. 레닌그라드 봉쇄 때를 생각해 보라고?) 수용소 당국은 불손한 태도를 가진 반장을, 혹은 삽자루를 잃어버린 노동자를, 혹은 명령대로 움직이지 않는 기사를 징벌 감방에 넣겠다는 생산 당국의 요청을 절대 거절하는 일이 없다. 인적이 드문 마을에서 이 두 당국이 일종의 상류 사회, 즉 밀림 산업 지주 사회를 구성하는 것은 아닐까? 그들의 아내들이 서로의 집에 손님으로 다니지 않겠는가?

그리고 만일 작업 수행서에 속임수가 끊임없이 〈올라와도〉, 지상에 전혀 있지도 않은 참호 파기나 매몰 작업이 기입되어도, 또 고장 나지 않은 난방 시설이나 기계의 수리나, 그리고 10년 동안이나 서 있던 튼튼한 기둥의 교환 작업 등이 기입되었다 해도, 그것은 결코 수용소 당국의 교사에 의해 한 것이 아니다. 수용소 당국은 당황하지 않는다. 어차피 돈은 수용소에 흘러들어 오기 때문이다. 그런 속임수를 쓰는 것은 죄수 자신(반장들, 노르마 산정자들, 인부 감독)들이다. 모든 국가

203

적 노르마가 그렇기 때문이다. 왜냐하면, 이와 같은 노르마는 지상의 실생활이 기준인 것이 아니라, 달나라의 이상적인 세계에나 맞는 것이다. 아니, 그런 노르마는 건강하고, 잘 먹고, 힘이 왕성한 헌신적인 인간도 수행할 수 없는 것이다! 하물며 지치고, 약해지고, 굶주려 학대받는 죄수에게 물을 것이 있는가? 국가에 의한 노르마 작성은 지상에 있을 수 없는 생산량인 것이다. 이런 점은 소설에서의 사회주의 리얼리즘을 상기시킨다. 팔다 남은 책은 그저 찢어 버리면 되지만, 일단 행해진 산업상의 속임수의 처리는 이것보다는 어렵다. 다만 그것도 불가능한 것은 아니다!

언제나 눈이 팽팽 도는 바쁜 가운데 공장장이나 현장 감독은 속임수를 놓치고, 그것을 발견할 여지가 없었다. 자유로운 인부 감독은 문맹자이든가, 술에 취했거나, 아니면 죄수들에게 친절(자기가 괴로운 입장이 되면 반장이 도와주리라는 계산으로)하기도 했다. 그렇게 되면 〈초과 달성 분의 빵을 먹을 수 있고〉, 먹어 버린 빵은 배 속에서 끄집어 낼 수가 없으니까. 경리 감사와 정산은 민활하지 못한 것으로 알려져 있으며, 수개월 혹은 몇 년이 지나서 비로소 그 속임수가 발견된다. 그때가 되면 그 작업에 지불된 돈은 이제 사라져 버리고, 남은 처리 방법은 자유로운 사람 하나를 재판에 회부하거나, 서류를 지워서 〈폐기 처분〉하는 것이다.

군도의 기반이 된 세 개의 기둥, 즉 차별식 운용 제도, 작업반, 2명의 두목은 〈지도부〉에 의해 만들어진 것이었다. 그런데 네 번째이자 가장 중요한 기둥, 즉 속임수는 군도의 주민과 그 생활 자체에 의해 만들어졌다.

이 속임수를 쓰는 데는 억지가 세고, 수완 좋은 반장이 필요하다. 하지만 더 중요한 것은 죄수로 구성된 생산 당국자였다. 이러한 생산 당국자, 즉 인부 감독들, 노르마 산정자들, 계획 입안자들, 경제 담당자들이 적지 않았다. 변경 지방에는 자유 주민이 그다지 많지 않았기 때문이다. 어떤 죄수들은 이런 직무를 맡으면 자유인보다 더 잔인해져서 형제인 죄수들을 짓밟고, 그들의 시체를 발판으로 해서 자신의 기한 전 석방을 향해 나아가는 것이었다. 그 밖의 사람은, 이와 반대로 〈군도〉를 자기의 조국으로 분명히 인식하여 생산 행정에서는 합리적인 적정성을, 또 보고 제도에서는 속임수의 합리적 부분을 받아들인다. 그것은 그들에게 위험을 동반한다. 새 〈형기〉를 더 받을 위험은 없었다. 왜냐하면 그들의 형기는 그렇지 않아도 이미 상당한 것이었으며, 그 법 조항도 에누리 없는 딱딱한 것이었다. 위험은 새 직분을 잃게 되고, 당국을 화나게 해서 나쁜 죄수 호송단으로 들어가게 되는 것이었다. 그렇게 되면 조용히 죽게 된다. 그러니 자기 형제들의 생명을 구해 낸 그들의 불굴의 투지와 지성은 명예로운 것이었다.

이러한 인물로서는 바실리 그리고리예비치 블라소프와 같은 사람이 있었다. 우리는 이미 까디 사건을 살펴보면서 그에 대해 알게 되었다. 그는 긴 형기(줄곧 19년간을 복역)를 통하여 재판에서 보여 준 확고한 신념, 깔리닌과 그의 은사를 조소했던 때의 신념을 굽히지 않았다. 그는 전체 복역 기간에 기아에 지치고 일반 노역에 끌려다녔지만, 자신을 속죄양이 아니라 진정한 정치범, 바로 〈혁명가〉라고 자부했던 것이다. 그는 친지들에게 그렇게 말했다. 대학의 경제학부를 중퇴하고서도 천성적으로 예리한 경제 감각을 지녔던 그는, 그 덕분에 생산 부문의 특권수의 지위에 있었을 때, 자신의 죽음을 연기시키는 방법을 찾아냈을 뿐만 아니라, 동료들에게도 끌기 쉽게끔 수레를 개량하는 가능성을 찾아냈던 것이다.

1940년대에 우스찌-빔 수용소의 한 산림 벌채 출장소(우스찌-빔 수용소는 다른 수용소와 달라 〈하나〉의 통일된 두목밖에 가지지 않았다 — 수용소는 자력으로 산림을 벌채하고 그것을 등록하여, 산림부에 대하여 계획 수행의 책임을 지고 있었다)에서는 블라소프가 혼자서 노르마 산정자와 계획 입안자의 직책을 겸임하고 있었다. 그는 거기에서 우두머리였기 때문에 동절기에는 벌채 인부를 돕기 위하여, 그들의 작업반에 여분의 세제곱미터를 기입해 주었다. 한겨울의 추위 속에 열심히 작업을 한 결과, 노르마의 60퍼센트밖에 수행하지 못했으나, 식량은 125퍼센트 분을 받게 되었다. 이렇게 해서 여분의 배급 식량으로 노동자들은 그 해 겨울을 지냈고, 작업은 하루도 중단되지 않았다. 그러나 (서류상으로는) 〈벌채된〉 재목의 반출 작업이 꽤 지체되어서, 수용소장의 귀에 좋지 않은 소문이 들어가게 되었다. 3월에 인부 감독으로 구성된 조사 위원회를 밀림에 파견해 보니 8천 세제곱미터의 목재 부족이 발견되었다! 화가 난 소장이 블라소프를 불렀다. 그는 소장의 말을 듣고 나서 말했다. 「소장님, 조사 위원 녀석들을 전원 〈5일〉 동안 징벌 감방에 처넣으십시오. 그들은 게을러서 산림을 제대로 조사하지 않았습니다. 눈이 높게 덮였으니까. 새로 조사 위원회를 구성하여, 저를 위원장으로 임명해 주십시오.」 블라소프는 자기의 박식한 뜨로이까와 함께 자기 방에서 한 발짝도 밖으로 나오지 않고 조사 보고서를 작성하여, 부족한 목재의 전량을 〈찾아냈다〉. 한때 소장은 안심했으나, 5월이 되자 다시 소란해졌다. 목재의 반출량이 너무 적어서 벌써 상부에서 질문이 오곤 했다. 그는 블라소프를 호출했다. 블라소프는 체구는 작았으나, 위세가 당당한 사람이었다. 그러나 이번에는 사실대로 해명했다 — 목재는 없다고. 「없었다면, 어떻게 거짓말 보고서를 작성했나!」「그럼 소장님을 형무소로 보낼 것을 그랬나요? 8천 세제곱미터는 자유인에게는 〈10루블〉, 체끼스뜨에게도 5년입니다.」 소장은 잠시 화를 내고 있었으나, 블라소프를 처벌하기에는 이미 늦었다. 그에게 의지할 수밖에 없게 된 것이다. 「그럼 어떻게 할 것인가?」「눈이 녹아서 도로가 불통이 될 때까지 기다리는 겁니다.」 모든 도로 상태가 나빠지고, 겨울 도로도, 여름 도로도 불통되었다. 그러자 블라소프는 소장에게 기술적으로 상세히 뒷받침되는 보고서를 가지고 와서, 소장의 서명을 받고 그것을 다시 관리국으로 보냈다. 그 보고서에 의하면, 지난겨울 기간에 극히 다량의 목재를 벌채했기 때문에 8천 세제곱미터를 썰맷길로 반출할 시간적 여유가 없었다. 소택지가 많은 산림에서는 이 목재의 반출이 불가능했다. 또한 산림 속에 길을 시설하는 비용 계산을 해보니, 이 방법으로 8천 세제곱미터의 목재를 반출할 경우, 그 비용이 목재값을 상회한다는 것이 입증되었다. 1년이 지나면 늪에서 여름과 가을 동안 잠겨 있던 목재는 계약 조건에 맞지 않아서, 주문한 쪽에서 그것을 받아도 땔감으로 밖에 쓸 수가 없다. 어느 조사 위원회에 보여도 부끄럼 없는 조리 있는 논증을 관리국은 인정했다. 그리하여 8천 세제곱미터의 목재를 폐기 처분했던 것이다.

이리하여 이 나무들은 쓰러지고, 〈먹히고〉, 폐기 처분되어도 다시 푸른 침엽을 자랑하면서 서 있었다. 무엇보다도 이 죽은 세제곱미터에 대하여 국가도 그다지 자금을 지출하지 않았다 — 끈적이고, 물을 많이 섞은 검은 빵 수백 개 정도가 여분으로 지출되었을 뿐이다. 보존된 1천 그루의 나무와 1백 명의 인명은 이익으로 계산되지도 않았다. 군도에서 이익을 그런 식으로 계산한 예는 한 번도 없었다.

아마 이런 부정을 생각했던 사람은 블라소프 혼자만은 아닐 것이다. 그래서 1947년부터 모든 산림 벌채 현장에 새로운 제도가 도입되었다. 그것은 총합조와 총합 작업반이었다. 이번에는 벌채 인부들이 운반자들과 함께 하나의 조를 구성하고 작업반이 쓰러뜨린 나무의 양을 기입하는 것이 아니라, 목재 하치장까지 반출한 목재량을 기입하게 되었다. 즉, 흘려 내려보낼 수 있는 강기슭까지, 봄에 통나무를 흘려보낼 수 있는 장소까지 반출하지 않으면 안 되었다.

그럼 어떻게 되나? 이제는 속임수가 사라졌는가? 천만에! 오히려 더 했다! 속임수는 부득이 확대되었고, 그것으로 빵을 먹는 노동자들의 층도 확대되었다. 지루하지 않은 독자라면, 다음을 읽어 보라.

1. 죄수는 목재 하치장에서 강으로 통나무를 보낼 수가 없다. (강을 따라 그들을 누가 호송하겠나? 조심해야지!) 그러므로 목재 하치장에서 수용소의 목재 인도 담당(모든 작업반을 대표하여)으로부터, 자유인으로 구성된 목재 운송 사무소의 대표자가 목재를 인수한다. 그럼, 이 사람이 엄격한가? 아니, 그렇지는 않다. 수용소의 인도 담당은 벌채 작업반이 필요로 하는 만큼 수치를 부풀린다. 그것은 사무소의 인수자에게도 좋은 것이다.

2. 여기에 그 이유가 있다. 목재 운송 사무소로서도 역시 자기의, 즉 자유인 노동자들을 부양해야 한다. 여기에서도 노르마는 수행 불가능한 것이다. 이 존재하지도 않는 기입된 모든 목재를 목재 운송 사무소는 운송된 것처럼 자기 앞으로 모조리 기입하는 것이다.

3. 모든 벌채 현장에서 운송되어 온 목재를 모으는 곳에

〈거래소〉가 설치된다. 즉, 목재를 강에서 기슭으로 끌어올리는 장소다. 이 작업에 다시 죄수들이 일하게 된다. 예의 우스찌-빔 수용소의 죄수들이다(우스찌-빔 수용소의 52개의 섬들은 250×250킬로미터의 면적에 산재해 있었다). 이것이 우리 군도인 것이다! 목재 운송 사무소의 인도 담당은 걱정하지 않는다 — 수용소의 인도 담당은 그로부터 모든 속임수의 목재를 모조리 다시 인수해 주는 것이다 — 우선, 아까 목재 하치장으로 이 목재를 인도한 자기 수용소 동료를 어렵게 하면 안 되기 때문이다. 그리고 둘째로, 목재 인양 작업에서는 〈자기〉 죄수들을 그 속임수 목재로 부양하기 위해서다. (그곳에도 역시 노르마는 환상적인 것이다. 그들에게도 역시 여분의 빵이 필요했다!) 이 단계가 되면, 인수 담당은 사회를 위하여 수고해야 했다. 그들은 단지 목재량만 인수하는 것이 아니라 실제 목재와 속임수로 존재하지 않는 모든 목재들의 직경과 길이를 세밀하게 분류해야 한다. 이 사람이야말로 인류의 은인인 것이다! (블라소프도 이 일을 한 적이 있었다.)

4. 〈거래소〉 뒤에 있는 것은 제재 공장이다. 거기서는 통나무에서 재목이 생산된다. 노동자들은 또 죄수들이다. 여기의 작업반은 제재된 통나무의 양으로 배급 식량을 받으니까, 이 〈여분〉의 속임수 목재는 마침 알맞게 그들의 생산 퍼센트를 높여 준다.

5. 다음에 등장하는 것이 제재된 재목을 보관하는 창고다. 국가의 노르마에 의하면, 거기에는 제재 공장이 인수한 통나무의 65퍼센트가 있어야 한다. 이리하여 속임수 목재의 65퍼센트가 보이지 않는 상태에서 창고로 운반된다(그리하여 가공의 재목도 다른 재목과 똑같은 등급으로 분류된

다 ― 뒤판, 세공용 등으로 널빤지의 두께, 자로 자른 널, 자르지 않은 널 등). 재목을 쌓아 올리는 노동자들도 역시 속임수 재목으로 여분의 식량을 받고 있다.

그럼 앞으로 어떻게 되는가? 속임수 목재는 창고에 닿았다. 이 창고는 무장 경비대가 경비하고 있으니까 검증되지 않은 〈분실〉이 있을 수가 없다. 이 속임수의 뒷감당은 대체 누가, 어떻게 질 것인가?

여기서 위대한 〈속임수〉의 원리에 구원의 손을 내미는 것이 군도의 또 하나의 위대한 〈원리〉인 것이다 ― 〈고무〉의 원리, 즉 모두를 무한히 연기시키며 늘리는 것이 그것이다. 이리하여 속임수 재목은 등록된 채, 해마다 바꿔 쓰여서 그대로 남게 된다. 이 야만적인 군도의 오지에서 행해지는 재산 목록 작성 때 바꿔 쓰이는 것이다. 모두가 한 식구니까, 모두 이해한다. 세어 보려고 해도 모든 목재를 손으로 움직이며 셀 수는 없을 것이다. 다행히, 보관하는 데 매년 속임수 재목이 어느 정도는 〈못 쓰게 되고〉, 그만큼이 폐기 처분된다. 한두 사람의 창고 담당자가 해고되어 노르마 산정자로 보직이 변경될 뿐이다. 그 대신 얼마나 많은 사람이 여분의 식량을 받게 되었던가!

그리고 또 이렇게 한다 ― 소비자들을 위하여 널빤지를 차량에 실을 때(그때, 짐 작업반도 여분의 식량을 받는다. 이것을 지적해 둔다!) 철도원은 납으로 봉인한다. 그는 어찌 되어도 좋다. 얼마간 시간이 지나, 어딘가 아르마비르나, 혹은 끄리보이 로끄에서 차량이 열리고, 재목의 인수를 정식으로 기입한다. 만일 적하 부족이 타당한 것이라면 그 모든 양의 차이는 어느 난에 집계된다. 이렇게 되면, 이것을 설명하는 것은 국가 계획 위원회의 일로 된다. 만일 적하 부족이 심할 경우에는 화물 수취인이 우스찌-빔 수용소 앞으로 배상 청구서를 제출한다. 그러나 이런 배상 청구서는 다른 몇백 장의 서류와 함께 흘러서 어디선가 철이 되고, 어느덧 소멸되어 버린다. 이런 청구서가 인간의 〈살고자 하는〉 기분을 이길 수는 없다(그러나 목재를 실은 차량을 되돌려 보내는 일은 아르마비르의 그 누구도 결심할 수 없는 일이다. 주는 것은 무엇이든 다 받는다. 남쪽에는 산림이 없다).

지적해 두지만, 국가도, 또한 산림부도 그 벌채하여 제재된 목재의 속임수로 증가된 숫자를 그 국민 경제 보고 중에 중요하게 이용하고 있는 것이다. 산림부에도 이 속임수 숫자는 유용한 것이다.[12]

그러나 가장 놀라운 것은 다음과 같은 것이다 ─ 목재 이동의 각 과정의 속임수 때문에 목재의 〈부족〉이 발생하지 않으면 안 된다. 그러나 여름 동안에 〈거래소〉의 인수 담당이 목재를 강에서 기슭으로 인양할 때 너무 많은 속임수를 기입하기 때문에, 가을쯤에는 목재 운송 사무소의 하치장에 〈여분〉의 목재가 둥둥 떠 있게 된다! 그때까지 손대지 않은 목재가 말이다. 겨울에 그대로 뒤서는 안 된다. 그렇지 않으면 봄에 비행기를 불러 폭파하지 않으면 안 되기 때문이다. 여기서 그 〈여분의〉, 이미 누구한테도 필요 없는 목재는 늦가을쯤 〈백해로 흘려보내〉도 좋다는 허락이 떨어진다.

기적적이지 않은가? 기이하고 신비롭지 않은가? 그러나 이런 일은 한 곳에서만 일어나지 않았다. 운시 수용소에서도 이처럼 목재 창고에 항상 〈여분〉의 목재가 있었지만 차량에 실

---

12 군도의 많은 문제와 마찬가지로, 속임수 역시 그 경계선을 넘어서 전 국가적 의의를 가지게 되었다.

을 수가 없어, 아무 곳에도 등록되지 않은 채 그대로 있었다! 그리고 나중에 창고가 완전히 폐쇄되자, 그곳으로 이웃 독립 수용 지점에서 아무 곳에도 속해 있지 않은 건조된 땔감을 얻으러 갔다. 이리하여, 그렇게 애써 껍데기를 벗겨 만든 광산용 기둥 목재가 난로 속에서 타오르게 된다.

그리고 이러한 모든 일은 어떻게 〈살아남을〉 것인가, 생각하느라 발생한 것이지 결코 돈을 벌려고 한 것이 아니다. 국가의 재산을 약탈하려는 것이 절대 아니었다.

국가는 이렇게까지 잔인해서는 안 된다. 국민을 이렇게 위선으로 몰아서는 안 된다.

죄수들은 입버릇처럼 이렇게 말한다 — 〈뚜흐따(속임수)와 암모날(폭약)이 없었더라면 운하도 건설되지 못했을 것이다〉라고.

이 모든 것이 군도의 기반인 것이다.

제6장

파시스트들이 실려 왔다!

「파시스트들이 실려 왔다! 파시스트들이 실려 왔다!」젊은 죄수들, 남녀가 흥분하여 수용소 안을 뛰어다니며 외쳤다. 이것은 우리의 트럭 두 대가 각기 30명씩의 〈파시스트들〉을 싣고, 노비 예루살렘 수용소의 작은 사각형 구내로 들어왔을 때 일이었다.

우리는 그때 자기 인생의 최고의 한때를 체험하게 되었다. 끄라스나야 쁘레스냐에서 여기까지는 트럭으로 1시간가량 걸리는 거리였다. 이것은 근거리 호송이었다. 우리는 다리를 굽히고 억지로 트럭 적재함에 앉아 있었으나, 주위의 공기, 속도, 색채마저도 다 우리 것이었다. 오, 잊었던 세상의 광명이여! 전차는 붉고, 무궤도 전차는 푸르고, 군중은 흰색과 여러 색이었다. 사람들은 서로 밀치면서 승차하고 있으나, 그래, 그들은 이런 색채를 눈여겨보고 있을까? 오늘은 어찌 된 영문인지 모든 건물과 전봇대가 크고 작은 깃발로 장식되어 있었다. 8월 14일이라는 뜻밖의 경축일이 우리가 형무소에서 해방된 경축일과 일치되었다(이날 일본의 항복이 발표되어, 7일 전쟁이 종식되었다). 볼로꼴람스끄 길가에서는 베어 놓은 건초 냄새와 저녁 무렵의 쌀쌀한 초원의 공기가 우리의 빡빡 깎은 머리를 스친다. 이 초원의 공기를 이토록 탐욕스럽게 마실 사람이 죄수 외에 누가 있으랴? 진짜 푸른색은, 항상 잿빛에만 익숙한 눈에는 눈부실 뿐이었다. 나는 감메로프, 인갈과 함께 이동 중이었는데, 가까이 앉은 우리 세 사람은, 마치 즐거운 별장으로 가고 있는 기분이었다. 이렇게 매력적인 여행의 종말이 어두운 것이 되리라고는 생각하지 못했다.

그리하여 이제 우리는 트럭 적재함에서 뛰어내려서 저려 오는 다리와 등을 천천히 펴면서 주위를 돌아보았다. 노비 예루살렘 수용소는 우리의 마음에 들었고 멋지게까지 느껴졌다. 구내에는 울타리 대신 얽힌 가시철조망이 둘러져 있었고, 사방에는 언덕이 많았고, 활기 있는 농촌과 별장지인 근교 농지가 보였다. 그래서 우리 자신도 마치 이 즐거운 환경의 일부를 구성하고 있는 것 같은 기분으로, 이곳에 휴식과 즐거움을 찾아 오는 사람들처럼 이 땅을 바라보고 있었다. 아니, 우리는 더욱 입체적으로 바라보았다(우리의 눈은 평면의 벽, 평면의 침상, 깊이가 얕은 형무소에 익숙해 있었다). 우리에겐 모든 것이 더욱 선명하게 보였다 — 8월이 되어 이제 퇴색해 가는 녹색도 우리 눈에는 눈부시게 느껴진다 — 혹시 태양이 일몰에 가까워지면 이렇게 선명해지는 것은 아닐까.

「그래, 당신들이 파시스트인가? 모두 다 파시스트냐고?」죄수들이 눈에 희망의 빛을 띠며 가까이 와서 우리에게 물었다. 〈그래, 파시스트들이야〉라고 하자 도망쳐 버렸다. 이제 더 이상 우리는 그들의 관심을 끌지 않았다.

(〈파시스트〉 — 이것은 〈제58조〉 위반자에 대한 별명이라는 것을 우리는 이미 알고 있었다. 이 별명은 눈치 빠른 형사범들이 붙인 것으로, 당국도 적극적으로 찬성했다 — 이전에는 〈반혁명 분자〉라는 별명으로 불렸으나, 후에 그것은 빛을

잃게 되어 새로운 낙인이 필요하게 되었다.)

쌀쌀한 공기 속을 차로 달려온 우리들은 여기가 실제보다 따뜻하게 느껴져서 한결 기분이 좋았다. 우리는 좁다란 구내를 살펴보았다. 남성용 2층 석조 건물, 여성용 낮은 2층의 목조 건물, 아주 흔해 빠진 농촌의 창고같이 생긴 부업 공장 몇 채가 나란히 있었다. 좀 더 바라보면 밭 여기저기에 나무와 건물이 기다란 검은 그림자를 드리우고 있었다. 그 앞에는 벽돌 공장의 높은 굴뚝과 그 두 건물의 등불이 켜지기 시작한 창문들이 보였다.

「뭐, 어때? 여기는 그다지 나빠 보이지 않는데…….」 우리는 자기 스스로를 납득시키면서 서로 말했다.

한 젊은이가 우리 곁에 왔다. 그가 신경이 날카로워져 불쾌한 표정을 짓고 있는 것을 죄수들이 눈치챘다. 그는 오랫동안 서서 흥미 있게 파시스트들을 지켜보았다. 그는 검고 낡은 모자를 삐딱하게 눌러 쓰고 두 손을 호주머니에 넣은 채, 우리가 지껄이는 이야기를 듣고 있었다.

「나쁘지 않지!」 내뱉듯이 그는 소리 질렀다. 입술을 삐죽이며 다시 한번 이쪽을 경멸의 눈으로 바라보면서 그는 말을 또박또박 도장을 찍듯이 발음했다. 「코흘리개들…… 혼내 줄 테야!」

이렇게 말하고, 우리 발아래에 침을 뱉고 가버렸다. 그는 이런 바보들의 지껄이는 소리를 더 참고 들을 수 없었던 것이다.

우리는 깜짝 놀랐다.

수용소의 첫날 밤이다! 당신은 벌써 지독한 속도로 밑으로 미끄러져 떨어져 간다. 어디엔가 도움이 될 돌출부가 있을 텐데, 그것을 잡아야 하지만, 당신은 그것이 어디 있는지 모른다. 그래서 당신의 교육 과정에 있었던 모든 나쁜 면이 되살아났다 ― 굶주린 사람들이 장사진을 이룬 행렬이나 강자가 뻔뻔스러운 부정행위로 심은 불신, 우울, 고집, 잔학성이 생각난다. 게다가 이런 나쁜 면이 수용소에 대한 사전 평판에 더 자극되어서 혼란스러운 당신을 더욱 고민하게 한다. 소문에 의하면 〈일반 작업〉은 절대 피해야 한다! 수용소는 늑대의 세계다! 여기서는 산 사람을 물어 죽인다! 여기는 쓰러진 사람을 밟아 죽이는 곳이다! 〈일반 작업〉에는 절대 나가지 말아야 한다! 하지만 어떻게 안 나갈 것인가? 어디로 도망칠 것인가? 무엇인가 〈붙잡지〉 않으면 안 돼! 누구한테 〈뭔가를 건네야〉 한다! 그런데 대체 무엇을? 누구한테? 그런 것은 어떻게 하는가?

1시간이 되기 전에, 호송된 동료 죄수 중 한 사람이 기쁨을 억누르며 돌아온다 — 그는 구내 건설 기사로 임명되었다. 그리고 또 한 사람이 돌아온다 — 그는 공장에서 자유 고용인 이발소를 개설하는 것을 허락받았다. 또 한 사람은 — 아는 사람을 만나서 기획부에서 일하게 되었다고 한다. 당신은 마음이 상한다 — 그것은 모두 당신의 희생이 따르는 일이다! 그들은 사무실이나 이발소에서 살아남지만 당신은 죽어야 한다. 틀림없이 죽어야 한다.

수용소 구내. 철조망에서 철조망까지는 2백 보 정도였다. 그리고 철조망 가까이로는 근접할 수가 없었다. 아니, 주위에는 근교 농촌의 언덕이 푸르게 빛났다. 그런데 여기는 음식이 없는 식당, 징벌 격리 감방 석굴, 〈개인 취사〉용 취사장의 낡은 천막, 목욕탕, 썩은 널빤지를 깐 낡은 잿빛 변소, 이제는 여기를 피할 수 없다. 끝장이다. 자칫하면 이 작은 섬이 당신의 인생에서 마지막으로 밟게 되는 땅덩이인지도 모를 일이다.

방 안에는 〈바곤까(조립 침상)〉만이 잔뜩 놓여 있다. 바곤까 — 이것은 군도가 발명하여 군도 주민들이 잠잘 때 사용하는 설비로, 여기 이외에는 세상 어디에도 없을 것이다. 그것은 십자형으로 2개를 지지하는 머리와 발에 붙인 2단식으로 된 넉 장의 깔판이다. 잘 때 한 사람이 움직이면, 나머지 세 사람이 흔들리는 것이다.

이 수용소에서는 매트리스를 지급하지 않는다. 속에 무엇인가 집어넣을 주머니도 역시 주지 않는다. 노비 예루살렘섬의 주민은 〈내의〉라는 말을 모른다. 여기서는 시트라는 것이 없다. 내의도 지급하지 않고, 세탁도 하지 않는다. 있는 것은 자기가 입고 왔든가, 후에 얻은 것뿐이었다. 이 수용소의 경리부장은 〈베개〉라는 말도 알지 못했다. 베개는 제 것밖에 없었다. 그것도 여자들과 형사범들에 국한되어 있었다. 밤에 맨 널빤지에서 잘 때는 신발을 벗어도 좋지만, 다만 신발을 도둑맞게 될 염려가 있었다. 신발은 신은 채 자는 것이 좋았다. 옷도 벗어 헤치면 그것도 도둑맞게 된다. 아침에 막사를 나설 때는 아무것도 남겨서는 안 된다. 도둑들이 귀찮아서 훔치지 않은 것들을 교도관들은 훔치니까 — 〈금지된 물품이다!〉라고 하면서. 아침에 작업하러 나갈 때는 유목민이 숙박지를 떠날 때처럼 — 아니 더 깨끗하게 — 모닥불의 재와 먹다 남은 동물의 뼈를 남기지 않는다. 방 안은 텅 비어서 낮에 다른 죄수를 넣어도 될 정도였다. 당신이 잠자는 깔판은 이웃 사람들의 것과 똑같았다. 아무것도 없고, 손때가 묻고, 사람 몸으로 반질반질 윤기가 났다.

그러나 작업하러 갈 때는 아무 물건도 가지고 가지 않는다. 아침이 되면 자기 물건을 챙겨서 소지품 보관소에 놓고, 밤에 필요한 물건만 고르는 것이다. 그때 틀려서는 안 된다. 두 번 다시 소지품 보관소에는 들어갈 수 없기 때문이다.

이런 일이 10년간 계속되는 것이다. 자, 힘을 내자!

아침 교대조는 오후 2시가 지나서 수용소로 돌아온다. 그들은 세수하고, 점심을 먹고 소지품 보관소에 줄을 선다. 그리하여 점호의 알람이 울린다. 수용소에 있는 모든 사람이 몇 줄로 선다. 그러자 문맹자인 교도관이 합판 조각을 들고, 연필에 침을 묻히고 생각하듯이 이마에 주름을 잡으며 중얼댔다. 이 교도관은 줄을 서 있는 사람들을 여러 번 고쳐 세고 모두 그 자리에 세워둔 채, 모든 건물의 방을 여러 번 둘러보는 것이다. 그는 단순한 산수의 계산을 틀리거나, 환자의 수나 〈작업하러 데려가지 않고〉 징벌 격리 감방에 감금한 사람의 수를 틀리기도 한다. 이러한 의미 없는 시간 낭비가 짧아도 1시간, 자칫하면 1시간 반이나 계속된다. 시간을 중하게 여기는 사람은, 이런 때 특히 서글픔과 굴욕감을 느낀다. 그것은 수용소 속에서도 무엇인가 하고 싶다는 욕구를 가진 사람이다. 이 욕구가 우리 민족에게는 그다지 발달해 있지 않으며 죄수들은 더욱 발달하지 못했다는 점을 감안하더라도 말이다. 〈줄을 서서〉 있는 동안 책을 읽을 수도 없다. 나의 젊은 친구, 감메로프와 인갈은 눈을 감은 채 시나 산문, 혹은 편지를 만든다. 그러나 이러한 행동도 줄에 서 있을 때는 허용되지 않는다. 이렇게 하고 있으면, 졸고 있는 것처럼 보여서 점호를 무시하는 듯했다. 게다가 귀가 막히지 않았으니까 상스러운 욕설이나, 바보스러운 농담, 침울한 대화가 들려온다. (1945년의 일이다. 곧 노버트 위너가 사이버네틱스를 창시한다. 이미 원자의 핵분열도 성공했다. 그런데 여기에서는 이마가 창백한 지식인이 그냥 서서 기다리고 있다 ─ 「움직이지 마!」 아직도 우둔하고 얼굴이 붉은 바보가 중얼거리며 계산을 맞추는 것을 기다리고 있다!) 점호가 끝나고, 이제 5시 반이 되어 쉬거나 낮잠을 자러 가도 될 것 같으나(전날 밤도 짧았는데 이러다가는 오늘 밤은 더 짧아질지도 모르겠다), 1시간 뒤에는 저녁 식사다. 이렇게 해서 시간은 엉망진창이 되었다.

수용소의 행정이 얼마나 게으르고, 무능한지, 3개의 교대 조의 노동자들을 다른 방에 넣겠다는 의욕도 없고, 그것을 생각하려고도 하지 않았다. 저녁 식사가 끝나고 7시가 지나면 제1 교대조의 노동자들은 잠자도 되지만, 배가 부르고 피곤하지 않는 녀석들은 가만히 있지를 못했다. 형사범들은 이런 때 자기들 닭털 이불 위에서 카드놀이를 즐기거나, 큰 소리로 노래 부르거나, 연극 놀이를 한다. 지금도 아제르바이잔 사람처럼 생긴 한 형사범이 성큼성큼 방 안을 돌면서 침상에서 침상으로 뛰어다니며, 위의 깔판에서 잠자는 사람의 발을 밟고, 짐승처럼 비명을 질렀다. 「이리하여 나폴레옹은 모스끄바로 담배 사냥을 하러 갔던 것이다!」 그는 담배를 얻고 다시 돌아오면서 발을 밟거나, 넘어오고 있었다. 「이리하여 나폴레옹은 파리로 도망쳤던 것이다!」 형사범들의 행동은 어느 것이나 괴상하고, 상식에도 어긋나서 우리는 어리둥절하여 놈들을 바라볼 뿐이었다. 밤 9시부터는 밤 교대조 놈들이 침상을 흔들며, 발소리를 울리고, 나갈 준비를 하며 소지품 보관소로 사물을 가져간다. 10시경에 그들은 작업하러 나간다. 그러고 나서 이제는 잘 수가 있다! 하면서 기뻐하는 것도 잠깐, 10시가 지나서 낮 교대조가 돌아온다. 이번에는 그들이 무거운 발걸음으로 침상을 흔들며, 얼굴을 씻고, 소지품 보관소에 사물을 가지러 간다. 저녁 식사를 한다. 아마도 11시 반이 지나서야 지친 수용소는 겨우 잠들게 되는지도 모르겠다.

그런데 4시 15분에는 금속성 소리가 자그마한 수용소의 잠을 깨우며, 아직 잠들어 있는 집단 농장 일대에 울려 퍼지는 것이다. 그 근처에는 아직 이스뜨라 수도원의 종소리를 잘 기억하는 노인들도 살고 있었다. 아니, 어쩌면 이 수용소의 아름다운 음색의 종도 그 수도원에서 가져온 것인지도 모른다. 그 무렵에도 마을의 수탉이 우는 것과 동시에 수도승들이 일어나서 기도와 노동을 하는 것이 익숙했을 것이다.

「제1 교대조 기상!」교도관은 각 방에서 큰 소리로 외쳤다. 수면 부족으로 머리는 숙취 때와 같고, 아직 눈도 뜨지 못하여 도저히 세면을 할 수도 없다! 그냥 잤기 때문에 옷은 입을 필요도 없다. 그러니까 이내 식당으로 들어간다. 아직 완전히 잠에서 깨지 못한 채 허둥대며 들어간다. 서로 밀치면서. 제 할 일은 알고 있다. 어떤 사람은 배급되는 빵을 받으러, 어떤 사람은 야채수프를 받으려고 서둘렀다. 당신만이 몽유병자처럼 허둥대며 어두운 등잔불 밑에서, 야채수프에서 서리는 김 속에서, 자기의 것을 어디서 받을지 모른다. 당신은 겨우겨우 550그램의 호사스러운 빵과 무언가 뜨겁고 검은 것을 오지그릇 접시에 받는다. 그것은 검은 수프, 쐐기풀로 만든 수프였다. 검고 아무것도 들어가지 않은 국물 속에 검은 보자기 같은 잎사귀가 떠 있었다. 생선도 없고, 고기도 없고, 지방도 들어 있지 않았다. 아니, 소금마저 들어 있지 않았다. 수프가 끓을 때, 쐐기풀이 속에 있는 염분을 모두 흡수해 버린다. 그래서 소금을 전혀 넣지 않은 것과 같았다. 담배가 수용소의 금이라면, 소금은 은이라 할 수 있었으므로 요리사는 소금을 소중히 여겼다. 소금기 없는 쐐기풀 수프라니! 구역질 나는 독물이다. 당신은 배가 고프지만 도저히 그런 것을 먹을 수는 없다.

눈을 들어 보라. 하늘이 아니고, 천장으로. 어두컴컴한 등잔불에 익숙해진 눈에 붉은 글씨로 벽에 잔뜩 써 놓은 구호를 볼 수 있다.

〈일하지 않는 자는 먹지도 말라!〉

소름이 돋는다. 가슴이 떨려 온다. 이 문화 교육부의 현명한 사람들이여! 수용소의 식량을 위하여 이 위대한 복음서와 같은 공산주의 구호를 찾아내고서 당신들은 얼마나 만족했는가. 그러나 성서에서도「루가의 복음서」에는 〈일꾼이 품삯을 받는 것은 당연한 일이다〉,「신명기」에는 〈곡식을 밟아 떠는 소의 입에 망을 씌우지 마라〉고 쓰여 있다.

그런데 당신들은 느낌표까지 붙였다! 곡식을 밟고 있는 소들을 대표하여 감사를 표한다! 당신들이 나의 가느다란 목을 그 부족한 생활 때문에 조르는 것이 아니라, 또 탐욕에서 나의 숨통을 막으려는 것이 아니라, 미래 사회의 밝은 원리에 의해 그렇게 하고 있었다는 것을 나는 겨우 알게 되었다! 다만 나는 수용소에서 일하는 사람이 먹고 있는 것을 보지 못하고, 또 수용소에서 일하지 않는 사람이 굶고 있는 것을 보지 못했다.

날이 밝는다. 8월의 새벽하늘이 어슴푸레해진다. 아직도 밝은 별들이 하늘에 보였다. 우리를 데려간 공장 위의 동남쪽 하늘에는 프로키온과 시리우스, 즉 작은개자리와 큰개자리의 알파성이 보였다. 아, 모든 것이 우리를 버렸다. 하늘까지도 교도관들 편에 있다 ― 하늘의 개들도, 지상의 개들도 호송병들의 노끈에 묶여 있다. 개들은 미쳐서 짖어 대며 뛰어들어 우리를 물려고 한다. 사람 고기로 잘 훈련되어 있었다.

수용소의 첫날이다! 나는 내가 가장 미워하는 적에게도 이 날이 찾아오지 않기를 바란다. 이 모든 잔인함을 받아들이기가 어려워 머리가 이상해졌다. 어떻게 될 것인가? 나는 어떻게 될 것인가? 이런 생각이 끊임없이 나를 괴롭혔다. 그러나 새로 들어온 사람에게는, 그가 모든 것을 알게 될 때까지, 무의미한 아무 일이나 시키도록 되어 있었다. 언제 끝날지도 모르는 길고 긴 하루. 들것에 물건을 나르거나, 손수레를 밀면서. 한 번 왕복하는 데 5분이나 10분밖에 걸리지 않는다. 긴 하루는 도무지 줄어들지 않는다. 몸은 계속 움직이지만, 머리만은 계속 생각하게 된다 ─ 어떻게 될 것인가? 어찌 되겠는가?

우리는 이 쓰레기를 손수레로 옮기는 작업의 무의미함을 알고, 손수레를 미는 일을 천천히 하려고 애썼다. 그런데 손수레로 몇 번 왕복하고 나니 벌써 지쳐서 기진하고 말았다 ─ 이래서야 어떻게 8년을 밀겠는가? 우리는 무엇인가 애써 이야기하려고 했다. 자기의 힘과 인격을 자각하게 되는 이야기를 하려고 했다. 사람들은 자기들 스승으로 생각하고 있는 띠냐노프의 장례식 이야기를 한다. 그리고 우리는 역사 소설에 대해 토의했다 ─ 인간에게는 역사 소설을 쓸 자격이 있는가. 어쨌든 역사 소설이란, 저자가 한 번도 본 적이 없는 것을 쓴 소설이니까. 시간적인 거리를 두고 자기가 살고 있는 시대의 성숙된 지식으로 무장한 저자는 그 시대를 잘 〈이해〉한다고 제아무리 자기 자신을 납득시키려 해도, 결코 그 속에 〈융화〉할 수는 없다. 따라서 역사 소설은 무엇보다 우선 판타지라 하겠다.

이때 우리 신참들은 작업을 할당받기 위해 몇 사람씩 사무실로 불려 가게 되어 우리 모두가 손수레를 팽개쳤다. 인갈은 어제 누군가를 알게 되었다 ─ 그리하여 그는 문학가인데도, 공장 경리과에 보내졌다. 그는 우스울 정도로 숫자에 약해서, 생전 주판을 손에 들어 본 일이 없었다. 감메로프는 자기 목숨을 구하기 위하여 머리를 숙여서 좋은 데로 가려고도 하지 않았다. 그는 잡역부가 되었다. 그는 돌아와 잔디밭에 누워서, 아직 잡역부가 아닌 마지막 1시간을 이용하여 내가 한 번도 들어 본 적도 없는 시인 빠벨 바실리예프가 박해받은 이야기를 하기 시작했다. 이들 청년들은 어느새 이렇게 많은 것을 읽고 알았을까?

나는 풀줄기를 씹으면서 어느 쪽으로 〈갈〉 것인지 당황했다 — 수학을 할 것인가, 장교가 될 것인가. 나는 보리스처럼 그렇게 단호하게 무시해 버릴 수가 없었다. 예전에는 여러 다른 이상도 가져 보았지만, 1930년대부터는 험한 인생에 시달려 한 가지밖에 생각할 수가 없었다. 그것은 무엇엔가 도달해서 무엇인가 얻는 것이었다.

나는 공장장실의 문지방을 넘으려 할 때, 넓적한 장교용 혁대 안의 군복 앞자락 주름을 한 손으로 양쪽에 사렸다(나는 오늘을 위해 일부러 정장을 입었다. 손수레를 밀어야 했지만 상관하지 않았다). 옷깃은 제대로 여미고 있었다.

「장교요?」 공장장이 재빨리 말했다.

「그렇습니다!」

「〈사람〉을 부려 본 경험이 있소?」[1]

「있습니다.」

「어떤 부대를 지휘했소?」

「포병 대대입니다.」(나는 생각나는 대로 거짓말을 했다. 포병 중대는 모자라는 기분이었다.) 그는 나를 신뢰와 의혹을 가지고 보았다.

「그럼, 여기서 잘할 수 있겠소? 여기는 어려울 텐데.」

「잘하리라 생각합니다!」(그때 나는 내 자신을 감싸고 있는 것이 어떤 올가미인지 몰랐다. 가장 중요한 것은 무엇엔가 도달해서 무엇인가 얻는 것이었다.) 그는 눈을 가늘게 뜨고 생각하고 있었다. (내가 어디까지 개가 될 용의가 있는지, 내 턱이 튼튼한지를 생각했다.)

---

1 또 〈사람〉이라고 하는군. 알아듣겠는가?

「좋소, 그럼 점토 채굴장의 교대 조장을 부탁하오.」

그리고 또 한 사람, 예전에 장교였던 니꼴라이 아끼모프가 채굴장의 조장으로 임명되었다. 나는 그와 금방 친해져서 기쁨을 나누며 사무실을 나왔다. 이것은 군인으로서 형기를 사는 가장 표준형이며 노예 생활의 시작이라고 남들이 말해도, 그때는 이해할 수 없었다. 지식인답지 않게 겸손한 아끼모프의 얼굴에서 그는 탁 트인 성질의 좋은 군인인 것을 알았다.

「이 공장장은 무얼 걱정하지? 우리가 겨우 20명의 사람을 부리지 못할 거라고 생각하다니? 지뢰나 폭탄이 있는 것도 아닌데, 무엇을 못 한다고?」

우리는 예전에 전선에서의 자신감을 되살리려 했다. 풋내기인 우리는 군도가 얼마나 전선과 비슷하지 않은지, 그 포위 전쟁이 폭탄 전쟁보다 얼마나 어려운지 알지 못했다.

군대에서는 바보라도 지휘관이 될 수 있다. 그 계급이 높으면 높을수록 근무를 잘 할 수 있다. 소대장은 명석하고, 완고하고, 용감하고, 게다가 병사의 마음을 꿰뚫어 보는 능력이 요구되지만, 원수가 되면 잔소리와 질책, 거기에 자기 이름을 쓸 줄만 알면 충분하다. 그 밖의 일은 그를 대신해서 남이 해준다. 예를 들면, 작전 계획은 참모부의 작전부, 이름이 알려지지 않은 머리 좋은 장교가 준비한다. 병사들이 명령에 복종하는 것은 그 명령이 옳다고 납득해서가 아니라(정반대일 때가 자주 있다), 명령이 계급 제도의 위에서 아래로 전달되어 오기 때문이다. 그것은 기구의 명령인 것이다. 그 명령에 복종하지 않는 자는 목이 잘리게 된다.

그러나 군도에서 어느 죄수가 다른 죄수 위에 서서 명령할 입장에 임명되었을 경우에는 아주 달라진다. 당신의 배후에 금빛 견장을 붙인 계급 제도가 도사리고 있는 것도 아니고,

모든 사람이 당신의 명령을 지지하지도 않는다. 자기의 힘과 자기 능력을 가지고 명령에 복종시키지 못하면, 그 제도는 당신을 배신하고, 또 배제할 것이다. 그 능력이란 다름 아닌 당신의 주먹이나, 혹은 무자비한 기아, 아니면 그 명령이 각 죄수에게 유일한 구원의 길로 보이도록 하는 군도에 대한 깊은 지식인 것이다.

푸르스름한 북극의 차가운 물을 당신의 따뜻한 피와 바꿔 넣지 않고서는 ── 당신은 절대로 죄수를 지휘할 수 없다.

바로 이 무렵에 징벌 격리 감방에서 채굴장으로, 가장 어려운 작업으로 징벌 작업반을 데려가기로 했다. 그들은 형사범들의 무리로서, 그 전에 수용소장을 마침 살해하려고 했다. (놈들은 바보가 아니다. 그를 살해하려고 한 것이 아니라, 쁘레스냐로 돌려보내 달라고 위협한 것이다. 놈들은 노비 예루살렘이 먹을 것이 없는 보잘것없는 장소라는 사실을 알았다.) 나의 교대 근무가 끝나갈 때 놈들을 나한테 데려왔었다. 놈들은 징벌 격리 감방의 눅눅한 굴에서 금방 나와 채굴장의 조용한 곳에 누워서 굵고 짧은 팔뚝, 다리, 기름 문신을 한 배, 가슴을 드러내고 기분 좋게 햇볕을 쬐고 있었다. 나는 군복을 입은 모습으로 그들에게 다가가 분명히, 또 예의 바르게 일하도록 말했다. 햇볕이 그들의 기분을 부드럽게 해서 그들은 그냥 웃으며 나에게 욕지거리를 했다. 나는 분개하여 흥분된 채 목적을 이루지 못하고 떠났다. 군대라면 나는 우선 〈일어서!〉 하고 명령했을 것이지만, 그러나 누가 일어섰다 하더라도 그것은 나의 옆구리에 칼을 꽂으려는 목적일 것이 분명했다. 어떻게 할까 망설이고 있는데(채굴장에서 일하던 나머지 사람들이 이 모든 걸 지켜보았을 것이고 자기들도 하던 일을 그만둘지 몰랐다), 나의 교대 근무가 끝났다. 다만 이런 상황 덕분에, 나는 오늘 이렇게 군도에 관한 연구를 쓸 수 있는 것이다.

아끼모프가 나와 교대했다. 형사범들은 계속 햇볕을 쬐고 있었다. 처음에 그는 놈들을 조용히 타일렀다. 두 번째는 명령하듯이 소리를 질렀다(아마 〈일어서!〉라고 했겠지). 세 번째는 소장을 불러오겠다고 위협했다. 그러나 놈들은 그를 쫓아와 채굴장 속에 쓰러뜨리고, 쇠몽둥이로 때려서 신장이 파열되었다. 그는 공장에서 곧바로 주립 형무소 병원으로 옮겨졌고, 그의 지도적 근무도 끝이 났고, 아마 그의 형기도, 인생도 끝났을지도 모른다(공장장이 혹시 이 형사범들에게 허수아비처럼 매를 맞게 하기 위해 우리를 임명했는지도 모르겠다).

채굴장 조장으로서의 나의 짧은 근무는 아끼모프보다 겨우 며칠 더 길었다. 그것은 내가 기대하던 만족감이 아니라, 끊임없는 정신적 압박감을 가져올 뿐이었다. 아침 6시에 나는 점토를 파러 갈 때보다 더 무거운 기분으로 작업장으로 들어가 채굴장에서의 나 자신의 역할을 저주하면서, 아주 기진한 상태로 무거운 발을 채굴장으로 옮기는 것이었다.

벽돌 성형 공장에서 점토 채굴장까지는 광차(鑛車) 선로가 놓여 있었다. 그리고 평탄한 장소가 끝나, 선로가 채굴장으로 내려가는 곳에 대좌에 놓인 권양기가 있었다. 이 모터로 작동하는 권양기는 공장에서도 많지 않은 기적과 같은 기계 중의 하나였다. 채굴장에서 권양기까지, 그리고 그 권양기에서 전체 선로에 걸쳐 점토를 실은 광차를 일꾼들이 밀지 않으면 안 되었다. 채굴장에서 나오는 오르막길만은 권양기가 그 광차를 끌어올리게 되어 있었다. 채굴장은 공장 구내의 가장 먼 구석에 있었고, 그곳은 여기저기에 깊은 도랑을 파놓아, 그 도랑은 계곡처럼 갈라져 있었고, 그중에는 아직 손대지 않은 작은 산이 많았다. 점토는 바로 표면에 있고, 그 층도 얕지 않았

다. 아마 깊이 파 내려가는 것도, 옆으로 점점 파 들어가는 것
도 할 수 있겠지만, 그것을 어떻게 할 것인지 알고 있는 사람
은 아무도 없었고, 그 채굴 계획을 작성하는 사람도 없었다.
거기서 총지휘를 하고 있는 자는 아침 교대조 반장 바리노프
였다. 그는 젊고 뻔뻔스러운 모스끄바내기였고, 형사범치고
는 좀 멋쟁이였다. 바리노프는 작업하기 쉬운 곳만 골라 채굴
해 나갔다. 작업을 적게 하고 점토를 많이 파낼 장소만 팠다.
그는 광차를 가파른 언덕길로 끌지 않으려고 너무 깊이 파 내
려가는 것을 피했다. 바로 이 바리노프가 나의 교대 근무 시
간에 채굴장에서 일하고 있는 18명 내지 20명의 사람들을 지
휘했었다. 그는 교대조의 유일한 실질적 주인이었다 — 그는
노동자들을 잘 알고, 그들을 〈먹여 살렸다〉. 즉, 그들을 위하
여 여분의 배급 식량을 획득했다. 그리고 너무 적지 않게, 또
거꾸로 너무 많지도 않게, 요령 있게 매일 실어 내야 하는 광
차의 수를 정했다. 나는 이런 바리노프에게 호감을 느꼈다. 만
일 그와 어느 형무소에서 침상을 나란히 했더라면 — 우리는
친하게 지냈을 것이다. 우리는 여기서도 친해질 수 있었을 것
이다. 그리고 이런 경우에, 나는 그를 찾아가 공장장이 나를
중간의 개의 입장으로 임명했으니 내가 어떻게 하면 좋을지
모르겠다고 털어놓고 그와 함께 웃었을 것이다. 그러나 나의
장교로서의 교양은 그것을 허락하지 않았다! 나와 그뿐만 아
니라 작업반 전원이, 나 자신이 마치 파종 시기에 그 지역 중
앙에서 농장으로 온 감독관처럼 방해꾼인 것을 인정하면서
도, 나는 그에게 엄하게 대해서 그를 복종시키려고 했다. 자기
위에 앵무새 같은 내가 임명되어 일에 방해가 되니까 나에게
화내며, 여러 번 나를 작업반원 앞에서 웃음거리로 만들었다.
그는 내가 필요하다고 생각하는 모든 것을 불가능하다고 당

장 증명해 보였다. 아니면 거꾸로 〈조장! 조장!〉이라고 큰 소리로 부르며 채굴장 여기저기를 찾아다니며 나의 지시를 바랐다 — 어떻게 낡은 선로를 철거하고 새 선로를 놓을 것인가, 탈선한 차량은 어떻게 차축에 맞출 것인가였다. 혹은 권양기가 작동하지 않아 끌어올리지 못할 때 나의 조언을 구했다. 또 무딘 삽은 어디서 갈아야 하나 등등 그의 조소 앞에서 나의 지도자로서의 의욕은 날이 갈수록 감퇴하여, 그가 아침부터 노동자들에게 작업을 지시하고(항상 그런 것은 아니지만) 나에게 어려운 질문 공세를 하지 않는 것만으로도 만족하게 되었다.

이럴 때 나는 부하나 상사의 눈을 피해서 높게 쌓은 흙더미 뒤로 숨어 땅바닥에 앉아 숨을 죽인다. 수용소의 처음 며칠을 체험하고 나는 정신적으로 지쳐 버렸다. 오, 이것은 형무소가 아니다! 형무소에는 날개가 있다. 형무소는 생각의 보금자리다. 형무소에서 굶주리며 토론하는 것은 유쾌하고 쉬운 일이었다. 그런데 그런 일을 여기서 할 수 있겠나? 10년을 굶주리고, 노동하고, 그리고 침묵하는 — 이것을 할 수 있겠는가. 이미 철의 컨베이어가 나를 갈아 버리기 위해 들어오려 한다. 무방비의 약한 나는 어떻게 하면 좋을지 몰랐다. 다만 그곳에서 벗어나고 싶었다. 쉬고 싶었다. 정신을 차리고 머리를 들어 보고 싶었다.

여기 가시철조망 너머에는 분지를 지나 나지막한 언덕이 보였다. 그 언덕에는 집이 열 채쯤 되는 작은 마을이 있었다. 떠오르는 태양이 부드러운 빛으로 그 마을을 비췄다. 그것은 우리와 나란히 있으면서도, 전혀 수용소와는 다르다(그곳도 물론 수용소다. 그러나 이내 잊어버리게 된다). 오랫동안 거기에는 인기척이 없었으나, 이윽고 여자가 물통을 들고 지나가고, 작은 아이들이 길가의 명아주 덤불을 넘어왔다. 수탉이 때를 알리고, 소가 울었다. 이 모든 소리가 우리 채굴장에 똑똑히 들려왔다. 개가 짖는다 — 얼마나 귀여운 소리인가! 그것은 호송견과는 다르다![2]

이 마을에서 들려오는 소리나, 그 한가로운 모습에서, 나의 마음은 기다리던 침착성을 되찾았다. 그리고 나는 단언할 수가 있었다. 혹시 그때 나에게 이렇게 제안한다면 — 자, 너에게 자유를 주겠다! 그 대신 죽을 때까지 이 마을에서 살아라! 도시와 온 세상을 버리고, 자기 마음속의 희망도 신념도 진리도 버리고, 모든 것을 집어던지고, 이 마을에서 사는 것이다 (그래도 집단 농장원은 아니고). 아침마다 태양을 바라보며, 수탉의 울음소리를 듣고 산다. 이 제안을 받아들이겠나? — 나는 곧 대답할 것이다. 오, 주여, 나는 그것을 받아들일 뿐만 아니라, 제발 그런 생활을 하도록 바라고 있습니다! 나는 수용소 생활을 견딜 수 없습니다.

지금 내가 앉은 데서는 보이지 않지만, 공장 건너편에 있는 르제프 철도를 여객 열차가 요란하게 지나간다. 채굴장에서는 〈특권수 열차다!〉 하고 외치는 소리가 났다. 여기서는 지나가는 열차 하나하나를 다 알고 있고, 죄수는 그것으로 시간을 알고 있었다. 〈특권수〉란 8시 45분에 지나가는 열차를 말하고, 9시가 되면 교대 시간이 아닐 때 별도로 수용소에서 〈특권수〉, 말하자면 사무직 죄수들과 상사들을 데리고 오는 것이다. 열차 중에서 제일 인기 있는 것은 1시 반에 통과하는 〈식사〉차였다. 그것이 통과하면, 곧 우리는 작업을 중지하고 점

---

2 완전 비무장에 대해 토의할 때, 내가 걱정한 것은 금지될 무기 목록에 경비견을 기입하는 사람이 아무도 없었던 것이다. 로켓보다 이 경비견이 사람들을 더 괴롭혔다.

심을 먹게 된다.

특권수들과 가끔 함께 일하고 싶을 때, 특별 호송하에 나의 상사인 여자 죄수 올가 뻬뜨로브나 마뜨로니나도 작업하러 나온다. 나는 한숨짓고 숨었던 장소에서 나와 철길을 따라 벽돌 성형 공장으로 보고하러 간다.

벽돌 공장은 2개의 공장, 즉 성형 공장과 소성 공장으로 되어 있었다. 우리의 채굴장의 점토는 성형 공장의 원료고, 그 성형 담당자가 마뜨로니나인데, 그녀는 규토 공업 기사였다. 어느 정도의 기사인지는 모르지만, 그녀는 열심히 일하고 꿋꿋했다. 그녀는 불굴의 충성파였으며, 나도 그런 몇 사람을 이미 형무소 감방에서 만났다(통상 그런 사람들은 많지 않다). 그러나 나는 그들의 거만을 참을 수 없었다. 그녀는 대문자 조항 중에서 ChS(가족 구성원) 조항으로, 총살된 자의 가족으로서 특별 심의회의 결정에 따라 8년의 형기를 살게 되었고, 지금은 그 형기의 마지막 몇 개월을 복역하고 있었다. 다만 전쟁 동안에는 정치범은 석방된 일이 없었으니까, 그녀도 악명 높은 〈특별 조치〉가 나올 때까지 갇혀 있을 것이다. 그러나 그러한 사정도 그녀의 기분에는 전혀 그림자를 드리우지 않는다 ― 그녀는 사회든 수용소든 공산당을 위해 봉사하는 것이다. 그녀는 마치 수렵 금지 구역에서 온 동물과 같았다. 이미 마흔 살이 넘었는데, 그녀는 수용소에서 붉은 스카프, 단지 붉은 스카프만 머리에 쓰고 있었다(공장에서 그런 스카프를 쓰고 있는 사람은 여자 죄수들 사이에도, 자유로운 몸의 공산 청년 동맹의 딸들 중에서도 아무도 없었다). 남편이 총살된 일도, 자신이 8년간이나 수용소에 갇혀 있는 것도, 그녀는 조금도 개의치 않았다. 그녀의 생각에 의하면, 이러한 불공정한 모든 일은 야고다나 예조프 일당 중 특정한 놈들의 소행이며, 베리야 동지하에서는 그럴 만한 이유가 있는 사람만이 투옥된다고 했다. 내가 소비에뜨 장교복을 입은 것을 보자 그녀는 나를 처음 대하면서도 이렇게 말했다. 「나를 여기에 감금한 자는 지금에 와서야 내가 정통파 공산당원이라는 것을 알게 되었겠지!」 최근에 그녀는 깔리닌 앞으로 편지를 쓰고, 그 일에 관심을 가진 주변의 사람들에게 편지의 일부를 인용하여 들려주었다. 〈오래 감금된 동안에도 소비에뜨 정권을 위하여, 소비에뜨 공업을 위하여 투쟁을 계속하고 싶다는 나의 의지는 꺾이지 않았습니다.〉

더욱이 아끼모프가 그녀에게 가서 형사범들이 자기 명령에 복종하지 않는다는 보고를 했을 때, 그녀는 그들 사회적 친근 분자들에게 그런 태도를 가지면 우리 나라 공업에 해가 된다고 설득하기는커녕, 오히려 아끼모프를 나무랐다. 「그러니까 그들에게 〈강제〉적으로 해요! 당신은 그러라고 임명된 거야!」 아끼모프가 몰매를 맞자, 그녀는 저항을 계속하는 대신에 수용소 앞으로 편지를 썼다. 〈이제 이런 인원은 우리한테 데려오지 않도록.〉 그녀는 자기 공장에서 젊은 처녀들이 3시간이나 자동 기계처럼 일하고 있는 것을 그냥 보아 넘겼다 — 젊은 처녀들은 계속 8시간을 컨베이어에 붙어서 휴식도 없이 단조로운 노동을 하고 있었다. 그녀는 이렇게 말했다. 「할 수 없어요. 기계는 더 중요한 현장에서 사용해야 하니까.」 어제 토요일에는, 내일 일요일도 휴식을 주지 않으리라는 소문이 있었다(역시 주지 않았다). 자동 기계를 대신하는 젊은 처녀들이 그녀를 둘러싸고 애원한다. 「올가 뻬뜨로브나! 또 일요일을 쉬지 못하는 것은 아니겠죠. 이번까지 연속 세 번째라고요! 전쟁도 이제 끝났는데!」 붉은 스카프로 머리를 싼 그녀는 분노하여 여자인지 남자인지 분간할 수 없는 가무잡잡하게 야윈 얼굴을 치켜들었다. 「너희들, 우리한테 무슨 일요일이 있다는 말이야? 모스끄바에서는 건축 현장에 벽돌이 부족한 형편인데!」 (그러나 우리가 만든 벽돌이 어느 건축 현장으로 실려 가는지 그녀도 알 수 없었다. 다만 그녀는 그 훌륭한 상상력을 구사하여, 일반화된 위대한 건축의 환상을 눈앞에서 보았다. 그런데 처녀들은 빨래를 하고 싶다는 차원 낮은 욕구에 사로잡혀 있었다.)

마뜨로니나로서는 교대 근무 시간 안에 광차의 수를 〈두 배로 증가〉하기 위해 내가 필요했다. 그녀는 일꾼의 능력, 사용 가능한 광차, 공장의 수용 능력 등은 전혀 계산하지 않고 그저 두 배로 할 것을 요구했다! (밖에서 와서 수용소 사정을 잘 모르는 사람이 완력에 의하지 않고 어떻게 광차의 수를 배가할 수 있겠는가?) 배가하는 것은 고사하고, 내가 취임한 이래 그 생산량은 광차 한 대분도 불어나지 않았다. 그리하여 마뜨로니나는 나를 바리노프와 노동자들 면전에서 사정없이 나무랐다. 그녀의 머리는 아무리 수준이 낮은 하사관이라도 알고 있는 것을 이해하지 못했다 — 병사들이 보는 앞에서는 상병에게도 욕을 해서는 안 된다는 것을. 어느 날, 나는 점토 채굴장에서의 나 자신의 완전한 실패를 인정하고, 즉 나는 〈지도할〉 능력이 없다고 인정하고 마뜨로니나에게 가서 되도록 정중하게 요청했다.

「올가 뻬뜨로브나! 저는 산수가 특기라서 계산에 자신이 있습니다. 당신 공장의 회계가 필요하다고 들었습니다. 저를 채용해 주십시오!」

「회계라니?」 그녀는 분개하며, 그 사나운 얼굴이 한층 어두워지고, 붉은 스카프를 묶은 끝이 뒤통수까지 올라갔다. 「회계에는 어떤 계집애라도 임명할 수 있지만, 우리한테는 〈생산 지휘관)이 필요해! 교대 근무 시간에 실어 낸 광차는 몇 대가 부족했지? 빨리 가!」 마치 새로운 팔라스 아테나 여신처럼 손을 뻗어 나를 점토 채굴장으로 쫓았다.

그리고 또 하루가 지나자 채굴장에 조장이라는 직무 자체가 폐지되어 나는 해고되었다. 그것은 그냥 해고가 아니라 복수를 겸한 것이었다. 마뜨로니나는 바리노프를 불러서 명령했다.

「이 사람에게 지렛대를 들게 하고, 계속 감시해! 교대 근무 시간 내에 광차 6대분을 실어 내도록! 〈지칠 때까지 일하도록!〉」

이리하여 나는 내가 자랑하던 장교복을 입은 채 점토를 파러 갔다. 바리노프는 기뻐했다. 그는 내가 나가떨어질 것을 예상하고 있었다.

만일 내가 수용소의 모든 일의 숨어 있는 미묘한 관련성을 더 잘 이해하고 있었다면, 나는 나의 운명의 향배를 어제쯤은 알 수 있었을 것이다. 노비 예루살렘 수용소 식당에는 일반 죄수와는 달리 별도의 배식 창구가 있었다. 그것은 기사, 기술자 전용이며, 거기에서 기사들, 회계원들…… 구두 제화공들이 식사를 받고 있었다. 채굴장의 조장으로 임명되면서부터 나는 수용소의 처세술을 몸에 익히면서 그 창구에 가서, 거기에서 내 몫의 식사를 요구했다. 여자 요리사가 난처한 얼굴로 내가 아직 기사, 기술자 명단에 올라 있지 않다고 하면서도 매일 식사를 주었다. 그러는 동안에 말없이 식사를 주게 되어서 나 자신도 이제 명단에 올라 있는 것으로 믿고 있었다. 후에 생각하고 안 일이지만, 그때 식당의 직원들에게는 내가 정체불명의 인물이었다 — 입소하자마자 이내 높은 자리에 올라서 거만한 태도를 하고, 항상 군복을 입고 다니고, 이러한 사람은 일주일쯤 지나면 간단히 작업 배치 계장, 혹은 수용소의 경리부장, 아니면 의사(수용소에서는 모든 것이 가능했다!)가 될지도 몰랐다. 그렇게 되면 모두가 내 손안에 들어오게 된다. 그래서 실제로 공장은 아직도 나를 시험하면서, 어느 명단에도 올리지 않았다 ─ 그래서 식당 직원들은 만일의 경우를 고려해서 나에게 식사를 주었던 것이다. 그런데 내가 나가떨어지기 하루 전부터 아직 공장에서 아무도 그 사실을 아는 사람이 없었는데, 수용소 식당 직원들은 이미 알고 있어서 창구의 문을 내 면전에서 닫아 버렸다. 나는 〈저속한 얼간이〉였다. 이 작은 일화로 수용소 세계의 분위기가 엿보인다.

의복을 통해 남들과 구분되고 싶어 하는 인간적인 감정은, 실은 우리 자신을 드러내 보이는 것이다. 특히, 눈치 빠른 죄수의 시선에는 본인은 의복을 입고 있었지만, 실제로는 그 반대로 우리는 벌거벗고, 자기의 실제의 가치를 모두에게 보여주고 있는 것이다. 나는 나의 군복이 마뜨로나나의 붉은 스카프와 같다는 것을 이해하지 못했다. 그리고 방심할 수 없는 감시의 눈초리가 숨어서 바라보고 있었다. 어느 날 나에게 당직이 찾아왔다. 중위가 불렀다고 했다. 그의 개인 방으로 부른다는 것이다.

젊은 중위는 아주 상냥하게 말해 왔다. 그 기분 좋고 깨끗한 방에는 그와 나뿐이었다. 석양이 비치고, 바람결에 커튼이 흔들렸다. 그는 나에게 의자를 권하고, 어찌 된 영문인지 나에게 이력서를 쓰도록 했다. 나에게 이보다 더 기쁜 주문은 없었다. 오로지 자신을 비하만 하던 취조의 조서를 쓴 후에, 호송차나 중계 형무소에서 체험한 굴욕 후에, 호송병이나 교도관들에게 감시받은 후에, 나를 명예로운 우리 붉은 군대의 대위였던 것을 인정하려 들지 않는 도적놈이나 특권수들을 만난 후에 지금 나는 이렇게 책상을 마주하고, 아무한테도 독촉을 받지 않고 호감이 가는 중위의 친절한 시선을 받으며, 적당히 짙은 잉크로 수용소에는 없는 양질의 매끄러운 종이에 쓰고 있다. 나는 계급이 대위였다는 것, 포병 중대를 지휘했던 것, 무슨 훈장을 받았던 일을 쓰고 있었다. 그리하여, 나는 지금 여기서 무엇인가 쓰고 있다는 것만으로도 나의 인격, 나의 〈자아〉가 되돌아오는 기분이었다. (그렇다, 나의 인식 주체인 〈자아〉가! 나는 대학생이었고, 시민이었고, 군대에도 들어갔다. 직업 군인으로서 존경을 구하는 기분이 얼마나 강했을까 상상해 보라!) 중위는 나의 이력서를 읽고 아주 만족한 것 같다. 「당신은 역시 소비에뜨 인간이군요, 그렇지요?」 물론이지, 당연한 일이야. 그렇지 않을 이유가 있겠는가? 쓰레기 더미에서 일어난다는 것이 얼마나 기쁜 일인가 ── 다시 소비에뜨 인간으로 돌아간다! 이것으로 이미 반은 자유를 얻은 것이다.

중위는 닷새 후에 다시 자기한테 들러 달라고 했다. 그러나 이 닷새 동안 나는 군복을 입고 점토를 파러 가는 것이 불편해서 그것을 벗지 않을 수 없었다. 상의와 바지를 트렁크에 넣고, 수용소 창고에서 깁고 색이 바랜 헌 옷을, 쓰레기통에서 1년 동안이나 굴러다니던 것을 세탁한 것 같은 넝마를 받았다. 나는 그 의의를 인식하지 못했지만, 그것은 중요한 한 걸음이었다 ── 마음은 아직 죄수의 것이 아니지만, 육체는 죄수의 것이 되어 버렸다. 머리카락은 잘리고, 굶주림에 지치고, 적들에게 학대받아서 나는 곧 죄수다운 모습이 되었다 ── 불성실하고, 의심 많고, 무엇 하나 놓치는 법이 없는.

닷새 후, 나는 이런 모습으로 보안 장교에게 갔었다. 그때도 상대가 무엇을 노리고 있는지 몰랐다. 그러나 보안 장교는 없었다. 그는 수용소에 아주 오지 않았다(그는 이미 알고 있었지만, 우리는 알지 못했다 ── 일주일 뒤에는 우리 모두가 분산되어, 노비 예루살렘 수용소에는 우리 대신에 독일인들이 실려 왔다). 이리하여 나는 그 중위와 다시는 만나지 못하게 되었다.

내가 왜 이력서를 쓰게 되었는지 감메로프와 인갈과 함께 생각해 보았으나, 어린아이 같은 우리는 그것이 우리 둥지에 들어온 맹수의 예리한 발톱이라는 것을 알지 못했다. 하지만 그 사정은 분명해졌다 — 새로 온 죄수 호송단에 3인조의 젊은이가 있었는데, 그들은 언제나 서로 무엇인가 소곤대고 토의하고 있었다. 특히, 그중의 한 사람, 검고 둥근 얼굴에 작은 수염을 기른 사나이는 경리부에 근무하고 있었으나 밤에는 잠자지 않고 자기 침상에서 무엇인가 열심히 쓰면서 남의 눈을 피하고 있었다. 물론 그에게 덤벼들어 그가 숨기고 있는 것을 빼앗을 수는 있지만, 경계심을 일으키지 않기 위해서는 3인조 중에서 군복을 입고 있는 사나이에게 물으면 간단한 일이었다. 그는 틀림없이 군인이고 소비에뜨적인 사나이겠지, 정신적인 감시를 도와줄 테지.

조라 인갈은 주간 작업에서 지치지 않은 터라 밤이 되어도 수면 시간의 절반은 자지 않았다. 그래서 그는 자기의 창조적 정신의 독립을 지키려고 했다. 깔개도, 베개도, 담요도 없는 조립한 침상의 깔판에 솜옷을 입고(방 안은 결코 따뜻하지 않았고 이제는 가을밤이다), 신발을 신은 채 두 다리를 깔판 위에 펴고 벽에 기댄 그는 연필을 입에 물고 침을 바르며 사나운 시선으로 종이를 바라보았다(수용소에서는 이 이상 나쁜 태도가 없다! 게다가 그것이 얼마나 돋보이는지, 또 이런 것이 얼마나 엄중하게 감시되고 있는지, 그도 우리도 아직 알지 못했다).

때로는 그도 유혹에 끌려서 편지를 쓸 때가 있었다. 그의 스물세 살이 된 아내는 올겨울에 함께 고등 음악 학교에 다닐 때는 그다지 나다니지 않았으나, 이미 그를 버리고 말았다 ─ 증인 신문, 경력의 오점, 그리고 살고 싶었다. 그는 다른 여자에게 편지를 쓰고, 상대를 여동생이라 부르고, 자기가 그녀를 사랑하고 있는 것을, 아니 사랑하려는 것을, 자기에게도 상대방에게도 감추면서(하지만 그녀도 곧 결혼할 예정이었다) 이렇게 썼다.

〈나의 귀여운 여동생! 인류의 멋진 영감에 귀를 기울여 보세요 ─ 헨델, 차이꼬프스끼, 드뷔시! 나도 역시 그런 영감을 갖고 싶었으나 나의 인생의 시계가 멈추고 말았어요…….〉

혹은 그저 간단하게 이렇게 쓰기도 했다. 〈요 몇 달간, 당신은 한층 나에게 가까워졌습니다. 이 세상에는 참된 인간이 매우 많다는 것을 알았습니다. 당신의 남편도 그런 참된 사람이었으면 합니다.〉

혹은 이렇게 썼다. 〈저는 부딪치면서 자기의 인생을 방황하며, 자기 자신을 찾아 헤맸습니다……. 방 안에 눈부신 불빛이 있어도, 저는 이렇게 어두운 암흑을 한 번도 본 적이 없습니다. 그러나 저는 여기서만은 나 자신과 나 자신의 운명을 찾아냈습니다. 이것은 책 속의 일이 아닙니다. 나의 귀여운 동생이여, 나는 이토록 낙천가가 된 적은 없어요. 인생에서 자기가 신봉하고 있는 사상만큼 고귀한 것이 없다는 것을 나는 이제야 알게 되었죠. 그리고 또 지금 나는 무엇을 쓸 것인가, 가장 중요한 것이 무엇인지 알게 되었습니다!〉[3]

---

3 아니, 그는 〈어떻게〉 쓸 것인지 아직 몰랐다. 아르까지 벨린꼬프의 말에 의하면, 그 후 인갈은 다른 수용소에서 역시 같은 자기 침상에서 남과 떨어져 쓰고 있었다. 그가 〈무엇을〉 쓰고 있는지(혹시 밀고하는 것일까?) 죄수들은 보여 달라고 부탁했다. 아니, 점점 강하게 요구하게 되었다. 그러나 그는 그것

237

지금 그는 밤마다 엘 캄페시노에 대한 소설을 쓰고 낮에는 그것을 감추고 있었다. 엘 캄페시노란 스페인 공화주의자로서, 인갈과 같은 감방에 있었고, 그를 자기의 농민적 착실성으로 감동시킨 사나이였다. 엘 캄페시노의 운명은 간단한 것이었다 — 프랑코와의 싸움에 지고 소련으로 왔으나 그새 여기 형무소에 들어오게 되었다.[4]

인갈은 마음이 따뜻한 사람은 아니었다. 처음 대면에서는 마음을 터놓지 않는 사람이었다. (이렇게 쓰면서 생각했다. 나도 마음이 따뜻한 사람이라고 할 수 있을까?) 그러나 그의 불굴의 정신에는 본받을 것이 많다. 수용소에서 글을 쓴다는 것! 나도 만일 죽지 않는다면 언젠가는 그만한 높이로 올라가고 싶다. 이때까지 나는 여기저기 분주하게 냄새를 맡고 돌아다니다가 금방 시작한 점토 채굴에 지쳐 버렸다. 아니, 나는 9월의 밤에 보리스와 함께 구내 앞쪽에 있는 석탄 잿더미에 앉아 담배 한 대 피울 만한 여유밖에 없었다.

60킬로미터 떨어진 모스끄바의 상공은 축포의 불꽃으로 반짝였다. 그것은 〈일본과의 전쟁 승리 기념〉의 축포였다. 그러나 우리 수용소의 등불은 쓸쓸하고 어두컴컴하게 비치고 있었다. 공장의 창문에는 적의에 찬 붉은 불빛이 보였다. 넓은

을 창조에 대한 새로운 형태의 폭력, 단지 반대 방향에서 오는 폭력이라고 보고 거절했다! 그래서 그는 몰매를 맞았다……

내가 그의 편지를 인용한 것은 적으나마 이 비석으로 그의 무덤을 기념하기 위한 것이다.

4 인갈은 이 소설을 영영 완성하지 못했다. 그는 엘 캄페시노 최후를 알 수 있는 운명이 아니었다. 엘 캄페시노는 자기의 일을 쓴 작가보다도 오래 살았다. 내가 전해 들은 말로는 아시하바뜨 지진 때, 그는 붕괴된 수용소에서 죄수들 일당을 데리고 산을 따라 이란으로 넘어갔다고 했다(국경 경비병들도 공포에 질려 도망쳤던 것이다).

공장의 외등은 우리 형기의 세월처럼 신비롭게 줄지어 멀리까지 이어져 갔다.

여윈 감메로프는 무릎을 두 손으로 붙잡고 기침을 하면서 되풀이했다.

> 나는 조국에 대한 사랑을
> 30년 동안 고이 간직해 왔다.
> 너희들의 관용을 바라지는 않는다.
> 또 그것을 아쉬워하지도 않으리라.

◆

〈파시스트들이 실려 왔다! 파시스트들이 실려 왔다!〉라고 죄수들이 외친 것은 비단 노비 예루살렘 수용소만이 아니었다. 1945년 늦여름과 가을의 군도 어느 섬에서도 그랬다. 우리들, 즉 〈파시스트들〉이 오게 된 것은, 일반 형사범들에게 자유의 길을 열어 주었던 것이다. 그들은 자기들의 사면에 대해 이미 7월 7일부터 알고 있었다. 그때부터 그들은 사진을 찍었고, 그들의 석방 증명서나 경리부의 계산서가 준비되었다. 그런데 그 후 최초의 한 달, 장소에 따라서는 두 달, 또는 세 달 동안에도 은사를 받은 죄수들은 이 진절머리 나는 가시철조망이 둘러쳐진 공간에 계속 갇혀 있어야 했다. 그들과 교대할 인원이 없었던 것이다.

그들의 교대 인원이 〈하나도〉 없었다!

그리고 우리는 소경이나 다름없이 굳게 폐쇄된 감방에 있으면서 봄 내내, 아니 여름 동안에도 줄곧 은사를 기대하는 바보짓을 하고 있었다! 〈스딸린이 우리에게 《연민의 정》을 보낼 것이다!……《그는 승리를 고려할 것이다!》 최초의 7월 은

사에서는 우리가 누락되었지만, 제2차 정치범을 대상으로 하는 특별 사면을 실시할 것이다〉라고 우리는 기대했다(사람들은 자세한 것까지 말하고 있었다 — 그 은사는 이미 준비되어서 〈스딸린의 책상 위에〉 놓여 있다. 이제 서명만 남았는데, 스딸린은 지금 휴가 중이다. 그래서 어리숙한 국민은 진짜 은사를 기다렸고, 믿었던 것이다!). 그런데 만일 우리한테 은사가 내린다면, 누가 갱내로 내려가겠는가? 누가 톱을 들고 숲속으로 들어가겠는가? 누가 벽돌을 굽고, 그것으로 벽을 쌓아올리겠는가? 스딸린이 창조한 체제는 관대한 마음을 조금이라도 보이려고 한다면, 곧 죽음, 기아, 황폐, 붕괴가 우리 나라를 모두 삼켜 버릴 것이다.

「파시스트들이 실려 왔다!」 항상 우리를 증오하거나 우리를 혐오하는 형사범들도 이번에는 자기들 교대로 왔다니까 우리를 호감을 가지고 바라보았다. 독일에서의 포로 생활 체험에서, 이 세상에서 러시아 민족보다 더 경멸받고 버림받은, 아무한테도 필요 없는 민족은 없다고 깨달은 포로들은, 지금은 붉은 열차나 트럭에서 러시아의 대지 위에 내려서, 이 버림받은 국민 중에서도 자기들이 가장 운이 나쁜 사람들이라는 것을 알게 되었다.

〈세계가 여태껏 본 적이 없는〉 위대한 스딸린의 은사란 이런 것이었다. 정치범들과 전혀 상관없는 은사라는 것이 세계 어디에 존재한 적이 있었던가?[5]

5 이 은사로 제58조로 〈3년 이내〉의 형기를 받았던 사람들이 석방되었다. 그러나 이렇게 짧은 형기는 거의 없었다. 제58조로 잡아넣은 사람의 0.5퍼센트에도 이르지 못했다. 그러나 이 0.5퍼센트의 경우에서도, 이 은사의 무자비한 본질이 회유하는 척하는 그 표현보다 더 강했다. 나는 한 젊은이를 알게 되었다. 그의 이름은 마쭈신이었으며(깔루가 대문 수용소의 화가였다), 그는 포로가 되는 바람에 제58조 1항의 b로 구속되었다. 그것은 매우 빠른 시기로,

도판 1 호수에서 바라본 솔로프끼 성채

도판 2 청어 문

도판 3 세끼르나야 언덕의 계단

도판 4 세끼르나야 언덕 위에 있는 사원

도판 5 종루

도판 6 종루의 아치 밑에 있는 문

도판 7 게르만 예배당

도판 8 쁘레오브라젠스끼 대사원

도판 9 쁘레오브라젠스끼 대사원 입구

도판 10 아론 솔쯔   도판 11 나프딸리 프렌껠

도판 12 야꼬프 라쁘뽀르뜨

도판 13 마뜨베이 베르만

도판 14 라자리 꼬간

도판 15 겐리흐 야고다

도판 16 작업하는 모습

도판 17 목제 크레인

도판 18 기계들

도판 19 프렌껠, 피린, 우스뼨스끼

도판 20 포상 식량을 나눠주는 모습

도판 21 막사의 포스터 〈운하를 완성하자!〉

도판 22 운하의 악단

도판 23 〈더 좋은 삶을 위해,
더 행복한 삶을 위해!〉

도판 24 〈말에게도 채찍이 필요하지 않다!〉

도판 25 폭풍 속에서

도판 26 돌격 작업반

도판 27 작업반의 집회

도판 28 여성 돌격 작업반

도판 29 수용소 화가가 그린 겨울의 운하

도판 30 운하의 겨울 풍경

도판 31 자원봉사자들

도판 32 노동 집단

도판 33 글레보프 가족

집에 침입하여 도둑질을 한 놈, 한길에서 통행인을 벗긴 놈, 젊은 여자를 강간한 놈, 어린이를 비행으로 유도한 놈, 손님에게 저울을 속인 놈, 난폭한 자, 약한 자를 상해한 자, 산림이나 호수에서 남획한 자, 중혼한 자, 협박한 자, 공갈한 자, 뇌물을 받은 자, 협잡꾼, 남을 비방한 놈, 거짓 밀고자(하지만 이런 자는 들어가지 않았다. 장차를 위해서!), 마약 밀매자, 뚜쟁이, 매춘을 강요한 자, 교양이 없거나 혹은 무관심한 탓으로 인적 희생자를 낸 자 — 그 모든 자들을 석방하는 것이다. (나는 은사의 대상이 적힌 법전의 조항들을 찾아보고 여기에 썼다. 이것은 그냥 문장을 장식하기 위해 쓴 것이 아니다.)

그러고 나서 국민에게 도덕을 요구하는 것이다!

형기가 반으로 감해진 것은 — 공금 횡령자들, 서류나 빵의 배급권을 위조한 자들, 투기꾼들, 국가 재산 횡령자들(국가의 호주머니라면 스탈린도 역시 화가 났다)이었다.

그러나 전시의 〈탈영병들〉 전원에 대한 관용보다 더 출정한 전(前) 군인들이나 포로들의 분노를 산 것은 없었다! 공포에 질려서 부대에서 도망친 놈, 전선을 포기한 놈, 징병소에 출두하지 않았던 놈, 오랫동안 어머니 곁에서 밭에 판 구덩이나 굴, 뻬치까의 뒤에 숨어 있던 놈(언제나 어머니 곁에! 보통 탈영

1941년 말경이었으며, 그때는 적군의 포로가 된 사실을 어떻게 해석할 것인가. 어느 정도의 형을 줄 것인가가 아직 확정되지 않았던 때였다. 마쭈신은 포로가 되었기 때문에 3년 형기가 선고되었다 — 이것은 전례가 없는 케이스다! 당연하게도, 형기 종료 후, 그는 석방되지 못하고 특별 명령이 나올 때까지 억류되었다. 그런데 여기에 은사가 나온 것이다! 마쭈신은 석방을 청원했다(요구를 할 수는 없다). 5개월 가까이, 즉 1945년 12월까지 등록 배치부의 놀란 관리들은 이를 계속 거부했다. 그리고 마침내 그를 고향인 꾸르스끄주로 보냈다. 그러나 그가 다시 체포되어 〈10년 형〉까지 형기가 연장되었다는 소문이 있었다. (그러지 않았다고는 믿을 수가 없다!) 최초의 심판에서 놓친 것을 그대로 방치해서는 안 되었던 것이다!

병은 자기 아내를 믿지 않았다!), 오래 말소리를 내지 않고, 허리가 굽고, 털북숭이 짐승으로 변한 놈, 이 모든 자들이 붙잡혀 오거나, 혹은 은사의 날에 자수해 온다면 이번에는 오점이나 전과가 없는 소비에뜨 시민으로서 평등하게 취급되는 것이다! (아니, 이번에야말로 옛날 속담의 뜻이 증명되었다 — 보기는 좋지 않아도 도망치는 것이 안전하다!)

그리고 떨지도, 겁을 내지도 않고 조국을 위하여 적의 공격을 자기 가슴으로 막은 자, 그리하여 그 대가로서 포로가 된 자는 용서해서는 안 된다고 〈최고 사령관〉은 생각하고 있었다.

스딸린은 탈영병들에게서 무엇인가 자기와 공통된 것을 느꼈을까? 병역에 대한 자기 자신의 혐오감, 1917년 겨울의 보잘것없는 신병 생활을 상기했을까? 혹은 자기 정권에서 겁쟁이는 위험하지 않지만, 용감한 자는 위험하다는 판단을 내린 것일까? 아니, 생각해 보면, 스딸린의 관점에서도 탈영병들에게 은사를 준다는 것은 역시 현명하지 않았다고 생각되었다 — 그 자신이 장래의 전쟁에 있어서 생명을 구하기 위한 가장 확실하고 가장 간단한 방법을 국민에게 가르쳐 주는 것이기 때문이다.[6]

다른 책에서 나는 의사 주보프와 그의 아내의 이야기를 썼다. 말하자면 그들의 집에 잘못 들어온 탈영병을 노파가 숨겨 주었는데, 후에 그 탈영병이 그것을 당국에 알렸기 때문에 주보프 부부는 제58조에 의해 10년씩 형을 살게 되었던 것이다. 법정이 판결한 부부의 죄과는 탈영병을 감췄다는 것 자체보다도 오히려 탈영병을 감추려는 데 〈사욕이 없었다는〉 데 있

---

6 이것은 필경 역사적으로 공정하다 할 것이다 — 이것은 말하자면(1차 대전 때의) 전장 포기라는 낡은 채무를 반환하는 것인데, 그것이 아니면 우리나라 역사는 아주 다른 방향으로 발전했을 것이다.

었다. 즉, 그들이 그의 친척도 아니었다는 것은, 거기에 반소적 의도가 있었음을 뜻하기 때문이다! 스딸린의 은사로 이 탈영병은 3년도 형기를 살지 않고 석방되어, 본인도 이미 자기 인생에서의 작은 일화를 잊고 있었다. 그런데 주보프 부부의 경우는 아주 달랐다! 그들은 만 10년을 수용소에서 지냈다 (그중의 4년간은 특수 수용소에서 지냈다). 또 4년씩을, 아무런 판결 없이 유형지에서 보냈다. 유형지 자체가 폐지되고 나서야 부부는 겨우 석방되었다. 그러나 전과는 그때도, 사건 후 〈16년〉이 지나도, 〈19년〉이 지나도 말소되지 않았다. 그 전과 때문에 부부는 모스끄바 교외에 있는 자기 집으로 돌아가는 것도 허락되지 않았고, 조용히 여생을 보내는 일도 허락되지 않았다.[7]

끈질기고, 복수심에 불타고, 분별없는 법률이란 바로 이러한 것이었다!

은사가 있고 나서, 문화 교육부는 아주 활발하게 움직여 조소적인 구호로 수용소의 아치나 벽을 장식했다 ─〈대대적인 은사에 대하여 어머니인 당과 정부에 생산의 배가로 보답하자!〉

은사를 받은 것은 형사범이나 경범죄 죄수들이었다. 그들은 이미 수용소를 떠나고 있기 때문에 생산의 배가에 호응해야 하는 것은 다름 아닌 정치범들이었다⋯⋯. 정말 우스운 이

---

7 1958년에 군 검찰청으로부터 그들에게 이런 회신이 왔다 ─ 당신들의 죄는 입증되어 재검토의 이유가 없음. 그러다가 1962년에, 이미 20년이 지났을 때인데, 제58조 10항(반소비에뜨 의도)와 제58조 11항(〈조직〉, 남편과 아내로 구성된)에 관해서는 기소 중지가 되었다. 그러나 제193조 17항 7-d(탈영의 공범)에 의해 5년의 형기가 확정되었고 여기에 스딸린의 은사가 적용되었다(20년 후의 일이다)! 엉망진창이 된 두 노인들이 1962년에 받은 서류에는 이렇게 쓰여 있었다 ─〈1945년 7월 7일부로 귀하의 전과는 말소되고《석방된 자》가 되었음.〉

야기다. 우리 나라의 관리자가 역사에서 언제 한번 성실했던 적이 있는가?

우리들 〈파시스트들〉의 도착과 함께 노비 예루살렘 수용소에서는 즉시 매일 석방이 시작되었다. 어제까지는 무식하고, 헐벗고, 상소리를 지껄이던 수용소 구내의 여인들이 오늘은 몰라보게 세수하고, 머리를 손질하고, 어디서 났는지 물방울이나 줄무늬가 있는 원피스로 몸을 감싸고, 팔에는 재킷을 걸고 겸손하게 역을 향해 갔다. 열차 안에 들어서면, 이제 그녀들을 어제까지 서로 욕지거리나 하던 천박한 여자라고 알 사람이 있겠는가.

그리고 지금은 형사범들과 〈얼간이들〉(진짜 형사범을 흉내 내는 놈들)이 문을 나서고 있었다. 이놈들은 지금도 그 버릇 없는 짓을 고치려 하지 않고 — 그들은 까불며, 춤추고, 남아 있는 사람에게 손을 흔들며 외쳤다. 창문에서 그들의 동료들이 그것에 응답하여 고함을 질렀다. 경비병들도 놈들을 말리지 않았다. 형사범들에게는 모든 것이 허락되었다. 한 형사범이 자기 트렁크를 세워 놓고 그 위에 가볍게 뛰어올라 모자를 삐딱하게 쓰고는, 어느 중계 형무소에서 〈훔친〉 것이거나 카드놀이에서 따낸 것이 틀림없는 겉옷 자락을 펼치며 수용소와의 이별의 세레나데를 만돌린으로 연주하자, 형사범 놈들은 노래도 부르고 웃기도 했다.

석방된 놈들은 수용소 주위를 길게 돌아가는 오솔길을 지나, 초원을 따라 멀리 가고 있었다. 얽힌 가시철조망의 울타리도 그들이 멀어져 가는 모습을 우리 눈으로 가로막으려 하지는 않았다. 지금 이 형사범들은 모스끄바 거리를 걸어다니고 있겠지. 혹시 놈들은 석방되어 일주일도 되기 전에 다시 〈껑충 뛰어들거나(강도짓을 하러 집에 들어가거나)〉, 밤길에서 당신의 아내나, 누이나, 딸을 빼앗을지도 모른다.

그러는 동안에, 당신들, 파시스트들은(마뜨로니나도 역시 파시스트다!) 〈생산력 배가에 진력하라〉는 것이다!

◆

은사 때문에 어디든지 노동력이 부족했다. 그래서 재배치가 진행되었다. 나는 점토 채굴장에서 공장으로 단기간 〈투입〉되었다. 여기서 나는 마뜨로니나의 기계를 자세히 살펴볼 기회가 있었다. 여기서는 모두가 많은 일을 했지만, 한 젊은 여성이 누구보다 많은 일을 했다. 그녀는 진짜 노동 영웅이었으나, 신문에 싣기에는 어울리지 않았다. 그녀는 지위나 현장에서의 직책 명칭은 없었으나 〈상단 배열공〉이라고 이름 붙일 수 있었다. 압출기에서 잘라 낸 젖은 벽돌(점토로 금방 이겨서 아주 무거운)을 실어 내는 컨베이어의 벨트 곁에 두 젊은 여성이 서 있었다. 그들은 하단의 배열공과 인도공이었다. 이 두 사람은 몸은 굽힐 필요 없이 다만 상체를 좌우로 회전하면 되었다. 그것도 회전각이 그다지 크지 않았다. 다만 공장의 여왕 대좌에 서 있는 상단의 배열공은 쉴 새 없이 계속해서 다음 동작을 해야 했다 — 몸을 앞으로 기웃하고 인도공이 그녀의 발아래에 놓은 젖은 벽돌을 잡아, 그것이 뭉개지지 않도록 자기의 허리나 어깨 높이까지 들어올리고, 두 다리의 위치를 바꾸지 않고 상체를 직각으로 회전(때로는 우측으로, 때로는 좌측으로, 그것은 어느 쪽의 광차에 벽돌을 실어야 하는가에 의해 정해진다)시킨다. 그리하여 벽돌을 5개의 목제 선반에, 한 선반에 12장씩 늘어놓는 것이다. 그녀의 동작에는 조금의 휴식도 변화도 없었다. 그것은 재빠른 체조의 템포로 행해졌으며, 압출기가 고장 나지 않으면 근무 시간인 8시간 내내 계속됐다. 벽돌은 그녀에게 쉬지 않고 계속 보내졌으며, 근무 시간 내에 공장이 생산하는 벽돌의 반수가 그녀의 손을 거친다. 하단의 여자들은 작업을 바꾸기도 했지만, 그녀는 8시간 동안 아무도 교대해 주지 않았다. 이런 작업을 5분이라도 한다면, 아니 머리와 몸을 이렇게 앞으로 숙이거나 좌우로 회전시키고 있으면 어지러울 것이다. 이 젊은 여성은 근무 시간의 전반은 얼굴에 웃음마저 띠고(압출기의 굉음 때문에 말을 할 수가 없었다) 있었다. 혹시 미의 여왕으로서 모든 사람 앞에서 대좌에 서 있으면서 깨끗한 스커트 밑으로 뻗은 아무것도 신지 않은 맨발의 튼튼한 다리, 그리고 무용수와 같은 부드러운 허리를 자랑하는 것을 그녀가 좋았했는지도 모른다.

이 일에 대해서 그녀는 수용소에서 제일 높은 배급식을 받고 있었다 — 빵 3백 그램을 더 받고(하루에 850그램) 저녁 식사에서는 보통 검은 수프 외에 〈스따하노프 죽 3잔〉, 즉 맷돌에 갈아서 끓인 보리죽 3잔을 더 받았다. 이 죽은 너무 조금이라서 오지그릇의 밑바닥에 깔릴 정도였다.

「우리는 돈벌이로 일하지만 당신들은 빵을 위해 일한다는 것을 알고 있어.」 압출기를 수리하고 있던 얼굴이 지저분한 자유인인 기사가 나에게 말했다.

실어 내는 광차는 나와 알타이 지방 출신의 외팔이 뿌닌 이렇게 둘이서 움직이고 있었다. 그 광차는 불완전한 높은 탑과 같은 물건이었다. 그것은 12개의 벽돌을 싣는 선반이 10장이나 있어서, 그것 때문에 전체의 중심이 높은 위치에 있었다. 책을 너무 많이 쌓아 올린 책장처럼 가볍게 요동하는 광차를 철 손잡이로 당겨 직전 선로를 따라 움직이고, 광차를 지지해 줄 화물차 위에 끌어올리고, 고정하고, 이번에는 다른 직선으로 이 화물차를 건조실에 따라 움직여야 했다. 지정된 건조실

앞에서 화물차를 멈추고, 광차를 화물차에서 내려서, 다시 그 광차를 이번에는 다른 방향으로 밀어서 건조실에 넣지 않으면 안 된다. 각 건조실은 길고 좁은 복도로 되어 있어서, 그 양쪽 벽에는 10장의 널빤지와 10개의 홈이 나 있었다. 찌그러지지 않게 하기 위해 재빨리 광차를 안으로 밀어 넣고 지레로 밀어서 벽돌을 실은 10장의 선반 전체를 양쪽 벽의 10장의 널빤지에 싣고, 10쌍의 철제 고리를 풀어, 재빨리 빈 광차를 건조실에서 끌어내야 했다. 이 장치는 아마 독일제며, 그것도 1세기 전의 것이었다(광차에 독일 명칭이 붙어 있었다). 그런데 이 독일식 장치에서는 선로가 광차를 지탱할 뿐만 아니라, 구멍 위에 깔고 있는 바닥도 역시 광차를 밀고 있는 노동자를 지탱하지 않으면 안 되도록 되어 있었다. 그런데 우리 공장에서는 널빤지가 썩고 붙어 있어서, 나는 가끔 널빤지를 잘못 밟아 발이 걸렸다. 게다가 건조실은 통풍 장치를 설치하지 않으면 안 되었다. 하지만 우리 공장에는 그것이 없었다. 그래서 우물쭈물하는 사이에(나의 경우는 가끔 찌그러지며 선반이 걸리고 널빤지에 잘 놓이지 않았다. 그래서 젖은 벽돌이 나의 머리 위로 떨어지는 것이었다), 탄불의 유독 가스를 들이마셔 목구멍이 아팠다.

그리하여 내가 다시 공장에서 점토 채굴장으로 이동되었을 때는, 이 현장에 대한 미련이 별로 없었다. 점토 채굴공이 부족했다. 그들도 역시 석방된 것이다. 보랴[8] 감메로프도 역시 점토 채굴장으로 보내져서 함께 일하게 되었다. 노르마는 정해 있었다 — 근무 시간 내에 한 사람이 광차 6대분(즉 6세제곱미터)의 점토를 파서 광차에 실어 그것을 권양기까지 밀고 가지 않으면 안 된다. 두 사람이면 광차 12대분이 되었다. 비

8 보랴는 보리스의 애칭 — 옮긴이주.

가 오지 않을 때도 두 사람이 5대를 겨우 실었다. 하지만 이미 가느다란 가을비가 내리기 시작했다. 하루, 이틀, 사흘 동안 바람도 불지 않고, 멈추지도 않고 계속 내렸다. 이 비는 억수같이 쏟아지지는 않아서 누구도 자기 판단에 의해 작업을 중지시키지 못했다. 〈작업 현장에는 비가 내리지 않는다〉 — 이것은 수용소군도의 유명한 구호다. 그런데 노비 예루살렘 수용소에서는 어찌 된 일인지 우리에게 솜옷도 주지 않았다. 이 지루한 빗속에서 우리는 사흘째 되는 날에는 한 동이나 되는 수분을 흡수한 낡은 전선용 외투를 입고 붉은 점토 채굴장의 진창 속에서 허우적거렸다. 수용소에서는 신발도 지급되지 않아서 우리는 싸움터에서 신고 있던 최후의 장화를 질퍽이는 점토 속에서 못 쓰게 하고 있었다.

첫날에 우리는 아직 농담을 하고 있었다.

「보리스, 뚜젠바흐 남작[9]이라면 지금의 우리를 아주 부러워하겠지? 그래, 그는 항상 벽돌 공장에서 일하고 싶어 했지. 기억나지? 집에 돌아가면 쓰러져서 단숨에 깊이 잠들고 싶다고 했잖아. 그는 아마 이렇게 생각했을 거야. 젖은 옷을 말리기 위한 건조실이 있고 따뜻한 두 코스의 식사를 먹고 나면 부드러운 침상이 있으리라고.」

그런데 우리는 한 대의 광차를 실어 내자, 부아가 치밀어 삽으로 다음 광차의 철판을 두들겼고(점토가 삽에 달라붙어서 잘 떨어지지 않았다), 나는 화나서 말했다.

「도대체 무슨 지랄 맞은 이유로 세 자매는 맨날 집에 처박혀 있던 거야? 그들에게 일요일마다 사람들과 함께 철 부스러기를 모으도록 강요하지도 않았잖아? 일요일마다 그들이 성서의 개요를 쓰도록 요구하지도 않았고? 무상으로 학급 지

9 체호프의 『세 자매』에 나오는 인물 — 옮긴이주.

도를 시킨 것도 아니지? 의무 교육을 위해 거리에서 몰아내지도 않았는데…….」

또 한 대의 광차를 실었다.

「왜 그들은 모두가 쓸데없는 소리를 지껄일까 — 일하는 거야! 일하는 거야! 일하는 거야! 그래, 일하고 싶으면 일해라! 대체 누가 방해를 한다는 말이야? 언젠가는 행복한 생활이 올 테지! 아주! 아주 행복한 생활이! 어떤? 경비견과 함께 있는 행복한 생활이 어떤 것인지 알게 될 테지!」

보리스는 나보다 체력이 약했다. 그는 점토가 붙어서 무거워진 삽을 겨우 움직였다. 매번 삽을 광차의 가장자리까지 겨우 들어올렸다. 그런데 그는 블라지미르 솔로비요프[10] 수준으로 자기와 나를 유지하려고 노력했다. 여기에서 그는 나를 앞질렀다. 그는 솔로비요프의 작품을 많이 읽었으나, 나는 베셀 함수를 푸느라 바빠 전혀 읽은 적이 없었다.

그는 생각나는 대로 말해 주었다. 나도 그것을 기억해 두려고 노력했으나, 도저히 무리였다. 그 당시 머리 상태로는 그럴 수가 없었다.

아니, 어찌하면 목숨을 부지하면서 동시에 진리에 도달할 수 있는가? 자기의 궁핍을 이해하기 위하여 수용소 밑바닥으로 떨어져야 하는 이유가 무엇인가?

그는 말한다. 「블라지미르 솔로비요프는 죽음을 기뻐하라고 가르치고 있어. 여기보다는 나쁘지 않겠지.」

그것은 사실이다.

우리는 체력의 한도까지 점토를 실어 넣었다. 징벌 배급 식량도 징벌 배급 식량이지만 이것으로 쓰러지겠어! 우리는 일을 마치고 수용소로 터벅터벅 돌아간다. 그러나 거기에는 아

10 러시아의 신비주의 철학자 — 옮긴이주.

무런 기쁨도 기다리지 않았다 — 하루에 세 번, 항상 쐐기풀을 끓인 소금기 없는 검은 국, 그리고 하루 한 번, 한 국자분, 3분의 1리터의 죽이다. 빵은 이미 줄어들어서, 아침에 450그램을 주었을 뿐, 낮과 밤에는 전혀 주지 않았다. 게다가 비가 오는데 점호하기 위해서 정렬해야 했다. 그리고 또 우리는 젖어도 점토에 더러워진 옷을 입은 채 빈 침상에서 자는데, 막사 안은 난방 시설이 없어서 추위에 떨었다.

다음 날에도 그 부슬비는 계속 내리고 있었다. 채굴장은 물구덩이가 되어 발이 완전히 빠져 버렸다. 삽으로 아무리 점토를 떠올려도, 또 삽을 아무리 광차 가장자리에 두들겨도 달라붙은 점토는 조금도 떨어지지 않았다. 매번 손을 내밀어, 삽에 붙은 점토를 광차 위로 떼어 내야 했다. 여기서 우리는 쓸데없는 일을 하고 있다는 것을 알게 되었다. 우리는 삽을 버리고 발밑에서 질척거리는 소리를 내고 있는 점토를 맨손으로 집어서 그것을 광차에 던지기 시작했다.

보랴는 기침을 했다. 그의 폐에는 독일군의 전차 포탄의 파편이 박혀 있었다. 그는 야위어서 누렇게 되었고, 그의 코도, 귀도, 얼굴의 뼈도 죽은 사람같이 뾰족했다. 나는 그의 모습을 보고, 그 겨울을 수용소에서 지낼 수 있을까 염려되었다.

우리는 망상을 떨쳐 버리려고 애썼다. 생각하는 것으로 자기의 현재의 상태를 극복하려고 노력했다. 그러나 이미 철학도, 문학도 생각하지 못하게 되었다. 두 손도 삽과 같이 무거워져서, 힘이 빠져 버려서 그저 늘어져 있었다. 보리스가 제안했다. 「이야기하는 것은 안 되겠어. 힘이 많이 들어. 말하지 말고 더 유익한 생각을 하지. 예를 들면, 머릿속에서 시를 쓴다거나.」

나는 가슴이 덜컥했다. 그는 이런 상태인데도 시를 쓸 수 있다는 말인가? 이제 죽음의 그림자가 보였다. 그리고 동시에 그의 노란 이마 위에 어떤 집요한 재능의 그림자도 보였다.[11]

이리하여 우리는 입을 다물고, 두 손으로 점토를 집어 올렸다. 비는 아직 계속되었다……. 그런데 우리를 채굴장에서 수용소로 돌려보내지는 않고, 마뜨로니나가 와서 벼랑 위에 서서 눈에 불을 켜고(그녀의 〈붉은〉 머리는 검은 수건으로 감춰졌다) 채굴장의 여기저기를 손짓하며 반장에게 지시하는 것이다. 그래, 우리는 짐작이 간다 — 오늘은 작업 시간이 끝나는 2시에 작업반을 철수하지 않는다. 노르마를 수행할 때까지 채굴장에서 일을 시킨다. 노르마를 수행하면 점심과 저녁을 함께 먹는 것이다.

모스끄바의 건설 현장에서는 벽돌이 부족하니까.

마뜨로니나는 떠났으나, 비는 한결 더 내렸다. 점토 사방에는 불그레한 물웅덩이가 생기고, 광차 속에도 물이 고였다. 우리들의 장화 동체도 붉어지고, 외투 여기저기에도 붉은 반점이 생겼다. 차가운 점토 때문에 손이 얼어 버려서, 이제 손을 사용해도 전혀 광차 속에 던질 수가 없었다. 그래서 우리는 무익한 일을 그만두고, 잔디가 있는 높은 데로 올라가 거기에 앉아서 외투의 깃을 세우고 목을 움츠렸다.

이런 모습을 곁에서 보면, 아마 들판에 서 있는 2개의 붉은 바위로만 보이겠지.

세계의 어디선가 우리 연배들은 소르본 대학이나 옥스퍼드

---

11 그해 겨울에 보리스 감메로프는 병원에서 신체 쇠약과 폐결핵으로 사망했다. 나는 한마디 말하는 것조차 금지된 시인이었던 그를 높이 평가한다. 그는 정신력이 뛰어난 인물이었고, 당시 나에게 그의 시는 강력하게 느껴졌다. 그런데 나는 그중 하나도 기억하지 못하고 있다. 그리고 지금 그의 조약돌 같은 시를 쌓아 올려 그의 묘비를 만들기 위해 그것을 모을 수도 없다.

대학에서 공부하면서, 충분한 자유 시간을 이용하여 테니스를 즐기거나, 찻집에서 세계의 문제를 토론하고 있을 것이다. 그들은 글을 발표하거나, 그림을 전시할 것이다. 그들은 그다지 독창성이 없는 주위 세계를 어떻게 하면 새로운 형태로 바꿀 것인가 연구할 것이다. 그들은 고전 작가들이 모든 제재나 주제를 이제 다 써버렸다고 화를 내리라. 그들은 진보적인 소비에뜨의 경험을 이해하고, 받아들이려고 하지 않는 자기 정부나 반동파들에게 화를 낼 것이다. 그들은 라디오 인터뷰에 의해서 마이크의 자기 목소리를 들으면서, 자기가 최근에 출간한 책 속에서 〈말하고 싶었던〉 것을 아양 부리듯 설명할 것이다. 그들은 확신에 넘쳐서 세상의 모든 일을 논할 것이다. 특히, 우리 나라의 번영이나 최고로 공정한 체제를 즐겨 논할 것이다. 다만 언젠가 나이를 먹은 후 백과사전을 편찬할 때, 그들은 놀라게 될 것이다. 수록될 가치가 있는 러시아 문학가의 이름은 하나도 보이지 않는다는 사실에. 우리 알파벳의 모든 글자를 뒤져본다 하더라도 말이다.

빗방울이 세차게 뒷머리에 맞아 젖은 등에 오한이 느껴졌다.

우리는 주위를 살펴보았다. 짐을 다 싣지 못한 광차나 자빠진 광차가 눈에 띄었다. 모두 가고 없었다. 채굴장 아무 데도 사람이 없었다. 구내의 건너편 들판에도 사람은 없었다. 잿빛 배의 장막 저 멀리에 그리운 작은 마을이 있고 그곳 수탉마저 마른 장소로 몸을 감춰 버렸다.

우리 역시 삽을 도둑맞지 않기 위해 손에 들었다. 삽은 우리 이름으로 등록되어 있기 때문이다. 무거운 손수레처럼 이 삽을 끌면서 우리는 마뜨로니 공장을 우회하여 처마 밑으로 향했다. 벽돌을 굽고 있는 호프만식 가마 주위에 빈 회랑이 나선형으로 돌아 있었다. 여기는 외풍이 세기는 해도 건조했다. 우리는 벽돌 공장의 둥근 천장 밑에 있는 먼지 구덩이로 기어 들어가 앉았다.

우리 있는 데서 그다지 멀지 않은 곳에 큰 석탄 더미가 있었다. 두 죄수가 그 더미를 파면서 무엇인가 열심히 찾고 있었다. 찾아내자, 그것을 깨물어 보고 주머니에 넣는다. 이윽고 앉아서 잿빛 나는 검은 덩어리를 그들은 먹기 시작하였다.

「이보게, 뭘 먹고 있나?」

「이건 해양 점토라고. 의사가 금지하지 않았어. 몸에 좋은 건 아니지만 해도 없대. 배급 빵 이외에 하루 1킬로그램 씹으면, 뭐라도 먹은 것 같은 기분이야. 자네들도 찾아보게. 여기 석탄 속에는 많이 있다고…….」

이리하여 밤까지도 채굴장의 죄수들은 노르마를 완수하지 못한다. 마뜨로니나는 우리를 밤에도 여기에 방치하도록 명령하였다. 그러나 사방에서 전깃불이 꺼지고 구내에는 불빛이 사라졌다. 그래서 전부 당직실로 부른다. 우리는 서로 팔짱을 끼도록 명령받고, 강화 호송대와 개가 짖는 소리와 욕설에 쫓기며, 주거 지역으로 호송된다. 주위는 캄캄했다. 우리는 이미 발판이 약하거나 튼튼하거나 분간할 수 없어 진구렁 속 아무 데나 발을 내딛고, 발을 빼면서 서로 당기며 걸어갔다.

주거 지역도 컴컴했다. 〈개인 취사용〉 난로 밑에서 지옥의 붉은 불길이 보였다. 식당에도 식사를 분배하는 창구에 2개의 석유램프가 있을 뿐이다. 구호를 다시 읽을 수도 없었고, 그릇 속의 두 끼분의 쐐기풀 야채수프도 분간할 수 없었다. 손으로 더듬어 입술을 그릇 가장자리에 대고 빨아들인다.

내일도 또 이렇겠지, 매일같이 붉은 점토 광차 6대분으로 검은 야채수프 세 국자다. 우리는 형무소에서 몸이 쇠약해졌지만, 여기서는 더 심했다. 머릿속에서 무슨 소리가 울리는 것 같았다. 기분이 좋은 무력감에 사로잡혀, 다투기보다는 포기하는 것이 나았다.

그리고 막사 속은 캄캄했다. 우리는 흠뻑 젖은 채, 깔개 하나 없이 맨 널빤지 위에 누웠다. 아무것도 벗지 않는 편이 찜질하듯이 따뜻했다.

뜬눈으로 검은 천장을, 검은 하늘을 바라보았다.

주여, 주여! 포탄과 폭탄이 터질 때, 저는 제 생명을 구해 주시기를 기도했습니다. 그런데 지금은 저에게 죽음을 허락해 주시도록 기도합니다.

제7장
군도 주민의 생활

　외부에서 본 군도 주민의 단조로운 생활을 말한다는 것은, 굉장히 간단하고 쉬운 일 같다. 하지만 그것은 동시에 어려운 일이다. 어떤 생활에 대해 말할 때도 그렇지만, 여기서도 아침부터 다음 날 아침까지, 겨울에서 다음 해 겨울까지, 그 탄생(처음 수용소에 도착한 때)에서 죽음까지를 말해야 한다. 게다가 수많은 다른 섬들의 이야기를 동시에 진행해야 한다.

　물론, 이것을 모두 파악하고 있는 사람은 없다. 게다가 몇 권이나 되는 이런 서적을 읽는다는 것도 모르긴 몰라도 지루할 것이다.

　군도 주민의 생활은 노동에다, 노동 또 노동인 데다 기근과 추위, 그리고 교활한 속임수로 되어 있다. 노동이라는 것도 남을 밀치고 단물을 뺄 수 없는 사람이 하는 짓으로, 그것이 〈일반 작업〉이다. 흙덩이 속에서 사회주의를 건설하고, 우리를 흙 속에 묻는 것이 바로 그것이다.

　이 일반 작업의 종류는 도저히 세어 보거나 예측할 수가 없다. 손수레를 미는 작업(〈오, OSO(특심)의 차, 두 개의 손잡이와 바퀴 하나〉). 들것으로 운반하는 작업. 벽돌을 맨손으로

255

신고 내리는 작업(손가락 피부가 곧 벗겨진다). 벽돌을 〈꼬자(지게)〉로 짊어지고 운반하는 작업. 채굴장에서 돌과 석탄, 점토와 모래를 가려내는 작업. 금광층을 곡괭이로 6세제곱미터 파서 쇄광기까지 운반하는 작업. 그리고 단순하게 흙을 파고, 단순하게 곡괭이로 흙을 부수는(자갈이 많은 흙을, 게다가 겨울에) 작업. 지하에서 석탄을 파내는 작업. 또한 납이나 구리 광을 파는 작업. 혹은 또 구리광을 분해하는(입속이 달콤해지고 콧물이 나온다) 작업도 있다. 침목에 크레오소트를 침투시키는(자기의 온몸에도) 작업도 있다. 길을 뚫기 위한 터널 작업도 있다. 선로의 성토 작업. 허리까지 진창에 빠져서 진구렁에서 이탄을 채취하는 작업. 광석을 녹이는 작업. 주조 작업도 있다. 젖은 초지에서 수면 위로 올라온 부분의 풀을 베며(무릎 밑까지 물속에 잠기며) 작업한다. 말을 돌보는 일이나 마부 일도 있다(여기에 말의 주머니에서 자기 반합에 귀리를 옮긴다. 말은 국가의 소유고, 풀을 먹으니까 걱정이 없기 때문이다. 죽더라도 괜찮다). 그리고 보통 〈농업 유형지〉에서는 어떤 농사일도 할 수 있다(이 일보다 더 좋은 것은 없다. 왜냐하면 흙 속에서는 무엇이든 먹을 것을 빼낼 수 있으니까).

그러나 이 모든 작업의 아버지야말로, 순금의 줄기를 가지고 있는 우리 러시아의 산림(이것으로 돈을 버는 거야!)이었다. 군도의 가장 긴 역사를 가진 작업은 산림 벌채였다. (이 작업은 모든 사람을 부르고, 그들은 3명을 한 조로 묶어 50센티미터나 쌓인 눈을 밟는 작업을 시켰다.) 눈은 가슴 높이로 쌓였다. 당신은 나무 벌채 인부다. 처음에는 혼자서 나무 주위의 눈을 밟아 고른다. 그 나무를 자빠뜨린다. 그 후에는 눈 속을 간신히 걸어다니며 가지들을 모조리 자른다(그러기 위해서는 가지를 눈 속으로 누르고, 도끼로 그 줄기에서 잘라야 한다). 그같이 깊은 눈 속에서 잘라 낸 그 모든 가지를 한곳에 쌓아 불을 붙인다(가지는 잘 타지 않고 그냥 연기만 난다). 이번에는 그 줄기를 길이에 따라 몇 토막으로 자르고, 자른 통나무를 쌓아올린다. 그리하여 하루의 노르마는 1인당 5세제곱미터, 2명의 경우는 10세제곱미터다(부레뽈롬에서는 7세제곱미터, 그리고 굵은 통나무는 다시 쪼개지 않으면 안 된다). 이미 당신한테는 도끼를 치켜들 힘도 없다. 발을 움직일 힘도 없다.

전쟁 중(전시 식량을 주었을 때) 죄수들은 3주간의 벌채 작업을 〈가짜 총살〉이라 불렀다.

시나 산문으로 칭송되는 이 숲, 이 대지의 아름다움을 증오하게 되다니! 몇십 년이 지나도, 눈을 감을 때마다 당신의 뇌리에는 이런 자기 모습이 되새겨진다 ─ 그 소나무나 자작나무의 굵은 통나무 끝을 메고 휘청거리며 눈 속에서 몇백 미터나 떨어진 화물차까지 운반하며, 도중에 구르거나 떨어뜨리는 것이 두려워 어디엔가 매달리려고 했던 일들을. 일단 떨어뜨리면, 두 번 다시 그 통나무를 눈 속에서 들어 올릴 수가 없다는 것을 알기 때문이다.

제정 러시아에서의 유형 노동은 〈자유노동자들〉을 위하여 1869년에 제정된 건설 공사에 관한 규정집에 의하여 몇십 년 동안 제한되어 있었다. 작업에 배치할 때는 다음과 같은 것이 고려되었다 ─ 노동자의 체력과 숙련도. (지금 당신은 이것을 믿을 수 있겠는가?) 노동 시간의 길이는 동절기는 7시간(!), 하절기는 12시간 반으로 정해졌다. 악명 높은 아까뚜이 유형지(야꾸보비치, 1890년)에서의 노동 일과는 그를 제외한 전원이 〈간단히 수행〉할 수 있었다. 그들의 하절기 노동일은, 〈걷는 시간〉을 포함해서 8시간으로, 10월부터는 7시간, 동절기가 되면 6시간이었다. (그것은 전면적인 8시간 노동제가 시행되기 훨씬 이전의 이야기다!) 도스또예프스끼의 옴스끄 유형지라면, 어느 독자라도 알고 있듯이, 그곳 죄수들은 빈둥거릴 뿐이었다. 그들은 즐기며 천천히 일하고, 당국은 그들에게 〈흰〉 포제의 재킷과 바지를 입혔다! 이것보다 더 편한 일이 있겠는가! 우리 수용소에서는 아주 쉬운 일을 하거나, 하는 일 없이 편하게 있는 경우 〈흰 깃을 달아도 될 정도〉라고 말했다. 그런데 그들의 경우는 아예 흰 재킷을 입고 있었던 것이다! 〈죽음의 집〉의 유형수들은 작업이 끝난 후, 오랫동안 형무소의 뜰 안을 〈산책했다〉. 이것은 아마 피곤하지 않은 탓이겠지! 특히 검열 당국은 도스또예프스끼가 그린 〈편한〉 생활이 사람들을 범죄로 부추길 염려가 있다고 『죽음의 집의 기록』을 허가하지 않으려고 했다. 그래서 도스또예프스끼는 유형지 생활이 〈역시〉 괴롭다는 몇 장을 검열 때문에 일부러 추가했던 것이다.[1]

우리 시대에는 특권수들만이 일요일에 산책했다. 하지만 그놈들마저도 산책을 사양했다. 『마리야 볼꼰스까야의 수기』에 관련하여 샬라모프가 썼지만, 네르친스끄에서의 제까브리스뜨(12월 당원)들의 일과는 1인당 광석 3푸드[2]를 채굴하여 쌓아 넣는 것이다. (48킬로그램이다! 이런 양은 한 번에 들어 올릴 수 있는 양이다!) 그런데 샬라모프는 꼴리마 지방에서 8백 푸드의 광석을 채굴하지 않으면 안 되었다. 그 밖에 샬라모프가 쓴 바에 의하면, 때로는 그들의 하절기 노동 시간은 16시간이나 되었다! 아니, 16시간의 경우는 어땠는지 모르지

---

1 『고리끼 문고』, 제1권(모스끄바, 1966), p. 157. 고리끼 앞으로 보낸 I. A. 그루즈제프의 서간.

2 중량 단위, 1푸드는 16.38킬로그램 ─ 옮긴이주.

만 13시간은 많은 사람이 체험한 일이었다. 까르 수용소의 토목 작업이라든가, 북방의 삼림 채벌 작업에서 그랬다. 이 13시간은 노동한 시간만 계산한 것으로, 산림 속으로 5킬로미터 거리를 왕복한 시간은 포함되지 않았다. 무엇보다도 노동 시간의 길이에 관해 말한다는 것이 무슨 소용이 있을까? 〈노르마〉의 비중이 노동 시간의 길이보다 월등하게 높았다. 작업반이 노르마를 달성하지 못했을 경우, 호송병들만이 예정대로 교대하고, 일꾼들은 밤중까지 숲속에 남아 서치라이트의 불빛으로 작업을 계속하여, 새벽에야 겨우 수용소로 돌아와 전날의 저녁밥을 아침밥과 함께 먹고는 다시 작업하러 가지 않으면 안 된다.[3]

이런 이야기는 이제 아무도 해주지 않는다. 모두가 죽었으니까.

그리고 또 그렇게 높은 노르마를 달성할 수 있는 것으로 증명하기 위해 이런 방법을 썼다 — 영하 50도 이하의 혹한인 날은 휴일로 했다. 즉, 그날은 죄수들이 작업에 나가지 않았다고 서류에 기입하면서도 실제로는 작업을 내보냈다. 이런 날에 짜내서 얻는 생산량은 다른 날에 얹어서 그날의 생산 퍼센트를 높이는 것이다(이런 휴일의 작업으로 동사한 죄수들에 대해서는, 당국에 충실한 위생부가 다른 원인으로 죽었다고 사망 증명서를 발행했다. 걷지 못하게 되거나, 다리의 관절을 삐어서 쓰러지기라도 하여 혹여 돌아가는 길이 지체되면, 그들을 데

---

3 산업의 노르마를 높이고 있는 자는, 그것이 생산 기술의 성과라고 자기 자신을 속일 수 있는 자다. 그러나 〈육체노동〉에 의한 노르마를 높이고 있는 자는 사형 집행인보다도 더한 놈이다! 그들도 역시 사회주의하에서 인간의 키가 배로 되고 근육이 배로 굵어졌다고 믿지는 않는다. 이런 놈을 재판하라! 이놈들을 그 노르마로 일하게 하라!

리러 올 때까지 도망치지 못하게 호송병이 사살했던 것이다).

그럼 이런 노동의 대가로 어떤 식사를 주었는가? 큰 솥에 물을 넣고, 괜찮을 때는 껍질을 벗기지 않은 작은 감자를 넣었다. 심할 때는 검은 양배추, 사탕무 잎과 여러 가지 찌꺼기를 넣었다. 그 밖에 완두콩이나 쌀겨를 넣기도 했다(까라간다 교외의 사마르까 수용 지점처럼 물이 부족한 곳에서는 야채수프를 하루에 한 번 한 솥만 끓였다. 그 밖에는 뿌연 소금기 있는 물을 2컵씩 나눠 주었다). 값어치 있는 모든 것은 언제나, 그리고 틀림없이 당국자를 위해(제3부 제9장 참조), 특권수를 위해, 그리고 형사범을 위해 훔쳤다. 요리사들은 공포에 떨면서 절대복종만으로 자기 위치를 유지하고 있었다. 창고에서 어느 정도의 지방분이나, 고기의 〈대용품〉(즉, 진짜 고기는 아니다)이나, 생선이나, 콩도, 탄 보리도 서류상으로는 받은 것으로 되어 있으나, 그 대부분이 죄수들의 솥에는 들어가지 않았다. 먼 오지에서도 당국은 〈소금〉을 자기의 염장을 담그기 위해 몰수했다(1940년에 꼬뜰라스-보르꾸따 철도에서는 빵과 야채수프에 소금을 넣지 않고 주었다). 식품이 나쁠수록 죄수의 식탁에는 많이 올랐다. 작업에 지쳐 죽은 말고기가 올랐었다. 그 고기는 너무 질겨서 씹을 수가 없었으나, 최고의 성찬이었다. 이제 이반 도브랴끄는 이렇게 회상했다 ─ 〈그때, 우리는 많은 돌고래, 해마, 해표, 해구, 그 밖의 바다 동물의 맛없는 고기를 먹었다(잠깐 끼어들자면, 고래 고기를 우리도 모스끄바에서 먹어 봤다. 깔루가 대문 수용소에서). 동물의 똥을 먹는 것도 두렵지 않았다. 그리고 이끼류나 카밀러[4] 같은 것은 내가 아주 좋아하는 음식이었다.〉 (그것은 아마 배

4 국화과의 한해 또는 두해살이풀 ─ 옮긴이주.

급 빵을 〈보충하여 먹었을〉 것이다.)

혹한 속에서 13시간, 아니 단 10시간이라도 일하고 있는 인간을 수용소군도의 급식 기준으로 배부르게 한다는 것은 불가능할 것이다. 영양가 있는 식품을 도둑맞는다면 또 모를 일이다. 공교롭게도 끓고 있는 큰 솥에 프렌젤의 마수가 뻗는다 ─ 어떤 노동자에게 다른 노동자를 희생시켜서 먹이는 일이다. 〈급식〉이 나눠진다 ─ 예컨대 노르마를 30퍼센트 미만밖에 달성하지 못하면 징벌 감방 급식(이 계산은 각 수용소마다 따로 행해진다) ─ 그것은 하루에 빵 3백 그램과 야채수프 한 그릇이다. 30퍼센트에서 80퍼센트까지의 달성률이면 징벌 급식 ─ 그것은 빵 4백 그램과 야채수프 두 그릇이다. 81퍼센트에서 백 퍼센트까지는 생산 급식 ─ 빵 5백 그램 내지 6백 그램과 야채수프 세 그릇이다. 또 몇 가지 돌격 작업반원 급식 ─ 빵 7백 그램 내지 9백 그램, 거기에 보충하여 죽 한 그릇 혹은 두 그릇, 〈포상 요리〉 ─ 검고 빈약한 쓴맛이 나는 호밀로 만든 콩을 넣은 삐로끄 1개가 나온다.

그리하여 이 물기 많은 식사로는 소비된 육체의 에너지 보충도 되지 않고, 무리한 육체노동으로 사람들의 근육은 소모되고, 돌격 작업반원들이나 스따하노프 운동가들은 작업 거부자들보다 앞서서 땅속으로 들어갔다. 고참 수용소 죄수들은 이것을 이해하고 이렇게 말하는 것이었다 ─ 〈죽을 덜 먹더라도 작업을 서두르지 말라!〉 만일 〈의복 부족〉 때문에 작업에 나가지 않고 하루 동안 침상에서 보낼 수 있는 행운이 굴러떨어지면 정해진 6백 그램의 빵을 그냥 받을 수 있다. 만일 〈계절적으로〉(이것은 수용소에서 유명한 표현이다!) 의복을 지급받고 〈작업장〉에 끌려 나가면, 언 땅을 해머로 아무리 두들겨도 3백 그램 이상의 빵은 얻을 수 없다.

그러나 작업에 나가지 않고 하루를 침상에서 지내는 일은 죄수의 의사로 가능한 일은 아니다.

물론, 이처럼 나쁜 식량 사정은 어디서나 또 언제나 그랬던 것은 아니지만, 전시의 이 *끄라스* 수용소의 숫자는 전형적인 것이다. 당시에 보르꾸따 광산 노동자들의 빵 배급량은, 아마 수용소군도 중에서 가장 높았던 것으로 기억된다(그 석탄으로 영웅적인 모스*끄*바가 따뜻했기 때문이다) — 지하에서의 노르마 달성률 80퍼센트와 지상에서의 백 퍼센트에 대하여 빵 1천3백 그램이 제공되었다. 그런데 그 무서운, 사람이 살 수 없다고 하는 제정 시대 아까뚜이 유형지에서는 〈작업이 없는〉 날(즉, 〈침상에서 지내는 날〉)에 빵 2푼뜨 반(1킬로그램!)과 고기 32졸로뜨니*끄*, 즉 133그램을 주었던 것이다. 작업이 있는 날은 빵 3푼뜨와 고기 48졸로뜨니*끄*(2백 그램)를 배급했다. 이것은 우리 전장에서의 군대 급식보다 많지 않을까? 그곳의 죄수들은 야채수프와 죽을 통마다 담아서 교도관들이 키우는 돼지한테 먹였다. 묽은 메밀죽(수용소군도에서 죄수들은 한 번도 본 일이 없다!)은 P. 야꾸보비치의 말에 의하면 〈말할 수 없이 맛없는 맛〉이었다 — 몸이 쇠약해서 죽는다는 위험은 도스또예프스끼와 그 동료의 유형수들에게 한 번도 있지 않았다. 그들의 형무소에서는(즉, 〈구내에서〉) 거위가 놀고 있었다(!). 그런데 죄수들은 그 거위를 잡아먹지 않았다.[5]

식탁에는 먹다 버린 빵이 있고 크리스마스에는 한 사람마

5 많은 혹독한 수용소의 척도에 따라서 샬라모프는 적절한 주의를 나에게 제기했다. 「왜 당신네 수용소에서는 병원의 〈고양이〉가 다니고 있지? 왜 여태껏 그 고양이를 잡아먹지 않고? 또 수용소에서 나오는 모든 끓인 것은 액체 상태니까, 〈그릇을 입에 대면〉 간단히 빨아 먹을 수 있다는 것을 모르는 사람이 없는데 왜 당신 책에 나오는 이반 제니소비치는 항상 〈숟가락〉을 가지고 다니지?」

다 소고기 〈1푼뜨〉씩, 죽에 넣을 버터를 원하는 대로 주었다. 사할린섬의 광산 죄수들과 〈도로 건설〉 죄수들은 작업량이 가장 많았던 달에는 하루에 빵 4푼뜨(1천6백 그램이다!), 고기 4백 그램, 도정한 보리 250그램을 받았다! 그리고 양심적인 체호프가 조사했다 — 이런 양의 식량은 정말 충분한 것인가, 혹시 빵을 굽는 방법이나 요리 방법이 나쁘면 불충분하지는 않을까? 그런데 혹시 그가 우리 노동자의 밥그릇을 기웃거렸다면 당장에 숨이 끊겼을 것이다!

〈30년, 40년 후에〉 사할린섬뿐만 아니라, 군도 전체에서 더 눅눅하고, 먼지가 묻은 지저분한, 무엇을 섞었는지 모를 빵을 받고 사람들은 기뻐하게 된다. 게다가 그 빵의 7백 그램이 모두가 탐내는 돌격 작업반원의 배급이 된다는 것을 누가 금세기 초에 상상할 수 있었겠는가?!

아니, 그뿐만이 아니다! 모든 러시아의 집단 농장원들이 이 죄수들의 배급 빵을 부러워하게 될 것이다! 〈우리는 그런 빵도 없어!〉라고 말이지.

제정 시대의 네르친스끄 광산에서도 〈근면 수당〉이 지불되었다. 즉, 국가가 정한 일의 양(항상 적당한) 이상의 모든 작업에 대하여 지불된 추가 수당을 말한다. 우리 나라 수용소에서는 군도의 대부분의 시대를 통하여 어떤 노동에 대해서도 한 닢도 지불한 전례가 없었다. 아니, 혹시 지불되더라도 비누나 치약 정도밖에 사지 못할 정도였다. 다만 극히 적은 수용소에서, 그것도 무슨 이유에서인지 모르지만, 〈독립 채산제〉(실제 벌어들인 금액에서 8분의 1에서 4분의 1까지가 죄수들에게 지불된다)가 도입되었던 짧은 기간 동안에, 죄수들이 빵과 고기와 설탕을 자기가 사서 영양 보충을 했다. 그러자 대단히 놀라운 사태가 일어났다. 식당의 식탁 위에 딱딱한 빵

껍데기가 남아 있었는데, 5분 동안이나 아무도 손을 내밀어 그것을 가지려 하지 않았다.

우리 군도 주민은 대체 어떤 의복과 신발을 신었을까?

모든 군도는 군도처럼 생겼다 — 주위에는 푸른 바다가 있고 야자수가 있다. 섬들의 당국은 주민의 의복비를 부담할 필요가 없다. 그들은 맨발에 거의 벌거숭이 모습으로 생활한다. 그런데 우리의 저주받은 군도는 뜨거운 태양 아래 있는 것으로만 상상할 수 없다. 항상 눈이 덮여 있고 언제나 눈보라가 불어온다. 그래서 어디서나 이 1천만 명 내지 1천5백만 명의 죄수들을 위하여 의복과 신발을 준비해야 했다.[6]

다행인 것은, 군도 밖에서 출생한 주민은 아주 벌거벗은 채로 오는 일이 없다. 그들이 입고 있는 것, 몸에 걸치고 있는 것은 그대로 두지만 — 더 정확히 말하면, 〈사회적 친근 분자들〉이 남겨준 채로 — 다만 군도의 낙인을 찍기 위하여, 마치 숫양의 귀를 잘라 버리듯 의복의 일부를 잃는 것이다. 외투는 옷자락을 비스듬히 자르든가, 적위군 병사의 뾰족한 모자 끝을 잘라서 위에 바람구멍을 만들기도 했다. 그러나 불행인 것은, 사회에서 입고 온 의복은 영구히 입을 수 없고, 신발은 군도의 나뭇등걸이나 소택지의 낮은 산을 만나게 되면 일주일만에 못 쓰게 될 것이다. 그래서 주민에게 지불할 것이 없어도, 그들에게 의복을 지급하지 않으면 안 되었다.

6 『소비에뜨 연방 러시아』라는 백과사전의 계산에 의하면, 수용소군도에는 동시에 1천5백만 명 정도의 죄수들이 있었다고 한다. 이 숫자는 우리 죄수들이 계산한 숫자와 일치하고 있다. 좀 더 뒷받침할 수 있는 숫자가 다시 공표되면, 우리는 그것을 사용하겠다. (제2부 제4장에서 솔제니쩐은 죄수의 숫자를 1천2백만 명으로 보았다 — 옮긴이주)

이러한 것이 언젠가 러시아 연극 무대에 오르게 될 것이다! 러시아의 영화 스크린에도! 솜이 들어간 작업복은 몸통 색깔은 같고 소매 색만 다르다. 혹은 수병용 상의는 기운 데가 너무 많아서 그 바탕이 보이지 않게 되었다. 너덜너덜해져서 그 천이 도리어 불꽃처럼 보이는 〈불꽃〉 상의도 있었고, 누군가의 소포를 싼 천으로 기운 바지에는 볼펜으로 쓴 주소의 일부가 오래도록 보였다.[7]

발에는 많은 시련을 견뎌 온 러시아의 나무껍질로 신발을 만들어 신었다. 다만 거기에 댈 좋은 정강이 싸개가 없었다. 혹은 직접 맨발에 철사나 전기선으로 동여맨 자동차 타이어 조각(필요는 발명의 어머니……), 혹은 〈부르끼〉를 신었는데, 이것은 낡은 솜옷의 천 조각으로 만든 것으로, 밑창은 펠트와 고무를 붙인 것이다.[8]

아침에 위병소에서 죄수들의 추위에 대한 불만스러운 소리를 들은 독립 수용 지점장이 수용소군도다운 기지로 응답했다.

「우리 거위들은 겨우내 맨발인데, 아무렇지도 않아. 발이 빨개진 것뿐이야. 너희들은 모두 고무로 만든 신발이라도 신었잖아.」

여기에 더해서 스크린에는 수용소 죄수들의 잿빛 나는 청동색 얼굴이 비친다. 그 초라해진 눈, 불그레한 눈꺼풀, 또 발진이 생겨 갈라진 흰 입술, 덥수룩한 수염, 겨울인데 귀덮개만 붙인 여름 모자.

그렇다! 내가 아는 얼굴이다! 당신들이야말로 우리 〈군도〉

7 짜르 시대의 아까뚜이에서는 죄수들에게 모피 외투가 지급되었다.
8 도스또예프스끼도, 체호프도, 야꾸보비치도 죄수들이 발에 무엇을 신고 있는지 말하지 않았다. 죄수들은 제대로 된 신발을 신었을 것이 틀림없다. 그렇지 않았다면 작가들이 묘사했을 것이다.

의 주민들이다!

그러나 노동일이 몇 시간 계속되어도 일꾼들은 언젠가는 막사로 돌아오는 것이다.

막사라니? 장소에 따라서는 그것은 토막이었다. 북부 지방에서는 자주 〈막사〉를 지었는데, 위에 흙은 덮긴 덮었지만 얇은 판자를 간신히 얹는 것이나 마찬가지였다. 전기 대신에 등산불도 적지 않았지만, 횃불도 있었다. 생선 기름에 담근 솜심지에 불을 붙이기도 했다(우스찌-빔에서는 2년 동안이나 석유가 없었고, 본부 막사에서조차 식품 창고에서 가져온 기름을 등불 기름으로 썼다). 이런 허름한 조명 아래서 망해 가는 세계를 잘 관찰해 보자.

2단식 판자 침상. 3단식 판자 침상. 조립하는 침상 따위는 이제 사치품이었다. 대개 빈 널빤지에 아무것도 깔지 않는다. 출장소에 따라서는 도적질이 얼마나 심했는지(훔친 물건은 후에 자유인에 의해 사회로 흘러나갔다), 이제는 일체 관급품을 배급하지 않고, 소지품은 하나도 막사 안에 두지 않게 되었다. 일하러 가면서 반합이나 철제 컵을 가져가고(짐 가방을 짊어진 그런 꼴로 흙을 파고 있었다), 담요를 가진 자는 그것을 목에 감는다. (영화의 한 장면이야!) 아니면 아는 친구인 특권수들이 경비하는 막사에 가져가 보관해 달라고 한다. 낮에 막사는 아무도 살지 않는 듯 비어 있었다. 밤에는 젖은 작업복을 건조실에 가져가고 싶지만(건조실도 있었다!) 아무것도 깔지 않은 판자 바닥에서 옷을 얇게 입고 자다가는 동사하고 말 것이다! 밤에 자고 있는 사이에 모자가 막사 벽에 얼어붙었다. 여성의 경우에는 머리카락도 얼어붙는 것이다. 나무껍질 신발마저도 신고 있어도 도적맞기 때문에 머리 밑에다 감춘다(부레뽈롬, 전쟁 중). 막사의 중앙에는 난로로 사용하고 있는 석유통이 있었다. 그것이 새빨갛게 타고 있을 때는 좋았다. 그럴 때는 김이 나는 각반 냄새가 막사에 진동한다. 보통 때는 젖은 장작이 타지 않았다. 어떤 막사에는 벌레가 너무 많아서, 나흘 동안 계속 유황을 태워서 구제를 해도 소용이 없었다. 여름에 죄수들이 구내 땅바닥에서 잠자려고 막사에서 나오자, 빈대들이 그들의 뒤를 쫓아 나올 정도였다. 내의의 이를 구제하기 위해, 죄수들은 자기들의 점심을 끓이는 반합에 그 내의를 삶았다.

이러한 것은 20세기에 와서 가능해진 일이며, 지난 세기의 형무소 연대기와는 하나도 비교되지 않는다. 그들이 쓴 것에 이런 내용은 없었다.

이러한 광경 외에도 또 그려야 할 것이 있다. 작업반의 빵을 식당으로 운반할 때, 그 경비로 가장 튼튼한 작업반원 여럿이 곤봉을 들고 따라왔다. 그렇지 않고서는 떼이거나 얻어맞고 빵을 빼앗긴다. 또 소포 수취소의 출입구에서 받아서 나오는 소포를 빼앗기는 장면도 묘사해야 한다. 첨가하여 당국이 휴일을 몰수하지 않을까(우흐따 국영 농장에서는 이미 전쟁이 시작되기 1년 전부터 휴일 따위는 없었고, 까르 수용소에서는 1937년에서 1945년까지 휴일이 있었다는 기억이 없는 상태였으니까 전쟁 중에는 말할 나위도 없다) 하는 죄수들의 부단한 공포를 묘사해야 한다. 이 모든 것에 더하게 되는 것은 수용소의 언제나 불안전한 생활과 변화에 대한 두려움이다. 죄수 호송에 대한 소문이라든가, 호송 그 자체가 주는 공포(도스또예프스끼 시대의 유형수들은 죄수 호송이라는 것을 알지 못했다. 사람들이 10년이나 20년을 같은 형무소에서 지내는, 아주 다른 생활이었다), 또 이유를 알 수 없는 갑작스러운 〈인원〉의 인사 교체, 〈생산상의 이유〉에서의 대이동이라든가, 〈죄수들의 건강 상태의 진단〉이라든가, 물품 목록의 작성이나, 탈의와 빈약한 소지품의 철저한 점검을 위한 갑작스러운 야간 수색이라든가, 그 밖에 별도로 행해지는 노동절과 11월 7일[9]의 철저한 수사(지난 세기의 유형지에서는 크리스마스나 부활제에도 이런 일은 없었다), 또 한 달에 세 번 있는 해롭고 파멸적인 목욕(되풀이하지 않기 위해 나는 여기에 그것에 대해 쓰지 않겠다. 샬라모프의 면밀한 연구서와 같은 단편이 있고, 돔보로프스끼의 단편도 있다).

그리고 또 자신에게 집요하게 붙어 다니는(지식인에게는 견디기 힘든 고문과도 같은) 〈사생활 박탈〉도 첨부해야 하겠다. 그것은 개인으로서가 아니라, 작업반의 한 구성원으로서의 상태며, 꼬박 하루를, 꼬박 1년을, 전 형기를 통하여, 언제나 자기 결단대로 행동하는 것이 아니라, 작업반이 필요로 하는 대로 행동하는 상태인 것이다.

지금 말한 모든 것은 〈이미 개설된〉 수용소, 즉 개설하여 1년 이상 지난 수용소에 해당한다는 것을 상기해야 한다. 언젠가는, 누군가는 이런 수용소를 〈개설해야〉 한다(우리의 운 나쁜 제77 친구들이 아니면 누구겠나). 혹한 속에 눈에 파묻힌 산림에 와서 나무를 따라 가시철선을 둘러쳐야 한다. 최초의 막사가 설 때까지 살아남은 죄수가 있어도, 그것은 경비병의 막사였다. 1941년 11월에 레쇼띠 역 가까이에 끄라스 수용소의 1호 독립 수용 지점이 개설되었다(그 수효는 10년 동안에 17개소까지 되었다). 여기에 군대의 정신적 강화를 목적으로 250명의 병사들이 차출되어 운송되었다. 그들은 나무를 쓰러뜨리고 집을 세웠으나, 지붕을 덮을 재료가 없어서 주물

9 사회주의 혁명 기념일 — 옮긴이주.

난로를 설치하고 지붕 없이 생활하였다. 빵은 딱딱하게 언 상태로 운반되고, 그것을 도끼로 쪼개고, 손으로 돌멩이 무게를 달듯이 모두에게 나눠 주었다. 받은 빵은 얼음처럼 쪼개져 있거나 가루로 부스러져 있거나, 찌그러져 있었다. 다른 음식으로는 소금을 듬뿍 친 연어가 있었다. 입속이 타는 것 같았으나, 눈을 먹으니까 나아졌다.

(조국 전쟁의 영웅을 축복할 때, 이 사람들을 잊지 말기를!)
바로 이것이 나의 〈군도〉의 생활이었다.

◆

철학자, 심리학자, 의학자, 작사가들이라면 우리 나라의 수용소에서 인간의 지적 또는 정신적 시야가 좁아져 가는 특별한 과정을, 또 인간이 동물로 전락하여 살아 있으면서 죽어 가는 과정을 어디서보다도 면밀히, 다수의 실례를 가지고 관찰할 수 있을 것이다. 그러나 수용소에 갇힌 심리학자 대부분의 경우에는, 그것을 관찰할 여유가 없었다 ── 그들 자신이 인격을 똥이나 먼지로 바꿔 버리는 흐름에 몸을 내맡겼던 것이다.

생명이 있는 것은 소화 후에 배설하지 않고서는 살 수 없는 것과 같이 군도도 또 자기의 가장 중요한 배설물, 즉 생기를 빼앗긴 〈폐인〉을 그 바닥에서 내버리지 않고는 생명을 부지할 수 없었을 것이다. 그리하여 〈군도〉에 의해 건설된 모든 것은 폐인의 근육에서 짜낸 것이다(그가 폐인이 되기 이전에).[10] 그것은 〈폐인들 자신의 책임이다〉라고 비난하고 있는 살아남은 자는, 자기의 생명을 보전하고 있는 데 대한 수치를 간직하는 것이다.

10 제3부 제22장 참조.

이 살아남은 사람들 중의 정통파 공산당원들은 지금 나에게 고상한 항의문을 보내왔다 ─ 『이반 제니소비치의 하루』의 주인공들은 어쩌면 그렇게 저속한 감성이나 사고방식을 가지고 있을까! 역사 발전을 걱정하는 면모는 어디에 있는가? 그들의 최대의 관심사는 배급 빵이나 야채수프뿐이지만, 공복감보다 더 쓰라린 고통이 있지 않은가?

아, 그런 것이 있었니? 더 쓰라린 고통이(정통파 공산당원으로서의 괴로움이)? 충성파 공산당원들이여, 당신들은 위생부에 있었거나 창고에 있었기 덕분에 기아가 무엇인지 몰랐을 것이다!

〈기아〉가 세계를 지배하고 있다는 사실은 수백 년 전에 발견된 것이다! (그리하여 이 〈기아〉에 대해, 굶주린 자는 배부른 놈에 대해 반드시 반란을 일으킨다는 〈진보적 이론〉 전체가 성립된다.) 인간 자신이 의식적으로 죽으려고 결단하지 않는 한, 기아는 모든 한 사람 한 사람을 지배하고 있다. 기아는 정직한 인간을 도적으로 만든다(《굶주림이 양심을 쫓아낸다》). 기아는 아주 욕심이 없는 인간까지도 남의 밥그릇을 탐내어 들여다보게 한다. 기아는 이웃 사람의 배급 빵의 무게가 어느 만큼인지 생각하게 한다. 기아는 두뇌를 마비시켜 자나 깨나 오직 하나, 먹는 것, 먹는 것, 또 먹는 것에 대해서만 생각하거나 말하게 만든다. 기아는 잠이 들어도 도피할 수 없다 ─ 음식에 대한 꿈을 꾸거나, 음식 때문에 불면증에 시달린다. 얼마 후면 불면증만 생긴다. 나중에는 아무리 먹어도 배부르지 않는 상태가 된다 ─ 인간은 직선의 파이프가 되어 버려서 먹는 것이 그대로의 형태로 나와 버린다.

그래, 이런 것도 러시아의 영화 스크린에 반영되어야 한다 ─ 폐인들이 자기 경쟁 상대들을 곁눈으로 째려보면서, 조리

실의 뒷문을 지켜보며 밥찌꺼기를 오물통에 실어 나르는 것을 기다리고 있다. 그들은 주먹질을 하며, 밀치고 당기면서, 생선 대가리나, 뼈다귀, 야채 껍질을 찾아 헤맨다. 이 난투 중에서 한 폐인이 맞아 죽는다. 그리하여 그들이 그 밥찌꺼기를 물에 씻고, 끓여서 먹는다. (호기심이 왕성한 카메라맨들이라면 이러한 장면을 계속 촬영하여, 1947년, 돌린까라는 곳에서 베사라비아 지방 출신의 농촌 아낙네들이 같은 목적으로 이미 폐인들이 〈뒤진〉 오물통에 쇄도하는 장면도 보여 줄 것이다.) 스크린은 또 병원 모포 아래에 뼈와 가죽뿐인 폐인이 누워서 움직이지도 않고 죽어 가며, 이윽고 끌어내는 장면을 보여 줄 것이다. 대체로 사람은 그렇게 간단히 죽을까 — 지금막 말을 했는데 갑자기 잠잠해진다. 길을 걷고 있다가 쓰러지고 만다. 〈조금 움직이다가. 끝장이다.〉 〈윤자와 눅샤 수용 지점〉처럼 살찐 사회적 친근 분자인 작업 할당계가 죄수의 발목을 붙잡고 침상에서 작업 배치장으로 끌어낼 때, 그 죄수는 이미 죽어서 시체가 머리부터 마룻바닥에 떨어진다. 「뒈졌군, 제기랄!」 이렇게 중얼거리며, 즐거운 듯이 그 시신을 발로 걷어찬다. (전쟁 중에는 그 수용 지점에는 의사 조수도, 간호사도 없었다. 그러니까 환자도 없었다. 환자 흉내를 내는 자는 동료의 부축을 받으며 숲으로 옮겨 갔으나, 돌아올 때 시신을 편하게 옮기기 위해 미리 널빤지와 새끼를 함께 가지고 갔었다. 작업 현장에서는 환자를 모닥불 곁에 앉히고 모두, 즉 죄수들도, 호송병들도 그 환자가 되도록 빨리 죽기를 바랐다.)

화면으로 포착하기 적합하지 않은 부분은 느리고 착실한 산문으로 묘사될 것이다. 산문은 괴혈병이라든가, 펠라그라 피부병이나, 영양실조라고 부르는 죽음의 여로의 뉘앙스 차이를 분명하게 할 것이다. 깨물었던 빵 자국에 혈흔이 묻는 것이 괴혈병이다. 그러고 나서 이가 빠지면서 잇몸이 썩고, 다리에 궤양이 생기고, 몸의 조직이 차츰 넝마처럼 벗겨지고 떨어져서, 몸에서 부패하는 냄새가 풍기기 시작하고, 커다란 혹 때문에 다리를 움직일 수가 없게 된다. 이런 사람들은 병원에 수용하지 않기 때문에 그들은 네 발로 구내를 기어 다닌다. 햇볕에 탄 것처럼 얼굴이 검게 되며, 피부가 벗겨지고, 그리고 심한 설사를 하게 되는 것이 펠라그라다. 어떻게 해서든지 설사를 멈추게 해야 한다. 그래서 하루에 세 숟가락씩 분필을 먹이거나 또 다른 사람은 청어를 구해서 먹이면 멎을 거라고 했다. 그런데 어디서 청어를 구하겠는가? 사람은 점차 쇠약해지고, 병자의 키가 크면 클수록 쇠약해지는 속도가 빠르다. 체력이 약해지면, 이제 위쪽 침상으로 오르지도 못하고 가로지른 통나무를 넘을 수도 없게 된다. 다리를 두 손으로 들어 올리거나, 팔다리로 기어다닐 수밖에 없다. 설사는 사람이 힘을 잃게 하면서 동시에 어떤 관심도, 남에 대한 관심도, 살겠다는 관심도, 자기 자신에 대한 관심도 잃게 만든다. 그 사람은 귀머거리가 되고, 바보가 되고, 울 능력마저 잃게 된다. 썰매에 달아서 땅 위를 끌고 다닐 때도 울지 못하게 된다. 그는 이제 죽음을 두려워하지 않고, 모든 것을 장밋빛으로 보게 된다. 이런 사람은 모든 한계를 초월하여 자기 아내의 이름도, 자식의 이름도 잊고, 자기 자신의 이름마저 잊어버린다. 때로는 굶어 죽어 가는 사람의 몸 전체에 안전핀의 머리보다 조금 작은 고름이 차오른 콩알만 한 검푸른 종기가 생긴다. 얼굴에, 팔에, 다리에, 몸에, 음낭에마저 생긴다. 아파서 그것을 건드릴 수도 없다. 종기는 익어서 갈라지고, 그 속에서 지렁이 같이 진한 고름 덩어리가 흘러나온다. 인간이 산 채로 썩어 가는 것이다.

만일 침상 옆 사람의 얼굴이나 머리에 검은 이가 어정거리며 기어다니면 그것은 죽음의 확실한 징조였다.

허, 이것은 너무 자연주의가 아닌가. 왜 이런 이야기를 할 필요가 있을까?

통상 자기 자신이 그 괴로움을 체험하지 못한 자, 사형을 집행하거나, 뒤에서 사형을 지시하고 모르는 체하는 자는 이제 우리에게 이렇게 말한다 ― 그런 것을 상기할 필요가 어디 있어? 옛날 상처를 건드릴 필요가 어디 있어? (〈그들〉의 상처라는 듯이!)

이런 질문에 대해 이미 레프 똘스또이가 비류꼬프에게 대답했다. 「왜 상기할 필요가 있냐고요? 만일 내가 나쁜 병에 걸렸다가 그 병이 나아서 아주 좋아졌다면, 나는 언제나 기쁘게 그 일을 상기할 것입니다. 내가 여전히 앓고, 또 병세가 신통치 않을 때, 나는 그것을 생각하려 하지 않아요. 나 자신을 속이고 싶으니까. 만일 우리가 옛일을 상기하여 그것을 직시한다면, 우리 나라에 있어서 현재의 새로운 폭력도 볼 수 있을 겁니다.」[11]

폐인에 대한 이 몇 페이지를 나는 기사 레프 니꼴라예비치 Y.(이것은 아마 똘스또이를 본떠 붙인 이름이겠지!)와 그에 대해 말해 준 N. K. G.의 말로 결론지으려 한다. 이 Y.라는 인물은 폐인의 이론가로서, 그는 폐인의 생활 태도가 생명을 보전하는 데 가장 편리한 형태라는 결론에 도달했다.

더운 일요일에 인적이 드문 수용소 구내 한 구석에서 기사 Y.는 앉아 있다 ― 인간 비슷한 생명체가 갈색 이탄수가 고여 있는 파인 땅 구멍 근처에 앉아 있었다. 구멍 주변에는 청어 대가리, 생선 뼈, 연골, 빵의 딱딱한 껍질, 굳은 죽, 깨끗이 씻은 감자 껍질, 그 밖의 이름을 붙일 수 없는 것들이 잔뜩 있었

11 비류꼬프, 『똘스또이와의 대화』, 제3~4권, p. 48.

다. 작은 철판 위에 약한 모닥불이 타오르고, 그 위에 검게 그을린 병사의 반합이 걸려 있고, 그 속에 끓일 물건이 들어 있었다. 아마, 이제 된 것 같군! 그 폐인은 나무 숟가락으로 반합에서 검고 걸쭉한 것을 뜨기 시작하여 그것과 함께 감자 껍질을 먹거나, 연골이나 청어 대가리를 먹기도 했다. 사나이는 매우 천천히 일부러 조심성 있게 씹고 있었다(폐인들의 공통된 결점은 무엇이든 씹지 않고 서둘러 삼켜 버리는 것이다). 목에서 턱과 뺨을 덮은 검고 잿빛 나는 짙은 수염 속에서 코가 거의 감춰져 간신히 보일 정도였다. 코와 이마는 갈색의 밀랍 색을 띠고 피부는 벗겨져 있었다. 눈은 지쳐서 연거푸 깜박였다.

남이 가까이 오는 것을 눈치채자, 그 폐인은 아직 먹다 남은 것을 재빨리 끌어모아 반합을 가슴에 안고, 그대로 지면에 엎드려 고슴도치처럼 동그랗게 되었다. 이제 아무리 때리거나 밀쳐도 땅바닥에 엎드린 그는 꼬떡도 하지 않고, 자기 반합을 아무에게도 내주지 않았다.

N. K. G.가 그 폐인에게 친절하게 말을 걸었다. 그랬더니 고슴도치가 약간 몸을 펴기 시작했다. 이제는 매 맞을 일도, 반합을 빼앗길 일도 없으리라는 것을 알았다. 이야기는 더 계속되었다. 둘 다 기술자였다(N. G.는 지질학자고, Y.는 화학자였다). 거기서 Y.가 N. G.에게 자기의 신조를 밝힌다. 그가 아직 잊어버리지 않고 있는 화학 구성의 숫자를 사용하여 모든 영양의 폐기물에서 취할 수 있는 것을 증명하고, 그 영양분을 취하기 위해 다만 전력을 경주하여 혐오의 기분을 이겨내야 한다고 주장한다.

무더위에도 불구하고 Y.는 몇 장이나 되는 옷을 겹쳐 입었다. 그것도 죄다 더러운 것이다(그것도 근거 있는 것이다 — 실험을 한 결과, Y.는 〈너무〉 더러운 옷의 경우는 이나 벼룩이 더 이상 번식을 하지 않는 것을 알았다). 그래서 그는 일부러 공장에서 사용하고 있는 걸레 천으로 바지를 만들어 입었던 것이다.

이것이 그의 모습이다 — 철모 대신에 검게 그을린 적위군 병사용 뾰족한 모자. 그을린 자국이 모자 전체에도 보였다. 그 모자의 코끼리 귀 같은 귀덮개 여기저기에 건초나 삼 부스러기가 붙어 있었다. 위에 입고 있는 옷에는 등이나 양쪽 겨드랑이 부분에 찢긴 천이 내려 드리워 있었다. 기운 곳에는 또 덧대서 기워져 있었다. 한쪽 겨드랑이에 나뭇진이 달라붙어 있었다. 안의 솜이 수술처럼 옷깃을 따라 속에서 삐져나와 드리워졌다. 두 팔의 바깥쪽이 팔꿈치까지 뜯겨져 있었다. 그래서 이 폐인이 두 손을 높이 올렸을 때의 모습은 박쥐가 나래를 퍼덕이는 느낌이었다. 발에는 자동차 타이어로 만든 보트 형의 신발을 신고 있었다.

그는 왜 이렇게 두툼하게 옷을 입었을까? 왜냐하면 여름은 짧고 겨울은 길기 때문이다. 이 의복을 어딘가에 보존해야 하는데, 몸에 입고 있는 것이 가장 확실한 방법인 것이다. 둘째로, 이것도 중요한 일이지만, 공기쿠션이 되어 부드러워지고 맞아도 아픔을 느끼지 않았다. 그를 아무리 발로 차고 곤봉으로 때려도 멍이 들지 않았다. 이것은 그의 방어의 일종이다. 다만 항상 자기를 때리려고 하는 자를 재빨리 발견하여, 땅바닥에 엎으려 무릎을 배에 붙이고, 그렇게 해서 배를 보호하고, 머리를 가슴에 파묻고, 솜이 들어 있는 두터운 팔소매로 머리를 감싸는 자세를 하지 않으면 안 되었다. 이렇게 해서 아무리 맞아도, 타격은 약화되고 만다. 너무 오래 맞지 않기 위해서는 때리고 있는 사람에게 빨리 승리감을 맛보게 해야 한다. 그래서 Y.는 전혀 아프지 않더라도 첫 일격부터 돼지 새끼처

럼 예리한 고함 소리를 지르는 법을 몸에 익혔다. (수용소에
서는 약자를 잘 때린다. 작업 할당계들이나 반장들뿐만 아니
라, 일부 죄수들도 자기가 아직 약하지 않다는 것을 자기 자
신에게 납득시키기 위하여 약자를 괴롭힌다. 인간이 타인한
테 잔혹한 짓을 하지 않고서는 자기의 힘을 믿을 수 없는 동
물이라면 하는 수 없지 않겠는가?)

　이리하여 Y.는 자기가 선택한 이 생활 양식이 충분히 가능
하고 합리적인 것이라고 생각했다. 더욱이 이것은 자기 양심
에 상처를 주지 않는다! 그는 아무한테도 나쁜 짓은 하지 않
으니까.

　그는 자기 형기를 지내며 살아남을 수 있다는 희망을 가지
고 있다.

　폐인과의 인터뷰는 끝났다.

◆

　〈1백 년 이상〉이나 차다예프의 저작을 출판하지 않는 우리
명예로운 조국에서, 소위 반동적인 견해를 가졌다는 이유로
가장 중요하고 가장 대담한 책이 동시대인에게는 읽히지 않
고, 또 국민의 사상에 필요할 때 영향을 미치지 않는다는 사실
에 이제 놀라는 사람은 아무도 없을 것이다. 그래서 이 책도
내가 쓰지 않으면 안 된다는 의무감에서 집필했던 것이다 ─
내 손에 모인 너무나 많은 이야기와 회상들을 소멸시켜 버릴
수는 없었다. 나는 이 책이 어디선가 출판되어 내 눈에 띄리라
고는 생각하지 않았고, 군도에서 살아남아 돌아온 사람들이
이 책을 읽어 주리라고 기대하지도 않았다. 또한 이 책이 우
리 나라 역사의 진실을 해명해 주고, 무엇인가를 고칠 수 있
게 되리라고는 도저히 믿을 수 없었다. 내가 이 책을 쓰고 있

는 도중에 나의 인생을 뿌리에서 뒤흔든 사건이 발생했다 ─ 용이 한순간 나타나 거칠고 붉은 혓바닥으로 나의 소설과 또 몇 개의 낡은 물건을 빼앗고, 커튼 뒤로 숨어 버렸다. 그러나 나는 그놈의 숨소리를 들을 수 있으며, 그 이빨이 나의 목구멍을 노리고 있다는 것을 안다. 다만, 그 시기가 아직 오지 않은 것뿐이다. 마음을 갈기갈기 찢긴 나는 어떻게 하든 이 연구서를 완성시키고, 적어도 이 책만이라도 괴물의 이빨에서 벗어나도록 필사의 노력을 다하고 있다. 벌써 오래전부터 작가가 아닌 숄로호프가 작가들이 박해받고 체포되는 나라에서 노벨상을 받으러 갔을 때, 나는 스파이를 피해 은신처에 숨어 시간을 벌었고, 숨죽인 비밀의 펜으로 이 책을 완성시키려고 노력하고 있었다.

잠깐 이야기가 다른 길로 갔지만, 우리 나라에서는 가장 뛰어난 책이 동시대인에게 알려지지 않는다고 말해 두고 싶다. 자칫하면, 누군가 쓴 것을 되풀이하는 헛수고를 할지도 몰랐다. 누군가 이미 이런 내용을 알고 있다면 이 책의 일부를 생략할 수 있다고, 나는 말하고 싶었다. 그러나 이 빈약하게 퇴색된 자유의 7년 동안에 모든 것이 떠올랐다. 새벽어둠 속의 바다를 헤엄치던 한 사람이 또 한 사람을 발견하여, 목쉰 소리로 불렀다. 이리하여 나는 샬라모프의 수용소에 관한 60편의 단편과 형사범들에 대한 그의 연구서를 알게 되었다.

나는 여기서 나와 그의 사이에는 약간의 세세한 점을 제외하면, 군도의 해석에 관해서는 전혀 차이점이 없다는 것을 말해 두고 싶다. 군도 주민의 생활 전반에 걸쳐 우리들은 거의 같은 평가를 내리고 있다. 샬라모프의 수용소 체험은 나보다 괴롭고 긴 것이었으며, 따라서 모든 수용소 생활이 가져온 동물적이며 절망의 구렁텅이에서 나보다 그 사람이 더 체험했다는 것을 나는 존경하면서 인정했던 것이다.

그러나 동의할 수 없는 점에 대해 이의를 제기할 것도 있다. 그 중 하나는, 수용소의 위생부에 대해서였다. 수용소 각 시설에 대해 샬라모프는 증오와 울화통을 터뜨리며 말했다. (그것은 당연하다!) 그런데 다만 한 가지, 위생부에 대해서만은 편애하는 예외를 보였다. 그는 수용소의 친절한 위생부에 관한 전설을 만들어 내지는 않았지만, 그것을 지지하고 있었다. 그는 수용소에서는 모두가 죄수에게 적대하고 있고, 의사 혼자만 죄수를 도울 수 있다고 주장했다.

그러나 〈도울 수 있다〉는 것은 〈돕고 있다〉는 뜻이 아니다. 도우려고 한다면 현장 감독도, 노르마 산정자도, 경리계도, 창고계도, 취사부도, 당번도, 작업 할당계도 〈도울 수 있다〉. 그럼 실제 도와주었는가?

1932년까지 수용소의 위생부가 아직 보건 인민 위원회의 관할에 있었을 때, 의사는 의사로 있을 수 있었다. 하지만 1932년에 전면적으로 수용소 관리 본부의 관할로 옮겨, 그 본분이 박해를 돕는 일과 무덤을 파는 일이 되어 버렸다. 친절한 의사의 친절한 경우는 있었겠지만, 위생부가 공통의 목적을 위해 봉사하지 않는다면, 도대체 누가 그것을 군도에 설치하겠는가?

수용소장과 반장이 노동의 거부를 이유로 폐인을 때려서 그 폐인이 마치 개처럼 상처를 빨며 징벌 감방에서 이틀이나 기절하고(바비치의 경우), 2개월이나 침상에서 내려오지 못하는 상태에 있었을 때, 그 폐인이 매를 맞았다는 서류 작성을 거부한 것이 다름 아닌 위생부가 아니었던가(지다 수용소 군도 제1 독립 수용 지점의 사건)? 또 그 후의 치료를 거절한 것도 위생부가 아니었던가?

징벌 감방에 죄수를 넣기 위한 명령서에 서명한 것이 위생부가 아닌가? (무엇보다 당국은 의사의 증명서가 그다지 필요하지 않았다는 것을 말해 두어야 하겠다. 인지기르까 근처의 수용소에서 자유 고용된 〈칠장이(의사의 조수 — 이 수용소 용어는 결코 우연히 생긴 것이 아니다!)〉로서 S. A. 체보따료프라는 사람이 있었다. 그곳의 징벌 감방에는 사람은 물론 개도 들여놓아서는 안 된다고 생각한 그는 그곳에 사람을 감금하겠다는 독립 수용 지점장의 명령서에 한 번도 서명한 적이 없었다. 그렇지만 그의 서명이 없어도 사람들은 얼마든지 징벌 감방에 수감되었다.)

현장 감독 혹은 반장의 책임으로 울타리나 방비가 없기 때문에 죄수가 작업하다 죽을 때, 그 죄수가 심장 파열로 죽었다는 서류에 서명한 것은 의사 조수와 위생부가 아닌가? (즉, 모든 것은 변함이 없고, 내일은 다른 사람이 죽는다는 것이다. 그렇지 않았다가는 의사 조수도 내일부터 채굴장에 나가야 한다! 그다음은 의사다.)

분기마다 〈건강 진단〉을 실시할 때 — 그것은 수용소 인구의 집단 건강 진단의 연극으로서 전원을 TFT(노동 강도 강), SFT(노동 강도 중), LFT(노동 강도 경), IFT(개인 육체 노동)의 등급으로 분류하는 것이다 — 중노동의 대군을 공급함으로써 자기 지위를 유지하고 있는 고약한 위생부장에 대하여 친절한 의사들은 정말 강력히 항의하고 있는가?

혹은 자기 몸 전체를 구하기 위해 그 일부를 희생시킨 사람들에 대해 위생부는 자비심이라도 가졌던가? 누구나 다음 법률을 알고 있다. 그것은 어떠한 수용 지점에만 알려진 법률이 아니다 — 즉, 자기 스스로 몸의 일부를 잘라 버린 자, 자기 스스로 몸의 일부를 사용하지 못하게 한 자, 〈자해자〉에 대해서는 일체 치료를 〈하지 않는다〉! 이 명령은 당국이 하는 것이지만, 실제 치료를 〈실시하지 않은〉 것은 누구일까? 의사가 아닌가……. 뇌관으로 자기 손의 손가락 4개를 날리고 병원에 달려와도 붕대를 감아 주지 않는다 ─ 〈저리 가 뒈져라, 이 개새끼!〉 하는 것이다. 이미 볼가 운하 건설에서 열광적인 작업 경쟁이 뜨거울 때, 어찌 된 영문(?)인지 이 〈자해 행위〉가 매우 증가했다. 그러자 원인 해명이 있었다 ─ 그것은 계급의 적의 장난이라고. 그럼, 그들을 치료할 것인가? (물론, 그것은 자해자의 지혜에 달렸다 ─ 증명 불가능한 자해가 있다. 예를 들어, 안스 베른시쩨인은 팔뚝에 헝겊을 잘 감고 뜨거운 물로 화상을 입혔다. 그것으로 자기 목숨을 건졌던 것이다. 그 밖의 사람들은 혹한 속에서 장갑도 끼지 않고 손에 동상을 입힐 수 있고, 또 펠트 장화에 오줌을 싸고 혹한 속에 나가기도 했다. 그러나 모두가 잘되지는 않는다 ─ 실패하면 괴저가 발생한다. 그다음에는 죽음이 있을 뿐이다. 때로는 본의 아닌 종류의 자해도 있다(바비치는 괴혈병에 의해 낫지 않던 궤양이 매독으로 진단되자, 혈액 검사로 확인할 설비도 없으니까, 그는 기꺼이 자기와 친척 모두가 매독에 걸려 있다고 거짓말을 했다. 그는 성병 환자 격리 구내에 옮겨졌고, 거기서 그의 죽음은 연기되었다).

혹시 위생부가 실제 병에 걸린 자를 그날의 작업에서 해방시킨 일이 있었던가? 매일 많은 환자를 밖으로 내몰지 않았던가? 죄수들의 영웅이었던 희극 배우 뾰뜨르 끼시낀을 의사 술레이마노프가 입원시키지 않았던 것은 그의 설사가 기준에 미달했다는 이유였다 ─ 설사는 30분마다, 그리고 반드시 피가 나와야 했다. 그래서 죄수들의 대열이 작업 현장으로 호송되어 갈 때, 끼시낀은 총살을 각오하고 〈앉아 버렸다〉. 그런데 호송병들이 의사보다 자비롭게도 달리고 있는 자동차를 세워서, 끼시낀을 병원으로 보냈던 것이다. 위생부가 하는 일이 C 그룹, 즉 입원 환자와 보행 가능 환자를 정해진 비율로 엄격히 제한하는 일이었다는 것에 대해 이의를 제기하는 사람이 있을 것이다.[12] 그리하여 어떤 경우에 대해서도 해명이 주어지고 있다. 그러나 어떤 경우에도, 그와 동시에 〈그 대신에 다른 누구를〉 친절하게 대하고 있었다는 설명으로서는 도저히 지울 수 없는 잔학함이 남는다.

또 이런 건으로는 끄리보셰꼬보 제2 수용 지점의 병원과 같은 지독한 수용소 병원의 예를 첨가해야 하겠다. 거기에는 조그마한 환자 대기실, 변소, 병실이 있었다. 변소는 몹시 악취가 나서 병원 전체에 냄새를 풍겼으나 문제는 그 변소가 아니었다. 거기에는 각 침대마다 〈두 사람〉씩 설사 환자가 누워 있고 침대 사이의 마루에도 누워 있었다. 쇠약한 환자들은 침대에서 용변을 보고 있었다. 속옷도 없고, 약품도 없었다(1948년에서 1949년). 이 병원의 책임자는 의과 대학 3학년생이었는데(제58조로 체포), 그는 절망해 있을 뿐, 아무것도 할 수 없었다. 환자들에게 식사를 제공하고 있는 간호사들은 튼튼한 사나이들이었다 — 이놈들은 환자들의 식사를 가로채고 그들

---

12 의사들은 되도록 그 제한을 빠져나가려 했다. 씸Sym 수용소에 〈반상설 병원〉을 개설하기도 했다 — 폐인들은 자기의 수용소 상의를 깔고 자면서, 제설 작업도 하고, 병원에서 식사도 했다. 위생부의 자유 고용인 부장 A. M. 스따뜨니꼬프는 이러한 C 그룹의 제한을 피했다 — 그는 작업 구역의 병원을 축소하는 대신에 독립 수용 지점의 병원을 확대했다. 그곳은 환자만으로 된 독립 수용 지점이었다. 수용소 관리 본부의 공식 서류에는 때때로 이런 것이 기록되었다. 〈죄수들의 《체력 증강》을 꾀할 것.〉 그러나 증강하기 위한 자금이 없었다. 이 정직한 의사들의 이런 속임수는 오히려 사람들이 점점 더 죽어 가는 것을 저지할 힘이 위생부에게 허락되지 않았다는 것을 뒷받침한다.

의 병원에서의 배급 식량을 훔치고 있었다. 도대체 누가 놈들을 이렇게 좋은 자리에 있게 했을까? 아마 〈대부〉, 즉 보안 장교일 것이다. 의대생에게는 놈들을 쫓아내고, 환자들의 배급 식량을 지킬 힘이 없었다. 의사의 경우는, 그런 힘이 있는가?[13]

혹시 어느 수용소에서 위생부가 실제로 인간적인 식사를 지킬 가능성이 있었던가? 예를 들어 저녁 작업을 마치고 수용소로 돌아오는 그 〈야맹증 작업반〉은 서로 손을 잡고 맹인의 종대를 만들어 돌아오는데, 그 죄수들의 야맹증을 고치기 위해 인간적인 식사를 제공한 적이 있는가? 아니, 없었다. 혹시 기적적으로 식사 내용의 개선을 꾀한 적이 있다면, 그것은 튼튼한 일꾼을 획득하기 위해 생산 당국이 한 일이다. 결코 위생부가 아니다.

이러한 일로 의사들을 비난하고 있는 자는 아무도 없다(더욱이 일반 작업으로 내몰릴 수 있다는 공포 때문에 의사들의 저항은 이따금 있어도 너무 미약했다). 그렇다고 위생부에 대한 구세주와 같은 전설을 만들 필요는 없는 것이다. 수용소의 모든 계통과 마찬가지로, 위생부도 또한 악마에게서 태어나 악마의 피가 그 전신을 흐르고 있기 때문이다.

샬라모프는 자기 생각을 밝히며 이렇게 말했다 — 죄수가 수용소에서 의지하는 곳은 위생부 하나뿐이며, 절대로 자기의 노동에 의지할 수는 없다. 아니, 의지해서는 안 된다. 그것은 죽음인 것이다. 〈수용소에서는 작은 배급 식량이 아닌, 큰 배급 식량이 죽음을 가져온다.〉

이 속담은 옳았다 — 큰 배급 식량이 죽음을 가져온다. 아

---

13 도스또예프스끼의 입원에는 아무런 장애가 없었다. 그런데 그들의 위생부는 호송병들을 겸하고 있었다. 잠으로 뒤떨어져 있었다!

주 건강한 일꾼도 산림 벌채 계절이 지나면 아주 지쳐서 폐인이 된다. 이렇게 되면 그의 일시적인 노동 부족을 인정한다 — 빵 4백 그램과 제일 나쁜 급식을 주게 된다. 겨울 동안에 그들의 대부분은 죽는다(예를 들어 8백 명 중 725명이 죽는다). 남은 자는 가벼운 〈육체노동〉으로 옮겨져서, 거기서 죽는다.

만일 의사의 조수로 채용되지 못하고, 간호사가 되지도 못하고, 작업에서 하루의 가짜 해방을 허락받지 못했다면 우리는 이반 제니소비치에게 다른 도피의 길을 제공할 수 있겠는가? 만일 구내에서 특권수의 지위를 얻고 싶지만 그의 교양이 모자라고, 게다가 양심이 남아 있다면 어떻게 할 것인가? 자기 손에 의지하는 것 외의 길이 남아 있는가? OP(휴양소)? 자해? 석방 탄원서?

이러한 것에 대해서는 이반 제니소비치가 스스로 말하게 하자. 시간이 있어서 그 자신도 그런 것을 생각했던 것이다.

「OP란 수용소의 휴식하는 집과 같은 곳이야. 죄수들은 몇십 년을 일해도 휴가를 모르니까, 이렇게 해서 그들에게 휴양소에서 2주간의 휴식을 주게 되지. 그곳 식사는 꽤 좋았고, 밖의 작업에도 끌려 나가지 않고, 구내의 작업은 하루에 서너 시간의 아주 가벼운 작업이었어 — 돌을 쪼는 일, 구내 청소를 하거나, 무엇인가 수리하는 일이지. 만일 수용소 인원이 5백 명이라면 15명을 수용할 수 있는 휴양소를 개설해. 만일 공정하게 전원에게 돌아간다면, 1년이 좀 더 지나면 전원이 휴양소에 들어가게 되지. 그러나 수용소에서는 모든 것이 공정하지 못하듯 휴양소의 문제도 공정하지 못했어. 틈을 보아서 개가 문다고, 휴양소가 느닷없이 개설되고, 맨 첫 번째부터 세 번째까지 명단도 나왔는데 태풍이 지나가듯 이내 폐쇄되고 반년도 열리지 않았어. 그래서 그곳에 들어간 놈들은 경리계들, 이발사들, 구두 제화공들, 재봉사들, 즉 수용소의 귀족뿐이었어. 눈가림으로 몇 사람의 진짜 일꾼들을 섞었지. 가장 성적이 좋은 노동자로서 여기에 재봉사 베렘블룸이 잔소리를 늘어놓더군. 〈나는 자유인을 위해 모피 외투를 만들었어. 그 외투로 수용소 금고에는 1천 루블이 입금되었다고. 자네는 바보야, 꼬박 한 달 동안 통나무를 굴려도 그 노동으로는 수용소에 1백 루블도 들어오지 않아. 그래서 어느 쪽이 직접 생산에 기여하고 있는가? 어느 쪽이 휴양소에 가야 하나?〉 그런데 자네는 속을 썩이면서 어떻게 하면 휴양소로 들어가나, 조금이라도 휴식하기 위해서는 어떻게 하면 좋을까, 궁리를 하고 있는데, 휴양소가 폐쇄되어 끝장이 났어. 또 화가 나는 것은 기왕이면 누구누구가 몇 년 며칠에 휴양소에 들어갔다고 형무소 조서에 표시를 하면 좋은데 그러지 않는 거야. 경리계들이 많이 들어와 있었어. 그런데 표시는 하지 않고 있었지. 그들한테는 불리하니까. 다음 해에 휴양소가 다시 개설되자, 또 베렘블룸이 처음 조에 들고, 자네는 또 제외되었어. 10년 동안 10여 개소의 수용소를 전전하면서 겨우 열 번째 수용소에서 자네는 한 번이라도 좋으니까 휴양소에 보내 달라고 부탁하지. 자기는 한 번도 휴양소에 가본 적이 없으므로 그곳의 벽의 칠이 어떤지 한번 보고 싶으니 보내 달라고 부탁해도, 당신이 그곳으로 못 간 것을 어떻게 증명하겠는가?

아니, 휴양소의 일로 마음 상할 것은 없어.

자해하는 방법이 있어. 살아남기 위한 것과 노동 불능자가 되는 것이야. 흔히 말하는 것처럼, 잠시 참으면 1년 내내 편해. 예를 들면 다리뼈를 부러뜨리고 그 뼈가 엇갈려 붙도록 해. 소금물을 마셔서 온몸이 붓게 할 수도 있고. 혹은 찻잎을 담배 대신 피워 심장을 나쁘게 해. 또 담배를 끓여서 마셔서 폐를 나쁘게 해. 다만 이것들은 적당히 하지 않으면 안 돼. 도가 지나쳐 상해를 넘어서 무덤까지 가지 않기 위해서야. 비록 그 적당한 것을 아는 자는 없지만…….

노동 불능자는 여러 가지로 좋아 — 보일러실 일도 하고, 나무껍질 신발 제작소 일도 하고. 그리고 가장 중요한 것은 머리가 좋은 사람들은 노동 불능을 이용하여 석방 탄원서를 얻을 수 있어. 특히, 이 석방 탄원서의 작성은 휴양소의 문제보다 더 물의를 일으켜 좋지 않았어. 위원회를 설치하고, 노동 불능자들을 진단하고, 가장 병세가 나쁜 환자를 대상으로 서류가 작성돼 — 이런 날에 건강상의 이유로 복역을 계속하는 것이 불가능하다고 인정하여, 석방을 탄원한다고 해.

다만 주선하는 것뿐이지! 이 탄원서가 관청의 위로 올라갔다 내려올 때까지, 본인은 이미 이 세상에 없을 때가 자주 있었어. 여하튼 당국은 교활하니까 1개월 후에 확실히 죽으리라고 생각되는 사람의 탄원서를 작성해.[14]

또 돈을 잘 내는 자를 대상으로 해. 50만 루블을 착복한 깔리끄만의 여자 공범자가 있었는데 그녀는 그중에서 10만 루블을 지불하고 자유의 몸이 되었어. 우리 바보들과는 달라.

어떤 책이 막사 속에서 굴러다니고, 학생들이 그 책을 구석에서 낭독했어. 그 책 속에서 한 젊은이가 1백만 루블을 손에 넣었으나, 소비에뜨 정권하에 그 큰돈을 어떻게 쓸지 몰랐대. 그는 그 1백만 루블로 아무것도 사지 못하고, 그 돈을 쥔 채 굶어 죽었다고 쓰여 있었어. 우리는 웃었어. 그런 거짓말에는

14 O. 볼꼬프의 단편 소설 「노인들」에서 〈탄원서대로 석방된〉 노인들이 수용소에서 쫓겨나지만 배급 식량이나 주거를 빼앗긴 그들은 갈 곳이 없어서 수용소 가까이에 죽을 곳을 찾는다.

속지 않아. 우리는 그런 백만장자들이 수용소 바깥으로 나가는 것을 여럿 봤어. 1백만 루블로 건강은 살 수 없겠지만, 자유는 살 수 있어. 권력도 살 수 있어. 인간도 살 수 있어. 그런 백만장자는 사회에 얼마든지 있어. 다만 지붕에 기어오르거나 손을 흔들거나 하지 않을 뿐이야.

그런데 〈제58조〉의 석방 탄원서는 받아지지 않아. 수용소가 창설된 이후, 〈10항 해당자〉를 대상으로 하는 탄원서 작성은 한 달에 세 번쯤 있었지만, 끝나 버렸어. 그들로부터는 아무도 돈을 받으려고 하지 않아. 인민의 적으로부터 돈을 받는 것은 자기 목을 단두대에 내놓는 것이니까. 게다가 그들, 즉 정치범들에게는 돈이 없어.」

「이반 제니소비치, 〈그들〉이란 대체 누구야?」

「응, 우리를 말하는 거야…….」

◆

그러나 어떤 푸른 제모라도 죄수로부터 빼앗을 수 없는 〈형기 전 석방〉의 권리 하나가 있다. 그 석방이란 바로 죽음이다.

그리고 그것은 가장 중요한, 부단한, 누구한테도 규격화되지 않은 〈군도〉의 생산품이었다.

1938년 가을부터 1939년 2월에 걸쳐서 우스찌−빔의 많은 수용 지점 중에 단 한 곳에서만도 550명 중에서 385명이 죽었다. 어떤 작업반은(오구르쪼프의) 반장을 포함해서 전원이 죽었다. 1941년 가을 뻬초르 수용소(철도 건설)의 등록 인원은 5만 명이었으나, 1942년 봄에는 1만 명이 되었다. 〈그동안 아무 곳에도 죄수 호송단을 보내지 않는데《4만 명》의 사람들은 어디로 갔을까?〉 4만 명이라는 말을 강조한 것은 무슨 까닭인가? 이 숫자는 당시 그 숫자를 자유롭게 볼 수 있었던 죄수에게서 우연히 들었던 것이다. 하지만 모든 수용소, 모든 시기의 숫자를 알 수가 없어서 총계를 낼 수는 없다. 1943년 2월 부레뽈롬 수용소의 중앙 부지의 폐인들 막사에서는 하룻밤 사이에 50명 중에서 최소 4명, 어떤 날에는 12명이 죽었다. 아침이 되면 죽은 사람의 자리를 새로 온 폐인이 차지하여, 그곳에 누워서 멀건 국과 빵 4백 그램으로 기력을 회복하려고 했다.

펠라그라의 야윈 시신(엉덩이가 없어지고, 여자는 가슴이 없어졌다)이나 괴혈병으로 부패한 시신은 시체 안치소 가건물이나, 때로는 노천에서 사망 확인을 받았다. 그것을 사체 해부라고까지 할 수는 없었다 ― 목에서 치골부까지 길이로 절개하고, 다리의 고기를 절개하고, 두개골을 열어젖히기도 했다. 곧잘 그것을 해부학자가 아닌, 호송병이 〈조사〉했다 ― 정말 죄수가 사망했는지, 아니면 죽은 척하는지. 그래서 시체를 총검으로 찌르거나, 큰 해머로 머리를 깨뜨렸다. 이때 시신의 우측 엄지발가락에 그가 수용소 서류에 통용하고 있는 조서 번호를 적은 표찰을 묶어 놓았다.

예전에는 내의를 입은 채 매장했으나 후에는 제일 품질이 나쁜, 3급품인 잿빛의 더러운 내의를 입히도록 했다. 다음에 다시 통일된 명령이 내려왔다 ― 내의를 낭비하지 말 것(살아 있는 사람에게 아직 입힐 수 있기 때문이다). 벗겨서 매장할 것.

옛 러시아에서는 이렇게 말했다 ― 주검은 관 없이 매장하지 못한다. 가장 빈한한 농노도, 거지도, 떠돌이도 관에 넣어서 매장했다. 사할린의 유형수도, 아까뚜이 형무소의 유형수도 관에 넣었다. 하지만 군도에서는 그것을 수백만 루블의 자재와 노력의 비생산적 낭비로 보았다. 전쟁 후에 인따에서 목수 꼼비나뜨의 공로직인 한 사람을 관에 넣어 매장했을 때, 문

287

화 교육부를 통해 다음과 같이 선전을 하도록 지시되었다. 열심히 일해라 —〈그래야 너희들도 목제 관에 넣어 매장된다!〉

주검은 계절에 따라, 썰매나 마차로 운구되었다. 이따금 운반하기에 편하도록 6구의 시신을 한 상자에 넣었다. 상자가 없으면 흔들리기 때문에 손발을 노끈으로 묶었다. 손발을 묶은 주검을 통나무처럼 쌓아올리고 위에 거적을 덮었다. 폭약이 있을 때에는 묘혈을 파는 특수반이 폭파하여 묘혈을 팠다. 없을 경우에는 삽으로 파야 했다. 무덤은 항상 공동묘지였고, 토양에 의해 크기가 달랐다 — 큰 것은 많은 사람을 넣고 얕은 것은 4인용이었다(봄이 되면 얕은 묘혈에서 썩은 냄새가 수용소에 풍겨 왔다. 그럴 때는 폐인을 시켜 더 깊이 무덤을 파게 했다).

물론 우리가 가스실을 사용했다는 비난을 듣는 일은 없다.

여유가 있는 데서는 — 예를 들면 껭기르에서는 — 매장한 후에 거기에 작은 말뚝을 세워 등록 배치부의 대표자가 사뭇 중요한 일이라도 하듯이 그 말뚝에 매장된 사람들의 등록 번호를 적었다. 그 껭기르에서 누군가가 해충 행위를 시작했다. 찾아온 어머니나 아내들한테 무덤 장소를 가르쳐 준 것이다. 여자들은 그곳에 가서 눈물을 흘렸다. 그러자 스텝 수용소장인 체체프 대령 동지가 당국의 호의를 무시한다면서, 불도저로 그 무덤의 말뚝을 쓰러뜨리고 쌓은 흙을 평평하게 고르도록 명령했다.

여성 독자들이여, 이렇게 당신의 아버지, 당신의 남편, 당신의 형제는 매장되었던 것이다.

이 무덤으로 군도 주민의 인생행로는 끝에 다다르고 그 생활도 끝난다.

그러나 빠벨 비꼬프가 말한 바와 같이, 〈사후 24시간이 지

나기 전에는 모든 것이 끝났다고 생각해서는 안 된다.〉

◆

「이반 제니소비치, 아직 다 하지 못한 이야기가 있나, 우리 일상생활 중에서?」

「무슨 소리야! 아직 시작도 하지 않았어. 갇혀 있던 세월만큼 이야기를 하지 않고서는 도저히 다 이야기할 수가 없어. 예를 들어 대열을 짓고 걷고 있을 때, 어떤 죄수가 꽁초를 주우려 하자 호송병이 사살하기도 했어……[15] 취사장에서 노동 불능자들은 생감자를 삼키고 있었어 — 삶은 것은 얻기가 어려우니까. 수용소에서는 차(茶)가 돈과 같았어. 〈치피리〉를 마시면 — 컵에 찻잎 50그램을 넣은 아주 독한 차인데 — 환각을 일으키기도 했어. 이 차를 주로 마시고 있는 것은 형사범들이며 그놈들은 훔친 돈으로 자유 고용인들한테서 차를 샀지.

대체로 죄수들은 어떻게 살아왔나? 있는 지혜를 짜내지 않고는 살아날 수가 없었어. 자고 있으면서도 다음 날에는 어떻게 할 것인가 생각하지 않으면 안 되었지. 혹시 무엇을 얻거나 좋은 방법을 알았을 때는, 가만히 있는 거야! 가만히 있어야 해. 옆의 놈이 알게 되면 자네는 밟혀서 죽는 거야. 수용소는 이렇다고. 모든 사람에게 모자라니까 자기만 만족하면 된다고.

그렇게 말은 하지만 역시 인간의 습성이 있고, 수용소에도 우정은 있어. 예전부터의 우정, 즉 같은 사건으로 잡혀 왔거나, 사회에서 알던 사이뿐만 아니라, 여기에서 싹튼 우정 말이

15 도스또예프스끼 시대에는 동냥을 받기 위해 대열에서 이탈할 수 있었다. 행진 중에도 이야기를 하거나 노래 부를 수가 있었다.

야. 마음이 맞거나, 서로 마음을 터놓을 수 있는 거지. 2인조야. 어떤 것은 둘이서 나누고, 어떤 것은 함께 먹어. 제일 중요한 배급 빵은 따로지만, 여분으로 얻은 식량은 한 반합에 끓여서 함께 먹지.[16]

이런 두 사람의 관계는 짧기도 하고 길기도 했어. 양심에 바탕을 둔 것도 있지만 속임수에 바탕을 둔 것도 있었어. 이런 두 사람 사이에 곧잘 〈대부〉가 뱀처럼 기어들지. 같은 반합을 사이에 놓고 두 사람은 무엇이든 속삭이지.

고참 죄수들이나, 예전의 포로들이 이런 말을 해주더군. 같은 반합의 밥을 먹은 녀석들도 상대를 배신하는 일이 있었다고.

그 말에도 일리는 있어.

하지만 가장 좋은 것은 남자 상대가 아니라 여자와 상대를 맺는 거야. 수용소 아내, 여자 죄수를 가지는 것이지. 말하자면, 〈결혼하는〉 거야. 젊은 녀석이라면, 그녀와 어디서…… 하면 마음도 가뿐할 테지. 아니, 나이가 많아서 약해도 좋은 건 마찬가지겠지. 자네는 무언가 해서 돈을 좀 벌어. 그럼 그녀는 자네 셔츠를 세탁해서 막사로 가져와 베게 밑에 슬쩍 넣어줄 거야. 아무도 비웃는 사람은 없어. 이것은 〈합법적〉인 것이니까. 그녀가 요리한 것을 침상에 앉아 함께 먹어. 나이 많은 사람한테도 기분 좋은 일이지. 이 수용소의 부부 생활은 따뜻하기도 하고 괴롭기도 해. 반합에서 오르는 김을 통하여 바라보면, 그녀 얼굴에 주름살이 보여. 아니, 자기 얼굴도 마찬가지야. 둘 다 수용소의 잿빛 넝마를 걸치고, 그 솜옷에는 녹이나, 점토나, 석회, 설화 석고라든가, 자동차 엔진 윤활유가 달라붙어 있어. 자네는 이전에는 그녀를 전혀 몰랐지. 그녀의 고향에

---

16 어찌 된 일인지 도스또예프스끼의 유형지에서는 죄수들의 우정은 찾을 수 없었다. 둘이 함께 식사하는 일이 없었다.

가본 일도 없고, 그녀의 말씨도 우리와는 다르지. 사회에는 그
녀의 아이가 있고, 자네도 아이가 있지. 혼자 있는 그녀 남편
은 여자들을 전전할 것이고, 당신의 마누라도 혼자니까 사내
를 원하겠지 — 8년이나 10년을 기다려야 하니까. 누구든지
인간다운 생활을 하고 싶은 거야. 그런데 이 수용소 아내는
자네와 똑같은 사슬에 묶여도 조금도 불평하지 않지.

　우리는 살아 있어도 인간이 아니고, 죽어도 부모가 아니
다…….

　어떤 사람에게 본처가 면회하러 왔어. 여러 수용소의 여러
소장들은 위병소에서 20분 동안 아내와 함께 있는 것을 허락
해 줬어. 때로는 조그마한 별실에서 하루 이틀 밤을 함께 지
내게도 해줘. 그것은 본인이 150퍼센트의 생산량을 달성했을
경우야. 게다가 이러한 면회는 지난 생활을 상기시켜 마음의
안정을 잃게 해. 아내와는 아직 오랜 세월을 함께 살 수가 없
는데 무엇 때문에 아내를 건드리고, 아내와 도대체 무슨 이야
기를 하겠나. 사나이의 마음이 둘로 갈라지지. 수용소 아내는
이해가 빨라 — 두 사람한테는 아직 도정한 보리가 한 컵 남
아 있지. 다음 주에는 불에 그슬린 설탕을 준다고 했고. 물론
그것은 흰 설탕은 아닐 테지. 제기랄…… 대장장이 로지체프
한테 마누라가 찾아 왔어. 그런데 전날 밤에 수용소의 바람둥
이 계집이 애무하다가 그의 목을 물었어. 로지체프는 화를 벌
컥 내고는 푸른 멍을 감추기 위해 위생부에 붕대를 감으러 갔
어. 감기가 들었다고 말했다는군.

　그럼 어떤 여자가 수용소에 있나? 도둑년도 있고, 염치없는
여자도 있고, 정치범 여자도 있지만, 대부분은 얌전한 여자로
〈지령〉에 의해 붙잡혀 왔어. 즉, 〈지령〉에 의해 그녀들은 국가
재산 횡령으로 끌려온 거야. 전쟁 중과 전후에 대체 누구 공

장에서 일했는가? 여인들과 젊은 처녀들이었어. 그럼 가족은 누가 부양했는가? 역시 그녀들이었어. 그럼 가족은 무엇으로 부양하나? 가난한 여공들은 법을 몰라. 그래서 그녀들은 훔쳤어. 유산 크림을 호주머니에 넣어. 빵을 다리 사이에 끼고 나와. 양말을 허리에 감아. 그것보다 더 확실한 방법은 — 공장에 맨발로 가서, 거기서 새 양말을 더럽혀서 신고, 집에 돌아와 그것을 세탁하여 시장에 팔러 나가는 거야. 공장에서 생산하고 있는 것을 집으로 가져오는 거야. 실꾸리를 가슴에 감춰서 가져오지. 경비원은 모두 매수되었어. 그놈들도 역시 생활해야 하니까 적당히 몸수색을 하지. 그런데 수비대가 출동하여 검사하면 — 이 하찮은 실꾸리 때문에 — 10년 형을 먹는 거야! 조국을 배신하는 것과 같이! 이리하여 실꾸리로 붙잡힌 여자들이 수천 명에 달해.

직종에 따라 훔치는 방법도 여러 가지야. 나스짜 구르끼나의 경우는 훔치기가 쉬웠어 — 그녀는 손수레로 일하고 있었으니까. 그녀의 판단은 정확했어. 우리 소비에뜨 인간은 끈덕져서 수건 한 장이라도 냄새를 맡지. 그래서 그녀는 소비에뜨의 트렁크에는 손도 대지 않고 외국인 것만 훔쳤어. 그녀의 말에 의하면, 외국인은 자기 짐을 조사하려 들지도 않고, 알아차려도 고발하지 않아. 다만 〈러시아 사기꾼 놈들!〉 하고 화내면서 자기 나라로 돌아가지.

경리계의 노인 시따레프가 나스짜를 비난하여 말했어. 「그런 짓 하고도 부끄럽지 않나, 이 고깃덩이야! 러시아의 명예는 생각하지 않아?」 그녀는 대답했어. 「당신을 삼켜 버릴까, 쓸데없는 소리 지껄이지 않게? 그럼 〈당신〉은 승리에 대해서는 생각하지 않지? 장교들을 제멋대로 놓아준 주제에!」 (이 시따레프라는 사람은 전쟁 중 병원 경리셨었다. 장교들이 퇴원할 때 그에게 뇌물을 써서, 자기들이 전선에 돌아가기 전에 가족을 만날 수 있도록 증명서에 치료 기간을 연장해 주었다. 이것이 심각한 문제가 되었다. 시따레프에게 총살이 선고되었으나, 후에 겨우 10년 형으로 감형되었다.)

물론 여러 종류의 불행한 여자들도 있었어. 어떤 여자는 사기죄로 5년을 살고 있었어. 그녀의 남편이 어느 달 중순에 죽었는데 그녀는 그달 말까지 남편의 빵 배급권을 반환하지 않고, 두 아이와 함께 그것을 사용했어. 이웃 사람이 시기해서 밀고했지. 그녀는 4년간 형기를 살았으나, 1년은 은사로 감형되었어.

이런 일도 있었어 ── 폭탄으로 집이 파괴되어, 아내와 아이는 죽었는데 남편은 살아남았어. 배급권이 모조리 타 버렸는데, 남편은 넋이 나가서 월말까지 13일간을 빵 없이 살았고 빵 배급권의 재교부를 신청하지 않았지. 그러자 모든 배급권이 그의 수중에 그대로 있다는 의심을 받았어. 그는 3년 형을 선고받았어. 그중 1년 반만 복역했지.」

잠깐만, 잠깐만 기다려, 이반 제니소비치. 이 이야기는 다음에 하자고. 그런데 그 여자의 이야기는…… 유사 결혼 이야기…… 같은 쇠고랑을 차면서도 불만이 없던 여자의 이야기 말인데……

제8장

수용소의 여자들

신문 중일지라도 어떻게 여자를 생각하지 않을 수 있겠는가? 아무튼 옆 감방 어딘가에 그 여자들이 있을 것이 뻔한데 말이다! 바보 같은 형무소 안에서 같은 대우를 받으면서 이 참을 수 없는 신문을 그 연약한 여자들이 어떻게 감당해 내고 있을까?

복도는 쥐 죽은 듯이 고요하다. 여자의 발걸음 소리도, 옷자락 스치는 소리도 들리지 않는다. 그러나 지금 부띠르끼 형무소의 교도관이 자물쇠를 열기 시작했다. 자물쇠를 열 동안은 남자 감방의 죄수들을 30초가량 창가의 밝은 위쪽 복도에 세워 놓는다. 복도의 창살문 밑으로 들여다보면, 우선 눈에 띄는 것이 여자의 복사뼈와 신발이다! 여자들은 초록빛 정원의 아스팔트 길 모퉁이에 우리처럼 2열 종대로 서서, 역시 자물쇠가 열리기를 기다리고 있는 것이다. 복사뼈와 신발뿐이지만, 그래도 하이힐이다! 그것은 마치 「트리스탄과 이졸데」에서 오케스트라가 바그너 특유의 우렁찬 음향을 연주하는 느낌이다! 우리는 그 이상의 것은 아무것도 볼 수 없다. 아니, 벌써 교도관은 우리를 감방으로 내몰고 있다. 우리는 명암이 깃든 착잡한 기분으로 어슬렁어슬렁 걸어간다. 우리는 나머지 모든 것을 상상에 맡긴다. 상상 속의 그녀들은 절망에 허덕이는 천사들이다. 그들은 어떻게 살아갈 것인가? 어떻게 살아갈 것인가?

그러나 그들은 우리들보다는 덜 괴로운 것 같다. 아니, 어쩌면 우리보다 편할지도 모른다. 신문에 관한 여성의 추억 속에서, 그녀들이 우리보다 의기소침했다거나, 우리보다 더 절망에 빠졌다는 결론을 제시해 주는 자료를 나는 아직 발견하지 못했다. 그러나 자기 자신도 10년간 갇혀 있으면서 항상 여성을 치료하며 관찰해 왔다는 부인과 의사 N. I. 주보프의 말에 의하면, 통계가 가리키고 있듯이 체포와 그 주된 결과인 가정의 손실에 대해서 여자는 남자보다 신속하고도 명확하게 반응을 보인다고 한다. 체포된 여성은 정신적으로 상처를 받아 그 결과로서 종종 여성의 가장 상처받기 쉬운 기능이 정지한다.

그런데 신문에 관한 여성의 추억 속에서 특히 나를 놀라게 하는 것은 — 죄수의 관점(물론 여성의 관점이 아니라!)에서 볼 때, 아주 〈사소한 문제〉에 그들이 집착하고 있다는 사실이다. 아직도 젊고 아름다운 나자 수로쁘쩨바는 신문에 불려 나갔을 때 너무 허둥거린 나머지 짝짝이 스타킹을 신고 말았다. 그리고 신문관실에서 신문관이 그녀의 다리를 흘끔흘끔 바라보는 것이 그녀로서는 무척 마음에 걸리더라는 것이다. 그러면 어때, 마음대로 보라지. 녀석과 함께 극장에 온 것도 아닌데, 뭐 — 하고 생각함직도 한데 말이다. 게다가 그녀는 철학박사(서구식으로 말하면)나 다름없었고, 열렬한 정치 활동가이기도 했다. 그런데도 이 모양이니 말이다! 1943년 볼샤야 루비얀까에 투옥되어 있던 알렉산드라 오스뜨레쪼바가 나중에 수용소에서 나한테 들려준 이야기지만, 그녀들은 거기서 곧잘 장난질을 쳤다고 한다 ─ 누군가가 테이블 밑에 몸을 숨기면, 겁에 질린 교도관은 없어진 여자를 찾느라고 진땀을 빼곤 했다. 어떤 때는 사탕무로 얼굴을 빨갛게 물들인 다음 산책을 하기도 했다. 또 어떤 때는 신문에 호출받고 나가기 전에, 같은 감방의 다른 여자들을 상대로, 오늘은 간단한 복장을 하고 나갈 것인가, 아니면 이브닝드레스를 입을 것인가 하고 열렬히 논의를 했다고 한다. 하기는 그때까지만 해도 오스뜨레쪼바는 세상 물정을 모르는 말괄량이 아가씨였고, 게다가 그녀와 함께 젊은 처녀 미라 우보레비치가 투옥되어 있었다. 그건 그렇다 치고 꽤 나이도 들고 학자였던 N. I. P.는 감방 안에서 알루미늄 숟가락을 열심히 갈고 있었다. 자살하기 위해서일까? 아니, 천만에 긴 머리를 자르기 위해서였다. (그리고 실제로 잘랐던 것이다!) 그 후 나는 끄라스나야 쁘레스냐 중계 형무소 안뜰에서, 우리와 마찬가지로 방금 형을 선고받은 여자들의 죄수 호송단과 한때를 보내게 되었다. 그때 특히 내가 놀란 것은 그녀들은 우리처럼 여위지도 않고, 쇠약해 있지도 않고, 창백하지도 않았다. 누구에게나 평등한 형무소의 배급식과 형무소의 시련을 여성들은 비교적 쉽게 참아 낼 수 있었다. 여자들은 기아 때문에 그렇게 빨리 쇠약해지지 않는 것이다.

그러나 우리 모두에게 있어서, 특히 여성에게 있어서 형무소는 아직도 낙원이나 다름없었다. 진짜 시련은 수용소에서 시작되는 것이다. 다름 아닌 거기서 그녀들은 굴복하지 않으면 안 되었고, 혹은 등을 구부리고 새사람이 된 듯이 순응하지 않으면 안 되었던 것이다.

수용소에서는 반대로, 우리보다 여자 쪽이 더 괴로움을 겪어야 한다. 그것은 수용소의 불결함에서부터 시작된다. 이미 중계 형무소와 죄수 호송단 숙박지에서 불결 때문에 고통을 당해 온 그녀들은 수용소에 와서도 청결이라곤 찾아볼 수 없다. 흔히 있는 수용소의 여성 작업반에서, 즉 공동 막사를 말하는 것이지만, 그녀들은 자기 자신이 정말로 깨끗해졌다고 느낄 때라고는 거의 한 번도 없다. 더운물은 구경할 수도 없다. (어떤 때는 물 자체도 구하기가 힘들다 — 끄리보세꼬보 제1 수용 지점에서는 겨울에는 어디에서이건 세수할 곳이 없었다. 얼어붙은 물밖에 없었고, 그것을 녹일 장소도 없었기 때문이다.) 가제나 헝겊은 어떤 합법적인 방법을 강구해도 손에 넣을 수 없었다. 그러니 세탁 같은 것은 엄두도 못 낼 일이다.

　목욕은 어떻게 하냐고? 농담은 삼가기 바란다! 수용소에 도착하면, 모든 것은 이 목욕부터 시작되는 것이다 — 가축 수송 차량에서 눈 위로 짐짝처럼 던져진 다음, 호송병들과 경비견에 둘러싸여 소지품을 짊어지고 걷는 것을 제외한다면, 아니, 다름 아닌 이 목욕탕에서 알몸뚱이가 된 여자들을 상품처럼 자세히 관찰하는 것이다. 그 목욕탕에 더운물이 있건 없건 그런 것은 문제가 되지 않는다. 거기서 이가 있나 없나를 조사하고 겨드랑이 밑과 음부의 털을 깎이는데, 그 일을 맡는 것은 이발사, 즉 수용소의 의젓한 귀족들이다. 그리하여 그들은 새로 들어온 여자들을 마음껏 바라볼 기회를 갖는 것이다. 그 후 곧 다른 특권수들도 여자들을 보려고 찾아든다. 이것이 솔로프끼 이후의 전통이다. 그러나 솔로프끼에서는 수용소군도의 여명 시기라, 그래도 아직은 군도답지 않은 수줍은 데가 있었다 — 여자들은 옷을 입은 채 보조 작업을 할 때만 관찰되곤 했었다. 그러나 〈군도〉는 냉혹해져서, 그 수속도 노골적으로 변했다. 페도뜨 S.와 그의 부인이(그런 인연이 그들을 결

297

합시킨 것이다!) 지금은 웃으면서 회고하지만, 남자 특권수들이 좁은 복도 양쪽에 늘어서고, 새로 도착한 여자들은 알몸뚱이가 되어 그 복도를 걸어갔다는 것이다. 그나마도 모두 함께가 아니라, 한 사람씩이었다. 그러고 나서 특권수들은 어떤 여자를 택할 것인가를 정했다고 한다. (1920년대의 통계에 의하면, 우리 나라에서는 6명 내지 7명의 남자에 대해 여자는 한 사람 꼴로 감금되고 있었다.[1] 1930년대와 1940년대의 〈지령〉이 발표된 후, 이 비율은 어느 정도 균등해졌지만, 그래도 여성이 무가치해지는 지점까지는 이르지 않았다. 특히 매력적인 여성일 경우는 더욱 대접을 받았다.) 그러나 이러한 수속이 여전히 정중히 행해지고 있는 수용소도 없지는 않았다. 여자들은 자기가 할당받은 막사까지 호송된 후, 거기서 영양가 있는 음식을 제공받고, 새로운 솜옷을 지급받았다. (수용소에서는 때 묻지 않고 뚫어지지 않은 의복만으로도 굉장한 멋쟁이로 통하는 것이다!) 바로 거기에 자신만만하고 뻔뻔스러운 특권수들이 들어온다. 그들은 느릿느릿 판자 침상 사이를 오락가락하며 여자를 고른다. 옆에 앉기도 하고 이야기를 건네기도 한다. 자기들한테 〈손님〉으로 와 달라고 권유하기도 한다. 그들은 공동 막사에 살고 있는 것이 아니라, 조그만 방에 몇 사람씩 살고 있다. 그들이 있는 곳에는 전기 화로도 있고, 프라이팬도 있다. 아니, 그들에게는 감자튀김도 있다! 이것은 인간에게 있어 최상의 꿈이 아닐 수 없다! 맨 처음에 그저 식사 대접만 하고, 여러 가지 이야기를 들려주며 수용소 생활의 규모를 파악하게 해준다. 그러나 성미가 급한 자는 감자를 먹인 다음, 이내 곧 그 〈대가〉를 요구한다. 좀 더 자제심이 있는 자는 돌려보내면서 장래의 생활을 설명해 준다. 상대

1 논문집 『형무소에서 교육 시설로』, p. 358.

방이 신사적인 태도를 보일 때, 사랑하는 여인들이여, 구내의 일, 〈구내〉의 일에 달라붙어야 한다. 그렇게 하면, 청결도 보장되고, 세탁도 할 수 있고, 좋은 옷도 입을 수 있고, 일도 편하니 말이다. 이 모든 것이 그대의 것이 되는 것이다.

이런 의미에서 수용소에서의 여성의 입장은 남자보다 〈더 편하다〉는 느낌을 갖게 된다. 여성의 경우는 살아남기가 더 쉬운 것이다. 구정물을 찾아 헤맬 정도로 추락하지는 않는 여성을 성적 증오로 바라보는 폐인들의 입장에서 보자면, 보다 적은 배급 빵으로도 배부를 수 있을뿐더러 기아를 피해서 살아남을 수 있는 여성들이 훨씬 편하다고 생각하는 것도 전혀 틀린 생각은 아니다. 사리를 분간할 수 없을 정도로 굶주림에 고통받고 있는 사람들에게 있어서는 전 세계가 기아의 날개로 차단되어 있어서, 음식 이외에는 아무것도 이 세상에 존재하지 않기 때문이다.

하기는 자기 성격 때문에 바깥세상에서도 상대방을 따지지 않고 쉽사리 사내들과 친해지는 여자도 없지는 않다. 물론 이런 종류의 여자에게는 수용소에서도 언제나 편한 길이 열려 있다. 인간의 개인적 특질은 형법의 조항으로 간단히 구별하기는 불가능하지만, 그러나 〈제58조〉 해당자의 대부분의 여성은 이런 종류의 여자가 아니었다고 단언해도 틀림은 없을 것이다. 어떤 여성에게는 처음부터 끝까지 이 행위가 죽음보다도 참을 수 없는 것이었다. 다른 여자들은 몸을 움츠리며 주저하고 당황한다(동료에 대한 수치심도 억제 작용을 한다). 그러나 마침내 결심을 하고 굴복을 했을 때는 이미 늦을 때가 있다. 그들은 이미 수용소에서는 필요 없는 존재가 되어 버렸기 때문이다.

그도 그럴 것이 모든 여성이 다 운 좋게 〈총애를 받는〉 것은 아니기 때문이다.

그렇기 때문에 많은 여자들이 그 첫날 밤부터 양보해 버리고 만다. 장래의 전망이 너무나도 잔혹한 데다가 희망이라고는 하나도 없기 때문이다. 게다가 기혼 여성이나 가족을 거느린 어머니들뿐만 아니라 아직도 소녀티를 채 벗지 못한 처녀들까지도 이런 선택을 하게 마련이다. 적나라한 수용소 생활에 희망을 잃어버린 이 소녀들은 곧 물불을 가리지 않는 여자로 변하고 만다.

뭐, 싫다고? 어디, 마음대로 해봐라! 자, 바지와 재킷을 입어. 배 속은 텅 비어서, 겉만 꼴사납게 부풀어 가지고 숲속에라도 가보라지. 어차피 벌벌 기어 와서 간청을 할 게 뻔하니까.

만일 당신이 육체적인 젊음을 지니고 수용소로 찾아와서 최초의 며칠 동안 〈현명한〉 걸음을 내디디면, 당신은 오랫동안 위생부, 취사장, 경리부, 재봉실 혹은 세탁소에서 일하면서 아무 고생 없이 바깥세상과 같은 생활을 보낼 수 있다. 가령 다른 곳으로 호송이 되더라도, 당신은 그 아름다움을 지닌 채 새 수용소에 도착하여, 처음부터 어떻게 행동해야 하는지도 이미 잘 알고 있다. 가장 좋은 방법 중의 하나는 높은 사람의 하녀가 되는 일이다. 새로운 죄수 호송단과 함께 여러 해 동안 고급 장교의 아내로서 하나도 부자유스러운 것을 모르고 살아온 아름답고 풍만한 여성 I. N.이 수용소에 왔을 때, 등록 배치부장이 곧 그녀를 알아보고 부장실의 마루 닦기라는 명예로운 일을 맡겼다. 그리하여 그녀는 자기의 운이 좋다고 자위하면서 가벼운 마음으로 자기의 형기를 복역하기 시작했다.

당신이 바깥세상에서 누군가를 사랑하고 그 사람에게 정조를 지키려고 한 것은 이제 와서는 아무 소용도 없는 일이다.

죽은 여자의 정조가 도대체 무슨 소용이 있다는 것인가. 〈바깥 세상에 돌아가도 당신을 필요로 할 사람은 아무도 없다〉 — 이것은 여자들의 막사 속에서 노상 되풀이되는 말이다. 마음은 거칠어지고, 나이는 먹고, 아무 기쁨도 없이 여자로서의 마지막 세월이 헛되이 흘러가 버린다. 이렇게 야만적인 생활이지만 그래도 거기서 무엇인가를 붙잡을 수 있다면 주저하지 말고 붙잡는 편이 더 현명한 길이 아닐까!

누구 하나 비난하는 사람이 없다는 것도 그런 기분을 부채질해 준다 — 〈여기서는 누구나가 다 그렇게 살고 있는걸.〉

이미 삶의 뜻도 목적도 잃어버렸다는 사실이 거기에 박차를 가한다.

처음 한동안 양보를 하지 않았던 여자도 나중에는 생각을 고쳐먹는가, 아니면 양보를 하지 않을 수 없는 상태로까지 이른다. 가장 완고한 여성이라도, 그 여자가 아름답다면, 어떻게 할 도리가 없어진다. 그리하여 결국 항복할 수밖에 없는 것이다!

모스끄바의 조그만 깔루가 대문 수용소에 M.이라는 긍지 높은 젊은 처녀가 있었다. 그녀는 저격병 중위 출신으로 옛날 이야기에 나오는 여왕처럼 우아했다. 앵두 같은 입술, 백조처럼 아름다운 몸매, 삼단 같은 검은 머리.[2] 그런데 이 여자를 사로잡으려고 눈독을 들인 것은 개기름이 번지르르 도는 늙고 더러운 창고지기 이사끄 베르샤제르였다. 그는 첫눈에 벌써 혐오감을 줄 정도로 추악한 사내였다. 더욱이 그녀의 터질 듯한 미모 앞에서는, 특히 요 얼마 전까지도 남성다운 과감한 생활을 한 그녀 앞에서는 말할 수 없이 더 추잡해 보였다. 그

---

2 나는 어느 희곡에 그라냐 지비나라는 이름으로 그녀를 등장시켰는데, 그녀의 실제 운명보다는 더 좋게 묘사했다.

가 썩어 문드러진 나무 그루터기라면 그녀는 날씬한 포플러와도 같았다. 그러나 그는 숨도 못 쉴 지경으로 그녀를 세차게 조여 갔다. 그녀를 일반 작업장에 내보내는가 하면(특권수들이 모두 힘을 합쳐, 그의 계획에 협조했다), 교도관들을 통해 트집을 잡게 하기도 하고(교도관들도 그의 〈수중에〉 묶여 있었다), 죄수 호송단에 끼워 머나먼 죽음의 수용소로 보내겠다고 위협을 하기도 했다. 그리하여 어느 날 밤, 수용소의 불들이 모두 꺼졌을 때, 나는 내 눈으로 직접 보았지만, 백설과 하늘의 빛을 받아 어슴푸레한 어둠 속을 M.이 그림자처럼 여성용 막사에서 빠져나와 고개를 푹 숙인 채 탐욕스러운 베르샤제르의 창고 문을 노크했던 것이다. 그 후 그녀는 구내에서 좋은 일자리를 얻을 수 있었다.

　바깥세상에서는 제도사로서 두 자식의 어머니였고 남편이 옥사했다는 중년 부인 M. N.은 여성 작업반의 일원으로 벌목 작업장에서 일하면서 쇠약할 대로 쇠약해져 있었으나, 돌이킬 수 없는 상태에 이르도록 여전히 굴복을 모르며 버텨 오고 있었다. 그러나 그녀도 드디어 한계점에 이르고 말았다. 두 발이 퉁퉁 부어오르고, 작업에서 돌아올 때는 대열 맨 끝에서 간신히 걸음을 옮겼고, 호송병들이 총 개머리판으로 그녀를 내몰았다. 어느 날 그녀는 작업장에 안 나가고 구내에 남아 있게 되었다. 요리사가 찾아와서 〈집적거렸다〉— 내 방에 찾아오시오. 배불리 먹여 줄 테니. 그녀는 찾아갔다. 요리사는 그녀 앞에 돼지고기가 든 감자튀김 냄비를 내놓았다. 그녀는 그것을 깨끗이 먹어 치웠다. 그러나 그 식사의 대가를 치른 뒤, 그녀는 모조리 토해 버려, 모처럼의 감자 섭취도 소용없게 되었다. 요리사는 욕설을 퍼부었다. 「생각 좀 하고 살아. 네가 공주냐?」 그 일이 있은 후부디 그녀는 점점 익숙해졌다. 전보다 좋은 일자리도 얻었다. 나중에는 수용소에서 영화를 볼 때, 자기 스스로 그날 밤의 상대를 고르게 된 것이다.

좀 더 오래 버텨 내는 여성일수록 나중에는 특권수가 아니라 일반 남성용 죄수 막사로 찾아와서, 판자 침상 사이를 오락가락하며 〈5백 그램…… 5백 그램……〉하고 단조로운 목소리로 손님을 구걸하지 않을 수 없는 상태로까지 내쫓기게 마련이다. 만일 구세주가 배급 빵을 들고 따라나서면 그녀는 자기 판자 침상을 삼면으로부터 시트로 감싼 다음, 천막인지 〈샬라시(막사)〉인지 분간할 수 없는 속에서(여기서 〈샬라시까(막사의 여인, 곧 바람둥이 여인)〉라는 낱말이 나온 것이다) 빵을 벌지 않으면 안 된다. 물론 그 전에 교도관한테 들키지 말아야 하는 것이지만.

자기의 조립식 판자 침상을 이웃 여자들에게 보이지 않도록 누더기 천으로 감싸는 것은 수용소의 전형적인 광경이다. 그러나 그보다 훨씬 간단한 방법도 있다. 이것은 1947년에서 1949년 사이에 역시 끄리보셰꼬보 제1 수용 지점에서 있었던 일이다. (우리는 이 예를 잘 알고 있지만, 그 밖에도 이러한 예가 얼마나 많았을까?) 수용 지점에는 무례한들, 형사범들, 미성년들, 노동 불능자들, 여자들, 어머니 죄수들 — 이 모두가 뒤섞여 있었다. 여성용 막사는 한 채밖에 없었으나, 거기에는 5백 명의 여자가 수용되어 있었다. 그 막사는 말할 수 없을 정도로 불결했다. 정말이지 비교가 안 될 정도로 불결하고 황폐해서, 악취가 코를 찌르고, 조립식 판자 침상에는 침구라고는 찾아볼 수가 없었다. 공식적으로는 남자의 입실이 금지되고 있었지만 그 금지 사항을 지키는 사람은 아무도 없었고, 또 그것을 확인하는 사람도 없었다. 그곳을 출입하는 것은 성인 남자들뿐만 아니라, 미성년자들도 있었다. 열두 살에서 열세 살짜리 소년들이 공부하러 간 것이다. 처음 얼마 동안 소년들은 그저 유심히 관찰만 했다 — 거기에는 바깥세상에서나 있을 수 있는 가식적인 부끄러움 같은 것은 존재하지도 않았다. 누더기도 없었다. 아니, 있어도 그것을 걸칠 시간적 여유가 없었다. 조립식 판자 침상은 주위에서 보이지 않도록 가리지도 않고 전깃불을 끄는 일도 없었다. 모든 것이 있는 그대로 본능적으로 행해졌다. 그나마도 모두가 보고 있는 앞에서, 한꺼번에 여러 곳에서 행해졌다. 여자를 지켜 주는 것은 누구나가 인정하는 노령과 누구나가 인정하는 추한 미모, 단지 그것뿐이었다. 여기서는 사람을 끄는 매력이 저주의 상징이다. 매력적인 여자의 침상에는 언제나 손님이 그치지 않았다. 언제나 그녀를 에워싸고는 끈덕지게 조르기도 하고, 폭력과 칼로 위협을 하기도 했다. 여기서는 이미 상대방을 어떻게 퇴치하느냐가 아니라, 어떻게 해야 교묘히 항복할 수 있느냐가 문제였다. 그리고 나중에 그 이름과 칼에 의해서 자기 자신을 다른 사내들로부터, 다음에 찾아올 사내들로부터, 이 욕정에 불타고 있는 사내들의 무리들로부터, 그리고 그 현장에서 모든 것을 보고 미친 듯이 흥분하고 있는 미성년자들로부터 지켜 줄 수 있는 사나이를 선택하는 것이 그녀의 희망이었다. 아니, 지킨다는 것은 사내들한테서뿐일까? 흥분하고 있었던 것은 과연 미성년들뿐이었을까? 옆에서 매일같이 그 짓을 보면서도 한 번도 사내들이 찾아와 주지 않는 여자들은 어떻게 한다 말인가? 이런 여자들도 언젠가는 자기의 기분을 참아 내지 못하고 운 좋은 이웃 여자에게 마구 달려들어 주먹질을 하게 마련인 것이다.

그 밖에도, 이 끄리보셰꼬보 수용 지점에는 성병이 맹렬한 기세로 번져 가고 있었다. 반수에 가까운 여자가 성병에 걸렸다는 소문이 나돌고 있음에도 불구하고 다른 방도가 없었기 때문에 특권수들도, 일반 죄수들도 여전히 그곳 문지방을 드나들고 있었다. 아코디언 연주자 K.처럼 위생부에 줄이 닿고 있는 조심스러운 사람들은 실수를 저지르지 않으려고 자기 자신과 동료들을 위해 언제나 여성 성병 환자의 비밀 리스트를 사용하고 있었다.

한편 꼴리마 지방의 여자들은 어떠했는가? 아니, 거기서는 여성은 그야말로 희귀한 존재여서 여자를 손에 넣기 위해 서로 아귀다툼을 해야 할 형편이었다. 거기서는 작업장에서 여자가 걸리기만 하면 상대가 누구든 간에 — 호송병이건, 자유 고용인이건, 일반 죄수건 간에 — 끝장이 나는 것이었다. 윤간을 가리키는 낱말 〈전차〉는 꼴리마 지방에서 생겨난 것이다. K. O.의 이야기에 의하면, 엘겐으로 호송 중에 있는 트럭한 대에 가득 실려 있는 여자들을 그 운전수가 카드놀이에 진대가로 다른 길로 차를 몰고 가서 건설 노동자들에게 하룻밤을 맡겼다고 한다.

그럼, 〈작업〉은 어떤가? 혼성 작업반의 경우는 여자를 좀 봐주기도 하고, 다소 쉬운 작업을 할당해 주기도 했다. 그러나 작업반 전원이 여자들로 구성되어 있을 경우는 용서라는 것이 없다. 남성과 똑같은 〈세제곱미터〉의 작업량이 요구될 뿐이다! 여성들만 있는 수용 지점도 있다. 그럴 때 여성은 나무를 벌채하기도 하고 땅을 파기도 하고, 벽돌을 만드는 직공이 되기도 한다. 여성이 보내지지 않은 곳은 구리 광산과 텅스텐 광산뿐이다. 예를 들어, 여기 까라간다 수용소 〈제29 지점〉이 있다. 이 〈지점〉에는 여성이 얼마나 있었던가? 자그마치 6천 명이나 있었다![3] 거기서 여자들은 어떤 작업을 했던가? 엘레

나 O.는 짐을 운반했는데, 80킬로그램에서 1백 킬로그램이나
되는 부대를 짊어지고 날랐던 것이다! 물론, 짐을 들어 올릴
때는 누가 거들어 주었다. 그리고 다행히 그녀는 젊을 때 기
계 체조 선수였다(엘레나 쁘로꼬피예브나 체보따료바도 역
시 10년간을 계속해서 짐만 날랐다).

여성 수용 지점에서는 여성성과는 동떨어진 잔혹한 풍습이
확립되고 있다. 끊임없는 욕설, 끊임없는 싸움과 난폭, 그렇게
하지 않고서는 살아남을 수가 없기 때문이다. (그러나 감시가
면제되었던 기사 쁘로호로프푸스또베르가 말하는 바에 의하
면, 이러한 여성 집단에서 벗어나 하녀나 좋은 일터를 할당받
은 여자는 곧 양순해지고 일도 잘하게 된다고 한다. 그는 이
러한 집단을 BAM, 즉 제2 시베리아 건설 현장에서 1930년
대에 목격했다. 그것은 다음과 같은 광경이었다. 어느 무더운
날에 3백 명 가량의 여성이 물이 있는 계곡에서 목욕을 하게
해달라고 호송병에게 간청했다. 호송병들은 허락하지 않았
다. 그러자 여자들이 일제히 옷을 벗고 알몸으로 일광욕을 하
기 시작했다. 지나가는 기차 창문에서 잘 보이는 시베리아 철
도 바로 옆에서 지방 열차, 즉 소비에뜨의 열차가 지나가는
것까지는 좋았는데, 거기는 국제 열차가 통과하게 되어 있었
고, 그 기차에는 외국인들이 타고 있었던 것이다. 여자들은 옷
을 입으라는 명령에 복종하려고 하지 않았다. 그래서 하는 수

3 이것은 군도에 수용되어 있던 죄수들의 숫자에 관한 문제다. 이 제29 지
점의 상황을 누가 알고 있었을까? 이것이 까라간다 수용소의 마지막 지점이
었을까? 다른 지점에는 몇 명씩이나 있었을까? 시간이 있는 사람은 어디 한번
곱셈을 해보기 바란다! 리빈스끄 수력 이용 시설의 제5 건설 지구라는 것을
도대체 누가 알고 있는가? 그러나 거기에는 1백 채 이상의 막사가 있었으니
그다지 빽빽히 채우지 않았다 해도 약 6천 명은 될 것이다. 로실린의 회상에
의하면 1만 명 이성이었다고 한다.

없이 소방차를 불러서 물을 뿌린 다음에야 여자들을 해산시킬 수 있었다.)

그리고 끄리보셰꼬보에서의 여자들의 작업은 이러했다. 벽돌 공장에서 점토 채굴장 구역을 파내면, 그 커다란 구덩이 속에 발판으로 대고 있었던 대를 밀어 떨어뜨린다(그것은 구덩이를 파기 전에 지면에 깔아 두는 것이다). 이번에는 그 커다란 구덩이 속에서 습기가 배어 무거워진 통나무를 10미터에서 12미터의 높이까지 끌어올리지 않으면 안 된다. 그것을 어떻게 끌어올리느냐? 기계로 하면 되지 않느냐고 독자는 말할 것이다. 물론이다. 여성 작업반원들은 2개의 밧줄을 통나무 양쪽에 걸고 마치 배를 끄는 인부처럼 두 줄로 늘어서서 (통나무를 떨어뜨리지 않기 위해 호흡을 맞추어) 각각 밧줄의 한쪽 끝을 구덩이에서 잡아끌며 통나무를 끌어낸다. 그러고 나서 그녀들은 20명이 달라붙어 그 통나무를 어깨에 들어 올린 다음, 악명 높은 여반장의 비굴한 호령에 맞춰 그 무거운 통나무를 다른 곳으로 운반해서 떨어뜨리는 것이다. 트랙터는 없었는가 하고 독자는 물을지도 모른다. 그러나 생각해 보기 바란다. 1948년에 어떻게 트랙터가 있었겠는가? 기중기는 없었는가 하고 물을지도 모른다. 아니, 당신은 비신스끼의 말을 잊으셨는가? 〈무와 보잘것없는 것으로부터 인간을 영웅으로 만드는 노동의 마법사〉라는 그 말을? 만일 기중기가 있다면 노동의 마법사는 어떻게 되는가. 만일 기중기가 있다면, 이 여성들은 보잘것없는 존재로 진흙 속에 묻혀 버리고 마는 것이다!

이러한 작업으로 몸이 쇠약해지면, 여성 특유의 여성다움은, 그것이 항상 있는 것이건, 한 달에 한 번 있는 것이건 간에, 전부 잃어버리고 만다. 다음번 신체검사까지 살아남은 여성

307

이 의사 앞에서 옷을 벗은 모습은 예전에 목욕탕 복도에서 특권수들이 침을 흘리며 바라보던 때의 몸매하고는 천양지차가 있는 것이다. 얼핏 보아 연령조차 분간할 수 없을 정도다. 양어깨는 예리하게 비죽 튀어나오고, 앞가슴은 말라빠진 자루처럼 축 늘어져 있다. 편편한 엉덩이는 우글쭈글 주름살이 잡히고, 무릎 위에는 살이 없다 못해 커다란 구멍이 뚫려서, 양의 대가리는 물론이고 축구공도 들어갈 정도다. 목소리는 거칠어지고 얼굴을 펠라그라의 검은 빛이 감돈다. (부인과 의사의 말에 의하면 숲에서 벌목 작업을 몇 개월 계속하면 더 중요한 기관이 내려앉아서 탈락해 버린다고 한다.)

이것이 바로 〈마법사〉인 것이다!

이 인생에는 아무것도 평등한 것이라고는 없다. 하물며 수용소에서는 더하다. 작업 현장에서도 모든 사람이 똑같이 절망적이었던 것은 아니다. 때로는 젊으면 젊을수록 편한 경우도 있었다. 나는 지금도 열아홉 살 된 나뽈랴야라는 젊은 처녀를 생생히 기억하고 있다. 그녀는 시골 처녀답게 빨간 두 볼을 가지고 있었고 체격도 건장했다. 깔루가 대문 수용소에서 그녀는 크레인 운전수였다. 그녀는 원숭이처럼 자기 크레인에 기어오르고, 때로는 아무 용무도 없이 크레인 꼭대기까지 올라가서는 거기서 건축 현장의 구석구석까지 울려 퍼지도록 〈야호!〉 하고 소리치기도 하고, 운전대에서 자유 고용인인 현장 감독과 십장들에게 큰 소리로 외치기도 했다. 크레인에는 전화가 없었던 것이다. 그녀에게는 모든 것이 재미있고 즐겁기만 해서, 수용소가 수용소로 느껴지지 않고 공산 청년 동맹에라도 가입한 기분이었으리라. 그녀는 모든 사람에게 수용소답지 않은 친절한 미소를 보내고 있었다. 그녀의 작업에 대해서는 언제나 40퍼센트가 초과 기록되고, 최고의 배급

급식을 지급받았으며, 그녀가 무서워하는 사람이라고는 아무도 없었다(물론, 보안 장교를 제외하고). 그리고 현장 감독이 언제나 그녀를 감싸 주고 있었다. 나는 단 한 가지 이해가 안 가는 것이 있다 — 그녀는 어떻게 수용소에서 크레인 운전을 배울 수 있었을까, 과연 아무런 대가 없이 그런 자리에 채용되었겠는가 하는 점이다. 하기는 그녀는 경범죄의 사소한 조항으로 수용소에 들어와 있었다. 그녀는 생기가 넘치고, 자기가 얻은 지위 덕분에 꼭 필요에 의해서라기보다는 마음의 요구에 따라 사람을 사랑할 수가 있었다.

열아홉 살에 투옥된 사치꼬바도 역시 자기의 체험을 다음과 같이 묘사하고 있다. 그녀는 농업 유형지로 보내졌다. 그러나 거기서는 언제나 배불리 먹을 수 있었기 때문에 훨씬 더 편했다. 「나도 노래를 부르면서 이 수확기에서 저 수확기로 옮겨 다니며 곡식 다발 묶는 법을 배웠어요.」 만일 수용소 이외에 청춘을 즐길 만한 곳이 없었다면, 거기서라도 청춘을 즐길 수밖에 없지 않겠는가? 그런 곳이 달리 어디 있겠는가? 나중에 그녀는 노릴스끄 근처의 툰드라 지대로 이송되었지만, 그녀는 그곳마저도 〈어린 시절에 꿈을 꾸었던, 그 어떤 환상의 도시처럼 생각되었던〉 것이다. 그녀는 형기를 다 마친 다음에 자유 고용인으로 거기에 남았다. 「어느 날 나는 눈보라 속을 걷고 있는데 나도 모르게 마음이 즐거워져서 손을 흔들며 눈보라와 싸우며 〈즐거운 노래에 마음도 가벼워라〉 하는 노래를 부르고, 자꾸만 변해 가는 오로라를 바라보며 눈 속에 뛰어들기도 하고 하늘을 바라보기도 했어요. 나는 노릴스끄까지도 들리게끔 노래를 부르고 싶었던 거예요 — 이 5년이 나를 정복한 것이 아니라, 오히려 내가 이 5년을 정복했다는 것을, 그리고 지금까지의 가시철조망 울타리며, 판자 침상이며, 호송병이 따라다니는 생활이 모두 끝났다는 것을 모두에게 알리고 싶었던 거예요. 나는 사랑하고 싶었던 거예요! 이 지상에서 다시는 악이 고개를 쳐들지 못하도록 나는 사람들을 위해 무엇인가를 하고 싶었던 거예요.」

그렇다, 이것은 다른 많은 사람들도 원했던 것이다.

그러나 사치꼬바도 역시 우리를 악으로부터 해방시킬 수는 없었다. 수용소는 지금도 엄연히 존재하고 있으니 말이다. 그렇지만 그녀 자신은 운이 좋았다. 여성만이 아니라, 인간 자체를 파멸시키기 위해서는 5년은 고사하고 단 5주면 충분하기 때문이다.

내가 알고 있는 한, 수천 명의 비참하고 파렴치한 경우에 대해서 이 두 가지 경우만이 예외라고 할 수 있다.

니나 뻬레구뜨처럼 〈열다섯 살〉에 아직 8학년이었을 때(정치적 조항을 적용받고!) 투옥되었다면 수용소 이외의 어디서 첫사랑을 경험할 수 있겠는가. 바로 얼마 전까지만 해도 온 도시의 인기를 독점하고 있던 미남 재즈 연주자 바실리 꼬지민을 어떻게 사랑하지 않을 수 있으리오. 더욱이 예전에는 영광의 정상에 있어서 도저히 접근할 수 없는 존재처럼 느껴졌던 그가 아닌가! 그래서 니나는 〈하얀 라일락 가지〉라는 시를 썼고, 그는 그 시에 곡을 붙여 그녀를 위해 철조망 너머로 노래를 불렀던 것이다(그러나 두 남녀는 강제로 떨어졌고, 또다시 그는 손이 미칠 수 없는 존재가 되고 말았다).

끄리보세꼬보 수용 지점의 막사에 살고 있던 소녀들도 역시 머리에 꽃을 꽂고 있었다. 그것은 수용소에서 결혼했다는 표지였다. 어쩌면 사랑의 표지였는지도 모른다.

외부의 법률(즉, 수용소군도 밖의 것)이 수용소 안의 연애를 재촉하는 것과도 같았다. 혼인 관계의 강화에 관한 1944년

310

7월 8일 자 전 소비에뜨 연방 지령에는 인민 위원회의 비밀 결정과 1944년 11월 27일 자의 법무 인민 위원회의 지시가 붙어 있었다. 거기에 의하면 법정은 자유로운 소비에뜨인의 간단한 요구만으로 금고형에 처한(혹은 정신 병원에 수용된) 배우자와의 이혼을 무조건 인정할 의무가 있고, 이혼 증명서를 교부할 때는 수수료를 면제해 줌으로써 그러한 이혼을 장려할 의무까지도 지니고 있었다. (그리고 그때 그 어느 누구도 성립된 이혼 사실을 그 배우자에게 통지할 법률적인 의무를 지니고 있지 않았다!) 그리하여 이 지령에 의해서 남녀 시민들에게는 재난이 떨어져 죄수가 된 자기의 남편이며 아내를 되도록 빨리 버리도록 권고받았다. 한편, 죄수들도 혼인 관계를 완전히 잃어버리도록 보장받았다. 만약 이혼당한 남편이 바깥세상에 남아 있을 경우, 여자로서 그를 사모한다는 것은 비사회주의적이고 어리석을 뿐만 아니라 법률에도 위배되는 것이다. 체포된 남편 때문에 가족 구성원으로서 투옥된 조야 야꾸셰바의 경우는 이러했다 — 약 3년 후 남편은 중요한 전문가로서 석방되었지만, 그때 그는 아내의 석방을 필수 조건으로 제시하지 않았다. 그녀는 부과된 형기 8년간을 남편 때문에 복역했던 것이다.

혼인 관계에 대해서는 이만해 두기로 하자. 그런데 수용소 군도에서는 문란한 정사를 생산 계획에 대한 방해 활동으로 단속하라는 지령을 내리고 있었다. 그도 그럴 것이 국가나 군도에 대한 자기의 의무를 잊어버린 이들 파렴치한 여성들은 어디든지 장소를 가리지 않고 드러누울 용의가 있었기 때문이다 — 축축한 땅 위에도, 장작 부스러기 위에도, 돌 위에도, 석탄재 위에도, 쇳조각 위에도. 바로 그것 때문에 5개년 계획은 좌절되었다! 그것 때문에 5개년 계획은 제자리걸음을 했다! 그것 때문에 수용소 관리 본부의 상관들은 장려금을 받지 못했다! 그 밖에도 여자 죄수들의 일부는 임신을 하려는 추악한 계략마저 품었다. 우리 나라 법률의 인도적인 정신을 악용하여 임신했다는 사실에 의해서 자신의 형기의 수개월을 편히 보낼 수 있다는 것을, 때로는 짧은 5년에서 3년의 형기 중에서 수개월을 일하지 않고 보낼 수 있다는 것을 생각해 낸 것이다. 그러므로 수용소 관리 본부의 지령서는 다음과 같은 것을 요구하고 있었다 — 동거 생활이 적발되면 즉시 남녀를 떼어 놓고, 두 사람 중 값어치가 적은 쪽을 죄수 호송단으로 돌릴 것(이것은 물론, 멀리 떨어진 마을로 젊은 처녀들을 내몬 악질 여지주 살띠치하고는 비교도 되지 않는다).

이 죄수복 옷자락 안의 로맨스는 교도관들의 울화를 치밀게 했다. 교도관 나리가 당직실에서 한참 단잠을 잘 수 있을 시각인 한밤중에 그는 등잔불을 들고 이 뻔뻔스러운 맨발의 여자들을 남성용 막사의 침상 속에서, 혹은 여성용 막사 안에 있는 사내들을 붙잡지 않으면 안 되었다. 자기 자신도 여자의 유혹에 넘어갈 가능성이 없지 않은 데다가(교도관도 역시 목석은 아니기 때문에), 그는 붙잡은 여자를 징벌 감방으로 끌고 가기 위해 무진 애를 써야 했다. 또 어떤 때는 밤새껏 그 여자를 설교해서 왜 그녀가 나쁜가를 설명한 후 보고서를 쓰지 않으면 안 된다(고등 교육을 받지 않은 여자일 경우 더욱 고통스러운 일이었다).

여성으로서의 삶은 말할 것도 없고, 도대체 인간다운 모든 삶을 빼앗긴 여성들, 그 가정도, 어머니로서의 신분도, 친구들과의 교제도, 그 몸에 익은 흥미로운 일거리도, 사람에 따라서는 예술도, 책도 빼앗긴 여성들은 이 수용소라는 세계에서 공포, 기아, 망각, 그리고 동물적인 대우에 짓밟히고 마는 것이다. 이러한 수용소의 여성들은 사랑 이외에 도대체 어디에서 그 삶의 보람을 찾을 수가 있었겠는가? 덤불 속에 숨어서 하기도 부끄럽고, 모두가 보는 막사에서 하기는 더욱 불가능하고, 게다가 사내라고 다 언제나 능력이 있는 것도 아니고, 또 어떤 곳에 몸을 숨기더라도 반드시 수용소의 교도관들이 찾아내서는 징벌 감방에 처넣으므로 하느님의 축복 아래에 이미 육체의 사랑이라고는 말할 수 없는 특이한 사랑이 생겨나는 것이었다. 지금 와서 여성들이 회상하는 바에 의하면 육체관계가 없기 때문에 수용소의 사랑은 더욱 정신적으로 깊어 갔다고 한다. 육체관계가 없기 때문에 그 사랑은 바깥세상보다 더 강해진 것이다! 제법 나이가 든 여자라 할지라도 어쩌다 우연히 누군가의 미소를 받거나 조금이라도 관심을 끌게 되면, 밤새껏 잠을 이루지 못했다. 이 더럽고 암담한 수용소 생활에서도 사랑의 광채만은 이토록 강하게 빛을 발했던 것이다.

N. 스똘랴로바는 자기 친구인 모스끄바 여배우와, 함께 짚단을 운반하는 문맹자 오스만의 얼굴에서 〈행복한 음모〉를 발견했다. 그 여배우가 스똘랴로바에게 고백한 바에 의하면 영화감독이었던 남편도, 옛날에 자기를 사랑하던 그 어느 누구도 오스만처럼 자기를 사랑해 준 적은 없었다고 한다. 바로 이런 연유로 해서 그녀는 일반 작업이었던 짚단 운반을 그만두려고 하지 않았던 것이다.

그러나 거기에는 위험이 따랐다. 그것은 목숨을 내건 전쟁터와도 같이 위험했다. 단 한 번 밀회가 발각되기만 해도 지금까지 살아온 터전, 즉 생명을 체념해야 했던 것이다. 어떤 사소한 것에 대해서도 희생을 지불해야 하는 곳, 사람의 마음이 거칠 대로 거칠어지고 산산이 부서지는 곳에서 위험을 무릅쓰고 사랑을 한다는 것은 그야말로 영웅적인 사랑이 아니고 무엇이겠는가(오르따우에서 아냐 레흐또넨과 그녀의 연인이 징벌 감방으로 끌려가고 있을 때 그녀의 연인은 자기를 놓아 달라고 비굴하게 병사에게 간청했다. 바로 이것 때문에 그녀는 연인이 싫어졌던 것이다). 어떤 여자는 자기 목숨을 구하기 위해 사랑하지도 않는 특권수들의 첩이 되기도 하고, 또 어떤 여자는 〈일반 작업장〉에 끌려 나가 사랑 때문에 죽어 갔던 것이다.

게다가 전혀 젊지도 않은 여자까지 이런 일에 말려들어 교도관들을 당황하게 했다. 바깥세상에서는 도저히 이런 여자를 상상도 할 수 없으리라. 그러나 이 여성들은 정욕을 원했던 것이 아니라 누군가를 돌보아 주고, 누군가를 따스하게 위로해 주고, 자기 몫을 떼어서라도 그에게 먹여 주고, 그의 옷가지를 빨아 주고, 누더기가 된 것을 기워 주고 싶다는 여성 본래의 욕구를 충족시키고 싶었던 것이다. 두 사람이 함께 쓰던 밥그릇은 그들에게 있어 신성한 결혼반지와도 같았다. 「나는 그 사람과 자고 싶었던 것이 아니라 이 짐승 같은 생활 속에서 하루 종일 배급식이며 누더기 따위로 싸움을 하고 있을 때, 머릿속에서 〈오늘은 그의 셔츠를 꿰매 줘야지, 아니 감자를 삶아 먹여야지〉 하고 생각하는 것이 즐거웠던 것입니다.」 어떤 여자가 의사 주보프에게 설명했다. 그러나 사내란 때로 그것만으로는 만족하지 않고 그 이상의 것을 요구하게 마련이다. 그럴 경우 여자도 양보하지 않을 수 없게 되는데, 바로 그럴 때 교도관에게 붙잡히게 되는 것이다……. 바로 이러한 예 중의 하나로, 젊은 나이에 남편과 사별하고 그 후 계속 독신으로 살면서 교회에 봉사를 하던 뽈랴 아주머니는 운시 수용소의 병원 세탁부로 일하고 있었는데, 형기를 거의 마쳐 가던 어느 날 밤에 남자와 함께 있는 현장이 발각되었다. 「뿔랴 아주머니, 도대체 어떻게 된 일이오?」 의사들이 놀라면서 물었다. 「당신만은 그런 짓을 안 하리라 믿었는데! 이제 곧 그들이 일반 작업으로 보낼 거요.」 「네, 제가 나쁘지요.」 아주머니는 비통한 표정으로 머리를 끄덕였다. 「복음서에서는 저 같은 여자를 탕녀라고 하지만 수용소식으로 말하면⋯⋯.」

그러나 수용소군도의 어느 분야에서도 마찬가지지만, 현장에서 붙잡힌 여인들의 처벌에서도 역시 공정성을 잃고 있었다. 만일 그중의 한 사람이 당국과 가까운 특권수거나 혹은 직업상 매우 중요한 사람이라면 그런 관계를 몇 년이라도 눈감아 줄 수 있었다. (운시 수용소의 여성용 병원이 있던 독립 수용 지점에 자유 고용인들 전원이 그 도착을 애타게 기다리고 있던 전기 기사가 도착했을 때, 자유 고용인인 여의사장은 간호부장을 불러 이렇게 명령했다. 「무사 부쩬꼬에게 필요한 모든 조건을 갖추어 주시오!」 이 무사 부쩬꼬라는 여자는 간호사였는데, 바로 그녀 때문에 전기 기사가 이 수용 지점에 찾아왔던 것이다.) 만일 그것이 대수롭지 않은 죄수이거나 혹은 총애를 잃은 죄수였다면 신속하고도 냉혹한 처벌을 받는 것이었다.

철도 건설 수용소 관리 본부의 관할하에 있던 몽골의 어느 수용소에서는(1947년에서 1950년에 걸쳐 우리 나라의 죄수들은 거기서 철도를 건설하고 있었다) 애인들을 만나기 위해 남성 지구에 갔다 왔다는 이유로 붙잡힌 두 사람의 젊은 처녀를 말 뒤에 결박했다. 그리고 나서 경비병이 그 말을 타고 그 처녀들을 초원에 질질 끌고 다녔던 것이다.[4] 악명 높은 살띠치하도 이런 짓은 하지 않았다. 그러나 솔로프끼 수용소는 했던 것이다.

언제나 박해 속에 살다가 현장에서 발각된 후 강제로 헤어지게 되는 수용소의 연인들은 그 후 다시 결합되기는 힘든 것 같다. 하기는 서로 헤어진 후에도 편지를 계속해서 석방 후에 결합한 사례도 없는 것은 아니다. 다음과 같은 경우도 있었다 — 지방 의과 대학의 조교수였던 의사 B. Y. S.는 수용소에서 하도 많은 여자와 관계를 맺어서 그 수를 셀 수 없을 정도였다. 간호사란 간호사는 말할 것도 없고 다른 여자에게도 손을 뻗치고 있었다. 그러나 그사이에 Z.라는 여자를 만나고부터는 그의 여자 수는 더 이상 불어나지 않았다. Z.는 피임을 하지 않고 아이를 낳았다. 이윽고 B. S.는 석방이 되고, 아무런 제한도 없었기 때문에 마음대로 집으로 돌아갈 수 있었다. 그러나 그는 Z.와 자기의 아기 옆을 떠나고 싶지 않아서 자유 고용인으로 수용소에 남았다. 참다못한 그의 아내가 그를 데려려고 수용소로 찾아왔다. 그러자 그는 수용소에 숨어 버렸다 (거기는 아내의 손이 미칠 수 없는 곳이다). 그는 거기서 Z.와 함께 살면서 기회가 있을 때마다 아내에게 자기는 이미 이혼했으니 돌아가 달라고 말했던 것이다.

그러나 교도관들과 당국만이 수용소의 부부를 갈라서게 할 수 있는 것은 아니다. 〈군도〉라는 곳은 너무나도 뒤죽박죽인 나라이기 때문에, 남자와 여자를 가장 강하게 결속하게 해주

---

4 지금 누가 그의 이름을 찾아낼 수 있겠는가? 그의 이름을? 그리고 그를 비난한다면, 그는 깜짝 놀라며 이렇게 말할 것이다 — 그것은 나 자신의 잘못이 아니다! 나는 그렇게 하라는 명령을 받았을 뿐이다! 그 암캐 같은 년들이 우선 사내들한테 가지 말았어야 했던 것 아닌가?

어야 할 것이 도리어 그들을 떼어 놓는다 ─ 그것은 갓난아기의 탄생이다. 임신부는 아기를 낳기 한 달 전에 다른 수용 지점으로 호송된다. 거기는 산부인과를 갖춘 수용소 병원이 있고, 또 수많은 갓난아이들이 양친의 죄를 뒤집어쓰고 죄인이 되고 싶지 않다고 목청을 돋우어 울부짖고 있다. 출산한 후 어머니는 근처에 있는 〈맘까(어머니 죄수)〉용 수용소로 보내진다.

　여기서 잠깐 중단할 필요가 있다! 그렇다, 중단하지 않을 수 없는 것이다! 이 〈맘까〉라는 낱말 속에는 얼마나 많은 자조적인 뜻이 깃들어 있을까! 〈우리는 진짜 어머니들이 아니다!〉라는 자조의 말이다. 죄수의 말은 이런 접미사를 사용하기를 좋아해서 여러 말 뒤에다 끈덕지게 덧붙이는 것이다. 즉, 〈마찌(어머니)〉가 아니라 〈맘까(어머니 죄수)〉고, 〈볼니짜(병원)〉가 아니라 〈볼니치까(진료소)〉다. 그리고 〈스비다니예(면회)〉가 아니라 〈스비단까(잠시 얼굴을 마주침)〉고, 〈뽀밀로바니예(은사)〉가 아니라 〈뽀밀로프까(용서)〉다. 〈볼니(자유 고용인)〉가 아니라 〈볼냐시까(자유를 산 사람)〉다. 〈제니짜(결혼)〉가 아니라 〈쁘드제니짜(밀혼)〉다 ─ 이 경우는 접미사는 아니지만, 그래도 역시 마찬가지의 조소의 뜻이 담겨 있다. 그리고 심지어 〈체뜨베르뜨나야(25년 형)〉는 〈체뜨베르따까(25꼬뻬이까)〉로까지 끌어내렸다. 즉, 25루블 지폐가 25꼬뻬이까로까지 전락하고 만 것이다.

　이 끈덕진 언어 사용에 의해서 죄수들은 〈군도〉의 모든 것이 진짜가 아니라는 것을, 모든 것이 거짓이라는 것을, 모든 것이 최하급이라는 것을 보여 주고 있다. 보통 사람들이 소중히 여기고 있는 것이 그들에게는 전혀 가치가 없다는 것을 가르치고 있다. 그들은 자기들이 받고 있는 치료가 거짓이라는 것을, 그리고 강요와 불신 속에 쓰고 있는 은사를 위한 탄원서가 거짓이라는 것을 잘 알고 있다. 그 가치를 25꼬뻬이까지 끌어내린 것으로 죄수는 자기들의 형기가 종신형보다도 위에 있다는 것을 과시하고 싶은 것이다!

이 어머니 죄수들은 갓난아이들에게 모유를 주기 위해 호송병의 경비하에 그곳으로 끌려다닐 동안 이 별도의 수용소에서 생활하며 일한다. 그사이 유아는 이미 병원이 아니라, 지방에 따라 이름이 다르지만 〈아이들의 마을〉 혹은 〈유아의 집〉에 수용된다. 수유 기간이 끝나면 어머니는 더 이상 자기 아이를 만날 수 없게 되는데, 예외로 〈모범적인 작업과 규율〉을 지킬 때는 만나는 것이 허용된다(물론 그런 것 때문에 어머니를 아이들 옆에 있게 할 수는 없다. 산업이 필요로 하는 곳으로 그녀들을 보내야 하기 때문이다). 그리고 대부분의 경우, 여자들은 〈남편〉이 있는 그런 수용 지점으로는 되돌아갈 수 없다. 아버지도 수용소에 있는 한, 자기 아이를 만날 수는 없다. 어머니의 젖에서 떠난 유아들은 다시 1년쯤 〈아이들의 마을〉에 수용된다. (그들은 바깥세상의 유아들과 똑같은 식사 배급을 받기 때문에, 수용소의 의무 요원과 그곳 직원들은 유아 덕분에 좋은 식사 대접을 받을 수 있다.) 어떤 유아들은 모유를 떠나 인공 영양에 적응할 수가 없어서 그대로 죽고 만다. 살아남은 아이들은 1년 후에 일반 고아원으로 보내진다. 이렇게 해서 군도의 남녀 죄수의 자식들은 일단 군도에서 떠나간다. 그러나 〈미성년자 죄수〉로 다시 그곳으로 되돌아올 가능성이 완전히 배제되어 있는 것은 아니다.

이 문제를 주의 깊게 관찰해 온 사람들의 말에 의하면 어머니가 석방된 후 자기 아이를 고아원에서 데려가는 일은 드물다고 한다(바람둥이 여자들은 전혀 데려가는 일이 없다). 이렇게 세상에 태어나자마자 그 조그만 허파로 〈군도〉의 오염된 공기를 들이마신 아이들의 대부분은 저주를 받았던 것이다. 개중에는 자기 자식을 떠맡는 어머니도 있지만 어떤 어머니는 석방 전에 어느 무지한(어쩌면 신앙심이 깊은) 할머니를 대신 보내는 수도 있다. 국비의 양육으로 손해를 보면서 병원, 모친의 휴가, 〈유아의 집〉 등에 무상으로 돈을 쏟아부은 수용소 관리 본부는 그 아이들을 돌려주는 것이다.

일단 임신을 하면 그 당사자들이 헤어지지 않으면 안 되었던 전쟁 전과 전시 중에는 여자들도 아이들을 가지지 않으려고 애썼다. 이 점에서도 〈군도〉는 바깥세상과는 달랐다. 바깥세상에서는 임신 중절이 법적으로 금지되어 여자들이 쉽사리 수술을 받을 수 없었던 그런 시대에도, 〈군도〉의 병원에서는 끊임없이 임신 중절이 실시되고 있었고 수용소 당국도 그것을 눈감아 주고 있었다. 그쪽이 수용소를 위해서도 유리했기 때문이다.

그렇지 않아도 여성이라면 어려운 결단인데, 하물며 수용소의 여성들에게 있어서는 더욱 어려운 문제가 아닐 수 없었다. 낳을 것인가, 낳지 않을 것인가? 낳는 경우 아이는 어떻게 되는가? 이 변화무쌍한 수용소의 운명이 사랑하는 이의 아이를 가지게 했다면 어떻게 임신 중절을 결심할 수 있겠는가? 그러나 아이를 낳는다면? 그것은 곧 확실한 이별을 뜻한다. 그리고 내가 수용소를 떠난 후 그가 같은 수용 지점에서 다른 여자와 사귀는 것은 아닐까? 그리고 또 어떤 아이가 태어날까? (양친의 영양실조 때문에 자주 신체장애아가 태어난다.) 수유를 끊고 유아에게서 떠나간 후에도(아직도 여러 해 더 수용소 생활을 해야 하니까) 아이는 제대로 보살핌을 받을 수 있을까, 죽지는 않을까? 아이를 자기 집으로 데려갈 수는 있는가(어떤 사람에게는 불가능하다)? 만일 데려갈 수 없다면 한평생 괴로움을 겪어야 하지 않는가(하기는, 어떤 여자들은 아무렇지도 않게 생각하지만).

석방 후 자기 아이의 아버지와 결합할 수 있으리라고 기대한 여자들은 확신을 가지고 어머니가 되어 갔다. (그리고 이러한 기대는 때때로 실현되었다. A. 글레보프는 그의 수용소 아내와 20년을 함께 했다. 그들의 딸은 운시 수용소에서 태어났으며 이제 19세가 되었다. 얼마나 사랑스러운 소녀인지! 그리고 둘째 딸은 10년 후에, 부모들이 형기를 〈마친 후〉 자유인 상태에서 태어났다.)(도판 33) 어떻게 해서라도 어머니가 되고 싶다고 열망하던 여자들도 달리 장소가 없었기 때문에 수용소에서 기꺼이 어머니가 되어 갔다. 어쨌든 자기의 젖을 빠는 자기의 생명체가 아닌가 — 그것은 허위도 아니고 부차적인 존재도 아니었던 것이다. (하얼빈 출신의 랴랴는 오로지 자기의 첫아이의 얼굴이 보고 싶은 나머지, 〈아이들의 마을〉에 다시 한번 되돌아가서 둘째 아이를 낳았다! 그다음에는 다시 그 아이의 얼굴이 보고 싶어서 또 세 번째 아이를 낳았다. 5년의 형기를 마친 다음 그녀는 자기 아이들과 함께 석방되었다.) 수용소에서 돌이킬 수 없을 정도로 학대받은 여자들은 자기가 어머니가 됨으로써 자존심을 회복하여 짧은 기간이나마 바깥세상의 여자들과 다름없는 존재가 된 것처럼 느꼈던 것이다. 혹은 〈나는 죄수지만 나의 자식은 자유인〉이라고 생각하고, 자기 아이를 다른 자유인과 똑같이 양육하고 돌봐 달라고 열심히 간청하는 여자들도 있었다. 그 밖에, 닳고 닳아빠진 여자 죄수들과 파렴치범 여자 죄수들의 경우이지만, 그들은 어머니가 되는 것을 1년간 〈편히 지낼 수 있는 방법〉, 때로는 〈형기 전에 석방될 수 있는〉 길이라고 생각하고 있었다. 그들은 자기가 낳은 아이를 자기 아이라고 생각하지 않았을 뿐만 아니라, 그 얼굴을 보려고도 하지 않았고, 또 그 아이가 살아 있는지 어떤지조차 알아보려고 하지 않았다.

자히드니짜(서부 우끄라이나 출신 여성)들과 하층민 출신 러시아인 어머니들은 자기 자식들에게 반드시 〈세례를 주려고〉 했다(이것은 이미 전쟁 후의 일이다). 소형 십자가가 소포에 교묘히 숨겨져서 배달되기도 하고(이런 반혁명적인 것을 교도관이 통과시킬 리는 만무하니까), 아니면 수용소에 있는 솜씨 좋은 사람에게 빵을 지불해서 만들게 하기도 했다. 십자가에 달 리본도 구하고 세례용 아동복과 조그만 머릿수건도 만들었다. 배급받은 설탕을 절약하여 조그만 파이도 만들어서 가장 가까운 여자 친구들을 초대했다. 기도를 해줄 여자는 언제나 구할 수 있어서(어떤 기도든 상관없었지만), 유아를 더운물에 담그고 성호를 긋고는 희색이 만면한 어머니가 모두를 식탁으로 초대하는 것이었다.

때로는 유아를 거느린 어머니 죄수들을 위해서(물론 〈제58조〉 해당자는 예외지만) 특례적인 은사가 내리기도 하고 또 어떤 때는 기한 전 석방에 관한 명령이 나오기도 했다.

대부분의 경우, 그런 명령의 대상에 오르는 것은 경범죄를 저지른 여자들과 파렴치범 여자 죄수들이었는데, 그녀들도 역시 그런 특전을 기대하고 있었던 것이다. 이런 어머니 죄수들은 가장 가까운 지구 중심 도시에서 국내 신분증과 승차권을 받아 쥐면, 이미 필요성을 상실해 버린 자기 아이들을 곧잘 정거장의 벤치나 최초로 눈에 띈 집의 현관 앞에 버리곤 했다. (그렇다, 여기서는 다음과 같은 사정을 고려할 필요가 있다. 그들 모두를 기다리고 있는 집이 있는 것도 아니고, 경찰이 그들을 따스하게 맞아 줄 리도 없고, 신분증 서류나 일

자리를 얻기도 힘들고, 내일 아침부터는 수용소의 배급식마저 기대할 수가 없기 때문이다. 아이가 없으면 그만큼 편하게 새 생활을 시작할 수 있는 것이다.)

1954년, 나는 따시껜뜨 역에서 한 무리의 죄수 집단 가까이에서 하룻밤을 지낸 일이 있는데, 그들은 무슨 특별 명령으로 석방되어 수용소에서 나오는 길이었다. 30명가량 되는 죄수들은 대합실의 한 모퉁이를 점령하고는 자기들이야말로 진짜 인생을 경험했다는 듯 그 자리에 있던 모든 자유인들을 경멸하며 〈군도〉의 적자답게 소란스레 떠들어 대면서 무뢰한과 다름없이 오만불손하게 행동하고 있었다. 사내들은 카드놀이를 하고, 어머니 죄수들은 목청을 돋우어 무슨 문제를 논의하고 있었다. 그런데 별안간 한 어머니 죄수가 찢어지는 듯한 목소리로 소리를 지르며 벌떡 자리에서 일어나 자기 아이의 두 다리를 붙잡아 흔들더니 아이의 머리를 쾅 하니 돌바닥 위에 내리쳤다. 대합실에 있던 모든 〈자유인〉들이 소스라치게 놀라며 비명을 질렀다 — 어머니가, 그것도 친어머니가 어떻게 저런 짓을 할 수 있을까!

……그것은 어머니가 아니라 어머니 죄수라는 것을 그들은 미처 몰랐던 것이다.

◆

지금까지 설명한 것은 모두가 공동 수용소, 즉 혁명 초기부터 2차 대전이 종료되기까지의 수용소에 관한 것이다. 그 당시 러시아 공화국에는 여자만을 수용하고 있던 여성 전용 구류소가 단 한 곳밖에 없었다. 그것은 노빈스끼 구류소였다고 생각하는데(모스끄바의 옛날 여자 형무소를 개조한 것이다), 그 실험은 더 이상 보급되지도 않고, 그 구류소 자체도 오래 계속되지 못했다.

그러나 하마터면 파멸할 뻔했던 전쟁의 폐허에서 무사히 되살아난 〈스승〉이자 〈건립자〉인 스딸린은 자기 나라 국민의 복지를 생각하게 되었다. 그는 국민의 생활을 정리하기 위해 시간을 할애해서 유익하고도 도덕적인 것을 많이 생각해 냈는데, 그중에는 남자와 여자를 따로 분리시키는 것도 포함되어 있었다. 맨 처음에는 그것을 학교와 수용소에서 시도했다 (그 후에는 사회 전체에 보급시키려고 했었는지도 모른다. 중국에서는 이보다 큰 규모로 실험이 행해졌다).

이리하여 〈군도〉에서는 1946년에 위대한 남녀의 완전 분리가 시작되어 1948년에 완료되었다. 남자와 여자는 각각 다른 섬으로 보내지고, 같은 섬 안에서는 남자 구역과 여자 구역 사이에 철조망을 쳤던 것이다.[5]

그런데 과학에 의해서 예측되고 또 과학에 의해서 충분히 검토된 다른 많은 경우와 마찬가지로, 이 조치도 역시 예기치 않았던 결과를 가져왔다. 아니, 심지어 정반대의 결과까지 가져왔던 것이다.

여자들이 따로 수용되면서부터 일반적으로 그녀들의 작업 사정은 현저히 악화되었다. 그런데 혼성 수용 지점에 있을 때는 많은 여자들이 세탁부, 간호사, 요리사, 보일러계, 창고계, 회계계 등의 일자리를 맡고 있었으나 여성 전용의 수용 지점에서는 이러한 일자리가 적기 때문에, 지금까지 그런 일자리를 맡고 있던 여자들은 그 일을 그만두지 않으면 안 되었다. 그리하여 그런 여자들은 〈일반 작업〉으로 내몰렸다. 여자들

5 〈지도자〉의 많은 기획들이 모두가 다 완전한 것은 아니어서 그중에는 폐지된 것마저 있다. 그러나 수용소군도에서의 남녀의 분리는 완전히 정착되어 오늘날까지 계속되고 있다. 그것은 그 기반이 매우 도덕적이기 때문이다.

로서는 가장 괴로운, 여자들만으로 구성된 작업반에 편성되었던 것이다. 비록 일시적이라도 좋으니 이 〈일반 작업〉으로부터 빠져나오는 것이 목숨을 구하는 길이었다. 따라서 그녀들은 임신을 지상 목표로 삼고 조금이라도 틈만 있으면, 조금이라도 접촉할 기회만 있으면, 그 기회를 놓치지 않고 임신하려고 애쓰게 되었다. 예전과는 달라서 지금은 임신하는 것이 남편과의 이별의 원인이 되지는 않았기 때문이다. 이미 그 〈현명한 지령〉에 의해서 이별은 당연지사로 되어 있었으니 말이다.

그 결과 〈유아의 집〉에 들어가는 갓난아이의 수가, 그동안 여성의 수는 조금도 불어나지 않았는데도, 불과 1년 사이에 배로 증가되고 말았다! (운시 수용소, 1948년. 150명이었던 것이 3백 명으로 증가.)

「딸아이의 이름을 뭐라고 지었죠?」「올림뻬아다(문화제라는 뜻)라고 해요. 〈올림뻬아다〉에서 임신했기 때문이죠.」 그때까지도 아직 타성에 의해서 여러 가지 문화 활동의 형식들이 남아 있었다. 연예회, 남성 문화반의 여성 수용소 방문, 돌격 작업반원들의 남녀 공동 대회 등이 그것이다. 남녀 공동 병원도 아직 존속하고 있었는데, 지금은 그것도 밀회의 집으로 변하고 말았다. 1946년 솔리깜 수용소에서는 남녀를 격리하는 철조망이 한 줄의 기둥에만 쳐 있었고, 게다가 그 철선의 간격도 넓었다(그리고 물론, 무장 경비병도 없었다). 여기서 욕구 불만의 남녀 죄수들은 철조망 양쪽에 모여서는, 여자들이 마루를 닦을 때처럼 몸을 앞으로 숙이고 엉덩이를 들면, 남자들은 금지된 일선을 침범함이 없이 여자들을 자기 것으로 만들 수가 있었던 것이다.

그렇다, 불멸의 사랑의 신 에로스도 역시 자기 가치를 발휘한 것이다! 이것은 일반 작업으로부터 빠져나가고 싶다는 타산만은 아니었을 게다. 이러한 선(線)은 장기간 존재할 것이고, 〈군도〉의 모든 것이 다 그렇듯이, 이 선도 굳어지고 엄격해지리라는 것을 죄수들은 예감했던 것이다.

이러한 격리가 있기 전까지는 화목한 동거, 수용소 결혼, 그리고 사랑까지 있었는데, 이제는 그저 노골적인 외설만 남게 되었다.

물론, 당국도 수수방관하고만 있지는 않아서 점차 과학적인 예측을 수정해 나갔다. 그들은 한 줄로 된 철조망 양쪽에 외곽 지대를 만들었다. 그 후 그것만으로는 불충분하다고 느끼고, 그것을 2미터 높이의 울타리로 대체하였다. 그 울타리 양쪽에도 역시 외곽 지대를 만들었다.

껜기르에서는 그런 방벽도 도움이 되지는 못했다. 작정을 한 연인들이 그것을 뛰어넘었던 것이다. 그래서 이번에는 일요일마다(생산 노동 시간을 그런 일에까지 허비할 수는 없기 때문이다! 그리고 또, 자기의 일상생활을 조정하기 위해서 사람들이 자기의 휴일을 이용하는 것도 지극히 당연하다) 벽의 양쪽에서 일요 노동을 실시해서, 그 벽을 4미터 높이까지 쌓아올렸다. 우스운 이야기지만 — 이 일요 노동에 모두 기꺼이 참여했던 것이다 — 즉, 서로 헤어지기 전에 벽 저쪽에 있는 누군가와 사귀고, 이야기하고, 교신을 약속하기 위해서였다.

그 후 껜기르에서는 그런 벽을 5미터 높이까지 쌓아올리고, 그 5미터 위에 다시 철조망을 쳤다. 그리고 다시 거기에 고압선을 끌어 놓았다. (저주받을 큐피드가 그 정도로 강했던가!) 그러고는 마침내 그 벽 양쪽에 경비용 망루까지 세웠다. 이 껜기르 벽의 운명은 〈군도〉의 역사를 통해서도 특수한 것이었다(제5부 제12장 참조). 그러나 다른 특수 수용소(이를테면 스빠스끄 수용소)에서도 이와 유사한 것을 만들었다.

남자 노예와 여자 노예를 철조망으로 분리하는 것이 지극히 당연하다고 생각했던 이 고용주들의 방법이 합리적인 것이었는지는 몰라도, 그러나 이와 똑같은 것을 그들의 가정에도 적용하라고 했다면, 그들 역시 깜짝 놀라지 않을 수 없었을 것이다. 이 분리 벽은 자꾸만 높아 가고 에로스 신은 몸부림을 쳤다. 다른 활동 분야를 찾지 못한 에로스 신은 높은 차원, 즉 플라토닉한 서신 왕래에 몰두하기도 하고, 혹은 낮은 차원, 즉 동성애에 몰두하기도 했다.

편지를 벽 너머로 던지기도 하고, 공장의 약속된 장소에 숨겨 두기도 했다. 조그만 봉투에는 가명을 적었다 — 교도관이 압수했을 경우에도 누가 누구에게 보냈는지를 모르게 하기 위해서였다(편지 왕래가 발각되면 수용소의 형무소에 들어가게 되어 있었다).

갈랴 베네직또바가 회상하고 있듯이 어떤 때는 상대방을 보지도 않고 사귄 적도 있다 — 상대방을 한 번도 보지 못한 채 교신을 시작하고 또 상대방을 한 번도 만나지도 못하고 그냥 헤어지기도 했다(이런 편지를 주고받은 경험이 있는 사람은 그 절망적인 감미로움, 희망이라고는 조금도 없는 그 암담한 기분을 맛보았을 것이다). 역시 같은 껜기르 수용소에서 리투아니아 여성들은 벽 저쪽에 있는 생면부지의 동포들과 결혼했다 — 가톨릭 사제(물론 같은 죄수여서 동일한 죄수복을 입고 있다)가 신랑 누구누구와 신부 누구누구는 하느님 앞에서 영원히 맺어졌다고 결혼 증명서를 썼다. 가톨릭 여성 신자들에게 있어 이 결혼은 그 무엇으로도 번복될 수 없는 신성한 것이었다 — 내게는 천사들의 합창이 들려온다. 이것은 그

326

지없이 순진한 마음으로 천체를 바라보는 것과 다를 것이 없다. 이것은 타산적인 시대, 재즈가 난무하는 시대에 그 얼마나 고상한 차원인가.

껜기르 수용소에서의 결혼도 역시 특이한 결과를 초래했다. 〈하늘〉이 그 기도에 귀를 기울여서 개입한 것이다(제5부 제12장 참조).

여자들 자신이 자인하는 바에 의하면 이 남녀 분리는 남자보다도 여자들 쪽이 더 참기 힘들었다고 한다(분리된 구내에서 그녀들을 치료했던 의사들도 그것을 인정하고 있다). 그녀들은 특히 흥분하기 쉽고 신경질적으로 되어가고 있었다. 순식간에 동성애가 번져 갔다. 연약한 젊은 여자들은 얼굴이 누렇게 뜨고 눈 밑에 검은 기미가 낀다. 보다 건장한 여성들은 〈남편 구실〉을 했다. 교도관들이 이런 동성애자 한 쌍을 아무리 갈라놓아도 그녀들은 어느새 다시 함께 침대 속에 누워 있는 것이었다. 그래서 이번에는 그런 〈부부〉의 한쪽을 다른 수용 지점으로 옮기게 되었다. 그러자 보초들의 발포에도 불구하고 여자들은 자기 몸을 철조망에 던지는 극적인 장면이 연출되었다.

N. V.가 말하는 바에 의하면 〈제58조〉 정치범 여자 죄수들만 모여 있는 초원 수용소 까라간다 지부에서는 여자들이 보안 장교한테 호출되기를 조바심 나는 마음으로 기다리고 있었다고 한다. 그것은 비굴한 정치적 신문에 대한 공포나 증오 때문에 조바심쳤던 것이 아니라, 상대방이 자기와 단둘이 있는 방의 문을 잠가 주지나 않을까 하는 기대감에서 마음이 조마조마했던 것이다.

분리된 여성 전용의 수용소는 일반 작업의 무거운 짐을 고스란히 그대로 지니고 있었다. 1951년에야 여자들의 벌목 작업이 형식적으로 금지되었다(20세기의 후반이 시작되었기 때문은 아니리라). 그런데 이런 일이 있었다. 운시 수용소의 남자 전용 수용 지점이 계획량을 제대로 완성하지 못하고 있었다. 여기서 그들을 어떻게 내모느냐가 고안되었다. 즉, 지상의 살아 있는 모든 여자에게 주어져 있는 것을 군도의 죄수들에게 어떤 방법으로 노동의 대가로 획득하게 하느냐 하는 문제였다. 여자들도 벌목 작업장으로 내몰았다. 남자들과 함께 호송병들이 포위하고 있었는데 남녀를 구분하는 것은 스키가 지나간 자국뿐이었다. 여기서 벌채된 모든 것은 나중에 남자 죄수들의 생산으로 기록되었지만, 남녀를 가리지 않고 계획량은 요구되고 있었다. 2개의 금줄이 든 견장을 단 대장은〈목재 조장〉류바 베툐지나에게 다음과 같이 분명히 언명했다. 「너희 조의 여자들이 계획량을 완수하면, 너희들을 벨렌끼와 함께 막사에 넣어 주겠다!」 그런데 이번에는 더 건강한 사내 일꾼들이, 특히 돈을 가지고 있는 작업 현장의 특권수들이 호송병들(그들의 급료로는 시내로 놀러 나갈 형편이 안 되었다)에게 돈을 쥐어 주고, 1시간 반 동안(보초가 교대할 때까지) 여자들이 있는 곳으로 침입해 들어간 것이다.

이 1시간 반 동안에 눈에 뒤덮인 추운 숲속에서 다음과 같은 일을 해야 했다 — 즉, 상대방을 선택하여 사귀고(그 전에 서신 왕래가 없었다면) 장소를 찾아서 일을 성취해야 하는 것이다.

그런데 왜 이 모든 것을 상기해야만 하는 것일까? 그 당시 모스끄바나 별장에 살면서 신문에 글을 쓰고, 단상에서 연설을 하고, 요양지와 외국에 나가 있던 그런 사람들의 옛 상처를 왜 긴드려야만 하는 것일까?

오늘도 그런 상태가 계속되고 있는데 무엇 때문에 그것을 상기할 필요가 있을까? 그저 무엇이든 〈두 번 다시 반복되지는 않을 것이다〉라고만 쓰면 그만일 텐데 말이다.

제9장

특권수

신참이 수용소에서 처음으로 배우는 수용소 독창의 개념 중하나가 〈특권수(特權囚)〉다.

군도 주민은 이런 거친 이름[1]으로 일반적인 파멸의 운명을함께 나누지 않는 자를 칭하고 있었다. 즉, 〈일반 작업〉에서벗어난 자, 혹은 그런 작업을 하지 않는 자를 말한다.

군도에는 특권수들이 적지 않았다. 주거 지역의 B 그룹에등록된 사람의 수는 정해진 비율에 의해 엄격히 제한되고, 작업 현장에서는 정원에 관한 규정에 의해 제한되었다. 그럼에도 불구하고 언제나 특권수의 인원은 그 비율을 상회했다 ― 그 이유는 자기 목숨을 구하고 싶다는 사람들의 압박이 지나치게 강했기 때문이기도 하고, 또한 무능한 수용소 당국이 적은 인력으로 수용소를 제대로 운영하고 관리할 수 없었기 때문이다.

1933년의 법무 인민 위원회의 통계에 의하면 자유 박탈지의 직원 수는 거기서 작업에 종사하는 사람들과 〈자체 경비원〉들을 포함하여 군도 주민 총수의 22퍼센트였었다. 이 숫자

---

1 러시아어로 〈쁘리두로끄〉라는 이 단어는 〈우둔한 놈〉 또는 〈우둔한 체하는 놈〉이라는 뜻인데, 실제 의미로 〈특권수〉라고 옮겼다 ― 옮긴이주.

를 만일 17퍼센트에서 18퍼센트까지 낮추어도(자체 경비원들을 빼놓고) 아직 6분의 1이다. 여기서 보는 바와 같이, 이 장에서 말하고 있는 것은 수용소의 중요한 현상인 것이다. 그런데 특권수의 수는 6분의 1보다 훨씬 많았다. 여기서 계산하고 있는 것은 〈수용소 구내〉의 특권수뿐이며, 그 밖에도 〈작업 현장〉의 특권수들이 있었다. 게다가 특권수들의 구성은 유동적이니까 아마 수용소에서 생활하는 동안 더 많은 사람이 특권수를 체험했을 것이다. 그리고 가장 중요한 것은 ─ 살아남은 사람이나, 석방된 사람들 중에 특권수들의 비율이 아주 높다는 것이다. 나의 생각으로는 〈제58조〉 생존 장기수들의 10분의 9가 특권수였다.

당신들이 수용소에서 살아 돌아오는 것을 축하하는 장기수의 거의 다가 특권수다. 아니면 형기의 대부분의 기간을 특권수로 지낸 사람들이다.

왜냐하면 수용소란 박멸시키기 위해 있으니까. 이것을 잊어서는 안 된다.

모든 세상사의 분류는 분명한 경계선을 가지지 못하고, 어떤 범주에서 다른 범주로의 이행이 점진적으로 행해진다. 그래서 여기서도 역시 경계가 분명하지 않았다. 통상 주거 지역에서 작업 현장으로 하루 종일 일하러 나가지 않는 자는 수용소 구내의 특권수라 할 수 있다. 수용소의 유지 작업에 종사하는 노동자는 일반 작업의 일꾼보다는 편한 생활을 보내고 있다 ─ 그는 작업 배치장에 갈 필요가 없어서 느지막하게 일어나 천천히 아침을 먹을 수 있다. 그는 호송병의 경호를 받으며 작업장에 다닐 필요가 없고, 덜 엄하게, 덜 춥게, 노력도 덜 소비하게 되었다. 게다가 그의 노동 시간도 빨리 끝났다. 그의 작업장은 따뜻한 곳이거나, 혹은 언제나 몸을 녹일 수 있는 곳이었다. 그 밖에 그의 작업은 작업반으로 할 수 있는 것이 아니고 직인으로서 개인적으로 하는 것이기 때문에, 독촉을 받는 것도 동료가 아니라 당국뿐이었다. 그렇지만 그는 때때로 그 당국자의 개인적인 주민으로 일하고 있기 때문에, 재촉은커녕 오히려 선물을 받거나, 관대한 대우를 받고, 의복이나 신발도 받을 수 있었다. 또 다른 죄수들의 주문에 응해서 돈벌이할 좋은 가능성을 가졌다. 이해하기 쉽게 말하면, 수용소 구내의 직원들은 지주 저택의 머슴과 같았다. 그중에서도 대장장이, 가구장이, 난방공은 아직 완전한 특권수는 아니나 제화공, 더욱이 재봉사는 최고의 특권수였다. 수용소에서 〈재봉사〉라는 말은, 사회에서 〈대학 조교수〉와 동일한 느낌과 의미를 가진다(이와 반대로 진짜 〈대학 조교수〉라면 조소적인 느낌을 가지며, 그렇게 불려서 웃음거리가 되지 않는 편이 낫다. 수용소에서의 직업의 척도는 사회의 것과는 정반대인 것이다).

세탁부, 간호사, 접시닦이, 불 때는 사람, 목욕탕 담당, 보일러 담당, 보통 제빵사, 막사의 당번도 역시 특권수였으나 하급이었다. 그들은 손을 사용하여 작업을 해야 한다. 때로는 그 작업의 양이 적지 않았다. 어쨌든 그들 모두 배고프지 않을 만큼 충분한 식량을 받았다.

구내의 진정한 특권수란 다음과 같은 자들이다 ─ 요리사, 빵을 자르는 사람, 창고지기, 의사, 의사의 조수, 이발사, 문화교육부의 교육계, 목욕탕 책임자, 빵 공장의 책임자, 창고 책임자, 소포 취급소 책임자, 막사의 장, 구역의 장, 작업 할당계, 회계계, 본부 막사의 서기, 수용소 구내 및 작업장 설비 기사들이다. 이들은 언제나 배부르게 먹을 뿐 아니라, 청결한 의복을 입고, 무서운 것을 들어 올리는 작업이나 요통에서 해방될 뿐만 아니라 인간에게 필요한 모든 것에 대해 권한을 가지고 있다. 즉, 인간을 지배하는 권리를 가지고 있었다. 이따금 그들은 그룹을 지어 항쟁을 일으키거나 음모를 꾀하거나 서로 상대를 타도하거나 위세를 떨기도 하고 〈여자〉 때문에 싸우기도 했으나, 대개의 경우는 천한 것들에 대해 공동 전선을 펴서 모든 것을 한 번에 나누어, 각기 자기 영역에서 만족함으로써 재분할이 필요하지 않은 조건, 그 정점에서 유복한 생활을 하고 있었다. 수용소에서는 이 구내 특권수들이 강해질수록 소장은 그들에게 더욱 의지하여 걱정에서 벗어나려고 했다. 도착하는 사람들, 호송되어 떠나는 모든 사람들의 운명, 또 일반 노동자들의 운명은 이 특권수에 의하여 결정된다.

인류는 통상적으로 카스트에 집착하며 의식의 제한성을 보이는데 이 때문에 특권수들은 곧 일반 노동자와 같은 막사에서 자는 것을, 공동 침상에서 자는 것을, 아니 이 조립식 침상에서 자는 자체를 불편하게 느끼게 되어 침대가 아니면 만족하지 못하게 되었다. 또 같은 식탁에 앉아 식사하는 것, 같은 목욕탕에서 옷을 벗는 것, 노동자가 땀에 젖어 너덜너덜한 속옷을 입는 것을 불편하게 느끼게 되었다. 그리하여 특권수들은 2인용, 4인용, 8인용의 작은 방으로 옮겨 모두 따로 살기로 했다. 그리고 무슨 특별한 것을 골라서 먹으며, 무슨 금지된 것을 식탁에 첨가하여 노동자나 반장으로부터 비난을 받지 않고 수용소의 모든 임명이나 문제, 사람들과 작업반의 운명 등에 관해 이것저것 이야기하면서 결정하는 것이다. 이놈들은 남들과 달리 자유 시간을 보내며(놈들에게는 자유 시간이 있다), 놈들은 다른 경로로 내의를 바꿨다(〈개인적인 내의〉였다). 마찬가지로 카스트에 집착하는 바보스러움 때문에 놈들은 의복으로 수용소의 일반 대중과 차별을 두려 했지만 선택의 여지는 그다지 많지 않았다. 수용소에서 검은 솜이 들어 있는 상의가 대다수인 경우, 놈들은 창고에서 푸른 것을 요구했다. 만일 푸른색이 더 많으면, 검은색을 입는다. 그 밖에도, 수용소의 가랑이가 좁은 바지를 재봉사에게 가져가서 삼각형의 천을 대고 그 가랑이를 넓게 했다.

작업 현장에서의 특권수들이란 기사, 기수, 현장 감독, 직장, 직장 조장, 생산 계획 작성자, 노르마 산정자 들이었으며, 그 밖에 회계계, 여비서, 타자수 들이었다. 구내의 특권수와의 차이는, 그들은 작업 배치장에 정렬하여 호송병의 감시로 대열을 짓고 행진한다(때로는 호송병 없이). 그러나 작업 현장에 있어서의 그들의 입장은 특권을 가지며, 육체노동은 하지 않고 조금도 피로하지 않게 지낸다. 거꾸로 그들은 많은 노동자의 노동, 식량, 생활을 좌우할 수 있다. 거주 지역과의 연계는 약하지만, 그들은 거기에서 자기 입장을 지키고, 구내의 특권수가 누리는 특권의 대부분을 자기들도 가지려고 노력한다. 하지만 구내의 특권수와 어깨를 완전히 나란히 할 수는 없었다.

여기에도 정확한 경계선은 없다. 여기에는 설계 기사, 공예 기술자, 측지사, 발동기공, 기계의 당직들도 포함된다. 그들은 이미 〈작업 현장의 지휘관〉도 아니고, 파멸적인 권력을 가지지도 않고, 사람들의 죽음에 대해서도 책임을 지지 않는다(이것은 그들이 선택하거나, 작업 현장에서 사용하고 있는 설비에 의한 사고 사망 이외의 죽음에 대해). 그들은 지식인 혹은 반쯤 교양 있는 일꾼들이었다. 모든 죄수가 작업에서 하듯이, 그들도 〈속임수를 써서〉, 당국을 속이고 반나절에 할 수 있는 일을 일주일간 끌려고 했다. 수용소에서 그들은 보통 일반 노동사들과 거의 같은 생활을 보내며 때때로 작업반에 끼지만,

그 작업 현장은 따뜻하고, 기분 좋은 곳이게 마련이다. 거기 작업용 방이나 작은 방에서 자유 고용인들이 없어지면 그들은 노동을 중지하고 생활에 대해, 형기에 대해, 과거와 미래에 대해 이야기하고 있었다. 무엇보다도 〈제58조〉가 곧 〈일반 작업〉으로 쫓겨난다는 소문이었다(그들의 대부분은 〈제58조〉 해당자였다).

거기에는 과학적으로 정당하고 유일한 근거가 있었다. 즉, 계급적인 부패성에 뿌리박혀 버린 사회적 이질 분자는 이미 〈교정〉할 수 없게 되었다. 그들의 대부분은 죽음으로만 교정할 수 있었다. 만일 소수의 사람들이 어떻게 교정된다면, 그것은 당연히 〈노동〉에 의한 것이었다. 그것은 육체노동, 중노동 (기계 대신에 일하는), 수용소의 장교 혹은 교도관의 자존심을 상하게 할지 모르지만, 원숭이로부터 인간을 만드는 노동이다(그런데 수용소에서는 어찌 된 노릇인지 인간을 다시 원숭이 모습으로 되돌리는 것이다). 아니, 다름 아닌 이것 때문에, 전혀 복수 따위가 아니라 〈제58조〉 놈들을 교정할 수 있다는 작은 희망으로, 수용소 관리 본부의 지령서에는 다음과 같은 엄격한 규정이 있었다(그리고 이 규정은 언제나 반복된다) ─ 제58조에 의해 형을 받은 자는 거주 지역에 있어서도, 작업 현장에 있어서도, 그것이 어떠한 것이든 특권이 있는 지위에 있어서는 안 된다. (물질적 가치에 관계있는 지위에는 이미 사회에서 훔치거나 횡령하는 데 특출했던 자만이 있을 수 있었다.) 그리하여 그대로 되었다. 어쨌든 수용소 당국은 〈제58조〉를 좋아하지 않았으니까! 하지만 당국은 알고 있었다 ─ 다른 조항으로 형을 받은 죄수 중에 전문가를 모아도 〈제58조〉로 형을 받은 전문가의 5분의 1도 안 되었다. 의사와 기사들은 거의 다 〈제58조〉였으며, 또 〈제58조〉와 같은 정직한 인간이나 근면한 일꾼은 자유 고용인 중에도 없었다. 여기서 조용히 〈유일무이한 과학적 이론〉에 대항하면서 고용주들은 조금씩 〈제58조〉를 특권수의 지위에 배치해 놓는다. 대신 가장 먹을 것이 많은 지위는 언제나 범죄자들 손에 있게 된다. 놈들과는 당국도 이내 가까워지지만, 정직한 〈제58조〉와는 좀 하기 어려운 데가 있었다. 그들은 〈제58조〉를 이렇게 배치했으나 지령서가 다시 쓰일 때마다(지령서는 자주 다시 쓰였다), 조사 위원회의 방문 때마다(조사 위원회는 쉴 새 없이 왔었다) 〈제58조〉는 주저 없이 또 용서 없이 소장의 노동을 모르는 흰 손의 신호 하나로 〈일반 작업〉을 하게 되는 것이다. 몇 개월 동안을 열심히 쌓아 올린 행복이 하루 만에 부서지고 만다. 그런데 파멸적인 타격을 주는 것은 이 일반 작업에 내몰린다는 것 자체보다도 오히려 그것이 다가온다고 맨날 유포되고 있는 소문 쪽이었으며, 그 소문 때문에 특권수인 정치범들은 피로하여 생명이 단축되는 것 같고 살아 있는 사람 같지도 않았다. 형사범만이 특권수로서의 자기 입장에 안심할 수 있었다. (특히 조사 위원회가 돌아간 다음 생산이 점차 저하되면, 거기에서 다시 기사들을 서서히 일반 작업에서 끄집어내어 특권수의 지위에 놓는다. 그것은 다음의 조사 위원회가 올 때까지의 이야기다.)

그 밖에 단순히 〈제58조〉가 아니라 조서에 모스끄바에서의 특별한 저주의 낙인이 찍힌 사람도 있다 — 〈일반 작업에만 사용할 것!〉 하는 낙인이다. 1938년에 많은 꼴리마 지방 죄수들에게 이 낙인이 찍혔다. 이런 사람이 세탁부나 방한화 건조 담당이 된다는 것은 실현 불가능한 꿈이었다.

『공산당 선언』에는 이것이 어떻게 쓰여 있을까? 〈부르주아는 그때까지 명예롭고 경건한 것으로 보았던 인간 활동의 모든 것에서 신성한 영광을 빼앗았다.〉 (아주 비슷하다!) 〈의사, 법률가, 성직자, 시인, 학자에게 돈을 지불하여 고용 노동자로 만들었다.〉[2] 그래도 돈을 지불하지 않았는가! 그리고 그 사람은 자신의 〈전문직〉 분야에서 일하지 않았는가! 만일 〈일반 작업〉을 시키면 어떡하나? 벌채 작업 같은? 돈도 지불하지 않고! 빵도 주지 않고! 다만 의사가 일반 작업으로 밀려나는 예는 적었다 ── 그들은 당국자들의 가족들도 치료하고 있었으니까. 그러나 〈법률가, 성직자, 시인, 학자〉는 일반 작업에서만 썩었다. 그들이 특권수가 된다는 것은 생각조차 못했다.

수용소에서 반장 역시 특별한 위치를 차지했다. 수용소 기준으로는 특권수는 아니지만, 그렇다고 그들이 일꾼도 아니었다. 따라서 이 장에서 다룰 내용이 그들과도 관계가 있다.

◆

전투할 때처럼, 수용소의 생활은 차분히 생각할 여가가 없었다 ── 만일 특권수의 자리 하나가 나올 것 같으면 재빨리 그것을 붙잡아야 한다.

그러나 몇십 년의 세월이 흘러, 우리는 살아남고 우리 동료는 죽었다. 놀라고 있는 〈사회인들〉과 무관심한 후손들에게 우리는 인간적인 것은 거의 존재하지 않았던 그 세계를 조금씩 보여 주기 시작했다. 그리하여 지금 인간 양심의 빛으로 그것을 평가하지 않으면 안 된다.

여기서 생기는 가장 중요한 도덕적 문제의 하나가 특권수의 문제인 것이다.

수용소 소설의 주인공을 선정할 때 나는 일꾼을 골랐다. 나는 그 밖의 사람을 선택할 수 없었다. 왜냐하면 그들이야말로

2 『마르크스-엥겔스 선집』, 1928년판, 제4권, p. 427.

수용소의 진정한 상관관계를 파악할 수 있기 때문이다(마치 보병만이 전쟁의 무게 전체를 짐작하듯이 말이다 — 그런데 어찌 된 노릇인지 회고록을 쓰는 것은 보병이 아니다). 이 주인공의 선택과 소설 속의 몇 개의 신랄한 발언이 어느 예전의 특권수들을 당황하게 하고 모욕했다. 그런데 이제 말했듯이, 살아남은 사람의 10분의 9가 다름 아닌 이 특권수인 것이다. 이 조건에서 지야꼬프의 〈특권수의 수기〉(실제 책 제목은 『생존자의 수기』)가 나타난 것인데, 그 〈수기〉에는 좋은 지위에 오르기 위한 수단, 어떠한 희생을 지불하더라도 살아남기 위한 간계가 자랑스럽게 이야기되고 있다(이런 책이야말로 나의 책보다 빨리 나왔어야 했다).

좀 공개적으로 〈토론〉할 수 있지 않을까 생각되던 그 짧은 수개월 동안에 특권수에 관한 토론이 불붙어 수용소에서의 특권수 입장의 도덕성 문제에 관하여 일반적인 문제 제기가 있었다. 그러나 우리 나라에서는 어떠한 정보도 철저히 조사하도록 허용되지 않고, 어떤 토론도 그 대상의 여러 면을 실제로 검토하도록 허락되지 않는다. 한줄기 광선이라도 진실의 벗은 몸 위에 비치지 않도록, 이런 것은 모두 싹트기 전에 뜯어 버리는 것이다. 이와 같은 것이 모두 한 폐물의 산으로 쌓이고, 그 폐물의 녹슨 무쇠 덩어리에는 전혀 관심도 없이, 그것을 정리하는 방법도 알지 못하게 될 때까지, 몇십 년간이나 방치되었다. 특권수에 관한 토론도 싹트기 전에 짓밟혀서, 토론의 장소가 언론의 지면에서 개인적인 서한으로 옮겨져 버렸다.

그런데 수용소에서의 특권수와 일꾼 사이의 구별(특히 실제 있었던 차이만큼 명확하지는 않아도 좋았지만)은 어쨌든 있어야 했다. 문학에서 수용소라는 주제가 생겨나자마자, 그 구별이 이루어진 것 역시 좋은 일이다. 그러나 검열을 받은 V.락신의 글[3] 속에는 수용소의 노동에 관한 특정한 표현의 과잉이 눈에 띈다(수용소 노동이 기계를 대체하며 우리를 원숭이에서 인간으로 만들었다고 찬양하는 듯하다). 대체로 올바른 경향의 이 논문과 나의 소설(어느 정도는)은 이제 과거 특권수였던 사람들과 한 번도 수감된 적이 없는 지식인 친구들로부터 격분을 샀던 것이다. 「이것은 노예 노동을 찬미하는군!」(『이반 제니소비치의 하루』 중 벽돌 쌓기 장면.) 〈이것은《얼굴에 땀을 흘리며 빵을 벌어라》, 다시 말하면, 수용소군도 당국이 요구하는 것을 하라는 것이었다. 그런데《우리들》(특권수)은 노동을 회피하며, 처참하게 그것에 종사하지 않은 것을 자랑스럽게 생각했다)라고 놈들은 말하고 있다.

나는 지금 그들의 반론에 대답하지만, 내 대답이 오랫동안 그들의 눈에 띄지 않을 것이라 생각하니 한숨이 나온다.

나의 생각으로는, 만일 자기가 사무직 일을 맡을 수 있고 그것으로 노예적 육체노동을 하지 않았던 것을 자랑하는 지식인이 있다면, 그 사람은 지식인의 자격이 없을 것이다. 이전 세기의 러시아 지식인들이 이런 경우에 자랑으로 생각할 수 있었던 것은 〈자기 동생도 이 노예 노동에서 해방되었을 때〉뿐이었다. 사무직 일을 한다는 도피의 길은 이반 제니소비치에게는 없었던 것이다! 그럼 〈동생〉들은 어떻게 하면 좋은가? 동생한테는 노예 노동을 시켜도 좋은가? (물론이고말고! 집단 농장에서는 옛날부터 그렇게 시키지 않았는가! 이미 그러라고 그곳에 보내기까지 했는데!) 그런데 동생에게 노예 노동을 시킨다면 언젠가 한번은, 한두 시간이라도, 작업이 끝나기 전에, 벽돌 쌓기가 한창일 때, 그런 노동 속에도 흥미를 느낄

3 『신세계』, 1964년, 제1호.

수 있지 않겠는가? 어쨌든 〈우리〉[4]도 수용소에서 펜을 종이 위에 달리게 했을 때, 와트만지에 제도펜으로 검은 선을 그으며 어느 정도 쾌감을 맛본 게 아닌가? 이반 제니소비치도 밤이나 낮이나 자기 노동을 저주하기만 했다면 과연 10년을 살 수 있었을까? 아니, 그랬다면 그는 처음에 보았던 대들보에 목을 매지 않으면 안 되었을 것이다!

그럼 다음의 거의 믿을 수 없는 이야기를 어떻게 받아넘길까 — 빠벨 출뻬뇨프는 쉬지 않고 〈7년간〉이나 벌채 작업을 했다(게다가 징벌 수용 지점에서). 만일 그 벌채 작업에서 보람과 흥미를 찾아내지 못한다면, 어떻게 그가 그동안을 살아서 일할 수 있었겠는가? 그가 건강을 해치지 않고 살아남았던 것은 다음과 같은 사정 때문이었다 — 자기의 몇 명 안 되는 노동자들의 확보에 유념하고 있던 독립 수용 지점의 지점장(그런 사람이 있었다니 놀랍다)은 우선, 그들에게 야채수프를 〈실컷〉 먹였다. 둘째로, 기록 보유자 외에는 아무에게도 야간 취사장에서 일하는 것을 허락하지 않았다. 그것은 포상이었다! 하루 종일 벌채 작업 현장에서 일한 출뻬뇨프는 취사장에 가서 밤 2시까지 솥을 씻고, 물을 채우고, 난로를 때고, 감자 껍질을 벗겼다. 그러고 나서 실컷 먹고는 상의를 입은 채 침상에 들어 3시간쯤 잠자는 것이었다. 한번은 이것을 포상하여 1개월간 빵을 자르는 곳에서 일한 적도 있었다. 또 한 달 동안은 자해로 상처를 내서 쉬었다(기록 보유자였던 그를 누구도 의심하는 사람은 없었다). 휴양은 그것뿐이었다. (물론 여기에 다른 사정이 없는 것은 아니다. 그들의 같은 조에는 1년쯤 전부터 사기꾼이자 도둑이었던 여자가 마부로 일하고 있었다. 그녀는 동시에 두 특권수와 살았다 — 한 사람은 목재

4 특권수를 말함 — 옮긴이주.

무게 측정 담당, 또 한 사람은 창고 책임자였다. 그래서 그들의 조는 언제나 계획량을 초과하고, 그리고 이것이 가장 중요한 것이지만, 그들의 말 게르치끄는 귀리를 마음대로 먹어서 힘 있게 일했다. 작업조의 계획 달성률에 따라…… 말이 먹는 귀리의 양도 달라진다! 〈가련한 인간들!〉이라는 말에 싫증이 나서, 〈가련한 말!〉이라고 말해야겠다.) 그리고 또한 〈쉬지 않고 벌채 작업을 7년간 했다〉는 것은 신화에 가까운 이야기다! 그 작업을 연구하지도 않고, 깊이 생각하지도 않고, 거기에 흥미도 찾지 못했다면 어떻게 7년간 그 일을 했을까? 먹여만 준다면 얼마든지 일할 수 있었다고 출뻬뇨프는 말했다. 이것이 러시아인의 성격이다……. 그는 〈연속 벌채〉 방법을 습득했다. 최초의 가지가 밑으로 처지지 않도록 하여 나무줄기를 지탱하며, 그것을 절단할 수 있도록 간단히 쓰러뜨리는 것이다. 나머지 나무는 차례로 교차시켜, 서로 중복되도록 쓰러뜨린다. 잘라 낸 가지는 운반하지 않고 한두 군데의 모닥불에 모이도록 나무를 쓰러뜨린다. 그는 쓰러뜨리고 싶은 방향으로 나무를 정확히 〈눕힐 수〉가 있었다. 그리고 리투아니아인에게서 캐나다에서는 내기를 걸고 말뚝을 땅에 꽂고 쓰러지는 나무로 그 말뚝을 땅속으로 박아 넣는다는 이야기를 듣고, 〈좋아, 우리도 한번 해보자!〉라고 생각했다. 그래서 잘 해냈다.

그렇다. 인간에게는 이런 면도 있다. 설사 괴롭고 싫은 일이라도 이따금 공연히 열중하는 수도 있으니까. 너도 2년 동안을 손으로 일하면서 이런 이상한 기분을 경험한 적이 있다 — 이것은 노예적인 작업일 뿐, 아무런 보상도 없다는 것을 알면서도 느닷없이 그 일에 열중하게 된다. 이런 이상한 기분을 나는 벽돌 쌓기 작업에서도(그렇지 않았다면 여기 쓸 수 없었을 것이다), 주조 작업에서도, 목공 작업에서도, 그리고 낡은 선철을 해머로 부수는 작업에 열중했을 때도 체험했던 것이다. 그러니 이반 제니소비치도 그 피할 수 없는 노동을 언제나 무거운 짐으로 느낀 것은 아니고, 항상 그것을 증오한 것은 아니지 않았을까?

그래, 이 점에 있어서는 그들이 양보할 것이다. 양보한다 해도, 잠시라도 이마에 땀을 흘려 빵을 얻은 적이 없는 특권수에 대한 비난을 하지 않겠다는 절대적인 조건으로 양보했을 것이다.

이마에 땀은 맺히지 않았어도, 수용소군도 당국의 명령에 열성을 다하고(그렇지 않다가는 〈일반 작업〉으로 갈 테니!) 정성스레 특별한 지식을 이용하여 수행했다! 아니, 여하튼 모든 특권수의 위치는 수용소와 그 생산 관리 기구의 중추적 부분인 것이다. 그것은 특별히 단련된(〈숙련을 요하는〉) 사슬의 고리며, 그것이 없이는(특권수 지위에서 모든 죄수를 쫓아낸다면!) 착취의 〈사슬 전체〉, 수용소의 체제 전체가 〈붕괴하게〉 될 것이다! 왜냐하면 이만큼 다수의 고도의 전문가를, 게다가 여러 해를 혹독한 조건에서 생활할 것을 양해한 전문가를 〈사회〉에서는 절대 공급받을 수 없기 때문이다.

그럼 왜 그들은 거절하지 않았을까? 왜 이 마법의 사슬을 파괴하지 않나?

특권수의 지위는 죄수를 착취하는 데 가장 중요한 지위다. 그것은 노르마 산정자다! 그럼 그들의 조수인 회계 담당에게는 그다지 죄가 없다고 할 수 있을까? 죄는 현장 감독에게 있어! 그렇다면 공업 기술자들은 결백한가? 상사에게 아부하고, 전체 강제 기구에 관계하지 않는 특권수의 지위가 어떻게 있겠는가? 악마한테 직접 가세하기 위해서는 문화 교육부의 교육계나 〈대부〉의 당번이 되는 길밖에 없었을까? 만일 N.이 타자수로서 언제나 타자만 치고 있는데 수용소 행정부의 요청으로 일하고 있다면 괜찮은 것인가? 좀 생각해 보자. 명령서를 복사하기 위해 타자를 치는 것은 어떤가? 이것은 죄수들에게 나쁜 일이 아닌가…… 보안 장교에게는 전속 타자수가 없다. 그는 오늘내일 사이로 잡아넣어야 할 자유인이나 죄수들의 기소장이나 밀고서를 정리하여, 그 죄상을 타자하지 않으면 안 된다. 그리하여 그는 그 일을 그녀한테 시킨다. 그녀는 그것을 말없이 타자하고, 재난이 떨어질 사람들에게 알리지 않는다면, 이것은 문제가 되지 않는다. 특권수 속에서도 가장 지위가 낮은 대장장이는 수갑 주문을 받으면 만들지 않을 수 있겠는가? 부르(규율 강화 막사)의 철장을 강화하는 것은? 혹은 펜대를 굴리는 사무직에서 멈출 것인가 ─ 생산 계획 작성자는 어떤가? 죄 없는 생산 계획 작성자는 계획에 의한 착취에 참여하고 있지 않다는 말인가?

나는 알 수가 없다. 모든 이 지식인다운 노예 노동의 어떤 점이 육체적인 노예 노동보다 깨끗하고 고귀한가?

그러니까 이반 제니소비치의 땀 흘리는 노동에 대해서가 아니라, 우선 수용소의 사무소에서 차분히 앉아서 펜을 움직이는 일에 대해 분개를 느끼지 않으면 안 된다.

나 자신은 형기의 절반을 〈샤라시카〉, 즉 그 극락의 섬의 한군데서 일했다. 그곳은 우리를 〈군도〉 전체에서 떨어지게 했고, 그 노예적 상태를 눈앞에서 볼 수 없게 했다 ─ 특권수들도 그랬지 않았을까? 아주 넓게 보자면, 과학 연구를 함으로써 우리는 그 NKVD와 전체의 강압 제도를 강화한 것이 아닌가?[5]

5 이 문제는 수용소군도 내에만 머무르는 것이 아니다. 그 범위는 우리 사회 전체다. 모든 교양 있는 계층, 이공계 사람도, 인문계 사람도 이 수십 년간 마법 사슬의 고리 같은 일반화된 특권수가 아니었던가? 체포를 면하고 번영

군도 혹은 이 지구상에서 행해지는 모든 나쁜 짓이 우리들 자신의 손으로 행해지는 것은 아니다. 그런데 우리는 이반 제니소비치는 왜 벽돌을 쌓고 있는가라고 그에게 힐난하고 있다. 그곳에는 우리의 손으로 쌓아 올린 벽돌이 훨씬 많지 않은가!

수용소에서는 자주 이것과 반대의 불만이나 힐난을 듣게 된다 — 특권수들은 일꾼들한테 업혀서 그들에게 돌아갈 것까지 먹고, 그들을 희생시켜 자기가 살아남는다는 것이다. 이 비난은 우선 〈구내의〉 특권수들한테 향해지며, 근거 없는 것도 아니었다. 이반 제니소비치에게 빵을 조금씩 달아 준 것은 누구였나? 물을 넣어 설탕을 훔친 것은 누구인가? 기름이나 고기, 잘 도정된 보리를 일반 식탁에 내지 않은 것은 누구인가?

식량이나 의복을 담당하는 구내의 특권수를 뽑는 것은 독특했다. 그러한 지위에 있으려면 맹렬성, 쾌활한 성미, 아첨하는 재능이 필요하다. 또 그 지위를 유지하기 위해서는 잔인성과 양심 불감증이 필요하다(그리고 대부분의 경우 밀고자 역할도 함께 해야 한다). 물론 모든 것을 일반화하기에는 무리가 있다. 나 자신의 기억만으로도 이것과 정반대의 사리사욕이 전혀 없는, 정직한 구내 특권수들 몇몇의 이름을 들 수는 있지만, 대부분의 경우, 그들은 오래 그 지위에 있을 수 없었다. 무난한 생활을 보내고 있는 대부분의 구내 특권수들에 대해 말하자면, 평균적인 군도 주민보다도 퇴폐적인 사람이나 악질적인 의도를 가진 사람이 압도적으로 많았다는 것을 확

을 이룬 가장 정직한 사람들 중에서 자기의 생활을 희생하면서까지 사회 전체의 생활을 위하여 자기 자신을 바친 학자들, 작곡가들, 문화사학자들의 이름을 들 수가 있는가?

실히 말할 수 있다. 당국이 그곳에 예전의 동료, 즉 잡혀 온 기관 요원이나 관계자들을 임명하는 것은 결코 우연이 아니었다. 만일 샤흐띠 관구 내무부의 지부장이 붙잡혀 오면, 그에게 나무를 쓰러뜨리는 작업을 시키지 않고, 우솔 수용소 관리 독립 수용 지점의 노르마 산정자로 부상시키는 것이다. 만일 내무부의 보리스 구가나바가 잡혀 오면(〈한번 교회 지붕에서 십자가를 뗀 이후, 내 삶에서 행복이 사라졌다〉) 그는 레쇼띠 역의 수용소 취사장 책임자가 되었다. 그런데 이 그룹에 보기에는 아주 다른 인종이라 생각되는 인물이 끼어들었다. 독일군 점령하의 끄라스노돈에서 있었던 젊은 친위대원들의 사건[6]을 담당했던 러시아인 신문관이 오제르 수용소 분소 중 한 곳에서 명예스럽고 존경스러운 작업 할당계를 맡고 있었다. 사샤 시도렌꼬는 예전에 정찰병이었는데 전쟁이 시작되자 곧 독일군에게 체포되고, 그 후 독일군에 협력했지만, 지금은 껜기르에서 창고 관리인이 되어 자기의 잘못된 운수를 독일인을 상대로 화풀이하기를 좋아했다. 노동으로 지친 독일군들이 점호를 마치고 자리에 눕자마자, 시도렌꼬는 술에 취해 들어와서 가슴이 찢어지게 고함지르며 모두 일으켰다. 「독일 놈들아! 차려! 나는 너희 하느님이다! 나에게 노래 불러라!」(잠이 덜 깬 독일인들이 깜짝 놀라서 침상 위에 서서 그를 위해 「릴리 마를렌」을 노래하기 시작했다) — 그리고 늦가을인데도 로실린[7]을 셔츠 바람에 집으로 돌아가게 한 회계계들이란 어떤 인물들인가? 부레뽈롬에서 굶주리고 있던 안스 베른시

6 이 사건의 실상은 파제예프 소설의 초고와도 일치하지 않는 것 같다. 그러나 우리는 수용소에서 있었던 소문만을 근거로 하지도 않겠다.

7 그의 놀라운 — 혹은 너무나 평범한 — 운명에 관해서는 제4부 제4장을 참조할 것.

쩨인에게 배급 빵을 주고, 그 대가로 새 군용 장화를 뻔뻔스럽게 가져간 제화공은 누구인가?

현관에서 수용소의 일로 잡담을 나누면서, 사이좋게 모여 담배를 피우고 있는 그들을 보면 누가 특별하게 다를지 알 수가 없었다.

그놈들도 무엇인가 자기를 정당화할 게 있을 것이다. 그래서 I. F. 리빠이는 다음과 같은 정열적인 편지를 쓰고 있었다.

죄수들의 배급 식량은 어디서나 파렴치하고 몰인정하게 사방에서 도난당했다. 특권수들이 훔치는 것은…… 그것은 아주 미미한 것이었다. 그러나 대규모의 도적질에 나선 특권수들은 그럴 수밖에 없었다(?). 관리국의 직원들과 자유 고용인들과 죄수들이, 특히 전쟁 중에는 분소의 직원들로부터 《뇌물을 강요》하고, 분소의 직원들은 수용 지점의 직원으로부터, 후자는 죄수들의 배급 식량을 제물로 창고와 취사장에서 뇌물을 강요했다. 가장 무서운 상어는 특권수들이 아니라 자유 고용 담당자들(세브드빈 수용소의 꾸라긴, 뽀이수이샵까, 이그낫첸꼬)이며, 그들은 훔친 것이 아니라 창고에서 《자유롭게 가져갔던》 것이다. 게다가 그것은 1킬로그램이나 2킬로그램이 아니라 몇 섬, 몇 통이었다. 그것도 또한 자기를 위하는 것이 아니었다. 나눠 줘야 할 사람들이 또 있었던 것이다. 그런데 죄수인 특권수들은 그것을 어떻게든 서류상으로 처리하여, 빈 것을 메워야 했다. 그것을 하지 않으려는 자는 그 지위에서 쫓겨날 뿐만 아니라, 징벌 수용 지점이나 대우가 지독한 수용 지점으로 쫓겨나는 것이다. 이리하여 특권수들은 당국의 의지에 따라 겁쟁이, 육체노동을 두려워하는 자, 사기꾼, 좀도둑으로 채워지게 된다. 만일 재판에 회부되는 자가 있다면, 그것은 또다시 창고계나 회계계뿐이며, 당국은 관계가 없었다 — 놈들은 영수증 따위는 남기지 않기 때문이다. 당국에게 책임을 돌리는 창고계의 진술은 신문관에 의해 방해 활동으로 간주된다.

꽤나 수직으로 바라본 풍경이다…….

내가 잘 아는 아주 정직한 여성인 나딸리야 밀리예브나 아니치꼬바가 어찌 된 영문인지 수용소의 빵 공장의 책임자가 되었다. 그런데 여기서 구운 빵(죄수들의 배급용 빵)의 얼마간을 매일(물론 일체 서류 없이) 수용소 밖으로 내보내는 대신 제빵사들은 자유 고용인 매점에서 약간의 잼과 버터를 받았다. 그녀는 그런 짓을 금지시켜, 밖으로 빵을 내보내지 않았다. 그러자 반쯤 설익은 빵이 나오고, 다음에는 빵을 굽는 시간이 늦어졌다(제빵사들의 짓이었다). 또한 창고에서 밀가루의 도착이 늦어지게 되었다. 독립 수용 지점의 지점장(제일 빵을 많이 받은 것이 그 사람이었다!)이 밀가루와 빵을 운반하기 위한 말을 제공하지 않으려고 했다. 며칠 동안, 아니치꼬바는 싸웠으나 드디어 항복하고 말았다. 그렇게 되니, 금방 일이 순조롭게 되었다.

만일 구내의 특권수가 이러한 전면적인 규모의 절도에 참가하지 않는다 하더라도, 다른 이점을 얻기 위하여 자기의 특권적인 입장을 이용하지 않는다는 것은 거의 불가능하다 — 순번을 무시하고 휴양소에 가거나, 병원의 식사나, 제일 좋은 의복이나 속옷을 가지거나, 막사에서 제일 좋은 자리를 차지하는 이점을. 이렇게 흔해 빠진 이점 중에서 자기를 위해 한 번도 그것을 취하지 않았다는 성자와 같은 특권수를 나는 보지 못했고, 상상할 수도 없다. 그런 인물이 있다면, 이웃 특권수들은 그가 두려워서 쫓아냈을 것이다! 모든 특권수가, 혹시 간접적이건, 아니면 전혀 알지 못하는 중에 그 이점을 얻게 되는 것이다. 즉, 어떤 점에서든지 일꾼들을 희생하여 살아가는 것이다.

구내의 특권수가 결백한 양심을 가지는 것은 아주 어려운 일이었다.

그리고 또 하나의 문제인데 — 어떤 수단을 써서 그 지위를 얻게 되었는가 하는 문제였다. 여기서는 다툴 여지도 없는 전문직, 말하자면 의사와 같은(혹은 많은 작업 현장의 특권수들과 같은) 전문직은 드물다. 아주 다툴 여지가 없는 길은 노동을 할 수 없는 신체장애다. 하지만 〈대부〉의 비호도 적지 않았다. 물론, 중립적인 것처럼 보이는 것도 있었다 — 예전에 형무소에서 알던 사이로 그 지위에 앉게 되는 수가 있었다. 혹은 그룹에 의한 공동의 도움에 의해서일 수도 있었다(때로는 민족적 그룹이 그것이다. 어떤 소수 민족은 이런 점에서 운이 좋고 특권수의 지위에 있었다. 그리고 공산당원들도 비공식적으로 서로를 돕고 있었다).

그리고 또 하나의 문제가 있다 — 높은 지위에 있을 때, 그들은 나머지 사람들에 대하여, 즉 잿빛 가축에 대하여 어떤 태도를 취했던가? 그들은 얼마나 거만하고, 얼마나 난폭했는가? 자기들이 같은 군도 주민이고, 자기들의 권한이 일시적이라는 것을 얼마나 빨리 잊어버렸는가?

그리고 끝으로 가장 중요한 문제가 있다 — 만일 그들이 죄수 동료들에게 조금도 해를 주지 않았다면, 얼마나 죄수들의 이익이 될 만한 일을 했는가? 자기의 입장을 모두의 행복을 지키기 위하여 한 번이라도 이용한 적이 있는가? 아니면 항상 자기 행복만을 위해 특권을 이용하고 있는가?

작업 현장의 특권수들에 대해서는 〈일꾼들의 몫까지 먹는다〉, 〈일꾼한테 업혀 있다〉 등의 비난은 타당하지 않다 — 일꾼들의 노동에 대해 보수가 지불되지 않는 것은 사실이지만, 그것은 특권수들을 먹이기 위해서가 아니다. 특권수들도 자기의 노동에 대해서 일체의 보수를 받고 있지 않기 때문이다 — 모두가 그 원칙에서 움직이고 있는 것이다. 그러나 그 밖의 도덕적 의문은 여전히 남는다. 여러 가지 일이 묵인되고 있는 것을 필연적으로 이용하는 것도, 그 지위를 잡는 것이 항상 정당한 방법으로 된다고는 말할 수 없는 것도, 그 거만한 태도. 그리고 여전히 그 정점에 있는 그 문제가 남아 있다 — 모든 사람의 행복을 위해 대체 무슨 일을 했는가? 혹시 작은 일이라도 한 적이 있는가? 한 번이라도 한 일이 있는가?

하지만 그런 사람들도 있었다. 바실리 블라소프와 같이 모든 사람의 생활을 향상시키기 위하여 여러 가지 책략을 썼다고, 자기의 과거를 회상하면서 말할 수 있는 사람들이 있다. 그러나 수용소의 폭정을 빠져나와, 전원이 죽지 않고, 특권수나 수용소마저 속이면서 전체의 생활을 개조한 명석한 두뇌를 가진 사람들을, 자기 자신의 지위를 자기만을 먹이기 위한 입장으로서가 아니라 가축과 같은 죄수들을 돕는다는 무거운 짐과 의무를 가진 입장이라고 이해하고 있던 〈군도〉의 영웅들을, 똑같이 〈특권수〉라고 부르는 것은 도저히 이해하지 못하겠다. 이러한 사람들은 기사들 중에도 많았다. 그들에게 영광이 있으라!

그러나 나머지 사람들에게는 그런 영광을 줄 필요가 없다. 그들을 시상대에 올려놓을 필요가 없다. 저급한 노예적 노동을 피하여, 땀을 흘리며 벽돌을 쌓지 않았다고 해서 이반 제니 소비치를 낮추어 볼 자격은 없다. 지적 노동자가 일반 작업으로 쫓겨나면, 이중의 에너지 소비를 강요당한다, 즉, 작업 자체의 에너지 소비와, 심리적 연소, 즉 멈출 수 없는 사색이나 우려로 인한 에너지 소비인 것이다. 따라서 우리는 일반 작업을 피해야 하고 그런 것은 저차원의 사람들에게 맡기는 편이 낫다고 논리를 펴는 것은 무가치한 일이다(게다가 우리가 이중의 에너지 소비를 강요당했는지는 아직 모를 일이다).

수용소에서 어떤 〈지위〉를 거절하고 밑바닥까지 자기 자신을 중력 작용에 맡겨 두기 위해서는 침착한 마음과, 매우 분명한 의식과, 얼마 안 남은 형기와, 자기 집에서 규칙적으로 소포를 보내 주는 것이 필요하다. 그렇지 않고서는 이것은 아주 자살 행위나 같았다.

고참 수용소 죄수 D. S. L이 감사하며, 동시에 죄의식을 가지고 말하고 있듯이 — 만일 내가 오늘 살아 있다는 것은, 그날 밤 나 대신에 다른 누군가가 명단에 의해 총살된 덕분이라 하겠다. 내가 오늘 살아 있다는 것은 배의 선창에서 나 대신에 누군가 질식사한 덕분이다. 내가 오늘 살아 있다는 것은, 그것은 내가 죽은 사람들보다 빵을 2백 그램 더 받은 덕분이다.

여기에 쓴 모든 것은 결코 사람들을 비난하기 위해서가 아니다. 나는 이 책으로 하나의 결정을 내렸으며, 그 결정은 끝까지 지켜질 것이다. 즉, 고생한 모든 사람들을, 억압된 모든 사람들을, 혹독한 선택을 강요당한 모든 사람들을 탄핵하기보다는 무죄로 인정하는 일이다. 아니, 더 바르게 말하자면 그러한 모든 사람을 무죄로 하지 않으면 안 된다.

하지만 죽느냐 목숨을 부지하느냐 하는 선택을 해야 했던 스스로를 용서하는 와중에 마치 모든 것을 잊어버린 사람처럼, 더 힘든 선택을 하지 않으면 안 되었던 사람들에게 돌을 던지지 말라. 우리는 이미 이 책에서 그런 사람들을 여럿 보았다. 그리고 앞으로도 더 등장하게 될 것이다.

◆

〈군도〉라는 곳은 졸업장이 통용되지 않는 세계며, 이 세계에서는 본인의 말만이 증명서를 대신하게 된다. 죄수는 어떤 서류도 가져서는 안 된다. 교육을 받았다는 서류도 예외가 아니다. 새로운 수용 지점으로 가게 될 때, 〈이번에는 어떤 직업으로 할까?〉하고 생각하게 된다.

수용소에서 유리한 직업은 의사의 조수, 이발사, 손풍금 연주자 정도이며 나는 그 이상의 직업을 들 만한 용기가 없다. 함석공, 유리공, 자동차 수리공이라도 나쁘지는 않다. 그러나 유전학자라든가, 더 운이 나쁘게 철학자라면 큰일이다. 만일 언어학자라든가 예술가였다면, 그야말로 끝장이 났을 것이다! 일반 작업에 2주도 채 못 되어 〈쓰러지고 말 것이다〉.

나는 내가 의사의 조수였다고 말하고 싶었던 것이 한두 번이 아니었다! 〈군도〉에서 이 방법을 택하여 얼마나 많은 문학가들이나 언어학자들이 목숨을 건졌던가! 그러나 나는 매번 결심하지 못했다 — 그것은 형식적인 시험이 있어서가 아니라(나는 교육을 받은 사람 범위 내에서 의학을 알고 있었고, 게다가 라틴어도 조금 공부해서, 어떻게 〈엉터리〉로라도 그 시험은 통과하였을 것이다), 자기가 할 수 없는 주사를 놓는다는 것을 상상만 해도 겁이 났다. 만일 의학이 가루약, 물약, 습포, 흡인기뿐이었다면 나는 결심했을 것이다.

노비 예루살렘 수용소에서 현장의 지휘관이라는 직업이 어떤 것이라고 처음 알게 된 나는 다른 수용소인 깔루가 대문, 바로 모스끄바에 있었던 수용소로 옮겨 왔을 때, 위병소의 문

351

에 들어서자마자, 나는 노르마 산정자라고 거짓말했다(이것은 수용소에서 처음 들은 말이었다 — 노르마 산정자란 어떤 일인지 꿈에도 모르던 나였으나 수학과 관계가 있다고 생각했다).

왜 하필이면 위병소에서, 더욱이 문으로 들어서자마자 이런 거짓말을 하지 않을 수 없었던 인가. 키가 크고 침울하며 등이 굽은 수용구 구장 네베진 소위가 야간인데도 신참 죄수 호송단을 조사하기 위해 직접 위병소에 왔었기 때문이다. 그는 너무나 일에 열성이기 때문에 아침까지 누구를 어디에 배치할 것인지 결정하지 않으면 안 되었다. 그는 양미간을 찌푸리며 흘끔 장화 속에 찔러 넣은 나의 장교용 바지와 길쭉한 옷자락의 외투, 충성스럽게 일할 것 같은 나의 얼굴을 바라보며 노르마 산정에 관해 한두 마디 질문을 했다(나는 잘 대답한 것 같았으나, 네베진은 처음부터 나의 정체를 간파했다는 것을 후에 알게 되었다). 그 결과 다음 날 아침에는 나는 구내에서 밖으로 나가지 않았다 — 즉, 이것은 나의 승리였던 것이다. 이틀이 지나서, 그는 나를 노르마 산정자가 아니라……아니, 더 높은 자리였다! — 〈작업 현장의 책임자〉로 임명했다. 즉, 작업 할당계와 모든 반장 위에 임명되었다! 목걸이를 벗고 멍에를 쓴 격이야! 내가 여기에 오기 전에는 이런 직종이 없었다. 내가 아주 충실한 개처럼 보였을까! 네베진은 나를 더욱 충실한 개로 만들려고 했다.

그러나 나의 출세는 또 실패하고 말았다. 신은 나를 지켜주었다. 그 주에 네베진이 건설 자재를 훔쳤기 때문에 목이 잘렸다. 그는 매우 힘이 있는 인물로서, 최면 작용이 있는 것 같은 시선을 가지고 있어서, 소리를 지르지 않더라도 대열에 서 있는 사람들은 부동사세로 그의 말을 듣고 있었다. 그 연령으로도(이미 쉰 살이 지났다), 수용소 근무 경험으로도, 그 잔인성으로도 그는 이미 오래전에 NKVD의 장군이 되었어야 할 인물이었다. 소문에 의하면, 그는 중령까지 승진했으나 도저히 도벽을 고칠 수가 없었다. 그는 〈동료〉로서 재판에 회부되지는 않았으나 일시적으로 파면되었고, 그때마다 계급이 강등되었다. 그런데 드디어 이제는 소위 계급도 유지할 수 없게 되었다 ─ 그의 후임으로 임명된 미로노프 중위는 교육자에게 필요한 인내심을 가지지 못했으며, 나 자신도 그가 나를 만능의 해머로 만들려는 것을 알지 못했다. 내가 무엇을 하든지 미로노프는 불만이며, 내가 열심히 쓴 보고서를 그는 화내며 되돌려주었다.

「자네는 제대로 쓰지도 못하는군. 문체가 돼먹지 않았어.」 이렇게 말하며 나에게 빠블로프 직장이 쓴 보고서를 보여 주었다. 「자, 이렇게 쓰는 거야.」

계획 달성의 저하를 초래한 각 사실을 분석하면 다음과 같다.
1. 건축 자재의 불충분한 확보
2. 왜냐하면 작업 공구의 불충분한 지급 때문이고
3. 기술진의 작업 조직의 불충분했으며
4. 그리고 또한 안전 조치가 지켜지지 않았음

보고서의 문체가 좋다는 것은, 어떤 점에 있어서도 생산 당국에 죄가 있는 것이지, 수용소 당국에는 일체 책임이 없다는 것이다.

특히, 이 빠블로프는 예전의 전차병으로서(줄곧 전차병의 모자를 쓰고 있었다) 이런 식으로 말하고 다녔다. 「만일 당신이 사랑이라는 것을 이해한다면, 그것이 어떤 것인지 나에게 증명해 주시오.」

(그는 자신이 잘 알고 있는 분야를 얘기하고 있는 것이다. 그와 친밀하게 지내던 여성들은 하나같이 다 그를 칭찬했다. 수용소에서는 이런 것이 비밀로 남지 않는 법이다.)

두 번째 주에 나는 수치스럽게도 일반 작업으로 쫓겨났으나, 나 대신에 그 바샤 빠블로프가 임명되었다. 나는 나의 지위를 지키기 위하여 그와 싸우지 않았고 해임에도 저항하지 않았기 때문에, 그도 또한 나를 땅 파는 일이 아니라, 페인트 작업반에 넣어 주었다.

이 짧은 관리직의 체험은 나에게 생활에 유리한 점을 가져왔다. 나는 생산의 책임자로서 특권수 전용의 특별한 방에서 살게 되었다. 그것은 그 수용소에 있었던 특권적인 2개의 방 중에 하나였다. 그런데 빠블로프는 다른 방에서 살고 있었기 때문에, 내가 해임되었을 때, 내 침대로 옮겨 올 후보자가 없어 나는 계속 몇 달을 거기에서 살 수 있었다.

그때 나는 그 방의 생활상의 이점만을 평가했다. 조립식 침상 대신에 보통 침대가 있고, 침대 곁의 작은 가리개가 작업반 전체에 하나가 아니라 두 사람에 하나씩 할당되어 있었다. 낮에는 문에 자물쇠가 잠겨서 자기 소지품을 방에 두고 나올 수도 있었다. 그리고 끝에는 반쯤 합법적으로 전기 화로가 있어서 뜰 안의 큰 공동 난로가 있는 곳에서 긴 행렬의 순번을 기다릴 필요도 없었다. 학대받고 놀란 육체의 노예였던 나는 그때는 이런 것만 평가하고 있었다.

그런데 이제 그 방에서 살고 있던 나의 동거인에 대해 쓰려고 하는 충동을 느꼈을 때, 그 최대의 이점이 무엇이었는지를 이해하게 되었다. 나는 앞으로 두 번 다시, 마음이 끌려서든 혹은 사회의 미로를 헤매다가 우연히든 공군 장군 벨랴예프나, 혹시 장군은 아니더라도 그와 비슷한 내무부 관리인 지노비예프와 같은 인물과 가까운 사이가 될 일이 없을 것이다.

작가란 분노, 혐오, 경멸 등의 감정에 좌우될 여유가 없다는 것을 나는 지금에야 깨닫고 있다. 혹시 당신이 누구한테 흥분해서 반박하는 것인가? 그렇다면 당신은 그의 말을 듣지 못하고 그의 견해의 체계를 놓치게 된다. 혹은 당신이 혐오감 때문에 사람을 피했다면 당신은 아주 미지의 성격을 놓치게 된다. 그런데 그 성격은 장래에 당신에게 필요하게 될 것이다. 하지만, 나는 언제나 나의 시간과 주의를 나에게 관심을 끄는 사람들과, 기분이 좋은 사람들과, 공감을 느끼는 사람들에게만 바쳤으며 그것을 늦게야 깨닫게 되었다. 그 결과 나는 사회를 마치 달을 보듯이, 그 한 면만 바라볼 수밖에 없었다.

그러나 달이 흔들려 움직이며 ― 칭동(秤動) ― 그 뒤의 일부를 우리에게 보여 주는 것처럼, 이 흉물들의 방도, 나에게는 미지의 사람들의 일면을 보여 주는 것이다.

공군 소장 알렉산드르 이바노비치 벨랴예프(수용소에서는 그를 〈장군〉이라 불렀다)에 대해서는, 어떤 새로 수용소에 들어온 자도 첫날에, 처음 작업장으로 호송될 때 알아차리지 않을 수가 없었다. 잿빛이거나 검은색 일변도의 너저분한 죄수 대열 속에서 그는 그 큰 키와 늠름한 외모뿐만 아니라, 고급스러운 가죽 외투로도 돋보였다. 그것은 아마 외제로, 모스끄바 거리에서도 거의 찾아볼 수 없는 물건이었다(그런 외투를 입은 사람은 자동차로 다닌다). 그리고 무엇보다도 그의 독특한 부재감(不在感) 때문에도 더 그랬다. 그는 수용소 대열에 있으면서도 미동도 하지 않고, 주변에서 웅성대는 잡다한 것들과는 전혀 관계가 없이, 설사 죽음에 임박했다 하더라도 아무렇지도 않다는 태도를 보이고 있었다. 그는 꼿꼿한 자세로 우리 눈에는 보이지 않는 전혀 다른 열병식에 참가하고 있다는 듯이, 모두의 머리 위로 앞을 바라보았다. 작업장으로 호송될 때, 위병은 문에서 밖으로 나가는 죄수들의 5열 종대의 끝에 있는 자의 등을 판자 조각으로 가볍게 쳤으나, 벨랴예프는 (자기의 작업 현장의 특권수들의 작업반에서) 끝에 서지 않도록 애썼다. 만일 도저히 그 끝에 서지 않을 수 없을 때는, 위병소 앞을 지나면서 싫어서 몸서리치며, 몸을 기웃하면서 등 전체로 위병에게 경멸을 표시했다. 그래서 위병도 그를 건드리지 않으려고 했다.

내가 아직 작업 현장의 책임자, 즉 꽤 높은 지위에 있었을 때, 다음과 같은 상황에서 이 장군을 알게 되었다. 그가 노르마 산정자의 조수로 있던 건설 현장의 사무소에서 담배를 피우고 있는 것을 본 내가 그에게 접근하여 불을 빌리려고 했다. 나는 〈불 좀 빌립시다〉 하고 점잖게 말을 건네면서 상대의 담배에서 불을 붙이려고 그가 앉아 있는 책상으로 몸을 숙였다. 그러자 벨랴예프는 마치 내가 그의 담배에 더러운 것이라도 묻히는 것이 싫은 듯 분명한 손동작으로 자기 담배를 옮기며, 니켈로 도금한 고급 라이터를 내 앞에 꺼내 놓았다. 그는 나에게 봉사하느니, 즉 나의 담배에 불을 붙이기 위해 자기 담배를 쥐게 하기보다는, 자기 라이터를 내가 더럽히거나 망가뜨리는 편이 나았다! 나는 당황했다. 그는 철면피하게 불을 붙이려고 접근하는 누구에게나 그 앞에 자기 고급 라이터를 놓고, 이것으로 상대방을 압도하고 다음부터 불을 빌리지 못하게 했다. 만일 그가 라이터로 자기 담배에 불을 붙이려는 순간을 포착하여, 누군가 불을 빌리려고 접근하여 서둘러 자기의 담배를 그의 라이터 불에 대려고 하면, 그는 말없이 라이터를 끄고, 그 뚜껑을 닫고, 그 사람 앞에 자기 라이터를 내미는 것이다. 이것은 그가 치른 희생이 얼마나 컸던가를 알게 했다. 그리하여 사무실에 모여 있던 자유 고용인 직장들이나 죄수 반장들은, 아무도 불을 가진 사람이 없을 때도 그에게 불을 빌리지 않고 밖에 나가 불을 붙였다.

나는 그와 한 방에서, 더욱이 침대를 나란히 놓고, 죄수가 된 그를 지배하고 있는 주요한 감정이 혐오, 경멸, 울화인 것을 알았다. 그는 수용소 식당에 한 번도 가본 적이 없을 뿐만 아니라(「나는 식당 문이 어디 있는지도 모른다네!」), 우리의 동거인 쁘로호로프에게 수용소의 음식 중에서 배급 빵 이외에는 아무것도 가져오지 않도록 명령했다. 게다가 이 보잘것없는 배급 빵을 그 사람만큼 학대한 죄수가 〈군도〉에는 없었을 것이다. 벨랴예프는 그 빵을 마치 더러운 두꺼비를 조심스럽게 잡듯이 ── 그 빵을 남이 만져서 나무 쟁반에 담아 왔으니까 ── 칼로 그 〈여섯 면〉을 전부 잘라 버렸다! 굳은 데건, 연한 데건, 그 잘려 나간 빵의 얇은 여섯 조각을 달라는 사람, 쁘로호로프나 늙은 당직자한테도 주지 않고, 스스로 변기통에 버리는 것이었다. 언젠가 내가 용기를 내서, 왜 당신은 쁘로호로프한테 그것을 주지 않느냐 물었다. 그랬더니 그는 그 짧게 깎은 백발을 거만스럽게 치켜들며 대답했다(그는 머리를 아주 짧게 깎았는데 그것은 하나의 헤어스타일처럼 보이기도 하고 수용소의 죄수 두발처럼 보이기도 했다). 「언젠가 루비얀까에서 감방 동료가 나에게 내가 먹다 남긴 수프를 달라고 부탁하더군! 그때 나는 전신에 경련을 느꼈지! 나는…… 그 굴욕스러운 인간성에 대하여 매우 고통스럽게 반응했다네!)」 그가 굶주린 사람들에게 빵을 주지 않은 것은 그들을 경멸하지 않기 위해서였다!

이 장군이 이처럼 용이하게 고상한 태도를 가질 수 있었던 것은 우리 수용소의 위병소 옆에 4번 무궤도 전차의 정류소가 있었기 때문이다. 매일 오후 1시에, 우리가 작업 현장에서 주거 구역으로 쉬려고 돌아올 때, 길에 면한 위병소 곁에서 장군의 부인이 무궤도 전차에서 내리는 것이었다. 부인은 1시간 전에 자기 집 부엌에서 만든 따뜻한 점심을 몇 개의 보온병에 넣어서 날라다 주었다. 평일에는 면회가 허락되지 않아서, 교도관이 그 보온병을 날랐다. 그러나 일요일에는 반 시간 동안이나 두 사람이 위병소에서 함께 지냈다. 소문에 의하면 부인은 언제나 눈물을 흘리며 돌아간다고 했다. 일주일 동안 그 거만하고, 상처받은 마음에 쌓이고 쌓인 모든 괴로움을 그는 아내에게 화풀이했다.

벨랴예프가 정확히 관찰한 바에 의하면 ─ 〈수용소에서는 소지품이나 식품은 그냥 상자에 자물쇠만으로 보존할 수 없다. 이 상자는 철제라야 하고, 그리고 마룻바닥에 고정시켜야 한다.〉 그래서 여기서 당연한 결론이 나왔다. 〈수용소에서는 1백 명 중에서 80명 정도가 비열한 놈들이다!〉 (그는 말할 상대를 잃지 않기 위해 〈95명〉이라고 말하지는 않았다.) 「만일 내가 풀려났을 때, 《여기의》 누군가를 우연히 봤는데 그가 나에게 말을 걸려고 접근해 온다면, 나는 이렇게 말할 것이라네 ─ 당신, 정신이 나갔군! 나는 당신 따위를 만난 적이 없어!」

「나는 아주 공동생활에는 지쳤다네!」 그는 이렇게 말했다. (단지 6명의 공동생활인데도!) 「열쇠를 잠그고, 혼자서 식사를 할 수 있었으면!」 이것은 그가 식사를 하고 있을 때는 전부 밖으로 나가라는 암시인가? 특히 그는 〈식사〉를 혼자 하고 싶어 했다! ─ 오늘 그는 남들과 비교할 수 없는 것을 먹기 때문인가, 아니면 굶주린 사람들로부터 자기의 풍족한 음식을 감추고 싶은 그가 살아가는 세계의 습관 때문일까?

그런데도 그는 우리와 이야기하기를 좋아했다. 그래서 그가 독방에 혼자 있는 것을 훨씬 좋아한다고 생각할 수는 없었다. 특히 그는 일방적으로 말하기를 좋아했다 — 큰 소리로, 자신 있게 자기에 대해서만 이야기했고 듣지는 않았다. 「〈나에게〉 다른 수용소로, 더 조건이 좋은 수용소에 가지 않겠는가, 하는 제안이 있었네만⋯⋯.」 (그들에게 선택의 자유가 있었다는 것은 그가 말한 대로였다.) 「〈나의〉 경우에는 그런 일이 결코 없었네⋯⋯.」 「나는 말일세⋯⋯.」 「내가 영국 이집트령 수단에 갔을 때⋯⋯.」 하지만, 그다음은 아무런 재미있는 이야기도 없고, 그저 쓸데없는 소리뿐이었다. 그처럼 대단한 서두로 이야기를 시작했으니 그럴듯한 말을 하긴 해야 하지 않겠는가. 「내가 영국 이집트령 수단에 갔을 때⋯⋯.」

사실, 그는 여러 곳을 많이 가보았다. 그는 쉰 살인데 젊고, 아주 건장했다. 다만 한 가지 이상한 것은, 공군 소장인데, 그는 한 번도 전투 출격이나 보통 출격에 대해 이야기하지 않았다는 것이다. 그 대신, 그의 말에 의하면, 그는 전시 중에 미국에서 우리 나라의 항공기 구매 사절단장을 했다는 것이다. 미국은 그를 놀라게 한 것 같았다. 거기서 그는 많은 것을 사 왔다. 벨랴예프는 자기가 수용소에 수용된 이유를 털어놓으리만큼 스스로를 추락시키지는 않았으나, 아마 그의 체포는 미국 여행이나 미국의 이야기를 한 것과 무관하지는 않을 것이다. 「오쩨쁘[8]는 나에게 모든 것을 전면적으로 인정하라고 제안했다네.[9] 그러나 나는 이렇게 말했지. 〈설령 형기가 배로 느는 한이 있더라도, 나는 결백해!〉」 권력의 대표자들 앞에서는

8 저명한 소비에뜨의 변호사.
9 즉, 변호사는 신문관과 같은 말을 했다.

그도 아주 결백했다고 믿어도 좋았다. 그는 두 배의 형기가 아닌 그 절반의 형기, 즉 5년밖에 선고되지 않았다. 열여섯 살의 수다쟁이에게도 더 긴 형기를 주었을 것이다.

그를 바라보며, 그가 말하는 것을 들으면서, 나는 생각했다 — 지금도 그런 상태인 것이다! — 거친 손가락으로 그 견장이 뜯긴(그의 온몸이 소스라치는 모습이 떠올랐다!) 후에도, 소지품 검사가 있고 난 후에도, 칸막이에 억류된 후에도, 호송차에 실린 후에도, 〈두 손을 뒤로!〉 하는 명령이 떨어진 후에도, 그는 아무리 작은 일이라도 우리의 반론을 허락하지 않았다. 아니, 중대한 일이라면 더욱 그랬다(중대한 일은, 우리에게 말하려 하지도 않았다. 지노비예프 이외에는 우리에게는 그런 가치를 인정하지 않았다). 아니, 한 번도 다른 사람의 생각을 그가 자기의 것으로 한 적이 없었다! 어떤 논증도 그는 단순하게 받아들일 〈능력이 없었다!〉 우리의 논증이 있기 〈전에〉, 그는 그것을 안다고 했다! 그는 예전에 구매 사절단장일 때, 서구에서 소비에뜨 국가의 사절일 때, 도대체 어떤 인물이었을까? 멋있고, 창백한 얼굴의, 어려운 수수께끼의 사나이, 서구에서 생각하기에 〈새로운 러시아〉의 상징이었다. 그런데 만일 그에게 무슨 청원을 가지고 왔다면? 청원을 가지고 그의 방문을 조금 열고, 목만 안으로 넣었다면? 아마 고함쳤겠지! 문틈에 목이 끼고 말았을 것이다! 만일 그가 군인 집안 출신이라면, 또 많은 점에서 납득이 갔을 것이지만, 그의 경우는 달랐다! 이 히말라야산맥만 한 자기 과신은 겨우 소비에뜨 장군으로 보낸 한 세대 만에 이룩된 것이었다. 그는 아마 내전 시기에 적위군을 만나 시골에서 나온 젊은이로서, 처음에는 자기 이름도 제대로 쓰지 못했을 것이다. 그런데 어떻게 이렇게 빨리 변화했을까? ……언제나 엘리트들 속에 있었던 것이다 ── 열차에서도, 요양소에서도, 언제나 특권을 지닌 동료들과 함께였으며, 통행증을 가지지 못하면 접근할 수 없는 철문들 저편에서 지냈다.

그럼 다른 사람들은 어땠나? 그를 닮지 않은 것보다, 그를 꼭 닮은 데가 많았다. 〈삼각형의 내각의 총합은 180도〉라는 진리가, 이들의 저택이나 지위나 해외 출장을 위협한다면 어떻게 되겠는가? 아니, 그런 삼각형을 그린 것만으로도, 목을 날려 버린다! 건물의 삼각형 박공마저 두들겨 떨어뜨린다! 각도를 라디안(각도의 단위)만으로 측정해야 한다는 법령을 반포할 때까지!

그런데 한번은 이렇게 생각해 보았다 ── 나는 어땠을까? 20년 안에 내가 그런 장군이 되지 말라는 법이 있었던가? 아니, 충분히 그렇게 되고도 남았을 것이다.

그리하여 나는 그를 다시 관찰해 보았다. 알렉산드르 이바노비치는 근본적으로 나쁜 사람은 아니다. 그는 고골의 소설을 읽으면서, 따뜻한 웃음을 지었다. 그는 기분이 좋으면 우리를 웃기기도 했다. 그의 미소는 현명한 웃음이었다. 내가 그에 대한 증오를 마음속에 키우고자 했던들 ── 우리의 침대는 이웃하고 있었는데 ── 나는 성공할 수 없었을 것이다. 아니, 그에게는 근본적으로 착한 사람이 될 길이 아직 남아 있었다. 그러나 그것은 고통을 겪고 나서의 일이었다. 고통을 통해.

빠벨 니꼴라예비치 지노비예프도 역시 수용소 식당에는 가지 않았다. 그는 자기도 점심을 보온병에 넣어서 날라 오게 하고 싶었다. 벨랴예프한테 뒤떨어지고 그보다 못한 입장에 있게 되는 것은 지노비예프에게는 참을 수 없는 일이었다. 하지만 사정은 어찌할 수 없었다. 벨랴예프의 경우는 재산의 몰

361

수가 없었지만, 지노비예프의 경우는 부분적인 몰수가 있었던 것이다. 현금과 예금은 모두 몰수된 것 같고, 남은 것이라고는 그 사치스럽고 훌륭한 저택이었다. 그래서 그는 그 주택에 대해 이야기해 주었다! 이따금 오래도록 목욕탕 안의 자세한 것까지 설명하면서, 그는 자기의 이야기가 우리를 즐겁게 하고 있다고 확신하고 있었다. 아니, 그는 이런 격언까지 생각해 낼 정도였다. 〈마흔 넘은 사람의 가치는 그 사람의 집을 보면 알 수 있다!〉 (그는 이런 이야기를 벨랴예프가 없을 때 했다. 벨랴예프라면, 그런 이야기는 들으려 하지도 않았을 것이며, 거꾸로 자기 이야기를 시작했을지도 모른다. 그는 자기를 지식인으로 생각하고 있었으니까, 그런 저택 이야기가 아니라, 아마 수단에 갔을 때의 이야기일 것이다.) 그런데 빠벨 니꼴라예비치가 우리한테 말했듯이, 부인은 앓고, 딸이 일하지 않을 수가 없어서, 보온병을 가져올 사람이 없었다. 무엇보다 일요일의 차입도 아주 보잘것없는 것이지만, 그는 가난한 귀족의 긍지를 가지고 자기의 처지를 참지 않으면 안 되었다. 그는 식당의 그 지저분하고, 소리 내면서 먹고 있는 주위의 사람들을 경멸하며, 식당에는 가지 않고, 야채수프와 죽을 자기 방으로 날라 오도록 쁘로호로프에게 명령하고, 그것을 화로 위에서 데웠다. 그도 마음 같아선 자기 배급 빵의 여섯 면을 잘라 내고 싶었겠지만, 다른 빵이 없으니까 그 배급 빵을 참을성 있게 화로에 놓아서 빵 자르는 사람과 쁘로호로프의 손에서 묻은 세균을 여섯 면에 걸쳐 태워 죽이는 데 그치지 않을 수 없었다. 그는 식당에 가지 않았고, 가끔 바란다(야채수프)를 거부하는 때도 있었으나, 이 방의 사람들에게 구걸하지 않고 참을 수 있을 만큼 귀족적인 자존심을 가지진 못했다. 「조금이라도 줄 수 없겠나? 오랫동안 그런 것을 먹어 보지 못해서…….」

  그는 자기 자존심을 상하게 하지 않는 한, 일반적으로 과장
스러울 정도로 부드럽고 신중했다. 그의 신중함은 벨랴예프
의 불필요한 무례함과 대비되어 특히 돋보였다. 내부나 외부
에서 꼭 잠그고, 천천히 씹는 모습이나 무슨 행동을 개시할
때 조심성 있는 것이 체호프의 〈상자 속의 인간〉 벨리꼬프의
재생이며, 너무나 그대로 닮아서 나머지는 묘사할 필요조차
없다. 모든 것이 체호프가 그린 그대로였으며, 다만 학교 선생
이 아니라 내무부의 장군인 것일 뿐이었다. 빠벨 니꼴라예비
치가 전기 화로를 사용하려고 하면 다른 사람들은 아무도, 잠
깐이라도 사용할 수가 없었다. 그의 뱀과 같은 시선을 받으면,
누구든지 이내 자기 반합을 내려놓든가, 그한테서 주의를 듣
게 될 것이다. 나는 일요일 낮에, 긴 점호가 있을 때는 책을 가
져가서(문학 책은 되도록 피하고, 항상 물리 책을 가져갔다),
앞에 서 있는 사람들의 등에 숨겨서 읽었다. 이러한 규율 위
반을 보는 것은 빠벨 니꼴라예비치한테는 대단한 고통이었
다! 왜냐하면, 내가 〈대열〉에서, 이 신성한 대열에 서서 책을
읽고 있으니까! 아니, 나는 이렇게 함으로써 나의 반발을 표
시하고, 제멋대로의 태도를 일부러 보였던 것이다. 그는 직접
나에게 그만두라고 하지는 않았으나, 다만 나를 바라보며, 괴
로운 듯이 몸을 비꼬면서 신음하며 중얼댔다. 더욱이 다른 특
권수들도 나의 독서를 아주 싫어해서, 나는 책을 읽는 것을
체념하고, 1시간이나 바보처럼 서 있어야 했다(아니, 방에서
는 이제 독서할 수가 없고, 남의 이야기를 들어야 했다). 어느
날, 건설 사무소에서 일하고 있는 회계원 아가씨 하나가 작업
장으로 나가는 시간이 늦어서 특권수들의 작업반이 작업 현
장으로 나가는 시간이 5분쯤 늦었다. 다만 그것은 특권수의

작업반을 대열의 선두에 세우는 대신에 제일 후미에 붙인 것뿐이었다. 이것은 흔히 있는 일로, 작업 할당계도, 교도관도, 그다지 신경을 쓰지 않았다. 지노비예프만이 화를 냈다. 그때 그는 부드러운 천으로 만든 청회색의 특별 외투를 입고, 오래 전에 별을 뜯긴 보호색 모자를 엄하게 쓰고, 안경을 끼고, 늦게 온 아가씨한테 화가 나서 으르렁거렸다. 「어째서 이렇게 늦었나? 우리는 너 때문에 서 있었어!」(그는 더는 잠자코 서 있을 수가 없었다! 그는 이 5분 동안에 지쳐 버렸다! 그는 병이 나 버렸다!) 아가씨가 휙 돌아서 눈을 즐거운 듯이 반짝이며 그에게 대들었다. 「아첨꾸러기! 쓰레기! 치치꼬프!」(왜 치치꼬프라고 했을까? 아마 벨리꼬프와 혼동했을 것이다⋯⋯.) 무슨 소리인가⋯⋯! 아가씨는 계속 말하며, 이제 상스러운 욕설까지 나올 참이었다. 그녀는 위세가 좋고 예리한 혓바닥만으로, 그녀는 손을 치켜들지는 않고, 마치 눈에 보이지 않는 손으로 그의 뺨을 갈긴 것 같았다. 왜냐하면 그의 여자같이 매끄러운 피부가 군데군데 빨갛게 타오르고, 그 귀가 붉은 자줏빛으로 변하고, 입술이 굳어져 갔기 때문이다. 그는 얼굴을 찌푸렸으나 한마디도 말하지 않고, 손을 들어서 자기를 지키려고도 하지 않았다. 그날, 그는 나에게 이렇게 애원했다. 「나는 이 〈지나치게 솔직한 것〉이 탈이라네! 나의 불행은 〈이곳〉에서도 규율을 잊지 못한다는 걸 거야. 나는 주의를 주지 〈않을 수 없네〉. 주위의 사람들을 계도해야 하니까.」

　　그는 매일 아침 작업장에 나갈 때는 항상 흥분하였다. 그는 되도록 빨리 작업장에 가기를 바랐다. 특권수들의 작업반을 작업장에 넣자마자, 그는 천천히 걷고 있는 사람들을 보라는 듯이 앞질러 달려 사무소로 향했다. 그는 그것을 높은 사람이 보기를 바랐을까? 아니, 그렇지는 않았다. 그럼 자기의 일이 얼마나 바쁜 일인지 죄수들한테 보이고 싶었을까? 그래, 어떤 면에서는 그랬을 것이다. 그러나 가장 중요하고 절실한 소망이라 말할 수 있는 것은 한시라도 빨리 군중들과 떨어져서, 수용소 구내에서 피하여 기획부의 조용한 방에 파묻히는 일이었다. 그러나 거기서는 바실리 블라소프가 했던 그런 일은 하지 않는 것이다. 즉, 어떻게 하면 노동자의 작업반을 구할 수 있을까 하는 것은 생각하지 않는 것이었다. 그가 하는 일은, 몇 시간을 아무 일도 하지 않고 지내며, 담배를 피우면서, 또 한 번 은사를 기다리며, 사람을 소환할 수 있는 버저가 달리고 전화기가 여럿 있는 책상과, 알랑거리는 여비서가 시중을 드는 손님을 맞는 별실을 공상하는 것이다.

우리는 그에 대하여 별로 아는 것이 없었다! 그는 내무부에서의 자기의 과거에 대하여 그다지 말하려 하지 않았다 ─ 그 계급에 대해, 지위에 대해, 일의 내용에 대해 말하기를 좋아하지 않았다. 그것은 전직 내무부 관리에게 공통으로 있는 〈소심함〉 탓이었다. 하지만 그의 외투는 청회색으로, 『백해 운하』의 저자들이 묘사했던 것과 똑같았다. 게다가 수용소에서도 그는 그 군복과 바지에 붙어 있던 푸른 줄을 뜯어내리라고는 생각하지 못했다. 2년이나 잡혀 있어도, 그는 아직 수용소의 진짜 불구멍과 마주치지도 못했고, 〈군도〉의 한없이 깊은 바닥을 알지도 못했을 것이다. 당연한 일이지만 지금의 수용소는 그가 선택한 것이다 ─ 그의 집은 수용소에서 무궤도 전차로 몇 정류장인 깔루가 광장에 있었다. 자신이 어느 정도 밑바닥까지 추락했는지 그리고 자기 주변의 사람들에 대하여 그가 얼마나 적대적으로 구는지 스스로 깨닫지 못한 채 그는 가끔 뭔가를 뜬금없이 꺼내곤 하였다. 어느 날 그는 방에서 이렇게 말했다 ─ 끄루글로프(당시는 아직 장관이 아니었다)

라든가, 프렌껠이나, 자베냐긴을 잘 안다는 것이다. 이들은 모두가 수용소 관리 본부의 높은 사람들이었다. 어떨 때는 전쟁 중에 시즈란과 사라또프 간의 대규모 철도 건설을 담당했던 적이 있다고 말했으나, 그것은 프렌껠의 철도 건설 수용소 관리 본부의 사업이었다. 그가 담당했다는 것은 무엇을 의미하는가? 그는 어떤 의미로도 기사는 아니었다. 그럼 수용소 관리국장이었는가? 또 한 명의 끌레인미헬[10]이라는 말인가? 그렇게 높은 자리에서 거의 일반 죄수와 같은 신분으로까지 떨어졌으니까 얼마나 괴로웠겠나? 그는 제109조에 의해 형을 받았으나, 이것은 내무부 관리의 경우에는 계급에 어울리지 않는 〈횡령을 한 것〉을 의미한다. 〈동료〉이기 때문에 그는 7년형밖에 선고되지 않았다(즉, 20년 형에 상응하는 횡령을 했는데). 스딸린의 은사로 절반이 감형되고, 결국 2년 조금 남았다. 그러나 그는 괴로워했다. 마치 10년 형을 살은 듯이 괴로워했다.

우리 방의 유일한 창문은 네스꾸치니 공원으로 나 있다. 창문 가까이, 바로 밑에서 나무 꼭대기가 바람에 흔들리고 있었다. 거기에는 계절의 변화가 엿보였다 ─ 눈보라도, 해빙도, 신록도. 빠벨 니꼴라예비치는 방에서 아무런 속 타는 일도 없이, 조금 서글픈 기분이 잠기면, 그 창가에 가까이 가서 공원을 내려다보며, 작은 목청으로 즐거이 노래 불렀다.

오, 나의 가슴이여, 깊이 잠들라!
흘러가 버린 세월을 생각하지 말자……

아니, 이상한 일이다! ─ 응접실에서 그는 아주 유쾌한 인

10 니꼴라이 1세 시대의 철도 장관 ─ 옮긴이주.

물이었다. 그런데 그가 걸어온 길에는 얼마나 많은 죄수들이 공동묘지에 잠들어 있는가!……

우리 수용소 지역에 인접한 네스꾸치니 공원의 한쪽 구석은 산책을 즐기는 사람들로부터 몇 개의 작은 언덕에 가려져 있어서 적당히 숨을 장소가 되었다. 물론, 그것은 수용소 창문에서 조금 떨어져 머리를 민 우리가 훔쳐보고 있지 않을 때 그렇다는 말이다. 노동절에 어떤 중위가 그곳, 가려진 장소에 화려한 원피스를 입은 여자를 데리고 왔었다. 그래서 그들은 공원에서 남의 눈은 피했으나, 우리한테는 마치 고양이나 개가 보고 있는 것 같이 신경을 쓰지 않았다. 그 장교는 여자 친구를 풀 위에 눕히고 장난했으나 여자도 또 싫어하지는 않았다.

멀리 지나가 버린 것을 부르지 말라,
예전에 사랑하던 것을 사랑하지 말라.

일반적으로 말해서, 우리의 작은 방은 마치 세상의 축소판과도 같았다. 내무부 관리와 장군이 완전히 우리를 지배하고 있었다. 두 사람이 전기 화로를 독점하고 있지 않을 때, 우리는 그들의 허가를 얻어서 비로소 화로를 사용할 수 있었다(이 화로는 〈인민의 것〉이었다). 다음과 같은 문제는 그들만이 결정권을 가지고 있다 ─ 언제 방을 환기시키며, 신발은 어디에 두고, 바지는 어디에 걸고, 언제 말을 그만하고, 언제 침상에 들고, 언제 기상하는가. 우리 방에서 복도로 몇 발짝만 걸으면, 큰 공동의 방문이 있고, 거기서는 공화국이 뒤죽박죽이 되어 어떤 권위도 개탄되었다. 그런데 여기서는 특권이 있고, 거기에 매달려 있는 이상 우리도 또 어떻게 하든 여기 법을 지키지 않을 수 없었다. 보잘것없는 페인트공의 신분으로 전락한 나는 말할 권리를 잃고 말았다 ── 나는 프롤레타리아가 되어서, 언제든지 공동의 방에서 쫓겨날 상태에 있었다. 농민인 쁘로호로프는 작업 현장의 특권수들의 〈반장〉이 되었으나, 그 지위는 다름 아닌 하인으로 판명되었다 ── 빵을 가져오고, 반합을 나르고 당직자와 교도관 사이에 말을 건네기 위해, 한 마디로 말하자면, 더러운 일을 하기 위해 임명된 것이다(그야말로 두 장군의 시중을 드는 하인이었다). 이리하여 우리는 부득이 두 독재자에게 복종했다. 그런데 위대한 러시아 인텔리겐치아는 대체 어디서 무엇을 바라보고 있는가?

신경 병리 전문의로서 수용 지점의 의사였던 쁘라브진 박사(내가 지어 낸 이름이 아니다)는 일흔 살이었다. 혁명이 일어났을 때, 그는 이미 40대였으며, 러시아 사상의 가장 훌륭한 시대, 양심적이며, 성실하며, 인민애에 얽힌 시기에 정신적 성숙에 도달했다. 그는 멋있는 풍채였다! 크고 노쇠한 머리에는 훌륭한 은발이 물결치고, 그것은 수용소의 이발기도 건드리지 못했다(그것은 위생부장으로부터의 특혜였다). 그의 초상은 세계의 가장 우수한 의학 잡지의 표지로 사용되어도 부끄럽지 않았다! 어느 나라가 이런 훌륭한 보건 장관을 가졌겠는가! 그 커다란, 자신에 넘치는 코는 그의 진단에 절대적인 신뢰를 보증했다. 그의 동작도 또한 충분한 관록을 보였다. 박사의 신체는 얼마나 당당한지 철제 1인용 침대에서 몸의 일부가 삐져나올 지경이었다.

그가 얼마나 훌륭한 신경 병리 전문의인지는 나는 모른다. 훌륭한 의사였을 가능성이 크지만, 그것은 평화로운 편안한 시대에, 절대로 국립 병원에서가 아니라, 떡갈나무 문에 동판의 간판을 걸고, 벽에는 음악 소리가 나는 시계가 걸린 개인 병원에 있을 때의 이야기일 것이다. 그리고 어디에도 서두르는 일 없이, 자기의 양심밖에는 아무런 지배를 받지 않는 상태라면, 그는 훌륭한 의사였을 것이다. 그렇지만 그는 심한 공포를 체험한 이후부터, 일생 그 공포에서 헤어나지 못했다. 그가 한때 투옥되었었는지, 혹은 내전 때 총살에 끌려 나온 일이 있었는지(별로 이상한 일이 아니다) 나는 모르지만, 그는 권총을 들이대지 않아도 아주 놀라고 있었다. 그는 외래 환자 진료소에서 잠시 일하는 것뿐이었다. 특히 거기에서 1시간에 9명의 환자를 진찰하도록 요구했으나, 실제 타진기로 환자의 무릎을 한 번밖에 두들길 수 없는 시간이었다. 또 그는 VTEK (노동 능력 심사 위원회)의 위원, 요양지 위원회 위원, 또한 군사 위원회 위원이었다. 그리고 그는 어디서나 서류에 서명만 하고 있었다. 그 서명의 하나하나가 생명을 걸고 있는 것을 알고 있으면서, 그는 서명하지 않을 수 없었다. 의사 중에서 누가 이미 투옥되고, 누가 투옥되리라고 위협받고 있다는 것을 알면서, 그는 질병 휴가 증명서에, 진단서에, 신체 검정 증명서에, 신체검사 증명서에, 차트에 서명해야 했다. 서명을 할 때마다 햄릿적인 고뇌가 있었다 — 일에서 해방시켜 줄 것인가, 아닌가? 쓸 만한가, 아닌가? 병으로 할 것인가, 건강하다 할 것인가? 환자들은 한 가지만 바라고 있으나, 당국은 정반대를 요구하고 있다. 위축된 박사는 소심하고, 주저하며, 떨면서 후회했다.

그러나 이것은 모두가 세상의 애교스러운 하찮은 일이다! 인민의 적으로 체포되어 죽음의 경색에 이르기까지 신문관으로부터 위협을 받고(그만한 공포에 처하게 되면, 아마 많은 사람들을, 의과 대학의 모든 사람을 자기와 함께 끌어들였을 것이다!) 그는 지금 어떻게 되었나? 의학 교육을 받은 일도 없는 늙은 주정뱅이의, 독립 수용 지점 위생부의 자유 고용인

부장이, 아무런 용건도 없이 방문하였을 때도, 쁘라브진은 너무나 동요하여 곤혹스러워했기 때문에 병원 차트의 러시아어도 읽을 수도 없는 상태였다. 이제 그의 고민은 10배도 더했고, 수용소에서도 그는 이전보다 훨씬 당황하여, 아주 작은 일까지도 어떻게 할지 몰랐다 — 37.7도의 열이라면 작업에서 빼 줘도 될지? 아니, 그랬다가는 내가 호통을 맞지 않을까? 그래서 그는 방으로 우리를 찾아와 조언을 바랐다. 그는 수용소장이나 하급 교도관한테 칭찬을 듣더라도, 하루 이상 차분하고 편안한 상태가 가지 못했다. 놈들한테 칭찬을 받으면 24시간은 안정된 기분이었으나, 다음 날 아침부터는 가차 없이 불안이 그를 엄습하는 것이다 — 어느 날, 수용소에서 매우 급한 죄수 호송단을 출발시키게 되었는데 너무나 서둘러서 목욕시킬 틈도 없었다(나체가 되어 얼음물에 들어가지 않은 것이 다행이었다). 상급 교도관이 쁘라브진한테 와서 호송하는 죄수들의 위생 호송을 마쳤다는 증명서를 쓰도록 명령했다. 관례에 따라 쁘라브진이 당국의 명령에 따랐으나, 그 후에 그는 보기에도 가련했다! 방으로 돌아오자, 그는 쓰러지듯이 침대에 앉아 심장 있는 데를 두 손으로 누르고, 뭐라고 외치면서 우리가 하는 위안의 말을 들으려 하지도 않았다. 우리는 잠들었으나, 그는 담배를 뻐끔뻐끔 피우며, 화장실에 가곤 하다가 이윽고 한밤중이 지나자 의복을 입고, 마치 미치기라도 한 듯이, 꼬마란 별명을 가진 당직 교도관 — 그는 문맹인 원숭이였으나 그 제모에는 별을 달고 있었다! — 에게 상의하러 가는 것이다. 자기는 이제 어떻게 될 것인가? 이 죄에 대해 자기는 제58조에 의한 두 번째 형기를 받게 되는 것이 아닐까? 아니면, 다만 이 모스끄바의 수용소에서 어딘가 먼 수용소로 이송되지나 않을까?(그의 가족은 모스끄바에 살고 있으며, 풍족한 차입을 넣어 주어서, 그는 지금의 수용소가 매우 좋았다).

위협을 받아 공포에 떠는 쁘라브진은 어떤 일에든지 결단력을 잃고 예방 위생 분야에서도 확고한 처치를 하지 못했다. 그는 요리사들에게도, 당직자들에게도, 또 자기가 있는 위생부에도 청결을 지키게 할 수 없었다. 식당은 더럽고, 취사장의 식기 닦는 것도 제멋대로며, 그 위생부에도 언제 담요의 먼지를 털었는지 아무도 알지 못할 정도였다. 그는 이러한 것을 잘 알고 있었으나 청결을 지키게 할 수는 없었다. 그는 다만 한 가지 광기 어린 일을 수용소 당국과 함께 추진하고 있었다 (이 장난은 많은 수용소에도 알려져 있었다) ── 그것은 사람들이 살고 있는 방의 마루를 매일 씻는 일이었다. 그것은 정확히 지켜지고 있었다. 그것 때문에 마루는 언제나 눅눅했고 썩어 가고 있었으며, 공기와 침상은 마를 겨를이 없었다 ── 수용소에서 제일 보잘것없는 폐인까지도 쁘라브진을 존경하지 않았다. 형무소로 호송될 때 그에게서 금품을 훔치거나 그를 속이지 않는 자는, 원래 그런 것을 바라지 않는 자들뿐이다. 우리의 방은 밤이 되면 자물쇠를 잠갔으니까, 침대 주위에 제멋대로 흩어 놓은 그의 물건은 도둑맞지 않았고, 속에서 무엇이든지 삐져나왔으며 수용소에서 제일 지저분하다는 그의 장롱도 도둑이 손을 댈 수 없었다.

쁘라브진은 8년 형을 제58조 10항과 11항에 의해 선고받았다. 즉, 정치 활동가, 선동가, 조직자라는 것이었으나 나는 그의 머릿속에서 미숙한 어린아이의 순진함밖에는 발견할 수가 없었다! 이미 수감되어 3년째인데, 그는 심리할 때 자기의 죄상으로 인정되는 사상을 이해할 수 있으리만큼 성장하지 못했다. 그는 우리 모두가 잠시 동안 농담으로 투옥된 것이며, 우리가 더욱 자유의 고마움을 깨닫고, 그 좋은 기회를 준 〈기

371

관〉에 영원히 감사하게 되는, 멋있고 관대한 은사가 준비되어 있다고 믿고 있었다. 그는 또 집단 농장의 번영을 믿으며, 마셜 플랜이 유럽을 예속시키기 위한 더러운 책략이란 것을, 3차 대전을 시작하려고 동맹 제국들이 기를 쓰고 음모를 꾸민다는 것을 믿고 있었다.

어느 날, 내가 기억하기에는 그가 밝은 얼굴에 조용한 행복을 반짝이며 마치 믿음이 깊은 사람들이 성대한 철야 기도회에서 돌아오기라도 하듯이 방으로 들어왔다. 그의 크고 선량한 밝은 얼굴에, 항상 아래 눈꺼풀이 밑으로 처진 커다란 눈동자가 신비롭고 부드럽게 반짝였다. 그것은 구내의 특권수들의 집회가 끝날 무렵이었다. 수용 지점의 지점장이 큰 소리로 외치며 주먹으로 탁자를 두들기고 있었으나, 갑자기 조용해지면서 〈자기의 가장 충실한 조수들인〉 그들을 신뢰하고 있다고 발언했다! 쁘라브진이 감동하여 우리한테 이렇게 말했다. 「그 말을 들으니까 일에 대한 열성이 생기더군!」 (장군이 경멸하듯이 입술을 삐죽이는 것도 당연했다.)

박사의 이름은 거짓이 아니었다. 그는 정직한 사람이며, 진리를 사랑했다. 사랑하고는 있었으나, 거기에 적합한 인물은 아니었다!

우리의 작은 축도(縮圖) 속에서 그는 우스운 존재였다. 그러나 일단 작은 축도에서 큰 축도로 눈길을 옮기게 되면, 우리는 전율로 심장이 멈출 것 같았다. 우리 〈정신적〉인 러시아가 어느 정도까지 그 지경이 되었을까? — 단지 공포심의 결과로…….

쁘라브진은 교양 있는 사회에서 성장하여, 일생을 통하여 지적 노동에 종사하고, 주위에는 지적으로 앞선 사람들이 있었다. 그럼 그는 〈지식인〉이었던가, 즉 개성적인 〈지성〉을 가진 인물이었던가?

　세월이 흘러가는 데 따라, 나는 이 〈인텔리겐치아〉라는 말을 검토하지 않을 수 없었다. 우리는 모두가 자신을 그 부류에 넣으려고 하지만, 모두가 다 들어갈 수 있는 것은 아니다. 소비에뜨 연방에서는 이 말의 의미를 아주 왜곡해 버렸다. 손을 움직여 노동하지 않는(또 노동하기를 두려워하는) 사람들 전부를 인텔리겐치아의 부류에 넣게 되었다. 그러한 결과, 여기에는 당의, 국가의, 군대의, 노동조합의 모든 관료가 다 들어가게 되었다. 경리와 회계 — 즉 〈차변〉의 기계적 노예들까지. 아니, 모든 사무직원. 무엇보다도 간단히 여기에 〈모든〉 교사들을 포함시킬 수 있다(지껄이는 교과서에 불과한 교사들. 그들은 독특한 지식도 없으며, 교육에 대한 독특한 견해도 가지고 있지 않다). 〈모든〉 의사들(처방전에 펜을 움직일 능력밖에 없는 의사들도). 또한 이미 아무런 주저도 없이 신문사, 출판사, 영화 제작소, 필하모니 등의 주변에 있는 모든 녀석들을 여기에 넣었다. 이미 무엇을 출판했거나 영화를 촬영하거나, 현으로 악기를 울리는 사람에 대해서는 말할 것도 없다.

　그러나 위에서 말한 어떠한 특징도, 한 사람의 인간을 인텔리겐치아의 부류에 넣게 해주지는 않는다. 만일 우리가 이 개념을 잃고 싶지 않다면 그것을 하찮은 것에 사용해서는 안 된다. 지식인은 그 직업이나 일의 내용으로 결정되는 것이 아니다. 훌륭한 교육과 훌륭한 가정이 반드시 지식인을 기른다고 할 수도 없다. 지식인이란 그 생활의 정신적인 면의 관심과 의지가 튼튼하고 변함이 없고, 외적 사정에 좌우되지 않고 오히려 그와 대항하는 인간을 말한다. 지식인이란 모방할 수 없는 사상의 주인인 것이다.

　병신들이 모인 우리 방에서는 벨랴예프와 지노비예프가 최고의 지식인이라 하겠다. 그런데 직장 오라체프스끼와 공구 창고계 쁘로호로프는 두 높은 양반들의 심기에 거슬렸다. 그리하여 내가 총리였을 때, 장군과 내무부 관리는 그들이 불결하게도 장화를 신은 채 침대에 눕는 버릇과 전반적으로 지식인에 미달하는 특성들 때문에, 이 두 사람을 우리 방에서 추방해 버릴 것을 나에게 제안했다. (장군들은 자기 식사의 시중을 들어주는 농부들을 추방하려 한 것이다!) 하지만 나는 이 두 농부가 마음에 들었다 — 마음속으로는 나도 농부다 — 그래서 방의 균형 상태를 유지했다(이윽고 장군들이 나까지 쫓아내려고 누구에게 말했다).

사실, 오라체프스끼는 좀 거친 모습이며, 〈인텔리〉적인 것은 조금도 없었다. 음악이라면 우끄라이나 민요밖에 이해하지 못했고, 옛 이탈리아 미술이나 근대 프랑스 미술에 대해서는 들은 적도 없었다. 독서를 좋아했는지 모르지만, 수용소에는 책이 없었으니까 그에 대해선 내가 뭐라고 말할 수가 없다. 우리 방에서 추상적인 토론이 시작되면, 그는 거기에 끼지 않았다. 영국 이집트령인 수단에 관한 벨랴예프의 뛰어난 독백에도, 자기 저택에 대한 지노비예프의 이야기에도 귀를 기울이지 않았다. 한가한 시간에는 그는 묵묵히 입을 다물고 오래 생각에 잠겼다. 두 다리를 침대 난간에 놓고, 장화의 뒤꿈치를 난간 위에 올리고, 신발 바닥을 장군들한테 보였다(그것은 결코 도발이 아니다. 낮에 쉬거나 저녁에 다시 한번 작업 출동이 예정되고 있을 때, 합리적인 사람이라면 잠시 눕는 즐거움을 거부할 수 있겠는가? 장화는 각반 두 장을 겹쳐서 감았기 때문에 풀기 어려웠다). 오라체프스끼는 의사의 고민에 대해서도 그다지 반응을 보이지 않았다. 이윽고 1시간이나 2시간 동안 계속 침묵한 후에, 느닷없이 자리에서 일어나는 일과는 무관심하게 극적으로 말하는 것이었다. 「그렇지! 〈제58조〉 범법자가 사회에 돌아가는 것보다 낙타가 바늘구멍으로 들어가는 것이 쉽지.」 이와는 반대로 현실적인 문제, 즉 생활필수품의 품질이나 일상생활의 바른 요령에 관한 토론에 이르자 그는 우끄라이나인 특유의 고집을 가지고 참여하고, 펠트 신발은 뻬치까에서 건조시키면 못 쓰게 되니까 겨울 동안 줄곧 건조시키지 않고 신고 있는 편이 훨씬 좋다고 흥분하여 증명하기도 했다. 그러니 그를 대체 어떤 유의 지식인이라고 할 수 있겠는가?

그러나 우리들 중에서 그 사람 혼자만이 마음속에서 건설 작업에 충실하며, 작업 시간 이외에도 작업 현장의 일을 재미있게 말하는 것도 그 사람뿐이었다. 죄수들이 이제 완전히 설치된 방 사이의 칸막이를 뜯어서 땔감으로 써버렸다는 것을 알게 된 그는, 그 거친 머리를 거친 손으로 감싸고 마치 아픔을 참듯이 몸을 좌우로 흔들었다. 그는 군도 주민의 야만적인 행위를 이해할 수가 없었다! 그것은 아마도 그가 1년밖에 살지 않아서인지도 모르겠다. 누군가 와서, 8층에서 콘크리트 판이 떨어졌다고 이야기했다. 모두 놀라서 물었다. 「맞아 죽은 사람은 없나?」 그런데 오라체프스끼는 이렇게 물었다. 「그게 〈어떻게〉 갈라졌던가? 어느 방향으로 금이 갔는지?」 (그 콘크리트 판은 그의 도면에 의해 제작한 것이기 때문에, 그는 철근의 조립이 옳았는지 알고 싶었다.) 12월 어느 추운 날에 반장이나 직장 들이 몸을 녹이기 위해 사무실에 모여 수용소의 여러 가지 소문을 이야기했다. 거기에 오라체프스끼가 들어와 장갑을 벗으며 그 속에서 무언가 조심스럽게 끄집어냈다. 그는 책상 위에 아직 살아 있는, 오렌지색에 검정빛이 섞인 예쁜 나비를 내놓았다. 「이것 봐, 영하 19도의 혹한을 견딘 나비라고! 지붕을 받치고 있는 기둥에 붙어 있었어.」

모든 사람들이 나비 주위에 모여 말없이 나비를 보았다. 우리들 중에서 살아남을 운명에 있는 행복한 녀석도 그 형기를 마칠 무렵이 되면, 이 나비만큼도 힘이 없을 것이다.

오라체프스끼 자신은 5년의 형기밖에 받지 않았다. 그는 〈얼굴의 죄〉로(조지 오웰의 책과 똑같다), 즉 〈미소〉 때문에 투옥되었다! 그는 공병 학교의 교관을 하고 있었다. 그는 교관실에서 한 교관에게 『쁘라브다』의 기사를 보이며 웃었던 것이다! 그 상대 교관은 곧 전사해서, 오라체프스끼가 〈왜 웃었는지〉 이미 알 사람은 아무도 없었다. 하지만 그 미소를 〈목격한〉 사람이 있었다. 그리하여 당의 중앙 기관지에 대한 미소라는 사실 자체는 성물 모독이었다! 그 후에 오라체프스끼는 정치 보고를 하도록 제안을 받았다. 명령에는 복종하지만, 보고에는 〈마음이 내키지 않는다〉고 대답했다. 이것으로 이제 최후의 선을 넘어 버렸다!

쁘라브진과 오라체프스끼, 이 두 사람 중에서 누가 〈지식인〉에 가까운가?

이제 쁘로호로프의 이야기를 하지 않을 수가 없다. 그는 뚱뚱한 농부며, 터벅터벅 걸어다니고, 흐리멍덩한 눈을 한 그의 얼굴에는 친근감이 거의 없었다. 자주 그는 잠시 생각하다가는 비시시 웃었다. 이러한 인간을 〈군도〉에서는 〈잿빛 늑대〉라고 불렀다. 그는 남에게 양보하거나, 무슨 좋은 일을 하지 않았다. 그러나 나는 곧 마음에 들었다 ─ 지노비예프의 반합과 벨랴예프의 빵을 가져올 때, 그는 조금도 굽실거리지 않고 웃음을 짓거나 필요 없는 말을 하지도 않았다. 그는 장중하고 엄숙한 태도로, 마치 어린아이가 심부름하는 것이 아니라, 근무하는 자세를 보였다. 그는 그 커다란 덩치를 먹여 살리기 위해 많은 음식이 필요했다. 그는 장군의 야채수프와 죽을 받는 대신에 자기의 비굴한 상태를 견디며, 자기가 경멸당하고 있다는 것을 알고 있었으나, 결코 무례한 어조로 대꾸하지도 않았고 그렇다고 해서 〈발뒤꿈치를 들고〉[11] 열심히 뛰어다니지도 않았다. 그는 우리 모두에 대해 빠짐없이 알고 있었으나, 그러나 그것을 입 밖에 낼 시기가 전혀 찾아오지 않았다. 내가 느낀 것은, 쁘로호로프는 돌로 된 사람으로, 우리 국민은 이러한 사람의 어깨에 의지해 있다. 그는 아무한테도 서둘러 미소 짓지 않고 얼굴을 찌푸리며 바라보았다. 그러나 그는 상대의 발뒤꿈치를 깨무는 사내는 아니었다.

그가 투옥된 것은 제58조에 의한 것은 아니었지만, 그 생활은 매우 깊게 알고 있었다. 그는 나로포민스끄 교외에서 오랫동안 마을 소비에뜨 의장을 했다. 거기서 역시 그는 잘 처신해야 했다 — 때로는 잔혹한 처치를 하기도 하고, 때로는 윗사람에 맞서기도 해야 한다. 그는 자기의 의장으로서의 일을 이렇게 말했다.

「애국자라는 것은 항상 선두에 서서 가는 것이지. 당연히 여러 가지 불쾌한 일에 맨 먼저 부딪치게 되고. 마을 소비에뜨에서 보고를 행하면 마을 사람들 이야기는 대부분 〈물질적인 것에 대한 이야기로 내려가〉지만, 때로는 어떤 틸보가 이런 질문을 할 때도 있어. 〈영구(퍼머넌트) 혁명이란 무엇입니까?〉 하고. 나는, 그런 것은 몰라요. 도시 여자들이 퍼머넌트를 한다는 것은 알지만. 설마 그게 답은 아니겠지. 천박한 주제에 아무 데나 나선다고 할 거야. 그래서 나는 이렇게 대답했어. 〈그것은 꼬이고 꼬여서, 도저히 손이 닿지 못하는 곳에 있는

11 이 표현에 대한 설명은 제3부 제19장에 있다.

혁명이다.〉거리에 나가 여자들의 꼬인 머리카락, 마치 양의 털 같은 것을 보면 알 수 있을 거다. 우리 나라의 지도자들이 맥도널드[12]와 사이가 나빠졌을 때, 나는 당국으로 보내는 보고서에 이렇게 썼어. 〈동지 여러분, 남의 집 강아지 꼬리를 그만 밟아요.〉」

해가 지나면서 그는 우리 사회의 거짓을 알게 되고, 자기도 또 그것에 참가하게 되었다. 그는 집단 농장의 의장을 불러내서 말했다. 「농업 전시회에서 금메달을 따기 위해 젖 짜는 여자 하나를 준비해 주게. 하루에 60리터를 짰다는 기록을 만들도록!」 그리하여 집단 농장 전체가 힘을 합하여, 이런 젖 짜는 여자를 만들어 냈다. 그녀가 맡고 있는 젖소한테 단백질이 많은 사료나 설탕까지 주었다. 그 농업 전시회가 어떤 가치가 있는 것인지는 마을 전체나 집단 농장 전부가 잘 알고 있었다. 그러나 상부에서는 그저 장난을 치고, 서로 짜고서 연기를 하는 것뿐이었다. 즉 상부가 원하는 건 그런 것이었다.

나로포민스끄로 전선이 접근했을 무렵에, 쁘로호로프는 마을 소비에뜨의 가축을 소개시키는 임무를 강요받았다. 그러나 잘 생각해 보면, 이 조치는 독일군에게 고통을 주는 것이 아니라 러시아 농민들에게 손해를 주게 된다. 왜냐하면 농민들은 황폐한 농토에 가축도 트랙터도 없이 남게 되기 때문이었다. 농민들은 가축을 넘겨주려고 하지 않고, 싸웠고(그들은 집단 농장이 해체되어, 그 가축이 자기들의 것이 되기를 기대했던 것이다), 쁘로호로프도 거의 죽을 뻔했다.

전선은 그들의 마을을 지난 지점에서 교착 상태가 되고, 겨울 동안 그러한 상태가 계속되었다. 1914년부터 포수였던 쁘로호로프는 가축도 잃고 최후의 방편으로 소비에뜨 포병 중

12 영국 최초의 노동당 내각을 조직한 정치인 — 옮긴이주.

대에 참가하여 쫓겨날 때까지 줄곧 포탄 운송을 했다. 1942년 봄에 소비에뜨 정권이 그들의 지역으로 돌아와 쁘로호로프는 또 마을 소비에뜨 의장이 되었다. 그는 자기의 권력을 완전히 되찾아, 이제는 자기의 적에게 복수하여 이전보다 더 잔학한 개가 될 수도 있었다. 그렇게 했으면 오늘도 그는 무사했을 것이다. 그런데 이상한 일은, 그는 그러지 않았다. 그는 마음이 아팠던 것이다.

그의 지역은 황폐해져서, 의장에게 빵 배급권을 나눠 주었다. 그것은 집이 불탄 사람들과 가장 굶주린 사람들에게 적은 빵이나마 빵 공장에서 배급받을 수 있게 하기 위함이었다. 그런데 쁘로호로프는 마을 사람들이 불쌍해서 지령서에 규정된 이상으로 빵 배급권을 발행했고 그 때문에, 〈제8조 7항〉 위반으로 10년 형이 선고되었다. 무학인 덕분에 맥도널드 사건은 용서받았지만 인간적인 동정심은 용서받지 못했다.

쁘로호로프는 오라체프스끼와 마찬가지로, 방에서 장화를 신은 발을 침대의 손잡이에 올려놓고 군데군데 벗겨진 천장을 바라보면서 여러 시간 말없이 누워 있기를 좋아했다. 그는 방에 장군들이 없을 때만 말했다. 나는 그의 사고방식이나 표현이 마음에 들었다. 〈선을 그을 때, 직선과 곡선 중 어느 것이 어려운가? 직선을 긋기 위해서는 기구가 필요하지만, 곡선은 술 취한 사람이 한 발로도 그을 수 있지. 인생의 선도 이것과 같아.〉

〈지금 돈이란 것은《2층집》이라고 할 수 있어.〉 (이것 참 적절한 표현이다! 쁘로호로프가 말하려는 것은, 나라가 집단 농장에서 농산물을 어떤 가격에 사서 그것을 국민들에게는 전혀 다른 가격으로 팔고 있다는 것이다. 그러나 그의 시야는 넓었다. 돈의《2층집》의 성격은 여러 면에서 나타나 있으며, 사회생활 전반에 걸쳐 있었다. 국가는 우리에게 1층의 시세로 지불하지만, 우리가 돈을 지불할 때는 2층 시세가 된다. 그러니까 우리도 어디선가 2층의 시세로 돈을 받지 않으면 안 된다. 그렇지 않으면 곧 파산해 버린다.)

〈인간은 악마가 아니지만, 편하게 살도록 내버려 두지는 않는다〉라는 것이 그의 격언이었다.

이러한 표현들이 많았으나, 나는 그것들을 기억하지 못하는 것이 매우 유감스럽다.

나는 이 방을 흉물들의 방이라고 칭했으나, 쁘로호로프도 오라체프스끼도 도저히 흉물이라고는 볼 수가 없었다. 그러나 6명 중 다수가 흉물이었다. 아니, 이 나 자신도 흉물에 지나지 않았다. 나의 머릿속에서는 갈기갈기 찢기고, 또 혼란한 신념, 잘못된 희망, 틀린 확신의 단편이 차 있었다. 이미 형기 2년째를 수용소에서 보내면서, 나는 〈군도〉에 던져진 자신에게 숙명이란 무엇을 뜻하는지 아직 이해할 수 없었다. 나는 또 끄라스나야 쁘레스냐에서 특수 작업 죄수가 최초로 나의 머리에 심어 준 그 표면적인 타락된 생각 — 〈일반 작업만은 피해야 한다! 살아남아야 한다!〉는 — 에 구애되었다. 일반 작업을 향한 내적 성장은, 나의 경우 순조롭지 못했다.

어느 날, 밤중에 수용소 위병소에 승용차가 도착하더니 우리 방에 교도관이 들어와 벨랴예프 장군의 어깨를 흔들며 〈짐을 가지고〉 나갈 준비를 하라고 명령했다. 아직 멍한 상태인 장군을 사람들이 서둘러 끌고 갔다. 부띠르끼 형무소에서 그는 우리한테 용케도 편지를 전했다. 「낙심들 하지 말게!」(아마 자기가 떠난 것에 낙심하지 말라는 이야기겠지.) 「살아 있다면, 또 편지 쓰겠네.」(그는 편지를 보내지는 않았으나, 우리는 다른 경로로 소식을 들었다. 그들은 모스끄바에 그를 그냥 두어서는 이미 위험하다는 판단을 내렸을 것이다. 그는 뽀찌마로 보내졌다. 그곳에는 이제 집에서 만든 수프를 넣은 보온병이 없었기 때문에, 배급 빵의 여섯 면을 깎아 내면 안 되겠다고 생각했다. 반년 뒤에 우리가 들은 소문에 의하면, 그는 뽀찌마에서는 슬쩍 한 숟갈이라도 떠먹기 위해 야채수프 배달을 하고 있다고 했다. 그것이 사실인지는 모르지만, 흔히 수용소에서 하는 이야기처럼, 나도 〈산 가격 그대로 팔 뿐〉이다.〉

이리하여 나는 다음 날 아침부터 장군 대신 노르마 산정자의 조수가 되었다. 그리하여 페인트칠은 배우지 않았다. 그러나 나는 노르마 산정 공부도 하지 않고, 다만 마음 내키는 대로 뭘 곱하거나 나누면서 시간을 보냈다. 새로운 일을 하게 되자, 나는 건설 현장을 돌아다닐 구실도 생기고, 우리가 건설하던 건물의 8층 천장, 즉 지붕과 같은 곳에서 한가하게 지낼 수 있게 되었다. 거기에서는 눈앞에 모스끄바의 풍경이 펼쳐졌다.

한쪽에는 보로비요프 언덕이 있었다. 그 당시에는 아무것도 없었지만, 장차 레닌 거리가 될 곳이었다. 정신병원(〈까낫치꼬바 별장〉)은 지었을 때 그대로였다. 다른 한쪽에는 노보제비치 수도원의 둥근 지붕, 프룬제 육군 대학의 커다란 건물이 보이고, 그 앞쪽 활기가 넘치는 거리의 건너편에는 연보랏빛 아지랑이에 쌓인 모스끄바가 보였다. 그 끄레믈에는 우리를 대상으로 하는 이미 준비된 은사가, 다만 서명을 기다리고 있었다. 멸망의 운명에 처한 우리한테는 이 세상이 매혹적인 것으로 보였으며, 그 부와 명예에 거의 발을 들여놓을 수 있을 것처럼 보였으나, 그것은 영원히 손에 닿지 않는 세계였다.

나는 신참답게 〈사회로〉 돌아가고 싶다고 생각했지만, 이 도시는 나에게 선망을 일으키거나 그 거리로 날아가고 싶다는 기분을 일으키지는 않았다. 우리를 구속하고 있는 악의 모든 것이, 여기에 집중되어 있기 때문이다. 이 교만한 도시는 대전이 끝난 지금만큼 이 속담이 옳다는 것을 증명한 적이 없었다. 〈모스끄바는 눈물을 믿지 않는다!〉[13]

◆

우리는 특권수라도 생산 부문의 특권수였기 때문에, 우리의 방이 중심이 아니고, 우리 위에 또 하나의 같은 방이 있었

13 현재 나는 예전의 죄수들이 잘 하지 않던 일을 하고 있다 ─ 〈자신이 억류되었던〉 수용소를 방문하고 있는 것이다! 줄곧 심장이 두근거린다. 이것은 인생의 상대적인 차원을 측정하는 데 매우 유익하다 ─ 막다른 골목에 쫓기던 과거로 돌아가 다시 한번 〈그때의 자신〉을 느껴 보는 것이다. 식당, 무대, 문화 교육부가 있던 곳은 지금은 상점 〈스빠르따끄〉가 되었다. 지금도 있는 무궤도 전차 정류소 옆에, 길에 면한 당직실이 있었다. 저기 보이는 3층 창문은 우리 흉물들의 방이다. 여기는 작업 출동 전에 정렬했던 곳이다. 여기는 나 뿐나야 탑형 크레인이 다니던 곳이다. 여기는 M.이 베르샤제르한테 몰래 들어갔던 곳이다. 아스팔트로 포장된 들로 사람들이 산책하며 농담을 하고 있다. 그들은 시체 위를, 우리의 추억 위를 걷고 있다는 것을 알지 못한다. 이 작은 들이 시의 중심에서 전차로 20분 거리에 있으면서도 모스끄바의 일부가 아니라, 야만적인 〈군도〉의 작은 섬이며, 모스끄바보다도 노릴스끄와 꼴리마와의 연결이 더 강하다는 것을 그들은 상상도 하지 못했다. 그러나 지금은 나도, 제멋대로 다니던 지붕에 올라갈 수도 없고, 내가 그 문에 칠을 하거나, 마루를 깔던 집에 들어갈 수 없었다. 나는 예전처럼 뒷짐을 지고 구내를 걸어다녔다. 아무 데도 출구가 없어서 여기서 저기까지밖에 걸을 수 없었던 공간, 내일은 어디로 보내질지 모르는 자신을 상상하면서 걸어다녔다. 그리고 이제는 구내의 울타리로 막혀 있지 않는 네스꾸치니 공원의 나무들이 기억에 생생하다. 나도 역시 모든 이런 것들과 매한가지였다는 것을 알았다.

나는 죄수들이 다니던 곧고 막다른 골목을 걸으며 끝까지 와서는 오른쪽으로 걸었다. 그러자 오늘날 겪고 있는 여러 가지 괴로운 일들이 밀랍처럼 녹아내리기 시작했다.

나는 참을 수 없이 난폭하게 되어 층계를 달려 올라가, 수용소장실의 앞에까지 와서, 흰 문지방에 검게 〈제121 수용구〉라고 써버렸다.

지나는 행인들이 읽고, 아마 생각하게 되겠지.

다. 거기에는 구내의 특권수들이 살고 있었으며, 거기서 부기 담당 솔로모노프, 창고계 베르샤제르, 작업 할당계 부르시쩨인, 이렇게 3명이 삼두 정치로 우리 수용소를 지배했다. 거기에서 인원 배치가 재결정되었다 — 빠블로프를 생산 부문의 책임자 지위에서 내리고, 그 대신에 K.를 임명했다. 그리하여 어느 날, 이 새로운 총리가 우리 방으로 이사해 왔다. (그 이전에 쁘라브진이 당국에 봉사한 보람도 없이 죄수 호송에 끌려갔다.) 그 후, 나도 거기에 그다지 오래 있지는 못했다 — 나는 노르마 산정 사무소에서도, 이 방에서도 쫓겨났다. (수용소에서는 사회적 지위가 낮아지면, 거꾸로 조립 침상은 높은데로 올라간다.) 그러나 내가 이 방에 살고 있는 동안 K.에 대해 잘 관찰할 수 있었다. 그는 혁명 후에 나타난 중요한 유형의 지식인이었고, 우리 방의 작은 축도를 채워 주었다.

알렉산드르 표도로비치 K.는 사려가 깊고, 빈틈없는 실무에 뛰어난 인물(보통 〈뛰어난 조직자〉라 불리는) 사람이며, 그의 직업은 건축 기사였다. (하지만, 어찌 된 것인지 그다지 일을 잘하는 것 같지는 않았고, 항상 계산자를 들고 다니며 법석을 떨 뿐이었다.) 그는 8월 7일의 법률로 10년 형을 선고받게 되었다. 이미 3년을 보냈기 때문에 수용소 생활에도 익숙해져서, 사회에서와 같이 아무런 부자유도 느끼지 않고 있었다. 그의 경우는 일반 작업으로 쫓겨날 염려는 전혀 없었던 것 같았다. 그래서인지 그는 그 일반 작업을 하고 있는 무능한 대중에게 조금의 동정도 느끼고 있지 않았다. 그는 죄수한테는 〈군도〉의 진짜 주인들보다 훨씬 더 무서운 존재 중 한 사람이었다 — 그는 한번 목을 죄면, 놓아주거나 풀어 주지 않는다. 그는 배급 빵의 감소(배급식 운용 제도의 악화), 면회 금지 죄수 호송을 요청했다. 이것은 모든 죄수들로부터 더 많은 것을 짜내려는 것이었다. 수용소 당국도, 생산 부문의 높은 사람들도 한결같이 그를 칭찬했다.

그러나 흥미로운 점은, 그의 이런 방식이 수용소에 들어오기 이전 익힌 것이라는 점이었다. 그는 이러한 〈지도 방식〉을 사회에서 배웠다. 그리고 그의 이 지도 방식은 수용소에 너무나 어울리는 것이었다.

비슷한 것은 우리의 이해를 도와준다. 나는 K.가 누구와 닮았다는 것을 곧 알았다. 그게 누구더라? 그것은 그 루비얀까에서 나의 감방 동료였던 레오니뜨 Z.였다! 두 사람이 비슷한 것은 외견이 아니었다. 아니, 전혀 달랐다. Z.는 멧돼지 비슷했지만, K.는 늘씬하게 키가 크고 신사다웠다. 하지만 이 두 사람을 함께 놓고 잘 보면, 2개의 흐름이 손에 잡히는 듯 보였다. 그것은 혁명 후에 자라난 〈새로운〉 기술자들의 첫 흐름이었으며, 고참 〈전문가들〉을 되도록 빨리 추방하고, 그들을 많이 처형하기 위해 기다리고 있던 자들이었다. 그리하여 드디어 그들 소비에뜨 공과 대학의 최초의 졸업생들이 등장하게 되었다! 그들은 기사로서 옛날의 교육을 받았던 기사들을 따라가지 못했다 — 그 기술 교육의 폭이나 예술적 감각이나 일에 대한 열의에서도(방에서 쫓겨난 그 곰 같은 오라체프스끼에 비해서도, 이 깜찍한 K.는 그저 말만 많은 떠버리였다). 문화인을 자처하는 그들이 우스꽝스러웠다. (K.가 말했다. 「내가 가장 좋아하는 문학 작품은 스탕달의 『시대의 삼색』[14]이죠.」 그는 적분 x^2dx도 쩔쩔매는 주제에 방자하게도 고등 수학의 어떤 문제에 대해서도 나와 토론하려고 했다. 학교에서 배운 독일어의 다섯 마디나 열 마디 정도의 말만 암기하면서, 어디서나 인용했다. 그는 영어 따위는 전혀 알지도 못하면서 레스토

14 이것은 소비에뜨 작가 비노그라도프의 스탕달 평전이다 — 옮긴이주.

랑에서 한번 들었던 영어의 바른 발음에 대해 집요하게 토론을 되풀이했다. 그는 격언을 적은 노트를 가지고 다니며 종종 사람들을 놀라게 하기 위해 수시로 읽어 보거나 다시 암기하는 것이었다.)

그러나 이러한 모든 것에도 불구하고 한 번도 자본주의적 과거를 체험한 일도, 그 병균에 감염된 일도 없는 그들에게 공화국적인 순수성, 〈우리〉 소비에뜨적 원리가 기대되었던 것이다. 그들의 대부분은 대학을 나와 곧바로 책임 있는 지위에 오르고, 높은 보수를 받으며, 전쟁 중에도 〈조국〉은 그들의 징병 의무를 면제하여 전문적인 일 이외에는 아무것도 그들에게 요구하지 않았다. 그들은 입당은 주저했지만, 애국자였다. 그들은 계급적 비난의 공포를 경험한 적이 한 번도 없었다. 그러기 때문에 그들은 결정을 내릴 때 실패를 두려워하지 않았고, 때로는 목숨을 걸고 그것을 지켰다. 그것과 같은 이유에서 그들은 노동 대중을 두려워하지 않았고, 오히려 그들에 대한 엄하고 단호한 조치를 취하는 데 익숙해 있었다.

그러나 이것이 전부였다. 그들은 자기들의 노동 시간을 되도록 8시간으로 억제하려고 애썼다. 노동이 끝나면 환락의 인생이 시작되었다 — 여배우들, 레스토랑 〈메뜨로뽈〉, 호텔 〈사보이〉. 여기에 이르면 K.와 Z.의 이야기가 너무나 비슷하다. 여기 K.가 1943년 여름의 어느 한 일요일에 대해 이야기하는 것을 들어보자. (물론 과장도 섞여 있지만, 대부분은 사실이고, 당신도 곧바로 믿을 것이다!) 그는 이야기하면서 새로운 생각이 나면 눈을 반짝였다.

「토요일 저녁부터 레스토랑 〈프라하〉에 모였어요. 저녁 먹으러! 당신은 여성한테 〈저녁〉이란 무엇인지 알아요? 여성들에게는, 아침이라든가 점심이나 낮의 일은 전혀 중요한 것이

못 된답니다. 여성한테 소중한 것은 드레스와 구두, 그리고 저녁이라고요! 〈프라하〉에서는 등화관제를 하고 있었지만, 옥상으로 올라가도 됐어요. 그 옥상 손잡이, 상쾌한 여름 공기, 졸음에 잠긴 침침한 아르바뜨 거리. 곁에는 〈실크〉(이 낱말을 그는 항상 강조했다) 드레스를 입은 여성이 있었어요! 밤새도록 즐기고, 이제는 샴페인밖에 마시지 않았죠! 국방부의 건물 탑 그늘에서 새빨간 태양이 솟아오릅니다! 아침 햇살과 창문과 내다보이는 지붕들! 계산을 합니다. 입구에 개인 승용차가 대기하고 있죠. 전화로 부른 겁니다. 열린 차창으로 바람이 불어와 상쾌했죠. 그리고 소나무 숲과 그 속의 별장! 당신은 소나무 숲의 아침이 어떤지 아세요? 창문을 닫고 몇 시간 잠을 잡니다. 10시쯤 눈을 뜨면 가리개 너머로 햇빛이 들어와요. 방에는 여자의 옷이 예쁘게 흩어져 있고요. 베란다에서 적포도주를 한 손에 들고 가벼운(이 〈가볍다〉는 것이 무슨 뜻인지 알겠는가?) 아침 식사를 해요. 잠시 후에 친구들이 찾아옵니다 — 개울에서 일광욕이나 수영을 하죠. 저녁에는 모두 제각기 자동차로 집으로 돌아가요. 일요일에도 일이 있을 경우에는 아침을 먹은 뒤에, 11시경 잠시 얼굴을 내밀러 갑니다.」

그래, 우리는 언제, 〈언제쯤〉, 서로 이해할 수 있을까?

이야기하고 있는 그는 내 침대에 앉으면서, 그 매혹적인 이야기의 세세한 데까지 정확히 전하려고 두 손목을 흔들며, 그 감미로운 추억에 목까지 좌우로 흔들고 있었다. 나도 1943년경의 무서운 일요일의 일들을 하나하나 회상했다.

7월 4일이었다. 새벽에 꾸르스끄 전선의 우리 진지에서 좌측 지면이 심하게 요동치기 시작했다. 새빨간 태양이 솟았을 때, 우리는 이미 하늘에서 뿌려진 전단을 읽고 있었다 — 〈항복하라! 너희들은 여러 번 독일군 공격의 파괴력을 체험했을

것이다!〉

7월 11일. 새벽에 우리 머리 위로 수천의 포탄이 공기를 뒤흔들며 날았다. 오룔을 향한 아군의 공격이 시작된 것이었다.

「〈가벼운 아침 식사〉라고? 물론 알고 있어. 그것은 아직 어두울 때, 참호 속에서 미제 고기 통조림 하나를 8명이 나눠 먹는 거야. 그리고 ─ 만세! 조국을 위해! 스딸린을 위해!」

제10장
정치범 대신에

그러나 이 암담한 세상에서는 누구든지 다른 사람을 물어 뜯을 수 있으며, 인간의 생명과 양심을 배급 빵을 위해 팔 수도 있다. 이러한 세상에서 〈정치범〉, 즉 인류사의 모든 형무소에서 명예와 광명을 지녔던 사람들은 대체 누구며, 어디에 있는가?

우리는 〈정치범〉들이 어떻게 격리되고, 억압되어 절멸에 몰리고 있는지 이미 보았다.

그럼 그들 대신에 누가 등장했는가?

아니, 누가 대신하다니? 그 후부터는 우리 나라에는 정치범이 없다. 그리고 우리한테 그들이 존재할 이유도 없다. 이 나라에 전반적인 공정성이 확립되었다면 무슨 〈정치범〉이 있겠는가? 예전 제정 시대의 형무소에서는 정치범의 특권이 충분히 이용되었다. 그러니까 무엇보다도 지금 그것이 폐지되어야 한다. 그래서 정치범을 아예 폐지해 버렸다. 지금도 없으며 장차 있어서도 안 된다!

그리고 지금 투옥된 자들은, 그들은 〈반혁명 분자〉들인 혁명의 적들이다. 해가 지나면서 〈혁명〉이라는 말은 퇴색했다. 이번에는 〈인민의 적〉이라는 말로 바뀌었고, 그 편이 듣기에 좋았다. (이 조항으로 투옥된 사람들의 수를 우리가 살펴본 〈흐름〉을 기초로 하여 대략 계산하고, 게다가 그 3배의 숫자인 가족들 — 박해받고, 의심받고, 억압받고, 학대받는 — 까지 합치면 우리는 인류 역사상 처음으로 〈인민〉이 〈자기 자신의 적〉이 되고, 그 대신에 인민의 가장 좋은 친구인 비밀경찰을 얻게 되었다는 놀라운 사실을 인정할 수밖에 없게 된다.)

다음과 같은 수용소의 일화는 잘 알려져 있다 — 어떤 형기를 선고받은 여인이 재판에서 검사와 판사가 왜 자기를 〈꼰니 밀리찌오네르(기마 경찰)〉라 부르는지 그것이 언짢았다. 사실은 〈꼰뜨르레볼류찌오네르(반혁명 분자)〉라는 말이었다! 수용소에 들어와 여러 가지 견문이 쌓이면, 이런 일화를 믿게 된다.

어떤 재봉사가 바느질을 끝내면서 바늘을 잃어버리지 않게 벽에 바른 신문에 꽂아 두었는데, 그것이 신문에 나온 까가노비치의 눈에 꽂혔다. 그것을 손님이 목격했다. 그것은 제58조, 10년 형(테러 행위)이었다.

어느 여점원이 운송업자로부터 입하된 상품을 받으면서 종이가 없어서 신문지에 개수를 적었다. 비누의 숫자를 적은 것이 마침 스딸린 동지의 이마에 닿았다. 이것으로 제58조, 10년 형.

즈나멘까의 기계 트랙터 정류소의 트랙터 기사는 자기의 구멍투성이 신발 속에 소비에뜨 연방 최고 회의 선거 후보자의 전단을 넣어서 발을 따뜻하게 했다. 그런데 청소부가 전단이 없어진 것을 알고(그녀는 그 전단의 책임자였다) 그의 신발 속에서 그것을 발견했다. 그것으로 KRA, 즉 반혁명 선동으로 10년 형이었다.

마을 클럽의 관리자가 수위를 대동하여 스딸린 동지의 흉상을 사러 갔다. 사 가지고 온 흉상은 묵직하고 컸다. 두 사람이 들것으로 세워서 운반해야 했으나 클럽 관리자의 입장에서는 그것이 보기에 좋지 않았다. 그는 〈혼자서 천천히 운반하라〉고 말하고는 먼저 돌아와 버렸다. 수위 노인은 오랫동안 운반할 수가 없었다. 옆구리에 끼려고 했으나 끼이지 않았다. 둘러매면 등이 아프고 뒤로 땅겼다. 그때 묘안이 떠올라서 혁대를 풀어서 원형으로 만들어 스딸린의 목에 걸어 그것을 어깨에 메고 마을로 왔다. 이것은 의심할 여지가 없는 사실이었으니까, 누구도 그 노인을 변명해 줄 사람이 없었다. 그것으로 제58조 8항, 테러 행위, 10년 형.

한 수병이 영국인에게 선물로 〈까쭈샤〉라는 라이터 ── 관에 심지와 돌을 넣은 간단한 것 ── 를 1파운드에 팔았다. 이것은 조국의 권위를 훼손하는 행위이므로 제58조, 10년 형.

소몰이꾼이 말을 듣지 않는 소한테 화가 나서 〈집단 농장의 잡년〉이라고 욕했다. 그것으로 역시 제58조에 의해 형기가 선고되었다.

엘로치까 스비르스까야는 아마추어 공연에서 좀 신랄한 풍자 노래를 불렀다. 이것은 틀림없는 모반이다! 제58조, 10년 형.

농아인 목수도 반혁명적 〈선동〉으로 형기가 선고되었다! 어찌 된 노릇일까? 그는 클럽의 마루를 까는 작업을 하고 있었다. 큰 홀에서 모든 물건들을 들어내서 아무 데도 옷을 걸 못이나 걸개가 없었다. 일하고 있는 동안에 그는 상의와 모자를 레닌 흉상에 걸어 두었다. 누군가 들어와 그것을 보았다. 그것으로 제58조, 10년 형.

전쟁 전에 볼가 수용소에는 뚤라, 깔루가, 스몰렌스끄의 여러 주에서 시골의 무식한 노인들이 많이 왔었다. 그들은 죄다 제58조 10항, 즉 반소비에뜨 선동죄에 의한 형을 받고 있었다. 왜냐하면 그들은 무엇이든 서명해야 할 때 십자가 표시를 했기 때문이다(로실린의 이야기).

전후에, 내가 뻬뜰루가 지방 출신의 막시모프와 같은 수용소에 수용된 적이 있었다. 그는 개전 당시부터 고사포 부대에 소속되어 있었다. 겨울 어느 날, 정치 지도원이 『쁘라브다』의 사설(1942년 1월 16일)「봄이 되어도 재기할 수 없도록, 겨울 동안 독일군을 격파하자!」를 토의하기 위하여 부대 전원을 집합시켰다. 그는 막시모프의 발언을 요구했다. 막시모프는 말했다.「물론, 그대로입니다! 지금 독일군을 때려서 쫓아내야 합니다. 눈보라가 휘날리는 동안에, 독일군이 펠트 장화를 신지 않는 사이에, 하기야 우리도 단화밖에 신지 않았지만, 봄이 되면, 독일군의 무기에 기가 죽을 테니까……」 정치 지도원은 그에게 박수를 보냈다. 그의 발언은 옳았던 것 같았다. 그런데 스메르시에 호출되어 8년 형을 받았다. 〈독일군 병기에 대한 찬양〉으로, 제58조였다. (막시모프가 받은 교육은 마을의 초등학교 1년뿐이었다. 공산 청년 동맹원이었던 그의 아들이 군대에서 수용소로 와서 지시했다.「아버지, 엄마한테 체포되어 있다고 쓰지 말아요. 제대가 허락되지 않아서, 아직 부대에 있는 것으로 하세요.」 아내는 사서함 앞으로 답장을 쓰고, 그리고 〈당신의 복무연한이 끝났는데, 왜 돌아오지 않아요?〉라고 썼다. 항상 면도를 하지 않고, 힘이 없고, 귀까지 먼 막시모프를 바라보며 호송병이 충고했다.「간부가 되어서 제대가 늦어진다고 답장을 쓰면 어떤가.」 건설 현장에서 누군가가 막시모프의 귀가 멀었으며 우둔하다고 화를 내면서 고함쳤다.「네놈 때문에 제58조가 망신이야!」

집단 농장 클럽에서 아이들이 장난하다가 등으로 벽에 걸려 있던 어떤 현수막을 찢어 버렸다. 제일 연상인 두 아이는 제58조에 의해 형을 받았다. (1935년의 법령에 따라, 어린아이라도 열두 살 이상은 모든 범죄에 대해 형사 책임을 진다!)
그 부모한테도 교사했다는 이유로 형을 주었다.

추바시족 열여섯 살 소년이 모국어가 아닌 러시아어로 쓰
인 벽신문의 구호를 잘못 읽었다. 그것으로 제58조, 5년 형.

국영 농장의 경리부 방에는 구호가 걸려 있었다. 〈생활이
향상되고, 생활이 즐거워졌다 — 스딸린.〉 누가 그 구호에 붉
은 연필로 〈의〉자를 써넣었다. 그래서 〈스딸린《의》생활이 즐
거워졌다〉는 의미로 바뀌어 버렸다. 장본인을 찾을 수 없어
경리부 모두를 잡아넣었다.

게셀 베른시쩨인과 그의 아내 베스차스뜨나야는 제58조
10항에 의해 5년형을 받았다…… 집에서 강신술을 했기 때문
에! 신문관은 끝까지 물었다. 「그 자리에 〈또〉 누가 있었나?」¹

바보 같은가? 미개한가? 무의미한가? 아니다, 조금도 무의
미하지가 않다. 이것이 다름 아닌 〈설득의 수단으로서의 공포
정치〉인 것이다. 이런 속담이 있지 않은가 — 서툰 총질도 많
이 쏘면 맞는다! 여하튼 쏘아 대면 언젠가는 맞아 떨어뜨릴
수가 있다. 대량 테러의 의미가 우선 거기에 있었다 — 한 사
람씩 잡아서는 절대 잡히지 않는, 숨어 있는 거물이 걸려들어
죽게 되는 것이다.

임의로 혹은 계획적으로 사람을 투옥하는 것을 정당화하기
위해 얼마나 어리석은 죄상을 날조했던가!

스몰렌스끄주 출신 그리고리 예피모비치 게네랄로프의 죄
상은 〈소비에뜨 정권을 증오하고 있었기 때문에 술을 마시고
있었다〉는 것이었다(사실은 아내와 사이가 나빠서 술을 마셨
다) — 이것으로 8년 형.

---

1 그런데 수용소에서는 게셀이 〈점을 쳤기 때문에〉 투옥되었다는 소문이
나서, 특권수들이 그에게 빵과 담배를 가져왔다 —〈내 점도 봐 주게!〉 하면서.

이리나 뚜친스까야(소프로니쯔끼 아들의 약혼녀)은 교회에서 돌아오는 길에 체포되었으나(그녀의 온 가족을 투옥할 계획이었다), 그 이유는 교회에서 〈스딸린이 죽도록 기도했다〉는 것이다(그 기도를 들을 수 있는 사람이 있는가?) — 테러 행위로군! 25년 형.

알렉산드르 바비치의 죄상은 〈1916년에 터키 군대에 가담하여 소비에뜨 정권(!!)에 대해 적대 행위를 했다〉는 것이었다(사실은 러시아인의 의용병으로서 터키 전선에서 싸웠던 것이다). 이윽고 1941년에 쇄빙선 〈삿꼬〉호를 독일군에게 인도할 참이었다고(승객으로 승선했을 뿐이었다!) 죄를 덮어씌웠고, 그 판결도 — 총살이었다! (후에 〈10루블〉로 감형되었으나, 수용소에서 사망했다.)

세르게이 스쩨빠노비치 표도로프 포병 기사는 〈젊은 기사들의 설계 작업을 지연시킨 해충적 행위〉로 문초를 받았다. (이들 공산 청년 동맹 적극 분자들은 설계도를 끝낼 틈도 없었는데.)[2]

소비에뜨 연방 과학 아카데미 준회원인 이그나또프스끼는 1941년에 레닌그라뜨에서 체포되었다. 1908년에 카를 차이스 공장에서 일했을 때 독일 첩보 기관에 가담했다는 죄였다! 더욱이 그는 다음과 같은 기묘한 임무를 받았다는 것이다 — 다가올 전쟁(당시의 첩보 기관이 관심을 가졌던 것)에서는 스파이 활동을 하지 않고, 〈그다음의〉 전쟁에서 할 것! 따라서, 그도 1차 대전에서는 충실히 러시아 황제에게 봉사하고, 그 후에는 소비에뜨 정권에 봉사하고, 우리 나라의 유일한 광학 기계 공장(GOMZ)을 궤도에 올려서 과학 아카데미에 선

---

2 그러나 발악하는 이 해충을 끄레스띠 형무소에서 군수 공장 고문관으로 자동차로 모셔 갔다.

출되었다. 그러나 2차 대전이 시작되자 그는 체포되었고, 무해하게 보이긴 했지만 결국 총살되고 말았다!

그러나 대부분의 경우에는 그런 환상적인 고발이 필요하지 않았다. 간단한 표준적인 고발 세트가 준비되어 있었으므로 그 속에서 신문관이 한두 개를 골라 마치 우표를 봉투에 붙이듯이 붙이면 되었다.

— 지도자의 명예 훼손
— 집단 농장 건설에 대한 부정적 태도
— 국채에 대한 부정적 태도 (정상적인 사람이라면 과연 긍정적 태도를 표시할 수 있었겠는가!)
— 스딸린 헌법에 대한 부정적 태도
— 당에서 시행하는 즉각 조치 또는 특수 조치에 대한 부정적 태도
— 뜨로쯔끼에 대한 동조
— 미국에 대한 호감
— 기타, 기타, 기타

이러한 여러 가지 가치를 지닌 우표를 붙이는 작업은 극히 단조롭고 어떤 기술도 필요하지 않았다. 시간을 허비하지 않기 위하여 신문관으로서는 줄을 서 있는 새 희생자들이 필요했다. 이들 희생자는 할당제에 의해 지역구, 군부대, 수송 지부, 교육 시설 등의 보안 장교들이 모아 왔다. 이들 보안 장교들에게도 골치를 썩일 필요가 없는 적당한 밀고 제도가 있었다.

자유인들끼리의 싸움에서 밀고는 초강력 무기, 엑스선이었다 — 눈에 보이지 않는 한 줄기의 광선을 적에게 향하기만 하면 상대방은 쓰러지고 말았다. 실패는 절대 없었다. 나는 정

확한 이름은 기억나지 않으나, 밀고가 남녀 간의 연애 경쟁에도 이용되었다는 〈많은〉 사실을 형무소에서 들었다. 어떤 사나이가 방해가 되는 남편을 죽이고, 아내가 남편의 정부를 죽이고, 혹은 정부가 아내를 죽이고, 정부가 아내를 떼어 버리지 못한 남자에게 복수하기도 했다.

신문관들 사이에 제일 용도가 많았던 우표는 〈10항〉, 즉 반혁명적(후에 반소비에뜨적으로 바뀌었다) 선동이었다. 혹시 우리의 자손이 어느 날 스딸린 시대의 심리와 재판 서류를 읽는다면, 이 반소비에뜨적 선동가들이 얼마나 재주 있고 요령이 좋은 녀석들이었는지 감탄하지 않을 수 없을 것이다. 그들은 바늘구멍만큼 찢어진 모자로, 닦은 마루로(이에 대해서는 나중에 이야기하겠다), 혹은 세탁하지 않은 내의로, 미소 혹은 미소는 아니지만 약간 표정 있는 시선 혹은 무표정한 시선으로, 두개골 속의 소리 없는 사상으로, 은밀한 일기를 쓰는 것으로, 연애편지로, 변소에서 낙서로 그 선동 활동을 하였던 것이다. 그들은 한길에서, 시골길에서, 화재가 난 곳에서, 시장에서, 부엌에서, 집에서 차를 마시면서, 또 침대에서 귓가에 속삭이면서 그 선동 활동을 하고 있었다. 이와 같은 선동의 공세에 대하여는, 불패의 사회주의적 기구만이 견뎌 낼 수 있었다!

수용소군도에서는 흔히 〈누구든지 형법의 모든 조항의 《대상》이 《될 수 있는 것》은 아니다〉라는 농담을 했다. 사회주의 재산 보호의 법률을 위반하고 싶다는 사람이 있어도 좀처럼 그것에 근접할 수 없는 사람이 있다. 공금 횡령을 아무렇지도 않게 할 수 있는 사람도 있으나, 그런 사람이 출납계에 앉을 수 있느냐는 다른 문제이다. 사람을 죽이기 위해서는 적어도 칼을 가지지 않으면 안 된다. 무기를 불법 소지하기 위해서는 우선 그것을 가져야 한다. 수간을 하기 위해서는 가축을 가지고 있어야 한다. 누구든지 제58조의 대상이 될 수 있는 것은 아니다 — 군대에 근무하고 있지 않으면, 어떻게 1항에 의한 조국을 배신할 수 있겠는가? 한띠-만시스끄에 살고 있다면, 어떻게 4항에 의해 국제적 부르주아지와 연락을 할 수 있겠는가? 이발소에서 일하고 있는데, 어떻게 7항에 의해 국영 산업과 수송 시설을 폭파할 수 있겠는가? 폭발을 일으키기 위한 가장 조잡한, 작은 압력솥도 없는데 어떻게 폭파할 수 있겠는가? (화학 기사 추다꼬프, 1948년, 〈파괴적 방해 활동〉.)

그러나 제58조 10항의 대상은 〈누구나 될 수 있었다〉. 연로한 노파도, 열두 살의 초등학생도 될 수 있었다. 기혼자도 미혼자도, 임산부도 처녀도, 운동선수도 불구자도, 술에 취했어도 안 취했어도, 눈이 밝아도 장님이어도, 승용차를 타고 다니는 사람이어도 동냥을 하는 사람이어도, 어떤 사람이라도 그 대상이 되는 것이다. 10항으로는 여름에도, 겨울에도, 평일에도, 일요일에도, 이른 아침에도 늦은 밤에도, 일터에서도 집에서도, 계단에서도, 지하철역에서도, 밀림 속에서도, 극장의 휴식 시간에도, 아니, 일식이 있을 때도 형을 줄 수 있었다.

대상이 광범위한 것으로 10항과 견줄 수 있는 것이 12항 즉 〈불고지죄〉, 알고 있었으나 통보하지 않았다는 것을 규정한 항목이었다. 위에서 말한 모든 사람이 똑같은 조건으로 이 항목에 의해 형을 받을 수 있었다. 다만 특별한 점은 그러기 위해서 입을 열거나 펜으로 쓰거나 할 필요도 없이 간단했다는 점이다. 아무것도 하지 않고 있는데 덤벼드는 것이 이 항목의 특징이다! 하지만 형기는 똑같았다. 10년 형과 〈권리 박탈〉 5년이었다.

물론 전쟁이 끝나자 제58조 1항, 즉 〈조국에 대한 배신〉 항목도 역시 대상 범위가 넓어졌다. 이 항목에는 모든 포로들과 피점령 지역에 있던 모든 사람들뿐만 아니라, 위험이 임박한 지역에서의 소개(疏開)를 지연시켜 그것 때문에 조국에 대한 배신 의도를 뚜렷하게 나타낸 사람들도 해당되었다. (수학 교수 주라프스끼는 레닌그라뜨에서 소개하기 위해 비행기 좌석 셋을 신청했다 — 아내와 앓고 있는 처제와 자기 좌석이었다. 그에게 두 좌석밖에 주지 않았다. 처제의 좌석은 없었다. 그래서 그는 아내와 처제를 태워 보내고, 자기는 레닌그라뜨에 남았다. 당국은 이 행위를 교수가 독일군의 도착을 기다리고 있었다고 해석하며, 그 외의 해석은 고려할 수 없다고 했다. 이 것은 제19조와 함께 제58조 1항의 a에 따라 10년 형이었다.)

그 불쌍한 재봉사, 클럽의 수위, 벙어리, 수병 혹은 베뜰루가 지방 출신자와 비교하면, 다음의 사람들은 정당한 근거가 있어서 형을 받았다고 생각된다.

— 독립군이던 에스토니아에서 레닌그라뜨로 이주한 에스토니아인 엔셀드. 그는 러시아어로 쓴 편지를 몰수당했다. 〈누구에게 보내나? 누구로부터 받는가?〉라는 신문에 대하여 그는 〈나는 신의 있는 사람으로서 그런 질문에는 대답할 수 없습니다〉라고 말했다(그 편지는 V. 체르노프가 자기 친척에게 보내는 것이었다). 뭐야, 이놈아! 신의 있는 인간이라고? 그렇다면 솔로프끼에 가라고! 하여튼 그는 편지를 가지고 있었으니까.

— 기리체프스끼. 전선에 있는 두 장교의 아버지였으나, 전시에 노동 동원으로 이탄 채굴장에서 일하며 거기서 국물뿐이고 건더기가 들어 있지 않은 수프를 불평했다. (불평했다! 여하튼 입을 열었던 것이다!) 그는 그것 때문에 당연히 제58조 10항에 의해 10년 형을 받았다(그는 수용소의 오물통에서 감

자 껍질을 주우면서 죽었다. 지저분한 호주머니 속에는 가슴에 많은 훈장을 단 아들의 사진이 들어 있었다).

— 네스쩨로프스끼. 영어 교사. 자신의 〈집〉에서 차를 마시며 아내와 아내의 친한 여자 친구들에게 금방 돌아온 볼가 연안의 오지에서 보았던 생활의 궁핍과 기근에 대해 이야기했다. (사실 그렇게 이야기했다!) 아내의 여자 친구들이 부부를 〈팔아 버렸다〉 — 남편은 10항에 의해, 아내는 12항에 의해, 각각 10년 형을 받았다. (그들의 집은 어떻게 되었을까? 알지는 못하지만, 아마 친구의 것이 되지 않았을까?)

— N. 랴비닌. 1941년에 아군이 후퇴를 계속할 때, 분명히 이렇게 말했다. 「〈공격해 오지 않으면, 우리도 공격하지 않겠다. 하지만 공격해 오기만 하면 혼내 줄 테야.〉 이런 노래나 부르지 말고 공격했어야지.」 이런 비열한 놈한테는 총살형도 부족한데, 겨우 10년 형이라니!

— 레우노프와 뜨레쭈힌이라는 두 공산당원은, 마치 벌에나 쏘인 듯이, 어째서 오랫동안 당 대회를 소집하지 않는가, 당 규약의 위반이 아닌가, 라고 말했다. (그들이 알 바가 아닌데!) 이것으로 두 사람은 각각 10년씩 받았다.

— 파이나 예피모브나 엡시쩨인이 뜨로쯔끼의 범죄 사실에 충격을 받아, 당의 집회에서 질문했다. 「어떻게 그 사람을 소련에서 내보냈죠?」 (당이 그녀 앞에 보고할 의무가 없는데도! 그리고 이오시프 비사리오노비치도 실수를 후회하고 계실 텐데!) 이 쓸데없는 질문 때문에, 그녀는 연이어 〈세 번의 형기〉를 받고 복역했다. (신문관이나 검사 중 아무도 그녀의 죄과를 설명할 수가 없었음에도.)

— 프롤레타리아 여성인 그루샤의 경우 죄가 놀라울 정도로 무기운 것이었다. 그녀는 23년간 우리 공장에서 일하고 있

었지만, 이웃의 아무도 그녀의 집에서 성상화(聖像畵)를 본 사람은 없었다. 그런데 그녀가 살고 있는 지방에 독일군이 가까이 왔을 때, 그녀는 성상화를 벽에 걸었다(성상화를 가지고 있다는 것만으로도 박해를 받는 시대였으나, 그녀는 이제 두려워하지 않았다). 이웃 여인들의 밀고에 의해 신문관들이 특히 주목했던 것은 ── 마루를 말끔히 닦았다는 사실이었다! (그런데 독일군은 오지 않았다.) 게다가 그녀는 집 주위에 떨어진 독일군이 뿌린 예쁜 그림이 그려진 전단을 주워서 옷장 꽃병 속에 넣어 두었다. 그러나 우리 인도적인 법정은 그녀가 프롤레타리아 출신이라는 것을 감안하여, 그루샤에게 〈불과〉 8년의 수용소 형과 권리 박탈 3년 형밖에 선고하지 않았다. 하지만 그동안 그녀의 남편은 전사했다. 딸은 공업학교에서 공부했으나 〈인사 담당들〉이 괴롭혔다. 〈네 어머니는 어디 있지?〉 결국 딸은 음독자살해 버리고 말았다(딸이 죽었다는 이야기까지 하고 나서, 그루샤는 그 이야기를 계속할 수가 없어서, 울면서 나가 버렸다).

첼랴빈스끄 교육 대학 3학년인 겐나지 소로낀이 학생 문예 잡지에 자신이 쓴 두 편의 논문을 실었다(1946년). 그래서 가벼운 형으로, 10년 형.

그럼 예세닌의 시를 읽는 것은 어떤가? 우리는 항상 많은 것을 잊어버린다. 그리고 이렇게 말할 것이다. 「그런 일은 없었어. 예세닌은 항상 존경받는 인민의 시인이었어.」 그러나 사실, 예세닌은 반혁명 시인이었으며, 그의 시는 금지된 문학이었다. 랴잔의 보안대에서 M. Y. 뽀따뽀바는 이런 죄로 문초를 받았다. 「가장 뛰어난 천재적 시인은 마야꼬프스끼라고 스딸린께서 말씀하셨는데, 예세닌을 칭찬하다니(전쟁 전에)? 이것으로 너의 반소비에뜨적 본질이 드러나고 말았어!」

이리하여 〈더글러스〉 항공기의 부조종사였던 민간 항공 비행사는 이제 맹렬한 반소비에뜨주의자로 보였던 것이다. 그의 소지품에서 예세닌 전집이 발견되었으며, 아군이 진주할 때까지의 동프로이센 사람들은 풍요로운 생활을 했다고, 그가 모든 사람에게 말했을 뿐만 아니라, 비행사들의 〈토론회〉에서 그는 독일 문제에 관해 에렌부르끄와 공개 토론을 시작했던 것이다(에렌부르끄의 당시의 입장에서 보건대, 이 비행사는 독일인을 좀 더 인간적으로 대하자고 제안하는 것 같았다).[3] 토론회에서 느닷없이 공개 논쟁을 하다니! 군법 회의는 10년 형과 권리 박탈 5년을 선고했다.

I. F. 리빠이는 자기 지구에서 당국이 명령한 때보다 1년 빨리 집단 농장을 만들었다. 전적으로 자발적인 집단 농장이라니! GPU의 전권 대표 오프샨니꼬프가 이러한 적대 행위를 허락할 까닭이 있겠는가? 〈자네가 말하는 좋은 일보다는, 내가 시키는 나쁜 일을 하라!〉는 것이었다. 이 집단 농장은 꿀라끄들의 것으로 낙인이 찍혀, 리빠이 자신이 꿀라끄 지지자로서 수용소에 보내졌다······.

노동자인 F. V. 샤비린이 당 집회에서 〈큰 소리〉로(!) 레닌

---

3 에렌부르끄의 회고록을 읽으면, 이런 하찮것없는 사건의 흔적이 없다. 아니, 그는 자기 논쟁 상대가 투옥된 것을 알지 못했는지도 모른다. 당시 그는 상대방을 향해 그저 당의 노선에 따라 대답하고는, 이내 잊어버리고 말았다. 에렌부르끄는 자기가 〈복권에 당첨되어 살아남은 것〉이라고 썼다. 글쎄, 당첨 번호가 이미 표시된 복권이라고 해야 정확한 게 아닐까? 자기 주위에서 친구들이 차츰 〈재수 없게 걸려들면〉, 그들과 전화로 시시덕거리는 일도 빨리 그만두지 않으면 안 된다. 화물차가 방향을 틀면 몸도 틀어 줘야 하는 것이다. 독일인들에 대한 에렌부르끄의 증오가 얼마나 심했던지, 스딸린마저 그에게 적당히 하라고 할 정도였다. 만일 인생의 최후를 맞으면서 자신이 거짓에 가담했다는 것을 느낀다면, 그따위 회고록으로써가 아니라, 용감하게 현재를 희생함으로써 스스로 범한 죄를 속죄해야 할 것이다.

의 유언에 대해 말했다! 아니, 이것보다 위험한 발언은 없었다. 그는 용서할 수 없는 적이 되었다! 신문 후에 그의 치아가 몇 이나 남아 있었는지 모르지만, 그것들도 꼴리마 지방에서 첫 해에 모두 빠져 버렸다.

제58조로 형을 받은 녀석들 중에는 이런 무서운 범죄자들도 있었다! 더욱이 악질적인 지하 운동에 참여했던 자들도 있었다. 예를 들면, 리가의 주민인 뻬레쯔 게르쩬베르끄가 그런 사람이다. 느닷없이 그는 사회주의 공화국인 리투아니아에 이주하여, 거기서 〈폴란드〉계로서 등록했다. 그러나 자신은 라트비아계 유대인이었다. 여기서 인상적인 것은 — 자기의 모국을 기만하려는 의도를 가지고 있었다는 것이다. 그의 계산에 의하면, 폴란드로 출국 허가를 받으면 거기서 이스라엘로 도망칠 수 있다는 것이다. 일이 잘되지 않았다. 리가가 싫으니, 수용소군도로 가게 됐던 것이다. 조국에 대한 배신을 의도했기 때문에, 10년 형.

몸을 숨기고 있는 자들도 있었다! 1937년에 〈볼셰비끄〉 공장(레닌그라뜨)의 노동자들 속에서, 1929년에 지노비예프가 연설한 집회에 당시 공장 부설 공업 학교 생도로서 출석했던 사람들이 발견되었다(의사록에 첨부되었던 출석자의 등록 명부가 발견되었다). 그들은 이런 사실을 8년간이나 숨기고 프롤레타리아트에 숨어들었다. 이제 모두 체포되어 총살에 처해졌다.

마르크스는 이렇게 말했다.「국가가 시민을 범죄자로 만들 때는, 국가 스스로에게 해를 끼친다.」[4] 그리고 어떻게 국가는 그들 위반자들 속에서 뜨거운 피를 가진 조국을 지키는 병사를, 공동체의 구성원을, 〈신성한 존재인〉 한 가족의 가장(家

4 『마르크스-엥겔스 선집』, 제1권, p. 233.

長)을 발견할 것인가, 그리고 가장 중요한 것은, 그 속에서 시민을 어떻게 발견할 것인가에 대해 매우 감명 깊은 설명을 첨가하고 있다. 그러나 우리의 법학자들은 마르크스를 읽을 틈이 없었다. 특히, 충분히 검토할 여유가 없었다. 그러니 마르크스가 원한다면, 우리 나라의 지령서를 읽게 하라.

위의 예들은 모두 놀랍고도, 상식 밖의 것이라는 반대 의견도 있지 않겠는가? 믿을 수 없는 일이 아닌가? 유럽은 믿을 수 없지 않을까?

유럽 사람들은 물론 믿지 못할 것이다. 자기들이 〈갇히지〉 않는 한, 믿을 수 없을 것이다. 유럽 사람들은 우리 나라의 허울 좋은 잡지를 믿어 왔기 때문에, 그 밖의 것을 이해할 능력이 없을 것이다.

그럼, 우리는 어떤가? 50년 전이라면 절대 믿지 않았을 것이다. 1백 년 전에도 믿지 않았으리라. 벨린스끼라든가 체르니셰프스끼와 같은 사람은 믿지 않았을 것이다. 그러나 총검을 가지고 좀 더 깊숙이, 3~4세기쯤 멀리, 뾰뜨르 대제와 그 이전의 시대에까지 가면, 믿지 못할 이유가 있겠는가? 별로 부끄러운 일도 아니다. 예전부터 계속 해오던 일이니까.

— 형무소의 교도관인 센까가 말했다. 「내 턱수염을 당기지 마라! 나는 황제 폐하의 백성이다. 따라서 나의 수염도 황제 폐하의 것이다.」 제58조, 가차 없이 곤봉에 맞을 것이다.

— 친위대 소대장 이바시꼬 라스뽀뻰이 손가락질하면서 말했다. 「네놈도 폐하도 꼴좋게 됐군.」 제58조, 가차 없이 곤봉에 맞을 것이다.

— 장사꾼 블레스찐이 까자끄들을 욕했다. 「너희들 같은 까자끄를 먹여 살리는 대공이 바보야.」 제58조, 가차 없이 곤봉에 맞을 것이다.

── 소영주 이반 빠시꼬프가 말했다. 「황제 폐하는 성인 아파나시보다 높으시다.」 그에 대해 아파나시 교회의 집사 네즈단이 대답했다. 「그럼 어떻게 황제가 아파나시에게 기도하겠는가?」 (그것은 부활절 당일의 일로서, 둘 다 취해 있었다.) 모스끄바는 냉담한 판결을 내렸다. 소영주를 가차 없이 곤봉으로 때릴 것, 같은 이유로 집사도 같은 형에 처할 것.[5]

결국 다들 입을 다물 줄은 안다. 필요한 것은 그것이다.

◆

옛 러시아에서는 〈정치범〉들과 속물들이 국민의 양극을 이루고 있었다. 이보다 더 서로 다른 생활과 생각은 없을 정도였다.

소비에뜨 연방이 되고부터는 속물들을 〈정치범〉으로 끌어넣었다.

그래서 정치범들이 속물로 떨어져 버린 것이다.

〈군도〉의 절반이 〈제58조〉 위반자가 되어 버렸다. 하지만 정치범은 없었다……. (만일 그것이 모두가 진짜 〈정치범〉이었다면, 이미 오래전에 권력자들이 법정에서 다른 〈좌석〉에 앉게 했을 것이다!)

일상생활의 범죄 조항에 해당하지 않는 사람은 누구든지 이 〈제58조〉에 해당했다. 그것은 상상할 수 없을 만큼 혼잡하고 복잡했다.[6] 누가 남을 말살하기 위한 신속하고도 영원한

5 이런 실례는 쁠레하노프의 『러시아 사회 사상사』에서 인용한 것이다.
6 예를 들어, 소련 여성과 결혼한 젊은 미국인이 미국 대사관 밖에서 첫날밤을 지내고 체포된 일이 있다(모리스 거시먼). 혹은 백위군들을 학살한 일(동생의 복수를 갚기 위해)로 유명했던 시베리아 빨치산인 무라비요프는 1930년부터 GPU에서 나오지 못했다(발단은 돈 때문이었다). 그는 건강을 잃고, 이도 빠지고, 이성도 잃고 심지어 이름마저 잃어버렸다(결국 폭스라는 이름이

가장 간단한 방법은 그 사람을 이 〈제58조〉로 몰아붙이는 것이었다.

그리고 또 거기에 〈가족〉들도, 특히 〈ChS(가족 구성원)〉로서 아내들도 이에 해당되었다. 지금은 당의 거물들의 아내를 〈ChS〉로서 체포해 갔다는 사실이 잘 알려져 있지만, 사실 이런 관례는 이전부터 확립되어 있었다. 이 방법에 의해 귀족의 가족도, 저명한 지식인의 가족도, 성직자의 가족도 치워 버렸다. (1950년대에도 역시 그런 일이 행해지고 있었다 — 책에 사상적인 오류를 범한 역사학자 K.가 25년을 선고받았다. 그럼 아내도 처벌해야 되지 않겠는가? 10년 형을 받았다. 그리고 일흔다섯의 노모와 열여섯의 딸도 어떻게 남겨 놓겠는가? 불고지죄로 그들을 처벌했다. 이 네 사람을 다른 수용소에 분산시켜 서로 서신 왕래를 금지시켰다.)

평온한 생활을 즐기고 얌전하며 정치와 거리가 먼, 글도 읽을 줄 모르는 사람이 많으면 많을수록, 또 체포되기까지 자기 생활에만 전념하던 사람들이 부당한 형벌이나 죽음 가운데로 휘말릴수록, 〈제58조〉는 퇴색되고, 두려운 것이 되었다. 그리고 모든 최후의 정치적 의미를 잃고, 방황하는 사람들의 방황하는 무리가 되어 버렸다.

그런데 〈제58조〉로 체포된 사람들의 〈구성〉을 말하는 것보다 그들이 수용소에서 〈어떤 대우를 받았나〉를 말하는 편이 훨

되었다). 또한 횡령을 했던 소비에뜨의 한 경리 담당이 형사 책임을 피하기 위하여 오스트리아 서부로 도망쳤는데 — 거기서 참 우스운 일이지! — 적당한 일거리를 찾을 수가 없었다. 바보 같은 그 관리는 거기서도 높은 지위에 있고 싶었으나, 유능한 사람들이 경쟁하고 있는 사회에서 어떻게 그런 지위를 얻을 수 있겠는가? 그래서 조국으로 돌아오기로 했다. 결국 횡령과 스파이 혐의로 25년을 선고받았다. 그래도 그것이 마음 편하다고 그는 기뻐하고 있었다.

이런 사례는 무수히 많다.

씬 중요한 일이다.

이들은 혁명 초기부터 사방에서 총공격을 받았다 — 그 엄격한 대우와 법학자들의 규정에 의해서.

1921년 1월 8일 자 체까 명령 제10호와 같이 확실한 사유가 없으면 체포할 수 없는 것은 노동자, 농민뿐이며, 따라서 지식인은 체포할 수 있었다. 단지 반감을 가지고 있다는 이유로 말이다. 또는 1924년의 제5회 사법 관계자 대회에서 끄릴렌꼬는 〈계급적 적대 분자들에 관해 말하자면……교정은 무력하고《무의미》한 것이다〉라고 말하고 있다. 1930년대 초에 다시 한번 계급적 적대 분자에 대하여 감형을 실시한다는 것은 우익 기회주의라고 경고되었다. 그와 마찬가지로, 〈형무소에서는 모두 평등하다〉고 생각하거나, 판결이 내린 순간부터 계급 투쟁이 끝나고, 〈계급의 적이 교정되기 시작한다〉고 생각하는 것은 기회주의적 시각이라는 것이다.[7]

위에서 말한 것을 모두 함께 종합하면 이렇게 되는 것이다. 즉, 당신들은 〈아무 이유도 없이〉 체포되며, 당신들의 교정은 무의미하고, 수용소에서는 당신들을 궁핍한 상태로 몰아넣어서, 거기서도 계급 투쟁으로 고통받게 된다. 그렇다면 이것을 어떻게 이해해야 할까 — 수용소에서 아직도 계급 투쟁이 있다니? 사실은, 죄수들은 평등한 것처럼 보인다. 아니, 그렇게 속단해서는 안 된다. 그것은 부르주아적 관념이다! 형사범들이 지배하기 위해서, 그 정치적인 〈조항〉의 수형수들에게서 형사범들과 별도로 수용될 권리를 빼앗아 버렸다! (제정 시대의 형무소 경험에 의하여 그 정치적 단체와 정치적 항의의 실태를, 또 그것이 체제에 있어서 위험하다는 것을 충분히 인식한 사람들이 이것을 고안해 냈던 것이다.)

7 논문집『형무소에서 교육 시설로』, p. 384.

그리고 여기서 아베르바흐가 우리한테 이렇게 설명한다. 〈재교육의 전술은 계급적 분화에 의한다……프롤레타리아트에 가장 가까운 계급에 의지할 것〉[8](이 가까운 계급이란 누군가? 그것은 〈예전의 노동자들〉, 즉 〈도적들〉이다. 그놈들이 〈제58조〉를 공격하게 만드는 것이다!), 〈재교육은《정치적 투쟁을 불러일으키지 않고는 불가능하다》〉(이것은 그대로 인용한 것이다!).

따라서 우리의 생명을 완전히 도적놈들의 손에 맡기게 한 것은 벽지의 수용 지점에서의 게으른 지점장들의 폭거가 아니라, 고매한 〈이론〉이었다!

〈계급에 의해 대우를 구별하는 일……계급적 적대 분자에 대한 끊임없는 행정적 압력〉── 기한이 끝나지 않는 형기를 짊어지고, 낡아 빠진 윗옷을 입고, 고개를 떨군 쓸쓸한 모습이 대체 어떤 것인지 당신은 상상할 수 있는가? 이 〈끊임없는 행정적 압력〉이란 무엇일까?

아니, 우리는 이 호화로운 책 속에서, 수용소에서 〈제58조〉에게 참을 수 없는 조건을 만드는 여러 가지 방법을 찾아낼 수 있다. 그것은 면회, 차입, 서신 왕래, 청원의 권리, 수용소 내(!)의 이동의 권리를 제한하는 것만이 아니다. 그것은 적대적 계급 분자로서 별개의 작업반을 만들고, 〈그들의 작업반을 더욱 어려운 조건에 놓는〉 것이다(내가 부연 설명을 하자면, 그것은 달성한 작업량을 산정할 때 속이는 것이다) ── 노르마를 달성하지 못할 때는, 그것은 계급의 적에 의한 농간이 된다. (그 결과 꼴리마 지방에서는 작업반 전원이 총살되었다!) 때때로 건설적인 조언이 주어졌다. 즉, 꿀라끄들과 꿀라끄 지지자들(즉, 수용소 내에서 제일 우수한 농민으로, 그들은 농사 관련 작업을 열망했다)은 농사일에 보내지 않는다! 또한

8 I. L. 아베르바흐, 『범죄에서 노동으로』, p. 35.

이런 조언도 있었다. 고도의 기술을 몸에 익히고 있는 계급적 적대 분자(즉, 기사들)은, 〈사전에 심사 없이는〉(수용소에 기사들을 심사할 만한 자격을 가지고 있는 사람이 있을까? 그것은 아마 문화 교육부의 도적놈의 기병대, 중국의 홍위병과 같을 것이다) 어떤 책임 있는 일도 못 하게 한다. 그러나 운하 건설을 할 때는 이 조언을 지키기 어렵게 된다. 왜냐하면, 운하 갑문은 제멋대로 설계하는 것이 아니고, 수로도 자기 마음대로 만드는 것이 아니다. 여기서 아베르바흐가 부탁했다 — 전문가들은 수용소에 도착해서 적어도 6개월 후에는 〈일반 작업〉으로 돌리도록! (죽게 하려면 이것으로 충분해!) 그렇게 되면, 지식인들의 특권인 막사에 사는 일 없이 〈전문가는 집단의 압력을 받을 것〉이며, 〈반혁명 분자들은 대중이 자기들을 적대시하고, 경멸한다는 사실을 알게 될 것이다〉.

일단 계급적 이데올로기를 가지면, 현실을 곡해하는 데 참으로 편리하다. 누가 〈예전의 노동자들〉과 지식인들을 특권수의 위치에 앉혔다면? 그것에 의하여 그 사람은 〈제일 어려운 작업에 노동자 계급의 죄수들을 보내고 있는 것이다!〉 만일 예전의 장교가 창고에서 일하는데 의복이 부족하다면, 그것은 〈그가 의도적으로 방해한 것〉이 된다. 만일 누군가 기록 보유자들을 향해 〈다른 사람들은 당신들을 쫓아가지 못할 것이다〉라고 말했다면, 그것은 그가 계급의 적이라는 것을 의미한다! 혹시 도적이 술을 마시거나 도주했다면, 혹은 물건을 훔쳤다면, 그것은 계급의 적이 그에게 술을 마시게 하고, 혹은 탈주하라고 교사하거나, 또는 훔칠 것을 교사했다고 설명되는 것이다. (지식인이 〈도적놈에게 훔치라고〉 교사했다는 것이다! 이런 것이 1936년에 아주 진지하게 기록되었다!) 그런데 만일 〈적대 분자 자신이 생산 작업의 성적을 올린다면〉, 그것은 그가 〈무엇인가를 숨길 목적으로 했을 것〉이라는 것이다!

길은 다 막혀 버렸다! 일을 하거나 말거나, 우리에게 호의를 가지거나 말거나, 우리는 너희들을 증오하고 도적의 손으로 근절해 버릴 것이다!

그리하여 뾰뜨르 니꼴라예비치 쁘찌쩐(제58조에 의해 투옥된 사람)은 탄식했다. 〈진짜 범죄자들은 제대로 된 일을 할 능력이 없다. 죄 없는 사람만이 전력을 집중하여, 숨이 끊길 때까지 일하고 있었다. 이것은 비극이었다 — 인민의 적이 인민의 친구였다.〉

그렇지만 당신의 희생을 필요로 하는 사람은 아무도 없다.

〈나는 죄인이 아니다!〉 — 이것이 수용소에 갇힌 정치범들의 첫 느낌이었다. 아마 세계의 형무소의 역사에 없는 현상일 것이다. 왜냐하면 〈수백만 명〉의 사람들이 모두 자신이 옳았다고, 〈아무도〉 죄 있는 사람은 없다고 느끼고 있었으니까. (도스또예프스끼가 있었던 유형지에서는 오직 〈한 사람〉만이 무죄였었다!)

그러나 자기가 가지고 있는 신념 때문이 아니라, 운명의 장난에 의해 가시철조망의 울타리 속에 우연히 모인 사람의 무리가, 자기가 옳았다는 인식으로 결코 자신을 강화할 수는 없었다. 아마도 그 인식은 불합리한 상황 속에서 더욱 그들을 한층 무겁게 내리누르고 있었는지도 모른다. 그들은 무슨 신념보다는 예전의 생활에 집착하여, 결코 희생을 하거나 단결하여 싸울 기분이 아니었다. 이미 감방마다 두세 명의 어린 형사범들한테 제재를 받았다. 수용소에서 그들은 이제 완전히 굴복하여, 작업 할당계나 형사범들의 곤봉에 맞아서 움츠릴 뿐이었으며, 수용소의 철학(고립주의, 보신주의, 상호 불신)과 수용소의 언어를 몸에 익히는 이외의 능력은 이미 아무것도 가지지 못했다.

솔로프끼와 격리 형무소를 체험했던 사회주의자 Y. 올리쯔까야는 1938년에 일반 수용소에 보내져서 이 〈제58조〉 사람들을 보고 놀랐다. 그녀의 기억 속에 있는 예전의 정치범들은 물건을 서로 나눠 가졌으나, 지금은 저마다 자기 생각만 하고, 저 혼자서만 먹고 있었다. 게다가 〈정치범〉들인데 물건이나 배급 빵을 매매하고 있었다!

〈정치적 쓰레기〉 — 안나 스끄리쁘니꼬바는 그들을(우리를) 이렇게 불렀다. 이미 1925년에 그녀 자신도 이런 체험을 했다. 즉, 루비얀까의 책임자가 감방 동료의 머리끄덩이를 잡아끌자, 그녀가 신문관에게 항의했다. 신문관은 〈웃으면서〉 물었다. 「그래, 당신도 그렇게 끌려다녔소?」「아니요, 하지만 제 동료 여성들이란 말이에요!」 그러자 그 신문관은 크게 소리쳤다. 「그런데 당신이 항의할 게 무어란 말이오! 그 따위 〈러시아 인텔리겐치아의 하잘것없는 버릇〉은 집어치우라고! 그것은 이미 〈낡았어〉! 〈자기 자신의 일만〉 생각하시오! 그렇지 않다가는 혼날 테니까!」

이것은 이미 형사범들의 원칙이었다 — 너에게 관계가 없으면 상관하지 말라! 1925년에 루비얀까의 신문관이 〈이미〉 형사범들의 철학을 몸에 익혔던 것이다! 교양 있는 사람들의 귀에는 야만스럽게 생각되는 《정치범》도 훔칠 수 있는가?〉라는 질문에 우리는 깜짝 놀란다. 「그래, 안 그럴 이유라도 있어요?」

「그럼, 정치범이 〈밀고〉도 할 수 있어요?」「그럼요, 그럼 이제 그건 다른 사람보다 나쁜 사람이 되는 건가요?」

「『이반 제니소비치의 하루』에서 당신이 묘사한 정치범들은 어떻게 형사범들의 말투를 쓰는 것이오?」 이런 순박한 반론이 있자, 나는 이렇게 대답하기로 했다. 「만일 〈군도〉에 다른 언어가 없으면 어떻게 할까요? 정치적 쓰레기들이 형사적 쓰레기들에 대해 자기들만의 언어로 대항하기라도 한다는 건가요?」

그들은 이렇게 되풀이했다. 〈너희들은 범죄자야. 범죄자 중에서도 가장 무거운 죄를 지었어. 우리 나라에서는 범죄자가 《아닌 자》를 투옥하지 않아!〉

〈제58조〉의 등뼈가 부러지고 나서, 이제 정치범은 〈없어졌다〉. 군도의 돼지 여물통에 흘러들어 온 그들은 작업장으로 죽으라고 쫓겨나며, 서로서로가 적인 수용소의 거짓을 귀에다 외쳐 댔다!

이런 속담이 있다 ─ 〈굶주리면 목소리가 난다〉. 그런데 우리 군도 주민의 경우는 소리가 나지 않았다. 굶주려 있었는데도.

그런데 구원을 받으려면 아주 작은 것, 정말로 작은 것이 필요하다! 어차피 이미 망해 버린 자기의 삶은 돌보지 않고 단결하는 것이다.

이런 방법으로 때로는 외국인 그룹, 예를 들면 일본인들이 성공했다. 1947년, 레부치라는 끄라스노야르스끄 수용소의 징벌 수용 지점에, 약 40명의 일본군 장교들이, 즉 〈전범〉들(우리 나라에 대하여 어떤 죄를 지었는지 생각할 수도 없지만)이 실려 왔다. 혹한이 계속되었다. 러시아인들한테도 무리한 벌채 작업이었다. 부정 분자들[9]이 재빨리 그들 중의 몇 사람을 발가벗기고 몇 차례 그들의 빵을 통째로 훔쳐 갔다. 영문을 알 수 없는 일본인들은 당국이 개입해 주리라 기다렸으나 당국은 물론 관심도 가지지 않았다. 그러자 일본인 반장이

---

9 부정 분자란 당국이 요구하는 모든 것을, 그 대우마저도, 직업도 부정하는 사람들이다. 통상 이들은 형사범들로 단합이 강한 집단이었다.

었던 곤도 대령이 고참 장교 2명을 데리고 밤에 수용 지점의 지점장 방을 찾아서 만일 이런 폭행을 중지시키지 않는다면 내일 새벽에 자원한 두 장교가 할복하겠다고 경고했다(그들의 러시아어는 유창했다). 그리고 이것은 단지 시작에 불과하다고 말했다. 지점장(예전에 연대 정치 지도원이었던 돌대가리 예고로프)은 이 문제 때문에 곤란에 처할 수 있다는 것을 깨달았다. 그래서 일본인 작업반은 이틀간 작업에 나가지 않고, 보통 식사를 받고, 그 후에는 징벌 수용 지점에서 다른 장소로 옮겼다.

투쟁하여 승리하기 위해서 필요한 것은 얼마나 작은 것인가 — 다만 생명을 버릴 각오⟨만⟩ 있으면 된다. 게다가 이미 망해 버린 생명이 아닌가?

그러나 우리 ⟨제58조⟩들은 항상 형사범과 일반 사범과 동거하면서 한 번도 별개로 수용된 적이 없었다. 그것은 그들이 서로 마주 보면서 갑자기 ⟨자기가 누구인가⟩를 인식하지 못하도록 하기 위해서였다. 형무소나 수용소에서 지도자가 될 수 있었던 명석한 머리와 달변과 불굴의 투지를 가진 자들은 벌써 전에 ⟨조서⟩에 표시한 특별한 표시에 의해 선별되어, 입에 재갈을 물리거나, 특별 격리 형무소에 감금되기도 하고, 구덩이에서 총살되기도 했다.

◆

그러나, 도교(道敎)의 가르침에서도 지적하고 있는 이 세상의 중대한 특질에 의하여, 우리는 정치범들이 없어져 버린 바로 그때 그들이 출현했다고 보지 않으면 안 된다.

지금 내가 감히 말하지만, 소비에뜨 시대에도 진짜 정치범들이 있었을 뿐 아니라,

1. 제정 시대보다 〈더 많았다〉, 그리고
2. 그들은 이전의 혁명가들보다 〈훨씬〉 꿋꿋하고 용감했다.

이것은 먼저 말한 것과 모순되는 것 같지만 결코 그렇지 않다. 제정 러시아 시대의 정치범들의 입장은 매우 유리했으며, 항상 주목의 대상이 되었고, 그들의 행동은 즉각 사회와 출판물에 반향을 불러일으켰다. 이미 보았듯이(제1부 제12장) 소비에뜨 러시아에서 사회주의자들은 그들과 비교할 수 없으리만큼 곤란을 당했다.

그리고 유독 사회주의자들만이 정치범은 아니었다. 1천 5백만 명의 범죄자들로 이루어진 바다에서, 넘실거리는 그들은 우리 눈에 보이지 않고 귀에도 들리지 않았다. 그들은 말이 없었다. 다른 사람보다도 더욱 말이 없었다. 물고기들이야말로 그들을 상징하는 것이었다.

물고기는 초기 기독교의 상징이었다. 그리고 기독교인들이야말로 그들의 중핵이었다. 투박하고, 무식하고, 연단에서 연설도 못하고 지하의 격문도 쓸 수 없는(신앙이 있는 그들한테는 이런 것이 필요하지 않았다!) 그들은 고통과 죽음을 각오하고 수용소로 갔다 ― 다만 자신의 신앙을 지키기 위하여! 그들은 〈무슨 까닭에〉 갇혔는지 잘 알고 있었으며 자기 신념을 굽히려고 하지 않았다! 수용소의 철학에, 아니 그 언어에 젖지 않았던 것은 오로지 그들뿐이었을 것이다. 그들이야말로 진짜 정치범들이 아니겠는가? 그렇다, 그들을 쓰레기라 말할 수는 없으리라.

그리고 그들 중에는 여성들이 특히 많았다. 도교에 의하면, 신앙이 허물어질 때, 그때야말로 진실한 신자가 나타난다고 한다. 정교회의 신부들에 대한 교양 있는 사람들의 조소나 부활절 밤에 있는 공산 청년 동맹원들의 소란이나 또 중계 형무소에 있는 형사범들의 시끄러운 휘파람 소리 뒤에는, 죄 많은 정교회에도 역시 초기 기독교 시대의 신도들과 견줄 수 있는 딸들 — 그 사자가 있는 투기장에 던져진 신자들의 딸들이 성장하고 있다는 것을 우리는 모르고 있었다.

기독교 신자의 수는 많았다. 죄수 호송과 죄수 묘지, 그리고 또 죄수 호송과 죄수 묘지의 반복 — 이 수백만 명에 이르는 숫자를 그 누가 헤아릴 수 있을까? 그들은 아무도 모르게 마치 촛불같이 자기 발 가까이를 비추면서 죽어 갔다. 그들은 러시아의 가장 뛰어난 기독교 신자들이었다. 다른 연약한 기독교 신자들은 떨며, 배신하며, 숨어 버렸던 것이다.

그리하여 이러한 숫자는 〈훨씬 더 많지〉 않겠는가? 아니, 제정 러시아의 어느 시대에 이만큼 많은 정치범들이 있었겠는가? 그 수효가 만 명 단위로 된 적이 없었을 것이다.

그러나 우리 나라에서의 정치범 처형은 너무나 철저하여 그다지 눈에 띄지 않게 행해졌기에 이제 와서 그 한두 사람의 이야기가 간혹 표면에 떠오르는 것이다.

쁘레오브라젠스끼 주교(똘스또이와 비슷한 얼굴로 백발 수염이었다). 형무소 — 유형 — 수용소 — 형무소 — 유형 — 수용소(거대한 카드놀이였다). 이러한 다년간에 걸친 피로에 지친 생활 끝에 1943년에 그는 루비얀까에 호출되었다(출두하는 도중에 형사범들이 그의 모자를 빼앗았다). 당국은 그에게 종무원으로 들어갈 것을 제안했다. 이만큼 있었으면 이제 형무소 생활에서 해방되어도 좋다고 생각하지 않는가? 하지만 그는 단호히 거절했다. 종무원이 더럽혀지고, 교회가 더러워졌다는 것이었다. 그래서 그는 다시 수용소로 돌아갔다.

루까 대주교이며 저명한 『화농 외과 수술』의 저자인 발렌찐 펠릭소비치 보이노야세네쯔끼(1877~1961년)는 어땠는가? 물론, 그의 전기는 저술될 것이기에 우리는 여기서 그에 대해 쓰지는 않겠다. 그는 재능이 풍부한 인물이었다. 그는 이미 혁명 전에 대단한 경쟁을 물리치고 미술 아카데미에 입학했으나 의사가 되어 인류에 더욱 크게 공헌하기 위하여 미술 아카데미를 중퇴했다. 1차 대전에는 병원에서 뛰어난 안과 외과 의사로서 인정받고, 혁명 후에는 중앙아시아 전역에서 인기 있는 따시껜뜨 병원을 경영했다. 그의 앞에는 빛나는 출세의 길이 열리고, 그러한 길을 현대의 우리 나라의 저명인이 걸어가고 있었다. 하지만 보이노야세네쯔끼는 자신의 공헌도가 아직 적다고 느끼고, 주교가 되었다. 그는 수술실에 성상화를 걸고 학생들 앞에서 강의할 때도 사제복을 입고 가슴에 십자가를 걸었다(1921년). 그는 찌혼이 총주교인 시대에 따시껜뜨의 주교로 임명되었다. 1920년대에 보이노야세네쯔끼는 뚜루한스끼 지방으로 유형을 갔다가 많은 사람들의 노력으로 돌아오기는 했으나 이미 그의 의학 강좌와 감독 관구는 다른 사람의 손으로 넘어갔다. 그가 개인적으로 개업하자(간판을 〈루까 주교〉라고 썼다), 환자들이 쇄도했으며(〈가죽 재킷를 입은 놈들〉도 몰래 찾았다), 그는 수익금을 가난한 사람에게 나눠 주었다.

그를 어떤 방법으로 처리했는지 주목할 필요가 있다. 두 번째 유형(1930년, 아르한겔스끄) 때 그는 제58조에 의하지 않고, 〈살인을 교사했다는 이유로〉 유형을 받았다(황당한 이야기였다 ─ 자살한 생리학자 미하일로프스끼의 아내와 장모에게 영향을 주었다는 것이다. 그 미하일로프스끼는 이미 거의 미쳐 있는 상태였으며 부패를 방지하는 용액을 시체에 주사하는 시술을 행했고 신문은 〈소비에뜨 과학의 승리〉라든가 인간의 손에 의한 〈부활〉이라고들 떠들썩했다. 이런 형식적인 행정적 방법에 의해 우리는 오히려 진짜 정치범이 누구인가를 이해할 수 있었다. 그 주요한 특징은 체제와의 투쟁이 아니라 도의적, 혹은 자기가 살아가는 방식으로서 체제에 반대하는 것이다. 〈조항〉의 전용은 전혀 의미가 없었다. (꿀라끄 박멸로 투옥된 많은 농민의 자식들은 절도 조항에 의해 형을 받았으나, 수용소에서는 진짜 정치범이었다.)

아르한겔스끄 유형지에서 보이노야세네쯔끼는 화농 상처의 새로운 치료 방법을 개발했다. 그는 레닌그라뜨로 호출되어 끼로프로부터 성직을 그만두도록 설득을 받은 후 대학 교수로 임명되었다. 그러나 그 불굴의 주교는 괄호 속에 성직명을 넣지 않는 자기 책의 출판마저 동의하지 않았다. 그리하여 대학에 돌아가지 않고 자기의 책도 출판하지 않고 1933년에 유형을 마치고 따시껜뜨로 돌아갔으나 거기서 세 번째로 끄라스노야르스끄 지방으로 유배되었다. 전쟁이 시작되었을 때, 그는 시베리아의 병원에 근무했으며 자신이 개발한 방법으로 화농 상처를 치료했다. 그는 거기서 스딸린상을 수상했다. 그는 이 상을 주교의 정장을 입고 받겠다는 조건부로 간신히 동의했던 것이다![10]

그런데 기사들은 어땠는가? 그 해충 행위라고 하는 바보스럽고 추악한 자백에 서명하지 않았던 그들 몇 사람이 여러 곳으로 흩어지고 총살되었으나 지금은 알 수도 없다. 그들 중에는 뾰뜨르 아끼모비치(요아끼모비치) 빨친스끼(1875~1929년)가 별처럼 반짝인다. 그는 기사인 동시에 학자이며 놀라우리만큼 그 지적 관심이 넓은 인물이었다. 광산 대학을 졸업(1900년)

10 오늘, 그의 전기에 관해 의대생들이 궁금해한다면, 다음과 같은 대답이 돌아올 것이다. 〈그에 대해서는 아무런 문헌도 없다.〉

한 우수한 광산 기사였던 그는 경제 발달의 일반 문제, 산업 가격의 변동, 석탄의 수출, 유럽 각지의 상업항의 설비와 그 기능, 항만 경영의 경영 문제, 독일에서의 안전 조치, 독일과 영국의 광업의 집중, 광산 경제학, 소비에뜨 연방에서의 건축 재 산업의 부흥과 발전, 고등 교육 기관에서의 기사들의 양성 등 여러 가지 문제를 연구하여 각 분야에서 저작을 남겼다. 그 밖에 전문가 광업에 관한 여러 저작, 개별적인 지역과 개 별적인 광물 산지에 관한 논문을 남겼다(지금도 아직 그의 저 작은 다 알려지지 않았다). 보이노야세네쯔끼가 의학에만 전 념했더라면 전혀 고생을 모르고 지낼 수 있었던 것처럼 빨친 스끼도 기사 일에 전념했더라면 안락한 생활이 보장되었을 것이다. 그러나 전자가 신앙에 빠지지 않을 수 없었던 것과 같이 후자도 또 정치에 개입하지 않을 수 없었다. 또 광산 대 학의 학생이었을 시절부터 빨친스끼는 헌병들의 명단에 〈운 동 지도자〉로 올라 있었고, 1900년에는 학생 집회에서 위원 장이 되었다. 이미 기사였던 그는 1905년에 이르꾸쯔끄에서 혁명 운동의 주요 인물이 되어 〈이르꾸쯔끄 공화국 사건〉으로 유형 노동에 처하게 되었다. 그는 도망쳐 유럽으로 갔다. 그 전 에 무정부주의에 동조하고 있던 그는 거기서 끄로뽓낀과 친 교하게 되었다. 망명 중에 그는 몇몇 기술 분야를 연마하여 유럽의 기술과 경제를 연구했으나, 〈일반 대중 속에 무정부주 의 사상을 침투시키기 위해〉 민중을 향한 출판물 발행 계획에 도 주의를 게을리하지 않았다. 1913년에 은사를 받아 러시아 로 돌아갈 때, 그는 끄로뽓낀 앞으로 편지를 썼다. 〈러시아에 서의 활동 계획으로 내가 결심한 일은…… 가능한 한 모든 장 소에서 어떠한 일이 있더라도 우리 나라의 생산력 향상과 그 가장 넓은 의미에서의 사회적 독자적 활동의 발전에 노력하는 것입니다.〉[11] 그가 처음으로 러시아 큰 도시를 순회했을 때, 모두 앞다투어 그가 광산 사업주 대회의 사무장에 입후보 하도록 권하거나 〈돈바스 유역 탄전의 명예 지도자의 자리〉와 은행 고문직, 광산 대학의 교수, 광산국장의 직위들을 제공 하기도 했다. 러시아에는 이만큼 정력적이고 광범위한 지식 을 가진 인물이 적었던 것이다!

그래서 그의 운명은 어떻게 전개되었는가? 이미 말한 바와 같이(제1부 제10장), 1차 대전 때는 그는 군사 공업 위원회 부 의장이 되고, 2월 혁명 후에는 무역 및 공업성 차관이 되었다. 아마도 무력한 임시 정부에서 가장 정력적인 각료로서 빨친스 끼는 꼬르닐로프 장군 시대에 뻬뜨로그라뜨 총독이 되어[12] 10월 혁명에서 겨울 궁전의 경비대장이 되었을 것이다. 그는 곧 뻬뜨로빠블로프스끼 요새에 유폐되어 거기서 4개월을 보 내고 석방되었으나, 1918년 6월 아무런 이유도 없이 체포되었 다. 1918년 9월 6일에 저명한 122명의 인질 명단에 끼었던 것 이다(〈만일······ 소비에뜨의 직원 하나라도 살해된다면 다음 의 인질을 총살한다.〉 뻬뜨로그라뜨 체까 위원장 G. 보끼, 서 기 A. 이오셀레비치).[13] 그러나 그는 총살되지 않았고, 1918년 말에 독일의 사회 민주당원 카를 모어의 지나친 개입으로 석 방되기까지 했다(그는 이런 인물을 형무소에서 썩힌다는 것 을 알고 경악했다). 1920년부터 그는 광산 대학의 교수가 되 어 드미뜨로프로 가서 끄로뽓낀을 방문하고 곧 끄로뽓낀이 죽 자 그의 이름을 영원히 기억하기 위하여(실패했지만) 위원회

11 국립 10월 혁명 중앙 고문서관, 컬렉션 1129, 목록 2, 문서 번호 1936. 1913년 2월 20일 자, 끄로뽓낀 앞으로의 편지.

12 『주식 통보』, 1917년 8월 31일 및 1917년 9월 2일 자.

13 『쁘라브다』, 1918년 9월 6일 자.

를 결성했다. 그리고 이내 그것 때문인지 아닌지는 모르지만, 또 갇히게 되었다. 고문서관에는 이 세 번째 소비에뜨 시대의 구류에서 빨친스끼를 석방했을 때의 흥미 있는 자료가 남아 있다. 그것은 1922년 1월 16일 자 모스끄바 혁명 재판소 앞으로의 편지였다.

국가 계획 위원회 정고문인 기사 P. A. 빨친스끼가 금년 1월 18일 오후 3시 남부국에서 현시점에 있어서 특히 중요한 의미를 가지는 남부 지방의 철공업의 부흥 문제에 관해 보고하도록 되어 있으니, 국가 계획 위원회 간부회는 빨친스끼 동지가 그 임무를 수행할 수 있도록 위의 시각까지 그를 석방할 것을 혁명 재판소에 요청한다.
국가 계획 위원회 의장 끄르지자노프스끼[14]

끄르지자노프스끼는 〈요청〉하고 있었다(권한은 거의 없었지만). 남부 지방의 철공업이 〈현시점에서 특히 중요한 의미를 가진다〉는 이유에서······ 〈그 임무를 수행할 수 있도록〉 요청하는 것이다. 그 임무를 수행한 후에는, 이제 다시 형무소에 보내도 좋다는 뜻이었다.

아니, 그 후 빨친스끼는 소비에뜨 연방의 광석 채굴 산업의 부흥에 종사했다. 그 불굴의 영웅적 형무소 생활 이후, 그는 1929년에 재판 없이 총살되었다.

나라의 긍지와 그 집약된 지식을, 정열과 천재를 총살에 처한다는 것은 자기 나라를 사랑하지 않는 남이 아니고서는 할 수 없는 짓이다!

그리고 그로부터 12년 후에 니꼴라이 이바노비치 바빌로

14 국립 10월 혁명 중앙 고문서관, 컬렉션 3348, 문서 번호 167, p. 32.

프한테도 이것과 똑같은 일이 있지 않았던가? 바빌로프야말로 진짜 정치범(부득이하게)이 아니던가? 11개월에 걸쳐 심리를 받는 동안에 그는 4백 가지 신문을 견뎌 냈다. 그리고 법정에서(1941년 7월 9일) 그 죄를 부인했던 것이다!

또한 세상에 전혀 알려져 있지 않았던 ── 수력 공학의 로지오노프 교수(그에 관해서는 빗꼬쁘스끼가 말해 주었다)도 같은 운명을 지녔다. 금고에 처하게 된 그는 자신의 전문 분야에서 일하기를 〈거부했다〉 ── 그로서는 그것이 가장 편한 일임에도 그는 구두를 제작하는 일을 했다. 이것이야말로 진짜 정치범이 아닌가? 그는 평화를 사랑하는 수력 공학자였으며 투쟁할 준비를 전혀 갖추고 있지 않았다. 그러나 자기 신념을 지키기 위해 그가 교도관들에게 투쟁을 시도했다면 그야말로 진짜 정치범이 아니겠는가? 그에게 무슨 당원증이 필요한가?

어떤 별이 갑자기 수백 배나 강한 빛을 발산하며 꺼져 버리는 것처럼, 정치범으로는 어울리지 않는 사람이 형무소에서, 짧지만 강한 빛을 발산하면서 죽어 가는 일이 있다. 통상 우리는 이러한 경우를 잘 알지 못한다. 이따금 이런 것을 목격자가 말해 준다. 때로는 퇴색한 종잇조각이 남아 있어서 그것을 보고 여러 가지 상상을 하기도 한다.

야꼬프 예피모비치 뽀치따리, 1887년생, 비당원, 의사. 전쟁 초부터 흑해 함대의 제45 자동차 기지 근무. 세바스또뽈 기지 군법 회의의 첫 번째 판결(1941년 11월 17일) ── 교정 노동 수용소 5년. 매우 잘된 것 같았다. 그런데 이게 웬일인가? 11월 22일 두 번째 판결 ── 총살. 그리하여 11월 27일에 총살되었다. 이 17일부터 22일에 걸친 숙명적인 닷새 동안에 대체 무슨 일이 일어났을까? 무슨 별처럼 발광했다는 말인가? 아니면 단지 〈판결이 불충분했다〉고 판사들이 알아차렸다는 말인가?[15]

그럼, 뜨로쯔끼주의자들은 어땠는가? 그들은 순수한 정치범이었다. 그것은 인정해야 한다.

(누군가 나에게 외치는 소리가 들린다! 방울을 울리며 나에게, 제자리에 서라고 한다! 유일한 정치범에 대하여, 수용소에서도 신성한 신념과 견고한 사상을 지닌 공산당원에 대하여 말하라고 한다! 그래, 그들을 위하여 다음 장에 자리를 마련해 두었다.)

우리 나라에서는 언제부터 〈정치 청년〉들의 흐름이 있었을까? 언젠가는 사학자들이 연구하리라. 나의 의견으로는 1943년이나 1944년부터다(여기서는 사회주의자나 뜨로쯔끼주의자인 청년들을 염두에 두는 것이 아니다). 또 초등학생이나 다름없는 청년들이(1944년의 〈민주당〉을 상기하자) 강제적으로 강요된 강령 이외의 것을 바랐다. 그들에게 그 이외의 다른 호칭을 붙일 수 있겠는가?

다만 우리는 그들에 대하여 아무것도 모르고, 앞으로도 알 수 없을 것이다.

그리고 만일 스물두 살의 아르까지 벨린꼬프가, 물론 출판되지 못한 최초의 소설 『감정의 초고』(1943년) 때문에 투옥되고, 수용소에서 다른 소설을 쓰고 있었다면(그러나 그는 죽기 직전에 그 소설을 밀고자 께르마이에르에게 맡기는 바람에 새로 형기를 받았다), 우리는 그에게 정치범의 칭호를 인정해도 좋지 않겠는가?

1950년에 레닌그라뜨 공업 학교 학생들이 당을 결성하고, 그 강령과 당규를 만들었다. 대부분의 학생들은 총살되었다.

---

15 현재, 그는 첫 번째 사건에 대해서는 명예 회복이 되었다. 즉, 만일 두 번째 사건이 아니었다면…… 어찌 되었을까?

이 이야기는 25년의 형을 받은 아론 레빈이 말해 주었다. 이것이 이야기의 전부이며 남은 것이라고는 길가의 묘비뿐이다.

예전의 혁명가들과 비교하여 현대의 우리 나라 정치범들은 그들과는 비할 수 없으리만큼 강하고, 불굴의 정신과 용기가 필요했다는 것은 새삼 증명할 것도 없었다. 옛날에는 더 대규모의 행동에 대해서도 가벼운 형이 내려졌고, 혁명가들은 그렇게 용감하지 않아도 되었다. 만일 실패했어도 그 위험은 자기에게 있을 뿐이며(가족은 아니다!), 그것도 생명에는 상관없이 짧은 형기로 끝나는 것이었다.

혁명 전에 전단을 붙이는 것은 어떻게 되었나? 그건 그저 장난에 불과했으며, 마치 비둘기를 쫓듯이 대개 3개월 이하의 형이었다. 그러나 만일 블라지미르 게르슈니의 5명의 소년 집단이 〈우리 정부는 명예를 훼손했다〉는 내용의 전단을 준비했다면, 그것은 알렉산드르 울랴노프의 5명의 소년 집단이 황제 암살을 계획했을 때와 거의 같은 용기가 필요했던 것이다.

그리하여 그것은 자연히 일어나, 자연히 각성되는 것이다! 레닌스끄-꾸즈네쯔끼에 유일한 남자 학교가 있었다. 9학년 때부터 5명의 소년(공산 청년 동맹원인 미샤 박스뜨, 역시 공산 청년 동맹 활동가인 똘랴 따란찐, 벨벨 레이흐뜨만, 니꼴라이 꼬네프와 유리 아니까노프)들은 마음의 평화를 잃고 있었다. 그들은 여자아이들에 대한 고민도 없어지고, 새로운 춤에도 흥미를 잃고, 자기 고장에서의 몽매한 행위나 술 취한 모습에 회의를 느껴 역사 교과서를 탐독하며, 그 원인을 찾으려 노력했다. 10학년으로 진급한 그들은 지방 소비에뜨 선거 전에(1950년) 활자체로 자기들의 최초(그러나 최후가 된)의 간단한 전단을 썼다.

노동자 여러분! 지금 우리가 살고 있는 이런 생활을 위하여 우리의 할아버지, 아버지, 그리고 형제들이 싸우고 생명을 바쳤겠습니까? 우리는 일했지만, 보잘것없는 보수밖에 받지 못하고 천대받고 있습니다. 이 전단을 읽고 자신들의 생활을 생각해 봅시다.

그들 자신도 그저 생각할 뿐이었다 ― 그래서 그들은 아무런 호소도 할 수 없었다(그들의 계획으로는, 이러한 전단을 정기적으로 내서 자기들의 힘으로 등사하기로 했다). 그리고 밤에 여러 명이 다니며 한 사람은 부드러운 빵 조각을 네 군데 바르고 또 한 사람은 그 위에 전단을 붙였던 것이다. 이른 봄 어느 날, 그들의 교실에 어딘가에서 새로운 교사가 왔다…….그는 학생들에게 활자체로 설문 용지를 기입하도록 했다.[16] 교장은 학년 말까지 학생들을 체포하지 않도록 부탁했다. 이미 조사를 받았을 때, 소년들은 자기 졸업 파티에 출석할 수 없는 것이 무엇보다 유감스러웠다. 「누가 너희들을 시켰는가, 자백해라!」(그것이 소년들의 양심이 각성한 결과라는 것을 그들은 믿을 수가 없었다 ― 그것은 그들도 생각할 수 없는 일이었기 때문이다. 인생은 한 번밖에 주어지지 않는데, 〈무엇을 진지하게 생각할〉 필요가 어디 있겠는가?) 징벌 감방, 야간 신문, 서 있는 형벌. 주립 재판소의 비공개(당연한 일) 재판.[17] 가련한 변호인들, 당황한 재판 의원들, 무서운 검사 뜨루뜨네프(!). 모두 10년 형과 8년 형을 선고하고, 이 열일곱 살의 소년 모두를 특수 수용소에 보내게 되었다.

16 소년들을 배신한 것은 표도르 쁠로뜨냔시꼬프였다. 그는 후에 쁠리사예프 탄광의 당 조직책이 되었다. 국민은 밀고자를 알아야 한다.
17 판사의 이름은 뿌시낀이었으며, 곧 수뢰죄로 기소되었다.

아니, 옛 속담에 틀린 말이 없다 — 용감한 자를 찾으려면 형무소에서 찾고, 우둔한 자를 찾으려면 정치가를 보라!

나는 말 없는 러시아를 대신하여 이 책을 쓰고 있다. 따라서 뜨로쯔끼주의자들에 대해서는 그다지 쓰지 않겠다. 그것은 그들은 모두 글을 쓰는 사람이고, 그들 중에서 살아남은 사람들이 상세한 회고록을 이미 썼으며, 나보다 훨씬 자세하고 정확하게 자신들이 받은 극적인 박해의 역사를 밝힐 것이다.

그러나 전반적인 상황을 파악하기 위해 그들에 대해 약간 논하겠다.

뜨로쯔끼주의자들은 1920년대 말기에, 예전의 혁명가들의 경험을 결집하여, 일관된 지하 투쟁을 하고 있었다. 다만 그들을 다루고 있던 GPU는, 제정 시대의 보안과만큼 아둔하지는 않았다. 스딸린이 자기들을 말살시키려 하는 것을 알고 대처한 것이었는지, 아니면 농담이나 화해로 끝날 것이라고 생각했는지, 나는 전혀 알 수가 없다. 여하튼 그들은 용감한 사람들이었다(그러나 나는 그들이 권력을 잡는다면, 스딸린에 뒤지지 않는 광기의 행동으로 나올 것이라는 의구심을 씻지 못한다). 여기서 지적해 두지만, 1930년대에 그들이 이미 전멸의 빈사 상태에 있었을 때도, 그들은 자기들이 사회주의자들과 접촉하는 일은 어떤 작은 일이라도 배신이며 치욕이라 생각하고, 그것 때문에 격리 형무소 속에서도 그들에게 접근하지 않고 사회주의자들의 우편물을 집어 주는 것조차 기피했다(그들은 스스로를 레닌주의자라고 했다). I. N. 스미르노프의 아내는(그가 이미 총살된 뒤에), 〈교도관이 보지 못하도록〉(다시 말하면, 그 교도관들을 공산당원으로 보았던 것이다) 사회주의자들과의 접촉을 피했던 것이다!

수용소라는 조건하에서 그들의 정치 〈투쟁〉에는 지나치게 허영 가득한 행동이 보여서, 그것 때문에 비극적으로 우스꽝스러운 인상을 주었다(나는 꼭 그렇게만 생각하진 않지만). 모스끄바에서 꼴리마까지 가축 수송차로 수송될 때, 그들은 〈비합법적 연락 방법이나 암호〉를 상의했다. 그런데 그들은 서로 다른 수용 지점이나 작업반으로 분산되었다.

생산 급식을 받을 권리가 있는 반혁명 뜨로쯔끼주의자의 작업반이 느닷없이 징벌 급식으로 변경될 때가 있었다. 어떻게 할 것인가? 〈교묘하게 숨어 있던 공산당 세포〉가 토의를 시작했다. 파업을 할 것인가? 그러나 그것은 그들이 도발을 유도하려는 계략이다. 우리를 도발하려고 하지만, 우리는 급식이 없어도 당당히 작업하러 나가자! 나가서 징벌 급식에 알맞은 노동을 하는 거야.[18]

채광장 우찌니에서 그들은 10월 혁명 20주년 기념일의 준비를 하고 있었다. 그들은 검은 헝겊을 줍거나, 흰 헝겊을 탄으로 검게 물들였다. 그들은 11월 7일 아침 모든 천막에 검은 조기를 걸고, 작업하러 나갈 때는 굳게 스크럼을 짜서 자기네 대열에 호송병이나 교도관들이 들어오지 못하게 하면서 「인터내셔널」을 노래할 계획이었다. 어떤 일이 있어도 끝까지 부르자! 그다음 어떤 일이 있더라도, 구내에서 작업하러 나가지 말자! 그리고 구호를 외치자.「파시즘을 타도하자!」「레닌주의

18 이것은 1937년의 사건이며, 작업반에는 〈순수한〉 뜨로쯔끼주의자들뿐만 아니라, 〈순수한〉 정통파 공산당원들도 뜨로쯔끼주의자라는 판결을 받고 들어와 있었다. 그들은 공산당 중앙 위원회 스딸린 동지 앞으로, NKVD 예조프 동지 앞으로, 중앙 집행 위원회 깔리닌 동지 앞으로, 검찰 총장 앞으로 각각 탄원서를 보냈으나, 결코 수용소 당국과의 관계를 악화시키는 일은 바라지 않았다. 왜냐하면 수용소 당국의 태도에 따라 첨부되는 고과표의 내용이 달라지기 때문이다.

만세!」「위대한 10월 사회주의 혁명 만세!」

　이 계획 속에는 어떤 광기 어린 열정과 우스꽝스러운 난센스가 뒤섞여 있었다.

　더욱이 그들의 계획을 누군가가, 아니, 모르긴 몰라도 동료들 중에서 한 명이 〈밀고〉한 것 같았다. 기념일 전야, 즉 11월 6일 그들 전부가 채광장 유빌레이니로 이동되고, 기념일이 있는 동안 줄곧 그곳에 격리되었다. 닫힌 천막 안에서(천막에서 밖으로 나오는 것도 금지되었다) 그들은 「인터내셔널」을 노래했다. 하지만 마침 이때 채광장 유빌레이니의 일꾼들은 작업하러 나갔다(아니, 노래 부르는 녀석들 속에서 분열이 생겼다 ― 거기에는 부당하게 갇힌 공산당원들도 있었기 때문이다. 그들은 다른 놈들과 떨어져 「인터내셔널」도 부르지 않고 스스로 침묵을 통해 정통파임을 나타냈다).

　「우리가 철창 속에 갇혀 있다는 것은 우리가 아직 그만한 가치가 있다는 거야.」 알렉산드르 보야르치꼬프는 스스로를 위로했다. 그것은 허망한 위로였다. 그래, 갇히지 않은 사람이 어디 있었나?

　수용소에서의 투쟁에서 뜨로쯔끼주의자들이 획득한 최대의 성과는 보르꾸따 수용소군도에서 실시된 일련의 단식 투쟁이었다. (그 이전에는 꼴리마 지방 어디선가 1백 일 정도 단식 투쟁이 있었던 모양이다. 그들은 수용소 대신에 자유로운 주거 제도를 요구했다. 그리고 〈성공했다〉. 요구를 받아들인다는 약속으로 단식 투쟁을 중지했다. 그러나 그들은 여러 수용소로 분산되어, 차츰 사라지게 되었다.) 내가 알고 있는 보르꾸따 수용소군도의 단식 투쟁에 관한 정보에는 모순된 점이 있다. 대략 다음과 같았다.

　단식 투쟁은 1936년 10월 27일에 시작되어, 132일간 계속되었다(그들은 인공적인 영양 공급을 당했으나, 단식 투쟁은 중지하지 않았다). 몇 사람은 굶어 죽어 버렸다. 그들의 요구는 이러했다.

　— 정치범을 형사범과 따로 수용할 것[19]
　— 1일 8시간 노동제 실시
　— 정치범의 급식 제도를 부활시키고[20] 식사는 작업 성적과 관계시키지 말 것
　— 특별 심의회의 폐지, 그 판결을 무효로 할 것

　당국은 호스를 이용해 억지로 그들에게 영양을 공급했다. 그리고, 그 후 여러 수용소에서 〈뜨로쯔끼주의자들에게 사용했기 때문에〉 설탕과 버터가 모자라게 되었다는 소문이 났다. 그야말로 푸른 제모들이 할 만한 방법이다! 1937년 3월에 모스끄바에서 전보가 왔다. 단식 투쟁을 실시하고 있는 사람들의 요구는 전면적으로 받아들여졌다는 것이다! 단식 투쟁은 끝났다. 아니, 무력한 수용소 죄수들이 어떻게 그 약속의 실현을 얻을 수 있었을까? 그들은 속은 것이다. 단 하나의 약속도 실현되지 않았다. (서구 사람들은 그런 짓을 하리라고 믿을 수가 없겠지. 이해하지도 못할 것이다. 하지만 우리 나라의 역사는 그것의 반복인 것이다.) 반대로, 단식 투쟁에 참가한 사람 전부를 잡아가, 반혁명 활동을 계속하고 있다는 죄를 뒤집어씌웠다.

　19 그들은 이 정치범 속에 자기 이외의 〈제58조〉 사람들을 포함시켰을까? 그들은 사회주의자마저 거절했으니까, 반혁명 분자들을 자기의 형제로 인정할 수는 없지 않았겠는가?
　20 이것은 물론, 무조건 자기들만을 위한 것이다.

꾜레들에 있는 위대한 부엉이는 벌써 그들을 어떻게 처형할까 생각하고 있었다.

그것보다 좀 뒤늦게 보르꾸따 제8 탄광에서 또 하나의 대규모 단식 투쟁이 실시되었다(그것은 어쩌면 이전 단식 투쟁의 계속인지도 모른다). 여기에 170명이 참가했다. 그중 몇 사람의 이름이 알려졌다 — 단식 투쟁의 지도자는 하리꼬프 전기 공장의 노동자였던 미하일 샤뻬로, 공산 청년 동맹 끼예프주 위원회의 드미뜨리 꾸리네프스끼, 발트해 함대의 경비정 지휘관이었던 이바노프, 오를로프까메네쯔끼, 미하일 안드레예비치, 뽈레보이겐긴, 뜨빌리시의 신문 『동방의 여명』 편집자 V. V. 베라쁘, 아르메니아공화국 공산당 중앙 위원회 서기인 소꾸라뜨 게보르끼안, 역사학 교수 그리고리 졸로뜨니꼬프와 그의 아내.

단식 투쟁 참가자의 핵심에 1927년부터 1928년에 걸쳐 베르흐네우랄스끄 격리 형무소에 억류되었던 60명이 합세했다. 그때 예기치 않았던 사태 — 단식 투쟁 참가자들에게는 유리하고 수용소 당국에는 불리한 사태가 발생했다. 그것은 모스꾸바라는 별명을 가진 두목을 우두머리로 하는 20명의 형사범들이 이 단식 투쟁에 끼어들었던 것이다. (이 두목은 그 수용소에서 어느 날 밤에 있었던 사건으로 유명하게 되었다. 그는 수용소장의 집무실에 침입하여 그 책상 위에 대변을 보았다. 이것을 우리들이 했다면 총살되고 말았을 것이다. 아마 계급의 적의 사주를 받았다고 했겠지.) 수용소 당국은 이 20명의 형사범들이 참가한 데 대해 마음이 쓰일 뿐이었다. 사회적 이질 분자들인 〈단식 투쟁 활동가들〉에 대하여 보르꾸따 수용소 보안부장 우스꼬프는 조롱하듯이 말했다. 「너희들의 단식 투쟁을 유럽이 알기나 하겠어? 우리는 유럽을 신경 안 쓴다고!」

그의 말이 옳았다. 하지만 사회적 친근 분자인 형사범들을 때리거나 죽게 해서는 안 되었다. 무엇보다 단식 투쟁이 한창일 때, 당국은 형사범들의 룸펜 프롤레타리아 의식을 자극하는 데 성공하여, 그들은 단식 투쟁을 중지했다. 두목 모스끄바는 수용소의 라디오를 통해 자기가 뜨로쯔끼주의자들의 감언이설에 속았다고 설명했다.

그 후 다른 사람들의 운명은 — 총살이었다. 그들은 단식 투쟁을 함으로써 스스로 총살될 사람의 명부를 제출한 것이 되었다.

아니, 진짜 정치범들은 있었다. 그리고 많았다. 그들은 희생적인 사람들이었다.

그런데 왜 그들의 반대 투쟁의 성과는 이처럼 없었을까? 왜 그들은 그렇게 희미한 발자취만 남겼을까?

이 점 역시 검토할 것이다. 좀 더 나중에.[21]

21 제5부 제4장.

제11장

충성파

그러나 나는 격분한 사람들의 목소리를 듣는다. 〈동지들〉은 더 참지 못할 것이다! 나의 책을 덮어 팽개치고, 침을 뱉기 시작할 것이다 ―

「결국 이것은 불손한 짓이다! 중상이다! 어디서 그는 진짜 정치범을 찾으려는가? 그는 누구에 대해 쓰고 있는가? 성직자나, 기술자나, 코흘리개 학생에 대해서? 진짜 정치범이란, 바로 〈우리〉인 것이다! 정통파 공산당원이며, 수정처럼 맑은 우리들이다. (오웰은 그들을 〈선사자(善思者)〉라고 말했다.) 우리는 수용소에 최후까지 남은, 유일하게 충실한 사람들이다…….」

그런데 이미 우리의 언론과 출판물을 보면 ― 당신들만이 투옥된 것 같고, 당신들만이 고초를 겪은 것 같다. 오로지 당신들에 관해서만 쓸 수 있으니까. 자, 그만해 두자.

독자는 다음과 같은 기준에 동의하리라 ― 정치범이란 〈무엇 때문에〉 투옥된 것인지를 알고, 자기 신념을 굽히지 않는 사람이 아닐까?

만일 동의한다면, 이렇게 말할 수 있을 것이다 ― 불굴의 공산주의자들은 개인이 체포되더라도, 유일하게 정통인 것에

429

최후까지 충실했고 자기 신념을 굽히지 않았다. 그러나 그들은 〈무엇 때문에〉 투옥되었는지는 알지 못했다! 따라서 그들을 정치범으로 볼 수는 없다.

혹시 나의 기준이 마땅치 않다면, 안나 스끄리쁘니꼬바의 기준으로 바꿔도 좋다. 다섯 번의 형기를 복역하는 동안에, 그녀는 충분히 생각할 시간이 있었다. 그 기준은 이런 것이다.

〈정치범이란, 그것을 포기하면 자유를 얻을 수 있는, 그런 신념을 가진 사람이다. 그러한 신념을 가지지 않은 자는 정치적인 쓰레기다.〉

나의 생각으로는 이것이 나쁘지 않은 기준이라 생각한다. 이 기준에는 어떤 시대든지 이데올로기 때문에 박해받는 사람들이 해당된다. 모든 혁명가들도 해당된다. 모든 〈수녀들〉도, 주교 쁘레오브라젠스끼도, 기사 빨친스끼도 해당된다. 하지만, 정통파 공산당원들은 해당되지 않는다. 그들에게 버리도록 강요할 신념이 있었을까?

없었다. 다시 말하자면, 이렇게 말하기가 뭣하지만, 정통파 공산당원들은 재봉사, 농아인 목수, 클럽의 수위처럼 무력하고 아무것도 모르는 희생자들에 속했다. 하지만 자존심은 있었다.

정확하게 하기 위해 대상을 분명히 하자. 이 장에서는 대체 누구를 취급할 것인가?

투옥되어 조롱받듯이 취조를 당하고, 부당한 판결을 받아 인간을 동물로 만드는 수용소 생활을 지내고, 아니 이 모든 것에도 불구하고, 자신이 공산주의자라는 자각을 견지한 모든 사람들을 취급할 것인가?

아니, 그런 사람들 모두는 아니다. 그들 속에도 그 공산주의 신앙을 내적인 것으로 간직하며, 때로는 그것을 남은 인생의 유일한 보람으로 안 사람들이 있었다. 그러나,

— 그들은 죄수 동지들에 대해 〈당(黨)적인〉 태도를 가지지 않았다. 감방이나 막사에서의 논쟁에서도 동료를 보고, 상대가 〈정당하게〉 투옥되었다고(하지만 자기는 부당하게) 외치거나 하지 않았다.

— 수용소 소장(그리고 보안 장교)에게 〈나는 공산당원입니다〉라고 서둘러 선언하지도 않았고, 수용소에서 살아남기 위해 그 방법을 강구하려 하지도 않았다.

— 지금, 그들은 과거에 대해 말하면서, 수용소에 공산주의자들을 감금했다는 것은 중요하고도 특이한 폭거지만, 그 밖의 사람들은 아무렇게나 해도 좋다고는 생각하지 않았다.

한마디로 말해서, 그들은 공산주의자로서의 신념을 은밀하게 간직하고, 입 밖에 내지 않으려 했다. 그것은 개인적인 특성처럼 보이지만 결코 그렇지가 않았다. 보통 이런 사람은 사회에서 높은 지위에 있지도 않았고, 수용소에서도 보통 일꾼들이었다.

예를 들어 소개하자면 아베니르 보리소프와 같은 인물이 있다. 그는 마을의 교사였다. 「당신들은 우리 청년 시대를 기억하지요. 나는 1912년생입니다. 당시, 우리들의 최고의 행복은 혁대와 어깨띠를 한, 그 녹색 청년 특공대 복장이었어요. 그때 우리는 돈이나 개인적인 문제 따위는 젖혀 놓고, 〈부르기만 하면 어떤 일이라도 할〉 준비가 되어 있었죠.[1] 나는 열세 살에 공산 청년 동맹에 가입했습니다. 그런데 내가 겨우 스물

1 강조는 내가 한 것이다.

네 살이 되었을 때, NKVD의 기관이 나에게 제58조의 거의 모든 조항을 적용했던 거죠.」(그가 사회에서 어떤 행동을 했는지는 후에 알게 될 것이다. 그는 훌륭한 사람이었다.)

또한 나와 함께 투옥된 보리스 미하일로비치 비노그라도프와 같은 인물도 있다. 젊어서 그는 기관사였으며(일부 대의원이 겨우 1년 정도 목동 일을 했던 것과는 달리, 그는 1년만이 아니었다), 노동자를 위한 대학 예비 학교와 대학을 졸업하고 교통 기사가 되었고(남들처럼 당 사업을 시작한 것이 아니라), 그 후 더욱 우수한 기사가 되어 샤라시까(극락의 섬)에서 제트 엔진의 복잡한 가스의 역학적 계산을 했다. 더욱이 1941년 무렵에는 모스끄바 철도 대학의 당 조직책이 되었다. 1941년 10월 16일과 17일, 그 처참한 상황에서 그는 상부의 지시를 받으려고 줄곧 전화를 걸고 있었으나 전화는 침묵했다. 그가 가보니까 당 지구 위원회도, 시 위원회도, 주 위원회에도 아무도 없었다. 마치 바람에 날아가 버린 듯이 아무도 없었고, 방은 죄다 비어 있었다. 그래서 그도 더 상급 기관으로 가지 않았던 모양이다. 그는 자기 직장으로 돌아오자, 동료들에게 말했다. 「동지 여러분! 모든 지도자들이 도망쳤소. 그러나 우리는 공산당원이니까, 우리의 힘으로 방위합시다!」그래서 방위했던 것이다. 그런데 이 〈모두 도망쳤다〉는 말 때문에, 도망친 그들이 도망치지 않았던 그를 8년 동안이나 형무소에 가둬 버렸다(반소비에뜨 선동으로). 그는 조용한 근로자였으며, 친구로서도 헌신적인 사람이었고, 서로 마음을 터놓는 대화를 나눌 때만, 그가 믿어 왔고 믿고 있으며 또 앞으로도 믿을 것들에 대해 이야기했다. 결코 그는 이런 것을 자랑하려 하지 않았다.

또한 지질학자인 니꼴라이 깔리스뜨라또비치 고보르꼬와

같은 인물도 있다. 그는 보르꾸따 수용소의 쇠약한 폐인이었으나, 「스딸린 찬가」를 썼다(지금도 보존되어 있다). 그러나 그것은 발표하기 위해서가 아니었고, 그것으로 특권을 얻으려는 것도 아니었으며, 단지 마음속에서 우러나왔기 때문이었다. 그는 그 찬가를 탕갱 안에 감추고 있었다! (감출 필요가 전혀 없었는데?)

때로 이런 사람들은 자기의 신념을 최후까지 지켰다. 간혹 (필라델피아 출신의 헝가리인 코바치도 그랬는데, 그는 까호프까 근교에서 코뮌을 만들려고 하던 39세대에 속해 있었다. 그는 1937년에 투옥되었다), 명예 회복 후에 당원증을 받으려고 한 사람들도 있었다. 어떤 사람은 더 빨리 당과 결별했는데, 역시 헝가리인이었던 서보가 그런 경우였다. 그는 내전 때 시베리아 빨치산의 대장이었다. 그는 이미 1937년에 형무소에서 이렇게 선언했다. 「내가 만일 자유의 몸이 되면, 바로 그 옛날의 시베리아 빨치산을 모아서, 모스끄바로 쳐들어가 불량배들을 쫓아내고 말 테다.」

그래서 우리는 이 장에서 첫 번째의 경우도, 두 번째 경우도 취급하지 않을 것이다. (정통파 공산당원들 자신도 역시 두 헝가리인처럼 실패한 자는 제외할 것이다).

또한 여기서는 웃음거리로 여겨지는 사람도 취급하지 않는다. 이런 놈들은 〈감방의 스파이〉가 자기에 대해 신문관에게 〈좋은〉 밀고를 해주도록 정통파 공산당원의 흉내를 내고 있을 뿐이다. 뽀드바르꼬프의 아들과 같은 인물은 사회에서는 전단을 붙였으나, 스빠스끄 수용소에서는 자기가 편하려고 자기 부친까지 포함시켜 반체제파 모두에게 고함지르며 논쟁했다.

우리가 여기서 검토하려는 정통파 공산당원이란, 그 사상적 신념을 처음에는 신문관 앞에서, 다음은 감방에서, 또 다음에는 수용소에서 상대가 누구든 드러내 보였으며, 지금 지나버린 자신의 수용소 생활을 상기하는 것도 이런 관점에 입각하는 사람을 말한다.

이상한 일이지만, 그들은 전혀 일꾼들이 아니다. 통상 이런 사람들은 체포되기 전까지 높은 지위를 차지하고, 남들이 부러워하는 입장에 있었던 사람들이다. 그리고 수용소에서 썩는 것을 가장 싫어하는 사람들이며, 그들은 누구보다도 자기에게 놓인 제로의 상태에서 맹렬히 기어오르려고 했다. 그들은 철창 안쪽에 갇힌 모든 신문관, 검사, 판사, 수용소 관리자들이다. 또한 모든 이론가, 교조주의자, 떠버리들(G. 세레브랴꼬바, B. 지야꼬프, 알단세묘노프 등의 작가들도 여기에 들어가며, 다른 데는 갈 곳이 없다)이다.

그들을 함부로 비웃지 말고, 이해하려고 하자. 그들로서는 밑바닥으로 떨어지기는 싫었을 것이다. 〈나무를 자르면 지저깨비가 날린다〉는 것은 그들이 자기를 정당화시키는 신나는 속담이었다. 그런데 느닷없이 그들 자신이 이런 지저깨비가 되었다.

쁘로호로프뿌스또베르는 1938년 초의 만조프까(BAM 수용소의 특별 수용 지점)의 정경을 묘사한다. 그곳 수용소 주민이 놀란 것은, 여태껏 본 적도 없는 어디선가 〈특수 인물〉이 호송되어, 극비리에 다른 죄수들과 따로 구분되었기 때문이었다. 이러한 죄수는 아무도 예전에 본 일이 없었다. 이 새로 도착한 죄수들은 가죽 외투, 모피 모자, 비싸고 얇은 모직 신사복을 입고, 사치스러운 구두를 신고 있었다(10월 혁명 20주년 기념일을 맞이할 무렵이 되자, 이 선택된 사람들은 노동자들과는 거리가 먼 옷차림을 하고 다니는 취미를 가지고 있었다). 지시가 잘되지 않았거나, 일부러 웃음거리를 만들려고 했든지, 여하튼 그들에게는 작업복이 지급되지 않아 모직 신사복을 입고 크롬 가죽 구두를 신은 채, 무릎까지 빠지는 진흙 구덩이에서 참호를 파는 작업을 시켰다. 손수레 길이 교차하는 곳에서 한 죄수가 시멘트를 담은 손수레를 뒤집어, 시멘트가 진창 속에 쏟아지고 말았다. 도둑놈 출신의 반장이 뛰어와 실수를 저지른 그 죄수에게 욕설을 퍼붓고, 등을 때렸다. 「이 멍청아, 두 손으로 주워 담아!」 그러자 그 죄수가 신경질적으로 외쳤다. 「나한테 감히 그런 식으로 말하다니! 나는 공화국 검사를 지낸 사람이야!」 닭똥 같은 눈물이 그의 뺨으로 흘러내렸다. 「뭐라고, 이놈아! 공화국 검사! 네놈이 검사건 무엇이건, 그 더러운 낯짝을 이 시멘트 속에 박아 줄 테다! 너는 이제 인민의 적이니까, 시키는 대로 일하는 거야!」 (그러나 현장 감독이 나타나 이 검사를 감싸 주었다.)

만일 이것이 1918년의 강제 수용소에서 제정 시대 검사의 경우라면, 아무도 상대방에게 동정심을 느끼지 않았을 것이다. 왜냐하면 그런 검사들(그들은 피고인에 대하여 1년, 3년, 5년의 형을 구형하고 있었다)은 인간이 아니라고 다들 인정하고 있었으니까. 그런데 이쪽은 우리 소비에뜨의 모직 신사복을 입었어도 프롤레타리아 출신의 검사임에는 틀림없으니까, 동정하지 않을 수 없었다(하지만, 그들이 피고인에 대하여 구형한 것은 〈10년 형〉과 〈최고 조치〉였다).

그들이 〈괴롭다고〉 말한다면 할 말이 없다. 그들은 이만한 타격, 이만한 파멸도 견뎌 낼 수 없었다. 그것은 〈자기 동료〉로부터, 어머니인 당으로부터의 타격이며 정당한 이유도 없었다. 왜냐하면 그들은 당에 대해 전혀 죄가 없었다. 당에 대해서는 일체 죄가 없었다.

그것은 그들한테 너무나 괴로운 일이었기 때문에, 그들 사이에는 〈자네는 무엇 때문에 들어왔는가?〉 하는 질문은 금지되어 있으며, 그런 질문을 한다는 것은 비동지적 행위라 볼 수 있었다. 그들은 죄수들 중에서 유일하게 예민하고 결벽성이 있는 세대였다! 1945년에 나머지 우리는 입을 크게 벌리고, 처음 만난 사람이거나, 감방 어느 동료든지 간에 자신이 체포된 이야기를 했던 것이다.

그들은 이런 사람들이었다. 올가 슬리오즈베르끄는 남편이 이미 체포되고, 이번에는 가택 수색과 그녀 자신을 체포하기 위해 기관 요원이 왔다. 가택 수색은 4시간이나 계속되었다. 그 4시간 동안 그녀는 줄곧 어제까지 비서 일을 하던 강모 브러시 산업의 스따하노프 운동자 대회의 의사록을 정리했다. 영원히 아이들과 이별하는 것보다도 의사록의 미비가 더욱 마음에 걸렸던 것이다! 가택 수색을 지휘하던 신문관마저도 그런 일을 볼 수가 없어서 그녀에게 충고했다. 「아이들과 이별하기 전에 시간을 가져요!」

그들은 이런 사람들이었다. 1938년, 까잔 형무소에 감금된 엘리자베따 쯔벳꼬바는 열다섯 살의 딸에게서 편지를 받았다. 〈어머니! 말해 주세요, 정말 죄를 지었나요. 편지로 말해 주세요……. 저는 어머니가 결백하기를 바라고 있어요. 만일 그러하면, 나는 공산 청년 동맹에 들어가지 않고, 어머니를 위해 가만있지 않겠어요. 하지만, 만일 어머니에게 죄가 있다면, 나는 이제 편지도 쓰지 않고, 어머니를 미워하겠어요.〉 그리하여 어두컴컴한 전깃불이 비추고 있는 눅눅한 관 속 같은 감방에서 이 어머니는 고민하고 있었다. 〈만일 공산 청년 동맹에 들어가지 않는다면, 딸은 살 수가 없겠지. 딸이 소비에뜨 정권에 적의를 가지게 되면 큰일이다. 나를 미워하는 편이 낫겠다.〉

그래서 그녀는 이런 편지를 썼다. 〈엄마는 죄가 있단다…….
공산 청년 동맹에 들어가렴!〉

이 얼마나 쓰라린 일인가! 인간의 마음으로는 견딜 수 없
는 일이다 — 가족의 도끼에 찍히고, 그 정당성을 인식해야
한다니.

하지만 인간이 신으로부터 받은 마음을 인간이 만든 도그
마에 맡겼을 경우, 이와 같은 대가를 지불하지 않으면 안 된다.

오늘도 정통파 공산당원이라면 누구라도 이 쯔벳꼬바가 한
일이 옳았다고 인정할 것이다. 이런 행위는 〈아이를 잘못된
길로 이끄는〉 일이며, 어머니가 딸을 잘못 이끌고 그 마음을
해친다고 말해도, 그들은 지금도 납득하려 하지 않는다.

그들은 이런 사람들이었다. Y. T.는 남편에게 불리한 증언
을 성의 있게 했다. 그녀는 오직 당을 돕기를 바랐다!

아, 지금이라도 좋으니 그들이 당시 자신들의 비참함을 이
해한다면 동정을 베풀 여지라도 있으련만!

오늘이라도 그들이 당시의 자기들 고집을 떨쳐 버린다면, 이
장에서 아주 다르게 쓸 수가 있을 텐데!

그러나 마리야 다니엘랸이 꿈꾸던 대로 됐다. 〈만일 여기서
나갈 수만 있다면, 나는 아무 일도 없었던 것처럼 살아갈 것
이다.〉

충성이라니? 그러나 우리 생각에는 그것은 단지 고루한 말
에 지나지 않는다. 이 진화론의 추종자들은 자기 자신의 어떤
진화도 부정하면서 진화에 대한 충성을 찾았다. 17년간 투옥
되었던 니꼴라이 아다모비치 빌렌치끄가 말하듯이 「우리는
오로지 당을 믿었소. 우리가 〈옳았소〉!」이것을 충성이라 할까,
고집이라 할까?

아니다. 그들이 정권의 모든 행동을 변호하면서, 감방에서

토론을 하는 것은 결코 남에게 보이거나, 거짓으로 하는 것이 아니었다. 그들에게 이데올로기에 관한 토론은 자기가 옳다는 자부심을 유지하기 위해서는 필수 불가결한 것이었다. 그렇지 않고서는 발광 직전까지 이를 것이다.

이러한 그들의 모든 것을 조금이라도 동정할 수 있겠는가? 그들은 자신들이 받는 고통은 명확하게 알고 있으나, 자신들에게 무슨 죄가 있었는지는 모른다.

이 사람들은 1937년 전까지는 잡혀가지 않았다. 1938년 이후에도 그 숫자는 매우 적었다. 따라서 그들을 〈1937년 소집자〉라고 부른다. 이렇게 부르는 것은 좋지만, 다만 그것 때문에 전모를 흐리게 하지 않아야 한다. 왜냐하면, 그들의 흐름이 가장 컸던 때에도 그들 외에 여전히 농민들, 노동자들, 청년들, 기사들이나 기수들, 농업 기사들이나 경제 담당자들도, 그리고 단지 신앙심 깊은 사람들이 끌려왔기 때문이다.

출판물이나 라디오에서 떠들썩했던 〈1937년 소집자〉는 〈1937년 전설〉을 낳았으며, 그 전설은 2개의 항목으로 되었다.

1. 소비에뜨 정권 수립 후에 사람들을 투옥한 시기가 있었다면 그것은 1937년뿐이며, 따라서 1937년에 대해서만 논의하고 분개해야 한다.
2. 1937년에 투옥된 것은 그들뿐이다.

그들은 이렇게 쓰고 있다 ─ 그것은 공산당에 가장 충실한 요원들이 투옥되는 무서운 해였다. 즉, 연방 공화국의 공산당 중앙 위원회 서기들, 주 공산당 위원회 서기들, 주 집행 위원회 의장들, 군관구 사령관들, 군단장들과 사단장들, 원수들과 장군들, 주 검사들, 지구 공산당 위원회 서기들, 지구 집행 위원회 의장들…… 등등이었다.

이 책의 서두에 우리는 이미 1937년까지 20년간에 걸쳐 군도에 흘러들어 온 〈흐름〉의 규모가 어느 만큼인지 지적했다. 참으로 장기간에 걸쳐 흘러들었다! 그래서 그것은 수백만을 헤아릴 것이다! 그러나 미래에 1937년 소집자가 될 사람들은 당시 그런 것을 전혀 몰랐다. 그것은 정상적인 생각이었다. 그들이 서로 어떤 표현으로 이 문제를 토론했는지 알 수 없으나, P. P. 뽀스띠셰프는 자기 자신도 그런 운명에 있다는 것을 알지 못하고 다음과 같은 표현을 썼다.

1931년의 사법 관계자들의 회의에서였다. 〈……계급의 적과 계급 낙오자들에 대한 엄하고 잔혹한 우리 징벌 정책을 지켜 가면서…….〉 (이 〈계급 낙오자〉란 얼마나 편리한 개념인가! 이 〈계급 낙오자〉에 해당하지 않는 사람이 있겠는가?)

1932년에는 이렇게 말했다. 〈그들을 꿀라끄 박멸의 도가니에 집어넣고도…… 어제까지 꿀라끄였던 사람들이 내심 무장 해제하지 않았다는 것을 절대 잊어서는 안 된다…….〉.

그리고 또 이렇게 말했다. 〈어떤 경우라도 징벌 정책의 칼날은 예리해야 한다!〉

빠벨 뻬뜨로비치! 그 칼날은 정말 예리했지요? 그 도가니도 아주 뜨거웠고요?

R. M. 게르는 이렇게 설명했다. 〈내가 전혀 모르는 사람들이나 그다지 잘 알지 못하는 사람들의 체포가 계속되던 때는, 나나 내가 아는 사람들은 그 체포가 부당하다(!)고는 전혀 의심해 본 적도 없었다. 하지만 나의 친구나 나 자신이 체포되어, 형무소에서 수십 명의 충실한 공산당원을 만났을 때 비로소…….〉

한마디로 말해서, 그들은 〈사회가 통째로〉 투옥되던 동안에는 편안히 지냈으나 〈그들의 동료〉가 투옥되기 시작하자 〈그들의 화난 이성이 불타올랐던〉 것이다. 스딸린은 이미 굳어진 듯한 금기, 즉 그들이 그토록 즐거운 인생을 사는 데 버팀목이 되었던 금기를 파괴해 버렸다.

물론, 그들은 당황했다! 물론, 이해하기 어려운 일이었다! 그들도 감방에서 흥분하여 묻고 다녔다. 「동지들! 이게 대체 무슨 일인지 알 수 없군요. 누가 쿠데타를? 누가 시내에서 정권을 장악했나요?」

그리고 어찌할 도리가 없다고 느끼고 나서, 그들은 오랫동안 한숨을 쉬면서 신음했다. 「레닌이 살아 있었더라면, 이런 일은 없었겠지!」(〈이런 일〉은 대체 무슨 뜻일까? 〈이런 일〉이 예전에 다른 사람한테도 있었을까? — 제1부 제8장과 제9장 참조.)

아니, 어쨌든 그들은 나라의 일을 맡았던 사람들이다! 교양 있는 마르크스주의자! 이론가들이다! 그럼 이 심한 시련을 그들은 어떻게 대처했을까? 미리 자세히 설명하지도 않고, 신문에도 해설되지 않는 역사적 사건을 그들이 어떻게 해석하고 방향을 잡겠는가? (역사적 사건이란 항상 느닷없이 날아오는 것이다.)

다년간에 걸쳐서 억지로 위선의 발자취를 따르게 된 그들이, 다음과 같이 깊은 이해력으로 놀라운 설명을 했다.

1. 이것은 해외에 있는 첩보 기관들의 극히 교묘한 술책이다.
2. 이것은 대규모의 해독 행위다! NKVD에 해독 분자들이 만연해 있다! (1, 2를 합한 설명도 있다 ─ NKVD에 독일 첩자들이 만연해 있다!)

3. 이것은 지방의 NKVD 관리들의 농간이다.

이 세 가지 설명 모두가 내포하고 있는 의미는 이렇다 — 우리가 방심했기 때문에 우리 자신의 잘못이다! 스딸린은 아무것도 모르고 있다! 스딸린은 이놈들을 체포할 생각을 못 하고 있다! 알게만 되면, 스딸린은 이놈들을 모조리 섬멸하고, 우리를 석방할 것이다!

4. 당내에서 무서운 배신행위가 자행되고 있다. (왜?) 우리나라 도처에 적들이 웅성대고, 여기에 있는 대부분의 사람들도 정당한 이유가 있어서 투옥되는 것이다. 그들은 이미 공산당원이 아니라 〈반혁명 분자〉니까, 감방에서도 조심해야 하고 놈들이 있는 데서는 말을 해서는 안 된다. 「나만 아주 부당하게 투옥되었어. 음, 어쩌면 자네도 그럴지 모르지.」(이 설명에는 전의 혁명 군사 위원회 위원인 메하노신도 찬성하였다. 혹시 이런 사람을 석방하여 권력을 준다면, 또 얼마나 많은 사람을 투옥할 것인가!)

5. 이러한 탄압은 우리 사회가 발전하기 위한 역사적 필연성이다. (이것은 또 침착함을 잃지 않는 소수 이론가들의 설명이었다. 예로서 쁠레하노프 기념 세계 경제 대학의 교수도 그런 식으로 말했다. 이 설명은 확실히 옳은 것이고, 그가 정확하게 그리고 재빨리 이해한 점은 칭찬해도 좋지만, 그 법칙성에 대해서는 아무것도 설명하지 않고 단지 〈발전하기 위한 역사적 필연성〉이라는 상투적인 말만을 되풀이할 뿐이다. 어떤 일이든지 설명할 때, 이러한 애매한 표현을 사용한다면 언제나 옳을 것이다.)

이상의 다섯 가지 중 어느 하나에도, 어느 누구도 스딸린을 비난한 사람은 없었다. 그는 언제나 빛나는 태양이었던 것이다![2]

그런데 만일 고참 공산당원의 누군가가 갑자기, 가령 백러시아 공화국의 검열관이었던 알렉산드르 이바노비치 야시께비치가, 스딸린이 레닌의 오른팔이 아니라 개였으며, 그놈이 죽기 전에는 편안하지 못할 것이라고 감방 구석에서 목쉰 소리로 말한다면, 곧 그를 때리려고 덤비며 담당 신문관에게 밀고하려고 서둘렀을 것이다!

충성파의 사람들한테는 스딸린의 죽음을 상상한다는 것조차 있을 수 없는 일이었다.

1937년에 충성심이 깊은 정통파 공산당원들의 탐구심이 왕성한 사상적 수준은 대체로 이러한 것이었다! 재판을 앞두고 그들은 대체 어떤 태도를 가질까? 아마 오웰의 『1984년』 속의 파슨스와 같은 태도일 것이다. 〈당이 죄가 없는 사람을 체포할 수 있겠는가? ……나는 재판에서 이렇게 말할 것이다. 「고맙습니다! 너무 늦기 전에 저를 구해 주셔서, 고맙습니다!」〉

그럼 그들은 자신을 위해 어떤 결론에 이르렀을까? 혁명적 이론은 그들에게 어떤 적절한 결정을 내리도록 했을까? 그 결정은 그들의 설명만큼이나 대단하다! 그 결정이란 이런 것이다.

사람을 많이 투옥하면 할수록 상부에서는 그만큼 빨리 〈과오를 알게 된다〉! 그러니까 〈되도록 많은 사람들의 이름을 말하도록〉 노력해야 한다! 죄 없는 사람들에 대한 황당한 진술을 되도록 많이 한다! 〈당원 전부를 체포할 수는 없으니까!〉

2 이 경탄할 만한 설명의 심리적 배경으로, 나로꼬프(마르첸꼬)가 『거짓의 위대함』 속에서 등장인물한테 말하게 한 설명도 가능성이 높다고 생각된다 — 이 모든 투옥 사건은 흔히 있는 일로서, 충실한 스딸린주의자를 시험하는 것이다. 강요된 일은 무엇이든 해야 한다. 아무 데나 서명하고, 화를 내지 않는 자는 장차 크게 출세할 사람이다.

(그런데 스딸린한테는 당원 전부를 체포할 필요는 없었다. 골수분자와 당원 경력이 긴 녀석을 체포할 필요가 있었을 뿐이다.)

러시아 정당들의 당원 중에서 공산당원들이 〈누구보다 먼저 자기에 대한 거짓 진술〉을 시작했고[3] ─ 당연한 일이지만, 맨 처음으로 이 회전목마 같은 발견을 한 것도 그들이었다. 즉, 되도록 많은 사람의 이름을 대라! 이런 일은 러시아의 혁명가들도 전혀 들어 보지 못한 일이었다!

이러한 이론이 나타난 것은 그들에게 선견지명이 없고, 사상적으로 빈약한 탓일까? 아니, 그렇지 않다. 그것은 그들이 공포를 느꼈기 때문이라고 나는 짐작했다. 이와 같은 이론은 자기 약점을 감추기 위한 보조 수단에 지나지 않았다. 그들은 혁명가로 불리고 있었으나(이미 예전부터 혁명가가 아니었음에도 불구하고), 자기 자신의 마음속을 들여다보며 몸서리쳤다 ─ 그들한테는 자신이 견디지 못할 것이 뚜렷했다. 이 〈이론〉은 신문관과 싸우지 않으면 안 된다는 의무감으로부터 그들을 해방시켰던 것이다.

스딸린은 당을 자기보다 밑에 놓기 위해서, 당내 숙청을 실시해야 했다(왜냐하면, 이런 상태의 당이었음에도 불구하고, 그로서는 그 당 위에 설 만한 능력이 없었던 것이다). 이 정도는 그들도 이해할 만했다. 물론 그들은 얼마 전까지 자기들이 반대파를 파멸시키기 위해, 또 자기 자신을 파멸시키기 위해 스딸린을 도왔던 일을 다 잊고 있었다. 게다가 스딸린은 그 의지가 박약한 희생자들에게 과감한 행동을 취할 가능성을, 아니, 반란을 일으킬 가능성마저 제공했으며, 그는 이 게임을

---

3 혹시 〈멘셰비끼 합동 사무국〉이 그들보다 먼저인지 모르겠으나, 가치관에 대해서는 그들은 볼셰비끼와 거의 같았다.

즐겼던 것이다. 공산당 중앙 위원회 위원을 체포하려면 전원의 동의가 필요했다! 장난기 있는 호랑이가 이런 것을 생각해낼 듯하다. 군소리가 많은 총회나 회의가 진행되고 있을 때, 각 위원들에게 종이쪽지가 돌려졌고, 그 쪽지에는 서명이 없이 다음과 같은 것이 적혀 있었다. 어느 위원의 명예 훼손에 대한 정보가 들어왔다. 그를 중앙 위원회에서 제명하는 데 찬성(혹은 반대!)을 기입하라. (그러면서 돌린 쪽지를 오래 가지고 있는 자가 있는지를 감시하는 사람도 있었다.) 모두가 찬성했다. 이리하여 전 소비에뜨 연방 공산당(볼셰비끼) 중앙 위원회는 자기 스스로 총살당하고 있었다(그리고 스딸린은 이미 오래전부터 그들의 약점을 알고, 그것을 확인하고 있었다. 당 상부는 높은 급료에 비밀 배급, 비공개 요양소 등 이미 덫에 걸려서 빠져 나올 수가 없었다). 뚜하체프스끼와 야끼르 사건을 재판한 특별 재판관은 〈누구〉였던가? 블류헤르! 예고로프! (그리고 S. A. 뚜로프스끼.)

그리고 이미 1918년 10월 26일에 인민 위원회에 보낸 총주교 찌혼의 서한과 같이 오래된 일은 그들도 잊고 있었다(한 번도 읽지 않았을 테니까). 이 불굴의 총주교는 사면과 죄 없는 사람들의 석방을 호소하면서 그들에게 경고했다. 〈이 세대는 창세 이래 모든 선지자가 흘린 피에 대한 책임을 져야 할 것이다.〉(「루가의 복음서」 11장 50절) 〈칼을 쓰는 사람은 칼로 망하는 법이다.〉(「마태오의 복음서」 26장 52절) 하지만 그 당시는 이러한 것이 우습고 불가능한 것으로 생각되었다! 〈역사〉란 이따금 복수라는 어떤 괴롭고 지난 정의를 생각하게 하지만, 그것을 실현하기 위해 역사는 기묘한 형태와 뜻밖의 집행자를 찾고 있다는 것을 그들은 모를 것이다.

땀보프주의 몰락한 농민들의 반란을 진압하면서 젊은 뚜하체프스끼가 의기양양하게 개선했을 때, 그의 미간에 탄환을 쏘기 위해 역에서 기다리는 마리야 스뻬리도노바는 없었지만, 그로부터 16년 후에 신학교를 중퇴한 한 그루지야인 성직자가 그 일을 행했다.[4]

아니, 마침 볼로신이 우리한테 말했듯이, 1921년 봄에 끄림반도 지방에서 총살된 부녀자들의 저주가 벨러 쿤의 가슴을 찢어 버리지 못했지만, 그것을 제3인터내셔널 동지가 해치웠다.[5]

뻬쩨르스, 라찌스, 베르진, 아그라노프, 쁘로꼬피예프, 발리쯔끼, 아르뚜조프, 추드노프스끼, 디벤꼬, 우보레비치, 부브노프, 알라푸조, 알끄스니스, 아렌시땀, 게께르, 게찌스, 예고로프, 즐로바, 꼬프쭈흐, 꼬르끄, 꾸짜꼬프, 쁘리마꼬프, 뿌뜨나, Y. 사블린, 펠드만, R. 에이제만, 그리고 운실릭뜨, 예누끼제, 네프스끼, 스쩨끌로프, 로모프, 깍띤, 꼬시오르, 루주따끄, 기깔로, 골로제뜨, 실리흐쩨르, 벨로보로도프, 빠따꼬프 그리고 지노비예프 — 모두가 키가 작고 붉은 털의 백정한테 처리되었다. 우리는, 15년이나 20년 전에, 그들이 어떤 일을 하고, 무엇에 서명을 했는지, 참을성 있게 찾지 않으면 안 될 것이다.

〈투쟁했다〉고? 그들 중에는 투쟁한 사람이 아무도 없다. 만일 예조프 시대의 감방에서 투쟁하는 것이 어려운 일이었다면, 적어도 체포되기 하루 전부터라도 투쟁하기 시작해야 하지 않았을까? 아니, 어떤 결과가 나오리라는 것을 예상하지

---

4 스딸린이 뚜하체프스끼를 처형한 것을 말한다. 스뻬리도노바는 1905년 경찰 간부를 암살했다. 혁명 후 석방되어 좌파 사회 혁명당을 이끌었으나, 대숙청 기간에 체포되어 수용소에서 총살되었다 — 옮긴이주.

5 헝가리 공산 지도자 벨러 쿤 역시 1937년 체포되어 이듬해에 수용소에서 처형당했다 — 옮긴이주.

못했다는 말인가? 그렇지 않으면 그들이 언제나 나만은 무사하리라고 기도만 했던가, 왜 오르조니끼제는 비굴하게 자살했을까? (만일 타살되었다면, 왜 죽을 때까지 가만히 있었나?) 왜 레닌의 충실한 동반자인 끄룹스까야는 투쟁하지 않았을까? 왜 로스또프의 레닌 제작소에서 한 늙은 노동자처럼, 그녀는 한 번도 공개적인 폭로를 하지 않았는가? 자기의 남은 노년의 생활이 두려웠을까? 왜 1905년의 제1회 이바노보보즈네센스끄 노동군 대표 소비에뜨 위원들은 자신에 대한 그 굴욕적인 죄상을 인정했을까? 그리고 대표 소비에뜨 의장인 슈빈이 1905년의 이바노보보즈네센스끄에는 아예 대표 소비에뜨도 없었다는 조서에 어떻게 서명할 수 있다는 것인가? 어찌하여 이와 같이 자기의 일생을 이렇게 간단히 짓밟을 수 있을까?

현재 1937년의 일을 상기하면, 충성파의 사람들은 당시의 부정이나 공포에 대해서는 떠들지만, 그들 중에서 아무도 〈투쟁〉의 가능성을 말하는 사람은 없다. 그 가능성은 그들이 물리적으로 가지고 있는 것이었지만, 아무도 그것을 하려고 하지 않았다. 아니, 이제 그들은 그 까닭을 설명하지도 않는다. 자기 할아버지의 충실한 손자이며, 1937년 소집자들과 꼭 같은 개념의 소유자인(『자서전』과 『브라쯔끄 수력 발전소』에서) 아주 정열적인 예브게니 예프뚜셴꼬는 이 일을 맡아 줄 것인가? 아니야, 그 논증의 시기도 지나가 버리고 말았다.

이 체포된 정통파 당원들의 모든 지혜는 정치범들의 전통을 파괴하기 위해 유익하게 사용되었다. 그들은 사상이 다른 감방 동료를 피하고, 그들로부터 숨어서, 취조의 공포에 대해 속삭였다. 그것은 비당원 죄수들이나 그 이름조차 부를 수 없는 사회 혁명당원들에게 자기 말이 들리지 않게 하려고 했다.

「놈들한테 당을 비난할 재료를 주어서는 안 된다!」

예브게니야 골쯔만은 까잔 형무소에 있었을 때(1938년) 벽을 두들기며 감방 사이의 연락을 하는 것을 반대했다. 그녀는 공산당원으로서 소비에뜨 법률을 위반하는 데 찬성할 수 없었다! 신문이 배달되면, 골쯔만은 감방 동료에게 신문을 피상적으로 보지 말고, 세심하게 보라고 했다!

Y. 긴즈부르끄의 회고록 중에서 형무소에 관한 부분은 1937년의 소집자에 관해 아주 귀중한 증언을 해준다. 「교도관을 조롱해서는 안 됩니다! 〈그는 여기서 소비에뜨 정권을 대표하는 사람입니다!〉」(정말로? 모든 게 거꾸로 뒤바뀌었다! 이 광경을 제정 시대의 형무소에 갇힌 사나운 여성 혁명가들에게 마법의 거울로 비춰 주고 싶다!) 또한 공산 청년 동맹원인 까짜 시로꼬바는 소지품 검사실에서 긴즈부르끄에게 묻는다. 「저기 독일 여성 공산당원이 금을 머리카락 속에 감췄어요. 그런데, 이 형무소는 우리 소비에뜨의 것이니까, 교도관한테 밀고해야 하지 않아요?」

긴즈부르끄도 타고 있던 7호 차로(그 차에는 대부분 여성 공산당원만 있었다) 꼴리마 지방으로 호송된 예까쩨리나 올리쯔까야는, 긴즈부르끄의 풍부한 회고에 두 가지 놀라울 만큼의 자세한 일화를 보충해 준다.

돈이 있는 사람들은 푸른 양파를 사기 위해 돈을 모으고, 사온 양파를 올리쯔까야가 받아서 차에 실었다. 사회 혁명당의 전통을 이어받은 그녀는 그 마늘을 40명분으로 나누는 것이 당연하다고 생각하고 있었다. 하지만, 그녀는 곧 맹렬한 반대에 부딪쳤다. 「돈을 낸 사람에게만 나눠 줘라!」 「우리가 거지를 먹여 살릴 수는 없어!」 「우리도 모자라지 않은가!」 올리쯔까야는 어안이 벙벙했다. 이것이 정치범인가? 이것이 1937년 소집자의 여성 공산당원들이라는 말인가!

또 하나의 일화. 스베르들로프스끄 중계 형무소의 목욕탕에서, 그녀들은 알몸인 채 교도관들이 나란히 서 있는 곳을 걸어야 했다. 하지만 그것을 말끔히 잊어버렸다. 그리고 더 멀리 호송되었을 때, 그들은 자기 찻간에서 이렇게 노래를 불렀다.

아, 이렇게 자유가 넘치는 나라를
나는 아직 본 일이 없어라!

이런 세계관, 이런 수준의 의식을 가지고, 이들 충성파 사람들은 그 수용소로 향한 먼 길을 가고 있었다. 그들은 처음부터 체포에 대해서나 심리에 대해서도, 아니 전반적인 사건에 대해서도 아무런 이해도 못하고, 다만 완고함과 충성심 하나만으로(아니면 다른 도리가 없었겠지), 스스로 광명의 담당자라 자부하며, 또 자기만이 진실을 알고 있다고 자위하며 그 먼 길을 가는 것이었다.

그들은 한번 결정하면, 주위와 관계없이, 또 설명도 없이, 더욱 자신에게 닥칠 가장 무서운 것조차 모른 체 외면하고 노력했다. 그 의복이나 태도나 말투까지도 특이한 그들, 즉 1937년 소집자의 신참들을 수용소의 죄수들이, 형사범들이, 또한 〈제58조〉 사람들((꿀라끄 박멸) 후 살아남은 사람들이 마침 최초의 10년 형을 마칠 무렵이었다)이 어떤 눈으로 바라보고 있는지 그들은 알려고도 하지 않았다. 콧대를 높이며 서류 가방을 들고 다닌 것은 그들이었다! 자가용 자동차를 타고 다닌 것은 그들이었다! 배급 제도하에서 출입이 통제된 특별 상점에 가서 배급을 받은 것은 그들이었다! 요양소에서 포식하고 휴양소에서 음탕한 생활을 즐긴 것은 그들이었다! 그런데 우리는 양배추 1개, 옥수수 1개를 훔치기만 해도 〈제8조 7항〉에 의해 10년간 수용소로 보내졌다. 그래서 증오에 찬 목소리가 그들에게 말했다. 「사회에서는 〈네놈들이 우리를 괴롭혔지만, 여기서는 우리가 네놈들을 괴롭힐 줄 알아!〉」(그러나 실현되지 못했다. 정통파 공산당원들은 모두 좋은 작업반으로 갔다.)[6]

그렇다면 충성파가 말하는 고매한 진리란 무엇인가? 그것은 예전의 가치관은 전혀 버리지 않으면서, 새로운 가치관을 하나도 받아들이지 않는 것이다. 설사 새로운 생활이 그들의 머리 위로 흘러가더라도, 그들 사이로 뒹굴거나 차바퀴처럼 그들을 스쳐 지나도, 그들은 그것을 머릿속에 넣으려 하지 않았다! 마치 그 생활이 한자리에 있듯이, 그렇게 인정하지 않는다! 자기 두뇌에서 아무 변화도 일으키지 않고, 인생 경험을 비판적으로 보는 눈을 가지지 않았다는 것도 그들한테는 자랑이었다! 형무소가 그들의 세계관에 검은 그림자를 깃들게 하지는 않았다! 수용소가 검은 그림자를 떨궈서는 안 된다! 서 있던 위치에 계속 그대로 서 있는 것이다! 우리는 마르크스주의자다! 우리는 유물론자다! 우리가 우연히 투옥되었다 해서 간단히 변할 수가 있겠나? (어떻게 우리의 의식이 바뀔 수 있겠는가? 현실이 변화하고 새로운 국면이 드러난다고 해서? 절대 안 될 일이지! 현실 따위는 악마나 가져가 버리라고 해! 우리의 의식이 존재에 의해 규정되도록 내버려 두지

6 Y. 긴즈부르끄는 전혀 반대의 정경을 묘사하고 있다. 형무소의 간호사가 이렇게 물었다. 「당신들이 가난한 사람들을 위해 싸워서, 집단 농장 사람을 위해 싸워서 투옥되었다는 것이 사실이에요?」 이것은 믿을 수 없는 질문이었다. 아마도 형무소 간호사는 항상 철장 속에 있어서 아무것도 모르니까, 이런 바보스러운 질문을 했으리라. 그러나 집단 농장 사람들과 일반 수용소 죄수들은 눈을 가지고 있어서, 농민을 다그쳐 기괴한 〈농업 집단화〉를 실시한 자들을 곧 알아보았다.

않을 테다. 왜냐하면 우리는 결국 유물론자니까!)

우리한테 닥쳐온 일에 대하여 그들의 통찰력이란 이런 정도의 것이었다. V. M. 자린은 말한다. 〈수용소에서 나는 언제나 이렇게 되풀이해 왔다 ── 바보들(즉, 그를 투옥한 자들) 때문에 내가 소비에뜨 정권과 싸울 수는 없어!〉

이것이 그들의 필연적인 도덕관이다 ── 나는 부당하게 투옥되었다. 다시 말해서 나는 좋은 사람이다. 그런데 내 주변의 모든 사람은 적이며 정당한 이유가 있어서 투옥된 것이다.

그들의 정열은 한 해에 여섯 번이나 열두 번에 걸쳐 청원서, 신청서, 탄원서를 쓰는 데 소비되었다. 그들은 무엇을 썼을까? 무슨 말을 하려고 했을까? 물론, 〈위대한 천재〉에게 충성을 맹세했다(그러지 않고는 석방되지 않으니까). 물론, 동일 사건이라도 이미 총살된 자와는 아무런 상관도 없다고 쓴다. 물론, 용서를 빌며, 또다시 윗자리로 되돌아갈 수 있도록 허락해 주기를 빌었다. 아니, 내일이라도 그들은 기뻐서 당의 어떤 임무라도 맡을 용의가 있는 것이다. 가령, 이 수용소를 관리할 임무라 해도! (이런 청원서에 대해 그것과 거의 같은 숫자의 거부서가 일제히 되돌아왔으나, 그것은 그 청원서가 스딸린한테까지 가지 않았기 때문이다! 그들은 이렇게 이해하고 있었다! 그분이라면 용서해 주었겠지, 자애로운 분이시니까!)

국가에 용서를 빌다니 얼마나 한심한 〈정치범〉인가! 이것이 그들의 의식 수준이었다. 고르바또프 장군이 그의 회고록에서 말했다. 〈재판? 그것은 아무것도 아니다. 누군가 재판관에게 명령하는 것이다……〉 참으로 멋진 분석이야! 그야말로 천사 같은 볼셰비끼적 복종 아닌가! 도둑놈들이 고르바또프에게 묻는다. 「왜 당신은 여기에 들어왔지요?」 (통상 그들은 이렇게 정중하게 〈당신〉이라는 말은 쓰지 않는다.) 고르바또프는 이렇게 대답했다. 「나쁜 놈들이 중상해서.」아니, 얼마나 멋있는 분석력인가! 이 장군의 처신은 이반 제니소비치 슈호프적인 것이 아니라, 페쭈꼬프적이었다.[7] 그는 빵 껍데기를 얻으려고 사무실에 청소하러 왔다. 〈나는 탁자를 훔치면서 빵가루나 껍데기를, 때로는 작은 빵 조각을 주워서, 어느 정도 공복을 채울 수 있었다.〉그래 좋지, 공복을 채우는 것은. 하지만 슈호프는 먹는 것밖에는 생각하지 않고, 사회적 의식을 가지지 못하고 있었기 때문에 심한 비난을 받고 있었으나, 고르바또프 장군은 나쁜 놈들에 대해 〈생각하고〉있었……. (그러나 슈호프는 바보가 아니었다. 그는 장군보다도 대담하게 우리 나라에서 일어나는 모든 사태를 판단하고 있었다.)

그리고 여기 V. P. 골리찐은 지방 의사의 아들로, 토목 기사였다. 그는 140일이나(!) 사형수 감방에 있었다. (충분히 생각할 시간이 있었다!) 그 후 수용소에서 15년을 보내고, 다시 영구 유형을 받았다. 〈내 머릿속은 아무것도 변하지 않았다. 나는 당원은 아니지만 볼셰비끼였다. 공산당에 대한 신뢰가 나를 도왔다. 나쁜 짓을 하고 있는 것은 공산당이나 정부가 아니라 〈일부의 사람들〉이며(대단한 분석력이다!), 그들은 왔다 갔다 하지만(그러나 도저히 사라지지는 않는다……) 그 밖의 모든 것은(!!) 그대로다……. 그리고 또 1937년과 1938년에 NKVD(즉, 국가 기관!)에서도, 형무소에서도, 수용소에서도 〈매우 많은〉일반 소비에뜨 인간들이 나를 도와주었다. 그것은 〈대부〉들이 아니라, 진짜 제르진스끼의 후계자들이다.〉(전혀 이해할 수 없다 — 매우 많이 있었던 이 제르진스끼의 후계자들은 어찌하여 이 〈일부〉 사람들의 불법 행위를 보지 못

---

7 슈호프는『이반 제니소비치의 하루』의 주인공, 페쭈꼬프는 관료 출신의 비열한 인물 — 옮긴이주.

했을까? 그들 자신은 이 불법 행위에 가담하지 않았을까? 그러고도 체포되지 않았다니? 기적이다…….)

혹은 보리스 지야꼬프의 경우, 스딸린의 죽음은 강한 충격이었다(그 사람 혼자만인가? 아니, 모든 정통파 공산당원들이 그랬다). 그들한테는 석방되리라는 모든 희망이 사라졌다![8]

그러나 사람들이 나에게 이렇게 외친다 — 그것은 정직하지 못해! 정직하지 못해! 당신은 진짜 이론가와 토론해야 돼! 적색 교수 대학[9]의 이론가들과!

좋다, 어서 하자! 비록 나는 질리도록 토론했지만! 나는 형무소에서도, 죄수 호송에서도, 중계 형무소에서도 토론을 해왔다. 처음에는 그들과 함께, 그들의 편을 들었다. 그런데 어찌 된 노릇인지 나는 우리의 논리가 미약하게 느껴졌다. 그래서 나는 입을 다물고 남의 말에 귀 기울이게 되었다. 그리고 나중에는 그들을 공격했다. 그리하여 말렌꼬프의 스승인 자하로프 자신(그는 말렌꼬프의 스승인 것이 매우 자랑스러웠다)도 몸을 낮추어 나와 토론하는 데 끼어들었다.

그런 결과, 나의 인상에는 이 모든 토론 속에서 결국 단 하나의 쟁점만 남는다. 아니, 그들 이론가들은 마치 한 사람 같았다. 매번 토론을 할 때마다, 그들은 똑같은 논증을 끄집어내어, 전과 똑같은 말로 논하는 것이다. 그래도 여전히 그들을 논파할 수는 없었다. 난공불락이라는 점이 그들의 주요한 특징이다! 그 돌대가리를 파괴할 수 있는 탄환은 아직 발명되지 못했다! 처음부터 이 토론은 단지 재미있는 놀이, 심심풀이 시간 죽이기로 생각해야 했다. 그렇지 않으면 그들과 토론하다가 지쳐 버리고 말 것이다.

8 『10월』, 제7호, 1964년.
9 당과 국가의 간부 양성을 위한 소비에뜨 대학 — 옮긴이주.

하루는 나와 친구 빠닌이 함께 스똘리쁜 차량의 중간 침상에서 잠자고 있었다. 기분이 좋아서 청어를 호주머니에 넣고, 목도 마르지 않아서, 잠이 들려고 했다. 그런데 어느 역에서 우리 찻간에 마르크스주의 학자가 쓸려 들어왔다! 그 마름모 꼴의 턱수염하며, 안경하며, 한눈에 그것을 알아차렸다. 그도 숨기려 하지 않았다. 그는 공산주의 교육 대학의 교수였던 사람이었다. 우리는 중간 침상의 네모난 구멍에서 밑을 내려다보며 몇 마디 이야기를 나눠 보았는데, 나는 상대가 난공불락이라는 것을 알았다. 우리는 오래전에 투옥되었고, 앞으로도 오래도록 감옥살이를 해야 하니까, 즐거운 농담거리를 놓쳐서는 안 된다. 밑으로 내려가 잠깐 담소를 즐겨 보자! 찻간은 꽤 넓었다. 나는 누군가와 자리를 바꾸고 몸을 가까이했다.

「안녕하세요.」

「안녕하세요.」

「좁지 않아요?」

「아니, 괜찮아요.」

「감옥살이 오래 됐어요?」

「꽤 됐어요.」

「이제 조금만 남았나요?」

「아니, 거의 반 정도요.」

「아, 보세요, 얼마나 보잘것없는 마을입니까 ── 초가지붕, 쓰러지는 오막살이.」

「제정 시대의 유산이죠.」

「그래도, 소비에뜨 시대도 이제는 30년은 되었어요.」

「역사적으로 볼 때는 짧은 기간이죠.」

「집단 농장의 사람들이 굶주려서 큰일입니다.」

「하지만 당신이 〈모든〉 집단 농장의 솥을 들여다보기라도 했나요?」

「아니, 본 것은 아니지만, 이 찻간의 어느 집단 농장 사람한테 물어보기만 해도 알 수 있어요.」

「형무소에 투옥된 사람은 다 원한을 가져서 객관성을 잃고 있어요.」

「하지만 나는 그런 집단 농장을 봤어요.」

「아니, 그것은 예외적인 경우겠죠.」

(마름모꼴 턱수염을 기른 사람은 집단 농장에 가본 적이 한 번도 없었다. 그래서 이렇게 간단히 말할 수 있었다.)

「하지만 나이 많은 사람들에게 물어봐요 ─ 제정 시대에는 배불리 먹고, 제대로 입고, 여러 가지 명절도 있었다지 않아요!」

「물어보지 않을 거예요. 지난 과거를 칭찬한다는 것은, 인간 기억의 주관적인 특징이니까. 죽은 소가 두 배는 젖이 많았다고 하니까. (그는 가끔 속담도 인용했다!) 그리고 우리 나라 사람들은 명절을 싫어하고, 일하기를 좋아하죠.」

「그럼 왜 많은 도시에서 빵이 부족한가요?」

「언제요?」

「예를 들어, 전쟁 전에도…….」

「아닙니다! 전쟁 전에는 모든 일이 잘되어 갔어요.」

「이것 봐요, 그때 볼가 연안 도시에서는 수천 명씩 줄을 섰었어요…….」

「아니, 곳곳에 따라서는 빵이 없는 곳도 있었겠죠. 하지만 그것보다도 당신의 기억이 문제인 것 같습니다.」

「심지어 지금도 빵은 부족해요!」

「그것은 거짓말이에요. 우리 나라에는 70억 푸드에서 80억 푸드의 곡물이 생산되고 있어요.」[10]

「그렇지만 곡식이 썩었지요.」

「아니, 그 반대죠. 우리는 품종 개량에 성공했어요.」

「그러나 대부분의 상점은 비었어요.」

「지역 분배가 민첩하지 못하고 비효율적인 탓입니다.」

「게다가 물가가 비싸요. 노동자들은 많은 것을 사지 못할 형편이에요.」

「우리 나라의 물가는 어느 나라에 비해서도 과학적으로 정해지고 있어요.」

「급료가 너무 낮다는 뜻이군요.」

「아니, 급료도 과학적으로 정한 겁니다.」

「노동자가 자기의 노동 시간의 대부분을 국가를 위해 무상으로 일하도록 과학적으로 정해져 있는 거군요.」

「당신은 경제학에 조예가 없군요. 당신은 전공이 뭡니까?」

「기사입니다.」

「그런데 저는 경제학자란 말입니다. 다투지 맙시다. 우리 나라에는 잉여 가치란 있을 수 없어요.」

「그런데 예전에는 가장 혼자 일해서 가족을 부양했는데, 지금은 왜 두세 사람이 일하지 않으면 안 되지요?」

「왜냐하면 예전에는 일자리가 없었으니까, 아내는 일할 수가 없었죠. 그리고 가족들은 굶주렸고요. 게다가 아내의 노동은 남녀평등을 위해서도 중요한 일입니다.」

「남녀평등이 다 뭐요? 그럼 가사는 누가 합니까?」

「남편이 협력해야죠.」

「그럼 당신은 아내를 도와줬습니까?」

「나는 결혼을 안 했습니다.」

「옛날에는 다들 낮에만 일하면 되었으나, 요즘은 둘 다 밤

10 흐루쇼프가 1952년의 곡물 수확량이 1913년보다 못하다고 공식 발표하기까지는 아직 상당한 세월이 남아 있었다.

455

까지 일해야 합니다. 그래서 여자는 아이들의 양육이라는 가장 중요한 일에 쏟을 시간이 없어요.」

「아니, 시간은 충분히 있어요. 중요한 교육은 유치원, 초등학교, 공산 청년 동맹에서 다 해요.」

「그럼 거기서 어떤 교육이 될까요? 난폭한 불량배와 도둑놈이 생깁니다. 소녀들은 방종해지고.」

「그럴 리가 없어요. 우리 나라 청소년들은 높은 이상을 가졌어요.」

「그것은 신문에서의 이야기지요. 하지만 우리 신문은 거짓말투성이에요!」

「부르주아 신문들보다는 공정해요. 당신도 부르주아 신문을 한번 읽어 봐요.」

「읽고 싶어도 그럴 기회가 없잖아요!」

「그것들은 어차피 쓸모가 없어요.」

「아니, 뭐라 해도 우리 나라 신문은 온통 거짓말뿐이에요!」

「우리 나라 신문들은 공개적으로 프롤레타리아트와 밀접한 관계를 가지고 있어요.」

「그러한 교육의 결과로 범죄 건수가 증가하고 있어요.」

「반대로 떨어지고 있어요. 통계가 보여 주고 있어요!」

(양의 꼬리 숫자까지 비밀로 되어 있는 나라에서 통계라니!)

「범죄 증가의 또 다른 원인은, 우리 나라 법률 자체가 범죄를 낳고 있어요. 그 법률이 너무 잔혹하고 불합리해요.」

「오히려 그 반대죠, 훌륭한 법률입니다. 인류 역사상 가장 뛰어난 법률이에요.」

「특히 제58조 말입니다.」

「만일 그 조항이 없었더라면, 우리 나라와 같은 젊은 국가는 붕괴되고 말았을 거예요.」

「하지만, 우리 나라는 이제 그다지 젊지도 않아요!」

「역사적 관점으로는 매우 젊은 국가입니다.」

「그런데 보세요, 얼마나 많은 사람들이 투옥되었는가!」

「그들은 다 죄가 있어서 투옥된 거죠.」

「그럼 당신은요?」

「나는 착오로 들어왔어요. 조사가 되면 석방될 거예요.」

(그들은 이렇게 빠져나갈 구멍을 모두 마련하고 있었다.)

「착오라고요? 그래도 당신들의 법률이 훌륭하다는 말입니까?」

「법률은 훌륭하지만 법률 위반이 슬픈 일인 거죠.」

「도처가 부정행위, 수뢰, 부패입니다.」

「그래서 공산주의적 교육을 강화하지 않으면 안 됩니다.」

이렇게 이야기가 오갔다. 그는 결코 허둥대지 않았다. 생각하지 않고 하는 말이었으니까. 그와 토론하는 것은 마치 사막을 걷는 것과 같았다.

이런 사람들을 가리켜 ─ 어느 대장간에 가서도 버리지 못하고 그냥 돌아왔다고 하는 것이다.

그들의 부고에 〈개인숭배 시대에 비극적인 죽음을 맞았다〉라고 쓰고들 있으나, 〈희극적인 죽음을 맞았다〉라고 고쳐도 된다.

하지만 만일 운명이 다르게 움직였다면, 우리는 그가 그렇게 무미건조하고 초라한 사람이라는 것을 몰랐을 것이다. 우리는 존경하는 마음으로 신문지상에서 그의 이름을 읽고, 그도 인민 위원이 되어, 해외에서 러시아를 대표하는 인물이 되었을 것이다.

그와 논쟁하는 것은 시간 낭비였다. 보다 더 재미있는 것은 그와 놀이를 하는 것인데…… 아니, 체스 놀이가 아니라 〈동지 놀이〉를 하는 것이다. 이런 놀이가 있다. 이것은 매우 간단한 놀이다. 그가 하는 말에 두세 번 고개를 끄덕인다. 그가 말하는 도식을 그대로 사용하여 무언가 그에게 말한다. 그러면 그는 기분이 좋아진다. 왜냐하면, 그는 자기 주위에 적들이 득실거리는 상황에 익숙해져 있기 때문이다. 그는 무슨 말을 해도 이내 반대에 부딪치게 되니까, 아예 말을 하지 않으려고 한다. 하지만 일단 당신을 자기편으로 인정하면, 완전히 인간적으로 마음을 열고, 역에서 보았던 것을 말해 주는 것이다 — 거기에는 사람들이 왕래하고, 이야기하며, 웃는 생활이 흐르고 있지요. 당이 지도하고 있어서, 누군가 어떤 지위에서 다른 지위로 옮기고 있으나, 당신과 나는 여기에 갇혀 있어요. 우리 얼마 안 되는 사람들이 재심이나 은사에 관한 탄원서를 여러 번 쓰고 또 〈쓰지 않으면 안 돼요〉…….

어쩌면 이런 재미있는 이야기도 들을 수 있다 — 공산주의 교육 대학에서 그들은 한 동지를 〈몰아넣을〉 계획을 했다. 그 동지는 본성을 숨기고 있어 어쩐지 〈우리 동료가 아닌〉 느낌이었다. 하지만 꼬투리가 잘 잡히지 않았다. 그의 논문에는 과오가 없었고, 경력도 깨끗했다. 그런데 어느 날 고문서관을 정리하고 있다가 중대한 발견을 했다! — 우연히 그 동지가 집필한 낡은 소책자를 찾았다. 그 소책자를 레닌 자신이 직접 읽고, 여백에 그의 필적으로 다음과 같이 써 놓았다. 〈경제학자로서는 별로다.〉 이야기하던 그는 은밀하게 미소 지었다. 「〈이런 일〉이 있고 나서, 이제 그 방해자를 처리하는 일은 아주 간단했지요. 우리는 그를 추방하고 그 학위를 박탈해 버렸답니다.」

차는 소리를 내면서 달리고 있었다. 이미 모두 잠들어, 어떤 사람은 앉고, 또 누워 있었다. 이따금 복도로 호송병이 하품을 하면서 지나갔다.

레닌 전기에 아무도 기입하지 않았던 또 하나의 일화가 사라지려 하고 있었다.

◆

충성파 사람들의 묘사를 완전하게 하기 위해, 수용소 생활의 모든 주요 분야에서 그들의 태도를 검토할 필요가 있다.

A. 수용소 규정과 자기 권리를 위한 죄수들의 투쟁에 대한 태도

수용소 규정은 〈우리〉에 의해, 소비에뜨 정권에 의해 확립되었기 때문에, 그것을 단지 지킬 뿐만 아니라, 모든 면에서 자각하여 준수해야 한다. 교도관들이 요구하거나 지적하기 전에, 그 규정의 〈정신〉을 준수해야 한다.

Y. 긴즈부르그는 다음과 같은 놀라운 관찰을 했다. 즉, 여성들이 자기 머리카락을 깎는(이발기를 사용해서) 것을 허락했다! (일단 규율로 정했으니까.) 그들은 폐쇄된 형무소로부터 죽기 위해 꼴리마 지방으로 이송되었다. 그러자 그들은 이미 나름대로의 설명을 준비하고 있었다 — 이것이 우리가 그곳에서 양심적으로 일할 것이라고 〈신뢰받고 있다〉는 증거라고!

그래, 이래서 대체 무슨 〈투쟁〉이 있다는 말인가? 누구와 투쟁한단 말인가? 〈우리 동료〉에 대항해서 투쟁한단 말인가? 무엇 때문에 투쟁하는가? 자기 자신의 석방을 위해서가 아닌가? 그렇다면 싸우는 것이 아니라, 합법적인 수단으로 탄원하는 것이다. 소비에뜨 정권을 타도하기 위해서인가? 아니, 천만에!

수용소 죄수 중에는 싸우고 싶었으나 그럴 수 없었던 사람도 있었다. 싸울 수 있었지만 그것을 원하지 않은 사람도 있었다. 싸울 수도 있고 그것을 원한 사람도 있었다. (그리하여 실제 싸웠다! 때가 되면 그들에 대해서도 말하겠다!) 그런데 정통파 공산당원은 제4의 그룹을 형성하고 있었다. 즉, 싸우려고도 하지 않았고, 만일 싸우려고 해도 〈그럴 수 없는〉 사람들이었다. 그때까지의 생활 전부가 그들을 인공적인 비현실적 환경에서만 살 수 있는 사람으로 만들어 버렸다. 사회에서의 그들의 〈투쟁〉은 상사에 의해 승인된 결의나 지령을 전화나 벨을 사용하여 밑으로 전달하는 것뿐이었다. 백병전을 하거나, 맨손으로 적의 자동소총에 대항하여, 비 오듯 퍼붓는 총탄 속을 포복하여 전진하기를 요구하는 수용소의 투쟁에 있어서, 그들은 아무도 두렵게 하지 못했고, 쓸모도 없었다.

그리고 그뿐만 아니라, 전 인류의 행복을 위해 싸웠다는 그 원칙주의자들은, 한 번도 형사범들의 약탈을 제지하지 못했다. 즉, 취사장이나 특권수의 지위에, 도적들의 폭력에 대해 그들은 반대하지 않았다(고르바또프의 책이라도 읽어 보라. 거기에 다 있으니까). 그것은 〈그들의〉 이론 덕분에 사회적 친근 분자인 도적들에 그와 같은 힘을 주었기 때문이었다. 그들은 보는 앞에서 약한 자가 약탈당해도 관여하지 않았고, 또 자기가 약탈되어도 덤비려고 하지 않았다.

그리하여 모든 이런 것이 논리에 적합하고, 조리가 맞아서 이의를 제기하는 사람이 아무도 없었다. 그러나 드디어 역사를 쓸 역사가가 와서 수용소 생활에 관한 최초의 미약한 목소리가 들리자 충성파의 사람들, 그 선사자들은 그때를 회상하며 고통을 느꼈다 — 어쩌다 그렇게 되었나? 이렇게 진보적이며, 이만큼 자각이 있는 그들이 어찌하여 싸우지 않았던가! 아니, 그들은 스딸린의 개인숭배가 있었던 것조차 알지 못했다![11]

11 1957년에 랴잔주 교육부의 인사 담당자인 여성이 나에게 물었다. 「1945년에 당신은 무엇 때문에 체포되었지요?」 「개인숭배를 반대하는 발언을 했기

친애하는 라브렌찌 빠블로비치 베리야가 인민의 불구대천의
적이었다는 것을 꿈에도 알지 못했다!

그리하여 서둘러, 자기들이 〈싸웠다〉고 하는 믿을 수 없는
낭설을 퍼뜨렸던 것이다. 엉터리 문인들이 나의 이반 제니소
비치를 비난했다. 왜 그 녀석은 싸우지 않았는가라고. 1962년
12월 8일 자『모스꼬프스까야 쁘라브다』지는 공산당원들이
수용소 지하 집회를 열었는데, 이반 제니소비치는 거기에 출
석하지도 않고 현명한 사람들의 지혜를 빌리려고 하지도 않
았다고 그를 비난하는 모양이었다.

하지만 이것이 얼마나 헛소리인가? 어떤 지하 집회가 있었
다는 말인가? 무엇 때문인가? 뒤에서 슬며시 혓바닥이라도
내보일 참이었나? 하급 교도관에서부터 스딸린 자신에 이르
기까지 모두가 소비에뜨 정권이라면, 대체 누구한테 혓바닥
을 내민다는 말인가? 그래, 언제, 또 〈어떤 방법〉으로 싸웠다
는 것인가?

이 대답은 아무도 하지 못할 것이다.

그렇다면 〈그들은 무엇을 생각하고 있었을까?〉 그들이 그
저 〈실재하는 것은 모두가 합리적이다〉라고 되풀이하기만 했
다면, 그리고 끊임없이 〈황제의 채찍이여, 우리를 때리지 말아
요!〉 하면서 기도했다면, 그들은 대체 무엇을 생각했겠는가?

B. 수용소 당국과의 관계

최대의 존경과 우의를 나타낸 것 말고도 충성파 사람들이
수용소 당국에 대하여 취한 태도가 있었던가? 수용소 당국자

때문입니다.」 나는 대답했다. 「설마?」 그녀가 놀랐다. 「〈당시〉에 이미 개인숭
배가 있었나요?」 (개인숭배에 대해서 1956년에 발표되었으니까, 1945년에는
존재했을 리가 없다고 그녀는 속으로 생각했던 것이다.)

들은 모두가 공산당원이며, 공산당의 명령에 따랐으며, 〈내〉가(여기서 〈나〉는 유일하게 죄가 없는 사람이다) 판결을 받고 여기에 투옥된 것은 그들의 잘못이 아니기 때문이다. 만일 자기가 수용소 당국자의 입장이었다면, 똑같이 했을 것이라는 것을 정통파 공산당원들이 자인하고 있었던 것이다.

최근 우리 나라의 신문, 잡지가 수용소의 영웅 — 그는 신학교를 졸업한 신문 기자였으나, 레닌에게 발탁되어 비행사도 아닌데 어찌 된 일인지 1930년대에 공군(?) 대학의 교장이 된 인물이다 — 으로 칭송하던 또도르스끼가, 지야꼬프의 책에 의하면, 일반 일꾼조차 돌아보지 않던 보급부장에게 이렇게 말했다.「부장님, 도울 일 없습니까?」

또도르스끼는 위생부장에게 『소련 공산당 소사』의 개요를 써 주었다. 만일 또도르스끼가 어떤 점에서 『소련 공산당 소사』와는 다른 〈생각〉을 하나라도 가지고 있다면 그의 원칙은 어떻게 되는 것일까? 스딸린과 똑같은 입장에서 개요를 쓸 수는 없지 않았을까?[12] 만일 그가 〈똑같은〉 생각을 가졌다면 그야말로 〈희극적인 죽음〉이라 하겠다.

하지만 당국자들을 좋아하는 것만으로는 부족하다! 당국자들도 우리를 좋아해야 한다. 우리는 당신들과 같은 사람이며, 동료라는 것을 당국자에게 설명해야 한다. 그리하여 우리를 어떻게든 따스하게 취급해 달라고 부탁해야 한다. 그러기 때문에 세레브랴꼬바, 셸레스뜨, 지야꼬프, 알단세묘노프 등의 주인공들이 기회 있을 때마다, 필요하든 말든, 장소를 가릴

---

12 다음과 같은 반대가 있을 것이다 — 원칙은 원칙이다. 하지만 때에 따라서는 유연성도 있어야 한다. 울브리히트와 디미트로프가 자기 공산당에게 나치와 화해하도록, 아니 나치를 지지하도록 지시했던 시기도 있었던 것이다. 그래, 우리는 이 일에 대해 아무 말도 하지 않겠다! 〈변증법〉이니까!

것 없이, 죄수 호송단에 들어갈 때나, 명부에 의한 검사를 할 때도, 자신이 공산당원이라고 말하는 것이다. 그것이야말로 그들이 따스한 자리를 신청하는 법이었다.

셀레스뜨는 다음과 같은 광경을 생각해 본다. 꼬뜰라스의 중계 형무소에서 명부에 의한 점호가 행해진다. 〈당적은 있는가?〉 하고 당국자가 질문한다. (이렇게 쓴 것은 얼마나 바보스러운가? 형무소 명부에 당적란이 있겠는가?) 〈저는 소비에뜨 연방 공산당(볼셰비끼)의 당원입니다〉라고 셀레스뜨는 있지도 않는 질문에 대답하는 것이다.

상대가 제르진스끼의 사람이든 베리야의 사람이든, 당국자들한테 필요한 경의를 바치면, 그들은 〈알아들었다〉. 그리고 당국자들은 그들을 돌봐 주었다. 서면이나 구두 지령이 있었을지도 모른다. 즉, 공산당원들의 대우를 잘해 주라는 지령이. 왜냐하면 〈제58조〉 해당자가 특권수의 지위에서 쫓겨나고 〈제58조〉 해당자에 대한 탄압이 가장 엄격했을 때도, 어찌된 일인지 예전의 거물 공산당원들만은 그런 처우를 받지 않았기 때문이다(예를 들어, 끄라스 수용소의 경우가 그러했다. 북까프까스 군관구 군사 회의의 위원이었던 아랄로프는 채소밭 작업반장, 과거 여단장인 이반치끄는 별장 건물 반장이었고, 모스끄바주 위원회의 서기였던 젯꼬프도 역시 그런 덜 고된 자리에 있었다). 그러나 무슨 지령이 없었다 해도, 순수한 단결과 순수한 타산이 있었다. 즉, 〈오늘은 자네지만, 내일은 나의 차례〉라는 원칙이 내무부 관리들에게 정통파 공산당원들의 시중을 들도록 했다.

그리하여 결국은 정통파 공산당원들은 당국한테 가장 가까운 존재였으며 수용소에서 안정된 특권적 계층을 구성하고 있었던 것이다(당국한테 가서 자기 신념을 나타내려고 하지 않았던 얌전한 일반 공산당원들은 이 부류에 들지 않는다).

알단세묘노프는 정직하게도 다음과 같이 분명히 쓰고 있다. 즉, 공산당 당국자들은 공산당원 죄수들을 되도록 편한 작업으로 전환 배치하려고 애쓰고 있었다. 지야꼬프도 또 그것을 감추려고 하지 않았다. 신참자인 롬이 병원장에게 자기는 고참 볼셰비끼라는 것을 알렸다. 그리하여 그는 즉시 위생부에 당번으로 남게 되었다. 이것은 모두가 부러워하는 일자리였다! 그리고 수용소장도 또도르스끼를 간호사의 직무에서 쫓아내지 않도록 명령했다.

그러나 무엇보다 재미있는 이야기는 G. 셀레스뜨가 『꼴리마의 수기』[13] 속에서 말하고 있다. 내무부의 새 고위 관리가 수용소에 와서, 자보르스끼라는 죄수가 내전 시대의 자기 군단장이었던 인물이라는 것을 알았다. 서로 눈물을 흘렸다. 〈나라의 반이라도 내어 줄 테니까, 말해 보세요!〉라고 하자, 자보르스끼는 〈취사장에서 특별식을 받고, 빵을 원하는 대로 먹도록 해주게〉라고 하는 것이었다(그러나 그를 위해 특별 배급을 할 수는 없었으니까, 일반 죄수의 것을 빼앗은 것이다). 또 그는 저녁에 등잔불로 읽기 위해 6권짜리 레닌의 저작집을 원했다! 그렇게 모든 것이 이루어졌다. 낮에는 남의 배급 빵을 훔쳐 먹고 저녁에는 레닌의 저술을 읽는 것이다. 그리고 이렇게 비굴한 행위를 공공연하게, 아주 만족스럽게 찬양했다!

또한 셀레스뜨의 책 속에는, 작업반의 일종의 신화적인 〈지하 정치국〉(작업반으로서는 조금 크지만?)이 노동 이외의 시간에 빵을 자르는 곳에서 빵 1개와 귀리죽 한 그릇을 얻는 장면이 쓰여 있다. 즉, 어딘가에 동료 특권수가 있었다는 말인가? 즉, 충성파의 사람들이 훔치고 있었다는 것인가?

13 『즈나미야(깃발)』, 1964년, 제9호.

또한 셀레스뜨가 우리를 위하여 다음과 같은 최종적인 결론을 내 주었다.

〈일부 사람들은《정신력》으로(죽과 빵을 훔치던 이 정통파 공산당원들을 말한다), 또 다른 사람들은 귀리죽을 한 그릇 더 얻은 덕에(이반 제니소비치가 그랬다) 살아남았던 것이다.〉[14]

그래, 그렇다고 치자. 그러나 이반 제니소비치에게는 아는 특권수가 없었다. 한 가지만 말해 보라 ─ 그 벽돌을 쌓은 것이 누구인가? 벽돌을 쌓아 벽을 만든 사람이 누구인가? 멍청한 당신들이었던가?

C. 노동에 대한 태도

일반적으로 말해서 정통파 공산당원들은 노동에 충실했다. (에이헤 차장은 티푸스에 걸려 고열로 헛소리할 때도 간호사가 〈그래요, 곡물 조달에 대한 전보는 쳤습니다〉라고 확인시켜 주었을 때에야 비로소 안정을 취했다.) 통상 그들은 수용소의 노동에도 찬성했다. 즉, 노동은 공산주의 건설을 위하여 필요하며, 노동을 하지 않으면 많은 죄수에게 야채수프를 줄 수도 없다고 생각했다. 따라서 노동 거부자들을 때리는 것도, 규율 강화 막사에 처넣는 것도, 전시에 총살하는 것도 지극히 당연하다고 생각하고 있었다. 그들에게는 작업 할당계도, 반장도, 채찍질하고 독려하는 어떤 부류의 역할도 극히 도덕적인 것이라 할 수 있었다(이런 점에서 그들은 〈순수한 도둑들〉과는 달리, 〈암캐들〉을 닮아 있었다).

예를 들면, 벌채 작업반장에 공산 청년 동맹 끼예프시 위원회 서기였던 엘레나 니끼찌나가 있다. 그녀에 대해서는 이런 말이 전해 오고 있다. 그녀는 자기 작업반(제58조 해당자들)

14 『자바이깔 지방 노동자』, 1964년 8월 37일 자. (괄호는 솔제니찐)

465

의 생산량을 부정하게 낮게 신고하고, 그 분량을 형사범들한 테 붙였다고 한다. 또 류샤 자빠리제(바꾸 정치부원의 딸)는 자기가 소포로 받은 초콜릿을 대가로 주고, 그 대신 작업에서 해방되었다. 반면에 그 여자 작업반장은 무정부주의자인 따찌야나 가라셰바를 사흘이나 숲속에서 나가지 못하게 하여 동상까지 걸리게 했다.

비당원이라 말해도 역시 같은 볼셰비끼인 쁘로호로프뿌스또베르는 죄수들이 고의로 노르마를 달성하지 않은 것을 폭로했다(그리고 그는 그것을 당국에 알려서 죄수들을 벌하곤 했다). 자기들의 노동은 노예 노동이라고 호소한 죄수들의 비난에 대하여 쁘로호로프뿌스또베르는 이렇게 대답했다. 「이상한 사고방식이야! 자본주의 국가들에서는 노동자들이 노예 노동에 반대하여 싸우고 있지만, 우리는 설사 노예라 할지라도 개인을 위한 것이 아니라 사회주의 국가를 위해 일하고 있는 거야. 관리들은 일시적으로(?) 권력을 쥐고 있는 데 지나지 않아. 인민이 한번 움직이면 그들은 날아가고 말 거야. 하지만 인민의 국가는 남게 된다고.」

이와 같이 혼란스러운 상태가 정통파 공산당원의 의식이었다. 정상적인 인간이라면 그들과는 이야기를 나눌 수도 없었다.

그리고 충성파 사람들은 유일한 예외를 자기들을 위해서만 두고 있었다. 즉, 자기들을 수용소의 일반적인 노동에 동원하는 것은 잘못이라고 보았다. 왜냐하면, 이런 노동을 하고 있으면 장차 소비에뜨 인민을 유효하게 지도하기 위해 자신들을 보존하기 어려워지며, 또 수용소에 있는 동안 충분히 〈생각해 보는〉 것도 어려워지기 때문이다. 말하자면 모두 모여 앉아서, 스딸린 동지를 위시하여, 몰로또프 동지도, 베리야 동지도, 아니 그 밖의 당의 모든 것이 옳다고 돌아가면서 되풀이

하는 일 말이다.

따라서 그들은 수용소 당국의 보호 아래 비밀리에 서로 도우면서 특권수의 지위를 얻으려고 노력했다. 게다가 그런 지위는 전문적인 지식이 필요하지 않았고(그들은 아무도 전문직을 가지고 있지 않았다), 비교적 편안하고, 수용소의 피비린내 나는 싸움에서도 먼 존재였다. 이리하여 그들은 유리한 직무에 있게 되었다. 즉, 자하로프(말렌꼬프의 스승)는 소지품 창고에, 위의 자보르스끼(셀레스뜨 자신?)는 의복 지급소에, 악명 높은 또도르스끼는 위생부에, 꼬노꼬찐은 의사의 조수(조수의 소양은 전혀 없었으나) 자리에, 세레브랴꼬바는 간호사(간호사 경력은 전혀 없었으나) 자리에 있게 되었다. 알단세묘노프도 특권수였다.

충성파 중에서 가장 큰소리치던 지야꼬프의 수용소 경력은, 그 자신이 말하듯이 놀라운 것이었다. 5년의 형기 동안에 그는 〈한 번〉밖에 수용소 구내에서 나간 적이 없었다. 그것도 불과 반나절이었으며, 그 반나절 중에서도 〈반 시간〉밖에 일하지 않았다. 나무의 가지치기를 하고 있는데 교도관이 와서 그에게 말했다. 「피곤할 테니 쉬라고.」 5년 동안에 단 반 시간! ― 이것은 아무나 할 수 없다! 한동안 그는 탈장(脫腸)을 핑계로 〈꾀병〉을 부렸다. 그 뒤엔 탈장으로 인한 누공(瘻孔)이 핑계였으나 ― 아마 5년 내내 그러지는 않았으리라! 그는 의학 통계 담당, 문화 교육부의 도서 담당, 소지품 창고계 등과 같은 황금의 직무를 맡았다. 게다가 그것을 〈형기 내내〉 지키기 위해서는 누구한테 베이컨을 선사하는 것만으로는 불충분하고, 아마 그 마음까지도 〈대부〉에게 팔아넘겨야 했을 것이다. 이러한 판단을 고참 수용소 죄수들이 내리는 것이다. 그리고 지야꼬프는 단순한 특권수일 뿐만 아니라, 호전적인 특권수였다. 그는 자신의 작품 첫 번째 초고에서[15] 공개적으로 비난을 당하기 전에,[16] 왜 현명한 인간은 일반 인민의 야만적인 운명을 벗어나지 않으면 안 되는지 교묘하게 증명하고 있었다(〈체스의 전략〉, 〈왕의 수비〉, 즉 상대의 공격에 대하여 남을 방패로 사용하는 것이다). 그리하여 지금 이러한 인물이 수용소 생활의 해설자가 되려고 한다!

G. 세레브랴꼬바는 조심스러운 필치로 수용소에서의 자기 과거에 대해 묘사하고 있다. 소문에 따르면 그녀의 어두운 과거를 잘 알고 있는 여성 증인들이 있다는 것이다. 나는 아직 이들 증인을 만날 기회는 가지지 못했다.

그러나 이 저자들뿐만 아니라, 이 저자들에 의해 묘사되고 있는 다른 충성파 사람들도 〈모두 노동에는 종사하지 않았던〉 것이다. 그들은 병원에 근무하거나, 특권수가 되었고, 반계몽주의자에 대한 대화(다소 현대화된)를 계속 늘어놓곤 했다. 여기서 작가들도 결코 거짓말은 하지 않는다. 그들에게는 이 멍청한 사람들을 사회적으로 유익한 노동에 종사하게 할 상상력이 결핍되어 있었다. (자기 자신이 한 번도 노동한 경험이 없다면, 묘사가 잘 될 리가 없지 않은가?)

D. 탈주에 대한 태도

이 멍청한 사람들이 도망친다는 것은 있을 수 없는 일이었다. 왜냐하면, 그것은 체제와의 싸움이며 내무부를 혼란에 빠뜨리는, 즉 소비에뜨 정권의 파멸을 의도하는 행위를 의미했기 때문이다. 게다가 정통파 공산당원의 경우, 항상 두세 통의 사면 탄원서가 정부나 공산당 상부 기관에 돌고 있었기 때문

15 『즈베즈다』, 제3호, 1963년.
16 『노비 미르』, 제1호, 1964년, 락신.

에, 그들의 도망은 상부에 대한 성급한 판단이나 불신으로 해석될 염려가 있었다!

그리고 충성파는 〈일반적인 자유〉, 말하자면, 새와 같은 인간적인 자유가 〈필요하지 않았던〉 것이다. 모든 진리는 구체적인 것이다! 그들이 필요로 했던 자유는 국가가 준 것, 합법적인 것, 도장을 찍은 것, 체포 이전의 지위와 특권을 갖춘 것이었다! 아니, 그렇지 않고는 아무런 의미도 없었던 것이다!

그들 자신이 도망을 치려 하지 않았으므로, 그만큼 그들은 남이 도망치면 내무부의 질서와 경제 건설의 파괴라고 심하게 비난했던 것이다.

그리고 만일 탈주가 그토록 유해한 것이라면, 아마 탈주 계획을 알았을 때, 그것을 보안 장교인 동지에게 밀고하는 것이 충성파 공산당원인 시민으로서의 의무가 아니겠는가? 이론적으로 그렇지 않겠는가?

그렇다. 그들 중에는 예전의 지하 운동가들도, 내전 시기의 용감한 사람들도 있었을 것이다. 그렇지만 그들의 도그마는 이들을 정치적 쓰레기로 만들어 버렸던 것이다…….

E. 그 밖의 〈제58조〉 해당자에 대한 태도

그들은 결코 자기들과 같은 재난에 처한 사람들을 인정하려 하지 않았다. 비당적인 행위이기 때문이다. 때로는 은밀히 손을 잡고, 때로는 아주 공공연히(그들에게는 아무런 위험도 없었으니까) 이 더러운 〈제58조〉 해당자들과 대결하여, 그들과 멀리함으로써 스스로 결백을 입증하려고 했다. 그들은 자신들이 사회에서 지도했던 단순한 대중이었고, 자유로운 언어를 사용할 것을 허락하지 않았던 자들이었다. 지금은 같은 감방에, 같은 입장으로 갇혀 있었지만, 그들은 그 대중한테 주

눅 들지 않았고, 얼마든지 큰소리치고 있었다. 「이제 됐어, 더러운 놈들! 네놈들은 모두 사회에서 본성을 감추고 있었어! 네놈들은 모조리 적이니까 잡아넣은 것이 당연하지! 만사는 법대로야! 모두가 위대한 승리를 향하고 있어!」(〈나〉만이 부당하게 잡혀 있어.)

형무소에서 자기가 자유롭게 말할 수 있는 것은(관리 당국은 언제나 정통파 공산당원들 편에 있었으니까 말이다. 반혁들은 감히 반대라고 말하지 못했다. 말했다가는 두 번째 형기가 붙게 될 테니까), 모든 것을 극복하는 힘을 가지고 있는 주의(主義) 덕분이라고, 그들은 신중하게 덧붙였다.[17]

정통파 공산당원들은 그 노골적인 경멸, 위엄 있는 계급적 증오를 가지고, 자기 이외의 〈제58조〉 사람들을 쏘아보았다. 지야꼬프는 〈내가 그들과 여기에 함께 있다고 생각하니 겁이 났다〉라고 말했다. 꼬노꼬찐은 앓고 있는 블라소프 군단의 병사에게 주사하기를 거부했다(의사의 조수로서 그 의무가 있음에도). 그런데 앓는 호송병에게는 헌신적으로 자기 혈액을 주고 있었다. (고용된 자유인 의사 바리노프와 마찬가지로, 〈나는 우선 체끼스뜨이며,《그다음》에 의사다〉라고 말했다. 이런 것을 의술이라고 할 수 있는가!) 아니, 이제야 왜 〈병원에는 정직한 사람들이 필요한지〉(지야꼬프의 말)를 알겠다. 즉, 누구에게는 주사를 놓고, 누구에게는 놓지 않을지 분간할 필요가 있는 것이다.

그리하여 그들은 이 증오를 실행에 옮겼던 것이다. (그럼 어

---

17 그러나 종종 수용소에서는 힘의 균형이 다르게 나타나기도 한다. 운시 수용소에 투옥된 어떤 검사는 1년 넘게 백치 흉내를 내지 않을 수 없었다. 그렇게 해서 그는 겨우 복수에서 벗어났다(그와 함께 투옥된 사람들 중에 〈그의 세례를 받은〉 죄수들이 있었던 것이다).

찔할 것인가, 계급적 증오를 자기 마음속에 감춰야 하는가?) 셀레스뜨의 책에 묘사되어 있지만, 교수 — 아마도 공산주의 법학 교수였을 것이다 — 인 사무일 겐달은 까프까스인들이 작업 출동을 거부했을 때, 이내 그 태업의 주모자로서 이슬람교 성직자를 밀고했다.

F. 밀고에 대한 태도

모든 길이 로마로 통하듯이, 상술한 여러 항목에서도 멍청이들은 수용소 당국의 가장 뛰어나고 가장 친절한 사람들, 즉 보안 장교들과 협력하지 않을 수 없다는 사실에 도달하게 된다. 그들이 처한 상태에서는 이것이 NKVD, 국가 및 공산당을 돕기 위한 가장 확실한 방법이었기 때문이다.

그 밖에 또 좋은 점은 그것이 당국과 밀접한 관계를 유지하게 해주는 최선의 방법이라는 것이다. 보안 장교에게 봉사하는 일은 보수가 없지 않았다. 꿈의 비호가 있어야만 몇 년이라도 구내에서 혜택 받는 특권수의 지위에 있게 되는 것이다.

같은 정통파 공산당원들의 부류에 속하는 어떤 작가의 수용소에 관한 책자[18]에서 작가가 호의를 보이는 가장 뛰어난 공산당원인 끄라또프는 수용소에서 다음과 같은 견해를 생활의 지침으로 하고 있었다. (1) 어떤 희생을 치르더라도 살아남아야 한다, 어떤 일에도 적응해야 한다. (2) 밀고자는 착실한 사람이 해야 한다 — 악인이 하는 것보다 낫기 때문이다.

그런데 만일 정통파 공산당원이 반항하여 〈대부〉에게 봉사하기를 싫어하는 자가 있더라도 그 문을 피하는 것은 어려운 일이다. 대부는 소리 높여 자신의 신념을 표명하는 모든 정통파 공산당원들을 친절하게 불러서 아버지처럼 다정하게 묻는

18 빅또르 뱃낀,『인간은 다시 태어난다』, 제2부(마가단, 1964).

다. 〈당신은 소비에뜨 인간이지요?〉 그러면 충성파 사람들은 〈아니요〉라고 대답하지 못한다. 〈그렇습니다〉라고 하는 수밖에 없다.

그래서 만일 〈그렇습니다〉라고 대답하면, 〈동지, 협력해 주시오. 당신한테는 아무런 해가 가지 않을 테니까요〉라고 말한다.[19]

다만 현재로서는, 수용소의 역사가 왜곡되어서, 협력했다고 고백하는 것이 창피한 일이다. 리자 꼬찌끄처럼 그 밀고서를 잃어버려서 들통나는 경우는 그리 흔치 않았다. 그러나 보안 장교 소꼬비꼬프가 지야꼬프의 편지를 우정을 생각하여 수용소에서 검열하지 않고 발송했다고 얼떨결에 말했지만, 그가 〈어떤 의리에서〉 발송했는지, 그런 우정 관계가 〈어디서 생겼는지〉에 대해서는 굳게 입을 다물고 있다. 보안 장교 야꼬블레프는 또도르스끼더러, 자기가 공산당원이라는 것을 공공연히 말하지 않도록 충고했다고 생각되는데, 왜 보안 장교가 거기까지 마음 써야 하는지는 설명해 주지 않았다.

하지만 그것은, 잠깐 동안의 일에 불과하다. 이제 사람들이 힘주어 큰 소리로 외칠 때가 바로 문 앞에 이르렀다. 「그렇소! 우리가 〈밀고〉했소. 그리고 자랑스럽게 생각하오!」[20]

그렇다면 이 장은 왜 썼는가? 이 기다란 개관과 충성파 사람들을 분석한 것은 무엇 때문인가? 이것 대신에 1미터 크기의 글자로 다음과 같이 쓰기로 하자.

---

19 이바노프라줍니끄는 부띠르끼 형무소의 감방에서 3명의 밀고자가 폭로되었다고 했다. 그런데 그 3명 모두가 공산당원이었다고 했다.

20 나는 이것을 1966년 초에 썼는데, 그해 말에 『10월』 제9호에서 K. 부꼬프스끼의 논문을 읽었다. 예상했던 대로 이미 공공연한 자랑으로 생각하고 있었다.

야노시 카다르   그리고   브와디스와프 고무우카[21]

이 두 사람은 부당한 체포도, 고문을 수반하는 신문도 겪었고 몇 년이나 감금당했다.

그들이 얼마나 많은 것을 배웠는지 전 세계가 본 대로다. 전 세계는 그들의 참된 가치를 알게 되었을 것이다.

〈제4권에 계속〉

21 이제는 구스타우 후사크를 여기에 넣어도 된다. (1972년 솔제니쩐의 추기)

열린책들 세계문학 **260** 수용소군도 3

옮긴이 김학수 1931년 평양에서 태어났다. 한국외국어대학교 노어과를 졸업하고 미국 인디애나 대학교 대학원 슬라브어문학과에서 석사 학위를 받았다. 한국외국어 대학교 교수와 동 대학 부설 소련 및 동구문제연구소 소장을 역임하고 미국 컬럼비아 대학교 풀브라이트 교환 교수, 고려대학교 문과 대학 교수 및 동 대학 부설 러시아문화연구소 소장, 한국 노어노문학회 회장을 지냈다. 옮긴 책으로는 솔제니찐의 『1914년 8월』, 『이반 제니소비치의 하루』, 뚜르게네프의 『사냥꾼의 수기』, 『첫사랑』, 똘스또이의 『인생의 길』, 『부활』, 『신과 인간의 아들』, 도스또예프스끼의 『죄와 벌』, 『카라마조프의 형제』 외 다수가 있다. 1989년 서울에서 영면했다.

지은이 알렉산드르 솔제니찐 **옮긴이** 김학수 **발행인** 홍지웅·홍예빈
발행처 주식회사 열린책들 **주소** 경기도 파주시 문발로 253 파주출판도시
전화 031-955-4000 **팩스** 031-955-4004 **홈페이지** www.openbooks.co.kr
Copyright (C) 주식회사 열린책들, 1988, 2020, *Printed in Korea.*
ISBN 978-89-329-1260-8 04890 **ISBN** 978-89-329-1499-2 (세트)
발행일 1988년 2월 1일 초판 1쇄 1990년 12월 10일 초판 6쇄 1995년 4월 15일 2판 1쇄 2017년 12월 10일 특별판 1쇄 2020년 11월 20일 세계문학판 1쇄

이 도서의 국립중앙도서관 출판예정도서목록(CIP)은 서지정보유통지원시스템 홈페이지(http://seoji.nl.go.kr)와 국가자료공동목록시스템(http://www.nl.go.kr/kolisnet)에서 이용하실 수 있습니다.(CIP제어번호:CIP2020046001)